우리는 모두 어디서 와서 어디로 가는가?

비밀의 세계

김영교 지음

그늘

나는 어디서 와서 어디로 가고 있는가?

나는 누구인가?

나는 어디서 와서 어디로 가고 있는가?

우리는 누구인가?

나는 나의 어머니와 아버지를 안다. 또 나는 나의 할머니와 할아버지도 안다. 그러나 그 위의 할머니와 할아버지부터는 모른다. 그런데 나는 부모와 조부모와 그 위의 직계 조상으로 말미암아 여기에 지금 있다. 나는 육체와 영혼을 가지고 있다.

나의 영혼은 누가 준 것인가?

부모가 주셨다. 부모의 영혼은 조상이 주셨다. 그리고 조상의 영혼은 시조가 주셨다.

시조에게는 누가 영혼을 주셨나?

나는 이것을 깨달았다.

시조에게 영혼을 주신 분은 창조주이다. 창조주는 영이다. 영은 신이다. 나의 시조에게 영을 주신 분은 하느님이시다!

창조주는 모든 것을 만든 분이다. 나는 부모에게서 왔다. 부모는 조상에게서 왔다. 조상은 시조에게서 왔다. 시조는 창조주에게서 왔다. 고로 나도 창조주에게서 왔다. 따라서 나의 고향은 하늘이다.

나의 육체는 땅에서 왔고, 나의 영혼은 하늘에서 왔다.

나의 직계 조상은 부모와, 조상과, 시조와, 창조주이다.

이것이 나의 족보이다. 이것이 나의 혈통이다. 이것이 나와 우리의 역사이다.

창조주는 나를 있게 한 가장 높은 직계조상이다.

이것이 나의 역사이고, 나의 종교이다.

세계에는 인종이 많다. 세계에는 종교도 많다. 그러나 자손은 많아도 조상은 하나다. 종교가 많아도 창조주는 하나다.

부처님, 하나님, 하느님, 상제님, 알라님, God님, 가미사마님… 이름은 많아도 창조주는 한 분이다. 별명은 많지만 본명은 하나이다. 그의 본명은 창조주이다. 이제 근본으로 돌아가자. 우리의 조상을 찾자. 우리의 시조를 찾자. 우리의 창조주를 찾자. 우리의 역사를 찾자. 우리의 종교를 찾자. 그러면 창조주가 우리에게 오신다. 우리의 절대자의 이름을 창조주로 정하면 세계는 가족이고, 형제이고, 하나이다. 그러면 전쟁이 끝나고, 평화가 온다. 참 좋은 세계가 온다. 그러나 우리의 절대자의 이름을 오늘날처럼 부처님, 하나님, 하느님, 상제님, 알라님, God님, 가미사마님으로 알고 그렇게 부르는 한, 세계는 한 가족이 될 수 없고, 형제가 될 수 없고, 하나로 될 수 없다. 그러면 전쟁은 계속되고, 평화는 영원히 올 수 없으며, 좋은 세계도 올 수 없고 결국 망하고 만다. 그러니 다 살 수 있는 길을 모색하자. 그 길은 세계 모든 종교가 창조주란 이름 하나로 통일하고 헤쳐모이기 하는 길밖에 없다.

나는 이제 안다! 내가 어디서 와서 어디로 가는 가를….

우리는 이제 어떻게 살아가야 하나?

지금처럼 살아가면 오늘날 같은 삶을 영위하게 될 것이고, 바꾸면 새로운 세계가 펼쳐진다.

문장구성에 다소 반복되는 내용이 있습니다. 생소한 지식을 단 한 번으로 섭렵하기가 쉽지 아니할 것이란 측면에서 반복 강조한 것이니 독자님들의 양해바랍니다.

지구촌 사상 통일의 미래
평화의 나라

지금까지 협의적인 평화의 상태는 인류가 지향하는 가장 이상적인 목표였다고 할 수 있다. 그래서 분쟁과 다툼이 없이 서로 이해하고, 우호적이며, 조화를 이루는 상태로 지구촌에 전쟁이 없는 평화가 유지될 때 세계평화가 이루어진 것으로 이해되었다. 그러나 인류 역사상 세계평화의 시기는 거의 없었다.

종교학자 한스 큉(Hans Küng)이 "종교평화 없이는 세계평화가 없고, 세계평화는 종교평화 없이는 이룰 수 없다."라고 강조했듯이, 세계평화와 종교평화는 밀접한 관계성이 있음을 알 수 있다. 광의적인 세계평화는 지구촌의 모든 존재로부터 이뤄져야 한다. 이 말은 인류의 역사상에 나타난 부조리한 현상은 다른 생명체와 사물들 모두에게 피해를 가져오는 결과가 나타나게 된다. 따라서 세계평화의 궁극적인 모습은 모든 존재와의 공존과 소통으로 생명의 평등과 존중사상의 실현이라고 할 수 있다.

원불교의 창시자 소태산대종사는 "안으로 정신문명을 촉진하여 도학을 발전시키고 밖으로 물질문명을 촉진하여 과학을 발전시켜야 영육이 쌍전하고 내외가 겸전하여 결함 없는 세상이 되어야 비로소 결함 없는 평화 안락한 세계가 될 것"이라고 그들의 경전인 『대종경』 교의품 31에서 예견했다.

그러나 "지금 세상은 과학 문명의 발달을 따라 사람의 욕심이 날로 치성하므로 심전 계발의 공부가 아니면 이 욕심을 항복받을 수 없고 욕심을 항복받지 못하면 세상은 평화를 보기 어려울 것"이라고 『대종경』 수행품 60에서 말하며, 심전 계발 곧 마음공부를 통한 원숙한 인격을 갖추도록 했다. 또한 정산종사는 세계 평화를 실현하는 세 가지 큰 요소로 '일원주의, 공화 제도, 십인 일단의 조직'이라고 『정산종사법어』 도운편 22에서 꼽고 있다.(원불교대사전, 원불교100년 기념 성업회)

평화라는 말은 여러 가지 생활 현상에 대하여 널리 사용되고 있는데, 가장 중대한 의의를 갖는 것은 국가 간의 전쟁과 평화의 대립에 관한 문제에 있다. 이런 의미에서의 평화는 국가의 정책 수행을 위해 무력 수단이 사용되지 않고, 여러 민족 여러 국가 사이에 전쟁이 없는 상태이다.

평화에 대한 바람은 이미 먼 고대로부터 표현되어 왔고 이는 사람들이 서로 생활을 즐기고, 무력 항쟁이 없는 상태를 묘사한 '낙원' '도원경'이라는 표현에서도 보여진다.

근래에 와서도 많은 사상가가 평화에 대해서 말하고 있다. 예를 들면, 코멘스키는 『인간에 관한 일을 개선하는 것에 대한 제언』(De rerum humanarum emendatione consultatio catholica ad genus humanum, 1657)에서 그것을 설파하였고, 영국의 퀘이커 교도로 미국에 건너가 펜실비니아 주를 개척한 윌리엄 펜(William Penn)은 『유럽의 현재 및 미래의 평화에 대해서』(An essay towards the present and future peace in Europe, 1693)를 썼다.

프랑스의 성직자 생 피에르(Abbé de Saint-Pierre)는 1713년에 『영구평화 초안』(Projet de paix perpétuelle) 3권을 썼으며, 루소는 여기에 찬의를 표했고, 계속하여 칸트가 『영구평화론』(Zum ewigen

Frieden, 1795)을 발표하였다.

이와 같이 평화의 문제에 대해서는 이전부터 계속 연구되어 왔지만, 그것은 아직 구상의 단계이고 현실적인 평화 확보의 보증은 없었다. 그러나 보불전쟁(1870~1871)에서 양국의 노동자는 서로 형제애적 연대를 갖고 전쟁에 반대하는 행동을 보여 주었고, 또한 제1차 세계대전(1914~1918)에서도 제2 인터내셔널의 배신적 행위로 인하여 그 성과를 거둘 수는 없었지만, 사회주의 정당과 노동자 계급은 전쟁 반대의 입장을 보였다. 그리하여 이 전쟁의 말기에 '평화와 빵'의 요구 아래 러시아의 10월 사회주의 혁명이 수행되었다. 이들 사실은 평화를 현실적으로 실현하여, 이것을 유지하는 사회세력이 실제로 출현하여 왔다는 것을 보여준다.

평화를 위한 운동은 그 이래 각국에서 일어났지만, 그것은 또한 전쟁세력인 제국주의의 야망을 억누르는 데까지 미치지 못하고 제2차 세계대전의 발발을 허용하고 말았다. 더구나 이 전쟁에서는 일본에 최초로 실험된 미국에 의한 원자폭탄의 출현을 초래하여, 다음의 새로운 대전은 인류에게 헤아릴 수 없는 참화를 가져올 것임이 실증되었다.

더구나 그 이후, 대량 학살의 병기는 원자탄을 비롯하여 여러 가지 화학 병기가 만들어지고 있다. 그러나 한편으로 사회주의는 20개국 이상에 이르러, 사회주의 세계를 형성하여 또한 각국의 노동자 계급의 자본가 계급 및 그 국가의 정책에 대항하는 힘이 증대했을 뿐만 아니라, 대다수의 국민이 평화수호의 중대성을 깨달아, 평화옹호의 조직된 세력이 형성되어왔다.

이와 같이 하여 오늘날에는 평화를 사상적으로만 부르짖는 것이 아니라, 사회주의 국가, 사회주의를 목표로 한 국제적인 노동자 계급의 운동, 그리고 이들과 연대하는 평화 세력이 평화를 유지하고 강고히 하는 현실적인 힘이 되어 제국주의가 공공연히 일으키고 있는 전쟁의 위험을 억누르는 역할을 하고 있다. 그러나 제국주의가 존재하고 있는 한, 전쟁의 위험은 소멸하지 않는다.

따라서 위에서 서술한 평화 세력의 일치연대가 약해지면, 평화의 수호는 깨어질 가능성도 있다. 그러므로 평화를 위해서는 현실적으로 존재하고 있는 평화의 수호 노력을 강화해 나갈 것이 요구되며, 그 방침으로서는 평화공존의 방향을 전진시켜 가는데 있다고 할 수 있을 것이다.(이상 철학사전, 2009, 중원문화에서)

목차

제3장 종교는 누가 세웠나?

제5장 종교의 목적은 나의 영이 지금의 영과 다른 영으로 변화되는 것이다

제6장 종교 경서에 예언된 구원의 실상은 자신의 몸속에 있는 악한 영으로부터 탈출하는 것이다

제11장 향후의 인류 역사와 종교는 어떻게 되며 창조주로부터 생성된 인류 사회는 어떻게 완성되는가?

제1장
지구촌 평화의 시대

1. 시운(時運)

　위에서 인용한 내용처럼 유구한 역사 속에서 많은 선각자들이 전쟁이 없는 평화의 세상을 꿈꾸어 온 것을 알 수가 있다. 그러나 그런 열망에도 불구하고 오늘날에 이르기까지 지구촌은 끊임없는 전쟁으로 몸살을 앓아왔다. 지금 이 순간도 그 전쟁은 지구촌 구석구석에서 크고 작게 일어나고 있다.

　그러나 이제부터는 서서히 전쟁은 없어진다. 지구촌은 반드시 수년 내로 평화의 길을 걷게 된다. 수년 내로 평화의 길을 걷게 될 수 있는 근원은 지금부터 서서히 지구촌에서 세계 만인들의 사상의 통일이 이루어지기 때문이다. 혹자는 갑자기 무슨 뚱딴지같은 소리를 하느냐고 할 것이다. 그러나 그것은 사실이다.

　그것이 세계의 운(運)이라고 한 마디로 단언한다. 흔히 많은 사람들이 운(運), 운(運)을 운운하는데 운(運)에도 개개인의 사운(私運)이 있고, 국운(國運)이 있고, 세계운(世界運)이 있고, 우주운(宇宙運)이 있다. 그리고 그 보다 더 중요한 운이 또 하나 있는데 그것이 바로 시운(時運)이다. 오늘날 세계의 사상이 하나로 통일되게 된다는 것은 우주의 운이 시운(時運)으로 이르렀기 때문이다. 본고(本稿)는 사상의 통일이 언제 어떻게 어떤 유형으로 어떤 배경으로 이루어지겠는가 라고 하는 것을 주안점으로 하여 이를 추적해보려고 한다. 매우 희유한 접근이 아닌가 싶다.

2. 세상에서 자신이 이 세상에 태어나고 싶어서 태어난 사람이 한 사람이라도 있는가?

여기서 시사하는 세계 사상통일이란 개념은 역사 이래 미증유한1) 개념이 될 것이다. 본 필자가 진짜로 말하고 싶은 것은 이제부터 전 인류의 사상의 통일로 말미암아 세계가 평화의 길을 걷게 된다는 것이다. 혹자는 "미치지 않고는 이런 말을 할 수 없다."고 할 것이다.

그러나 본 필자는 그런 분들에게 이렇게 묻고 싶다. "우리 눈앞에 이렇게 존재 하는 이 세상의 자연과 인류세상이 우리가 원하여서 이렇게 존재하고 있는가?"하고 말이다.

그렇다. 우리와 함께 존재하는 자연도 세상도 우리의 의지와는 전혀 관계없이 이렇게 생겨났고, 또 나름 질서를 유지하면서 오늘날까지 지탱되어 왔다. 이 거대한 대자연의 질서는 오늘날까지 우리 인간의 간섭이나 참견을 거부해왔다. 그러나 우리가 살고 있는 이 세상도 대자연의 대원칙 아래서 나름 질서 있게 운행되어 왔다.

세상의 사람들 중에 전쟁을 원하는 사람은 한 사람도 없을 것이다. 모두가 평화를 원할 것이다. 그러나 유사 이래로 전쟁은 끊임없이 있어져 왔고, 평화는 잠시였다. 수많은 사람들이 전쟁을 거부하는 운동을 하였고, 평화를 부르짖어 왔다. 그러나 세상은 그들의 바람을 들어주지 않았다. 그 이유는 무엇일까?

인간에게 있어지는 모든 질병의 치료는 원인 규명으로부터 시작

---

1) 이전에는 없던 처음 있는 일. 유의어: 초락도(初樂道)

된다. 어떤 병도 원인을 알 수 없으면 근본 치료는 될 수 없다. 이처럼 인류의 끊임없는 질병이라고도 할 수 있는 전쟁도 그 원인을 규명하지 못하면 해결될 수 없는 것은 당연하다 할 것이다.

전쟁의 원인은 무엇인가?

오늘날 인류세계는 다양한 사상으로 갈라져 있다. 국경으로 민족으로 혈통으로 사상으로 종교의식으로 국익으로 갈라져있다. 이런 측면에서는 인류 세계는 참으로 다양하게 분화 단절 되어 있다고 할 수 있다. 인류는 유사 이래로 약육강식, 이해득실의 비윤리적인 테두리 속에서 쳇바퀴를 돌리며 이어왔다. 전쟁은 그 갭에서 일어났다. 그렇다면 논리적으로 전쟁을 없애고, 평화를 유지시키기 위해서 해야 할 일은 무엇일까?

갭을 없애는 방법일 것이다. 국경을 없애고? 민족 개념을 없애고? 혈통의 개념을 타파하고? 종교를 하나로 통일하고? 사상을 통일하고? 기업으로 모든 사람들이 유익하고?…. 이것이 가능하기나 한 것인가? 할 것이다.

이런 분들에게 이런 질문을 드려 본다. "우리 눈앞에 이렇게 존재하는 이 세상의 자연과 인류세상이 우리가 원하여서 이렇게 존재하고 있는가?"라고 말이다.

이 세상을 살았던 동서고금의 모든 사람들과 지금 이 세상에서 살고 있는 사람들께 한 번 물어보라. 자신이 이 세상에 태어나고 싶어서 태어난 사람이 한 사람이라도 있는지?

세상에서 자신의 의지로 태어난 사람은 한 사람도 없다. 그렇다. 그럼 우리는 누구의 의지로 이렇게 태어나고 죽어 가는가?

우주와 그 아래 수많은 행성들 및 자연은 모두 제각기 운행되는 원리가 있다. 인류사회도 그 우주의 한 일원이고, 한 요소이다. 따라서 인간 세상도 돌아가는 이치가 있고, 원리가 있게 마련이다. 즉 우주와 인간세계도 자신들이 몰라서 그렇지 정해진 운명이 있다는 말이다. 본 필자는 이제 그러한 방향으로 시야를 두고서 이야기를 풀어가고 싶다. 왜냐하면 필자에겐 보통사람들이 경험할 수 없었던 특별한 경험이 있기 때문이다.

봄에 씨를 뿌리고 여름에 자라고 가을에는 추수를 한다. 이것은 이치며 자연의 순리이다. 자연의 진리가 이런 이치일진데, 하물며 인생과 세상의 이치는 다르겠는가? 시간은 과거에서 현재로 흘렀고 지금도 끊임없이 미래로 흘러가고 있다. 과거에는 없던 것들이 현재에는 생겨있고, 끝없이 변화하고 있다. 미래 또한 새롭게 생겨난 것들과 변화되는 것들로 가득할 것이다.

과거 어느 시점에는 지금 있는 것들이 하나도 없었다. 인생도 그러하다. 세상도 그러하다. 우리는 그 과거를 모르고 있을 뿐, 그 과거가 없었던 것은 아니다. 누가 육체와 영과 혼을 가진 만물의 영장인 사람이 원숭이나 하등동물, 미생물, 무생물에서 진화되었다고 거짓말을 지어냈는가?

그럼 무생물, 흙, 물, 공기, 해, 달, 별과 이 공간은 어디서 진화를 했단 말인가? 또 그렇게 말한 자신 속에 있는 영혼은 무엇에게 진화되었는가? 영혼도 진화의 산물인가?

3. 아아 평화의 세계여 어서 오소서

사람이 인생을 살다보면 그 과정 속에서 보고, 느끼고, 경험하는 다양한 일들이 있을 수 있다. 그 중에 어떤 사람들은 타인이 경험하지 못한 아주 특별한 일이나 기이한 일을 보거나 겪을 수도 있다. 남이 절대로 경험할 수 없는 특이한 일을 얼마든지 겪을 수도 있다.

어떤 사람은 귀신을 본 사람도 있을 것이요, 어떤 사람은 호랑이나 사자를 만져본 사람들도 있을 것이다. 또는 꿈에서 죽은 조상이 번호를 불러주었는데 그 번호가 너무나 선명하게 기억에 남아서 그 번호로 로또 복권을 샀는데 1등에 당첨된 경우도 있을 것이다. 어떤 사람은 환상으로 하느님이나 부처님을 보았다는 사람도 있다. 어떤 사람은 실제로 자가용 비행기를 타고 높은 하늘을 날다가 저 먼 해상에서 지진의 여파로 백두산보다 더 높은 해일이 일어나는 것을 본 사람도 있을 수 있다. 어떤 사람은 망망대해를 항해하다가 세월호란 배가 좌초되어 침몰하는 광경을 제일 먼저 본 사람도 있다.

어떤 사람은 세상에서 하느님을 만나 하느님이 하시는 명령을 들은 사람도 있다. 어떤 사람은 부처님을 만나서 부처님의 계획을 들은 사람도 있다. 또 하느님이나 부처님을 만난 그 사람에게서 하느님이나 부처님의 계획이나 이야기를 들은 사람도 있다.

이를 경우 사람들은 각자가 보고 겪은 것을 자신의 경험으로 생각할 것이고, 때로는 필요에 따라 그 이야기를 사람들에게 들려줄 경우도 있을 것이다. 이렇게 각자가 경험한 이야기들은 때에 따라 사람들의 귀로 전달되기도 한다. 그 얘기 중에 일부는 어떤 사람들이 꾸며낸 이야기도 있을 수 있을 것이다. 또 그 얘기가 믿을 수 없는 기이한 것이지만 사실일 경우도 많을 것이다.

본 필자도 이번에는 이 지면을 통하여 남들이 잘 경험하지 못하고, 느끼지 못한 일들에 대하여 거론해보고자 한다. 필자는 짧은 인생을 통하여 남들과 다른 특이한 경험과 색다른 느낌을 많이 가지게 되었다. 그렇기 때문에 본 필자는 많은 사람들이 오늘날까지 사회적 통념이나 고정관념으로 가지고 있는 것과 다른 입장에서 사물이나 문화나 사회나 인생이나 역사나 철학이나 종교에 대한 가치관을 피력해보고자 한다.

앞에서 언급한 특별한 경험을 가진 사람들은 각자가 그 사실을 육안이나 경험으로 포착한 사람들이다. 그리고 그 사실들이 허위가 아니고 사실이라면, 그 사실은 우리 인간이 사는 세상에 실제로 일어난 일이다. 그러나 세상에 일어난 그 일을 일반 사람들은 알 수가 없다.

이 시점에서 이 사실을 경험한 사람과 이 사실을 경험하지 못한 사람 사이에는 관점이나 사상의 차이가 생기기 마련이다. 이런 시점에서 양자 사이에는 논쟁이 일어날 수도 있다. 이것이 세상 사람들이 세상을 살아가면서 인정해야할 '다름'의 문화가 될 것이다. 그런데 그 사실을 보거나 경험한 사람은 세상에서 그 사람뿐일 수 있다. 그럴 경우 세상에서 그 사실을 알고 있는 사람은 그 사람 외에는 없다.

그렇다면 다른 사람들이 그 사실을 알기 위해서는 어떻게 해야 하겠는가? 경험한 그 사람에게서 듣는 방법밖에는 없다. 그런데 어떤 한 사람이 그 사실을 경험한 사람에게 그 사실을 들었다고 한다면 그 다음은 어떻게 되겠는가? 그 사실에 대하여 알고 있는 사람이 한 사람에서 두 사람으로 늘어날 것이다.

이제 세상에서 이 사실을 알고 있는 사람은 두 사람이 되었다. 다시 세상 어떤 사람들이 이 사실을 알려고 한다면 이 두 사람을 통하지 않으면 들을 수 없다. 그런데 또 한 사람이 이 사실을 알게 되었다면 이제 세상에서 이 사실을 아는 사람은 또 한 사람 더 늘어날 것이다. 이렇게 하여 그 사실은 세상의 많은 사람들에게 알려지게 될 것이다.

오늘 필자가 이야기할 세계 사상 통일이나 세계 평화나 세계전쟁 종식이란 것은 절대로 저절로 올 수 있는 것은 아니다. 그리고 인간의 힘으로 가능한 일도 아니다. 그러나 우주의 원리가 그리 계획되어 있다면 능히 가능한 일일 것이다.

이제 지구촌은 곧 평화의 세상이 될 것이다. 본서(本書)를 읽는 분들 중 앞으로 10년을 더 살 수 있다면, 그들은 모두 평화로 이루어지는 세상을 육안으로 볼 수 있을 것이다.

아주 옛날에 세상에서 석가모니부처님을 안 사람은 한 사람도 없었다. 석가모니가 득도를 한 사실을 처음 안 사람은 석가모니 자신 한 사람뿐이었다. 그래서 석가모니는 자신이 득도했다는 사실을 다른 사람들에게 전하기를 애썼다. 처음은 한 사람 한 사람에게 그 사실을 전했다. 그중에는 그 사실을 믿는 사람도 있었지만, 믿지 않는 사람도 많았다. 그러나 그 사실은 믿는 사람이 한 사람 한 사람 늘어나면서 오늘날에 이르러서는 수억의 사람들이 석가모니를 믿고 신앙으로 섬기고 있다.

아주 옛날에 예수란 사람을 믿는 사람은 한 사람도 없었다. 그러나 예수는 자신이 하나님의 아들이라고 자신을 알렸다. 그러면서 한 사람 한 사람 믿는 사람들을 위주로 점점 예수를 믿는 자들이 늘어가다가 오늘날에 이르러서는 지구촌 인구의 1/3 이상이 예수를 믿고 따르게 되었다.

그처럼 오늘 필자가 나열하는 이 이야기를 듣고 믿는 사람도 당연히 많지 않을 것이다. 왜냐하면 이 이야기도 석가나 예수의 경우처럼 처음 듣는 생소한 사건이기 때문이다. 그러나 이 이야기가 사실이라면 앞의 경우처럼 점점 이 이야기를 믿는 사람은 더 많아질 것이다.

그런데 본 필자가 말하는 평화의 세상이 오리란 것은 필자만 말한 것이 아니다. 유구한 인류역사 속에 소위 성인 또는 선지자들이라 할 수 있는 분들도 본 필자와 같은 말을 하였다.

이제 각 성인들과 선지자들이 말한 평화의 세상은 어떠하며, 언제, 어떻게 올 것인가에 대한 것을 알아볼 것이다. 가장 오래 동안 가장 많은 사람들이 듣고 믿어왔던 인류평화 소식을 기록한 것은 세계의 종교 경전이다.

우리가 구체적으로 알지는 못하지만 예로부터 경전이나 구전으로 흘러들고 있는 천국, 극락, 낙원, 무릉도원, 유토피아 등이 사실 오늘 필자가 알리고자 하는 평화의 나라이다.

오늘날까지 세상에는 종교경전에 계획된 예언을 이해할 수 있는 사람이 없었다. 왜냐하면 예언은 비밀기법으로 기록된 비밀문서였기 때문이다. 그런데 운이 좋게도 시운(時運)이 열려 그 비밀의 문이 열렸다. 열린 비밀문서를 해독해보니 세계의 종교 경전과 각종 예언록에 기록된 평화에 대한 기록들을 다 이해할 수 있게 되었다. 그 열린 내용을 살펴보면, 그 속에서 우리는 많은 정보를 얻을 수 있다.

거기에서 지구촌에서 평화가 깨진 연유도 찾을 수 있다. 또 언제 어디서 누가 무엇 때문에 왜 평화의 세상이 다시 지구촌에 도래하는가에 대한 답도 모두 얻을 수 있다. 그와 같은 맥락으로 많은 학자들은 예로부터 지구촌의 전쟁 발발의 원인이 종교에 있었다고 입을 모으고 있었다. 이제 종교가 답을 내리면 지구촌 평화시대가 곧 열린다. 평화여 어서 오소서.

사실 종교경전에는 전쟁에 대한 것이 매우 구체적으로 서술되어 있다. 또 종교경전에는 그 전쟁이 끝나고 평화가 깃들게 된다는 사실도 분명히 서술하고 있다. 대부분의 종교 경전의 예언의 끝이 평화로 완성되는 설계도라면, 그 시작은 평화가 깨진 계기나 과정을 설명한 것이다. 오늘날 세계에는 수많은 종교들이 있고, 이 종교의 개념이 그들의 사상의 근간을 이루고 있다.

따라서 앞에서 잠간 언급하였지만, 인류세계가 평화의 세상으로 전환되기 위해서는 무엇보다도 선결되어야 할 것이 바로 세계 사상 통일이 이루어져야 할 것이다. 세계인들의 사상 통일을 이룩하기 위해서는 먼저 종교가 하나로 통일되어야 가능하다. 그런데 오늘날 같은 이런 상황에서 종교가 어떻게 통일을 할 수 있다는 말인가?

그것에 대해서는 오늘날까지 우리가 대답을 내릴 수 없었다. 그러나 우리 각자가 신앙하고 있는 신앙지침서에는 그 길을 예비하고 있었음에도 우리가 그 사실을 깨닫지 못하였다. 우주와 천하가 사람의 의지와 관계없이 항상성을 지니며 이렇게 규칙적으로 순환하고 있다면, 그리고 인간 세계도 우주의 한 부분이라면 또 인간 세계가 그저 아무 원칙도 없이, 원리도 없이 저절로 돌아가고 있다고 생각지 않는다면, 그것도 이치대로 이루어질 문제이다.

그 답은 우리가 오늘날까지 알지 못했던 수많은 선지자들의 글에 상세히 나타내어 두었으니, 우리가 그것을 열어서 더듬어 본다면 그것을 능히 깨달을 수 있을 것으로 본다.

단적으로 예를 들어 말하면, 과학에서 원소라는 최소의 단위가 정립되어 있지 않으면 과학은 성립될 수 없다. 이처럼 인류사회가 영(靈) 또는 신(神)이란 것으로 이루어져 있음을 입증해내지 못하면, 인류세상의 사상통일은 절대로 이룰 수가 없다.

인간은 영혼(靈魂)을 가진 생명체이다. 달리 말하면, 인간은 정신(精神)을 가진 생명체이다. 정신(精神)은 곧, 신(神)이다. 따라서 인류세계는 신(神)으로 이루어졌다. 그리고 우리가 신이란 사실은 자연스럽게 종교 경전에 기록된 창조주의 존재를 인식하게 한다.

그러므로 인류세상에서 일어나는 전쟁의 원인을 찾기 위해서는 인류세상이 신으로 이루어졌다는 사실을 간과해서는 영원히 그 답을 찾기는 불가능하다. 이는 과학의 최소입자인 원소를 인정하지 않으면 과학의 이론이 성립되지 않는 것과 같다.

오늘날까지 우리가 신학이나 종교를 통해서 우리의 생명의 기원이나 생명의 미래에 대하여 잘 몰랐던 원인은, 바로 과학의 원소 같은 의미를 가진 인간세상이 바로 신(神)을 재료로 만들어진 피조물들의 세계란 사실을 간과한 결과이다.

이것은 마치 밀가루의 존재를 무시하고 빵을 연구하는 것과 같다고 하겠다. 신과 영을 인정하지 아니하는 상태에서의 인간 세상에 대한 규명은 오리무중이 될 수밖에 없다고 생각한다.

그리고 이 전제가 정립되면 신학과 종교의 환경은 새롭게 발전하게 될 것이다. 인류가 신으로 이루어진 사회라면 이 사회는 우연히 존재될 수는 없다. 따라서 인류사상의 통일이나 종교의 통일 전쟁종식 평화의 세상은 그 신의 세계에 대하여 전체적으로 꿰뚫고 있지 않으면 알 수 없을 것이다.

인류세상이 신에 의하여 과거에서 현재로 흘러왔다면, 우리가 봄에 씨를 뿌리고, 여름에 성장시키고, 가을에 추수하듯이, 우리 인생에서도 인류의 씨가 뿌려진 후, 여름을 지나 가을을 맞이하고 있을지도 모른다. 인류의 가을의 추수의 결과물은 곧 천국, 극락, 낙원이라고 할 수 있을 것이다. 우리는 천국이나 극락 같은 말을 한낱 장신구처럼 여기지만 이것은 경전에 예언된 최고의 선물이다. 그 예언은 예언대로 반드시 이루어진다. 만약 이 세상에서 천국이나 극락이 이루어진다면, 그때도 전쟁을 하고, 내 종교 네 종교라고 할 텐가? 세상에 천국이 이루어지면 인류사상통일은 물론이고, 종교통일 세계평화의 세계가 열리게 된다.

세계의 많은 경전들 중 대표적인 것들과 그리고 국내의 경전들 중 중요한 것들을 정리하여 그 전말을 추적해보고자 한다.

제2장

종교란 사람의 육체 속에 있는
영의 재생을 목적으로 한다

1. 종교란 무엇인가?

종교란 무엇인가? 종교를 한자로 쓰면 종교(宗敎)이다. 종교(宗敎)는 마루 종(宗) 자에 가르칠 교(敎) 자로 이루어진 글자이다. 해석하면 '가장 으뜸의 가르침' 또는 '가장 근본 된 가르침'이란 의미이다. 세상에는 많은 가르침이 있지만, 그 중 '가장 근본 되고 가장 큰 가르침'은 종교란 의미이다. 종교란 세상에서 가장 중요하고, 근본 되고, 큰 가르침이란 것을 이 단어를 통하여 엿볼 수 있다.

종교를 영어로 쓰면 릴리젼(religion)이다. 어원은 라틴어이다. 리(re)는 다시라는 의미이고, 리젼(ligion)은 '결합하다', '잇다'의 의미이다. 합하여 연결하면 '다시 잇다', '다시 결합하다'는 의미이다. 종교란 무엇과 무엇이 다시 연결되는 것일까?

만물들 중에 종교를 가진 것은 사람뿐이다. 그래서 혹자는 "사람은 종교적 동물"이라고 정의한 사람도 있다. 스피노자는 "인간은 삶이 두려워서 사회를 만들었고, 죽음이 두려워서 종교를 만들었다."고 주장하였다. 과연 그럴까? 과연 사람이 종교를 만들었을까? 신이 종교를 만들었을까?

대답은 신의 존재를 믿지 아니하는 사람들은 종교를 사람이 만들었

다고 할 것이고, 신의 존재를 믿는 사람들은 신이 종교를 만들었다고
할 것이다.

2. 종교란 사람이 영혼을 소유한 신의 소생이므로 그 근본
으로 돌아가는 것을 목적으로 한다

그런데 곰곰이 생각해보면 사람이 신(神)이다. 사람의 육체 안에
있는 영(靈)은 곧 신이다. 따라서 신은 있다. 신이 없다고 하는 사람
은 자신 안에 거하는 영(靈)을 부정하는 사람이다. 신이 없다는 사람
들은 자신 속에 거하는 영이 신이라는 사실을 자각하지 못한 사람들
이다.

신을 크게 두 종류로 나눌 수 있다. 하나는 진짜신이고, 또 하나는
가짜신이다. 진짜신은 창조주께서 만든 그대로의 신이고, 대표적으
로 성령들이다. 가짜 신은 창조주께서 만든 신에서 변질된 신이며,
대표적으로 마귀 신이다. 따라서 진짜 신을 입은 사람들은 진리를
말할 것이고, 가짜 신을 입은 사람들은 거짓을 말할 것이다. 이것은
남자가 마이크로 음성을 내면 남자의 음성이 나올 것이고, 여자가
마이크로 음성을 내면 여자의 음성이 나올 수밖에 없는 이치와 같다.

진짜 신 계열을 성령이라고 하며, 이 성령이 사람의 육체에 들어가
면 그 사람은 진리를 사랑하며, 자신도 진리를 말하게 된다. 반대로
가짜 신 계열을 악령 또는 마귀 신이라고 하며, 이 마귀 신이 사람의
육체에 들어가면 그 사람은 진리를 싫어하며, 자신도 거짓말을 하게
된다. 이때 거짓말은 창조주를 마귀라고 하고, 마귀를 창조주라고
하는 것이다.

성경의 창세기에 등장하는 아담은 창조주가 주는 생기를 받아 생
령(生靈)이 된 첫 사람이다. 생령은 살아있는 영이란 의미이다. 이

생령은 창조주 하나님의 형상이고, 다른 말로 성령이다. 이렇게 창조된 아담이 뱀이 먹으라고 한 선악과를 먹고 흙으로 되돌아갔다. 사람이 하나님의 말을 듣고 믿고 지키면 자신의 영은 성령이 된다. 그 이유는 하나님의 말씀이 곧 성령의 씨이기 때문이다. 반대로 사람이 뱀의 말을 듣고 믿고 지키면 그 사람의 영은 악령이 된다. 뱀의 말은 악령의 씨이기 때문이다. 아담이 뱀의 말을 듣고, 믿고, 지킨 결과 흙으로 돌아갔다는 말은 아담의 영이 사령(死靈)이 되었다는 말이다. 흙은 사령을 비유한 말이다. 사령은 죽은 영이란 말이고, 죽음의 영은 악령이고, 마귀 영이다.

아담은 신앙의 조상이다. 그런데 아담이 마귀 영을 가진 육체로 변하였으니, 그 후 신앙인들은 모두 그 유전을 받게 되었다. 그래서 성경은 사람의 육체에 들어온 마귀 영으로부터 구원할 것을 예언한 책이다.

불경의 최고의 예언은 중생(衆生)에서 부처로 성불하는 일이다. 부처는 깨달은 사람이란 의미를 가지고 있다. 사람이 깨닫는 것은 육체가 아니라, 사람 안에 있는 영이다. 그럼 중생의 영은 깨닫지 못한 영이고, 부처의 영은 깨달은 영이다. 중생과 부처의 차이는 영의 차이다. 그래서 사람이 부처가 되려고 하면 영을 바꾸려고 노력해야 할 것이다.

따라서 성경의 내용처럼 불경의 목적도 사람의 영이 마구니의 영에서 성령으로 다시 재생되는 것임을 알 수 있다. 이렇게 크게 볼 때, 기독교와 불교의 교리는 같다는 것을 깨달을 수 있다. 기독교는 사람의 육체 안에 있는 영의 부활을 목적으로 하고, 불교도 사람 육체 안에 있는 영의 성불을 목적으로 하기 때문이다.

창조주를 흔히 하느님, 하나님, 상제님, 알라님, 부처님, 진여, 본지체, 조광불이라고 한다.

창조주께서 처음 많은 신들을 창조하셨다. 그 신들을 양신(陽神), 선령(善靈), 생령(生靈), 성령(聖靈) 천사(天使) 등으로 칭하며, 비유로 봉황, 주작, 금시조라고도 칭한다.

가짜(모방) 신을 흔히 귀신, 음신(陰神), 마귀, 마구니, 악신, 악령, 사령(邪靈), 사령(死靈), 요귀, 사단이라고 칭하며, 비유로는 용, 악어, 뱀, 전갈이라고도 한다. 가짜 신도 처음은 성령이었으나 변질 된 신들이다.

지구촌의 사람이 신이라면 그 사람들은 위에 열거한 신들과 관계가 있을 것이다. 그리고 이렇게 신으로 이루어진 사람이 지구촌에 살고 있는 것은 신과 연관이 없지 않을 것이다. 또 사람들을 이렇게 지구촌에 있게 한 무엇인가가 있을 것이다. 그에 관한 것을 우리가 세상에서는 찾을 수 없으되, 종교 경전에는 기록되어 있다.

사람이 인신(人神)이라면 처음 인신(人神)을 낳은 분은 창조주일 것이다. 최소한 종교 경전에는 그렇게 기록되어 있다. 창조주께서 처음 사람을 지을 때, 자신의 형상으로 지었다고 한다. 창조주의 형상은 성령이다. 따라서 사람은 창조 신(神)의 아들로 태어난 셈이다.

따라서 사람들이 창조주를 공경하는 종교행위는 자식이 부모에게 행하는 효행이라고 할 수 있다. 또 그 사실을 기록한 종교 경서는 부모가 자식에게 약속한 유언장이라고도 할 수 있다.

그 유언장에는 창조주와 인간의 관계가 기록되어 있다. 그리고 과거의 역사와 현재와 미래에 있을 계획을 기록하고 있다. 역사에는 처음 인간이 창조되었을 때는 사람의 육체 안에 성령이 있었다고 한다. 성서의 창세기에는 그런 첫 사람이 뱀의 말을 듣고 변질되었다고 한다. 그래서 사람의 육체에는 마귀 신이 들어가 살게 되었다고 한다.

따라서 사람들은 창조주를 모르고, 진리를 싫어하고, 거짓을 좋아

하게 되었단다. 그 대표적인 예가 사람들이 용을 좋아하는 것이다. 사람들이 용왕님 용왕님 하며 섬기는 것은 곧 사람이 마귀를 섬긴다는 증거이다. 용이 바로 마귀의 왕이기 때문이다.

사람의 육체 안에 마귀 신이 살고 있으므로 사람이 신(神)이란 사실을 깨닫지 못하고, 사람이 신이란 사실도 인정을 하지 않는다.

그러나 사람의 육체 안에 성령이 들어오게 되면, 사람의 육체 안에 있는 영(靈)은 곧 신이란 사실을 깨닫게 된다. 따라서 성령의 사람들은 신이 있다고 할 것이다. 그러나 자신의 육체 안에 마귀 신이 있으면 진리가 없으므로 신이 없다고 할 수밖에 없다.

사람 중에 어떤 부류가 신이 없다고 생각하는 이유는 자신 안에 거하는 영(靈)이 성령이 아니기 때문이다. 성령이 아닌 사람들은 종교를 인정하지도 않고, 사람이 종교를 만들었다고 할 수밖에 없다. 자신 안에 있는 신이 그렇게 생각하게 하기 때문이다.

3. 기나긴 역사 기간 동안 과학은 발전하였고, 종교는 퇴보하였다

세상에는 참으로 많은 종교들이 있다. 그런데 종교마다 교리가 다르고 의식이 다르다. 이것은 당연한 것일까? 그런데 문제는 세상의 많은 전쟁이 종교로 말미암아 발생한다. 이것은 과연 옳은가? 스피노자의 말대로 사람이 종교를 만들었다면 세상의 종교를 다 없애버리면 전쟁이 없어질 것이 아닌가? 과연 그럴까?

세상에는 과학이나 의학이나 문화가 고도로 발달되어 있다. 그러나 종교는 오랫동안 오히려 퇴보하여 왔다. 세상의 종교는 과학만큼 의학만큼 발전하지 못했다. 오늘날까지 세계종교가 이룬 일이 무엇이 있으며, 지금은 무엇을 이루고 있는가? 살인? 전쟁? 마녀사냥?

파벌? 기업화? 세속화? 상속화? 직업화?

이제 종교학의 문제점을 간파하고, 순수한 종교학의 발전에 심혈을 기울여야 할 때가 아닐까? 세계평화와 전쟁 종식은 종교와 직결된 문제로 인식되기 때문이다.

4. 사람은 육체 가진 신이기 때문에 그 신을 준 자를 찾아야 한다

우리는 먼저 종교는 왜 해야 하는가 하는 근본적인 문제를 생각해 볼 필요가 있다. 지구상에 유일하게 사람만이 신앙이란 것을 한다. 그리고 대부분의 종교 경전은 마음을 다스리기 위해서 한다고 한다.

마음은 무엇인가? 마음은 곧 정신(精神)이다. 정신을 영혼(靈魂)이라고도 한다. 따라서 사람이 종교를 하는 이유는 사람에게는 영혼(靈魂)이라는 것이 있기 때문이다. 먼저는 사람의 육체 안에는 영혼이란 존재가 있는데, 이 영혼의 출처가 어딘지를 생각해보아야 한다.

자신에게 있는 영혼은 어디서 온 것일까? 종교학은 여기서부터 시작되어야 한다. 먼저 자신의 영혼의 출처를 알기 위해서는 영혼의 실체가 무엇인지를 알 필요가 있다. 영혼이란 무엇일까? 사람의 영혼은 사람의 육체 속에 있다. 그 영혼을 한자로 쓰면 영혼(靈魂)이다. 영혼은 영(靈)과 혼(魂)이란 글자로 어우러져 있다.

사람의 구성요소를 정리해보면 육체와 혼과 영으로 이루어진 것을 알 수 있다. 사람의 육체의 성분은 크게 물과 단백질이다. 또 물과 단백질은 곧 흙의 성분과 같다. 따라서 사람의 육체는 흙으로 이루어졌다.

부모가 서로 사랑을 하면 정자와 난자가 어머니 모태에서 수정을 하게 된다. 정자와 난자는 현미경으로 봐야 겨우 볼 수 있는 아주 미세한 존재이다. 그것을 물질이라고 하기도 그렇다. 그런데 그 속에는 DNA라는 유전자가 들어있다. 겨자씨보다 작은 씨에서 자라 태아가 어머니 배속에서 나와 출산이 되면, 아이는 보통 약 3kg정도의 체중을 가진다. 3kg정도의 체중은 어디서 온 것일까? 모태가 땅에서 난 식물이나 고기를 먹고 만든 영양으로부터 얻어 진 체중이다.

식물이나 고기는 어디서 나왔는가? 식물은 땅 속에 있는 것에서 체(體)를 얻고, 동물은 그 식물을 먹고 체중을 얻는다. 태아가 어머니로부터 받은 체중은 결국 모두가 땅에서 온 것이다.

그러므로 태아의 몸은 땅의 성분이다. 그리고 태어난 아이가 점점 자라서 땅에서 난 것을 먹고 체중이 10kg, 20kg, 30kg… 점점 늘어간다. 그것이 사람들의 육체이다. 따라서 모든 육체는 땅에서 온 것이다. 따라서 세상 모든 사람의 육체는 땅의 성분이 이동되어 몸을 구성하게 된 것임을 알 수 있다.

그런데 사람의 육체 속에 들어있는 영혼은 어디서 왔는가? 육체가 흙이라면 그 영혼은 흙 속에 들어있다고 할 수 있다. 흙에 혼(魂)이 들어있고, 그 혼에 또 영(靈)이 있다. 이렇게 보면 사람이란 참으로 신비(神秘)하기 그지없지 아니한가?

신비(神秘)라는 말을 해석하면 '신의 비밀'이란 의미이다. 흙속에 혼과 영이 섞여있는 것이 신의 비밀이란 말이다. 신비(神秘)라는 말도 그래서 생겨난 것이 아닐까?

동물도 혼은 있다. 그러나 영(靈)은 없다. 사람은 영도 있고 혼도 있다. 혼은 육체를 움직이게 하는 생명의 근원이다. 영(靈)은 언어를 구사할 수 있게 하고, 인간을 이성적(理性的) 고차원적 사고를 할 수 있도록 유도한다. 혼은 죽을 때까지 육체와 하나 되어 있지만 영(靈)은 입출(入出)이 가능하다.

우리가 꿈을 꿀 때, 자신의 몸은 한 자리에 누워있지만 그 영은 온 세계를 돌아다니고 있음을 누구나가 경험한다. 그러나 인간의 육체 속에서 영이 떠나 돌아오지 않으면 혼은 생명을 다하고 육체는 썩게 된다.

5. 눈으로 보이는 역사와 눈으로 볼 수 없는 역사

인류 세상의 역사는 크게 두 가지로 나눌 수가 있다. 하나는 보이는 육체의 역사이고, 다른 하나는 보이지 아니하는 가운데 육체 안에서 활동해온 신의 역사이다. 사람의 육체는 육체 안에 있는 영혼에 의하여 움직인다. 그러나 움직이는 사람의 육체는 눈으로 볼 수 있으나, 육체 안에서 육체를 움직이는 영혼은 눈으로 볼 수 없다.

사람의 육체 안에 있는 혼과 하나 되어 있는 영(靈)을 달리 신(神)이라고 칭한다. 따라서 사람의 육체에는 신이 함께 있다는 것을 알 수 있다. 따라서 인간세상의 역사를 엄격히 둘로 나누어서 볼 수 있다는 것이다. 하나는 보이는 육체의 역사였고, 그것은 우리가 학교의 국사와 세계사 학과 과정을 통하여 배워왔다.

그러나 인간 안에서 세계의 역사를 움직이게 한 신의 역사는 우리는 배우지 못했다. 본 필자는 그것을 여기서 신들의 역사라고 표현하는 것이다.

그러나 오늘날까지 우리가 알고 있는 신의 역사를 협의적(狹意的) 종교의 역사라고 한다면, 오늘 필자가 말씀 드리는 신의 역사는 광의적(廣意的) 종교의 역사로 봐주면 좋겠다.

광의적(廣意的) 종교의 역사는 인류가 창조되어 오늘날까지 흘러온 신과 결부된 인간의 역사이다. 그러나 인류의 역사는 외관으로 보이게 나타났지만, 광의적(廣意的) 종교의 역사는 보이지 않게 진행되어 왔다. "열 길 물속은 알아도 사람의 마음은 모른다."는 격언처럼 세상은 사람에 의하여 돌아가고, 사람은 그 안에 든 마음에 의하여 움직인다.

따라서 인류 세상도 보이지 아니하는 사람들의 마음에 의하여 움직여 왔다고 볼 수 있다. 마음은 곧 영이요, 신이니 결국 세상도 신에 의하여 움직여 왔음을 논리적으로 증명이 된다.

그것을 달리 신의 역사라고 표현 할 수 있을 것이다. 오늘날까지의 종교는 역사의 흐름에 따라 변형되고 부패하고 잘 못되어 왔다. 오늘날의 세계현상은 그것을 답하고 있다.

그래서 이제 미래 인류역사에 다시 만들어져야 할 광의적(廣意的) 신의 역사의 희망은 회복이다. 여기서 회복이란 처음 창조된 상태로 되돌아가는 것이다.

인간은 육체와 혼과 영이 결합되어 있는 복합체이다. 삼개체로 이루어진 존재이다. 사람의 육체에는 뇌가 있고, 각 지체에는 뇌로부터 이어진 신경(神經)이 있다. 사람의 지체에 신경이 끊어지면 그 부분은 죽은 상태가 된다. 사람의 육체에 신경이 연결되어 있으므로 몸에 이상이 생기면 아프기도 하고, 가렵기도 하는 등 감각이 있다. 신의 유무에 따라 삶과 죽음이 교차됨을 이로써 알 수 있다. 흙에도 신이 들어가면 생명이 될 수 있고, 사람의 육체에서도 신이 빠져나오면 죽음이 된다.

"호랑이에게 물려가도 정신을 차리면 살 수 있다."는 격언처럼 사람은 신이다. 그러므로 사람이 정신을 차리면 못 이룰 일은 없다.

사람의 정신에 이상이 생기면 정신병원(精神病院)으로 들어간다. 사람의 육체가 영혼으로 혼합되어 있다는 말은 곧 사람의 육체는 신(神)과 혼합되어 있다는 말과 같다. 사람의 육체 안에 영혼이 있다는 사실은 사람 안에 신(神)이 있다는 말과 같다. 그러므로 사람은 육체와 신으로 이루어진 결합체임을 알 수 있다.

사람에게서 육체를 제하면 무엇이 남을까? 신(神)이 남는다. 따라서 사람의 영혼을 정신(精神)이라고 예로부터 명명했던 것이다. 정신(精神)이란 말에 정이란 글자를 제하면 신(神)이 된다. 사람 안에 신이 있다는 말이다. 결론은 사람은 곧 신(神)이란 말이다. 신은 신인 데 인신(人神)이다.

신에 병이 들면 정신병원으로 가야 치료를 받을 수 있다. 그러나 정신병은 약으로만 치료되지 않는다. 정신병은 마음병이기 때문이 다.

사실 마음 수양을 하는 전문기관은 종교이다. 그래서 종교는 신병 (神病)을 치료하는 종합병원이라고 할 수 있다. 사람의 병들 중에도 경병(輕病)이 있고, 중병(重病)이 있다. 가장 큰 병은 신병(神病)이고 신병(神病)은 죽음 병이다.

육체의 병에도 불치병도 있고, 유전병이 있고, 후천적 병도 있고 전염병도 있다. 영적인 병에도 원병(原病)이 있고, 유전병(遺傳病)이 있고, 자범병(自犯病)이 있다. 이 병들은 모두 영혼의 병들이다. 원병 (原病)은 죽는 병이다. 원병이 생긴 원인은 원죄 때문이다.

원병은 불치의 병이다. 죽음은 원병(原病)을 치료하지 못하여 생 긴다. 한자숙어에는 '인명(人命)은 재천(在天)'이란 말이 있다. 사람 의 생명은 하느님께 달려있다는 의미이다. 사람의 생명은 하느님께 달렸는데 사람이 죽는 이유는 무엇인가?

하느님께 죄를 지었기 때문이다. 그 죄가 원병(原病)이다. 원병은 하늘로부터 받은 병이고, 유전병(遺傳病)은 조상과 부모로부터 물려 받은 병이고, 자범병(自犯病)은 자신이 살아가면서 얻은 병이다.

따라서 원병(原病)은 신으로부터 치료받을 수 있고, 유전병(遺傳 病)은 스승으로부터 받을 수 있고, 자범병(自犯病) 자신의 수신(修 身)으로 치료할 수 있다. 이 병원의 역할을 하는 곳이 종교기관이다.

육체의 병에 걸렸을 때도, 치료를 잘 하는 병원이 있고, 그 병원에 는 병을 잘 치료하는 의사가 있다. 같은 병이라도 병원에 따라 의사에 따라 치료할 수 있는 경우도 있고, 치료할 수 없는 경우도 있다.

원병(原病)의 경우도 같다. 원병(原病)을 치료하는 병원은 각종 종교이다. 그리고 각 종교의 목사님, 신부님, 스님 같은 분은 원병(原病)을 치료하는 의사이다. 나 자신은 나 자신의 원병(原病)을 치료하기 위하여 어떤 병원을 선택해야 할까? 그리고 어떤 의사를 만나야 할까? 어떤 의학전문서적을 기준으로 치료하는 의사를 택하여야 할까? 이 선택은 매우 중요한 선택이라 아니할 수 없다.

세상에도 아직 암, 버거씨병, 파킨슨병, 에이즈, 특별성 폐섬유증 등 현대병 중 치료할 수 없는 불치병들이 많이 있다. 이 병에 걸린 사람들은 대부분 결국 사망에 이르게 된다. 그런데 이 병에 걸린 사람들은 언제까지나 죽을 수밖에 없을까? 아니다.

이 병의 발생원인과 치료할 수 있는 의술이 개발되면 살 수 있다. 이 병을 치료할 수 있는 훌륭한 의사가 등장하면 살 수 있다.

그렇다면 영적 불치병이라고 할 수 있는 원병(原病, 원죄)으로 모든 사람들이 죽음에 이를 수밖에 없는데, 사람은 영원히 이렇게 죽을 수밖에 없는가?

아니다. 신병(神病) 중, 원병(原病)을 치료할 수 있는 영적 의사가 오면 사람도 죽음을 중지하고, 영원한 삶을 살 수 있다. 그것이 우리가 신앙을 하고 있는 이유이고, 종교 경전의 주된 목적이다. 이 말은 본 필자의 말이 아니라, 경서에 기록된 진리이다.

6. 죽음 병의 영적 치료사는 경서에 예언된 구세주이다

그 영적 의사가 누군가? 영적 의서인 성서와 불서와 격암유록, 정감록에 모두 그 명의(名醫)가 세상에 출현할 것을 예언으로 기록해 두었다. 그를 각각의 책에서 다른 이름으로 소개되어 있지만, 사실 인류세계에 나타날 한 사람이다. 그를 흔히 구세주(救世主)라고 한다. 구세주란 말은 '세상을 구원하는 주인공'이란 말이다.

성서에는 그를 메시아, 임마누엘, 이스라엘, 예수그리스도, 이긴자, 요한 등의 이름으로 나열되어 있으나 사실 인류 모든 사람들의 원병(原病)을 치료하기 위하여 세상에 오는 구세주(救世主)의 다른 이름들이다. 불서에는 그 이름을 미륵부처라고 기록하고 있다. 정감록, 격암유록에는 그 이름을 정도령, 십승자, 백석, 천택지인 등 다양하게 기록하고 있다.

그리고 구세주(救世主)란 이름 속에서 느낄 수도 있는 것이지만 각 경전에 기록된 그 각각의 이름이 시사하는 바가 있다. 이 이름들의 의미만 생각을 해봐도 모든 경전에 예언한 구세주의 하는 일이 무엇인지 어떤 신분인지 어떤 역할을 수행하는 자인지 알 수 있을 것이다. 그 이름만 봐도 인간의 원병을 어떻게 치료하게 되는지를 알 수 있다.

메시아란 히브리어로 구원자란 의미를 가지며 '기름부음을 받은 자'란 의미이다. 헬라어로는 '그리스도'라고 한다. 성서에서 기름은 하나님의 말씀을 의미한다. 예수를 그리스도라고 한 이유도 그는 진리인 하나님의 말씀을 가지고 있었기 때문이다. 그런데 그를 구세주라고 한 이유는 그가 진리의 말씀으로 사람들을 깨닫게 하여 사람들을 구원시키는 역할을 하기 때문이다. 이 말을 통하여 사람들은 진리말씀을 받은 자를 통하여 깨달음을 얻어야 구원받을 수 있음을 알 수 있다.

그 다음은 구세주를 임마누엘(Immanuel)이라고 한다. 임마누엘이란 "하나님이 그와 함께 계시다."는 의미이다. 예수를 또 임마누엘이라고 한 이유는 하나님의 영이 예수의 육체에 계셨기 때문이다. 이것은 무당이 굿을 할 때, 그 집 귀신이 그 무당의 육체에 임하여 무당은 입을 빌려주고 귀신은 그 무당 안에서 자신이 하고자 하는 말을 하는 것과 같다. 이것을 흔히 빙의(憑依) 라고 한다.

임마누엘이 구세주란 것에서 구세주에게는 창조주의 영이 임한 사람이란 것을 시사한다. 임마누엘이란 뜻이 하나님이 함께 하는 사람을 의미하는 이름이기 때문이다. 따라서 구세주란 아무나 될 수 있는 것이 아니라, 천상천하에 한 분밖에 안 계신 창조주의 영이 임한 사람이어야 구세주가 될 수 있다는 것을 여기서 깨달을 수가 있다. 오늘날 많은 사람들이 자칭 구세주라 하지만, 그들이 진짜 구세주라면 자신 안에 창조주가 계신 것을 증명 해내야 할 것이다.

따라서 구세주란 대단한 존재임을 알 수 있다. 구세주는 인간인데 그 인간을 만남으로 온 세상과 사람과 자연을 창조하신 창조주를 만날 수 있으니 말이다. 그렇다면 사람으로서는 구세주를 만난다는 것은 일생일대의 희망이고 소망이 아닐 수 없다.

옛날 한민족의 고서에는 환인(桓因)이란 임금이 소개되어 있다. 환인임금을 오늘날까지 우리는 하느님이라고 배워왔다. 사람은 육체이고, 하느님은 신이라고 할 때, 사람은 절대로 하느님이 될 수 없다. 여기서 환인을 하느님이라고 한 근거는 하느님의 영이 환인임금에게 임하였다는 의미로 해석될 수 있다. 이럴 경우 환인을 곧 임마누엘이라고 명명할 수 있다.

구약성서의 예언대로 이스라엘 땅에 나타난 예수를 하나님과 동일시하는 시각 또한 이러한 개념이다. 즉 예수의 육체에 하나님의 영이 임하여 이스라엘 땅에 오셔서 구약성서에서 약속한 모든 예언을 이루셨기 때문이다. 이것을 이해할 수 있는 좋은 단어가 임마누엘이다.

여기서 그 옛날에 환인에게 확실히 하나님의 영이 임하셨다면, 그리고 예수의 육체에 하나님의 영이 확실히 임하였다면, 환인임금에게 임한 영이나 예수의 육체에 임한 영은 동일한 영이여야 할 것이다.

또 앞에서 언급한 구세주를 임마누엘이라고 한 것으로 보면, 말세에 출현할 구세주의 육체에도 예수께 임했던 동일한 영이 임하게 된다는 사실을 알아야 한다. 이러한 사실은 매우 의미심장한 일이라 할 수 있다. 이것은 곧 한 가정에서 여러 차례 여러 무당을 불러 굿을 했다면 무당은 바뀌었지만 그 무당 안에 들어온 귀신은 동일하다는 말과 같은 이야기이다. 여기서 창조주란 유일신을 생각해보게 된다. 지구촌에 많은 사람들이 살고 있는 것처럼 신의 세계에도 많은 신들이 있다. 또 사람이 살고 있는 세상도 조직적으로 이루어졌듯이 신의 세계도 조직을 갖추고 있다.

7. 지구촌에 사는 사람들 중에 같은 사람은 한 사람도 없듯이 수많은 신들도 각각 다른 개체이다

세계에는 70억 이상의 많은 사람들이 살고 있다. 그 많은 사람들은 다양한 조직으로 구성되어 있다. 그러나 그 많은 사람들 중에 같은 사람은 한 사람도 없다. 그리고 세계에는 각각의 사람마다 지위가 있고, 각각 맡은 소임이 있다.

미국이란 나라를 통치하는 오바마라는 대통령도 있고, 한국을 통치하는 박근혜라는 대통령도 있다. 세상에는 빌게이츠라는 사람도 있고, 회사 생활을 영위하는 평범한 존슨이란 사람도 있다.

그들은 모두 각각의 이름을 가지고 있다. 이 처럼 신의 세계에도 창조주란 고유한 신이 계신가 하면, 수많은 신들이 있다. 그 신들 또한 고유한 하나의 개체이다. 이들을 크게 보면 다 같은 신들이지만, 작게 보면 하나하나의 고유한 개체를 가지고 있다. 그 신들 중에는 자신을 있게 한 수많은 직계 조상신들도 있다.

이런 많은 신들 중에 오늘 언급하는 신은 창조주 하느님의 신이다.

만약에 지구촌에 구세주가 나타났다고 한다면, 그것은 바로 창조주 하느님의 신이 지구촌의 어느 한 육체에게 임한 상황이라는 것을 알 수 있다. 이것을 이상하게 생각하는 것이 이상하다.

왜냐하면, 대자연과 인간세상을 창조 하신 분이 자신이 창조한 곳에 다시 오신 것이기 때문이다. 다만 창조주는 신이기 때문에 육체가 없다. 육체가 없으니 사람들에게 보일 방법이 없다. 그래서 창조주는 인간의 육체를 택하여 사람에게 나타나게 된다.

유리그릇에 액체가 담길 수 있듯이, 사람의 육체에는 영이 담길 수 있다. 그래서 경서에는 사람의 육체를 성전이라고 하였다. 사람의 육체에 거룩한 영인 성령이 거하면, 육체는 성전이 될 수 있다는 것이다.

그래서 창조주의 영이나 다른 영들도 조건이 맞으면 어떤 육체에 임할 수 있다. 창조주의 영이 처음 인간을 창조될 때, 첫 사람의 육체에 들어갔다고 한다. 그리고 그 영은 환인임금께 들어가셨단다. 그리고 또 지금으로부터 2000년 전에는 그 창조주의 영이 예수란 육체에 들어갔단다. 그리고 말세 때는 구세주의 육체에 창조주의 영이 임하게 된다고 경서는 기록하고 있다.

이것은 마치 세종대왕의 업적을 알리기 위한 드라마나 연극에서 한 때는 김상경이란 배우가 세종의 역할로 출연하였다. 그 다음은 한석규란 배우가 세종대왕의 역할을 하였다. 뿌리 깊은 나무란 뮤지컬에서는 서범석이란 배우가 캐스팅 되어 세종대왕의 역할을 하였다.

이때 드라마나 연극을 본 사람은 배우의 인생을 본 것이 아니라, 세종대왕의 인생을 본 것이다. 본 필자가 말하는 구세주란 존재도 이 드라마나 연극의 경우처럼 새로운 육체를 통하여 창조주의 모습을 나타내게 된다는 사실이다.

이런 맥락에서 기록된 역사나 경서가 사실이라고 하면, 환인, 예수, 마지막 때 나타난다는 구세주에게 임한 영은 동일한 창조주의 영이란 사실이 뒷받침 된다.

또 여기서 창조주의 영도 세종대왕의 영도 영의 세계에서 지금 실존하고 있다면, 이 둘의 영도 각각의 다른 개체로서 존재하고 있다는 것을 깨달아야 한다. 이것은 영의 세계도 우리 지구촌 인류세상처럼 제각기 다른 영들이 각각 개체로서 구성되어 있다는 사실을 말해준다.

그렇다면 구세주가 우리가 사는 세상에 오셨다는 의미는 이러하다고 할 수 있을 것이다. 즉 구세주에게는 창조주의 영이 임하셨다는 것이고, 구세주가 지구촌에 오셨다는 의미는 곧 창조주가 지구촌에 오셨다는 의미와 같다. 그리고 창조주는 오직 한 분뿐이므로 이 세상에 구세주가 오셨다는 것은 다른 곳에는 창조주가 없고, 오직 이곳에만 창조주의 영이 있다는 말과도 같다.

지구촌에 오바마란 대통령은 한 사람뿐이다. 그런데 미국의 백악관에 있던 오바마 대통령이 현재 지구촌 땅 끝인 한국에 와 있다면 오바마는 세계 중 한국 외, 어디에서도 찾을 수가 없을 것이다.

구세주가 지구촌 어디에 왔다는 사실은 이런 상황들과 비교될 수 있을 것이다. 이 처럼 창조주도 한 개체이다. 그 창조의 신이 지구촌 어디에 있을 한 육체에 임하여 있다면 다른 곳에서 그 신을 찾을 수 없는 것은 당연할 것이다.

이렇게 구세주란 그의 육체에 유일신인 하느님의 신이 임하여야만이 그 자격이 될 수 있다. 그래서 불교의 구세주가 달리 있을 수 없고, 기독교의 구세주가 달리 있을 수 없다는 것이다. 따라서 지구상에 구세주가 왔다는 의미는 불교의 미륵부처가 왔다는 의미이며, 기독교에서 바라던 메시아가 왔다는 의미이며, 한민족의 예언서에 예언한 정도령이 왔다는 의미이다. 구세주라면 모든 종교 모든 인류의 구세주가 되어야 된다. 구세주가 여럿이 있다는 말은 곧 자신을 낳아준 부모나 직계조상이 여럿이 있다는 말과 같기 때문이다.

8. 구세주란 오늘날까지 사람들의 영혼 속에 기생한 악신의 정체를 드러내어 이기는 자이다

그 다음은 구세주를 이스라엘이라고 한 부분에 대한 설명이다. 이스라엘이란 히브리어의 의미는 '이기다', '이긴 사람'이란 의미를 가지고 있다. 구약성서에 처음으로 이스라엘이란 이름이 등장하는데, 하나님은 이삭의 아들 야곱이 천사와의 씨름에서 이기므로 이스라엘이라고 개명해준데서 유래된 이름이다. 야곱이 이겼으므로 이스라엘이란 이름을 최초로 가질 수 있었다.

그런데 신약성서 히브리서에는 구약성서에 기록된 것들은 장차 오게 되는 좋은 일의 그림자라고 덧붙여놓았다. 이는 구약성서에 기록된 기구들은 상징하는 바가 있고, 그림자란 것이다. 장차 있을 좋은 일이란 그림자로 있던 것이 실체로 나타나게 된다는 의미이다.

즉, 이 말을 여기에 적용시키면 구약에 등장하는 이스라엘은 그림자이고, 신약 요한계시록에 등장하는 이스라엘은 실체라는 말이 된다. 따라서 구약성서의 이스라엘은 야곱이 천사와 씨름하여 이기므로 얻은 나라이며, 이는 그림자란 말이다.

그러나 요한계시록에 등장하는 이스라엘은 마귀의 왕, 용과 진리로 싸워 이긴 결과 얻어지는 구세주이고, 그가 세우는 나라가 이스라엘 12지파이다. 그리고 그가 세우는 나라가 마귀와 싸워 이긴 진짜 '이스라엘' 나라다.

이 이스라엘은 근동의 이스라엘과 다른 나라이며, 지상천국이다. 이는 구약의 그림자가 실체로 나타난 실제의 나라이다.

그런데 요한계시록 이전에 하나님께서는 예수를 또 이스라엘이라고 하셨다. 그리고 예수는 자신이 "마귀의 시험에서 이겼다."고 하였다. 그리고 또 예수는 그 당시 현직 목자였던 서기관 바리새인들과 진리의 말로 싸워 이겼다고 선언하였다.

그리고 예수는 현직목자들에게 '뱀'이라고도 '독사들'이라고도 하였다. 뱀은 마귀신이 들어간 사람이나 목자를 비유하여 칭한 비밀스런 말이다.

그러나 예수는 임마누엘로서 하나님의 성령이 임한 사람이었다. 영적으로 볼 때, 두 관계는 하나님의 영과 마귀 영이 각각 그 육체에 들어간 관계였다. 두 영은 모두 각각의 육체 안에 거하였다.

하나님의 영은 예수의 육체에 들어갔고, 마귀 영들은 그 당시 현직 목자들의 육체에 들어간 상태였다.

따라서 예수 초림의 때에 있었던 사건을 기록한 사복음서에 기록된 예수와 그 당시 목자들과의 언쟁은 사실 영적 전쟁이었던 것이다.(마태복음 23장,요한복음 8장) 이것을 통하여 신들의 전쟁이 어떤 방식으로 이루어지는가를 알 수 있게 된다. 이 전쟁은 마치 경마경기를 방불케 한다. 경마경기에서는 자신이 택한 말이 이기면 경기에서 자신이 이긴 것이고, 자신이 택한 말이 지면 자신이 경기에서 진 것으로 간주한다.

그래서 영적 전쟁에서 예수가 이긴 것은 곧 하나님이 이긴 것이다. 하나님이 이긴 것은 사람을 이긴 것이지만 사실은 마귀를 이긴 것이다. 예수는 하나님의 이름을 걸고 싸웠으며, 서기관 바리새인 등 그 당시 현직 제사장들은 마귀의 이름으로 싸웠던 것이다.

이것은 마치 각국의 국가대표 선수가 나라를 대신하여 싸워 이기면 그 나라가 이긴 경기요, 지면 그 나라 전체가 진 경기가 되는 이치와 같은 것이다.

이 종교전쟁의 최종 결과가 마지막 때를 예언한 신약성서 요한계시록에 있어진다. 요한계시록에는 '이스라엘'이란 말이 주제어로 등장하는데, 이것을 한국 번역 성서에는 한글로 해석하여 '이긴 자', '이기는 자'라고 기록하고 있다. 이기는 대상은 용과 뱀이고, 용과 뱀은 또 마지막 시대의 목자들에게 빙의(憑依=어떤 사람의 육체에 다른 신이 들어간 상태)되어 나타난다.

즉 마귀의 왕과 마귀들이 마지막 시대를 주관하는 목자들의 육체에 임하게 된다는 것이다. 사람의 육체에 하나님의 영이 들어가면 '임마누엘'이란 이름을 얻게 되고, 사람의 육체에 마귀의 영이 들어가면 그 사람을 '뱀'이라고 부른다.

예수 초림 때, 예수는 그 당시 신앙지도자들인 서기관 바리새인들에게 뱀이라고 하였다. 그것은 밀어(密語)였다. 뱀이라고 한 것은 그들이 파충류인 뱀을 의미한 것이 아니라, 그들이 마귀 소속이란 것을 암시한 것이다. 따라서 창세 때부터 비유를 베풀어 비밀로 발표한다고 기록한 시편 78편의 말씀처럼, 창세기의 뱀의 정체도 이로써 알만한 것이다. 아니면 어찌 옛날이라 하지만 뱀이 말을 다 할 수 있었겠는가?

요한계시록에서 하나님은 한 정한 장소에 가칭 요한이란 한 사람을 등장시킨다. 그리고 마귀의 왕은 그곳에 뱀들을 출현시킨다. 이들 간에 서로 영적 전쟁이 벌어진다. 그리고 최종적으로 가칭 요한이란 자가 이기게 된다. 당연히 이기는 도구는 진리이다.

이긴 상대는 용왕과 뱀들이다. 결국 요한은 용왕과 마귀를 상대로 이기게 되는 것이다. 그래서 요한이란 자가 '이긴 사람'이 되고, 이긴 사람은 곧 히브리어로 '이스라엘'이 되는 것이다. 따라서 이긴 사람은 사람의 육체에 든 마귀를 이긴 격이다. 이 이스라엘이 요한계시록에 새롭게 탄생하므로 말미암아 이긴 사람이 이 사실을 만방에 고하게 되고, 이 이긴 사람이 영적 새 이스라엘나라를 세우니 이 나라가 마지막 때, 세워지는 마귀 없는 나라가 된다. 이 이긴 나라에서 창세기 에덴동산에 들어왔던 옛 뱀을 잡았으니 더 이상 지상에서 마귀가 날뛸 수 없게 된다.

이 사람이 이 사실을 가지고 세상만민들에게 가르치니 세상만민들의 육체 속에 마귀가 없어지게 된다. 이 나라가 바로 마지막 때, 세워지는 최종적 이스라엘나라이다. 이 전쟁에서 이기는 이가 성서에서 예언한 구원자이고 구세주이다. 이 사람이 창세기 때부터 인간의 육체에 임하게 된 마귀를 이기고 쫓아내는 역할을 하게 된다.

말세 때까지는 모든 사람들의 영은 악령이다. 그 모든 사람 가운데 최초로 마귀 영을 이긴 첫 사람이 등장한 것이다. 마귀를 이긴 첫 사람은 마귀를 이겼으므로 자신 안에 살던 마귀가 떠나게 된다.

그래서 구세주는 모든 사람들 중에 최초로 마귀 영으로부터 구원을 받는 사람이 된다. 구원 받은 그 육체에는 성령이 임하게 된다. 그리고 첫 사람은 두 번째 사람 세 번째 사람들에게도 진리로 가르쳐 마귀를 이기게 하니 이긴 사람들은 마귀 영에서 풀려나게 되어 이것이 바로 실재하는 구원의 역사가 된다. 이렇게 마귀의 영에서 해방된 사람들은 마지막에 세워진 이스라엘나라의 백성이 된다.

이곳을 격암유록에서는 십승지(十勝地)라고 한다. 십승지를 해석하면 십자가의 진리 곧 '성경의 예언으로 이긴 땅'이란 뜻이며 이것을 히브리어로 하면 이스라엘이다.

따라서 진정한 이스라엘나라에는 마귀가 없다는 것을 알 수 있다. 마귀가 없는 나라에는 하나님의 영과 성령들이 올 수 있는 환경이 된다. 하나님의 영과 성령들이 온 나라를 우리는 천국이라고 부른다. 여기서 천국은 마귀가 없는 성령의 나라임을 깨닫게 된다.

그러므로 요한계시록에서 마귀를 이기고 나타난 나라인 최종의 이스라엘은 지상 천국임을 알 수 있다. 이스라엘의 공식은 예로부터 12신이 이끌게 된다. 12신이 지상의 이스라엘 나라의 열 두 사람과 영육 간 신인합일을 이루게 되니, 12인은 이스라엘의 12제자로 나타난다.

12제자는 다시 사람들을 진리로 깨닫게 한다. 그렇게 깨달은 자들이 모인 나라가 12지파가 된다. 이곳에서 사람들을 불러 진리로 깨닫게 하게 되는데, 이들 중 깨닫는 자들은 12지파의 소속이 된다는 의미이다. 이들이 깨닫는 사항은 세상과 모든 사람들의 육체에는 마귀 영이 들어있다는 것이다.

그리고 그 사실을 깨닫게 되면 자신의 육체 속에 들어있는 마귀 신은 자신의 육체 밖으로 쫓겨 갈 수밖에 없다. 자신 속에서 오늘날까지 마귀 신이 자신의 육체를 구속하고 있었던 것이다.

이것을 종교 경전적으로 표현하면, '마귀를 이겼다'고 하는 것이다. 이전까지는 자신의 육체가 마귀에게 져서 마귀의 소유물로 있었지만, 이제부터는 마귀를 이겼기 때문에 마귀로부터의 구속이 끝나게 된다. 이런 상태를 종교적으로 '구원 받았다'고 한다.

그래서 이스라엘이란 나라의 참의미는 중동에 있는 이스라엘이란 나라와 별개로 '마귀를 이긴 사람들의 나라'라고 할 수 있다. 많은 사람들이 이긴 사람이 될 수 있는 이유는 마귀를 이긴 사람의 진리를 듣고 깨닫게 되면, 자신도 마귀를 이긴 사람으로 인정되기 때문이다.

그리고 이 이스라엘이란 나라에는 마귀를 이기지 아니하면 들어올 수 없는 나라이다. 따라서 이 나라의 백성들의 영혼은 마귀 신에게 구속된 사람이 한 사람도 없고 모두 마귀로부터 구원받은 사람들만 있다.

그래서 구세주란 이름을 이스라엘이라고도 한 것이다. 이렇게 마귀를 이긴 사람들은 마귀를 이기지 못한 사람들과 구별이 될 것이다.

이기지 못한 사람들의 영혼은 여전히 마귀의 영이고, 마귀를 이긴 사람들의 영혼은 성령으로 변화 된다.

그래서 마귀를 이긴 나라의 사람들과 이기지 못한 사람들과의 차이가 있게 되는데, 그 차이는 영의 차이이다. 그 결과 그 영의 차이로 말미암아 둘 사이에는 사상이 다르게 된다.

마귀를 이기지 못한 사람들의 사상은 오늘날과 같은 사상이고, 마귀를 이긴 사람들의 사상은 새로운 사상이다.

그런데 이 사상에는 각각 영들이 개입되어 있다. 영은 곧 신이기 때문에 서로의 신은 자신의 것을 주장하게 된다. 이런 상황에서 논쟁들이 발생하게 되고 세상 사람들에게 이슈가 된다. 그리고 이런 논쟁들이 일반 사람들의 눈에는 교파간의 교리싸움처럼 비치어 나타난다.

9. 이스라엘을 한자로 표현하면 십승자(十勝者)이다

그 다음 구세주의 이름을 우리민족의 예언서 격암유록에는 십승자라고 기록하고 있다. 십승자를 한자로 쓰면 열 십(十) 자에 이길 승(勝) 자에 놈 자(者)이다. 합하면 십승자(十勝者)이다. 이를 해석하면 '십자가의 도(道)로 이긴 사람'이란 의미이다. 십자가의 도는 성서를 가리킨다. 성서의 진리로 이긴 사람은 앞에서 설명한 '가칭 요한'이란 사람임을 알 수가 있다.

격암유록에서는 그 십승자를 정도령이라고도 한다. 정은 바를 정(正) 자이고, 도는 길 도(道) 자이고, 령은 명령 령(令) 자이다. 합하면 정도령(正道令)이고, 해석하면 바른 도를 가지고 하느님의 명령으로 온 사람이란 의미이다.

격암유록에서는 이 사람을 또 천택지인(天擇之人)이라고 소개를 하고 있다. 해석하면 '하느님이 택한 사람'이란 의미이다. 이 말로서 알 수 있는 것은 구세주가 될 수 있으려면 하늘의 택함을 받아야 될 수 있지 아무나 자신의 의지로 구세주가 될 수 없다는 사실이다. 또 구세주가 사람의 육체로 출현된다는 것도 이것으로 깨달을 수가 있다.

격암유록에서는 또 이 천택지인을 백석(白石)이라고 한다. 백석은 흰 돌이란 이름으로 예수를 비유한 말이다. 이 처럼 동양의 예언서인 격암유록에서 예언한 구세주와 성서에서 예언한 구세주는 동일한 구세주임을 알 수가 있는 것이다.

불교에서는 구세주를 미륵부처라고 했다. 미륵부처는 정법(正法)을 가지고 사람들을 부처로 성불시키는 사람이라고 불서는 기록하고 있다. 그리고 미륵경에는 미륵은 마왕(魔王)과 싸워 이겨서 미륵부처로 성불하게 된다고 기록하고 있다. 이것은 미륵이 정법으로 마왕과 싸워서 이긴 자가 된다는 말과 같다.

정법은 곧 진리이고, 마왕은 성서에 등장하는 용왕이니, 곧 미륵부처의 실체는 진리로 용왕을 이겨서 이긴 자가 되는 격암유록의 십승자요, 성서의 요한과 동일한 인물이 아니냐는 것이다.

이상과 같이 구세주의 이름은 여러 가지나 인류를 구원할 구세주는 오직 한 사람이다. 그리고 그의 역할은 그가 가진 여러 가지 이름을 통하여 추측이 가능하다는 것을 알 수 있다. 사람의 원병은 이 구세주가 세상에 등장하므로 비로소 치료되게 된다.

사실 인류 모든 사람들의 원병(原病)을 치료하기 위하여 세상에 오는 구세주(救世主)는 이런 차원의 사람이다. 그렇게 될 수 있는 이유는 구세주는 사람의 육체로 출현하지만 그 속에는 창조주의 영이 임하기 때문이다. 창조주는 만물과 사람을 창조하신 신이므로 사람이 신병이 든 원인을 알고 있다. 그래서 현 인생의 마지막 때 이러한 섭리로 세상에 와서 모든 일을 바르고 새롭게 고쳐서 좋은 세상을 시작하게 하는 것이다.

불서의 미륵부처, 정감록, 격암유록의 정도령, 십승자, 백석, 천택지인, 성서의 이스라엘, 메시아는 마지막 때, 세상에 임하는 명의의 다른 이름들이다. 이 명의(名醫)의 정체는 그 내면은 천신(天神)이고, 겉은 사람의 모습이다. 그래서 이 사람을 찾을 수 있는 방법은 오직 도(道)뿐이다. 또 도(道)는 참경전이다.

이 처럼 경전을 내용상으로 정리해보면, 매우 합리적으로 기록되어 있음을 확인할 수 있다. 그것은 종교경전이 저절로 만들어진 것이 아니라, 신과 연관된 선지자들에 의하여 쓰인 글이기 때문이다.

따라서 종교 경전에는 사람이 종교를 해야 하는 이유가 기록되어 있다. 즉 창조주는 신이며, 이 신은 인간과의 관계에 이상이 생겨서 그것을 바로잡기 위해서 선지자들을 영적으로 감동시켜서 그 사연과 계획을 기록하게 한 것이 종교 경전이란 것이다.

그리고 그 주된 내용을 살펴보면 모든 사람이 신병(神病)에 걸렸다는 사실이다. 모든 사람이 신병(神病)에 걸린 이유는 죄 때문이다. 죄는 죄지만 일반의 죄가 아니라, 원죄(原罪)이다. 원죄는 불경죄(不敬罪)나 불효죄(不孝罪)와 비슷하다고 할 수 있다. 조상 중에 부모를 공경하지 않고, 부모를 버린 자가 있다하면 이는 세상적으로 반인륜적인 죄라고 할 수 있고, 불경죄, 불효죄라고 할 수 있을 것이다.

원죄를 쉽게 표현하면 사람은 천부(天父)로부터 세상에 태어났는데 사람이 천부를 부정하고 버린 것을 말한다. 천부의 본성은 신(神)이다. 그 본성이 사람의 영(靈)으로 임하였기 때문에 사람은 천심(天心)을 가지게 된 것이다. 천심(天心)은 곧 천신(天神)이다. 천신이 인간의 육체에 임하여 왔으니 사람이 인신(人神)이 되었고, 인신은 곧 인심(人心)이 된 것이다. 따라서 인심(人心)은 인신(人神)이다.

사람의 마음에 신이 왔으니 그 신은 창조주의 신에서 온 것이 확실하다. 따라서 창조주인 천부(天父)와 사람과의 관계는 부자관계임을 알 수 있다. 그러나 불행하게도 이 부자관계는 먼 옛날에 깨져버렸다. 그런 나머지 사람의 육체 안에 있던 천신인 성령은 육체를 떠나고 말았다.

오늘날도 많은 사람들이 창조주인 천부(天父)를 인정하지 않고, 믿지 않고 있다. 그런데 자신의 몸에는 원래 창조주인 천신의 분신(分神)이 임하여 있었다. 그것이 자신의 원래의 영혼이다. 사람이라면 정신(精神)이 없는 자가 없다. 정신(精神)은 자신의 육체 속에 살고 있다.

이것은 분명 자신이 천신의 자식임을 증거 하는 것이거늘 그 사실을 믿지 않고 인정하지 않는 것은 부모를 버린 폐륜아가 되는 것이다. 자식이 부모를 버렸으니 부모는 자식을 떠날 수밖에 없다. 이것이 천부와 인간간의 현재 상황이다. 자신이 천신을 버렸으니 자신의 육체 속에 있던 성령이 떠나게 된 것이다.

처음 그 불효를 저지른 사람을 구약성서에는 분명히 기록하고 있는 바, '아담'이란 자이다. 아담은 천부(天父)에게 생령을 부여받았으나 천부(天父)에게 지울 수 없는 죄를 저질러버렸다. 이 일로 말미암아 아담 이후 모든 인류에게 천부(天父)의 영은 떠나고 대신 망령된 악한 신이 사람의 육체를 지키고 있게 된 것이다.

이렇게 얻어진 신병(神病) 때문에 모든 사람들은 그 병을 치료하기 위해서 영적 병원에 가야했다. 사람이 신병(神病)을 치료 받기 위해서는 그 병을 완치시킬 수 있는 명의(名醫)를 만나야 했다. 사람의 질병을 잘 치료할 수 있는 방법을 기록한 책은 동의보감이나 황제내경 같은 의서(醫書)이다. 명의(名醫)는 의서(醫書)를 통달한 사람이다.

신병을 치료할 수 있는 의서는 종교 경전이다. 의서가 모든 병을 완치시킬 수 있는 확실하고 충분한 내용으로 되어 있지 아니하면 불완전한 의서일 것이다. 사람이 신병(神病)을 완치 시킬 수 있는 의서는 과연 무엇일까? 그리고 아무리 좋은 의서가 있다 할지라도 의사가 그 의서를 이해하지 못하면 아무 소용이 없을 것이다. 그렇다면 어떤 명의가 의서를 통달하여 사람의 신병(神病)을 완치 시킬 수 있을까?

분명한 것은 아직 세상에 영적 의서인 경서를 완전히 통달한 의사는 없다. 그 결과 아직 세상에서 죽음을 이긴 사람은 없다. 그것을 뒷받침 할 수 있는 것은 오늘날까지 성서 및 불서에 기록된 예언을 해석할 수 있는 사람이 지구촌에 한 사람도 없었다는 사실이다.

신병(神病)의 의서는 무엇인가? 종교 경서이다. 따라서 신병(神病)의 명의(名醫)는 종교 경전을 통달해야 하지 않겠는가?

오늘날까지 종교 경전을 다 깨달은 자가 없었으나 말세라고 하는 오늘날에 와서 비로소 종교경전을 다 깨달은 자가 세상에 출현했다. 그가 바로 앞에서 소개한 용을 이기고 출현한 구세주이다. 그 구세주만이 사람에게 온 신병을 치료할 수 있다.

사람에게 왜 신병이 생겼을까? 사람이 신이고 신이 사람을 낳았다면 사람이 우연히 지구상에 생겨나지는 않았을 것이다. 왜냐하면 신은 우연히 존재할 수 있는 것이 아니기 때문이다.

개가 새끼를 낳으면 강아지가 되고, 소가 새끼를 낳으면 송아지가 되듯이 신이 새끼를 낳으면 신이 아닌가?

신약 성서 사도행전 17장 29절에는 사람을 '신의 소생'이라고 기록해둔 것도 그 때문이다. 병을 치료하기 위해서는 진찰을 정확히 해야하고 그 병에 맞는 처방을 잘 내려야 할 것이다.

진찰과 처방을 잘 내기 위해서는 이 사람의 조상의 유전성 병역이나, 자신의 병역이나 태생이나 생활환경 등을 잘 참고하여야 할 것이다. 우리 인간들의 신병의 원인을 알기 위해서는 인간 세상이 어떻게 생기게 되었는가에 대하여서부터 잘 알아야 할 것이다.

종교 경전에는 이런 사실들에 대해서 산발적으로나마 잘 기록해 두었다. 여기서는 종교 경전과 상식적인 사고로서 먼저 사람이 어떻게 이 세상에 생겨날 수 있었나를 인간 탄생의 계보도(系譜圖)를 더듬어 보면서 깨달아 보고자 한다.

사람의 구성요소가 신(神)이라면 분명 자신은 우연한 존재가 아님이 분명하다. 그리고 자신이 신이란 사실은 매우 흥미로운 사실이 아닐 수 없다. 그렇다면 신의 속성을 가진 우리는 어디서 왔는가?

옛날 단군조선시대 때의 교육의 핵심을 엿보면, 이미 우리 조상들은 이런 사실들을 다 알고 있었음이 확인된다. 그때의 가르침은 '자신은 부모님에게서 왔고, 부모님은 조상에 의하여 존재한다.'고 하였다. 그리고 '조상은 또 하늘에서 왔다'는 것이다.

결국 자신이 하늘에서 왔다고 말함이 아닌가? 이때 하늘은 하느님을 의미한다. 자신이 하느님에게서 왔으니 자신은 하느님의 후손이 아닌가? 역으로 말하면 하느님은 그 후손들의 조상이 아닌가? 그래서 예로부터 우리나라를 천손(天孫) 천강(天降)민족이라고 했던 것이다.

그래서 동학에서는 인내천(人乃天)이라고 이를 표현하려 했다. 인내천이란 '사람이 곧 하늘'이란 의미이다. 사람은 뭐고? 하늘은 뭔가? 사람에게는 영이 있고 영은 곧 신이다.

하늘은 곧 하느님이며, 하느님은 영이고, 신이다. 하늘도 사람도 신이니 곧 사람이 곧 하늘이라고 한 것이다. 결국 사람은 존엄한 존재란 사실을 깨닫게 한다. 그러나 한편 사람은 육체를 가진 피조(被造)된 신(神)이고, 하느님은 창조의 신(神)이다. 그래서 사람은 하느님을 공경해야 한다는 뜻도 동시에 있다.

성서에도 하나님이 사람의 심령(心靈)을 창조하였다고 기록되어 있다. 그리고 하나님이 세계만민을 한 혈통으로 창조하였다는 기록도 있다. 한 혈통으로 낳았다는 말은 결국 단군조선 때의 교육이었던 '하느님이 조상을 낳고', '조상이 부모님을 낳고', '부모님은 자신을 낳아 이렇게 존재하고 있다'는 것을 설명하고 있음을 알 수 있다.

그렇다면 그러한 사실을 어떻게 믿을 수 있느냐는 것이다. 그 증거는 바로 우리 육체 속에 들어있는 신(神)의 존재성과 출처이다.

우리 육체 속에 있는 신(神)은 어디서 온 것일까? 자신은 부모로부터 나왔으니 자신 속의 신(神)도 부모로부터 받았다는 말이 맞을 것이다. 부모님은 자신 속의 신(神)을 누구에게 받았을까? 조부모님으로부터 받았을 것이다. 조부모님은 또 그 윗대 조상에게 신(神)을 받았다. 그리고 가장 높은 곳으로 올라가면 우리의 시조가 존재할 것이다. 그 시조 또한 자신의 부모로부터 신을 물려받았을 것이다.

그런데 시조는 첫 사람인데 어찌 부모가 있을 수 있겠는가? 그러나 우리 자신이 이렇게 존재할 수 있는 것은 분명히 자신 위로 직계 계열의 조상이 있었기에 가능하다 할 것이다. 그런데 시조는 누구에서 왔느냐는 문제에 봉착하게 된다.

그런데 시조에게 발견할 수 있는 신(神)을 세상 어디에서도 찾을 수 없다는 사실이다. 그런데 옛 역사서와 종교 경서에는 그 신(神)에 대하여 자세한 정보가 들어 있다. 거기에만 창조주 하느님에 대한 정보가 또렷하게 기록되어 있다. 거기에는 영이신 창조주가 자신의 형상으로 사람을 창조하였다고 기록되어 있다. 창조주는 육체가 없는데 무슨 형상이 있겠는가?

창조주의 형상은 성령이라고 하였다. 따라서 창조주는 시조를 성령으로 창조하였음을 알 수 있다. 따라서 시조와 우리인간은 하나님에게서 왔다는 것을 알 수 있고 처음 성령으로 창조되었다는 사실도 알 수 있다. 그래서 시조의 친아버지는 천부(天父)임을 부인할 수 없는 것이다.

다시 반복하면 성서에는 하나님은 신(神)이고, 영(靈)이라고 소개를 하고 있다. 그러고 보니 우리 육체 속에 있는 신(神)의 출처를 지구촌 어디서도 찾을 수 없었으나 오직 하나님에게서만 찾을 수 있다는 것을 알 수 있다. 그렇게 되면 하나님은 멀리 계시는 분이 아니라, 자신의 직계 조상임을 알 수 있다. 결국 우리 자신의 가장 높은 조상이 하느님이란 사실을 이로써 깨달을 수가 있게 되는 것이다.

이러한 모든 사실이 세상에 구세주가 출현하므로 다 밝혀지니 좋은 세상이 눈앞에 와 있음을 직감할 수 있다.

10. 창조주는 자신의 가장 높은 직계 조상이다

이렇게 될 때, 우리의 족보는 하느님으로부터 시작되었음을 알 수 있다. 이렇게 됨으로써 하느님을 서양 성서에서만 찾을 수 있는 것이 아니라, 동양의 경서에서도 찾을 수 있다는 사실을 알 수 있다.

뿐만 아니라, 그 하느님을 성서에만 찾을 수 있는 것이 아니라, 세계의 많은 경서에서도 찾을 수 있다는 사실을 깨달을 수가 있다. 따라서 하나님이란 분이 기독교인들만의 전유물이 아니라, 세계 만민들의 직계조상임을 이로써 알 수 있는 것이다.

세계만민들이 한 혈통이라면 세계 만민들이 섬겨야 하는 종교의 대상은 자신의 직계 조상인 창조주 한 분밖에 없지 않는가? 그런데 왜 세상에는 종교가 그렇게 많은가?

이렇게 창조주와 인간의 계열을 깨닫게 되면 우리는 창조주를 찾을 수 있다. 그리고 창조주와 우리의 관계가 서로 직계조상과 후손으로 맺어져 있음을 부정할 수 없다. 그렇다면 세계 종교가 창조주란 이름을 내세우게 되면 세계인들은 모두 한 창조주의 자손이 되며 우리는 같은 형제자매란 사실을 인정할 수 있다.

그렇게 되면 종교로 서로 전쟁하는 일도 없어질 것이다. 종교로 생기는 가족 간 불화도 없어질 것이다. 뿐만 아니라, 세계 종교가 하나로 통일 될 수밖에 없을 것이다. 앞으로 이런 길을 통하여 세계 종교와 사상이 하나로 통일될 것이다. 이것은 처음 하나였으니 나중도 하나로 합하여지는 역사이다.

우리나라의 토속종교라 할 수 있는 대종교(大倧敎) 경전 중 하나인 『신사기 神事記』 등에는 인류 창생과 문명의 기원에 관한 기록을 다음과 같이 담고 있다. 대종교에서 말하는 인류 창생에 관한 교리에서 '최초의 인류는 나반(那般)이라는 남자와 아만(阿曼)이라는 여자'이다. 이 내용은 상고사서인 『환단고기, 삼성기』에도 역사적인 사실로 기록하고 있다.

이들은 태초에 천하(天河)의 상류 양편에 별거하며 오랫동안 만나지 못하다가 세월이 지난 다음에 만나 짝이 되었다고 한다. 나반과 아만의 자식은 다섯인데, 그 피부색이 각각 달랐다.

그 자식이 나뉘어 다섯 빛깔의 겨레가 되었는데, 황(黃), 백(白), 흑(黑), 홍(紅), 남(藍)이 그것이다. 이처럼 대종교에서는 인류의 기원을 설명할 때 피부색에 관한 문제를 가장 근원적인 것으로 놓고 기술하고 있다.

특히 『삼신오제본기』에는 『신사기』보다 더 자세하게 피부색과 외모의 생김새를 묘사하고 있다. "황부(黃部)의 사람은 피부가 약간 노랗고 코가 높지 않으며, 광대뼈가 높고 머리가 검으며 눈이 평평하고 청홍색이다. 백부(白部)의 사람은 피부가 밝고 얼굴이 길고 코가 튀어나오고 머리가 회색이다. 적부(赤部)의 사람은 피부가 녹슨 구리 빛이고 코가 낮고 코끝이 넓으며 이마가 뒤로 경사지고 머리는 말아서 오그라졌다"고 기록하고 있다.(한국민족문화대백과, 한국학중앙연구원)

이것들이 인류의 역사자료들이요, 인류의 종교의 재료가 된다. 이로써 자신이 신이란 사실도 알 수 있고, 하느님이 우리를 낳은 진정한 (할)아버지이심을 알 수 있다. 단군임금의 가르침처럼 서양의 대표적 신서인 신약성서에도 여기에 대한 기록이 분명히 있으므로 여기에 싣는다.

"하나님이 자기 형상 곧 하나님의 형상대로 사람을 창조하시되 남자와 여자를 창조하시고", 창세기 1장 27절의 내용이다.

"이스라엘에 관한 여호와의 말씀의 경고라 여호와 곧 하늘을 펴시며 땅의 터를 세우시며 사람 안에 심령을 지으신 자가 가라사대", 구약 성서 스가랴 12장 1절의 내용으로 사람 안에 있는 심령을 창조하신 분은 여호와 하나님이라고 하신 내용이다.

이것으로 보아도 우리 안에 있는 심령(心靈)은 만든 자가 계시고 만든 자는 창조주 하나님이심을 알 수 있다. 그렇게 창조주께서 인간의 첫 시조를 낳고, 그 시조로부터 생겨난 사람들이 오늘날 세계인들이란 것이 다음 내용에 나온다. 그러니 인류는 한 혈통이요, 한 가족이란 사실을 깨달을 수가 있다.

"우주와 그 가운데 있는 만유를 지으신 신께서는 천지의 주재시니 손으로 지은 전에 계시지 아니하시고, 또 무엇이 부족한 것처럼 사람의 손으로 섬김을 받으시는 것이 아니니, 이는 만민에게 생명과 호흡과 만물을 친히 주시는 자이심이라. 인류의 모든 족속을 한 혈통으로 만드사 온 땅에 거하게 하시고, 저희의 년대를 정하시며, 거주의 경계를 한하셨으니, 이는 사람으로 하나님을 혹 더듬어 찾아 발견케 하려 하심이로되 그는 우리 각 사람에게서 멀리 떠나 계시지 아니하도다. 우리가 그를 힘입어 살며 기동하며 있느니라. 너희 시인 중에도 어떤 사람들의 말과 같이 우리가 그의 소생이라 하니 이와 같이 신의 소생이 되었은즉…후략" 신약성서 사도행전 17장 24~29까지의 내용이다.

위 글에서 하나는 동양의 종교에 말하는 인류가 한 혈통이란 것이고, 하나는 서양경서에서 말하는 인류는 한 혈통이란 것이다. 역사를 거꾸로 거슬러 올라가면 동서양도 유불선도 따로 있는 것이 아니건만 왜 그렇게 한 혈통으로 태어난 창조주 하느님의 자손들이 수천년 동안 서로 대립하고 전쟁하며 왔던가?

종교를 영어로 쓰면 릴리젼(religion)이라고 했다. 의미는 '다시 잇다', '다시 결합하다'는 의미라고 서두에서 설명한 바가 있다. 종교란 무엇과 무엇이 다시 연결되는 것일까?

'다시 잇는다'는 말과 '다시 결합 한다'는 말에서 그 전에는 이어져 있었고, 결합되어 있었다는 것을 나타낸다. 이어져 있다가 떨어진 적이 있었기 때문에 다시 연결할 필요가 있고, 다시 결합할 필요가 있는 것이다. 무엇과 무엇이 붙었다가 떨어져서 다시 잇는다고 하는가?

창조주는 세계만민들의 직계조상이고, 종교는 자신을 있게 한 창조주에 대한 신앙인데 세계만민들이 이를 잊었다는 것은 세계 만민들이 창조주 아닌 다른 신을 믿고 있었다는 이야기밖에 되지 않는다. 세계 만민들이 창조주 아닌 다른 신을 믿었다는 사실은 악신을 믿었다는 증거이다. 그 악신의 대왕이 용이다. 그 증거로 세계 만민들이 용을 섬기고 좋아하는 문화로 보아도 능히 사람들이 악신을 섬기고 있었음을 알 수 있는 일이다.

신앙을 하는 것은 사람이다. 신앙(信仰)이란 말은 "높이 우러러 믿는다."는 의미이다. 사람이 누구를 높이 우러러 믿는가? 기독교에서는 하나님을 우러러 믿고, 불교에서는 부처님을 높이 우러러 믿는다. 다른 종교도 신을 우러러 믿는다.

하나님도, 부처님도, 신도 알고 보면 앞에서 설명한 창조주이다. 창조주와 신앙인과의 관계는 아버지와 자식관계이다. 창조주와 인간의 공통인자는 영이고, 신이며, 서로는 영(신)으로 묶여져 있다.

따라서 창조주도 신(神)이고, 신앙인도 신(神)이다. 사람에게 있는 신(영혼)은 창조주에게서 왔다. 그러니 이 상태는 사람과 창조주의 영이 하나로 이어져 있는 상태이다. 사람의 신과 하나님의 신이 서로 결합되어 있는 상태라는 것이다.

그런데 창세기 6장 3절에는 이런 내용이 기록되어 있다. "여호와께서 가라사대, 나의 신이 영원히 사람과 함께 하지 아니하리니, 이는 그들이 육체가 됨이라. 그러나 그들의 날은 일백 이십 년이 되리라 하시니라."

하나님의 신(神)이 사람들에게서 떠나니 사람은 육체가 되더라고 한다. 사람의 육체와 하나님의 신이 함께 있었는데 그 신이 떠났다는 것이다. 이 내용을 정리해보면 사람의 육체는 하나님의 신(神)과 함께 있어서 서로 이어져 있었고, 서로 결합되어 있었는데, 그 신(神)이 육체를 떠남으로 말미암아 육체와 하나님의 신(神)이 서로 떨어지고 분리 되었다는 말을 하고 있음을 알 수 있다.

이것은 육체와 하나님의 이별이라고 할 수 있다. 다시 말하면 이것은 사람과 하나님과의 이별을 나타내고 있다.

위 사도행전에서는 만유를 지으신 창조주이신 신은 사람의 손으로 지은 교회나 절에 거하는 것이 아니라, 사람의 육체 안에 거한다는 표현이 잘 되어 있다. 그런데 하나님의 신은 육체를 떠났단다. 그러나 경서에는 떠난 하나님의 신이 다시 세상과 육체에 돌아올 것을 약속하고 있다.

그런데 창조주 하나님의 신은 하나인데 어찌 수많은 육체들에 각각 거할 수 있을까?

이는 이렇게 답할 수 있다. 즉 창조주의 신은 한 분이지만, 창조주께서 자신의 분신(分神)으로 낳은 수많은 신들이 있다. 그 분신들의 이름을 성령 또는 천사라고 했다. 따라서 창조주께서는 사람의 육체를 만드시고, 자신도 한 육체에 임하여 자신은 육체 가진 임마누엘이 되시고, 자신의 분신들은 수많은 다른 육체에 임하여 나라를 이루신 것이다. 그런데 창세기 6장 3절에서 그 창조주의 영과 분신들이 모두 육체를 떠나게 되니 성령과 육체가 하나 되어 있던 사람들이 모두 육체가 되어 버린 것이다.

사람의 육체에서 영원한 생명체인 성령이 떠나게 되니 사람은 육체만 남았으니 인간의 수명도 일백 이십 세로 줄어들게 되었음을 기록하고 있다. 일백 이십 세까지는 그나마 살 수 있는 이유는 아직 생기가 조금은 남아있기 때문이다. 그러면 인간의 육체에서 하나님의 신이 떠나지 않았을 때는 일백 이십 세 이상 살 수 있었다는 말이 아닌가?

그러면 인간에게서 떠난 하나님의 신이 다시 돌아오면 인간의 수명은 다시 길어진다는 의미가 아닌가?

이 말은 또 이렇게 다시 만나게 된다. 사람에게 성령이 임하면 사람의 몸이 죽지 아니하게 된다는 신약성서 로마서 8장 11절의 말씀이다. 이것은 일백 이십 세 이상이 아니라, 영생을 의미함이 아닌가? 이것을 통하여 종교에서 약속한 영생이란 것이 언제 어떻게 인생들에게 있어지게 되는지 알만한 힌트가 아닌가?

그래서 종교란 의미의 릴리젼(religion)이 '다시 잇다', '다시 결합하다'는 뜻을 가지고 있는 이유는 사람과 하나님의 신이 다시 재결합할 것을 예표한 뜻임을 이해할 수 있다. 이렇게 창조주의 영과 인간의 육체가 서로 다시 맺어질 때, 또 하나의 종교의 목적인 영생이 이루어지게 된다는 사실도 이를 통하여 알 수 있다.

사람과 하나님의 신이 서로 이별하게 된 이유를 설명한 경전은 성서이다. 인간과 하나님의 신이 이별한 이유를 아는 것은 매우 중요하다 할 것이다. 종교가 인간과 하나님의 신과의 이별한 상태에서 다시 결합하는 것이 목적이라면 그 이별한 이유를 확실히 알지 못하면 결합 또한 할 수 없을 것이다.

창세기 3장 4~6절과 22~24절의 내용이다. 이 내용은 아담과 하와란 자가 하나님의 동산에 있는 선악나무실과를 먹지 말라고 하며 먹으면 죽는다고 했는데, 그 약속을 어기고 선악실과를 먹는 내용이다. 그래서 아담과 하와가 하나님으로부터 쫓겨나는 장면이다.

아담은 사람이란 뜻이고, 이때 사람이란 의미는 하나님의 형상 곧 생령이요, 성령일 때의 사람이란 의미이다. 아담은 그런 종류의 사람의 조상이란 의미이다. 즉 뱀의 말을 듣고 흙으로 돌아가기 전의 상태의 사람을 아담이라고 한 것이다.

아담이 뱀의 말을 듣고 흙으로 돌아간 것은 사람의 육체는 그대로이지만, 육체 속의 영은 완전히 바뀌어졌다는 의미가 있다. 바뀐 영은 마귀 사단의 영이다.

이것이 불경죄요, 불효죄라는 것이다. 아담은 창조주 하나님을 버리고 사단 마귀와 하나 되어버린 것이다. 이것이 창조주 하나님의 입장에서 죄라고 정의를 내리신 것이다.

믿음의 조상 아담이 그런 죄를 저질렀으니 우리 후손도 불지불식간에 그 유전을 받은 것이다. 이렇게 아담 이후 조상이 지은 죄는 신에게 지은 죄로서 이 후 모든 사람들의 원죄(原罪)가 되었던 것이다. 그것을 앞에서는 원병이라고 이름을 붙여본 바가 있다. 그 원죄로 말미암아 사람의 육체에서 하나님의 신이 이별을 하시게 되었고,

그 원인으로 말미암아 사람은 원병을 얻게 된 것이다.

"동산 중앙에 있는 나무의 실과는 하나님의 말씀에 너희는 먹지도 말고 만지지도 말라 너희가 죽을까 하노라 하셨느니라. 뱀이 여자에게 이르되 너희가 결코 죽지 아니하리라. 너희가 그것을 먹는 날에는 너희 눈이 밝아 하나님과 같이 되어 선악을 알줄을 하나님이 아심이니라. 여자가 그 나무를 본즉 먹음직도 하고 보암직도 하고 지혜롭게 할 만큼 탐스럽기도 한 나무인지라 여자가 그 실과를 따먹고 자기와 함께한 남편에게도 주매 그도 먹은지라. 여호와 하나님이 가라사대, 보라 이 사람이 선악을 아는 일에 우리 중 하나 같이 되었으니 그가 그 손을 들어 생명나무 실과도 따먹고 영생할까 하노라 하시고 여호와 하나님이 에덴동산에서 그 사람을 내어 보내어 그의 근본된 토지를 갈게 하시니라. 이같이 하나님이 그 사람을 쫓아내시고 에덴동산 동편에 그룹들과 두루 도는 화염검을 두어 생명나무의 길을 지키게 하시니라."

11. 사람의 육체는 신이 사는 집이고 그것이 사람 속에 들어있는 영이다

사람의 육체는 신(神)의 집이다. 육체 안에 하나님의 신이 들어오면 육체는 하나님의 성전(聖殿)이 되고 하나님은 거룩하시니 그 영을 거룩한 영이란 의미에서 성령(聖靈)이라고 한 것이다. 아담의 육체에는 하나님의 영이 함께 있었으니 아담의 육체는 성전이었던 셈이다. 그러던 아담이 원죄를 짓고, 그 후로도 후손의 죄가 계속되어 창세기 6장 3절에서 하나님의 성령이 육체를 완전히 떠나버렸던 것이다.

이때 성령이라고 하면 많은 천사들을 의미하고, 이 성령 중에는 하나님의 영도 있고, 예수의 영도 있고, 베드로나 빌립의 영도 있다.

성령이란 '거룩한 영'이란 말로 하나님에게 소속된 모든 영들을 의미한다. 이것은 악령이란 말의 대칭어이다. 그래서 창세기 6장 3절에서 하나님의 신이 사람의 육체에서 떠났다고 하심은 하나님의 신과 또 하나님의 소속의 모든 신들이 육체들을 떠났다는 말로 이해를 해야 한다.

이 일로 말미암아 사람을 창조 하신 하나님의 신은 육체들을 떠나시고, 사람은 육체만 남게 되었다. 이것은 창조주가 창조한 창작품을 잃어버린 것이고, 잃어버리게 된 이유는 아담과 사람들의 죄 때문이었다. 그래서 창조주 하나님은 잃어버린 육체를 다시 찾아야 하고, 사람은 잃어버린 하나님의 신을 다시 찾아야 하는 입장이 된 것이다. 하나님은 이 사실을 알려서 인간이 원죄에서 씻음 받고 원래대로 회복하시기를 원하셨다.

그래서 하나님은 성령의 능력으로 시대마다 의롭고 성스러운 선지자를 택하여 그 사실을 알려주고 기록하게 한 것이다. 그 내용이 각각의 선지자를 택하여 알려주고 기록하게 한 책이 구약성서와 신약성서이다. 뿐만 아니라, 석가모니로 말미암아 기록된 불경이다. 우리민족에게도 이러한 신서가 많다. 신사기, 삼성기, 신지비서, 정감록, 격암유록, 원효결서, 용담유사 등등이 있다.

12. 세계의 경서들은 퍼즐 조각들이고 이것을 모아서 맞추면 하나의 완성된 모양이 나온다

이 경서들에는 이런 사연들이 퍼즐처럼 흩어져 있다. 퍼즐을 흩어놓은 상태에서는 그 형체를 알 수 없다. 그러나 그 퍼즐을 맞추면 정확한 형체가 나온다. 따라서 세계의 경서들을 퍼즐로 맞추어 볼 때, 그 형체를 알아볼 수 있게 된다.

그 퍼즐 중에 핵심적인 조각들이 있는데, 그 중 하나가 바로 구원이란 조각이다. 구원(救援)이란 말은 건질 구(救) 자에 당길 원(援) 자로 이루어진 말이다. 기독교도 구원을 목적으로 신앙을 한다고 한다. 또 많은 정상적인 경서에는 미래세에 나타날 구원자(救援者)를 예언하고 있다. 구원이란 말은 정상적인 사람에게는 해당이 없는 말이다. 왜냐하면 구원이란 말은 구덩이나 아니면 강도에게 감금을 당하였거나 어떤 위협으로 협박을 당하고 있을 때, 필요한 단어이기 때문이다.

그런데 기독교인들이 어디에 감금되고 협박을 당하므로 구원이 필요하다고 구원 받기 위해서 신앙을 한다고 하는가? 왜 그들을 구원할 구원자가 필요할까? 그런데 정말 기독교만 구원이 필요할까?

모든 인류가 구원을 받아야 한다는 것이 경서의 공통된 이론이다. 사실 알고 보면, 인류에게 구원이 필요치 않는다면 종교는 불필요하다. 구세주(救世主)란 말은 그것을 더 명확하게 해주고 있다. 구세주란 '세상을 구원하는 주인'이란 말이다. 모든 인류가 어디에 빠져 있기에 구세주가 필요한가?

오늘날의 인류는 그 답을 모른다. 그러나 종교 경전에는 그 사실에 대하여 기록하고 있다. 종교 경전과 오늘날의 사람들의 사상과는 무엇이 다른가? 종교경전은 아주 옛날에 써졌다. 그것은 옛날 사상이다. 오늘날의 인류는 오늘날의 사상이다. 종교 경전은 선지자들이 하늘로부터 성령의 감동을 받아서 기록한 것이라고 한다. 그래서 옳은 종교 경전이라고 한다면, 이는 성령의 글이다. 따라서 종교경전은 옛날 선지자들에 의하여 쓰인 성령의 글이다. 종교경전의 글과 오늘날의 사람들의 사상과의 차이는 성령의 뜻과 사람의 뜻의 차이다.

종교경전에는 사람이 영혼을 가진 존재라는 것과 이 영혼의 본질이 변질되어 다시 고침을 받아야 한다는 내용으로 기록되어 있다.

구약성서에서는 사람의 육체에서 성령이 떠났다고 하였고, 영에는 두 종류가 있다고 기록하고 있다. 성령은 떠났지만 그 다음 가짜 영인 악령이 땅을 차지하고 있었다. 창세기에서 하와에게 선악과를 먹게 한 뱀이 바로 비밀로 포장된 악령이다. 인간의 육체에 악령이 들어갈 때, 성서에서는 그들을 짐승이나 뱀이라고 표현하고, 그 안에 성령이 들어갈 때, 그를 '사람', '신'이라고 표현한다.

물 잔이 어떤 것으로 가득 차 있으면 다른 것이 들어갈 수가 없다. 그러나 물 잔을 비우면 다른 액체가 압력을 가하며 잔속으로 들어오게 된다. 사람의 육체는 영의 집이라 하였다. 그 집에 성령이 들어있으니 다른 영이 들어올 틈이 없었다. 그런데 육체에게서 성령이 떠나게 되니 그 집은 빈 집이 되었다. 그 속에 악령이 들어가 다음 주인이 된 것이다. 그 악령을 귀신, 마귀, 사단, 요귀 등 다양한 이름으로 명명 했다. 그 악령이 사람의 육체에 임하여 악한 일을 하므로 사람의 육체는 사망, 전쟁 등의 위협을 받고 죽어가야 했던 것이다.

성령은 거룩하며, 창조주의 신과 같은 선한 신이다. 성령은 근본이 생명이고 죽음과 상관이 없는 신이다. 성령은 창조주의 신과 같은 영이므로 영원한 신이다. 또 창조의 신은 창조의 모든 내력을 알고 있는 진리의 신이다. 사람의 육체에 성령이 들어있으면 이 사람은 진리를 말하고 진리와 거짓을 구별하여 들을 수 있다.

이 성령이 사람의 육체 안에 있으면 사람의 육체는 영원히 썩지 않게 된다. 따라서 동서양의 경전에서 공히 종교의 목적이 불로불사(不老不死)이고 쇠병사장(衰病死藏)이 없는 것이라고 한다. 사람의 육체에 성령(신명)이 임하는 일이 있기 때문이다.

그렇기 때문에 이 결과를 보고 그 사람 안에 성령이 들어있는지 악령이 들어있는지를 분별할 수 있다.

악령은 악하여 못된 일을 많이 한다. 악령은 근본이 죽음이고, 영원한 생명이 될 수 없는 신이다. 악령은 창조주의 신을 대적하여 생

긴 영이므로 창조의 내력을 알지 못하고, 진리가 없는 거짓의 신이
다. 이 악령이 사람의 육체 안에 있으면 악령은 일회성 유한생명밖에
없기 때문에 생로병사(生老病死)를 겪을 수밖에 없고, 쇠병사장(衰
病死藏)을 일으킬 수밖에 없는 것이다. 또 육체 속에 무지한 마귀영
이 들어있으면 그 육체의 입에서 진리가 나올 수 없다. 또 진리와
거짓이 무엇인지 구별할 수도 없다.

　진리의 영과 거짓의 영의 차이를 예를 들어 설명하면, 남대문을
재건할 때, 감독을 한 사람이 있다고 하자. 이 사람은 남대문을 지을
때, 직접 참가하고 일의 시종을 지시하고 감독한 사람이다. 그런데
어느 정도 세월이 흘렀다. 그런데 정부의 문화재청 관계자가 남대문
을 지을 때, 사용한 노하우와 기술적 비밀을 알기 위하여 전에 남대
문 재건 때 감독한 사람을 수소문하였으나 찾을 수 없었다. 그래서
문화재청은 신문에 광고를 내어 많은 포상금과 함께 그 감독을 찾기
에 혈안이 되었다. 그런데 남대문을 재건할 때, 참여한 한 직원이
그 광고를 보았다. 그 직원은 감독 옆에서 남대문 재건 과정을 곁눈
질로 대충 본 사람이었다. 그 직원이 포상금에 눈이 먼 나머지 자신
이 남대문 재건 공사 때, 감독을 한 사람이라고 거짓으로 말하였다.
그런데 나중에 얘기가 끝날 때쯤 진짜 감독이 헐레벌떡 그 현장으로
도착했다. 얘기는 이미 끝난 상태였다.

　진짜 감독은 자신이 남대문 재건 때, 참여한 진짜 감독이라고 주장
하였다. 그에 지지 않고 가짜 감독도 자신이 진짜 감독이라고 주장하
였다. 이미 재건 공사를 한지는 많은 세월이 흐른 후라서, 그 당시
감독에 대한 인적사항은 하나도 남아 있지 않았다. 문화재 관리청
직원은 누가 진짜 그 당시 감독인지 판단을 할 수 없어 쩔쩔매고
있었다.

　그런데 문득 문화재청 직원은 두 감독에게 남대문을 지을 때, 감독

만이 알고 있는 극비 사항이 있었다는 것이 생각났다. 그것은 그 공사를 감독한 감독만이 알 수 있는 비밀이었다. 옳지! 이것으로 진짜와 가짜를 가릴 수 있겠구나하고 생각한 직원은 두 감독에게 그 극비 사항에 대하여 각각 종이쪽지에 적어보라고 문제를 내었다. 가짜 감독이 다른 것은 다 진짜 감독처럼 알 수 있었지만, 이 한 가지만은 알 수 없었다.

그래서 직원은 가짜를 분별하여 진짜를 고를 수가 있게 되었다. 그것이 뭐냐 하면 남대문을 지을 때, 감독만 아는 비밀이 있었고, 그 비밀은 대외 극비 사항이었다. 그 비밀은 남대문 공사의 책임을 맡은 감독만이 알고 있어야 하기 때문에 가짜로서는 그것을 알 도리는 전혀 없었다. 가짜와 진리의 차이는 그 사실이 진정 거짓이냐, 참이냐 하는 문제이다. 사람을 속일 수 있을지라도 그 사실은 그 사실대로 엄연히 존재할 수밖에 없기 때문이다.

이처럼 사람들은 창조주에 대한 지식이 부족하여 그렇지만, 창조주는 우주와 대자연과 인간을 직접 설계하고 만든 창조주이다. 자칭 창조주라고 하는 거짓신인 마귀가 모든 기적을 다 부릴 수 있지만 중요한 것 하나는 절대로 하지 못한다. 그것은 자신이 창조의 비밀에 대한 진리를 증거 하지 못한다는 사실이다. 마귀는 모든 능력 면에서 창조주와 같은 능력을 가지고 있지만, 마귀는 진리는 절대로 말할 수 없다는 사실이다.

만약에 마귀가 진리를 말한다면 자신이 마귀이고, 창조주가 아니란 것이다. 즉 자신이 가짜 창조주라는 것이 진리이기 때문에 마귀는 절대로 진리는 말할 수 없는 신이란 것이다. 마귀가 진리를 말하는 순간, 마귀는 가짜라는 것을 시인하는 격이 되기 때문이다. 그런데 이러한 사연을 사람들이 알아야 하는데 사람들은 모른다. 모르니 가짜를 진짜로 믿을 수밖에 없다.

아담의 범죄 이후로 사람의 육체는 악령의 놀이 감이 되어 있었다. 사람의 생각을 담당하는 것은 사람 안에 있는 영이다. 그 영을 곧 신이라고 했다. 그 신이 악신이니 사람의 육체를 이용하여 자신 마음대로 좌지우지 할 수 있다. 그 악신이 사람의 육체를 강탈하여 감금하며, 생로병사와 쇠병사장을 일으켰던 것이다. 이렇게 세상의 모든 사람들이 진멸지경에 이르게 된 것이다. 마귀라는 신은 마치 육체의 건강을 죽음으로 몰아넣는 암과 그 유형이 같다고 할 수 있다. 그러나 그 육체는 자신의 영이 마귀의 영이란 사실을 감지하지 못한다. 왜냐하면 육체가 그 마귀의 인도를 받고 있기 때문이다.

구원이란 이 마귀의 늪에서 구출되어 나옴을 의미한다. 구세주의 역할은 이런 모든 세상 사람들을 깨닫게 하여 마귀로부터 구출하여 회복시켜야 한다. 그래서 종교의 궁극적 목적은, 바로 자신이 악한 신으로부터 구원을 얻는 것이다. 그런데 사람들이 악한 영에게 사로잡혀 있으니 그 상태에서 스스로 해방을 이룰 수가 없다. 오늘날 모든 인류의 육체 안에서 세상의 모든 일을 관장하는 주체는 바로 가짜 신인 마귀이다. 모든 인류의 육체 안에 기생하며 인류사회를 운영하는 실체가 바로 가짜 신이다.

그러니 콩 심은 데 콩 나고 팥 심은 데 팥 나듯이 사람의 육체에 거하는 신이 마귀이니 인류 세계는 마귀의 행동이 나올 수밖에 없는 것이 당연한 것이다. 그것이 거짓, 욕심, 시기, 질투, 불화, 배타, 배신, 분쟁, 싸움, 전쟁, 살인, 강도 등의 행동이다.

인류 세계에 구세주가 필요한 이유가 여기에 있다. 그러나 경서에는 구세주는 말세 때에 등장한다고 예언되어 있다. 그래서 유불선 등 많은 경서에는 구세주의 출현을 말세에 두고 있다. 이 경서들을 퍼즐로 맞추어보면 놀랄 만한 사실을 우리는 발견할 수 있다.

13. 구원이 세상 만민들의 절대적인 요구라면, 오늘날과 같은 신앙을 해서는 구원을 절대로 이를 수가 없다

그래서 세상 모든 인류는 구원을 받을 때까지 원죄 병에 들어있는 상태이고, 이 병에서 구출되는 것이야말로 온전한 구원이 되는 것이다.

종교가 생긴 원인이 이러하고, 종교의 목적이 그러하다면, 세상에 모든 종교가 지금까지 한 것처럼 해서는 아무도 구원을 이룰 수가 없을 것이다. 이 사실을 깨닫는다면 기독교가 중요한 것이 아니고, 불교가 중요한 것이 아니라, 자신이 악령으로부터 구원 받는 것이 가장 중요한 일이라고 생각 될 것이다. 불교에는 구원이란 말 대신에 해탈(解脫) 또는 탈겁(脫劫)이란 말을 쓰지만, 결국 의미는 구원과 똑같은 의미임을 알 수 있다.

이렇게 종교의 목적이 구체적으로, 명시적으로 나온다면, 우리는 구원을 얻기 위해서 무엇을 해야 할까? 이것이 종교의 진정한 목적이라면 자신의 경전에 이런 구원으로 가는 방법이 충분하지 아니하면 어떻게 해야 하겠는가?

중요한 것은 이것을 깨달아야 정확한 종교의 목적을 이룰 수 있고, 자신으로서는 그 목적을 이루는 자가 되어야 하며, 신앙생활을 가장 잘한 사람이 될 것이다. 오늘날까지 이러한 진리를 잘 모르고 신앙을 해왔는데 이런 상태에서 계속 간다면 어찌 구원을 얻을 수 있었겠는가? 그렇다면 어떤 변화를 꾀해야 하지 않겠는가?

혹자는 이미 구원 받았다. 해탈을 했다고들 한다. 하지만, 암에 걸린 사람이 암에서 치료되었다면 증거가 있어야 할 것이다. 기분 상으로만 자신이 암에서 치료되었다고 해서 치료가 된 것은 아닐 것이다. 배를 열어 덧살로 자란 암 덩어리가 처음처럼 정상이 된 것을 확인할 때, 비로소 암을 정복하였다고 말할 수 있을 것이다.

그처럼 구원되고 해탈했다는 사람들도 말만 하지 말고 구원된 증거를 보여야 할 것이다. 아날로그 TV와 디지털 TV는 겉보기는 구별이 없을 수 있지만, 그 안의 칩은 분명 다르다. 많은 신앙인들에게 "당신은 왜 구원받아야 합니까?"라고 물으면 대부분 꿀 먹은 벙어리가 되는 것을 보곤 한다. 자신이 누구에게 어떻게 구속이 된 줄도 모르면서 입으로만 '구원 받았다', '해탈했다'고 하는 신앙인들이 너무 많다.

예를 들면, 지금 북한 주민들은 민주주의의 입장에서 볼 때, 공산독재 제도에 구속되어 있다. 이들이 공산주의 사상에서 구원받으려면, 먼저 공산주의의 실상과 민주주의의 실체를 깨달아야 할 것이다. 그리고 북한에서 탈출하여 민주주의 사상을 받아들이고, 북한의 국적에서 벗어나 민주주의 나라의 국적을 취득했을 때, 그는 북한과 공산주의에서 구원되었다고 말할 수 있다.

신앙인들의 구원 역시 자신이 누구에게 어떤 식으로 구속되어 있는 상태라는 것을 먼저 깨달아야 할 것이다. 그 다음 그 깨달음을 통하여 거기서 벗어나서, 사상도 육체도 구속된 것에서 완전히 독립되어야 비로소 그것이 진정한 구원이 될 수 있고, 해탈이 될 수 있을 것이다.

이 시대에 정말 진정한 구원을 받았다면, 자신을 오늘날까지 이끌어 왔던 내적 존재인 자신의 영이 자신의 체외로 빠져나갔다는 증거가 있어야 한다. 그리고 새 영이 들어왔다는 정황이 있어야 한다. 상상이 안 되는 이야기 같지만, 이것이 종교에서 말하는 '거듭남'이다. 성령으로 거듭남이 기독교의 목적이다.

민족종교에서 말하는 정신개벽 또한 이것을 두고 하는 말이다. 불교의 목적인 중생의 영에서 부처의 영으로 성불함 또한 이것을 시사한다. 예수는 그 좋은 본보기이다. 예수와 다른 여타의 사람과 다른 점은 영의 차이 밖에 없다. 예수는 성서에서 성령으로 태어났다고 명백히 하고 있다. 그런데 모든 사람들은 구원을 받아야할 악령의 사람이다. 그 차이가 예수와 여타 일반적인 사람의 차이이다.

그 결과 모든 사람들은 한 번 죽으면 살아날 수 없지만, 예수는 십자가에서 죽었지만 다시 살아났다. 구원을 받았다면 다른 사람들도 예수와 같이 증거를 보여야 할 것이다. 이 모든 것은 성령과 악령의 차이이고, 종교 목적이 구원이라면, 이 구원이 우리를 기다리고 있다는 사실을 분명히 기억해야 할 것이다.

이것은 상상이 아니라, 실체이다. 이것은 마치 흑백 TV가 컬러 TV로 교체되는 것과 같은 이치로 생각하면 쉬울 것이다. TV속에는 우리 몸속에 있는 영과 같은 것이 있다. 그 속에는 마치 인간의 유전자 같은 존재가 있어서, 화면에서 흑백만 나오게 하는 부속이 있는가 하면, 화면에서 컬러로 나오게 하는 부속도 있다. TV는 그 부속에 따라 흑백 또는 컬러가 나오게 된다.

이처럼 사람 안에 들어갈 수 있는 영도 두 종류가 있는 바, 악령과 성령이다. 사람이 구원을 받는다는 의미는 자신 속에 있던 악령이 퇴출하는 것을 말한다. 그러면 그 공간에 성령이 들어오게 된다. 사람의 내면구조가 이렇게 변화 받을 때, '거듭났다'라고 한다.

TV에 내장된 부속에 따라 화면이 흑백으로도 나올 수 있고, 컬러로도 나올 수 있듯이 사람의 내면에도 악령이 들어있는 경우와 성령이 들어있는 경우, 그 행위나 생각이나 사상이나 수명이 달라진다.

쉽게 말하면, 불교에서 말하는 부처의 개념이 이를 대변할 수 있으리라고 본다. 즉 사람 속에 악령이 들어있으면, 오늘날 세상 사람들에게서 나오는 그런 행동이 나온다. 이 상태의 사람들을 불교에서는 중생(衆生)이라고 한다. 그런데 사람 속에 성령이 들어가게 되면, 부처의 행동이 나온다. 부처의 행동에 대해서는 불경에 많이 나온다.

분명한 것은 사람의 영이 지금의 영에서 새로운 영으로 탈바꿈되는 것이 구원의 실상이란 것이다. 그래서 이런 개념 없이 자신이 '구원 받았다', '해탈 했다'고 하는 것은 경전에서 말하는 '구원'과 '해탈'과는 관계가 없다는 사실이다

14. 우리는 구원을 받기 위하여 무엇을 해야 하는가? 세상의 모든 경서를 다 모아서 비교 분석하는 작업이 필요할 것이다

그리고 세상 사람들이 이런 구원을 받기 위해서는 무엇을 해야 할까? 사람이 구원을 받기 위해서는 먼저 구원 받을 수 있는 방법을 알아야 할 것이다. 구원 받을 수 있는 방법을 알기 위해서는 구원에 대하여 공부를 해야 할 것이다. 무엇을 가지고 공부를 해야 할까? 전문서적을 가지고 공부를 해야 될 것이다. 구원에 대한 전문서적은 무슨 책일까? 종교 경전이다. 그럼 무슨 경전이 구원에 대하여 가장 잘 기록한 전문서적일까?

그 대답은 각각일 것이다. 불교인들은 불경이 전문서적이라고 할 것이고, 기독교인들은 성경이 가장 좋은 전문서적이라고 할 것이다. 또 민족 종교인들은 자신의 경전이 가장 멋진 전문서적이라고 자랑할 것이다. 세계의 다른 종교인들 또한 자신의 경전이 제일 잘 된 전문서적이라고 각각 말할 것이다. 그러나 그렇게 답하는 것은 별로 객관적이지 못하다. 만약에 자신의 것이라고 무조건 맹신하다가 자신의 경서에 구원에 이르는 방법이 없거나 결여되어 있다면 어쩌지? 그렇다면 구원을 받지 못할 것이 아닌가?

자신의 종교나 자신의 종교의 경전이나 자신의 종교의 지도자를 자기 것 혹은 자신이 선택한 것이라는 이유만으로 맹신하는 것은

위험천만한 발상이란 생각이 든다. 맹신은 종교의 목적과 전혀 반대 방향으로 흘러버릴 우려를 매우 많이 가지고 있기 때문이다.

그럴 경우, 자신의 종교나 지도자가 자신을 근본적 종교의 목적과 반대되는 방향으로 몰고 가도 자신은 따라 갈 수밖에 없다. 종교의 목적이 구원이라면 그 목적의 반대는 무엇일까? 구원 받지 못하는 길이다.

구원을 이룰 수 있도록 인도하는 신은 어떤 신일까? 창조주 계열의 신이며 성신이다. 반대로 구원의 길을 반대하는 신은 어떤 신일까? 마귀신이다.

결론적으로 신앙인들의 맹신의 결과는 종교를 한다고 하지만, 마귀의 조종으로 마귀를 위하여 신앙을 하는 셈이 되어버린다. 그 좋은 사례가 2000년 전에 있었던 유대인들의 신앙의 역사이다.

2000년 전에 유대인들은 자신의 종교인 유대교와 지도자를 맹신한 나머지 창조주가 보낸 사자인 그리스도를 그들이 십자가에 못 박았다. 그리스도는 그들을 구원시키러 왔던 창조주의 신이셨다. 그리스도는 육신을 덧입고 세상에 나타난 신이었다.

그에 반하여 그리스도의 길을 막고 반대하고 대적하고 핍박한 유대제사장들은 악한 신을 덧입은 사람들이었다. 그리고 악신을 덧입은 유대지도자들을 맹신한 신앙인들은 유대백성들이었다. 2000년 전 유대제사장들과 유대백성들은 악신의 조종에 의하여 구원자였던 그리스도를 십자가에 못 박았다. 이것이 성서가 보여주는 맹신의 결과이다.

그래서 신앙인들의 맹신이 두려운 것이라고 말한 것이다. 신앙의 목적은 분명히 있으며 그 목적은 구체적이다. 그래서 신앙은 주관적 생각이 지배하게 되면 목적을 달성하기가 쉽지 않다. 주관적인 생각으로는 구원을 이룰 수 있는 방법을 찾기가 매우 어렵다.

그건 그렇고 그렇다면 세상의 수많은 경서들 중 도대체 어느 책이 자신이 구원 받을 수 있게 하는 경전일까?

이것의 절실함은 마치 난치병에 걸린 사람이 무슨 병원 어떤 의사를 만나야 자신의 병을 고칠 수 있을까 하는 고민과 같을 것이다.

이를 알기 위해서는 세상의 모든 경전들을 다 조사해 볼 필요가 있을 것이다. 세상에 있는 모든 경전을 조사하고 그 중에서 구원에 대하여 기록된 내용을 발췌할 필요가 있을 것이다. 그런데 그것들을 어떻게 수합해볼 수 있을까?

그런데 자신의 경전에 대해서 가장 잘 알고 있는 사람은 자신의 경전을 열심히 연구하고 공부한 사람일 것이다. 그렇다. 수합방법은 자신의 종교의 경전에 밝은 자들을 내세워 구원에 관한 것을 모두 선별해 보면 될 것이다. 그렇다면 우리는 세상에 있는 모든 종교 경전에 기록되어 있는 구원에 관한 지식들을 모두 두루 섭렵할 수 있을 것이다.

이렇게 세계의 모든 종교 경전에서 수합한 구원에 대한 내용들을 비교 분석하면, 그에 대한 진실들이 속속 드러날 것이다. 어떤 책은 구원에 대한 정보가 정확할 것이고, 어떤 책은 구원에 대한 정보가 부정확할 수도 있을 것이다. 또 어떤 종교 경전은 구원에 대한 정보가 애초부터 없는 책도 있을 것이다. 또 어떤 책은 구원에 대한 정보가 있지만 부족한 것도 있을 수 있다. 뿐만 아니라, 어떤 종교 경전은 구원에 대한 정보가 매우 자세하고 구체적으로 잘 기록되어 있어 읽는 사람들로 하여금 이 경전에 기록된 구원의 내용은 "참으로 믿을만하구나."라고 감탄을 자아낼 만큼의 충실한 책도 있을 수 있을 것이다. 또 어떤 경서는 구원에 대한 정보가 거짓으로 기록된 경우도 있을 수 있을 것이다. 이리하여 우리가 얻은 충분한 내용을 서로 비교 분석하고 합하고, 제하고 하면 세계의 모든 종교에서 말하는 '구원'에 대한 참 정보를 얻을 수 있을 것이다.

이런 작업이 비단 구원에 관한 것뿐만 아니라, 종교의 핵심이 되는 다른 사항에 대해서도 이와 같은 방법을 이용한다면, 종교의 앞날은 참으로 밝아 올 것이다. 이런 길을 통하여 지구촌 사상을 하나로 묶어가는 날을 만들어간다면, 지구촌의 사상은 큰 의미에서 하나 될 수 있으며, 이로 말미암아 생기는 불화와 전쟁은 비로소 종식되어 평화의 세상이 만들어 질 것이다.

이제 세계의 모든 종교지도자들은 이런 작업을 시행할 때가 되었다. 오늘날까지 종교란 이름으로 서로 대립하고 갈등을 겪으며 전쟁을 일삼아 온 데서 이제 이렇게 개혁되어야 한다. 앞에서 언급한 것처럼 "세계 만민들이 모두 영적으로 악한 영에게 사로잡혀 있는 실정이라면, 그래서 모든 사람들이 영적으로 구원을 받아야 할 지경이라면, 그것이 종교의 목적이라면" 분명히 이제 지금까지 걸어온 길에서 개혁하지 않으면, 종교는 영영히 희망이 없는 망국(亡國)의 상황에 직면할 것이다.

세계 종교 경전의 주제들을 모두 수합하여 그 실체가 모여지면, 우리가 오늘날까지 무슨 목적으로 왜 그렇게 밖에 신앙생활을 하지 못했는지 회한과 반성의 시간이 될 것이다. 우리는 이렇게 얻은 결실로 종교의 목적이 '구원'이라는 것을 확실히 알게 된다면, 이제 순수한 종교의 목적을 찾아 나서게 될 것이다. 그리하여 세상은 종교로 말미암아 더욱 더 좋은 세상으로 발전할 수 있을 것이다.

그리고 많은 것을 깨닫게 될 것이다. 우리가 오늘날까지 '나는 교회 다닌다', '나는 성당에 다닌다', '나는 절에 다닌다'고 하면서 다닌 목적이 과연 오늘 지금 주제인 '자신이 구원 받는 일과 관계가 있었던가?' 허무한 생각도 들 것이다. 또 그렇게 다니면서 '목사님', '신부님', '스님' 불러가면서 열심을 다 한 일들이 과연 '자신이 구원 받는 일'에 역행한 부분은 없었을까? 하는 생각들도 해보게 될 것이다.

세상에서 교회, 성당, 절은 왜 필요할까? 목사님, 신부님, 스님의 역할은 도대체 무엇일까? 모두 영적으로 악령에게 사로잡힌 사람들을 구원시키는 일을 돕기 위해서이다. 그것이 아니면, 종교는 지금 당장 없어져야 한다. 종교의 목적은 자신의 구원을 목적으로 해야 하기 때문이다. 그 구원에 대한 전문서적이 성서이고, 불서이다. 그렇다면 당연히 목사님, 신부님, 스님들은 성경과 불경을 교과서로 가르쳐야 할 것이다.

이는 학생들이 정한 교과서를 통하여 공부를 하는 것과 같은 의미이다. 학생들은 정해진 교과 과정을 통하여 초등과정, 중등과정, 고등과정, 대학과정의 공부를 한다. 그 공부를 통하여 교과 과정을 이수한 사람들이 세상으로 나가서 사회라는 생활에 적응하게 된다. 사회는 여러 개의 직업적 계층과 여러 종류의 문화적 계층을 이루고 있다.

학생들은 학교 교과서를 통하여 배우고 익힌 이 지식은 원만한 사회생활을 영위할 수 있는 공통적인 모럴이 되며, 때로는 각자가 배운 전공을 활용하여 전문 직종을 가지기도 한다. 이때 각 과정을 통하여 배운 지식은 사회구성원이 되어 활용된다. 이때 각 과정을 담당하여 가르친 것은 교사의 몫이다.

이때 한 부류의 교사들은 아이들을 잘 가르쳐 성공적인 사회생활을 영위할 수 있게 만든 성공한 교사들이다. 또 한 부류의 교사들은 아이들을 잘 가르치지 못하여 실패한 사회구성원들을 양성한 실패한 교사들이다.

목사님이나 신부님이나 스님의 사명 또한 가르치는 일이다. 그래서 목사(牧師)님의 끝 글자 사(師)는 스승을 가리킨다. 학교에서 배운 학생들은 사회로 간다. 교회나 성당이나 절에서 배운 자들은 천국

(극락)으로 가야할 것이다. 그런데 천국(극락)은 구원을 얻은 사람들만 갈 수 있다. 왜냐하면 천국은 창조주 하나님(하느님, 부처님)이 계신 곳이기 때문이다. 창조주 하나님(부처님)은 성령이시다. 그런데 구원 받기 전의 모든 사람들은 성령이 아니라, 악령이다. 따라서 악령은 성령의 나라에 들어갈 수 있는 자격이 없다.

하나님(하느님, 부처님)이 계신 나라는 성령(神明)의 나라이다. 성령은 거룩한 영이란 의미이다. 하나님(하느님, 부처님)이 계신 곳은 거룩한 곳이다. 또 하나님이 계신 곳을 천국이라고 한다. 따라서 사람이 거룩한 영으로 다시 나지 않으면 천국에 들어갈 수가 없다. 그래서 천국에는 성령(神明)으로 거듭난 사람들만 들어갈 수 있다. 성령(神明)으로 거듭나지 못한 사람들은 악령이고, 악령은 거룩한 영이 아니라, 천박한 영이다. 그렇기 때문에 악령은 천국(극락)에 들어갈 수 있는 자격이 안 된다.

학교의 교사들이 학생들을 잘 가르치고, 못 가르치느냐에 따라서 바람직한 사회 구성원이 되느냐, 못되느냐로 갈리듯이 성직자가 신앙인들을 잘못 가르치면, 구원도 못 받게 할 것이고, 천국(극락)도 못 가게 할 것이다.

오늘날 많은 사람들이 이구동성으로 말세(末世)라고 하는 이런 마당에서 신앙인이라면 한 번쯤은 생각해 봐야 할 중대한 사항이라 생각되지 아니한가? 교사들은 학생들이 다 배우면 사회로 귀속시킨다. 종교는 다 배우면 천국(극락)으로 귀속시켜야 한다.

그런데 신앙인들을 모아놓고, 천국(극락)이 어디냐고 물으면 대부분 모르거나 그 대답은 천태만상이다. 많은 신앙인들이 죽으면 천국 간다고 한다. 맞는 말일까?

성서에 그렇게 답이 나와 있는가? 오답이다. 누구의 책임일까? 그런데 문제는 학생을 잘못 가르치면 학부형이나 학교장에게 징계도

받고 평가를 받게 되지만, 신앙인들을 잘못 가르쳤다고 징계하고 평가하는 곳은 세상 어디에도 없다. 그 심판은 결국 창조주에게 받게 되겠지만, 종교의 목적을 달성하지 못한 자신은 누가 책임져 줄 것인가?

결론적으로 말하면, 종교 세계는 누구도 통제할 수 없는 제도권 밖의 세계이다. 그래서 신앙인들이 영적인 여러 위험에 노출되어 있다고 할 수 있다. 따라서 신앙인들이 스스로 종교에 대한 지식을 잘 갖추어 종교에 대한 기본 목적을 잘 숙지하고 있어야 한다. 그렇지 않으면, 아무도 그 결과에 대하여 책임져 줄 사람이 없다.

종교란 사람이 영혼을 가진 신적(神的)인 존재이기 때문이라는 데서 출발하며, 그 신적인 존재에게 문제가 생겼기 때문에 종교가 필요하게 된 것이다. 종교지도자들은 신앙인들에게 이러한 사실을 잘 알려주어야 신앙인들이 신앙을 해야 하는 이유를 깨달을 수가 있을 것이다. 신앙의 요점은 본래 사람의 영혼은 창조주의 영에서 온 것인데, 육체에서 이 영이 떠나므로 문제가 생기게 되었다는 것이다. 지도자들은 최소한 이런 기본적인 사실 정도는 신앙인들에게 가르쳐 주어야 할 것이고, 신앙인들은 최소한 그 정도는 숙지한 후에 신앙을 해야 잘못된 신앙의 길로 빠지는 일 따위는 없을 것이다.

종교의 기본 지식은 성령이 육체를 떠나자 자신의 육체에는 악령이 들어오게 되었고 자신의 육체는 그때부터 악령의 횡포와 구속에 시달리게 되었다. 그 악령으로부터 구속된 상태에서 해방되는 것이 종교가 필요한 이유이다. 이것을 가르쳐 알게 하여 구원을 이룰 수 있도록 하는 역할이 성직자들의 역할이다.

따라서 종교의 의미는 이것에 더할 것도 없고, 이것에 더 뺄 것도 없다. 이 목적을 이루는 것만이 종교의 목적을 달성하는 것이고, 구원 받는 일이다. 그 구원에 관하여 기록된 훌륭한 전문서적을 구하여 구원에 이를 수 있도록 하는 것이 성직자의 사명이다.

이를 위해서라면, 스님이 성서중에 그것을 찾아 불교인들에게 가르칠 수 있어야 될 것이고, 목사님이나 신부님은 불경 속에 그 구원의 목적을 이룰 좋은 내용이 있다면, 그것을 펼쳐서 기독교인들에게 가르칠 수 있어야 할 것이다.

종교의 성직자들은 하늘의 도리와 하늘의 법을 가르치는 자라야 한다. '착하게 살아라', '믿으면 복 받는다' 이런 교육은 종교 교육으로서는 너무 모호한 교육이며, 학교나 사회에서도 배울 수 있는 교육이다. 신앙인들도 오늘날에는 사교나 사업이나 교제를 위해서 신앙을 하는 사람들이 많다. 이는 종교의 참 의미를 모르는 데에 기인한 심각한 상황임을 직시해야 할 것이다.

제3장
종교는 누가 세웠나?

1. 우리 민족의 시조가 알에서 탄생했다는 난생신화의 비밀은 우리가 천손민족이란 사실을 암호로 전해온 말이었다

종교는 누가 세웠을까? 신이 세웠을까? 사람이 세웠을까? 이는 곧 닭이 먼저인가? 알이 먼저인가? 와 비슷한 유형의 질문과 같은 것 같다. 이는 또 사람이 살기 위해서 먹는가? 먹기 위해서 사는가? 라는 질문을 생각나게 하는 구절이다.

닭이 먼저인가? 알이 먼저인가? 에 대한 답을 내릴 수만 있으면 이 문제는 간단히 풀 수 있다. 이런 질문들이 매우 우매하고 장난스러운 것 같아 보이지만, 본 필자가 보기에는 이런 우문에 매우 깊은 철학적 종교적 심오한 내용이 내포 되어 있다고 본다.

먼저 알이 먼저냐? 닭이 먼저냐? 하는 질문에서는 알에 대한 비밀을 알아야 이 문제를 풀 수 있다. 알고 보면 알의 어원은 주재주 하느님이다. 일부 학자들이 세계 최초의 경전이라고도 일컫는 천부경이라는 경전에는 ◉표를 알이라고 읽으며, 주재주 하느님의 표식이라고 설명하고 있다.

알(◉)에 크다는 '한' 자가 붙어서 '한 알'이 되었고, 한 알은 하늘이 되었다. 하늘에 '님'자가 붙어서 '하늘님'되었고, 나중에 '하느님'이

된 것이다. 따라서 알은 하느님의 어원임을 알 수 있다.

이슬람에서는 하느님을 '알라'라고 한다. 알라는 알에서 파생된 말로 추측된다. 히브리어로 하느님의 뜻인 엘로힘의 엘도 '알'의 변형이다.

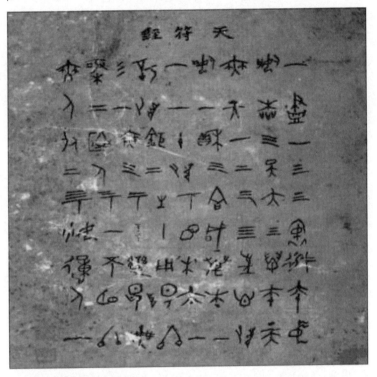

민안부(閔安富) 농은(農隱) 유집의 천부경(은허 갑골문자와 같은 글자 다수)

고어 주제주 하느님을 나타낸 알

왜 우리나라로부터 천리만리나 떨어진 이스라엘 등 근동 지역의 말과 우리 고유어가 공통된 음과 뜻을 가지게 되었을까? 옛 역사 자료를 참고하면, 근동 지역의 사람들도 한 때는 한민족의 조상들과 한 나라를 이루고 살아갔던 적이 있었음을 발견할 수 있다. 근동 지역의 언어와 우리 고유 언어 간의 공통점을 발견할 수 있는 근원은, 과거에는 같은 민족을 이루고 살던 때가 있었음을 시사하고, 그것은 우리 상고 역사서에 기록된 내용이 사실이라는 것을 증명한다. 이러한 것을 뒷받침 할 수 있는 여러 사례들이 있지만, 여기서는 세계의 학자들이 연구한 몇 자료를 참고로 살펴보기로 한다.

헐버트(1999)는 "한국의 언어가 남인도의 드라비다인의 언어와 신기할 정도로 비슷하다는 사실을 처음으로 밝혀낸 사람은 한국에서 활약한 프랑스의 선교사들이었다."고 했다. 한국어와 드라비다어를 주의 깊게 비교해 보면 "음성, 어원 및 구문상으로 너무도 비슷하여 이것이 단순히 우연의 일치 이상의 어떤 연유가 있다고 시인하지 않을 수 없을 정도이다."고 하였으며, "다른 종족과 혼혈된 흔적이라고는 거의 찾아 볼 수 없는 드라비다족의 생리학적 모습은 어느 모로 보나 한국인의 모습과 일치한다."고 하였다.

칼스(1999)도 "파리외방전교회 소속의 신부들에 의해 출판된 『한국어 문법』에 따르면, 한국어는 타타르어 계열에 속하는 것으로 알려져 있지만, 어느 그룹에 속하는지가 의문이어서 이에 대한 결론을 유보하고 있다. 동시에 그 저자는 한국어 문법과 드라비드어 문법 사이의 유사성을 언급하고 있다. 그 유사성은 두 언어 사이에 보편적으로 사용되는 특정한 단어들에 기반을 둔 것이다."고 언급하고 있다.

김병호(1991)는 "우리나라의 선박회사 직원들이 그리스선박 직원들과 만나면 예사로 그들과 그리스 말로 지껄여댄다는 것이었다. 물론 우리나라 선박회사 직원들이 따로 그리스어에 대한 특별교육을 받은 바도 없는데 말이다. 그들의 얘기인즉 우리말과 그리스어는 비슷한 데가 많아서 배우기가 쉽다."는 것이다.

이런 자료들은 너무도 많아서 혼란스럽기까지 하다. 은나라 때부터 백의민족(『봉사일본시문견록(奉使日本時聞見錄)』/건(乾)/5월 29일)으로, 그리고 단일민족으로 인식되어 온 우리 민족의 실체를 이렇게 깨닫는 순간, 먼저 거부감이 일 것이다. 그러나 우리 민족이 천손 민족이고 인류의 시원과 관련되어 있다면, 이야기는 달라진다. 특정문화에서 파생된 여러 갈래의 이질화된 문화가 다시 역수입될 경우, 당연히 그 친연성으로 인해 거부감이 덜하다는 것에 대해 전혀 비논리적인 측면만이 존재하는 것은 아니다.

1890년 조선 주차 미국공사와 이듬해 고종황제의 고문을 지냈던 샌즈는 이와 관련해서 "선사 시대에 반도로 이민된 흔적이 다소 보이고."라고 적고 있다.

이 연구 자료들에서처럼 우리 고유어는 세계의 다양한 나라들의 언어와 유사점 또는 공통점을 가지고 있음이 발견되었다. 이는 우리 민족이 인류 시원민족 또는 천손민족이란 일부의 주장을 뒷받침하기에 유용한 자료가 아닐 수 없다. 우리민족이 천강민족이라 가정할 때, 세계의 모든 나라들은 우리민족의 갈래란 말이며 한 나라였던 우리민족이 인구가 늘어감에 따라 세계 각지로 흩어져 살게 되었음을 짐작할 수 있다. 그 언어 중에 핵심어를 본 필자는 알이란 글자로 본다.

알이란 말의 의미는 창조주 하느님이며, 이 말이 하느님에게서 태어난 인간으로서 가장 먼저 만들어질 수밖에 없는 말일 것이다. 따라서 알은 인류 역사의 모체가 되며, 또 알은 인류 언어의 모체가 될 수밖에 없는 이유가 여기에 있다. 우리말 중에도 알이 어원이 되어 탄생된 말이 너무나 많다. 동사로는 '알다'의 알이 그것이고, 아리랑의 '아'도 그것이다. 한강의 옛말인 '아리수'도 알에서 파생된 낱말이다. 또 알은 외국의 알파벳이나 알프스나 알파나 아파치 등으로 퍼져갔음이 유추된다.

이슬람의 알라신의 '알'이 또 우리말 알에서 파생된 것이며, 히브리어 엘로힘의 '엘'도 알의 변형이다. 오페라의 '아리아'나 '아리안족'이라 할 때, 아리 또한 알의 파생어이다.

이렇게 광활하고 넓은 지구촌에 다양한 유형으로 깔린 파생어의 어원은 '알'이다. 이 알은 순수한 한국 고유어이고, 이 말은 세계 언어의 초석이 되었다. 그런데 그 알의 의미는 창조주를 상징하는 언어이다. 이 상징어는 예로부터 우리민족의 시조가 알에서 탄생하였다는 난생신화를 낳았다. 하여서 알에 대한 비밀을 알게 되므로 난생신화는 인류의 탄생비밀을 파헤칠 수 있는 귀중한 단서가 된다. 이 탄생비밀을 다 파헤쳐보면 난생신화는 실화이고, 실상의 역사가 된다. 그 실상의 역사를 해석하면, 인류의 시조는 알에서 탄생하였다는 것이고, 이는 다시 말해서 인류의 시조는 창조주 하느님께로부터 탄생되었다는 말이다. 이 얼마나 큰 진리가 담긴 언어인가?

우리한민족에게서 난 난생신화를 풀이하여 보자. 알이 인류의 시조를 낳았다. 시조의 아버지의 이름은 '알'이다. 그 시조가 후손을 낳고 낳아 자자손손 대는 이어졌다. 그래서 그것을 기념하기 위하여 우리선조들은 소도라는 것을 설치하고. 거기에 알을 형상으로 만들어 모셨다. 그러나 그 형상이 중요한 것이 아니라, 그 알을 보고 창조주인 알을 생각하란 의미가 더 중요했다. 그리고 그 알을 모신 곳을 신당(神堂)이라 하였다. 신당이란 신의 집이란 의미이고, 그 알은 신을 상징하고, 신은 곧 창조주를 의미하였다. 그래서 고구려 등 궁전에는 신당을 세우고 그 신당 안에 누런 황금알을 만들어 그것을 숭상하게 된 것이다.

이 실상이 고구려, 신라, 가야 등으로 이어졌으며, 우리가 알의 후손임을 계속 강조하여왔다. 신라의 초대 왕 박혁거세가 알에서 나왔다는 의미 속에는 엄청난 비밀이 들어있는 셈이다. 그러나 세월이 흘러가면서 민족에게 총기가 계속 없어지므로 알에 대한 이해는 짐승의 알로 전락되어갔다.

그러나 그 옛날에는 경주 김 씨의 시조의 이름을 '알지'라고 했다. 김해 김 씨의 시조도 알에서 탄생하였다고 전한다. 석탈래도 알이든 궤짝에서 나왔다고 전한다. 고구려의 시조 주몽도 알에서 탄생하였다고 전한다.

그래서 우리 민족은 모두 알에서 탄생했던 것이고, 알의 비밀을 앎으로 알은 창조주 하느님이니, 우리는 하느님께 태어났음을 암암리에 오늘날까지 전해왔던 것이다. 이것이 한민족의 신화이고 이 신화는 한민족을 낳은 분은 창조주라는 사실이다. 그러니 한민족의 난생신화는 우화가 아니라 사실임을 알아야 한다. 신화라고 해서 모두 꾸민 이야기가 아니란 말이다.

이는 우리 민족이 실제로 천강 천손민족이란 사실이며, 그 첫 역사를 오늘날까지 우리 민족이 가지고 왔으니 우리의 시조가 인류의 시원국을 일으켰다는 주장이 맞은 말이다. 또 세계 모든 인류가 한 혈통이란 사실이 드러났으니 인류의 모든 사람들도 천손민족, 즉 하느님에게 태어났다는 말이 된다.

그런데 그 모든 것을 간직해왔고, 또 우리민족이 세계만민들을 대표하는 민족이므로 우리민족은 하느님의 장손민족인 셈이다.

이렇게 알에 대한 비밀이 풀리면 인류의 족보가 밝혀진다. 닭이 먼저인가? 알이 먼저인가? 의 답은 '알'이 먼저라는 것으로 명쾌히 풀린다. 알은 하느님이고, 하느님은 창조주이다. 따라서 만물 중에 가장 먼저 존재한 것은 알이었던 것을 알 수 있다. 하느님이 알이시니 알이 만물을 창조하셨다. 큰 알이 만물을 만들었으니 작은 알은 씨가 된다.

큰 알(한 알, 하늘, 하느님)이 작은 알을 만들었으니 동물의 씨를 알이라고 하였고, 식물의 알을 씨라고 칭하였던 것이다. 그러니 작은 알은 모든 생물체의 씨가 된다. 파 씨를 심으니 파가 나고, 가지 씨를 심으니 가지가 나게 된 것이다.

비둘기 알을 심으니 비둘기가 되었고, 꿩 알을 심으니 꿩이 되었고, 오리 알을 심으니 오리가 되었다. 이 처럼 닭 알을 심으니 닭이 되었던 것이다. 따라서 닭이 먼저가 아니고, 알이 먼저이라고 답을 내릴 수 있다.

하느님이 풀을 만들 때, 씨부터 만드셨다. 씨를 만들어 땅에 심으니 싹이 나고 잎이 되고 꽃이 되고 풀이 되었다. 닭을 만들 때도, 씨를 먼저 주셨다. 닭의 알이 씨다. 알이 자라서 닭이 되었다. 이리하여 이제 이 우문의 답은 알이 먼저라는 것으로 판명 된다.

이 우문은 우문이 아니라, 깊은 철학적 의문을 내포한 것임을 알 수 있다. 닭과 알이란 말로 포장을 했지만 그것은 하나의 예화요, 비유적 표현일 뿐이다. 그리고 이 의문을 통하여서 세상에서 가장 먼저 계신 분은 알이신 창조주란 사실을 깨달을 수가 있게 됐다. 그리고 이 의문은 또 세상 만민들과 삼라만상이 모두 이 알이신 창조주께 지음 받은 피조물이란 사실을 깨닫게 한다.

그래서 우주에서 가장 먼저 계신 분은 큰 알님이고, 다른 생명체들의 어미는 작은 알임을 알 수 있다. 그리고 각 생물체보다 먼저 난 것은 알이었음을 알 수 있다. 그래서 생명체들의 씨는 알이란 말로 세상에 퍼져갔던 것이다.

2. 우리 인생은 먹기 위해서 태어났는가? 살기 위해서 태어났는가? 창조주께서는 한 시조를 통하여 오늘날 70억 이상의 인류로 번성시켜 왔고, 그 계획된 수만큼 창조되면 창조를 멈추고 질적인 향상을 도모하게 된다

우리가 알이 먼지인지 닭이 먼저인가를 알게 되면, 비로소 사람은 먹기 위해서 사는가? 살기 위해서 먹는가? 라는 문제로 넘어갈 수 있다.

이는 우리가 우연한 존재가 아니라, 창조주가 낳은 영적인 산물이라면 태어난 이유와 우리를 창조한 목적이 분명히 있을 것이란 것이다. 그 목적을 위하여 우리가 태어났다면, 우리가 과연 먹기 위해서만 태어났을까 하는 의문이 들지 않을 수 없을 것이다.

이는 사람이 우연히 태어난 존재인가? 아니면 사람은 인연과 필연에 의하여 태어났는가? 라는 문제와 연관된다. 앞에서도 누누이 강조한 것으로 사람의 육체에는 영이란 것이 있고, 그 영의 실체는 신(神)이라고 했다. 그리고 세상의 모든 사람들에게 물어봐도 자신이 자신의 의지로 태어난 사람은 한 사람도 없다. 이 말은 자신이 자신의 의사와는 관계없이 이 세상에 태어났다는 말이다. 그러면서도 자신의 신분은 신이다. 자신은 과연 누구의 의지로 세상에 태어났는가?

본고의 주제가 영적인 것이라는 측면에서 지금까지 논한 것을 모두 종합 해봐도 세상과 사람은 우연히 생겨난 것이 아님을 알 수 있다. 또 본고가 다 쓰인 후에야 느낄 수 있겠지만, 창조주 하느님은 성시성종(成始成終)을 이루시는 분이라는 것이다. 성시성종이란 처음 시작을 하셨고, 끝을 장식한다는 의미이다.

이 말을 성서에서는 알파와 오메가로 표현하고 있다. 시작은 예언

이고 끝은 그 예언을 이루는 것이다. 시작은 태초이고 끝은 완성이다. 태초는 태어남이고, 생성이고, 원인이다. 완성은 태어나고 생성되고 원인 된 것을 완성하는 것이다. 태초는 종교가 필요한 원인이 생성된 것이고, 완성은 문제가 해결된 것이다.

불서로 예를 들면 중생으로 생성된 것이 원인이라면 부처로 승화하는 것은 완성이다. 성서로 예를 들면, 사람이 악령으로 생성된 것이 원인이라면 성령으로 회복되는 것이 완성이다. 동양경서로 예를 들면 음(陰)으로 태동된 것이 원인이라면, 양(陽)으로 변화 되는 것이 완성이다.

시작부터 완성까지 수많은 자손의 자손으로 태어나고 죽고, 태어나고, 죽고 태어나고 하다가 어느 정점에 이르러 후손의 때에 부처가 될 기회가 온다. 또 후손의 때에 성령으로 완성되게 된다. 또 어느 후손의 때에 양(陽)으로 신명(神明)과 신인합일을 이루어 완성된다. 양은 양신을 의미하고 양신은 곧 성신을 의미한다. 신명도 성신이란 뜻이다. 신명과 신인합일한다고 하는 것은 사람의 육체에 성신이 들어온다는 의미이다.

이때가 되면 사람에게 있던 생로병사와 쇠병사장이 없어진다. 이것이 완성된 인간이고, 이것이 완성된 인간세상이다. 생로병사는 태어나고, 늙고, 병들고, 죽는 것을 말하고, 쇠병사장은 사람이 약해지고, 병들고, 죽어 땅에 묻힌다는 의미이다. 따라서 종교의 목적이 완성이 되면 사람의 태어남이 없고, 늙고 병들고 죽어 땅에 묻힐 일도 없게 된다.

이러한 성종(成終)은 어느 후손의 때에 완성되는 것이고, 이는 조상의 씨가 뿌려져서 썩고 썩어 영광된 열매로 추수 되는 때이다. 이것이 민족종교에서 말하는 개벽시대이고, 천지성공시대이다. 이 시대가 유불선에서 말해온 진짜 '천국', '극락', '무릉도원'이다. 인류 사회가 이런 시대를 만났으니 모두가 성공한 것이다.

유불선에서 예언한 이러한 일이 거짓이 아니라면 분명 이런 순간은 올 수밖에 없을 것이다. 앞에서 성직자의 사명에 대하여 논한 바, 성직자란 자신이 맡은 신앙인들을 이 완성된 장소로 인도하여야 하는 것이 사명이다. 그 시대에 이런 일을 만나지 못하면 그 다음 후손, 그 다음 후손, 그 다음후손들에게도 정해진 이곳으로 인도 할 수 있는 길을 가르쳐 놓아야 마땅하다 할 것이다.

이 일련의 고찰을 통하여 사람이 먹고 산 것은 후손을 위한 것이고, 어느 후손의 때에 이런 일이 분명이 있게 되므로 사람은 이 순간을 위하여 살고 있는 것이다. 이 성공이 모든 조상들의 성공이고, 결실이다. 그래서 사람들은 자신도 모르는 가운데 이 순간을 위하여 죽지 않고 살기를 원하였다. 이때를 위하여 대가 끊이지 않도록 아들을 중시하였으며, 족보를 만들어 그 연원을 확실히 한 것이다.

따라서 본 문제의 답은 "살기 위해서 먹는다."이다. 어느 순간 영원한 세상이 도래하므로 그때까지 죽고 태어나고 하는 것을 반복했던 것이다. 그때까지 부모는 그저 자식의 거름의 역할과 희생양의 역할을 다 하며 한 목숨을 초개처럼 던지며 썩어갔다. 지금도 부모들은 자식을 위하여 그렇게 희생을 감수하고 있다.

이 모든 것은 마지막 때, 아름다운 결실하나를 얻기 위함이다. 이 결실은 수많은 세대를 거치면서 고비 고비마다 위기를 벗어나 마지막 아름다운 열매 하나로 얻어진다. 이 결실은 창조주와 모든 직계조상들의 결실이고, 성공물이다. 사람들은 이 순간을 위하여 태어났고, 이런 순간을 위하여 힘든 질고를 지고 인생이란 항해를 이어 왔던 것이다.

동양경전에는 고인이 된 조상과 후손이 서로 상봉한다는 얘기가 있다. 성서에는 현세의 마지막 시대가 되면 죽은 영들 중에 성령으로 거듭난 영들은 이 세상에 선택된 사람의 육체에 다시 임한다는 예언이 있다. 고린도 전서 15장 51절 이하의 내용이다. 또 요한계시록 7장과 21장에는 세상에서 택함 받은 육체가 하늘에서 내려오는 성령을 받는 내용이 기록되어 있다.

마지막 때 선택되는 육체는 창조주의 바람대로 잘 자란 알곡이다. 이들의 출현을 기록한 내용이 요한계시록 14장이다. 이 육체들은 선조들의 후손들이다. 그리고 이미 고인이 된 조상의 영들은 선조의 영들이다. 이들이 영육이 하나 되는 것은 곧 조상과 후손이 다시 상봉하는 일이다. 또 신약성서 요한복음 3장 5절에서는 물과 성령으로 거듭나야 만이 하나님의 나라에 들어갈 수 있다고 한바, 그들이 거듭난 육체 가진 사람들이다. 요한계시록 21장 2절에는 이들에게 거룩한 영들이 내려오는 장면이 있다.

이것을 경전에는 추수라는 말로 표현되어 등장한다. 오늘날까지 인류사회는 부모가 자식을 낳고 늙어 죽어갔다. 그 자식은 또 자라서 부모가 되고 자식을 낳고 죽어갔다. 인류사회에는 오랜 기간 동안 그런 일이 반복되어 왔다.

그러나 그 악순환은 끝난다. 그때를 사람들은 말세라 했다. 말세가 되면 구세주가 세상에 출현한다.

그 구세주는 잘 자란 알곡을 골라 추수를 한다. 추수가 끝나면 그들은 성령으로 다시 나게 된다. 자신들 속에 그날까지 있는 영은 떠나고 새로운 영이 그 육체에 임한다. 이때 육체는 말세에 출현하는 후손들이다. 그리고 그 육체에 임하는 새로운 영 곧 성령은 조상의 영들이라고 할 수 있다. 이들은 성령의 사람이다. 이들을 불가에서는 부처라고 한다. 도가에서는 신선이라고 한다. 유가에서는 성인이라고 한다. 민족종교에서는 이들을 정신개벽을 이룬 진인(眞人)이라고 한다.

이들이 최종의 인생 성공자들이다. 이들은 거룩한 성인들이다. 이들이 오랜 인류역사 속에서 조상과 부모에 의하여 생로병사의 윤회 속에서 인내로 결실된 추수된 인간들이다.

현 세상의 끝은 이것이다. 이것을 말세, 종말이라 해왔던 것이다. 이 날에 이렇게 멋진 후손을 만들어내기 위하여 수많은 부모님들은 자기를 희생하며 살기 위하여 먹고 살아남았던 것이다.

이 순간을 위하여 우리는 먹었다. 따라서 우리는 먹기 위하여 산 것이 아니라, 살기 위해서 먹어야 했던 것이다.

1차 추수의 결과는 세상에 사람이라고는 한 사람도 없었던 데서 오늘날 70억 인구가 된 세상 사람들이다. 따지고 보면 인류사회도 무에서 유가 창조된 것이다. 그리고 2차 추수는 그 70억 인구 중에 쭉정이 같은 악인을 버리고, 의인으로 택함 받게 되는 육체들이다.

3. 신은 분명이 존재하고, 그 신은 사람의 육체를 의존하여 신의 뜻을 전하며, 경서는 이렇게 쓰인 신서이다

자, 이런 가운데 다시 종교는 누가 세웠는가? 라는 답으로 돌아가 본다. 종교라는 말을 한 자로 쓰면 마루 종(宗) 자와 가르칠 교(敎) 자라고 했다. 종(宗) 자의 갓머리 부는 하늘을 상징하고 하늘은 곧 하느님을 상징한다. 아래는 보일 시(示)이다. 합하면 하느님을 보이다는 뜻이다. 따라서 종교란 '사람들에게 하느님을 보여 알게 가르치는 것'이라고 할 수 있다. 대부분의 경전에서 말하는 종교의 절대자는 신이다. 신중에서 가장 큰 신이 창조주이신 하느님이다.

성서 불서 격암유록을 비롯한 많은 신서(神書)가 쓰인 과정을 보면 사람에게 환상이나 이상이나 기적이 나타난 가운데 기록되었음을 나타내고 있다. 이것은 앞에서 언급한 빙의(憑依)와 연관을 시켜도 이해에 도움이 되리라 생각한다.

싯다르타는 보리수나무 아래서 끝없는 선정에 들어갔을 때, 새벽별이 떠있는 가운데 하늘에서 큰 음성이 들려왔다고 한다. 그래서 그것을 보리수나무 잎에 기록하여 제자들에게 가르쳤는데, 그것이 오늘날의 불경의 기초가 되었다고 전한다. 이때 하늘에서 내린 음성은 누구의 음성일까? 분명한 것은 그 음성이 싯다르타 자신의 음성이 아닌 것만은 분명한 사실이다.

격암유록을 쓴 격암 남사고 선생은 금강산에서 한 신인(神人)을 만났는데, 그 노인이 두루마리 책을 주었다고 한다. 그 책에 기록된 내용이 오늘날의 격암유록이라고 한다. 그 노인은 누구일까?

이 외에 최제우 선생도 한 승려에게 을묘천서(乙卯天書)라는 비서(秘書)를 얻는 신비한 체험을 통하여 깨달음을 얻었다고 전하며, 이로써 동경대전과 용담유사를 썼던 것이다.

이 외에도 신·구약성서는 66권으로 이루어졌는데, 이 중 많은 것이 여호와 하나님이 선지자들에게 임하여 알려주는 내용대로 기록했다고 전하고 있다.

디모데후서 3장 16절에는 이렇게 기록하고 있다. "모든 성경은 하나님의 감동으로 된 것으로 교훈과 책망과 바르게 함과 의로 교육하기에 유익하니."

예레미야 1장 2절에는 "아몬의 아들 유다 왕 요시야의 다스린 지십 삼년에 여호와의 말씀이 예레미야에게 임하였고."

에스겔 1장 1~3절에는 "제 삼십년 사월 오일에 내가 그발강가 사로잡힌 자 중에 있더니 하늘이 열리며 하나님의 이상을 내게 보이시니 여호야긴 왕의 사로잡힌 지 오년 그 달 오일이라. 갈대아 땅 그발강 가에서 여호와의 말씀이 부시의 아들 제사장 나 에스겔에게 특별히 임하고 여호와의 권능이 내 위에 있으니라."

신약성서의 마지막 장으로 신약성서의 예언을 최종적으로 이루는 장인 요한계시록 1장 9절 이하에서 요한이란 사람에게 나타난 신(예수)에 대한 기록이 있다. 이것으로 신이 육체 가진 사람에게 와서 어떻게 신의 뜻을 전하게 되는지 살펴볼 수 있다.

"나 요한은 너희의 형제요, 예수의 환란과 나라와 참음에 동참하는 자라 하나님의 말씀과 예수의 증거를 인하여 밧모라 하는 섬에 있었더니."

여기서 요한이란 사람은 육체 가진 사람이다. 요한이 밧모라 하는 섬에 있었단다. 거기에 있게 된 이유는 하나님의 말씀을 전하고 예수에 대하여 증거를 하기 위해서라고 한다.

"주의 날에 내가 성령에 감동하여 내 뒤에서 나는 나팔 같은 큰 음성을 들으니 가로되 너 보는 것을 책에 써서 에베소, 서머나, 버가모, 두아디라, 사데, 빌라델비아, 라오디게아 일곱 교회에 보내라 하시기로."

요한이 밧모라는 섬에 있을 때는 주의 날이란다. 이때 요한이 성령에 감동하였단다. 성령에 감동하였다는 말은 요한의 육체에 성령이 임하여 왔기 때문이다. 그리고 요한 뒤에서 큰 음성이 들리는데, 들어보니 요한이 현재 보고 있는 상황을 책으로 써서 일곱 교회에 보내라는 음성이다. 이처럼 신은 육체 가진 사람을 성령에 감동케 하고, 신의 뜻을 전하게 됨을 알 수 있다. 이런 방법으로 신서는 쓰인다. 그리고 이런 신서에는 신이 육체 가진 사람에게 필요한 여러 가지 일들을 시킬 수도 있음을 위 예문에서 보여주고 있다.

"몸을 돌이켜 나더러 말한 음성을 알아보려고 하여 돌이킬 때에 일곱 금 촛대를 보았는데, 촛대 사이에 인자 같은 이가 발에 끌리는 옷을 입고, 가슴에 금띠를 띠고, 그 머리와 털의 희기가 흰 양털 같고, 눈 같으며, 그의 눈은 불꽃같고, 그의 발은 풀무에 단련한 빛난 주석 같고, 그의 음성은 많은 물소리 같으며, 그 오른손에 일곱별이 있고,

그 입에는 좌우에 날선 검이 나오고, 그 얼굴은 해가 힘 있게 비취는 것 같더라."

요한은 그 음성이 어디서 들릴까 하면서 몸을 돌려 보니, 그 신(예수)은 일곱 촛대(일곱 금 촛대교회, 계두말성, 사답칠두) 사이에 있었다는 것이다. 그 모습을 보니 옷은 발에 끌리게 입으시고, 가슴에는 금띠를 띠고, 머리털은 희고, 눈은 불꽃처럼 빛나고, 발은 주석 같고, 그 음성은 물소리처럼 잔잔하고 오른 손에는 일곱별을 가지고, 입에서는 날이 선 칼처럼 애리한 말씀이 나오고, 얼굴은 해처럼 빛나는 모습이었단다. 이것은 육체 가진 요한이 본 신의 모습이고, 광경이었다. 예수는 이미 신이 되어 승천하였는데, 요한에게 나타난 신은 모습을 가지고 있었다. 이를 신령한 몸(神靈體)이라고 한다.

"내가 볼 때에 그 발 앞에 엎드러져 죽은 자 같이 되매 그가 오른손으로 내게 얹고 가라사대, 두려워 말라 나는 처음이요 나중이니, 곧 산 자라 내가 전에 죽었노라 볼지어다. 이제 세세토록 살아있어 사망과 음부의 열쇠를 가졌노니, 그러므로 네 본 것과 이제 있는 일과 장차 될 일을 기록하라."

요한이 그 모습에 두려운 마음으로 두 발 앞에 엎드렸단다. 그리고 숨소리도 내지 않고 있을 때, 그 신(예수)께서 오른 손을 요한에게 얹고 안수를 하여주셨다. 그리고 자신을 소개했는데, 소개 내용을 들어보니 그는 예수였던 것이다. 이 장면은 신이 된 예수가 요한이란 사람에게 임하여 자신의 계획을 위하여 일을 시키고 있는 장면임을 알 수 있다.

여기서 독자 분들이 참작해야 할 중요한 사항이 있다는 사실을 간과해서는 안 된다. 위에서 볼 때, 예수님은 밧모섬이란 곳에 유배되어 온 12제자 중 하나인 요한에게 오셔서 이 예언 곧 요한계시록을 기록하게 하였다는 것이다. 그런데 국문학의 수사법에는 중의법(重

意法)이란 것이 있다. 즉 한 단어나 문장 속에 두 가지이상의 뜻을 내포시키는 기법이다.

요한계시록은 예언이다. 이 예언이 쓰일 때는 예언을 쓴 자에게 예수님이 오셔서 환상으로 계시를 해주셨다. 그런데 이 예언이 예수님의 예언이 확실하다면, 그 예언은 이루어질 것이다.

요한계시록이 쓰일 때에는, 그 시기가 서기 95년 정도 때였고, 그 장소는 밧모섬이었고, 그것을 받아쓴 사람은 12제자 중 한 사람인 요한이다. 그러나 그 예언이 이루어질 때에는 그 시기가 훨씬 지난 후이고, 그 장소는 일곱 금 촛대교회이고, 그곳에서 이루는 사람은 그때의 요한이 아닌 그 시대의 어떤 인물이 되어야 할 것이다.

그래서 예언서를 읽을 때는, 늘 기록될 때와 그 기록된 예언이 이루어질 때를 구분하여 이해하지 않으면 그 예언을 이해할 수 없다. 그래서 요한계시록에 나오는 요한이란 사람이나 밧모섬이란 장소는 중의적인 개념을 가진다.

요한도 사실 두 명으로 구분할 수 있다. 기록한 요한이 있으며 그 기록대로 나타나서 그 예언을 실제로 이루는 요한이 있다는 것이다. 밧모섬도 그 당시 "에베소의 남서쪽 90km, 그리스의 에게해의 스포라데스에 속하는 작은 섬이다. 밧모섬은 남북 길이 16km, 동서길이 9km, 면적 40km², 해안은 60km에 이른다. 2000년 현재 인구는 약 2,500명이다. 지표는 모두 화성암으로 이루어져 불모지이고 밀이나 포도나무의 재배가 약간 이루어진다. 산은 높지 않고 최고봉인 일리아스도 269m이지만 전망은 매우 아름답다."

"로마제국시대에 종교·정치범을 귀양 보냈던 유배지였다. 『요한의 묵시록(계시록)』의 저자인 요한이 로마의 도미시아누스 박해 시대 유배 가서 『요한의 묵시록』을 기록한 장소로 알려진 섬이다. 요한은 18개월 동안 있었는데, 이곳에서 『요한의 묵시록』을 썼다.”

“이 시기를 대개 AD94~96년경으로 추측한다. 현재 이곳에는 밧모섬의 중심지인 호라 마을에 요한 수도원이 있고, 『요한의 묵시록』을 썼다는 요한의 동굴, 1713년경에 세워진 밧모 희랍정교회 신학교, 이곳에 요한이 최초로 사용했다고 전해지는 세례터가 있다. 성지 순례의 코스로 널리 알려진 곳이다.”(두산백과)

이것은 예언을 기록한 당시의 장소나 인명이나 상황이다. 그런데 이 예언이 성취되는 밧모섬은 요한 묵시록, 즉 계시록에 일곱 금 촛대 교회로 등장하고 있다. 그리고 요한은 일곱 금 촛대 교회에 올라온 니골라당, 즉 사단의 집단과 진리로 싸워 이긴 사람으로 등장하고 있다.

이렇게 기록된 중의적 의미를 찾아 이해하지 못하면, 성서의 예언의 참의미를 깨달을 수가 없다.

이렇게 불서, 성서 및 격암유록 등이 쓰인 과정은 이와 모두 유사한 방법임을 발견할 수 있었다. 따라서 이런 신서들, 즉 종교 경서는 신이 주셨음이 판단된다.

종교의 주인인 창조주는 모세라는 선지자를 성령에 감동케 하고 창세기부터 신명기에 이르는 다섯 가지의 신서를 주셨다. 창조주는 그것을 언제 어떻게 육체 가진 모세에게 전달할 수 있었겠는가 하는 의문은 직전에 소개한 요한계시록이 기록된 경위를 보면, 유추가 가능할 것이라고 본다. 창조주는 이렇게 모세를 비롯한 약 35명 이상의 선지자들을 통하여 66권의 성서를 기록하게 하신 것이다. 그리고 그 경서를 중심으로 유대교, 카톨릭, 동방정교, 성공회, 기독교 등이 세워졌다.

창세기의 역사는 지금으로부터 6000년 전의 것이다. 따라서 유대교 카톨릭 기독교의 원뿌리는 6000년이 됨을 알 수 있다. 이는 불교,

유교 및 세계의 모든 종교보다 가장 오랜 뿌리를 가지고 있다고 할
수 있다.

또 이 시기는 인류의 사대문화가 시작된 시기이기도 하다. 현 인류
문명은 6000년 전에 시작되었다.

이 점으로 볼 때, 인류는 사대문화와 동시에 종교의 역사도 함께
시작되었음을 알 수 있다. 이상의 것을 통하여 볼 때, 종교를 세운
것은 창조주란 것을 알 수 있다. 따라서 종교를 세운 것은 신이고,
사람이 아니다. 따라서 이 말에 근거하면, 스피노자가 말한 "사람이
죽음이 두려워서 종교를 만들었다."는 말은 거짓말이 된다.

우리가 잘 못 느끼는 생소한 부분이어서 그렇지만 창조주는 신이
고, 신은 동적(動的)이다. 창조주가 만물을 창조하여서 만물이 이렇
게 우리 눈앞에 현실로 나타나 있다. 우리도 그 가운데 존재하는 창
조주의 피조물이고, 그 흔적은 사람의 육체에 있는 영혼이다. 그러니
우리가 육안으로 우리의 영혼을 볼 수 없듯이 창조주의 모습을 볼
수는 없다. 하지만 창조주가 창조하신 만물은 볼 수 있으니 그 만물
들을 보면, 창조주가 얼마나 능동적으로 창조의 일에 매진하셨나 하
는 것을 느낄 수 있다. 우리는 그런 차원에서 신의 존재를 확인해
볼 필요가 있다. 이런 생각을 한번 해보면 어떨까?

우리 몸 덩어리가 움직일 수 있는 것은 우리 안에 신이 있기 때문
이다. 그러나 그 신은 우리 눈으로 볼 수는 없다. 우주만물이 흙으로
되어 있지만 쉬지 않고 움직이고 있다. 어떤 등식이 성립될까? '우주
안에도 신이 있으므로 우주가 움직이고 있다. 그러나 우리 눈으로는
볼 수 없다' 그 우주를 움직이는 신의 이름이 창조주이다.

창조주와 신을 우리가 육안으로 볼 수 없으나 깨달음을 통하여
영적으로는 볼 수 있다. 일반적인 신은 사람 육체 안에 있는 영의
존재를 확인하므로 신의 존재를 인정하지 않을 수 없다. 사람의 육체

안에는 분명 영혼이란 것이 존재한다. 그러나 그 영혼은 눈으로는 볼 수 없다. 그러나 말하는 것이나 생각하는 것이나 아픔이나 슬픔을 느끼는 것으로 사람의 육체 안에 영혼이 있다는 사실을 인지할 수 있다. 사람이 곧 신이라면, 그 신은 도대체 어디서 왔다는 말인가?

자신이 존재한 경로를 따라 올라가보면 알 수 있다. 자신은 부모에게서 왔고, 부모님은 조상에게서 왔다. 조상은 시조에게 왔다. 시조는 창조주로부터 왔다. 창조주는 영이며 신이다. 따라서 자신의 육체 속에 있는 영은 곧 창조주에게서 왔음을 알 수 있다.

이렇게 간단하게 세상 사람들이 의문시하는 신의 존재와 창조주의 존재를 조명할 수 있다. 그러나 사람 안에 있는 영을 볼 수 없듯이 우주 속에 존재하는 창조주를 볼 수는 없다. 사람 안에 영이 있다는 사실을 사람이 움직이고, 생각하고 육체가 살아있다는 것을 통하여 확인이 가능하다. 우주에 창조주가 있다는 사실도 우주가 살아 움직이는 것을 보고 깨달을 수 있다.

성경을 비롯한 종교 경전은 예언과 그 예언의 성취된 일을 열거하고 있다. 우리가 흔히 말하는 구약성경은 메시야(예수 그리스도)가 인간의 육체를 입고 태어날 것을 예언한 책이다. 그리고 그 예언이 성취되어 나타난 사람이 예수 그리스도이다. 예언한 것이 실제로 이루어진 사건이다. 그리고 성경을 통하여 분석해보면, 예수 그리스도는 육체이지만 그 육체 속에는 창조주의 영이 들어있었다는 사실을 증거 하고 있다. 그러나 이도 역시 예수 그리스도의 육체는 사람의 눈으로 볼 수 있었지만 창조주의 영은 볼 수 없었다. 이를 볼 수 있는 방법은 성경을 통하여 진리로 깨달아야 예수 안에 있던 창조주의 영을 볼 수 있다. 신앙을 하는 신앙인들에게 이 증거는 매우 중요하다. 이 예언이 실제로 이루어졌다는 사실을 통하여 성경이 허구가 아니라, 진리라는 것을 알 수 있다. 그리고 그 예언을 하고 그 예언을 이루었다는 것은 신의 존재와 창조주의 존재를 인정할 수 있는 큰 단서가 될 수 있다.

신과 창조주가 존재하기 때문에 성경 같은 신서가 쓰일 수 있었고, 그 신서들은 선지자들에게 신이 감동을 주어서 기록된 것이다. 그것이 이루어지기 전까지는 예언이었고, 그 예언이 이루어졌으면 그것을 실상이다. 예언이 실상으로 이루어졌다는 사실은 신의 존재와 성령의 존재와 창조주의 존재가 증명 되는 매우 중요한 사안이다. 그러니 성경 속에서 예언과 실상을 비교 확인하는 과정이 없으면 성경을 믿기 힘 든다. 또 성경을 통하여 이런 확인 과정을 거치지 않는 사람들이 성경에 대해서 이러쿵저러쿵 한다는 것은 어불성설이다.

오늘날 성경을 믿지 못하는 사람들이 꽤 있다. 구약의 예언이 이루어진 것은 과거 2000년 전의 일이다. 오늘날의 신앙인에게 2000년 전에 일어났다는 예언의 성취는 다소 감각적으로 무디게 받아들일 수 있다.

그런데 반하여 신약의 예언은 과거의 일이 아니라, 현재나 미래의 일이다. 신약이란 말은 새 약속이란 말이다. 구약이란 말은 옛 약속이란 말이다. 옛 약속은 2000년 전에 이루어졌다. 그러나 신약은 현재나 미래에 이루어질 약속이다.

그런데 이 새 약속이 현재에 이루어진다면 문제는 달라질 수 있다. 이 새 약속이 현재에 이루어지고 있다면, 이 사실을 보고 들은 오늘날의 사람들은 성경이 허구가 아니라, 진리란 것을 깨닫게 될 것이다. 그리고 오늘날 창조주와 신의 존재를 무시하고 살아가고 있는 사람들에게 큰 깨달음을 줄 것이다. 그러나 그 사실을 믿을 수 있는 사람은 성경의 예언과 예언대로 나타난 실상을 보고 확인 한 사람에게 한할 것이다.

4. 신에 대한 막연한 상상이 우리들을 지배하고 있지만, 확실한 신은 자신의 몸 안에 내재하는 자신의 영이다

그런데 우주 만물들 중에 가장 신기하고 독특한 피조물이 바로 사람이다. 사람으로서 쉬이 신을 보고 느낄 수 없으나 자신의 영혼과 타인의 영혼을 살펴 신의 존재를 확인하고 파악할 수 있을 것이다. 세상에서 신을 알 수 있는 사람이 없으니 신에 대한 막연한 상상이 우리들을 지배하고 있다. 그러한 희미한 신에 대한 상상과 추측은 우리 인간들에게 신에 대한 혼동만 가져다주었다.

그러나 여기 신에 대하여 전혀 상상이 아닌 확실한 실체를 제공받을 수 있다. 그 실물이 우리 곁에 있다. 그것이 무엇일까? 우리 곁에는 전혀 희미하지도 않고, 불확실 하지 아니 하며, 두리뭉실하지도 아니하는 신의 실체가 있다. 그것은 바로 나와 우리 사이에 있는 사람 안에 든 영(靈)이다. 그 영이야말로 우리가 확인할 수 있는 유일한 신이다. 지구상에는 수십억의 사람들이 살고 있고, 그 사람들 누구에게나 영이 없다 할 수 없으니 이 지상에는 수십억의 신이 세상을 누비고 있는 셈이다.

세상에서 신의 계시로 성경이나 불경이나 도경을 쓴 선지자들 외에는 직접 신을 보거나 신에 대하여 경험한 정통한 정보들은 없다. 그런 입지에서 우리는 세상에서 근거도 없이 나돌고 있는 신에 대한 잘못된 정보들을 듣고, 그것이 신에 대한 올바른 지식처럼 알고 있는 경우가 허다하다. 그래서 인간 사회 속에서 대부분의 사람들이 생각하는 신에 대한 지식은 객관성이 없거나 가공된 것들임을 가늠할 수 있다. 그런데 반하여 우리 사람 안에 있는 신은 실존하는 신이기 때문에 매우 객관적이고, 사실적이라고 할 수 있다.

따라서 오늘날까지 일반적으로 알고 있던 신에 대한 개념적 정의는 비과학적 비학문적 비논리적이라고 할 수 있다. 그러나 예로부터 만물의 영장(靈長)이라고 일컬음을 받아온 인간의 육체 안에 있는 신에 대한 것을 고찰해볼 때, 신에 대한 개념은 과학적이며, 학문적이며, 논리적이라고 할 수 있다.

이런 토대 위에서 신에 대한 우리의 사고를 넓혀 간다면, 우리는 매우 논리적인 신에 대한 개념을 정리할 수가 있으리라고 본다. 지금 세상에서 많은 사람들이 신(神)을 불신(不信)하며, 신을 인정하지 않는다. 그 이유는 대부분의 사람들이 신에 대한 지식에 결여된 것에 의한다고 생각한다. 그래서 신에 대한 지식을 함양하기 위하여 우리는 신(神)에 대한 모든 것, 즉 신의 존재성이나, 신의 역사나, 신의 역할이나, 신의 종류 등을 알기 위하여 힘을 기울여야 할 것이다. 그것에 접근하는 방식으로 가장 좋은 수단은 우리 인간 속에 들어있는 신에 대한 정보를 분석해보는 것이라고 생각한다.

사람의 육체 속에 있는 영(靈)이 신(神)인지 아닌지 하는 답은 각자가 스스로 깊이깊이 사고하여 결정할 문제일 것이다. 그것을 이해하기 위해서는 자신과 타인의 육체 속에 들어 있는 영들에 대한 정보를 분석해볼 수밖에 없을 것이다. 그 과정을 통하여 사람의 육체 안에 존재하는 영이 신이란 사실이 증명된다면 우리는 이미 신의 존재성에 대해서는 더 이상 부정할 수 없게 될 것이다.

5. 신은 어디서 살고 있는가?

그 다음은 그 신이 어디에 존재하느냐는 문제를 해결해야 할 것이다. 신이 곧 영이라는 전제 속에서 우리와 세상 모든 사람의 육체 속에는 영이 있으므로 신이 거하는 장소를 알 수가 있게 된다. 그 장소는 바로 사람의 육체이다. 그래서 신이 거하는 장소는 첫째, 사람의 육체라는 답을 얻을 수 있다.

그 다음은 신을 담은 사람은 어디에 거하느냐는 것에 대한 대답을 통하여 신이 거하는 또 하나의 정보를 입수할 수가 있다. 사람은 지구촌에 살고 있다. 인류가 살고 있는 지구촌을 흔히 세상이라고 한다. 세상 중에서는 이 세상이라고 하니 현재 인류들이 살고 있는 곳은 이 세상이다. 따라서 이 답으로 두 번째 답을 얻을 수 있으니 결국 신은 인류가 살고 있는 이 지구촌에 존재함을 알 수 있다.

그 다음은 신의 역사를 추적해볼 수 있겠다. 현재에 신이 거하는 장소가 사람의 육체라고 하였다. 그렇다면 현재에 거하는 우리는 이 세상에 태어나기 전에는 이 지구촌에 없었다. 자신은 누구에 의하여 이 지구촌에 태어났는가? 자신의 부모님이다. 따라서 자신은 부모님에게서 왔음을 알 수 있다. 자신이 지구촌에 태어나기 전에는 그 신이 부모님에게 있었음이 확인된다. 그래서 자신의 신의 모체는 부모님이 된다.

그런데 부모님이 태어나기 전에는 그 신은 어디에 있었는가? 라는 것이다. 그 신은 조부모님의 육체에 있었다. 조부모님이 세상에 태어나기 전에 그 신은 어디 있었는가? 증조부모님의 육체 안에 있었다. 그렇게 단계 단계를 올라가면 최고봉에 한 조상이 나타날 것이다.

세상에 사람이라고는 한 사람도 없었을 때, 한 분의 조상이 있었으니 오늘날에 우리들에게 있던 신은 그 분 속에 있었음을 깨달을 수가 있다. 한 분의 육체에서 오늘날 70억 이상의 인류세상이 되었다. 한 육체가 70억으로 증가 된 것이다. 한 부모에게서 여러 자식이 날 수 있으니 부모는 모체요, 자식은 분신(分身)이라고 할 수 있다.

한 육체 안에 있던 한 신(神)이 오늘날 70억 이상의 사람들로 생겨났고 그 육체 안에는 70억 이상의 신들이 있으니 그들은 모두 조상신(祖上神)들의 분신(分神)임을 알 수 있다.

그리고 최고봉에 계신 첫 조상이 태어나기 전에는 지구촌에는 사람이라고는 한 사람도 없었다. 이때는 그 신이 어디에 거하신 것일까? 그리고 그 신의 이름은 무엇인가? 그곳을 흔히 하늘이라고 한다. 그리고 그 신들의 왕의 이름을 하느님, 하나님이라고 한다. 그는 모든 신들과 사람을 창조하신 유일신이다. 신약성서 요한계시록 4장에는 창조주 하나님과 수많은 신들이 있는 곳을 소개하고 있다. 이 신들은 모두 성신들이다.

그리고 베드로전서 3장 19절에도 신들이 살고 있는 곳을 소개 하고 있다. 그러나 여기에 살고 있는 신들은 성신들이 아니다. 이들은 한 때, 육체를 입고 태어났다가 육은 죽고 영으로 있는 존재들임을 성경은 소개하고 있다. 그리고 이들은 구원을 받지 못하고 구원을 받아야 할 영들로 소개하고 있다. 구원 받지 못한 영은 성신이 아니라, 악신이다.

그러므로 요한계시록 4장의 신들과 베드로전서 3장 19절에 대기하고 있는 영들은 영의 종류가 다름을 알 수 있다. 사람들은 세상을 살다가 죽으면 다 하늘나라로 간 것처럼 착각을 하나 하늘나라가 천국이란 뜻을 가졌다고 할 때, 다 하늘나라로 간 것이 아님을 알 수 있다. 흔히 사람들이 천도제라는 것을 행하는데 사실 알고 보면 베드로전서 3장 19절에 있던 영들이 요한계시록 4장의 장소로 그 영이 옮겨갈 때, 진정한 천도(遷度)라 할 수 있을 것이다.

이것이 신의 나라가 걸어온 신의 역사이고, 신의 세계의 실상이 되리라. 이것을 통하여 인간의 눈으로 확인할 수 없는 신의 존재와 신의 역사를 둘러보았다. 그런데 여기서 누락된 또 하나의 신의 역사가 있다.

6. 이것이 원초적 인문학의 초석이고, 인간세계의 문명은 사람 안에 있는 영의 산물이다

우리가 알 수 없는 영역이었지만, 알고 보면 이 세상 모두는 신에 의하여 지음 받았다는 사실을 확인할 수 있다. 사실 인간세상의 주인은 인간이다. 인간은 창조주가 만들어주신 자연 속에서 살고 있다. 이것은 종교 경서에 기록된 내용이다. 인간은 창조의 신이 만들어 놓은 자연을 이용하여 문화를 만들어 왔다. 과학 의학 예술 건축물 등 모든 것이 인간에 의하여 만들어진 피조물들이다.

그런데 그 인간을 지배하는 신이 있다. 그 첫째 신이 자신의 육체 속에 있는 영(靈)이다. 그 영은 자신의 몸을 운전한다. 그리고 자신의 운명을 개척한다. 음식을 먹고, 운동을 하게 하고, 공부를 하게 하고, 직업을 가지게 하고, 일을 하게 한다. 건축물 공사를 하게도 하고, 큰 댐 공사도 하게 한다. 자동차도 만들게 하고 비행기도 만들고, 큰 배도 만들게 한다. 정치도 하게 한다. 민주주의도 만들고, 사회주의도 만들게 했다. 건설도 하고 파괴도 하게 하였다. 나라도 세우고, 전쟁도 하게 하였다. 사람도 낳고 사람을 죽이게도 했다.

이 모든 것이 인간의 문화이다. 이렇게 흘러온 세상을 규명하는 것이 원초적인 인문학이다. 이 모든 문화를 만드는데 사람의 마음과 손이 가지 않은 곳은 하나도 없다. 사람의 손이 가는 곳마다 계획 없이 된 일은 하나도 없다. 계획은 사람의 육체에서 나오는 게 아니라, 사람의 마음에서 나왔다.

그런데 사람의 마음의 실체는 영(靈)이다. 사람의 영은 곧 신(神)이다. 따라서 인류사회의 문화는 모두 신에 의하여 만들어졌다는 것을 알 수 있다. 과거세(過去世)에서 금세(今世)에 이르기까지 꾸준히 만들어져 왔다. 금세의 신들은 오늘날 지구촌 70억의 인류들이고, 과거세의 신들은 태초부터 금세 이전까지 살다간 조상들이다.

따라서 세상을 지배하고 운전하는 것은 사람이나, 그 세상은 한 사람 한 사람이 모여서 구성된 것이요, 그 한 사람 한 사람을 지배하고 운전한 것은 그들 안에 있는 영들이요, 이 영들은 곧 신들이다.

세상에는 나라마다 임금이나 군주가 있어서 세상의 사람들을 지배하고 움직이게 한다. 그리고 그 세상의 구성원들과 임금 각자에게도 신이 있다. 그러므로 세상 사람들을 운전하는 것은 임금이나 군주이고, 그 임금이나 군주를 운전하는 것은 사람 속에 들어있는 신들이다.

신들의 나라는 두 나라가 있다. 하나는 창조주의 나라이고, 또 하나는 창조주를 대적하고 모방한 악의 나라이다. 창조주의 이름은 하느님이고, 악의 나라의 임금의 이름을 흔히 용왕이라고 한다. 용왕은 곧 마왕(魔王)이다.

따라서 우리가 현실에서 보고 있는 만들어진 모든 세상의 문화도 알고 보면 신의 작품임을 인정할 수밖에 없는 것이다. 그 중에 창조와 사랑과 평화와 용서와 건설 등 긍정적인 것들은 선한 성신(聖神)들의 작품이고, 미움과 전쟁과 만용과 파괴 등 부정적인 것들은 악한 귀신들의 작품이다. 그러나 이들 신들은 항상 사람을 도구로 써서 긍정적인 일이든 부정적인 일이든 하게 된다.

그리고 그 위에 창조주의 신이 계신다. 따라서 인류사회의 존재나 구성이나 설계는 하늘에서 온 것이다. 우리가 몰랐던 신의 존재와 신의 역사는 이렇다. 그런데 또 하나의 신의 세계가 있다고 했다.

7. 오늘날 지구촌의 70억 이상의 사람들은 한 시조에 의하여 세상에 태어났고, 이 시조를 낳은 자는 창조주이고, 이 창조주는 지구촌 70억 인구의 영적 아버지이다

세상에는 모든 것이 음양(陰陽)으로 나누어져 있다. 선악, 천지, 남녀, 좌우, 남북, 동서 등으로 말이다. 땅의 문화가 하늘에서 내려온 것이므로 땅을 규명하므로 하늘을 알 수 있다. 하늘의 하느님의 나라는 보이지 않지만, 땅의 모든 것은 보이기 때문이다. 땅이 음양, 선악으로 갈라진 이유도 하늘에서도 그렇게 갈라져 있기 때문이다.

모든 종교 경서들은 선악을 서로 대비하여 구성 하고 있다. 창조주는 신이고, 창조주가 가장 먼저 창조한 것은 자기와 같은 모양의 신들이다. 이때 모양이란 참의미는 보이는 형상으로써의 모양이 아니라, 성(性)으로서의 모양을 의미한다. 즉 하느님은 신이므로 형상이 없다. 그런데 자신의 형상으로 신과 사람을 창조하였다고 하신다. 자신의 형상은 바로 '거룩한 형상'을 의미한다. 자신의 존재는 영이고, 신인데, 그 영 또는 신이 한 점의 어둠도 없는 거룩한 성질의 것이란 의미이다.

그렇게 거룩한 영을 한자로 표현하면 성령(聖靈)이다. 따라서 하느님이 자신의 형상으로 신과 사람을 창조하였다 함은 성령으로 신들을 만들고, 또 그 성령으로 사람을 창조하였다는 의미이다.

그래서 유일한 한 분의 신에서 자신과 같은 신들을 만들었다고 하니 신들이 많아졌던 것이다. 그 수가 천천만만이라고 하니 수를 셀 수 없을 정도로 많다는 것을 알 수 있다. 이들은 모두 신들이긴 하지만 창조주에 의하여 피조 된 신들이다. 그러므로 창조의 신은 유일한 한 분이라서 유일신(唯一神)이라고 하는 것이다.

그러므로 세상에 수많은 종교가 있다고 하여도 천지만물과 신들과 사람을 창조하신 분은 오로지 한 분뿐이란 것이다. 그 창조주가 바로 앞에서 언급한 인류의 최고봉에 계신 첫 시조를 창조하신 분이다. 그 분의 영이 첫 시조에게 분신되어 들어갔고, 오늘날 70억 이상의 인류들은 모두 그 영을 이어받은 분신들이다.

이런 의미로 볼 때, 창조주는 오늘날 지구촌의 70억 이상을 낳아주신 직계조상이라는 것이다. 그 이름을 어떻게 부르든 우리인류와 관계되는 영적 아버지는 이 한 분외에는 없다. 이 창조주가 성서의 하나님이고, 불서의 법신불부처님이고, 중국의 상제님이고, 서양의 God이다. 이 분 외의 다른 신을 받드는 것은 죄가 된다는 것은 바로 이 분이 자신을 존재케 한 실체이기 때문이다.

또 창조주가 아니면서 자신이 창조주라고 한다면, 이 신은 거짓신이란 증거가 된다. 종교 경전에서 시사하는 거짓 또는 거짓말은 세상의 친구간이나 상업적으로 하는 거짓말이 아니라, 창조주에 대한 영적 거짓말에 대한 것임을 알아야 한다. 경서에는 영적 거짓말 하는 신이나 사람에 대한 징벌이 굉장히 크게 기록되어 있다.

8. 지구촌 인류의 영은 처음 창조주의 영으로 시작되었으나 후에는 변질 되어 악한 영으로 탈바꿈 되었고, 이를 회복하는 것이 종교의 몫이다

그런데 그 신들 중에 최초로 그런 거짓말을 한 자가 있으니 이 신의 이름이 마귀, 귀신, 사단, 용, 뱀 등으로 기록하고 있다. 그것에 대하여서 세세히 기록하고 있는 경전은 성서이다. 성서에는 하늘나라에 신들의 나라가 있는데, 그 신들 중, 네 왕이 있다. 그것을 성서에서는 네 천사장이라고 이름하고, 불서에서는 사천왕이라고 이름 한다. 신의 세계는 마치 군대조직 같이 이루어져있는데, 신들의 나라는 각각 네 나라로 이루어져 있고, 각 나라에는 왕이 있다. 그리고 각 왕들에게는 수많은 천사들이 소속되어 있다.

아주 옛날에 하늘나라의 네 천사장 중 하나가 욕심이 나서 자신이 창조주보다 높이 되려고 거짓말을 하게 되었다. 그리고 자신의 주장을 따르는 신들을 끌어 모았다. 그 말을 믿지 아니하는 신들은 그대로 있었지만, 신들 중에 욕심이 있는 신들은 이 천사장을 따랐다.

창조주 하느님이 이들을 자신의 나라에서 쫓아내었다. 그들이 마귀, 귀신, 사단이 된 것이다. 이들도 창조주에 의해서 창조된 성령들이었으나 거짓말을 한 죄로 말미암아 악령으로 변질되어 버린 것이다. 이 변질은 곧 사람의 육체가 정상세포에서 암세포로 변질 되는 것처럼 비정상적인 신이 되어 다툼과 살인과 아픔과 고통과 전쟁과 죽음을 일으키는 주범이 된 것이다. 이들이 나라를 이루었으니 악령의 나라이고, 이 나라를 흔히 지옥이라고 부르게 된 것이다.

창조주가 세상과 사람을 창조했다고 말하는 것은 진리라고 말하고, 마귀가 세상과 사람을 창조했다고 하는 말은 거짓말이 된다. 이때 진리를 듣고 깨달으면 사람이 창조주의 편이 될 수 있다. 그렇게 되면 사람은 창조주의 형상을 가지게 된다.

그러나 마귀가 하는 거짓말을 듣고 믿게 되면, 그 사람들은 마귀의 형상을 가지게 된다. 창조주의 형상을 가진 사람의 육체에는 성령이 들어가게 된다. 그러나 마귀의 형상을 가진 사람의 육체에는 악령이 들어가게 된다. 그 다음은 육체가 자신 속에 들어있는 그 영의 지배를 받게 된다.

앞에서 인간은 창조주의 신에서 시조에게로, 그리고 시조의 신에서 조상의 신으로, 조상의 신에서 오늘날의 사람들의 신으로 이어졌는데, 그 과정에서 사람들에게도 악령이 접신(接神)이 되어버렸다. 접신이란 신과 육체가 하나로 뭉쳐졌다는 의미이다.

9. 아담이 첫 사람이란 의미는 아담이 과학적 생물학적인 의미로의 첫 사람을 의미하는 것이 아니라, 그 시대에 사람의 영이 성령으로 창조된 첫 사람을 의미한다

악령과 접신된 상태를 표본으로 보여준 것이 성서의 아담사건이다. 아담은 창조주로부터 생기를 받아 생령(生靈)이 된 사람이었다.

생령이란 살아있는 영이란 말이다. 죽음의 영은 악령이고, 산 영은 성령이다. 따라서 아담이 생령이 되었다는 말은 곧 아담이 성령이 되었다는 말과 같다. 대표적 성령은 창조주의 영이다. 그래서 창조주는 아담을 자기 형상인 성령으로 창조하였음을 은유하여 말하였다.

그리고 아담이 뱀의 거짓말을 듣고 흙으로 돌아갔다는 말은 생령이 다시 죽은 영으로 되돌아갔다는 말이다. 아담이 죽은 영으로 돌아갔다는 의미는, 또 아담의 영이 악령으로 변질되었음을 의미한다. 대표적 악령은 용이라고 불려진다. 아담은 성령을 입은 첫 사람에서 다시 악령을 입게 되어 버린 불운의 사람이다.

아담이 첫 사람이란 말은 아담이 그 시대의 인류의 대표로 성령으로 지음을 받았다는 의미이다. 아담이 첫 사람이란 말을 오해하는 사람들이 많다. 아담은 6000년 전에 실존한 사람이다. 그런데 과학자나 고고학자들은 인류의 첫 출현 시기를 약 600만 년 정도로 추정하고 있다. 그런데 어떻게 아담이 첫 사람이 될 수 있을까?

이것을 이해하기 위하여 우리는 대한민국의 족보제도를 좀 살펴볼 필요가 있을 것이다. 대한민국의 족보제도를 보면, 아담이 첫 사람이란 표현에 대하여 잘 이해할 수 있을 것이다.

대한민국의 족보기록을 보면, 자신의 성으로 뻗어온 줄기가 있다. 첫째 씨성(氏姓)이 있다. 예를 든다면 김 씨, 이 씨, 박 씨 등등이 있다. 그 중 김 씨를 예를 들면 경주 김 씨의 경우 김알지를 시조라고 한다.

그 다음 경주 김 씨에서 분화된 의성 김 씨, 선산 김 씨, 광산 김 씨 등등 다양하게 있다. 이때 의성, 선산, 광산 등을 본관이라고 한다. 이럴 경우 본관을 처음 만들어 사용한 첫 조상을 또 시조라고 한다.

그 다음 파(派)란 것이 있다. 선산 김 씨의 경우를 예를 들면, 중서령공파(中書令公派), 판서공파(判書公派), 좌의정공파(左議政公派),

별장공파(別將公派) 등이 있다. 여기에 자신이 해당하는 것을 자신의 본관의 파라고 한다. 이 파가 처음 시작된 조상을 또 이 파의 시조라고 한다.

따라서 시조는 원래 한 분일 것 같지만, 단계에 따라 여러 시조가 있을 수 있다.

이처럼 성서의 창세기의 아담이 첫 사람이란 개념도 그렇게 생각하면 맞을 것이다. 아담은 그 시대에 창조주가 택한 최초의 사람이란 의미로 아담을 첫 사람이라고 표현한 것이다. 그래서 성서에는 그것이 그렇다는 것을 뒷받침 할 수 있는 여러 가지가 있는데 그 중 창세기를 살펴보면 많은 모순들이 발견되는데 예를 들면, 가인이 죄를 지어 쫓겨날 때, 가인은 하나님께

"내가 땅에서 피하며 유리하는 자가 될찌라. 무릇 나를 만나는 자가 나를 죽이겠나이다. 여호와께서 그에게 이르시되 그렇지 않다. 가인을 죽이는 자는 벌을 칠 배나 받으리라 하시고 가인에게 표를 주사 만나는 누구에게든지 죽임을 면케 하시니라."라고 창세기 4장 14~15절에 기록되어 있다.

창세기에 기록한 이런 사실을 문자적으로 그대로 보면, 이때는 아담과 하와와 가인밖에 없는데 누가 가인을 죽일 수 있다는 말인가? 이런 정황으로 봐서 그 당시 세상에는 하나님께 택함 받은 아담 외에 다른 종족들이 많이 살고 있었음을 유추할 수 있다. 그러나 하나님께서 택하여 생기를 준 사람으로는 아담이 첫 사람이었던 것이다.

실제로 상고 역사서를 보면, 아담이 살던 6000년 전에는 인도를 비롯한 여러 나라들이 새로운 문명을 찾아 각지로 흩어지던 시대였음을 기록하고 있다. 이집트, 인더스, 메소포타미아, 황하문명이 이 시대에 형성되었다. 이 시대에 우리 역사는 환웅이 3천 명을 이끌고 삼위태백지역으로 이동하던 것으로 유명하다.

그리고 아담이 속한 지역은 메소포타미아[2](수메르) 문명권이었다. 아담은 히브리민족에 속하였고, 히브리란 말은 '강을 건넌 민족'이란 의미이다. 메소포타미아는 '두 강 사이'라는 의미이고, 두 강은 소아시아에서 근동으로 건널 때, 가로놓인 티그리스와 유프라테스 강이다. 역사학자들은 히브리민족이 아시아에서 두 강을 건너가서 근동지역에 형성된 민족임을 나타내고 있다. 그래서 그들 민족 이름이 강을 건넌 민족이란 뜻인 이브리, 히브리라는 명칭을 얻게 된 것이다.

이 문명권이 인류 4대 문명 중의 하나인 수메르(메소포타미아)문명이다. 따라서 성서에 기록된 영적인 신서를 해석함에 있어서 잘못 해석하면, 성서는 과학적으로나 역사학적으로도 외면을 받을 수밖에 없다. 그런 오류를 빚은 원인은 영적인 신서를 문자 그대로 읽고 이해한 결과이다.

그러나 단군 신화를 비롯한 로마, 그리스신화 및 불경, 성경은 모두 신의 글이다. 신이 인간을 통하여 기록케 한 이 신의 글은 대부분 비밀문장이다. 신이 인간에게 비밀로 전해온 것이 성경을 비롯한 여러 신서들이다. 그래서 그 비밀에 관한 사항을 무시하고 문자 그대로 해석을 하게 되면 이는 앞뒤가 맞지 않는다.

그 결과 성서는 위서로 취급 받을 수밖에 없다. 그래서 구약성서 시편과 사복음서에는 창세기를 비롯한 성서의 기록은 비유적으로 감추어두었다고 힌트를 주고 있다.

이런 여러 정황으로 아담은 인류 역사상 첫 시조가 아니라, 창조주

---

2) meso는 '사이', potam은 '강'을 뜻하여, 메소포타미아는 티그리스와 유프라테스 강 사이에 있는 비옥한 삼각형 모양의 평야. 일찍이 수메르 인들은 이 지역에서 관개 농업을 통하여 보리를 경작하고 도시를 형성하며 살았다. 우르, 라가시 등은 이들이 건설한 대표적인 도시였다.

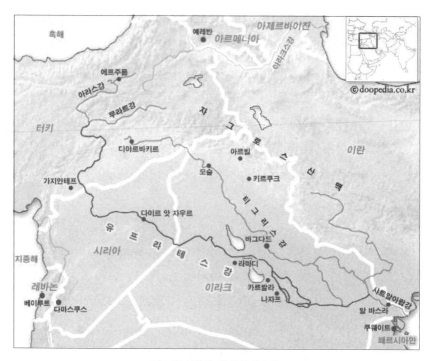

티그리스강과 유프라테스강

하나님께서 히브리민족 중에 한 사람을 택하여 성령으로 창조한 첫 사람임을 유추할 수 있다.

그리고 성서도 진리이고 과학도 진리라면, 과학의 인류 기원의 6백 만년은 고고학적으로 증명된 것인데, 성서는 6천 년 전의 사람이 첫 사람이라고 한다면 둘은 서로 상충된다. 따라서 앞에서 시조에 대한 것처럼 아담이 첫 사람이란 것도 그처럼 이해하면 과학과 성서는 서로 맞아 떨어진다. 첫 사람은 첫 사람인데 그 시대에 처음으로 하나님께 생령을 받은 첫 사람이라고 이해한다면 성서도 과학도 서로 상충됨이 없어진다.

성경에는 아담 이후에 첫 성령으로 태어난 사람을 소개하고 있으니 그가 바로 예수 그리스도이다. 성경에는 예수 그리스도를 성령으로 태어난 과정을 설명하고 있다. 그리고 예수는 그 당시 사람들에게 아버지 외에는 선한 자가 한 사람도 없다고 했다. 이때 예수가 말한 선한 자의 정의는 단순히 착한 사람을 의미한 것은 아니다. 예수는 창조주 하나님의 형상 곧 성령의 사람을 선한 자라고 했던 것이다. 그 시대에 모든 사람들은 성령의 사람이 아니었으므로 예수는 선한 사람이 한 사람도 없다고 한 것이다.

그런 중에 예수는 처녀의 몸에서 성령으로 잉태하여 태어났으니 선한 자가 된 것이다. 이 시대로서는 예수는 성령으로 태어난 최초의 사람이었다. 창세기의 아담도 이런 입장의 사람이었다. 그런 표현방법을 빌린다면 아담 후, 4천 년 만에 태어난 예수도 첫 사람이라고 표현할 수가 있다. 그래서 요한일서 1장 1절에는 그 때를 태초라고 표현하였던 것이다.

10. 나의 육체 속에 있는 영은 악령인가 성령인가?

그러나 아담은 생령을 받을 후, 뱀의 거짓말에 속아 악령의 사람으로 되돌아가버렸다. 성령의 첫 사람 아담을 따라 후손들이 생겨났다면 후손들도 성령의 사람들이 되었을 텐데 아담이 다시 악령으로 되돌아 가버렸으니 그 후손들도 모두 악령의 사람이 되어버렸음은 또한 당연한 처사라 할 것이다. 따라서 하나님이 창조하신 에덴동산에도 악령이 들어오게 되었으니 세상은 모두 악령의 땅이 되어 버렸다.

이런 일로 말미암아 그것을 치료하기 위하여 종교가 세워지게 된 것이다. 반복되는 이야기이지만 그래서 종교의 목적은 악령에서 구원되는 것임을 알 수 있다.

자, 이렇게 우리가 사는 세상에는 '신이 있다', '신은 없다'는 의견이 분분하지만, 또 신이나 귀신에 대해서도 많은 사람들이 각양각색의 상상력을 동원하여 자기만의 신을 만들어 살아가고 있지만, 그 신의 실체를 자신에게서 발견할 필요가 있다. 그리고 자신과 연관된 신들을 생각하며 신에 대한 지식을 넓혀 가면, 우리는 신에 대한 매우 확실한 정보를 얻을 수 있을 것이다. 세상의 많은 종교들이 말하는 신에 대해서도 우리는 좀 더 객관적이고, 논리적인 방법으로 지식을 더해갈 수 있을 것이다.

이렇게 신에 대한 것을 이해할 때, 우리 인간사회가 참 자아를 발견할 수 있으리라고 본다. 그 결과 우리는 자신이 누구인가? 자신은 성령의 지배를 받고 있는가? 악령의 지배를 받고 있는가를 알 수 있을 것이다. 그리고 우리는 왜 종교를 해야 하는가라는 분명한 목적을 알게 될 것이다. 이렇게 우리는 신앙을 무목적 무작정으로 하는 것이 아니라, 분명한 목적을 가지고 해야 한다.

그리고 각종 종교나 종교 경서를 통하여서 우리는 그러한 사항을 깊이 생각하고 그것을 탐구해야 할 필요가 있을 것이다.

11. 신들이 사는 집은 사람의 육체이고, 신들도 무주택자가 있고 유주택자가 있다

자신의 집에 거울이 없으면 자신의 얼굴에 묻은 더러운 티끌을 발견할 수 없을 것이다. 그처럼 자신의 마음에 묻은 더러운 티끌을 알기 위해서는 우리는 무엇을 봐야할까? 마음을 볼 수 있는 거울일 것이다. 그 거울은 무엇일까? 종교 경전인 신서이다.

이렇게 신의 존재가 인정이 된 후, 신서(神書)를 보라. 특히 성서를 보라. 거기에는 신의 존재와 신의 역사와 신의 세계에 있었던 사연과 신의 세계에 있을 미래세에 대한 정보가 차고 넘친다.

그 다음은 종교간 성역 없이 여러 경전을 될 수 있는 대로 많이 읽어보라. 그렇게 되면 공통된 어떤 지식이 쌓일 것이다. 그렇게 되면 그 다음 창조주에 대한 개념이 설 것이다. 그 다음은 천사에 대한 개념이 설 것이고, 성령과 신명에 대한 개념이 설 것이다.

그리고 악령, 귀신, 마귀, 사단에 대한 개념도 설 것이다. 그리고 과거 현재 미래의 신에 대한 개념도 설 것이다.

또 성령과 악령은 인간들과 인간 세상에 어떠한 영향을 끼치고 있는가를 알 수 있게 될 것이다. 이리하여 우리는 몰랐던 신의 세계가 실존함을 깨달을 수 있으며, 신의 세계가 현실감 있게 우리 곁으로 다가 올 것이다. 그 단계를 넘으면 신의 뜻, 창조주의 목적과 사람이 종교를 해야 하는 당위성에 대하여 느끼게 될 것이다.

그렇게 발전될 때, 이전에 생각했던 신에 대한 우리들의 관념이나 개념들이 얼마나 터무니없었던가를 깨닫게 될 것이다. 그런 후에 이런 의문이 반드시 생길 것이다. 나의 몸 안에 들어있는 영은 어떤 영일까? 라고 말이다. 그러나 비로소 현재 나의 몸 안에 든 영이 성령인지 악령인지 알게 될 것이다. 자신이 여러 종교 경서를 보면서 이러한 중요한 요점을 무심히 간과하고 놓치지만 않는다면 말이다. 그렇게 된다면 자신이 앞으로 어떻게 신앙생활을 해야 할지 구체적인 목표가 세워질 것이다.

이상의 과정들을 다시 정리차원에서 종합해보면, 오늘날 사람들이 알고 있는 신에 대한 관념이나 지식은 너무나 허구적이고, 가식적인 것이란 것이다. 그러나 오늘 이렇게 사람 속에 실존하는 신을 확인하면서 자신을 있게 한 부모와 조상 그리고 시조와 또 시조를 창조하신 창조의 신까지 더듬어서 신(神)의 존재에 대하여 확인할 수 있었다.

창조의 신(新)을 앎으로써 창조의 신이 창조한 흔히 천사(天使)라고 불리는 성신(聖神)들의 존재와 성신들의 세계에 대해서도 알 수 있었다. 또 창조의 신을 앎으로 창조의 신이 창조한 변질된 신(神)에 대한 지식도 쌓을 수 있었다.

변질된 신을 기독교에서는 마귀 신, 사단이라고 부르며, 불교에서는 마구니라고 부른다. 참고로 불교에서 마귀를 마구니라고 부르나, 마구니의 어원은 마군(魔軍)이다. 마군(魔軍)이란 이름에서도 잠간 언급 하면, 마귀는 누군가와 싸우는 존재라는 사실을 시사하고 있음을 각인할 필요가 있다.

마귀, 마구니라고 불리는 변질된 신을 우리는 흔히 귀신(鬼神)이라고도 한다. 그런데 사람들이 귀신의 속성을 잘 몰라서 그렇겠지만 귀신에 대해서 너무나 관대한 것 같다. 사실 알고 보면 귀신은 마귀고, 사단이고, 악령이란 사실을 명심해야 한다.

흔히 자신의 부모나 조상이 죽으면 귀신이 되어 제사밥을 먹으러 온다고 제례를 지내곤 한다. 그러나 자신의 조상이 귀신이라면 심각한 문제이다. 귀신은 곧 악령이기 때문이다. 만약 자신의 조상이 귀신이라면 귀신에서 성신으로 천도를 시켜야 할 것이다. 그러나 자신의 조상이 귀신이라고만 말할 뿐 그 확실한 답을 알고 있질 않다. 그러나 성서 등 경전을 진리로 깨달으면 그 속에 그 모든 답이 다 들어있다. 그래서 성서를 거울로 비유한 것이다.

한자사전에 보면 신(神)이란 한자의 훈을 귀신 신(神) 자로 설명을 하고 있는데 이것은 이 시대에 그 누구도 신에 대한 속성을 잘 모르는 결과에서 나온 오류이다. 신(神)과 귀신(鬼神)은 정반대의 개념을 가지고 있다. 신(神)은 성신(聖神) 성령(聖靈) 신명(神明) 참신이란 의미를 가진다. 귀신(鬼神)이란 마귀 신을 축약한 말로 마귀, 사단, 악신, 악령을 의미한다. 따라서 한자 사전에도 신(神)의 훈을 '귀신 신' 자라 해서는 안 된다. 신(神)의 훈을 참신 신, 성신 신이라고 바꿔야 마땅할 것이다.

그도 그럴 것이 흔히 '신(神)을 믿는다'고 할 때, 신(神)의 의미가 귀신 신(神) 자라면 '신(神)을 믿는다'고 하는 것은 '귀신을 믿는다'는 말이 되고, 귀신을 믿는다는 말은 결국 사람들이 마귀, 사단, 악신을 의지하고 믿는다는 격이 되어 버리기 때문이다. 이것은 결국 모든 종교가 신을 믿는다면서 마귀 신을 믿는다는 말이 되어버리는 것이다. 그래서 신(神)과 귀신(鬼神)을 구별하여 쓸 수 있어야 마땅하다고 본다.

여하튼 신의 세계의 양상은 크게 두 종류의 나라로 하나는 성신의 세계이고, 또 하나는 악신의 세계임을 알 수 있다. 또 하나는 성신이든 귀신이든 사람의 육체에 들어갈 수 있다는 것도 더듬어보았다. 즉 사람의 육체 안에 영혼이란 존재가 있고, 이 영혼 중의 영(靈)은 바로 신(神)이다. 이것만으로도 영은 사람의 육체에 들어올 수 있음을 말하고 있지 않는가? 영을 신으로 바꾸면 역시 신도 사람의 육체 안에 들어올 수 있는 존재임을 알 수 있다. 그래서 옛 선조들은 이미 그 사실을 알고, 사람의 몸속에 있는 영을 정신(精神)이라고 이름을 지어두었던 것이 아닌가?

그런데 나 자신의 몸 안에 있는 신이 성신일까, 악신일까? 라는 문제와 함께 오늘날의 사람 안에 들어있는 신은 성신일까? 귀신일까? 라는 문제가 남는다. 앞에서 다룬 내용들을 중심으로 생각을 해보면, 사람의 육체에서 하나님의 신이 떠나면서 종교라는 것이 필요하게 되었고, 하나님의 신과 다시 연결되기 위해서 종교가 생기게 되었다고 한 내용을 기억할 것이다.

그렇다면 성신은 하나님의 신의 다른 이름이니, 오늘날까지 사람의 육체에서 성신이 떠났으니 오늘날까지 사람의 육체 안에 있었던 영은 귀신이었음이 분명하다.

그리고 종교의 목적은 사람의 육체에 하나님의 신이 다시 돌아오는 것이라고 앞에서 정의를 내렸다. 그렇다면 종교의 목적이 이루어질 때가 되면, 사람의 육체 안에 있던 귀신들은 쫓겨나고, 하나님의 신들인 성신들이 사람의 육체 안에 들게 될 것이다. 이때 귀신이 쫓겨나는 상태를 종교에서는 구원(救援), 해탈(解脫) 탈겁(脫劫)이란 용어로 표현해왔다. 그리고 성신이 사람의 육체에 다시 임할 때를 부활(復活), 성불(成佛)이란 용어로 표현해 왔던 것이다.

이것을 잘 이해하기 위하여 이렇게 설명을 덧붙여보면 어떨까? 성신도 귀신도 하나의 몸이라고 가정할 때, 육체는 마치 옷과 같은 개념일 수 있다. 귀신이 육체를 입으면 육체는 귀신의 옷 같은 입장이 되고, 성신이 육체를 입으면 육체는 성신의 옷 같은 입장이 된 격이 된다는 것이다.

경서에는 그래서 성신을 입은 사람을 흰 옷을 입어 나타내보였고, 검은 옷을 입어 저승사자나 귀신으로 나타내보였던 것이다. 우리민족이 예로부터 백의민족(白衣民族)이란 이름으로 일컬음 받았고, 흰 두루마기를 즐겨 입은 것도 알고 보면, 이런 영적인 의미가 깊이 박혀있었기 때문이다.

경서에는 이것을 달리 육체는 집 같은 입장이고, 영은 그 집에 들어가 사는 주인 같은 입장으로 표현하기도 한다. 귀신이 육체 안에 들어가 살면 육체는 귀신의 집이 되고, 성신이 육체 안에 살면 육체는 성신의 집이 된다. 성신의 집을 한자로 표현하면 성전(聖殿)이 된다.

그래서 성서에서는 교회를 성전이라고 하지만, 사실은 예수께서 자신의 몸을 성전이라고 소개하였다. 예수의 몸 안에 거룩한 성신이 임하였으므로 예수의 육체를 성전이라고 한 것이다. 이렇게 악한 영이든 선한 영이든 영은 육체 안에 들어갈 수도 있고, 나올 수도 있음을 알 수 있다.

이럴 경우 귀신이든, 성신이든, 집이 있는 신도 있고, 집을 장만하지 못하여 무주택에서 살아가는 신도 있음을 알 수 있다. 따라서 신이 존재하는 곳은 육체와 세상이 될 수도 있고, 육체와 세상 밖일 수도 있음도 알 수 있다. 우리는 흔히 세상과 육체 밖의 지역을 '하늘'이라고 표현해왔다. 그래서 사람의 육체가 죽으면 그 영은 하늘나라로 간다고 생각한 것이다.

그래서 신들은 육체 안에 있는 신들도 있고, 육체 밖에 있는 신들도 있음을 알 수 있다. 이 두 장소에 거하는 모든 신들이 사는 곳을 신의 세계라고 할 수 있을 것이다. 그리고 신이 사는 곳을 하늘이라고 표현한 이유는 신은 사람보다 높은 곳에 있다는 것을 나타내기 위해서라고 생각된다.

세상에도 남녀가 있어 짝을 이룬 사람도 있고, 짝을 이루지 못한 사람도 있다. 의학에서도 성인병을 일으키는 90% 이상의 요인이 된다는 활성산소도 짝을 이루지 못한 산소이다. 활성산소는 정상적으로 짝을 이루지 못하여 비정상적으로 아무 것과나 짝을 이루려는 욕망 때문에 다른 세포들을 괴롭혀 병들게 하는 세포이다.

신들도 이와 같이 짝을 이루기를 원하게 되는데, 신들의 짝은 육체이다. 신들이 서로 다투며 육체를 차지하려고 경쟁을 하는 것이 영적 전쟁이다. 그런데 성신들은 욕심이 없고, 죄가 없고, 진리로 깨달은 깨끗한 육체가 아니면, 그 곳에 머물 수가 없는 천성(天性)을 가진 신이다.

그러나 귀신들은 활성산소처럼 욕심, 죄인들을 막론하고 육체 속에 들어붙는 신이다. 귀신들은 깨달음과는 전혀 관계없이 짝을 이룰 수 있는 더러운 공간만 있으면 아무데나 들어붙는 성질을 가진 잡식성 신이다.

그런데 경서에는 말세가 되면 모든 사람들이 종귀자(從鬼者)가 된다는 예언이 있다. 종귀자는 '귀신을 따르는 자'란 뜻을 가지는 말이다. 사실 모든 경서에는 마지막 때, 사람들이 모두 귀신을 따르는 세상이 된다고 예언하고 있다.

이 말은 마지막 때가 되면 사람들이 욕심과 죄의 사람이 된다는 말이다. 또 이는 깨달음이 없는 사람이 된다는 말과 같으며, 그 결과 사람의 육체에 거하던 모든 성신은 그 몸을 떠난다는 말과도 자연스럽게 연결이 된다. 그러면 어떤 결과가 되겠는가?

사람의 육체가 빈 집이 되면, 안으로 들어가 짝을 이루려고 안달인 귀신들이 들어올 수밖에 없지 않겠는가? 그 결과 말세에는 모든 사람들이 종귀자가 된다는 예언을 성취시키게 되는 것이다.

우린 이런 상태들을 통하여 현세상의 영적 상태를 켓취(catch)할 수 있다. 이 세상 모든 사람들이 종귀자가 된다는 말은, 곧 세상 사람들의 영이 악한 영이란 것이다. 이는 곧 세상의 사람들께 성신이 없다는 것이고, 따라서 성신은 이 세상의 육체를 집으로 가지고 있지 않다는 말이 된다. 이 성신의 아버지는 창조주이다. 이를 통하여 창조주와 성신은 이 세상에 없다는 것을 깨닫게 된다. 그래서 신약성서에는 하늘에 계신 아버지가 사람이 사는 땅으로 임하여 오시라고 주기도문으로 기도하라고 예수께서 제자들께 가르쳐주신 것이다.

말세가 되면 성신의 세계는 하늘에 있고, 땅에는 악한 신들만 있게 된다. 그러나 신약성서의 예언, 곧 요한계시록에 예언된 것이 실상으로 이루어지면, 하늘에 계신 창조주도 성신들도 이 땅에 내려오게 된다. 이때 세상에 있는 사람들이 약속된 구세주를 만나서 그 사실을 증거 받고 인정하게 되면, 이들의 육체에 성신들이 임하게 된다. 구세주는 성신과 육체를 연결해주는 중매자 역할을 한다. 이렇게 중매자를 통하여 성신을 덧입은 사람들이 바로 구원 받은 사람들이고, 부활을 이룬 사람들이다.

12. 도란 악신세계에서 성신의 세계로 찾아가는 길이다

여기서 우리가 쉽게 간과할 수 있는 중요한 이야기가 있다. 동양에서는 진리를 도(道) 또는 정도(正道)라고 한다. 도는 길이란 말이고, 정도는 그 길을 찾을 수 있는 '바른 길'이란 말이다. 길은 어떤 곳을 찾아가는 과정에서 생기는 노정(路程)이다. 어디로 찾아가는 노정일까?

바로 악신의 세계에서 성신의 세계를 찾아가는 노정이다. 도는 사람이 성신의 길로 찾아가서 자신의 영이 성신으로 새롭게 변화되는 것을 목적으로 한다. 그러나 그 목적을 이루려면 바른 길을 찾을 수 있어야 한다. 그런데 공자는 도에 대해서 이렇게 정의를 내렸다. 즉 '도란 한 번은 음(陰)하고, 한 번은 양(陽)하는 것'이라고 말이다. 이때 음은 악신의 시대를 의미하고, 양은 성신의 시대를 의미한다.

이것을 다시 해석하면, '도란 지금이 악신의 세상이기 때문에 필요한 것이고, 악신의 세상이 다 하면 성신의 시대가 오는데, 이것을 찾아가는 것이 도를 해야 하는 이유이다'라는 것이다.

이것을 또 성서와 연결하면, 어딘가를 찾아가야 하는 길인 도가 필요한 것은 창세기 6장 3절에서 사람의 육체에서 성신이 떠나 가버렸기 때문에 그것을 다시 찾기 위하여 생겼고, 그것을 다시 찾는 때는 요한계시록 21장 1절에서 7절까지에 기록된 대로이니 그때 비로소 양, 곧 성신의 시대가 열리는 것이다.

유교의 창시자가 말한 도의 결과가 성서에는 더욱 더 구체적으로 기록되어 있는 바, 창세기에서 세상 사람들의 육체에 있던 성령들이 떠난 사건을 기록하고 있고, 요한계시록에는 떠난 성령들이 다시 세상 사람들께 돌아와 하나 되는 결과를 기록해두었으니, 이것이 각 종교 경서간에 교류가 절대적으로 필요한 이유이다.

이상의 것을 통하여 오늘날 사람들의 영이 악령일까, 성령일까?

라는 답을 내릴 수가 있다. 이 문제는 개인적 사람의 문제가 아니라, 인류 모든 집단의 문제이고, 시대적인 문제임을 알 수가 있다.

그래서 우리의 영이 악령일까, 성령일까? 라는 문제는 창세기 6장 3절에서 일어난 인류사회에서 성신이 떠난 후, 요한계시록 21장 1절에서 7절 사이에 예언한 일이 이루어지기 전에 사는 사람인가? 이루어진 후에 사는 사람인가? 라는 것이 기준이 될 수 있음을 알 수 있다. 그 다음 이야기는 자신이 그것을 확인하는 방법일 것이다.

즉 이러한 사항에 대하여 기록된 경전을 확인하여 이 기록된 내용이 세상에 어떻게 이루어져 지금은 어떤 과정에 있느냐를 확인해야 하는 것은 자신의 몫이라는 것이다.

이런 이야기는 절대로 필자가 기분 내키는 대로 지껄이는 것이 아니라, 종교 경전에 다 기록된 이야기임을 명심해주기 바란다.

13. 귀신은 사람 몸속에서 살고 있기 때문에 사람이 곧 귀신이다

이런 정도로 신의 세계를 훑어본다면, 신에 대한 우리들의 상식은 많이 변화될 것으로 기대된다. 오늘날까지 우리들은 신과 신의 세계에 대하여 잘 알지 못하여 많은 억측과 우스꽝스런 해프닝을 만들어 왔다. 상상 속의 귀신이나 영화 속에 등장하는 긴 머리로 얼굴을 가리고, 흰 옷을 입고, 손톱은 길고, 이는 드라큘라 같고, 입에는 붉은 피가 흘러내리고 하는 그런 무섭게 생긴 귀신이 귀신의 참상인양 오해하며 살아왔다. 그러나 그런 것들은 모두 새빨간 거짓말들이다.

진짜 귀신을 보려면 지금 당장 TV뉴스를 보라. 거기에서는 인간이라면 차마 할 수 없는 나쁜 짓을 하는 사람들이 수두룩하다. 살인마, 강도, 도둑놈, 강간자, 사기꾼, 횡령꾼, 폐륜아 등 너무나 많다. 그리고 눈만 뜨면 영적인 거짓말을 만들어 신앙인들의 영혼을 오히려 멸종시키고 있는 자들, 신앙을 담보로 자신의 배만 채우는 욕심으로 가득 찬 성직자들, 이런 사람들이 바로 우리가 눈으로 볼 수 있는 확실한 귀신들이다.

그들의 육체 안에 귀신이 들어 있다. 그래서 사람들이 그런 짓을 하게 된다. 신은 귀신이나 성신이나 모습이 없지만, 사람의 육체 안에 들어간 귀신은 볼 수 있다. 그 사람의 행위와 표정이 곧 자신의 몸속에 살고 있는 신에서 나오는 것이기 때문이다.

그러니 앞으로는 자신이 잘 알지도 못하는 귀신을 상상하고, 생각하지 말라. 우리 주변에는 얼굴 가진 귀신이 수도 없이 많다.

이제 그것을 알았으면 귀신보다 성신을 보기를 노력해보라. 그러나 이 시대에 참으로 성신을 찾기 쉽지 않을 것이다. 성신은 이미 지구촌에서 천연 기념물이 된 지 오래기 때문이다. 이런 이야기가 우습게 들릴지 모르나 이것은 사실이다. 알고 보면 종교 경서에는 이러한 내용들이 다소 산발적이지만 비교적 잘 정리해두었다. 이 모든 이야기는 신이 준 종교 경전에 다 기록되어 있다.

이 처럼 경전은 신(神)이 택한 어떤 사람에게 임하여 알려주어서 기록된 것임을 알 수가 있다. 따라서 경전을 위주로 생긴 종교는 사람이 세운 것이 아니라, 신이 세운 것임을 알 수 있다. 그러나 세상에는 사람의 욕심과 자의로 만든 가짜 종교도 많이 있다. 그래서 결론은 참 종교의 경서는 신이 사람에게 준 것이고, 경서의 내용은 신이 알려준 대로 기록된 것이니, 결국 종교는 사람이 만든 것이 아니라, 신이 만들었다는 결론을 얻을 수 있게 된다.

다만 참 종교 경전은 예언이 있고, 그 예언대로 이룬 일이 있고, 마지막 때 이룰 곧 천국 극락에 대한 예언이 있고, 그 예언이 예언대로 이루어지는 일이 있어야 참 종교 경전이라고 할 수 있다.

그리고 이 모든 부분에 대한 확신은 예언이 이루어지므로 다 결정

나게 되어 있다. 그러나 신앙인들이 이렇게 모든 것이 결정 난 때는
그 예언 속에 약속된 유업을 받기는 힘이 든다. 이미 그때는 자신의
행위로 심판받아야 하기 때문이다. 그래서 신앙인들이라면 지금 이
순간부터 모든 것을 준비해야 할 것이다.

제4장

우리는 죽으면 어디로 가는가?

1. 돌아가셨다는 말과 명복을 빈다는 말의 의미

이어서 "우리는 죽으면 어디로 가는가."라는 대목으로 넘어가고자 한다. 누구나가 알고 싶고 궁금하게 생각하는 일일 것이다. 이에 대한 답도 앞에서 언급한 논리의 방식으로 접근해본다면, 능히 접근할 수 있는 영력이 될 것이다. 앞에서 우리가 오늘날까지 알고 있는 신에 대한 추상적이고 불확실하고 모호한 관념의 수준에서 인간의 육체 속에 들어있는 확실한 정형적(定形的)인 신을 탐색해 보았다.

필자는 청소년 시절 어머니가 돌아가실 때, 화장실에서 곰곰이 생각한 적이 있다. 사람은 죽으면 어디로 가는가하고 말이다. 어머니의 시신은 그대로 우리들 눈앞에 있는데 모든 사람들은 어머니가 "돌아가셨다."는 말을 하는 것을 보고 어린 저는 매우 이상하게 생각했다. 어머니는 여기에 계시는데 "무엇이 돌아가셨다."는 것일까 하고 말이다. 그리고 "어디로 돌아가셨을까?"라는 생각도 들었다. 그 후에 안 일이지만 사람이 죽으면 육신은 땅에 남지만 영(靈)은 "어디론가 돌아간다."는 사실을 깨달았다. 그 후 나는 종종 사람이 죽으면 어디로 가는 걸까라는 생각을 골똘히 해봤다. 사후세계가 궁금했던 것이다.

그리고 사람이 죽으면 사후 세계도 다 알 것 같았고, 죽으면 우리가 살던 이 세상에 대해서도 모두 다 알 것 같은 생각도 들었다. 어떤 사람은 사후 세계를 알아보기 위해서 청산가리 같은 독약을 조금 먹고 사후 세계를 본 후, 다시 살아났다는 믿기지 않는 이야기도 들어본 적이 있다. 하나 궁금한 것이 많았기에 그러한 이야기들도 나 자신에게는 신기하게 들리기만 하였다. 그래서 필자 자신도 "그렇게 해보면 사후 세계를 알 수 있을 텐데."하고 매우 깊이 있게 빠져본 적도 많았다. 그처럼 나는 어린 시절부터 "사람이 죽은 후에 어디로 가게 되며, 어떻게 될까?"라는 궁금증을 매우 많이 가졌던 소년이었던 것 같다.

그런데 현대과학이 이렇게 발전한 오늘날에도 사후 세계에 대해서는 그때보다 별로 진전이 된 정보가 없는 것 같다. 가끔 몇 일간 죽음의 상태에 빠져 있다가 기적적으로 살아난 사람들로부터 사후 세계에 대한 경험담을 들어본 적이 있지만, 그것이 과연 신빙성이 있을까 하는 의문만 가져왔다.

사후 세계는 정말 존재할까? 존재한다면 어떻게 생겼으며 어떤 광경일까? 돌아가신 부모님과 조상들은 지금 어디서 어떻게 지내실까? 알 수 있는 방법은 없을까?

유일한 답은 이것일 것이다. 이 답은 누구나가 한번쯤은 생각해봤을 우답(愚答)이다. "죽어보면 알 수 있다."이다. 그런데 죽어서 그곳을 다 파악해도 그곳에서 다시 살아나온 사람이 오늘날까지 한 사람도 없었으니, 아직 지구촌 세상 사람들에게 있어서는 사후세계가 여전히 미궁일 수밖에 없다.

그런데 오늘 여기서 사후세계에 대하여 알 수 있는 획기적인 방법이 하나 나올 것 같다. 이미 앞에서 언급한 내용들 중에서 그 답을 찾을 수 있을 것이다. 아직도 세상과 인류가 신이 없이 저절로 이렇게 생겨나고 움직이고 변화 한다고 생각하는 사람이 있는가? 그런데 지금 지구상에서 자신 속에 있는 영과 혼의 실체를 알고, 그 영이 어디서 온 것인지 확실히 아는 사람이 한 사람이라도 있는가?

앞에서 사후세계를 알 수 있는 사람은 한 번 죽어보지 않고는 있을 수 없다고 하였다. 오늘날까지 정말 죽었다가 사후세계를 경험하고 돌아온 사람은 없다. 일주일 혹은 몇 개월 간 뇌사상태에서 있다가 다시 깨어난 사람이 있다고 해도 이것이 진정 죽음의 세계로 간 것이라 누가 장담할 수 있겠는가?

2. 사후 세계를 경험한 사람들의 이야기

그런데 세상에서 유일하게 사후 세계에 대하여 경험한 사람들의 이야기가 기록된 곳이 있다. 그 곳은 바로 다름 아닌 종교 경서이다. 사후 세계에 대하여 알 수 있는 방법이 전무한 이런 상황에서 만약 살아서 사후 세계를 간 사람이 있다면, 간 그 사람은 사후 세계에 대하여 확실히 알고 있을 것이다.

또 어떤 사람이 세상에서 살다가 영(靈)으로 사후 세계에 갔다가 다른 육체를 입고 다시 태어난 사람이 있다면, 그 사람도 사후 세계에 대하여 잘 알 수 있을 것이다.

또 한 경우는 하늘의 영이 세상 사람들에게 알려준다면, 그 사람도 사후 세계를 알 수 있을 것이다. 또 창조주나 성령이 세상에 사는 사람에게 임하여 가르쳐 준 경우도 있는데, 이런 경우도 사후 세계를 알 수 있는 기회를 가질 수 있게 된 사람일 것이다.

마지막으로 성서의 기록경위를 설명할 때, 언급한 것처럼 사람이 성령의 감동을 받을 경우, 사후 세계에 대하여 알 수 있다.

그런데 세상에서 사후 세계라고 표현하지만 사람이 죽어서 육체는 땅에서 썩더라도 그 영은 하늘로 올라가기 때문에 영이 올라간 그곳을 사후 세계라고 말을 함을 알 수 있다. 그래서 사후 세계란 곧 영들이 사는 세계를 의미한다.

자, 그럼 첫째 살아서 사후 세계를 간 사람은 어떤 경우일까? 성서에는 네 사람이 땅에서 죽지 아니하고, 하늘로 올라갔기 때문에 시신이 이 땅에 없다고 기록되어 있다. 그 중 한 사람의 이름은 에녹이다. 두 번째 사람의 이름은 엘리야이다. 세 번째 사람의 이름은 모세이다. 넷째 사람의 이름은 예수이다. 이 넷은 세상에서 죽음을 당치 않고 하늘로 오른 사람으로 성서는 소개하고 있다. 이들 선지자는 살아서 하나님을 직접 만났거나, 하나님의 신이 직접 그 육체에 임한 사람으로 성서는 소개하고 있다.

성서 외에 도교에서도 이와 유사한 사항을 기록하고 있는데, 삼천갑자 동방삭이란 사람이다. 이 사람도 땅에 시신이 없이 신선이 되어 승천했다고 오늘날까지 전해온다.

삼천갑자 동방삭은 한반도와 관련이 있는 이야기로 알려져 있다. 이야기는 이런 내용으로 이루어져있다. 지금으로부터 2400~500년경 중국 한나라(前漢) 시대의 이야기이다. 도사(道師) 삼천갑자 동방삭(본명: 만청자(滿淸子)란 사람이 우주만물의 이치를 깨닫기 위해 심산유곡에서 선도(仙道)에 열중하고 있었다. 때마침 나라에서 그를 필요로 해 그를 찾기 위한 수많은 군사들이 산골짝을 샅샅이 뒤지고 있는데, 동방삭은 태연자약하게 물방울이 떨어지는 어두컴컴한 석굴(石窟)에서 천리안(千里眼)의 도술을 통해 이미 군사들의 동태를 파악하고 있었다.

군사들은 동방삭이 거처하고 있는 석굴 근처에까지 와~와 하고 몰려들었지만, 깎아지른 듯이 험난한 절벽 위에 굴이 있어 아무도 그 굴에 들어가지 못하였다. 그리하여, 묘안을 생각한 장수가 활촉을 이용하여, "지금 임금(漢武帝)께서 선사(仙師)님을 급히 모셔오라는 어명을 받고 왔소이다."라는 내용의 서신을 굴 안으로 쏘아 올렸다.

그러자 동방삭은 날아온 화살을 왼손으로 잡아 그 화살대에 긴 손톱을 이용하여 "그대 군사들 보다 내가 먼저 갈 것이오(君軍我身先臨)"란 답서를 써 굴 밖에 있는 장수에게 입바람을 통해서 날려 보냈다. 답서를 받은 장수는 동방삭의 뜻을 금방 이해하고, 곧 말머리를 돌려 궁성으로 향했다.

동방삭이 있는 산에서 궁성까지는 며칠 동안 걸리는 먼 거리였다. 동방삭은 긴 백발을 휘날리며 축지법으로 단숨에 궁성 뜰 앞에 학이 내려앉듯 살포시 내려앉았다. 임금(武帝)은 동방삭을 보더니 반가운 표정을 하며 동방삭에게 이렇게 말했다. "내가 침식을 취하고 있는 대궐 처마에 구리 종(銅鐘)을 매달아 놓았는데, 이상하게 한두 달 전부터 종을 아무도 치지 않음에도 불구하고 스스로 울려 괴상망측한 생각이 드는데, 왜 우는지 그 까닭 또한 알 길이 없어 선사를 부르게 된 것이오."라고 근심 어린 어조로 말을 했다.

듣고만 있던 동방삭이 임금에게, "그렇다면 그 구리로 종을 만들 때, 그 구리는 모두 다 어디서 구하셨사옵니까?"라고 묻자, 임금은 구리산이라는 곳에서 캐어다 만든 것이라고 대답했다. 그러자 동방삭은 자신의 몸을 바르게 하고 두 손을 합장하여 천리통(千里通)이란 술법으로 구리산 한쪽이 무너져 내려앉아 있음을 보고는 깜짝 놀랐다. 동방삭은 자신이 본 바를 그대로 임금께 알려주자, 임금은 깜짝 놀란 얼굴을 하면서 무엇인가 믿어지지 않는 듯이 신하를 불러 구리산이 과연 무너졌는가를 알아보도록 명하였다. 그리고 동방삭의 말대로 무너진 게 사실이라면, 그 원인이 무엇인가를 동방삭에게 엄중한 자세로 물었다.

그러자 동방삭은 바른 자세로 다시 한 번 몸을 가다듬은 뒤 "구리 종이 우는 것은 구리산이 무너졌기 때문인데, 본래 땅의 기운(地氣)이란 사람으로 비유하면 어머니와 아들과 같은 인연이옵니다. 이를 테면 어머니라고 할 수 있는 구리산이 무너졌기 때문에 아들 격인 구리종이 따라서 울게 된 것입니다. 그런데 미혹한 인간들은 그 까닭을 알지 못한 채 종이 저절로 울린다고들 하고 있을 뿐입니다."하며, 너털웃음을 지으며, 이어 "그리고 산이란 것도 우리 인간들과 같이 풍수학(風水學)에서 용(龍)이라고 일컬어 부르는 혈맥이란 것이 있어서이옵니다." 동방삭이 이렇게 설명을 하자,

임금은 신기한 듯, "그러면 인간은 그 뿌리를 시조(始祖)라고 하는데, 산에도 인간과 같이 그런 뿌리가 있을 게 아니오?"하고 묻자, 동방삭은 "그래서 산에는 가장 근본이 되는 조종산(祖宗山)이란 것이 있고, 그 다음에는 주산(主山)이 있사온데, 그 하나하나를 따져보면 인간의 혈맥과 조금도 다름없사옵니다." 임금은 동방삭의 말이 하도 신기하여 자신도 모르는 결에 점점 신비스러운 경지로 빠져들었다. 더구나 궁색함이 하나도 없이 자신의 질문에 술술 답하고 있는 동방삭이 선뜻 부러운 생각마저 들었다.

임금은 동방삭에게, "그러면 선사(동방삭)께서 말한 대로 인간이나 땅이 한결같이 그 근본(뿌리)이 있다면 온 천하(세계)도 반드시 그 뿌리가 있을 텐데 천하의 뿌리는 어디가 되겠습니까?"하고 묻자, 동방삭은 "그렇지요. 세상 모든 사물에 음양(陰陽)이 있듯이 온 세상이 만들어진 과정도 반드시 시작, 즉 발원성지(發源聖地)가 있사온데, 바로 그 발원성지는 이웃나라 해동국(海東國)[3]이옵니다."라고

---

3) 위치적으로 우리나라는 중국의 동쪽에 놓여 있으므로 동국, 또는 동방으로 표현해 왔다. 조선 초기의 역사와 지리적 상황을 기록한 책을《동국여지승람(東國輿地勝覽)》, 조선 후기에 김정호가 저술한 지리지를《동국지지(東國地志)》, 서거정이 만든 조선조의 정치적·사회적 상황을 기록한 책을《동국통감(東國通鑑)》이라고 이름 붙였다. 이것은 모두 중국을 중심으로 그 동쪽에 한반도가 위치한 데서 붙여진 방위와 관련된 이름이다. 중국의 동쪽에는 황해가 있으므로 중국을 주체로 한반도를 바라볼 때, 해동(海東)이거나 동국일 수밖에 없다. 그리하여 신라의 최치원(崔致遠)을 당나라에서 해동공자(海東孔子)로 부르거나, 동방예의지국(東方禮儀之國)이라는 나라 이름, 동국으로 표현하는 대학 이름도 결국 여기에 준하는

간단하게 설명하자. 임금은 더욱 궁금하다는 표정으로 "하필이면 해동국이란 말이오?"하고, 금은 상기된 모습으로 동방삭을 향하여 묻자, 동방삭은 "주역에 시어간 종어간(始於艮終於艮)이라고 적혀있는데, 그 뜻은 모든 만물의 시작과 끝이 간방(艮方)에 있다는 뜻입니다. 그런데 이 간방은 지구 중심부에서 볼 때 바로 해동국이 있는 위치이옵니다." 임금은 들으면 들을수록 신기하고 바다와 같이 넓은 지식으로 답을 하는 동방삭이 마음에 쏘옥 들었다. 해동국은 바로 조선을 일컫는 말이다.

그리고 동방삭이 궁성에서 며칠이라도 더 묵으며 좋은 이야기를 해 주었으면 하는 마음을 갖고 있었다. 그러나 동방삭은 자리에서 일어나 조심스럽게 궁궐을 빠져나와 짚고 있던 지팡이를 공중으로 휙 하고 던져, 나는 차(飛仙車)로 둔갑을 시켜 그 차에 몸을 싣고 석굴을 향하여 구름 속으로 사라져갔다. 그 후 동방삭은 백일승천(百日昇天)을 했다.

백일승천이란? 사후(死後)의 현상을 말한 것으로 죽은 시신뿐 아니라 사용품 일체가 사라져 볼 수 없는 것을 일컫는 것이며, 죽은 사람이 생존 시에 쓰던 옷가지나 지팡이 신발 등만 관속에 남아 있고 시신이 사라진 사후 상태를 시해(尸解)라고 일컫는다.

도가(道家)에서 백일승천이나 시해를 한 사람은 노자(老子)를 비롯하여 강태공(姜太公), 이소군(李小君) 등 사십여 명이 되는데, 이십여 명의 시체는 없어지고 쓰던 물건만 남아 있는 시해를 했고, 이십여 명은 물건도 시체도 깡그리 사라진 백일승천을 하였다고 전한다.

방위의 의미를 안다. [네이버 지식백과] 동국[東國] - 동녘의 나라 (땅 이름, 점의 미학, 2008. 5. 15., 부연사)

이 외에도 단군신화에 등장하는 단군도 산채로 승천하였다고 기록되어 있다.

앞에서 언급한 것처럼 이러한 신의 세계를 깨닫기 위해서는 신에 대한 기본 지식이 절대로 필요하다고 본다. 경우에 따라서는 이런 이야기가 너무나 황당하고 허구적인 것이라고 생각할 수도 있을 것이다. 모든 것은 우리가 얼마나 인간과 세상과 우주와 만물에 대하여 진지하고 심각하고 골똘히 생각해보느냐 그렇지 않으냐에 따라 그 답이 얻어질 수도 있고, 얻어지지 않을 수도 있다고 본다.

사실 많은 사람들이 창조주와 신의 존재를 불신하는 가운데 그 답을 찾기는 쉬운 일은 아닌 것 같다. 그러나 앞에서 언급한 대로 사람의 육체 속에 들어있는 신을 규명하고 확인하므로 신의 존재성을 부정할 수 없게 되었다. 그렇다면 그런 기준 위에서 하나하나 생각해본다면 그 실마리는 모두 풀릴 수 있다고 본다. 우리 마음속에는 신을 부정하는 인자가 들어있음을 알 때, 그 모든 것을 깨닫게 될 것이다. 지금 자신의 육체 안에 있는 영은 신의 존재나 신에 대하여 알기를 원하지 않는다. 그것은 자신 안에 있는 영만 아는 일이다. 그 영은 자신의 정체가 드러나는 순간 육체 속에 더 이상 머무를 수 없는 운명을 가지고 있기 때문이다.

그러나 우리 자신과 부모와 조상과 시조(始祖)가 신물(神物)이란 사실과 그 신물(神物)을 있게 한 창조의 신이 또한 신이란 사실을 인식한다면 우리는 더 이상 신의 존재성을 부인할 수는 없을 것이다.

이 전제가 논리적으로 맞다면, 이제 우리는 사후 세계에 대한 많은 정보를 긍정적인 생각으로 얻을 수 있을 것이다. 그 정보들은 각종 종교 경전과 세상 사람들에 의하여 떠도는 신화 등에 이미 잘 기록되어 보관되어 있기 때문이다. 그러나 종교 경서나 신화 등을 무조건적으로 사실로 받아들이라는 이야기는 절대로 아니다. 그렇다고 해서 종교 경서나 신화 등을 무조건적으로 허구라고 해서도 안 된다는 것이다. 모든 것을 보고, 읽어보고, 확인해 보고, 비교해 보고 난 후, 평가가 내려져야 한다는 사실이다. 이런 책을 한 번도 읽어보지 아니한 사람이 자기의 좁은 식견으로만 그것이 허구고 거짓이라 해서는 안 된다는 말이다.

우리가 앞에서 살펴본 바, 부모의 뿌리인 조부모와 조상과 시조는 이미 육체를 벗고 신의 세상으로 돌아갔다. 그들도 한 때는 오늘날 우리들이 이렇게 생생한 모습으로 생명력을 가지고 살아가고 있듯이 건강한 모습으로 살아가던 시절이 분명이 있었다. 그리고 그들 육체 안에도 분명이 영이 있었다. 그리고 영이란 것은 바로 신이라고 하였다. 그런데 그 신이 육체와 함께 이 땅에서 썩어 없어지지 않았다면 그 신은 분명 우주 공간 어딘가에 있을 것이다.

우리가 알지 못하던 가운데 신의 세계는 그렇게 창조되고, 육체를 가지고 이 땅에 태어나기도 하고, 죽어서 신이 있는 곳으로 돌아가기도 하면서 돌고 돌았음을 알 수 있다. 이것을 불가에서는 윤회(輪回)라고 한다. 신에 대한 것을 곰곰이 생각할 때, 우리가 오늘날 이렇게 있기까지 수많은 조상들이 있었고 그들의 영들은 모두 어딘가에 있을 것이다.

그런 수많은 신들이 존재한 과정을 알게 되면, 우리는 창조주를 인정하지 않을 수 없다. 씨와 뿌리가 없는 나무는 있을 수 없기 때문이다. 이렇게 창조주를 인정하는 순간 우리는 창조주께서 인간에게 주셨다는 신서를 또 인정하지 않을 수 없게 될 것이다.

신서를 둘러보니 그 내용이 또한 앞에서 연역적인 논리를 펼쳐 추적해본 나의 존재로부터의 인류창조의 내력을 살펴본 그대로 기록되어 녹아있음이 확인 된다. 이것은 무엇을 의미하는가? 신서가 거짓이 아니라, 참이란 것을 의미한다. 그렇다면 신서에 사후 세계에 대하여 구체적으로 기록된 내용이 있느냐는 질문이 나올 것이다. 신서를 확인해본 결과, 신서에는 이 모든 것에 대한 것이 빠짐없이 기록되어 있음이 확인되었다.

신서는 앞에서 설명한 바와 같이 살아서 사후 세계로 간 사람이 있는가 하면, 어떤 사람은 세상에서 살다가 영(靈)으로 사후 세계에 갔다가 다른 육체를 입고 다시 태어난 사람에 대해서도 자세히 기록되어 있다. 어떤 경우는 하늘의 영이 세상 사람들에게 알려준 경우도 있다. 또 창조주나 성령이 세상에 사는 사람에게 임하여 가르쳐 준 경우도 있다. 또 어떤 경우는 성서의 기록 경위처럼 사람이 성령의 감동을 받아 사후 세계를 경험한 경우도 있다.

3. 사후 세계에는 한 때 이 세상을 살다가 돌아가신 우리 조상신들도 함께 계신다

많은 사람들은 돌아가신 자신의 부모나 조상들의 신이 사후에 어떻게 되었는지 어디에 계신지 참으로 궁금하게 생각하고 있었을 것이다. 여기서는 성서를 통하여 몇 가지의 경우를 살펴보는 순서를 가져 보겠다. 성서에는 자신의 영이 살아서 사후 세계를 경험하고 돌아온 데 대한 기록이 있다.

"무익하나마 내가 부득불 자랑하노니 주의 환상과 계시를 말하리라. 내가 그리스도 안에 있는 한 사람을 아노니, 십 사년 전에 그가 셋째 하늘에 이끌려 간 자라.(그가 몸 안에 있었는지 몸 밖에 있었는지 나는 모르거니와 하나님은 아시느니라) 내가 이런 사람을 아노니 그가 낙원으로 이끌려가서 말할 수 없는 말을 들었으니 사람이 가히 이르지 못할 말이로다." 이는 예수의 제자 바울이 사후 세계에 대한 것을 쓴 것으로 고린도후서 12장 1~4절에 있는 말이다.

바울은 하늘로 올라간 한 사람을 알고 있다면서 그 한 사람이 14년 전에 본 낙원을 설명하고 있다. 이 낙원은 하나님과 하나님의 정부(政府)와 신하들이 있는 곳이다. 거기서 말할 수 없는 놀라운 말을 들었는데 사람이 가히 상상도 못할 일에 대하여 들었다는 것이다. 그리고 그 한 사람이 본 낙원을 성서에 이렇게 기록해놓고 있다.

　　"이 일 후에 내가 보니 하늘에 열린 문이 있는데, 내가 들은 바 처음에 내게 말하던 나팔소리 같은 그 음성이 가로되, 이리로 올라오라 이 후에 마땅히 될 일을 내가 네게 보이리라 하시더라. 내가 곧 성령에 감동하였더니 보라 하늘에 보좌를 베풀었고 그 보좌 위에 앉으신 이가 있는데, 앉으신 이의 모양이 벽옥과 홍보석 같고, 또 무지개가 있어 보좌에 둘렸는데 그 모양이 녹보석 같더라. 또 보좌에 둘려 이십 사 보좌들이 있고, 그 보좌들 위에 이십 사 장로들이 흰 옷을 입고 머리에 금 면류관을 쓰고 앉았더라. 보좌로부터 번개와 음성과 뇌성이 나고 보좌 앞에 일곱 등불 켠 것이 있으니 이는 하나님의 일곱 영이라. 보좌 앞에 수정과 같은 유리 바다가 있고, 보좌 가운데와 보좌 주위에 네 생물이 있는데, 앞뒤에 눈이 가득 하더라. 그 첫째 생물은 사자 같고, 그 둘째 생물은 송아지 같고, 그 셋째 생물은 얼굴이 사람 같고, 그 넷째 생물은 날아가는 독수리 같은데, 네 생물이 각각 여섯 날개가 있고 그 안과 주위에 눈이 가득 하더라. 그들이 밤낮 쉬지 않고 이르기를 거룩하다, 거룩하다, 거룩하다 주 하나님, 곧 전능하신 이여, 전에도 계셨고 이제도 계시고 장차 오실 자라 하고." 그 한 사람이 본 낙원과 거기서 있은 일을 요한계시록 4장 1절~8절에 기록하고 있다.

　　여기서는 요한이란 사람이 하늘로 올라가서 보니, 거기에는 하나님과 일곱 천사들과 24장로의 영들이 함께 있더란 것이다. 그리고 네 천사장과 수많은 천사들도 있더란다. 그리고 그 하나님이 장차 그 영들을 데리고 지상나라로 온다고 말하고 있는 장면이다. 이 나라가 하나님의 나라이다. 하나님의 나라를 한자로 표현하면 천국(天國)이다. 이곳이 요한이란 자가 본 하늘나라이다. 그리고 하나님이 장차 영들은 데리고 지상에 오는 나라가 이 나라이고, 이 날은 모든 종교가 예언한 구세주의 지상 강림의 날이 될 것이다. 이 장면은 분명 우리가 궁금해 하는 사후 세계임을 알 수 있다.

다음에는 또 한 나라가 있는데, "그리스도께서도 한번 죄를 위하여 죽으사 의인으로서 불의한 자를 대신하셨으니, 이는 우리를 하나님 앞으로 인도하려 하심이라. 육체로는 죽임을 당하시고 영으로는 살리심을 받으셨으니, 저가 또한 영으로 옥에 있는 영들에게 전파하시니라. 그들은 전에 노아의 날 방주를 예비할 동안 하나님이 오래 참고 기다리실 때에 순종치 아니하던 자들이라. 방주에서 물로 말미암아 구원을 얻은 자가 몇 명뿐이니 겨우 여덟 명이라."

이 내용은 예수의 제자 베드로가 본 하늘나라로서 베드로전서 3장 19~20절에 기록된 내용이다. 그런데 이곳 하늘은 전자의 하늘과는 종류가 다른 하늘이다. 이곳은 세상에 육체로 한번 왔다가 죽은 영들이 있는 곳으로 이곳에는 그 옛날 노아 시대에 육체로 왔다가 육체는 죽고, 영은 돌아간 사람들의 영들까지 있으니 수많은 영들이 이곳에 모여 있음을 알게 하는 장면이라 하겠다.

이곳을 옥이라 하며, 순종치 아니한 영들은 이곳에 모여 있음을 보여주고 있다. 이들은 구원 받지 못한 영이라고 볼 수 있다. 이곳에 있는 영들 중에는 노아의 방주 때, 방주를 타지 아니한 사람들도 있다는 것을 봐서도 그렇다. 노아시대 수많은 사람들 중, 구원받은 사람은 노아의 여덟 식구밖에 없었으니 당연히 그 외의 영들은 구원을 받지 못하였다는 말이다. 구원 받은 영은 거룩한 하나님의 영인 성령이다. 그럼 구원 받지 못한 영을 무어라고 하는가? 귀신의 영이며,

마귀영이며, 이는 악령이다.

따라서 이곳은 앞에서 요한이 간 하나님의 정부와는 다른 지옥 정부(政府)임을 알 수 있다. 예수 그리스도는 이런 지옥의 영들의 나라에 가서도 악한 영들에게 진리를 전파한다고 한다. 이 진리를 듣고 깨달아 개과천선(改過遷善)하는 영들은 성령으로 거듭 날 것이다. 그러면 이들 영은 다시 앞에 소개된 하나님의 정부로 옮겨갈 것이다. 이것이 천도제(薦度齋)의 실체이다. 이리하여 영의 나라도 이렇게 두 나라로 나누어져 있음을 알 수 있다.

우리 조상들의 영은 죽은 후에 어디로 갔을까? 앞에서 말씀 드린 우리 어머니의 영은 두 나라 중 어느 나라에 계실까? 그래서 후손들은 돌아가신 조상의 영들이 구원받게 해달라고 기도를 해야 한다. 사실 이것이 조상을 위한 참 제사이다. 이러한 이유로 예로부터 "장례인사로 명복을 빕니다."라고 한 것이다. 명복(冥福)은 어두울 명(冥) 자와 복 복(福) 자로써 "어두운 곳에서도 복을 받으란 주문"이다. 어두운 곳은 앞의 옥일 것이고, 그곳에서 복을 받으면 밝은 창조주의 정부로 옮겨갈 수 있다는 의미이다.

그래서 이렇게 깨닫고 보면 사람들이 육체가 죽은 후, 사후 세계로 갈 때도, 두 갈래로 나누어져 가게 된다는 것을 느낄 수 있다. 살아생전 자신의 육체 속에 있던 영이 진리로 깨달아 구원 받아 성령으로 변화 된 후에, 육체가 죽어서 사후 세계로 가게 되면 그 영은 하나님의 정부로 갈 것이다.

흔히 절에서 행하는 천도제(薦度齋)[4]도 처음은 이런 목적으로 행

---

[4] 죽은이의 영혼을 극락으로 보내기 위해 치르는 불교의식. 가장 잘 알려진 것이 49재이고 그밖에도 100일재·소상·대상 등이 있다. 사람이 죽으면 7일째 되는 날부터 49일째 되는 날까지 매7일마다, 그리고 100일째와 1년째, 2년째 되는 날 모두 합하여 10번 명부시왕으로부터 한 번씩 심판을 받는다. 이중에서도 49재를 가장 중요시하는 것은 명부시왕 중 지하의 왕으로 알려진 염라대왕이 심판하는 날이기 때문이다. 그래서 예로부터 불교신자가 아니라도 49재만큼은 꼭 치렀다.

하게 된 것이다. 천도제(薦度齋)란 말의 한자말은 천(薦)은 천거할 천이고, 건널 도(度)와 구제할 제(齋)이다. 합하여 해석하면 "구덩이에 빠진 영을 천거하여 다른 곳으로 건너가게 하다."는 의미이다. 즉 옥에서 구제받아 하늘 정부로 옮겨 가게 추천하는 것이 참 천도제(薦度齋)임을 알 수 있다. 그러나 이도 세월이 가면서 퇴색되어 참 의미는 모두 잊어버린 상태이다.

　그래서 육체를 가졌을 때, 진리로 깨닫지 못한 상태에서 사후 세계로 가게 되면 그 영은 아직 구원이 안 된 상태이기 때문에 악령 그대로 일 것이다. 그러므로 당연히 그 영은 자신의 소속이 모인 옥으로 가게 될 수밖에 없을 것이다. 이것은 마치 화학적 방법으로 기름과 물을 나누어 각기 다른 용기로 흘러들어가게 했다면, 기름은 기름을 담을 수 있는 용기로 갈 것이고, 물은 물을 담을 수 있는 용기로 가는 것과 같은 이치이다.

　이상의 결과로도 우리 인간은 죽으면 어떻게 되는가를 대충 알 수가 있다. 이것이 우리가 몰랐던 사후 세계의 실상이다. 그런데 그 사후 세계는 앞으로 어떻게 될 것인가? 참으로 궁금할 것이다. 그 답도 신서에는 모두 기록되어 있다.

4. 사후 세계는 앞으로 어떻게 되며, 인간 세상은 앞으로 또 어떤 길을 걸을까?

　"저희가 산 자와 죽은 자 심판하기를 예비하신 자에게 직고하리

의식절차에 따라 상주권공재(常住勸供齋)와 각배재(各拜齋)·영산재(靈山齋) 등으로 나뉘는데, 이 중 상주권공재가 가장 기본적인 의식이며, 여기에 명부시왕에 대한 의례를 더한 것이 각배재이고, 변화신앙을 가미한 것이 영산재이다. 특히 영산재는 의식이 장엄하여 중요무형문화재로 지정되었다. 사찰의 명부전에서 치른다. (두산백과)

라. 이를 위하여 죽은 자들에게도 복음이 전파되었으니 이는 육체로는 사람처럼 심판을 받으나 영으로는 하나님처럼 살게 하려 함이니라." 이것도 베드로란 사람이 본 사후 세계로 베드로 전서 4장 5~6절에 기록된 내용이다.

여기서도 산 자가 있고 죽은 자가 있다. 여기서 말하는 산 자와 죽은 자는 두 종류로 생각을 해야 한다. 첫째는 육체가 산 자와 육체가 죽은 자를 의미하며, 둘째는 영이 산 자와 영이 죽은 자를 의미한다. 영이 산 자란 그 영이 생령(生靈)인 성령으로 만들어진 사람을 의미한다. 영이 죽은 자란 사령(死靈)인 악령으로서 구원을 이루지 못한 영을 의미한다. 이렇게 신서의 표현 방법은 육신이 살아있지만, 그 안에 영이 성령이면 이는 산 사람이라 표현하고, 그 안에 영이 악령이면 죽은 사람으로 표현한다. 그리고 또 하나는 육체가 없는 산 영이 있고, 죽은 영이 있다는 것이다. 당연히 산 영은 성령이고, 죽은 영은 악령이다.

그런데 신서에는 대부분 심판의 때가 있음을 알리고 있다. 일반 사람들은 세상을 살 때, 착한 일을 많이 하면 천당 가고, 악한 일을 많이 하면 지옥 간다고 알고 있다.

그러나 신서의 법은 그렇지가 않다. 착하다는 개념도 악하다는 개념도 전혀 다르다. 그러나 세상에서 악한 일을 많이 하는 사람에게 상을 준다는 말은 아니다. 법의 기준이 다르다는 것이다. 하늘나라의 법의 대전제는 창조주는 선한 존재라는 것이다. 마귀신은 악하다는 것이다. 이것이 선과 악의 개념의 대전제이다.

그 다음은 창조주의 편의 신은 선하다는 것이 신서의 법이다. 창조주의 편의 신은 성신(聖神)이다. 그리고 마귀신의 편의 신은 악하다는 것이 신서의 법이다. 마귀신 편의 신은 악신(惡神)이다.

그 다음은 창조주의 편의 사람은 선인(善人)이라는 것이 신서의 법이다. 창조주의 편의 사람의 영은 성신으로 이루어졌다. 그 다음은 마귀신 편의 사람은 악인(惡人)이라는 것이 법이다. 악인은 악령으로 구성된 사람을 의미한다. 이것이 신서의 법이다.

그러나 그 안에는 깊은 선과 악의 개념이 들어있다. 즉 사람의 육체는 그 육체 안의 영에 의하여 착한 행실도 나오고, 나쁜 행실도 나온다는 것이다. 따라서 사람의 육체에 영이 어떤 영이냐에 따라서 사람의 행위가 나오는 것을 말하고 있음이다. 그래서 사람의 육체에 성령이 임하여야 하는 절대적인 필요가 여기에 있다. 사람들의 육체에 성령이 있으면 세상에서 일어나는 범죄는 하나도 일어나지 않게 된다. 사람의 육체에서 악의 뿌리인 악령만 도려낼 수만 있다면, 세상에는 범죄도 살인도 도둑도 전쟁도 없어진다. 사람의 육체에서 악령을 어떻게 도려낼 수 있을까? 이것이 바로 종교의 몫이다.

어떤 사람이 암에 걸렸다. 그런데 그 사람이 생활하는데 별 이상이 없단다. 그래서 그 사람은 자신이 건강하다고 한다. 그런데 의사는 그렇지 않다. 의사는 정밀검사를 해보니 그 환자에게 암세포가 완전히 포착되었다. 그래서 의사는 이 환자가 건강하지 않고, 환자라고 단정한다.

신서에서 의미하고자 하는 악에 대한 개념은 사람 속에 악령이 내재 되어 있는 것은 마치 사람의 몸 한 구석에 이미 암이 생성되어 있다는 말과 같은 것이다. 그래서 사람이 세상에서 아무리 착한 일을 많이 하나 그것으로 그 안에 악령이 없어지는 것이 아니기 때문에 여전히 악하다는 것이 신서의 법이다.

그래서 여기서 말하고 있는 심판에 대한 것도 사실은 전부가 영에 관한 것임을 알 수 있다. 육체가 산 자나 육체를 잃어버린(죽은) 영이나 관계없이 그 영이 무슨 소속이냐에 따라 심판 받게 되기도 하고 부활을 받기도 한다.

경서에는 이 심판이 시작될 때를 예언하고 있다. 심판의 때는 현세(現世)에서 말세(末世)가 된 때와 내세(來世)가 시작된 시점부터 개시된다. 현세는 오늘날까지의 세상을 의미하며 이때는 죽음의 때이다. 즉 음(陰)의 시대요, 마귀 신의 때였다. 마귀 신의 왕의 별명이 용이다. 그래서 사람들은 모두 용을 좋아했다. 사람들이 모두 용을 좋아한다는 의미는 모든 사람들이 마귀 신을 좋아한다는 말과 다르지 않다. 따라서 현세 때는 사람의 육체 안의 영도 마귀의 영임을 또 한 번 깨닫게 된다.

내세(來世)는 오늘날과 같은 세월을 종지부 찍고, 새롭게 시작되는 새 시대이다. 음(陰)의 시대는 귀신의 시대이고, 양(陽)의 시대는 성신의 시대이다. 상상속의 이야기 같은 이야기지만, 이 이야기는 사실이다. 지금까지 우리는 신의 존재와 신의 계획을 알지도 못하면서 부정하고 무시해왔다. 그리고 오늘 이 본고에서 그 신에 대하여 둘러보고 있다. 만약 지금까지 논한 여러 신에 대한 논고가 이치에 맞다면 이 사실도 믿어야 될 것이다. 이 이야기는 본 필자의 말이 아니라, 신서에 모두 기록된 것들임을 명심해야 할 것이다.

신서에는 현세와 내세의 과도기를 분명히 설명하고 있으며, 심판은 내세로 접어든 연후 1000년 동안 계속 있어진다고 말하고 있다. 그러나 그 심판에 대해서도 어떤 유형의 심판인지 사람들은 모른다. 그러니 모르면서 멋대로 심판에 대한 것을 상상하지 말라. 그 심판은 우리가 생각하는 그런 고정 관념적인 심판과는 거리가 매우 멀다.

이런 지엽적인 것으로 지면을 채운다면, 책의 두께가 더욱 더 두꺼워질 것 같다. 여하튼 산 자와 죽은 자를 심판할 때는, 지구촌에 구세주가 임한 때로부터 1000년 간 있어진다고 신서는 기록하고 있다. 그리고 그 1000년이 시작되는 때도 잘 기록되어 있기 때문에 경서를 이해하면 그 시작의 시기도 다 알게 된다.

5. 심판 때가 되면, 하늘의 영들도 땅으로 오게 되며, 그 영들 속에는 우리 자신들의 조상 영도 포함되어 있다

신서에는 모두 천국, 극락, 개벽 등을 예언하였다. 사람들은 천국도 극락도 개벽에 대해서도 확실히 알지 못한다. 따라서 이에 대해서도 상상하지 마라. 진짜 천국, 극락, 개벽은 우리가 상상하는 그런 것이 아니다. 천국, 극락, 개벽이 일어나려면, 먼저 그것을 이룰 구세주의 강림이 있어야 된다. 그 구세주가 와서 사람들을 불러 모아 진리로 가르쳐 자신의 영을 악령에서 성령으로 변화 시켜야 한다.

신서에서는 이것을 소성(蘇醒)이라고 하는데, 영혼이 있는 자들은 모두 소성(蘇醒) 받아야 한다. 이 소성(蘇醒) 기간이 1000년이다. 그래서 1000년 동안 자신의 영이 소성 받지 못하면, 심판을 받아 불못으로 떨어진다고 신서는 예언하고 있다. 이는 마치 농민들이 자신의 손과 발로 씨를 심고 가꾸어 수확을 하였지만, 작고 못난 열매는 버리는 것과 같은 것으로 이는 전적으로 만든 자의 절대적 권한이다. 창조주가 자신의 의지로 인간세상을 창조하여 생육 번성 정복하여 다스리려고 하면, 좋은 열매로 자란 의인들은 천국으로 보내고 악인은 버리는 것도 만든 자의 권한이다.

그래서 모든 사람들은 이런 심판 속에서도 악인으로 판결 받지 않고 소성되어 구원 받기를 애써야 할 것이다. 이는 육체가 있는 사람이든 육이 죽고 영만 있는 자든 모두 깨달아 소성이 되어야 한다. 그리고 소성된 영은 성령으로 변화된 것이고, 소성 되지 못하면 악령으로 남아 심판 받게 되는 것이다.

이렇게 죽은 자들 중에 성령으로 소성 받은 사람들은 다시 영으로 인간 세상에 오게 된다. 영이 인간 세상으로 올 수 있는 기회는 두 차례이다. 민족 종교에서 말하는 신인합일(神人合一)은 이 소성된 성령(신명)이 땅의 육체와 하나 되는 상황을 말한 것이다. 하늘의 영은 육체에 임하고, 땅에서 도통(道通)한 군자(육체)는 신명(성령)을 받아 서로 한 몸이 되면 인천(人天)의 시대가 열리게 된다.

이것이 민족종교나 원불교 등에서 이야기 하는 정신개벽의 실상이다. 첫 번째 신인합일을 이루는 대상은 새 나라의 지도자급들이고, 두 번째 신인합일을 이루는 대상은 백성들이다.

"우리가 예수의 죽었다가 다시 사심을 믿을 진대, 이와 같이 예수 안에서 자는 자들도 하나님이 저와 함께 데리고 오시리라. 우리가 주의 말씀으로 너희에게 이것을 말하노니 주 강림하실 때까지 우리 살아남아 있는 자도 자는 자보다 결단코 앞서지 못하리라. 주께서 호령과 천사장의 소리와 하나님의 나팔로 친히 하늘로 좇아 강림하시리니 그리스도 안에서 죽은 자들이 먼저 일어나고 그 후에 우리 살아남은 자도 저희와 함께 구름 속으로 끌어 올려 공중에서 주를 영접하게 하시리니 그리하여 우리가 항상 주와 함께 있으리라." 이것은 바울이란 사람이 본 사후 세계로 데살로니가전서 4장 14~17절까지의 내용이다.

이 내용은 예수가 죽었다가 다시 산 것을 믿는 것처럼 이와 같이 예수 안에서 자는 자들도 하나님이 이 세상에 데리고 온다는 내용이다. 예수와 그 제자들은 한 때 우리처럼 육체를 가지고 산 사람이었다. 그런데 그들이 지금은 사후 세계에서 자고 있단다. 그래서 우리는 사람의 육체가 죽은 것을 죽었다고 하지만, 신서는 그들이 죽은 것이 아니라, 잔다고 표현하고 있다.

그러나 잔다고 한 영의 상태는 소성 받은 성령에 한한다. 언제까지 그들이 자느냐 하면 주가 강림하실 때까지란다. 그 주는 구세주란 이름으로 세상에 나타나며 그 구세주가 강림할 때, 살아있는 사람이 있는데 이들에 앞서 자고 있던 영들이 먼저 세상에 온다는 것이다. 물론 이렇게 세상에 다시 올 수 있는 자격은 그 영의 신분이 하나님의 소속이 되어 있어야 한다. 하나님의 소속은 성령으로 변화 받은 영이다.

주께서는 호령과 천사장의 소리와 하나님의 나팔로 친히 하늘로 좇아 강림하시게 되는데, 그리스도 안에서 죽은 자들이 먼저 일어난 다고 한다. 이들은 창조주를 위하여 순교한 자들의 영이다. 이 순교 한 영들이 세상에 나타나면, 이 시대에 택함 받은 육체들은 순교한 영들을 만나게 된다. 만난다는 의미는 신과 육체가 한 몸을 이루는 것을 말한다.

이들은 함께 구름 속으로 끌려 올려간다지만, 여기서 구름은 하늘 의 수증기를 말함이 아니라, 구름 같은 모습인 신들이 모인 곳을 의 미한다. 공중도 허공중을 의미함이 아니라, 세상보다 높은 영적 공중 을 비유한 말이다. 그곳이 주를 영접하는 장소라는 것이다. 그리하여 신들과 택한 사람들이 항상 주와 함께 있다고 한다. 예를 든다면, 앞에서 온다는 주와 순교한 영이 넓고 넓은 세상 중에 제주도에 온다 면, 모든 세상보다 제주도는 높은 공중이 되고 하늘이 될 수 있다.

이곳은 성령으로 소성된 영들과 성령을 받아들인 육체가 옮겨온 장소로 창조주 및 하늘의 거룩한 영들이 다 강림하여 있는 곳이다. 그래서 이곳은 같은 지상에 있지만 신분이 매우 높은 분들이 거하는 곳이란 뜻에서 이곳을 공중 하늘 등으로 표현한 것이다.

이곳을 성서에서는 시온산이라고 기록하고 있다. 그러나 이 시온 산은 이스라엘 예루살렘에 있는 시온산을 의미하는 것이 아니라, 말 세에 세워지는 약속된 성전을 의미한다. 즉 구세주가 임한 교회를 의미한다. 시편을 비롯한 곳곳에 이 산이 세워질 것을 예언하고 있 다. 이곳을 불전에는 수미산으로 예언되어 있고, 민족종교에서는 삼 신산으로 예언되어 있다.

때가 되어 이런 산이 세워졌을 때, 세상 사람들에게 이 소식을 전하게 된다. 이런 산이 세워지는 장소는 지구촌의 정한 한 장소이고, 이곳에서 전하는 소리를 듣고 오대양 육대주 세계만국에서 이곳으로 몰려오게 된다.

창조주와 시조와 조상과 부모로부터 태어난 수많은 육체 가진 사람들은 비행기나 배나 기차를 타고 오게 된다. 이 소식은 방송을 타고, 인터넷을 타고, 책을 타고, 집집마다 배달되게 된다. 세계만민들에게 다 알려지게 된다. 이 세계 모든 사람들은 창조주와 시조로 생겨난 만민들이다. 그러니 이곳에 올 수 있는 기회는 창조주로부터 태어난 모든 육체들에게 다 전해지는 셈이다.

이 소식을 듣고 이곳으로 오는 육체 가진 모든 사람들은 하늘의 성령(신명)들을 각기 맞이하게 된다. 그리고 육체와 영의 1대 1의 결혼(結魂)을 이루게 된다. 이렇게 하여 사람들은 신명(성령)과 하나된 신인합일(神人合一)을 이루어 인천(人天)의 시대가 만들어지게 된다.

이때부터 사람들에게 영생불사(永生不死) 불로불사(不老不死)가 이루어진다. 이것으로 못된(미완성) 사람들이 잘난(완전한) 사람이 된다. 이렇게 완성된 사람을 불가에서는 '부처'라고 부르고, 도가에서는 '신선'이라고 부르고, 성서에서는 '신', '사람'이라고 부른다. 또는 진인(眞人), 성인(聖人), 선인(仙人)이라고도 한다.

이것은 참으로 묘한 이치임을 알아야 한다. 이렇게 완성된 인간을 만드는 분은 창조주이시고, 그 창조주의 도면은 신서였다. 그 도면을 펼쳐보면 이렇다.

이곳에서 창조주께서는 자신이 창조한 모든 후손들에게 다 기회를 준다는 사실이다. 창조주께서는 처음 한 시조를 두시고 한 둘의 조상을 두어 인간 세상이 번성되게 하셨다. 그렇게 한 둘을 생산한 사람의 수가 오늘날에 이르러 약 70억 가량이다. 이렇게 묘한 방법으로 창조주는 이 세상에 인구를 늘려오셨다. 이 70억 가량의 육체들은 부모와 조상의 씨가 썩고 썩어 마지막 열매로 얻어진 수확물이다. 한 창조주, 한 시조에게서 70억의 열매를 만들었으니 참으로 대풍이라 할 수 있다.

문제는 이 70억 가운데 양품(良品)이 얼마나 많이 나오느냐는 것이 문제다. 얼마나 많은 수가 완전한 인간으로 완성되느냐 하는 것은 아직 남은 과제이다. 이 수는 창조주께서 만들어 오신 양적(量的)인 수이다. 이중에서 양품을 골라서 새로운 교육을 하여 하늘나라를 이루게 된다. 그러나 그 기회는 모두에게 주어진다. 그 기회를 줄 때, 양품은 큰 고기가 그물에 달려 올라오듯이 잡혀올 것이고, 불량품은 그물 사이로 모두 흘러 바다로 다시 떨어질 것이다. 이것이 경서에서 말하는 인간 추수이다.

추수된 알곡 인간들의 역할은 육체를 성령들에게 제공하는 일이다. 알곡 인간의 육체는 성령들의 집으로 사용한다. 성령은 집에 들어가고, 집은 성령을 받아들여 한 몸이 되니 이것이 신(성령)과 육체가 하나 된 완전한 인간상이다. 신약성서 요한복음 3장 5절에 기록된 물과 성령으로 거듭난다 함의 실상은 바로 이것을 두고 말한 것이다. 따라서 죽은 영이 구원받아 성령으로 변화되면 세상에 다시 올 수 있고, 세상에 와서 산 육체에 임하게 되니 이것이 바로 죽은 자의 부활이 된다. 그리고 산 육체는 죽을 수밖에 없는 몸이지만, 거룩한 생명의 영인 생령이 육체 안에 들어오므로 그 육체는 영원한 생명력을 가지게 된다.

이렇게 양품이 추수되면 그들에게 새로운 하늘 교육을 시켜서 성령(신명)들과 각각 혼인케 한다. 이렇게 되면 인간의 정신개벽이 완성 된다. 이것이 후천세계이고, 내세이다. 따라서 후천세계에는 태어나고 늙고 병들고 죽는 일이 없어진다. 필요한 인원이 충원되었으니 다시 더 사람을 낳을 필요가 없어진 것이다.

그래서 모든 육체가 구원을 얻어 부처가 되고, 신선이 되고, 신이 될 수 있게 하는 것이 창조주의 희망이고 기쁨이다. 그러나 얼마나 추수 될까?

이곳으로 추수되지 못한 사람들은 쭉정이 같은 실패한 인간들이다. 부모와 조상의 씨가 썩고 썩어 만들어진 후손이 알곡으로 추수되지 못하니 부모나 조상의 입장에서는 원통하고 원통한 일이 아닐 수 없다. 여하튼 이것이 창조주로부터 태어난 인간 세상에 있을 큰 날이다.

이런 경사스런 날에 성령으로 변화 받지 못한 영들은 심판을 받게 된다. 이들은 불못에 떨어져 영원한 고통 속에서 견뎌야 할 팔자의 영들이다. 그리고 지상에 사람들 중에서도 이 땅에 구세주에게 택함 받지 못하여 구원을 받지 못하면, 악한 영들과 함께 불못에 빠져 영원한 고통 속에 헤매야 한다.

6. 동양경서에 말세 때, 조상의 영들과 후손들이 다시 만난다는 예언은 결국 말세의 심판 때의 일이고, 만나는 방법은 조상은 영으로 후손의 육체에 오고, 후손의 육체는 조상의 영을 받아 하나 됨으로 이루어진다

그런데 신서에는 마지막 때, 조상들의 영과 후손들의 영이 재회를 한다는 예언이 있다. 어떻게 조상의 영과 후손들이 재회를 하게 될까?

앞에서 한 때 육체가 되었다가 몸은 죽고 영은 하늘로 올라간 영들에 대하여 살펴보았다. 그 영들은 모두 우리들의 조상들의 영들이다. 하늘에는 두 정부가 있는데, 하나는 창조주의 정부이고, 또 하나는

마귀의 정부라고 하였다. 그리고 구원자는 마귀의 정부의 악령들에게도 진리로 가르쳐 구원 받아 성령으로 변화 받으라고 진리를 전파한다고 하였다. 진리를 받아 악령이 성령으로 변화 받으면, 그 영은 창조주의 정부로 옮긴다고 하였다. 이것이 천도제의 참 목적이라고 밝힌바 있다. 앞에서 설명한 인간 세상에 오는 영들은 성령들만 온다고 했다. 그래서 성령의 정부만 이 땅으로 오게 된다.

그런데 이 땅에도 70억 이상의 열매들이 생기게 되었지만, 그 가운데 쭉정이가 있듯이 조상의 영들 중에서도 끝까지 소성되지 못한 영들이 있다. 이들은 인간 세상에 다시 올 수 없다. 그래서 신서에서 조상들의 영과 후손들의 영이 서로 만날 수 있다지만 조건이 있음을 알 수 있다.

그 조건은 조상인 영들은 진리로 깨달아 성령으로 변화 받아야 하고, 후손들인 육체도 진리로 그 사실을 모두 깨달아 그 영을 받아들일 준비가 된 도가 통한 사람이 되어야 된다는 것을 알 수 있다. 이것은 영육간의 영과 육이 만나는 영적 결혼인데, 신랑은 신부에 대하여, 신부는 신랑에 대하여 서로 잘 알지 못하면 결혼할 자격이 없을 것이다.

따라서 부모나 조상의 영들이 자신의 몸을 희생 시켜가며 자손에게 정성을 다한 이유는 자신들도 모르는 부지불식(不知不息) 간에 한 일이지만, 이것 모두가 하늘의 뜻이었음을 알 수 있다. 결국 부모와 조상의 영들이 잘 가꾸어 잘 자라게 한 좋은 열매인 그 육체는 자신들의 멋진 집이 되고 옷이 되는 격이 아닌가? 따라서 조상의 영들이 후손의 육체에 들어와 함께 살게 되니 신서에서 말세 때는 조상과 후손이 서로 다시 만난다는 예언이 참인 것을 알 수 있다.

이리하여 창조주께서 창조한 신들과 육체는 쭉정이를 빼면 하나도 잃어버림 없이 다 찾아 우리가 살고 있는 이 세상에 터를 잡고 영원히 신선이 되게 하여 함께 살아가게 되는 것이다. 이처럼 창조주라 신은 스스로 홀로 계시다가 신들을 만들고 육체를 만들어 함께 살기를 원하여 그런 계획 하에 인간 재창조를 시작하신 것이다.

이러므로 창조주께서도 좋은 것은 홀로 계신 중에 많은 신들이 있으니 좋았을 것이다. 그러나 그 신들은 눈으로 보이지도 않는 무형이라, 거기에 더 멋진 아이템을 내어 육체를 만들었던 것이다. 그런데 호사다마란 말처럼 악한 신들이 이것을 방해하여 그와 힘겨루기하여 결국 창조주의 나라를 얻으시니 더욱 강성하고 보람 있는 멋진 작품이 된 것이다.

창조주도 신으로서 살 집(육체)이 없으니 집이 하나쯤은 있어야 하지 않겠는가? 그런데 세상 중에 구원자를 택하여 이 일을 함께 하셨으니 결국은 창조주의 영은 그 구원자의 육체에 임하게 되는 것이다. 따라서 창조주도 육체를 가지게 되셔서 사람과 함께 즐겁게 영원히 살아갈 수 있게 되고 사람들은 위대한 창조주와 함께 살게 되니 이것이 천국이요, 극락이요, 낙원이요, 무릉도원이 아니겠는가?

천국은 우리가 상상할 수 없었던 나라였지만 창조주 하느님이 우리처럼 육신을 가지고 우리와 함께 살 수 있는 나라이니 얼마나 좋겠는가? 지금까지는 약육강식, 이해득실, 아전인수의 인생 속에서 착한 사람은 힘이 없어 잘 살 수 있는 기회가 영영 없었지만, 이제 만민 앞에 평등하신 하느님이 오셔서 하느님이 통치하는 세상에서 살게 되니 욕심 많고 거짓된 인간들은 여기에 들어올 수가 없으니 가난하고 착한자의 복은 여기 천국에서 받게 된다.

우리가 죽으면 어디로 갈까? 라는 질문은 이것으로 충분한 답이 되었으리라 본다. 따라서 인생을 신중하게 희망을 가지고 의롭게 살 필요가 있는 것이다. 이런 희망 앞에 어렵고 험난한 일이 있어지는 이유는 이 일을 방해하는 악한 귀신이 우리 주변에 가득하기 때문이다. 그 귀신이 바로 자신의 육체 안에 거함을 어찌 우리 스스로 알 수 있으랴! 그러니 이런 일을 어찌 자신인들 믿겠는가? 믿을 것은 오직 신서뿐임을 알겠는가? 자신의 생각을 믿으면 자신의 생각만큼 살 수 있을 것이요, 신서를 믿으면 창조주의 가치만큼 살 수 있을 것이다.

제5장
종교의 목적은 나의 영이 지금의 영과 다른 영으로 변화되는 것이다

1. 릴리젼(religion)의 어원은 '신과 인간이 다시 연결되는 것이다

종교의 목적은 무엇일까? 앞장에서 종교는 누가 세웠는가를 다룰 때, 종교는 신이 만들었다는 결론을 내린 바 있다. 이때 신이라 함은 신 중에서도 만물을 창조하신 조물주를 의미한다. 따라서 종교의 목적은 인간 세계에 종교가 필요한 이유를 밝혀보면 그것이 답이 될 것이다. 그것이 곧 종교의 목적이 될 것이다.

인간에게 종교가 필요한 이유는 릴리젼(religion)의 어원에서 찾을 수 있다. 릴리젼(religion)의 어원은 '신과 인간이 다시 연결되는 것'이라고 하였다. 이때 신은 창조주가 창조한 성령을 의미한다. 그리고 그 '성령과 인간의 육체가 다시 결합하는 것'이 릴리젼(religion)이란 단어가 가진 의미이다. 성령과 인간의 육체와 다시 결합한다는 말에서 우리는 한 때는 성령과 인간의 육체가 결합되어 있었던 상태였다는 것을 알 수 있다.

또 한 때는 인간은 성령과 육체가 하나로 결합되어 있었지만, 언제 어떤 연유로 말미암아 분리되었다는 사실을 내포하고 있음을 알 수 있다. 그 과정을 잘 설명해주고 있는 경전은 성서이다.

"여호와 하나님이 가라사대, 보라 이 사람이 선악을 아는 일에 우리 중 하나같이 되었으니 그가 그 손을 들어 생명나무 실과도 따먹고 영생할까 하노라 하시고 여호와 하나님이 에덴동산에서 그 사람을 내어 보내어 그의 근본된 토지를 갈게 하시니라. 이같이 하나님이 그 사람을 쫓아내시고 에덴동산 동편에 그룹들과 두루 도는 화염검을 두어 생명나무의 길을 지키게 하시니라… 사람이 땅위에 번성하기 시작할 때에 그들에게서 딸들이 나니, 하나님의 아들들이 사람의 딸들의 아름다움을 보고 자기들의 좋아하는 모든 자로 아내를 삼는 지라 여호와께서 가라사대, 나의 신이 영원히 사람과 함께 하지 아니하리니 이는 그들이 육체가 됨이라. 그러나 그들의 날은 일백이십년이 되리라."

구약성서 창세기 3장 22~24절과 6장 1~3절까지의 내용으로 사람에게서 하나님의 신이 떠나는 과정을 설명한 내용이다. 하나님의 신을 성령이라고 한다. 사람의 육체에서 하나님의 신이 떠나기 전에는 이처럼 하나님의 신과 사람의 육체는 하나로 결합되어 있었다. 이때는 사람의 육체에 신이 임하여 있을 때이니, 이때는 사람이 신이었고, 사람이 신인 하나님의 소생이었던 것이다. 이 하나님의 신을 성령이라고도 하니 예전에는 육체의 영이 성령이었을 때가 있었음을 시사하고 있다. 이런 신이었던 사람에게서 하나님의 신이 육체를 떠나 사람의 체외로 빠져나오니 사람에게는 육체만 남을 수밖에 없었던 것이다.

이 일로 말미암아 사람들의 수명이 120세 이상은 살 수 없게 된 것이다. 그리고 사람의 육체에 하나님의 신이 있을 때는 사람이 하나님의 소생, 곧 신의 아들이었다는 말이다. 창조주는 거룩한 영인 성령이다. 그래서 창조주의 성씨는 성령이다.

아비와 아들은 같은 씨를 가질 때, 부자관계가 성립할 수 있다. 부자간은 유전자가 같아야 한다. 아버지가 성(聖) 씨이니 아들도 성

(聖) 씨라야 유전인자가 같게 된다. 사람의 육체에 하나님의 신이 내재되어 있으면 사람의 씨는 하나님의 씨이다. 이 씨는 곧 성령이다. 사람의 육체에 성령의 씨가 들어있고, 하나님도 성령이시니 사람과 하나님의 씨가 동일하니 하나님은 아버지가 되고, 사람은 하나님의 아들이 될 수 있는 것이다.

그런데 위 문장에서 사람의 육체에서 하나님의 신이 떠나버린다, 여기에 대해서 설명한 것이 경전에 또 있으니 여기에 소개한다.

"내가 말하기를 너희는 신들이며, 다 지존자의 아들들이라 하였으나 너희는 범인같이 죽으며 방백의 하나같이 엎더러 지리로다." 구약성서 시편 82편 6절에 기록된 내용이다.

이는 앞에서 제시한 하나님의 아들들이 사람의 딸들의 아름다움을 보고 자기들의 좋아하는 모든 자로 아내를 삼는 일로 말미암아 여호와께서 자신의 신을 사람과 함께 하지 않게 하였다는 말을 뒷받침하고 있다. 그 결과 사람들이 지존자의 아들의 자격을 상실하였음을 말하고 있는 것이다. 또 그들이 하나님의 아들의 자격에서 떨어지자 그들이 범인(凡人)처럼 죽게 되었고, 결국은 일백이십 년 이상은 살 수 없는 팔자가 되었다는 말이다.

이로써 사람에게 종교가 필요하게 된 이유를 알 수 있다. 사람들이 종교가 필요한 이유는, 자신의 몸에서 하나님의 신이 떠나므로 말미암아 육체가 되어 버렸기 때문이란 것을 알 수 있다. 그렇다면 사람의 육체에서 하나님의 영인 성령이 떠났으니 하나님과 사람의 영은 같지 않게 된 것은 당연한 것이 아닌가? 하나님의 씨는 성령인데 반하여 사람의 씨는 악령이라 할 수 있을 것이다. 그러니 이때부터 사실상 사람의 아버지는 하나님이라 할 수 없게 된 것이다.

이리하여 종교의 목적도 명쾌하게 드러나게 된다. 종교의 목적은 사람의 육체에서 떠나버린 하나님의 신이 다시 사람의 육체에 돌아오는 것임을 알 수가 있다. 그래서 릴리젼(religion)의 어원이 '신과 다시 결합하는 것'이란 것을 확실히 깨달을 수 있게 된다.

2. 사람의 육체에 성령이 돌아오면, 사람의 육체의 수명은 영원하게 될 수밖에 없다

하나님의 신이 사람의 육체에 다시 돌아오면, 사람에게는 어떤 결과로 다가오는가? 사람은 육체와 혼과 영으로 이루어졌다고 한 바 있다. 사람의 육체에 하나님의 신이 다시 돌아오기 전의 상태와 돌아온 후의 상태의 변화는 영의 차이밖에 없다. 즉 그 전의 영은 악령이고, 그 후의 영은 성령이다. 이 성령이 하나님의 분신(分神)이고 하나님의 씨다. 그 전의 영은 악령이고 이때의 사람은 악령의 분신(分神)이고, 용왕(사단)의 씨다.

사람의 육체에 성령이 돌아오면 또 하나 변화하는 게 있는데, 사람의 육체에서 하나님의 신이 떠나기 전의 상태로 돌아온다. 즉 사람의 육체에서 하나님의 신이 떠난 후, 잃어버린 첫째 것이 하나님의 아들의 자격을 잃은 것이었다. 그래서 사람의 육체에 하나님의 신이 돌아오면 사람은 다시 지존자의 아들로 회복된다. 두 번째 사람의 육체에서 하나님의 신이 떠나고 난 후에 변화 된 것이 사람의 수명이었다. 사람의 몸에서 하나님의 신이 떠난 후부터 사람은 120세까지 밖에 살 수 없었다. 그런데 사람의 몸에 하나님의 신이 돌아오면 사람의 수명이 처음처럼 돌아온다.

사람의 몸에서 하나님의 신이 떠나고 난 후, 그 결과로 얻은 것은 하나님의 사람들이 '범인 같이 죽는 것'이었다. 그런데 이제 사람의 몸에 하나님의 신이 돌아오면 범인 같이 죽는 일은 없게 된다.

대부분의 종교와 경서에는 사람이 죽지 않고 영원히 사는 것을 예언해두고 있다. 그 예언이 이루어질 때는 바로 사람의 육체에서 떠난 하나님의 신이 돌아올 때이다. 여기에 대해서 각 경전에 예언한 것들을 살펴보자.

먼저 신약성서 로마서 8장 11절을 살펴보자. "예수를 죽은 자 가운데서 살리신 이의 영이 너희 안에 거하시면 그리스도 예수를 죽은 자 가운데서 살리신 이가 너희 안에 거하시는 그의 영으로 말미암아 너희 죽을 몸도 살리시리라."고 기록하고 있다.

이 천년 전의 예수는 십자가를 지고 죽었다. 그러나 죽은 지 삼일 만에 다시 살아났다. 그런데 그렇게 죽은 자 가운데서 다시 살아날 수 있었던 원동력은 영의 능력이라는 것이다. 그 영은 하나님의 영이다. 예수가 죽은 자 가운데서 다시 살아날 수 있게 한 영은 성령이란 말이다. 그런데 그 성령이 너희들의 몸에 들어갈 때가 있는데, 그때는 너희들의 죽을 몸도 살리리라고 한다. 그때는 이 현세 시대가 끝나는 말세 시대이고, 요한계시록과 법화경에 예언된 일들이 이루어지는 내세(來世) 시대 때이다.

민족의 예언서 격암유록에는 "사말생초(死末生初) 신천운(新天運) 태고(太古) 이후 초락도(初樂道)"라는 말이 등장한다. 사말생초란 사망의 시대가 끝나고, 생명의 시대가 시작된다는 말이다. 신천운이란 한 시대가 가고 새롭게 열리는 후천의 때를 의미한다. 태고이후 초락도란 태초부터 시작하여 오늘날에 이르기까지 처음 있어지는 즐거운 도라는 의미이다. 후천이 되면 사람이 죽지 않고 영원히 살 수 있는 날이 열린다는 것이다. 그리고 그 일은 도(道)와 관련이 있다는 말이다. 사람을 영원히 살릴 수 있는 것은 진리의 도(道)이니까 이 도로 사람들이 깨달으면 사람의 몸에 신명(神明,성령)이 임하여 죽지 않을 사람이 된다는 것이다. 그래서 그 도를 초락도(初樂道)라고 했던 것이다. '그 전에는 없던 즐거운 도'라는 뜻이다.

이때를 민족 종교에서는 인존(人尊)시대라 일컫는다. 그리고 사람이 죽지 아니할 몸으로 된 사람을 도통군자(道通君子)라고 한다. 이 말은 도를 통달하면 군자의 신분을 가진다는 의미이다. 이때 군자는 임금의 아들이란 말이다. 그런데 여기서는 영적 임금, 곧 창조주 하느님의 아들을 의미한다.

하느님을 한자로는 상제님이라고 하기도 한다. 상제(上帝)님은 하늘의 임금이란 의미를 내포하고 있다. 따라서 도통군자(道通君子)는 상제님의 아들이 되었다는 것을 시사한다. 상제님은 신명(神明)들의 아버지이다. 신명(神明)을 성서식으로 이름하면 성령(聖靈)이다. 그러므로 도통군자(道通君子)는 진리를 통하여 깨달아 성령으로 거듭난 사람을 지칭함을 알 수 있다.

그리고 격암유록에서는 또 사람이 죽는 이유와 살 수 있는 근거를 예언으로 정확히 남기고 있다. 또 이런 시대를 오늘날과 다른 내세(來世) 또는 후천(後天)세계라고 한다.

"살아자(殺我者) 소두무족(小頭無足), 생아자(生我者) 삼인일석(三人一夕)"이다. 살아자 소두무족이란 오늘날까지 '자신을 죽인 놈은 자신 속에 있던 뱀'이라는 놈이라고 한 것이다. 소두무족(小頭無足)은 파자로 '머리가 작고 발이 없는 동물'을 암시하며 머리가 작고 발이 없는 동물은 뱀이다. 뱀에게는 사람을 죽이는 독이 있다. 악령은 사람을 영적으로 죽이는 독을 가지고 있다. 그래서 뱀은 악령을 비유한 밀어(密語)이다. 즉 오늘날까지 사람을 죽인 원흉은 자신의 영혼 속에 숨어 산 악령이라는 것이다. 즉 사람이 죽는 이유는 사람 속에 있는 악한 영 때문이라는 것을 확실히 말해주고 있다. 악한 영을 우회로 표현한 단어가 뱀이다. 그것을 한 번 더 숨긴 말이 소두무족이란 말이다.

그리고 생아자 삼인일석은 '자신을 살리는 것은 자신의 몸속에 삼신(三神)이 들어오는 것'이라고 말하고 있다. 삼신은 성령을 풀어쓴 말이다. 삼신(三神), 삼위(三位), 삼불(三佛)은 모두 동의어로 성부 성령 성자를 의미한다. 한 마디로 성령을 의미한다. 따라서 생아자 삼인일석의 숨은 뜻은 "사람을 살리는 것은 자신 육체 속에 성령이 임하면 된다."는 의미이다.

예로부터 우리민족은 '삼신의 후손' 또는 '삼신 할매'의 후손이라고 전하여져 왔다. 이 말을 우리는 오늘날까지 미신처럼 여겨 왔다. 그러나 삼신이란 말속에는 심오한 종교적 진리가 들어있다. 삼신이란 말속에 인류의 창조의 비밀이 들어있다. 삼신(三神)이란 '세 분의 신'이란 말이다.

첫째 신은 창조주 아버지이다. 두 번째 신은 아버지가 창조한 첫 번째 신(성령, 천사)이다. 세 번째 신은 창조주가 창조한 첫 번째 사람인 인신(人神)이다. 이 세 분의 신을 우리민족은 예로부터 삼신이라고 했고, 우리는 이 세 분의 신에 의하여 태어났다고 전해온 것이다.

세 분의 신이 한 육체에 임하였으니 삼신일체(三神一體)란 말이 탄생된 근원이 된 것이다. 삼신일체(三神一體)란 한 육체에 세 분의 신이 임한 상태를 말한다. 삼신일체(三神一體)란 말은 삼신일체(三神一體)가 '처음 창조된 사람의 구조'라는 것을 알리는 매우 중요한 실마리가 되는 말임을 알 수 있다.

이것이 기독교의 또 하나의 원리라고 할 수 있는 삼위일체(三位一體)이다. 삼위일체란 삼신일체라는 말과 같은 의미이다. 불교에서는 또 이것을 삼불일체(三佛一體)라 하니 동일한 의미임을 알 수 있다. 따라서 우리민족 종교나 기독교나 불교도 이렇게 흔적을 찾아 규명해보면, 다 같은 것을 지향하고 있음이 판단된다.

그런데 위 격암유록의 기록처럼 그런 거룩한 영으로 창조된 우리의 육체에 뱀(마귀, 귀신, 사단)이 들어갔으니 삼신일체의 구조가 깨어진 것을 알 수 있다. 사람은 거룩한 창조주의 능력으로 만들어졌기 때문에 생로병사(生老病死)같은 것은 할 수 없게 만들어졌다. 그런데 사람들이 생로병사(生老病死)를 겪을 수밖에 없는 운명이 된 것은 사람의 육체에 있는 삼위일체란 영적 구조가 파괴되었기 때문이다. 사람이 생로병사를 이기려고 하면, 그 구조가 처음처럼 다시 재건(再建) 되어야 한다.

격암유록에서 살아자(殺我者) 소두무족(小頭無足), 생아자(生我者) 삼인일석(三人一夕)이란 말을 예언한 것은 사람의 육체의 구조가 삼신일체(三神一體)에서 소두무족(小頭無足)으로 파괴되었다는 것을 암시하고 있다. 그래서 격암유록의 기록 목적은 사람의 육체의 구조가 소두무족(小頭無足)의 상태에서 삼신일체(三神一體)로 회복될 것을 알려주기 위하여 기록되었다는 것을 알 수 있다.

사람의 육체의 구조가 삼신일체(三神一體)로 회복되면, 인생에게 있던 생로병사의 고리는 그제야 끝나게 된다. 이것이 종교에서 말하는 영생(永生)이다.

그러나 격암유록에서는 또 이런 예언을 덧붙이고 있다. "세인하지(世人何知) 세인심폐영불각(世人心閉永不覺)" 그러나 "세상 사람들이 이를 어찌 알 수 있으리오.". "세상 사람들은 이런 말을 들어도 마음을 굳게 닫고 영영 깨달을 줄 모른다."라고 말이다.

3. 우리나라의 역사와 신화는 기독교의 창조설을 뒷받침 하고 있고, 그 증거들은 너무나 많다

우리민족이 이렇게 '삼신 할매'에게서 태어났다는 말은 미신이 아니라, 유불선에서 말하는 종교의 핵심을 알리고 있는 말임을 알 수 있다. 우리민족이 '삼신 할매'에게 태어났다는 말은 결국 우리가 하느님에게 태어났다는 의미이다. 그리고 하느님이 인간을 창조한 과정까지 덧붙여 설명하고 있는 말이 '삼신 할매'란 단어임을 깊이 새겨야 할 것이다.

이렇게 우리 민족의 문화는 창조설을 뒷받침하고 있음을 알 수 있다. 그런데 이렇게 인류가 창조주에 의하여 태어났다면, 우리의 삶이 이렇게 이별과 전쟁과 고통과 슬픔과 아픔으로 연명되고 있는 이유는 무엇일까?

그 답은 살아자(殺我者) 소두무족(小頭無足)이란 말이 대신 내려주고 있다. 바로 사람의 육체 속에 뱀이 들어왔기 때문이란다. 그 뱀은 악령이고, 그 악령이 다른 곳에 있는 것이 아니라, 지금 70억의 인류사람 안에 있다는 것이다. 이 세상을 구성하고 있는 모든 인간의 육체에는 악령이 들어있어 '이별과 전쟁과 고통과 슬픔과 아픔과 죽음'으로 연명하게 하고 있는 것이다.

그러니 이것을 해결하기 위해서는 먼저 우리 속에 악령이 들어있다는 사실을 깨달아야 할 것이다. 그리고 그 악령을 내쫓아내는 방법을 배워야 할 것이다. 그 방법이 바로 진리(眞理)이고, 정도(正道)이고, 정법(正法)이다. 성경에는 그 진리를 가지고 오는 사람을 예고하고 있고, 격암유록에는 그 정도를 가지고 오는 사람, 곧 정도령을 예고하고 있다. 또 불경에는 정법을 가지고 오는 한 육체 미륵부처를 예고하고 있다.

그래서 우리 속에 있는 악령을 쫓아내는 방법은 성경과 격암유록과 불경에서 예언한 구세주가 지상에 등장하여야 함을 알 수 있다. 구세주가 와서 우리에게 진리를 가르쳐 주면, 우리는 그것을 듣고 깨달아 우리 육체들에게서 소두무족(小頭無足)이란 놈을 쫓아낼 수가 있다. 그 소두무족, 곧 악령이 우리 몸에서 빠져나가면 우리 육체는 비로소 삼신일체의 몸으로 구조가 회복될 것이다. 그렇게 되면 우리에게 있던 '이별과 전쟁과 고통과 슬픔과 아픔과 죽음'은 사라지게 된다.

그러나 이런 말을 듣는 사람들이 마음의 문을 닫고, 깨닫지 못하고 있으니 어이한단 말인가?

이상으로 살펴볼 때, 우리가 창조주 하느님에게서 태어났고, 우리가 신이었다. 그러나 어느 사이 우리의 육체에 뱀이 들어와 살게 되었다. 그랬지만 이제 우리의 육체에서 뱀이 쫓겨나면 그 안에는 삼신(성령)이 다시 임하게 된다.

뱀은 우리 육체를 죽이는 암 같은 존재이다. 죽음의 인자인 뱀이 우리 육체에서 쫓겨난다면, 우리에게 있는 죽음의 문제가 해결된다. 그 상태가 인간이 처음 창조되던 상태이다.

처음에는 인간의 육체에 하느님의 신이 들어와 있었다. 그리고 그 인간을 창조하신 분은 전지전능하신 하느님이다. 그런 신의 작품이 아프고 죽고 고통스러운 운명 속에서 살아야 할 이유가 없지 아니한가?

그래서 종교의 목적이 이루어지면 누가 뭐라고 하더라도 인간에게 죽음은 없어진다. 이렇게 종교의 목적이 영원한 삶과 영원한 세상이라면, 신앙인들이 이제 돈, 명예, 권력에 억매여 진짜를 놓치는 불행한 사람이 되어서는 안 될 것이다. 이제 말세를 만난 우리들은 심오하고 깊은 정말 놀랍고 놀라운 이 종교의 매력에 푹 빠져 봐도 좋지 않을까?

민족종교 경전인 태극도 2장 38에는 "후천에는 천하일가(天下一家)가 되어 위무와 형벌을 쓰지 아니하고 조화로써 중생을 이화(理化)할지니, 관원은 직품을 따라 화권이 열리므로 분의에 넘치는 폐단이 없고 백성은 원한과 극학과 탐음진치의 모든 번뇌가 그치므로 성식용모에 화기가 넘치고, 동정어묵이 도덕에 합하며, 쇠병사장(衰病死葬)을 면하여 불로불사(不老不死) 하고, 빈부의 차별이 철폐되어 호의호식(好衣好食)이 소용대로 서랍에 나타나리라."라고 예언하고 있다.

여기서도 역시 후천이 되면 세계는 한 가족이 되고, 쇠병사장(衰病死葬)을 면하여 불로불사(不老不死) 한다고 되어 있다. 쇠병사장은 사람이 약해져 병들고, 결국은 죽어서 땅에 묻힌다는 말이다. 불로불사는 늙지도 않고, 죽지도 않는다는 의미이다. 민족 종교 경서인 태극도에서도 사람이 죽지 않은 날을 예고하고 있으니, 모든 경서에 기록된 영생이 종교의 목적임을 알 수 있다.

불서인 미륵경에도 용화수 아래에서 미륵보살이 부처로 성불하면 아뇩다라삼먁삼보리란 진리를 가지고 와서 중생들을 성불시키게 된다고 하였다.

민족사 미륵경 54쪽에는 시두말이란 성이 있는데, "온 세상이 평화로워 원수나 도둑의 근심이 없고, 도시나 시골이나 문을 잠글 필요가 없으며, 늙고 병드는 데 대한 걱정이나 물이나 불의 재앙이 없으며, 전쟁과 굶주림이 없고, 짐승이나 식물의 독해가 없느니라."라고 기록되어 있다. 여기서는 후천 세상을 시두말성이라고 이름을 붙여 두었다.

민족사 정토 삼부경 20쪽에는 "광명은 무량한 불국토를 비추니 일체 세계는 여섯 가지로 진동하였으며, 모든 마군세계의 궁전이 흔들리니 그들의 무리들은 겁내고, 두려워서 항복하여 귀의하지 않을 수 없느니라."고 했다. 여기서는 후천을 불국토(佛國土)라고 하였는데, 불국토란 부처들이 사는 나라라는 의미이다. 그런데 이 나라는 저절로 생기는 것이 아니라, 마군(魔軍)의 세계를 항복받은 후에 생긴다고 한다.

민족사 정토 삼부경 53쪽에는 "중생들이 이러한 광명을 만나면 탐내고, 성내고, 어리석은 마음이 저절로 없어지고, 몸과 마음이 부드럽고 상냥해지며, 기쁨과 환희심이 넘치고, 착한 마음이 저절로 우러나느니라…. 무량수불 광명은 찬란하여 시방세계를 비추고, 그 명성이 모든 불국토에 들리지 않는 곳이 없느니라."라고 한다.

이 후천 세계는 모두가 부처로 성불한 사람들만이 함께 살게 되니 그 나라이름이 불국이고, 모든 사람들이 부처로 성불하였으니, 모두가 무량수(無量壽) 부처가 되어 광명을 낸다고 한다. 여기서 광명은 진리의 빛을 말하고 있다. 후천 세계의 사람들이 모두 부처가 되었으니 부처는 무량수의 생명력을 가지고 있는 존재이다. 그러니 불경에도 역시 사람의 영이 부처의 영으로 회복되면, 불로불사(不老不死)를 이룰 수 있음을 나타내고 있는 것이다.

이 처럼 종교란 인간 본성을 되찾는 것이며, 이는 인간의 육체 속에 있는 영의 변화에서 올 수 있는 일임을 분명히 밝히고 있다. 우리 민족은 예로부터 환혼불로(還魂不老)라는 말을 많이 하였다. 정확히 말하면 환영불로(還靈不老)라고 할 수 있을 것이다. 자신 속의 영이 바뀌면 늙지 않는다는 의미이다.

그런데 이런 날이 언제 올 수 있겠는가? 예언가들은 이것을 또한 정리해두었다. 이것에 대하여서는 뒷부분에 싣도록 하겠다.

제6장
종교 경서에 예언된 구원의 실상은
자신의 몸속에 있는
악한 영으로부터 탈출하는 것이다

1. 구원이란 기독교인들의 전유물이 아니라, 세상의 모든 인생들은 구원의 대상이다

앞 장에서는 종교의 목적에 대하여 살펴보았다. 종교의 목적은, 곧 인간이 창조된 당시의 상태로 돌아가는 것이었다. 인간이 처음 창조되었을 때의 상태의 인간의 구조는 육체와 혼과 성령이었다. 그런 상태에서 인간의 구조가 깨졌다. 깨진 상태의 인간의 구조는 육체와 혼과 악령이다. 종교는 인간의 영이 악령에서 성령으로 회복되는 것임을 확인해 보았다. 인간의 구조가 회복되므로 말미암아 인간에게 있어지는 가장 큰 변화는 죽음이 없다는 것이다. 이것은 인간이 신이라는 전제 속에서 있을 수 있는 일임을 알 수 있다. 그렇다고 할 때, 인간이 종교를 하는 목적은 영생임을 알 수 있다.

그런데 많은 종교가 또 구원을 말하고 있다. 구원이란 한자로 구할 구(求) 자에 당길 원(援) 자를 쓴다. 당겨서 구한다는 말이다. 영어 사전에는 구원을 레스큐(rescue), 또는 살베이션(salvation)이라고 하며, '위험이나 어려움에 빠진 사람을 구해 준다'고 설명되어 있다. 그런데 사람은 누구에게 무엇에 의하여 위험이나 어려움에 처해있을까? 분명 구원이란 말을 쓰는 것을 보면 사람들이 누구인가 무엇에 의하여 억압당하거나 잡혀있기 때문일 것이다.

불서에도 해탈(解脫)이나 탈겁중생(脫劫重生)이란 용어가 나온다. 해탈(解脫)의 해는 '풀다'는 의미이고, 탈은 '벗다'는 의미이다. 따라서 해탈은 누군가 또는 무엇으로부터 풀려나서 그것으로부터 벗어난다는 의미를 가지는 말임을 알 수 있다. 이로써 해탈과 구원은 같은 의미임이 판명된다.

또 탈겁중생(脫劫重生)의 탈은 '벗다'는 뜻이고, 겁은 '위협하다'는 뜻을 가지고 있다. 따라서 '탈겁 또한 구원의 의미로 위협으로부터 벗어나는 것'이란 것을 알 수 있다. 중생이란 말을 통하여 구원의 의미가 더 명쾌히 밝혀짐을 알 수 있다. 중생은 '거듭나다', '다시 태어나다'는 뜻을 가지고 있다. 그러므로 탈겁중생(脫劫重生)이란 뜻은 '위협으로부터 벗어나서 다시 태어나는 것'이란 의미로 파악된다.

앞에서 언급하기를 종교의 목적은 사람의 육체에서 악령이 나가는 것이고, 그 악령이 나간 육체에 다시 성령이 들어옴을 말한다고 한바, 탈겁중생(脫劫重生) 또한 우리 육체에서 위협을 주던 악령으로부터 벗어나면 성령으로 다시 태어나게 된다는 의미로 구성되어 있음을 알 수 있다. 이때 태어난다는 의미는 어머니 배속에서 다시 태어난다 말이 아니라, 자신의 영이 악령의 상태에서 살다가 성령으로 변화됨을 의미한다. 즉 육체는 그대로 있는데, 사람 안의 영만 교체되는 것을 의미한다.

여하튼 이것으로 성서의 구원이나 불교의 해탈, 탈겁은 동의어임이 밝혀진다. 민족종교에서는 이것을 해원(解寃)이라고 한다. 민족종교에는 해원쌍생(解寃雙生)이란 용어가 있다. 해는 역시 '풀다'는 의미이고, 원은 '원통하다'는 의미를 가지고 있다. 해원은 '사람이 원통한 일에서 풀려난다'는 의미를 가지고 있다.

원통한 일은 무엇일까? 자신의 영이 악한 영에게 볼모로 잡혀있었다는 것이 원통한 일이다. 그 원통한 일이 풀려지면 비로소 쌍생하게 된다고 한다. 쌍생이란 너와 나 모두가 함께 살아난다는 의미이다. 해원 또한 구원과 다르지 않다는 것을 여기서 깨달을 수가 있다.

따라서 불교나 기독교나 민족종교마저도 신앙의 목적이 사람들이 악한 영으로부터 구원 받는 것임이 확인된다. 민족종교도 이러한 측면에서 본다면 불교나 기독교와 같은 맥락임을 알 수 있다. 이 구원에 대해서도 가장 구체적으로 기록해둔 것이 성서이다. 성서에는 인간이 구원을 받아야 하는 입장이 된 원인과 과정에 대해서도 상세히 잘 기록되어 있다. 또 언제 누구에 의해서 어디서부터 구원을 받게 되는가에 대한 것도 잘 기록되어 있다.

앞에서 잠간 살펴본 것처럼 불교와 민족종교의 목적도 구원이라면 그 구원을 받게 위한 색다른 노력을 기울일 필요가 있을 것이다. 그 노력은 지금까지 아전인수식가 아닌 종교간 경전간 포괄적이며, 협력적이며, 교류적인 것을 의미한다.

즉 자신이 구원을 받기를 원한다면, 자신의 종교가 뭐든 내가 무슨 경서를 보고 깨닫든 그 결과는 자신이 구원을 받는 것이 중요하다는 것이다. 이것은 곧 암에 걸린 사람이 양방으로 고치든 한방으로 고치든 국내 병원에서 고치든 해외에서 고치든 이 병원에서 고치든 저 병원에서 고치든 고치는 것이 목적이란 것과 같은 이치이다. 그러나 그 병을 고칠 수 있는 병원이 세계에서 하나 밖에 없다면 그 병원을 찾아야 할 것이다.

요즘 신앙인들이나 심지어 신학자들까지도 구원에 대하여 모호한 개념을 가지고 있는 것 같아, 여기서는 좀 더 구체적으로 우리 구원에 대하여 깨달아 보는 시간을 갖도록 하겠다. 인간들이 구체적으로 무엇에 구속당하고 있음을 이해할 필요가 있을 것 같다.

인간의 몸에는 약 12만km로서 지구를 3바퀴나 돌릴 수가 있을 만 큰 긴 혈관을 가지고 있다. 자동차를 만드는 데는 1만 3천 개의 부품이 필요하며, 747제트 여객기를 만드는 데는 3백만 개의 부품이 필요하다. 우주 왕복선을 만드는 데에는 5백만 개의 부속품을 필요로 한다. 하지만 우리 인간의 몸에는 60조개 이상의 세포 조직이 있으며, 25조 개의 적혈구와 250억 개의 백혈구가 있다. 심장은 1분에 4.7리트의 피를 퍼내고, 혀에는 9천 개의 미각세포가 있다.

뇌의 무게는 1300g에 불과하지만, 뇌에는 140억 개의 신경세포가 있어서 우리 몸의 모든 활동을 지배한다. 하루에 눈으로 들어오는 정보는 약 1억 3천 2백 건이 넘고, 170만 개의 시신경 섬유로 이루어진 눈은 이 정보를 뇌로 전달하는 역할을 한다.

그런데 이런 몸이 누가 우연히 생겨났다고 하고 있는가? 아니면 누가 이런 몸이 박테리아나 원숭이에서 진화되었다고 하고 있는가? 과학이 아무리 발전한다고 해도 이런 인체를 누가 만들 수가 있을까?

사람의 몸은 이렇게 신비하게 이루어져 있고, 그 몸을 총 지배하는 것은 뇌신경이다. 그런데 그 뇌는 누가 지배하고 있을까?

사람의 마음이다. 마음의 실체는 무엇인가? 영이다. 영(靈)은 무엇인가? 신(神)이다. 따라서 우리 몸은 누가 지배를 하고 있는가?

신(神)이다. 그런데 왜 종교 경서는 그런 신비한 인체를 가진 사람이 구원받아야 할 운명이라고 하는가? 바로 인간이 신이기 때문이다.

다시 한 번 강조하면, 사람의 육체는 물과 단백질로 이루어져 있다. 이 물과 단백질은 모두 땅에서 온 성분들이다. 그것이 사람의 육체이다. 인간의 육체는 60조 개 이상의 세포로 이루어졌다. 그 세포 속에는 각각 유전자가 들어있고, 그 세포는 근육과 신경(神經)으로 이루어져 있다. 신경이란 신의 줄기란 말이다. 사람의 온 몸에는 신이 흐르고 있다는 말이다. 이것을 통제하고 지배하는 기관이 뇌이다. 또 이 뇌를 지배하는 것은 영이고 신이다. 사람이 일으키는 크고 작은 모든 행위는 행위 이전에 먼저 뇌에서 생각을 하게 된다. 그 생각이 행동으로 이루어져 세계가 건설되기도 하고 전쟁이 일어나기도 했다.

따라서 세계를 발전시킨 건설도 파괴시킨 전쟁도 신이 일으킨 것이란 논리가 된다. 이 신은 인간의 몸속에 살고 있다. 종교 경서에 기록한 현대인의 육체의 구조는 이러하다.

사람의 구조는 육체와 혼과 영(靈)이다. 이 영이 신(神)이다. 영에는 악령(惡靈)과 성령(聖靈)이 있다고 하였다. 이것을 신으로 표현하면, 신 중에는 악신(惡神)과 성신(聖神)이 있다는 말이다. 종교 경서에 의하면 현대인들의 몸의 구성은 육체와 혼과 악령으로 되어 있다고 정리된다. 사람의 육체 안에 악령(惡靈)이 들어가서 살고 있다는 말이다. 악령은 마치 암과 같은 존재이다. 사람의 몸에 암이 발생하면 사람을 시들시들 하다가 결국 죽고 만다. 옛날에는 의학이 발달하지 못하여 암이란 것을 발견하지 못했다. 수많은 사람들이 암으로 죽어갔지만 그것이 암이란 병인지는 몰랐다.

암과 같은 악령을 달리 귀신이라고도 한다. 사람들은 귀신을 두려워한다. 왜 두려워할까? 귀신의 반의어는 천사라고 할 수 있다. 사람들은 천사를 두려워하지는 않는다. 왜일까?

영어로 귀신을 번역하면 Ghost, Spirit, Phantom, Apparition, Spook 등이다. Ghost는 유령, 귀신이라고 번역한다. Ghost란 말만으로는 Ghost의 뜻이 무섭다는 의미가 있다는 것을 모른다. 그런데 Ghost의 형용사형을 보면 Ghost라는 단어에 '무섭다', '두렵다'는 의미가 있음을 발견할 수 있다. Ghastly는 Ghost의 형용사형으로 어떤 일이 '무시무시한', '섬뜩한'이란 의미를 가지고 있다. 귀신의 존재가 사람을 죽이는 의미를 가졌다는 것을 이런 단어들을 통하여 엿볼 수 있다.

Spirit을 한역하면 정신, 영혼이란 뜻이 있다. 정신, 영혼이란 것은 사람의 육체 안에 있는 영을 의미한다. 이 영어를 통하여 귀신이 사람의 몸속에 들어가 사람의 영혼이 될 수 있음을 알 수 있다.

Phantom은 혼령, 유령, 환영, 허깨비이란 의미로 귀신이 떠돌아다니는 신임을 암시하며, 도깨비라는 것에서 동물이나 사람의 형상을 한 잡된 귀신이 하는 짓을 엿볼 수 있다. 또 귀신도 비상한 힘과 재주를 가지고 있음을 알 수 있다. Apparition이나 Spook도 Phantom의 의미이다.

위의 영어 단어를 통하여 힌트를 얻을 수 있는 것은 귀신이 무서운 존재란 사실과 이 귀신이 사람의 육체에 들어가 사는 존재란 사실을 엿볼 수 있는 것이다.

사실 귀신은 사람의 육체에 살고 있다. 귀신은 다른 경서에서는 마귀, 사단, 마군 등으로도 불린다. 그런데 경서에 기록된 사단, 마귀는 성령의 일을 방해하고 모방하는 존재로서 진리가 없고 사람 안에서 사망 아픔 고통을 주는 존재로 기록하고 있다. 그런데 성신, 성령은 거룩한 영으로 창조주의 영과 같은 과이며, 이 성령이 사람 안에 살게 되면 사람에게 영생을 주며, 아픔을 없게 하며 고통도 없게 하는 신으로 기록되어 있다.

그래서 많은 경서들이 구원을 목적으로 기록된 이유는 사람의 육체에 귀신이 들어있다는 사실 때문이다. 현대인들의 모든 육체 안에 귀신이 살고 있다는 것은 매우 비정상적인 것으로 정상세포에 암이 들어온 것과 같은 입장이다. 왜냐하면 창조주께서는 처음 인간을 거룩한 영으로 만들었기 때문이다. 거룩한 영을 한자로 쓰면 성령(聖靈)이 된다. 따라서 사람의 육체는 원래 성령의 지배를 받게 태어났으나 악령에게 지배를 당하고 있는 현실이 우리로 하여금 구원이 필요한 이유가 된 것이다.

이것이 모든 인류에게 처해진 영적인 상황이다. 그래서 종교인들과 비종교인 상관없이 모든 인류는 구원의 대상이고, 구원은 필수이다. 이것은 마치 모든 인류가 암에 걸렸다면, 모든 인류가 암을 제거해야 하는 것과 다르지 않은 상황이다.

2. 구원의 칼은 진리이다

그러나 아직 오늘날까지 암을 정복할 수 있는 의술은 아직 미약하기 그지없다. 그러나 장래에 의학자들이 암을 정복할 수 있는 의술을 발명하면 암은 정복될 것이다. 종교 경서에서 예언한 구원도 마치 이와 같아서 언젠가는 사람의 육체 속에 들어있는 귀신을 도려내어 쫓을 수 있는 기술이 나올 것이다. 경서에는 그런 날을 예언하였으며 그때를 말세라고 단정 지어 놓았다. 말세(末世)란 세상 끝을 의미하며, 이 끝의 의미는 구원을 받지 못하던 세상의 끝을 의미하고, 이런 종말에 사람들이 구원을 받게 되면 오늘날과 같은 현세는 끝나고 내세(來世)가 임하여 오게 된다.

그러나 말세가 와서 구원의 때를 만난다 하드라도 사람 각자에게 임하여 있는 귀신을 쫓아내지 못하면 구원의 때를 만났지만 그 사람은 구원을 이루지는 못하게 된다. 구원의 방법은 영적인 칼인 진리이다. 진리로 깨달아 구원을 받게 된다. 아니면 귀신을 어찌 저 칼이나 총으로 잡을 수 있으랴!

정리하면 사람이 구원을 받아야 할 입장에 서있는 이유는 바로 사람들이 자신의 몸 안에 귀신을 두고 있기 때문이다. 즉 귀신이 자신을 점령하고 있기 때문이다. 이 귀신에게서 해방되는 길이 곧 구원이다. 귀신에게 해방되는 길은 귀신을 이겨야 한다. 이기기 위해서는 알아야 한다. 알기 위해서는 이에 대한 모든 지식을 터득해야 한다. 그 지식은 성서를 비롯한 종교 경서에 일일이 다 기록되어 있다. 이 구원은 오늘날 세계의 모든 사람들에게 해당된다.

그런데 오늘날의 신앙인들은 이 사실을 간과하고 자신의 종교 자신의 교리에만 집착하고 있다. 대부분의 신앙인들이 자신의 목자만을 참이라는 무조건적 신앙에 몰두하고 있다. 오늘날까지 종교가 그런 식으로 해서 된 일이 무엇인가? 그리고 그 열매는 무엇인가?

또 하나는 이런 현실에서 종교를 가지지 아니한 모든 사람들은 어찌 할 건가? 암에 걸린 사람들의 목적은 암에서 해방되는 것일 것이다. 암을 치료하지 않거나 못하는 사람은 암에게 져서 목숨을 포기한 사람의 경우가 될 것이다.

구원의 정의가 '사람의 영이 악령에 의하여 구속당하고 있기 때문에 생로병사를 겪고 있는 현실에서 탈출하는 것이라'고 하면 여기에 해당하는 사람들의 최고의 목적은 악령으로부터 자신의 영이 자유를 찾는 일일 것이다. 신앙인들의 공격대상은 귀신들이지 타종교, 타교단이 아니란 말이다. 함께 공동으로 힘을 합하여야 귀신을 잡을 수 있다. 종교간 교단 간 서로 싸우고 있을 때, 귀신은 안전하고 배부르게 호화생활을 누리고 있다. 이제 각 종교 경서를 다 수합하여 귀신을 잡을 방법을 모두 모아야 할 것이다.

우리가 집착하여 자신의 종교만이 제일이라고 타종교를 배타하고 핍박하는 행위들을 자랑처럼 자행하고 있지만, 종교와 교리와 목자도 결국은 신앙인들이 구원을 받는 일에 대하여 가르쳐주고 지도하는 일이 그 소임일 뿐이다. 그리고 그 가르치는 자 역시 구원을 받아야 할 당사자이다.

그리고 여기서 다시 한 번 덧붙이고 싶은 것은 구원의 정의가 그렇다면 구원을 받아야 할 대상은 비단 신앙인들뿐만 아니라, 영혼을 가진 모든 사람은 구원의 대상이다. 이렇게 우리가 객관적 측면에서 경전들을 살펴보면, 모든 사람들이 구원을 받아야 하는 입장임을 깨닫게 되는 것이다.

3. 자신이 이미 구원을 받았다고 말하는 사람은 경서를 잘 모르기 때문에 오해를 한 것이다

그런데 한편 대부분의 기독교 신앙인들은 이미 자신들이 구원을 받았다고 오해를 하는 경우도 있는 것 같다. 신약성서에는 기독교인들이 그렇게 구원에 대하여 오해를 불러일으킬만한 성구가 있다. 예를 들면 "누구든지 주의 이름을 부르는 자는 구원을 얻으리라"는 로마서 10장 13절의 경우가 그러하다.

이 표현은 마치 주의 이름만 부르는 것으로 사람들이 구원이 이루어지는 것처럼 되어 있다. 그러나 앞에서 계속하여 언급한 것처럼 구원의 정의를 안다면, 주의 이름을 부르는 것으로만 구원을 얻을 수 없음을 알 수 있을 것이다. 구원의 정의는 자신의 육체 안에 있는 영혼이 악령에 의하여 구속되어 있는 상태에서 그 악령이 자신의 육체에서 나가야만 구원을 받았다고 할 수 있다. 왜냐하면 사람을 구속하고 괴롭히는 존재가 악령이며, 그 악령이 아직 자신의 몸속에 있기 때문이다. 그래서 구원을 받았다고 말할 수 있는 상황은 자신 안에 있는 악령이 실제로 자신의 몸에서 빠져나갔다는 확실한 정황이 있을 때 가능하다고 할 수 있다.

또 경서에는 구원이 이루어질 때가 별도로 정해져 있다고 예언되어 있다. 앞에서 주의 이름만 부르면 구원을 얻는다는 표현은 머리와 꼬리가 빠진 상태의 잘린 쪽 말에 불과한 것이다.

이것을 반박할 수 있는 다른 표현들이 성서에는 많이 기록되어 있다. "또한 너희가 이 시기를 알거니와 자다가 깰 때가 벌써 되었나니, 이는 이제 우리의 구원이 처음 믿을 때보다 가까이 왔음이니라." 로마서 13장 11절에 기록된 이 표현은 앞에서 말한 구원과 달리 주의 이름만 부르면 구원을 얻는다는 말이 아니라, 구원 받을 시기가 있음을 나타내고 있다는 사실이다. 또 우리의 구원이 처음 믿을 때보다 가까이 왔다는 표현은 구원 받을 정한 때가 시간이 갈수록 가까이 오고 있음을 나타내는 표현이라 할 것이다.

베드로 전서 1장 5절에서는 그 구원은 '말세'에 있을 일이라고 기록하고 있다. "너희가 말세에 나타내기로 예비하신 구원을 얻기 위하여 믿음으로 말미암아 하나님의 능력으로 보호하심을 입었나니." 처럼 말이다.

그리고 말세란 신약성서에 기록한 예언을 이룰 때를 말한다. 신약성서의 예언을 이루는 데 대한 내용을 기록한 책은 요한계시록이다. 요한계시록은 말세의 사건을 예언한 예언장으로 법화경과 격암유록 등에 예언된 내용과 동일한 것으로 나타난다. 그래서 모든 인간이 받아야 할 구원은 요한계시록의 예언이 이루어질 때, 비로소 가능함을 알 수 있다.

요한계시록에 보니까 인류의 구원은 한 시대를 장악하던 마왕인 용왕을 쫓아낸 후에 비로소 이루어짐을 명백히 하고 있다. 요한계시록 12장 7절 이하이다.

"하늘에 전쟁이 있으니 미가엘과 그의 사자들이 용으로 더불어 싸울쌔 용과 그의 사자들도 싸우나… 큰 용이 내어 쫓기니 옛 뱀 곧 마귀라고도 하고, 사단이라고도 하는 온 천하를 꾀는 자라 땅으로 내어 쫓기니, 그의 사자들도 저와 함께 내어 쫓기니라. 내가 또 들으니 하늘에 큰 음성이 있어 가로되 '이제 우리 하나님의 구원'과 능력과 나라와 또 그리스도의 권세가 이루었으니 우리 형제들을 참소하던 자 곧 우리 하나님 앞에서 밤낮 참소하던 '자가 쫓겨났고 또 여러 형제가 어린 양의 피와 자기의 증거 하는 말을 인하여 저를 이기었으니' 그들은 죽기까지 자기 생명을 아끼지 아니 하였도다."

이것으로 인류의 구원은 그렇게 단순한 것이 아님을 알 수 있다. 앞에서도 언급한 것이지만, 우리가 이러한 사실에 대하여 둔감했던 이유는 인류 세상이 신에 의하여 만들어지고, 우리 또한 신의 소산이란 사실을 인정하지 않았기 때문이다. 그러나 인류 세상이나 자연조차도 신에 의하여 운행되고 있다. 보이지 아니하는 세상이나 보이는 모든 세상은 신이 없이 된 것이 하나도 없다. 그런데도 불구하고 신의 존재를 인정하지 않았으니 어찌 그 답에 접근이나마 할 수 있었겠는가?

우리가 살고 있는 모든 것은 신에 의하여 운행이 되고 있으며, 불서를 비롯한 많은 경전들에는 그것에 대하여 기록되어 있다. 유형(有形)의 세상이 시작된 것은 무(無)에서 되었으며, 무형은 신이다. 그러나 무형의 신은 능력이 있어 유를 창조할 수 있다. 영이 하나를 만들고, 하나는 둘, 셋이 만들어져서 만물이 되었다.

또 인류세계는 처음 선(善)으로 창조되었으나 악(惡)도 덧나오게 되었다. 인류 세상에 선과 악이 공존되어 왔다. 그러나 선은 점점 쇠하고 악은 점점 창궐하였다. 말세에는 모두가 악이 되고 말았다. 인류 세상에 선은 하나도 없이 사라져버렸다. 선이 사라버리는 순간 신은 우리 기억 속에 영영히 잊혀 져 가버렸다. 악을 이끄는 대표신이 있으니 그 이름이 가칭 용왕이다. 인류 세계를 이끌고 있던 신은 용왕이었고, 인류들은 모두 용왕 신의 백성들이었다. 용왕은 곧 악신의 왕이고, 마귀의 왕이다. 용왕은 사람의 육체 속에서 인류를 총지휘를 하고, 백성들의 육체 속에는 용왕의 신하인 마귀 신들이 있어 용왕의 치리에 따랐다. 오늘날까지 인류 사회의 운명은 이런 정세였다.

4. 경서가 원하는 내세(來世), 곧 새로운 시대가 오려면 현세를 이끌던 신, 즉 용왕을 몰아내어야만 한다

이런 정세 속에서 나타났던 일들이 오늘날까지 세상 위에서 이루어졌던 모든 역사였다. 이 역사들이 오늘날까지의 사회와 문화와 종교와 교육과 사상과 철학과 예술과 발전과 파괴와 전쟁이었다. 이 모든 것이 용왕과 마귀 신에 의하여 만들어져 온 셈이다. 이 역사가 바로 현세역사였다. 이 현세의 역사를 주도해온 신은 악신이었다. 말세란 이 악신의 세상의 종말을 의미한다.

말세란 한 시대의 끝을 의미한다. 이 현세의 역사 속에서 인생들은 악신에 의하여 구속을 받아 왔다. 이 시대를 이끌어온 실체는 신이었고, 그 신은 능동적이며 활동적이다. 악신이 이룬 역사 중 유명한 것이 인류전쟁이다. 그리고 수많은 범죄들이다. 그것이 오늘날 우리가 육안으로 볼 수 있는 악신의 문명들이며, 만물들이다. 그 문명을 만든 실체는 신이다. 그러나 이 신들의 실체들은 악신이다. 따라서 이 시대를 멸하고 새로운 시대를 세우려면 현세의 신을 몰아내야만 다음 신이 설 수 있다.

새누리당이 정권을 잡고 있을 때는, 민주당은 정권에서 밀려나야 하고, 민주당이 정권을 다시 잡으면, 새누리당은 정권에서 밀려나는 것이 세상의 이치이다. 또 새누리당이 정권을 지키려면 대선이란 정쟁에서 이겨야하고, 민주당이 다시 정권을 잡으려 하면 선거에서 승리를 해야 가능 하는 것도 세상의 이치이다.

이처럼 신의 세상의 이치 또한 같다. 신출귀몰(神出鬼沒), 양래음퇴(陽來陰退), 건양다경(建陽多慶)라는 숙어들이 이것을 잘 설명해 줄 수 있다. 신출귀몰이란 세상에 성신이 출현하면 귀신은 몰락하여 사라진다는 말이다. 양래음퇴는 양신이 오면 음신은 물러간다는 의미이다. 건양다경은 양신이 세워지면 기쁨이 많이 온다는 의미이다.

양신은 곧 성신이고, 음신은 귀신이다.

오늘날까지 이 시대를 지켜온 것은 귀신이다. 오늘날까지 귀신이 이 세상과 사람의 육체를 차지하고 있었다. 그렇다면 이 귀신들이 쉽게 이 세상과 사람의 육체를 내어주겠느냐는 것이다. 여기서 현세를 주관하던 신과 새롭게 세상을 차지하려고 도전하는 신과의 대립이 불가피하게 된다. 기성시대를 이끌어가던 신의 왕은 용왕이고, 백성들은 귀신들이다.

창조주 하느님은 이 용왕을 이겨야 현세를 파하고, 세상에 다시 등장하여 새로운 성신의 시대를 열어갈 수 있다. 그러나 하느님도 귀신도 신이기 때문에 육체가 없다. 그래서 하느님도 귀신도 자신을 나타낼 수 있는 육체를 택한다. 그리고 이 육체 간에 진리를 두고 전쟁을 한다. 이 전쟁에서 이기는 팀이 이 세상을 차지하게 된다. 귀신이 택한 사람이 이기면 세상의 권세는 여전히 그대로 귀신이 지금처럼 유지하게 된다.

그러나 창조주가 택한 육체가 이기면 세상 권세는 창조주께 돌아온다. 각 경전에서 구원을 예언하고 있다는 의미는 한 육체가 이미 용왕을 상대로 이길 것을 대비해두었다는 말과 동일하다.

이 이긴 사람을 격암유록에서 십승자라고 했다. 십승자(十勝者)는 승리자란 말이다. 십승자는 용왕을 이겨서 승리자가 된다. 여기서 십(十) 자는 십자가를 상징하며, 곧 성서의 진리로 용왕을 이겨서 승리자가 됨을 암시하고 있는 것이다. 성서로 용왕을 이기는 장면이 위 계시록 12장의 사건임을 알 수 있다. 앞에서 언급한 구세주란 바로 여기에서 용왕을 이긴 십승자의 다른 이름임을 알 수 있다.

그래서 인류가 구원을 받는 과정에서 전쟁이 있음을 알아야 하고, 이 전쟁에서 창조주의 편이 이기는 일이 있어야 구원을 얻을 수 있음을 알 수 있다. 창세기에서는 아담이란 자가 창조주 편이었다. 뱀은 용왕의 편이었다. 아담은 창조주의 이름으로 뱀을 상대로 이겨야 했으나 안타깝게도 패배했다. 그래서 지구촌은 용왕의 것으로 돌아가 버렸다.

그래서 창조주가 지구촌을 다시 찾으려면, 다시 있어지는 전쟁에서 창조주의 편이 이겨야 된다. 고린도 전서 15장 45절에서는 두 아담이 등장하는데 첫 사람 아담은 창세기의 아담이고, 마지막 아담은 계시록 때 등장한다. 첫 사람 아담은 뱀에게 패배한 아담이고, 마지막 아담은 뱀을 이기는 아담으로 예언하고 있다.

계시록에는 그의 이름을 요한이라고 예언하였으며, 그를 이긴 자 이스라엘이라고 기록하고 있다. 뱀을 상대로 이긴 자란 의미의 이름이다. 그가 마지막에 인류 세상에 나타나 사람들의 영을 살려주는 마지막 아담이 된다. 그가 바로 만민들과 만종교가 바라던 구세주이다. 그가 용과 뱀의 나라를 물리치고 창조주를 세상으로 안내하는 구세주이다.

이 전쟁에서 구원자가 나타나려면 세상에 이러한 전쟁이 반드시 나타나게 된다. 그러나 그 전쟁의 종류는 영적인 전쟁이다. 총과 칼로 하는 전쟁이 아니다. 이 전쟁의 양상을 알려면 성서를 통하여 알 수 있다. 전쟁은 총 세 번에 걸쳐서 일어나고, 두 번의 전쟁은 이미 끝난 상태이다.

첫째 전쟁은 창세기 3장이다. 이 전쟁에서는 아담과 하와가 뱀에게 지므로 창조주가 지고, 뱀이 이긴 전쟁이었다. 그래서 지상권은 뱀, 용, 마귀에게 가버렸다.

둘째 전쟁은 마태복음 23장과 요한복음 8장이고, 전쟁의 승패의 결과는 요한복음 16장 33절에 나와 있다.

셋째 전쟁 곧 마지막 전쟁은 요한계시록 13장과 12장이다. 이 전쟁의 승패는 요한계시록 12장 11절에 나와 있다.

창세기 전쟁은 너무 오래된 전쟁이라고 우리가 추상하기가 어렵고, 요한계시록의 전쟁은 아직 사람들께 공개되지 않아서 그 양상을 가늠할 수가 없다.

그러나 신약성서에 2000년 전에 일어난 영적 전쟁은 오늘날까지 우리가 전해 듣고 있어서 그 전쟁의 양상을 분석해보므로 창세기의 전쟁도 오늘날에 일어나는 요한계시록에서의 전쟁을 이해할 수 있다.

2000년 전에 창조주의 편과 뱀과의 전쟁은 마태복음 23장을 보므로 알 수 있다. 주 장소는 예루살렘 성전이었다. 예루살렘 성전은 예수라는 사람이 나타나기 전에는 조용하였으며, 그들 간에 영적 전쟁은 없었다. 전쟁은 예수가 유대 땅을 돌며 진리를 증거 하면서부터 발단되었다.

예수가 왔을 때, 유대교를 주관하던 권력층은 서기관 바리새인 사두개인들과 대제사장들이었다. 이들은 주로 모세로부터 배워온 율법을 신앙의 모토로 삼아 가르치고 배우고 있었다.

이때 예수는 율법보다 자신이 구약성서에 예언한 대로 나타난 하나님의 아들이라고 소개하면서 그 당시 목자들을 향하여 그들의 신앙과 행위를 꾸짖었다. 그리고 예루살렘 성전에서 장사하는 장사판을 내리 엎으며 대노하였다. 예수는 서기관과 바리새인 대제사장의 행위를 지적하며, 자신이 전하는 진리를 따르기를 권면하였다. 그러나 서기관 바리새인 대제사장들은 그가 바알세블을 입은 마귀의 자식이며 이단의 괴수라고 대적하였다.

예수는 그들을 상대로 성서에 기록된 진리로 자신을 증거 하면서 서기관 바리새인 대제사장들을 심판하기를 뱀 독사의 아들이라고 증거 하였다. 그리고 요한복음 8장 44절에서 예수는 그들 목자들을 마귀의 아들이라고 심판을 내렸다.

이렇게 유대신앙세계가 격앙된 것은 예수가 그 당시 서기관 바리새인 대제사장들의 교리를 정면으로 반대하며 새로운 교리를 펼쳤기 때문이다. 그러나 예수는 모든 것을 성서를 기준으로 증거 하였다. 그에 반하여 서기관 바리새인들은 성서보다 장로들의 유전이나 율법을 기준으로 예수를 사사건건 반대하였다.

서기관 바리새인들은 결국 성서의 진리로는 예수를 이길 수 없으매, 그들은 무력과 불법으로 예수를 십자가형 지게 하였다. 예수는 성서의 예언대로 십자가를 졌지만, 성령의 능력으로 다시 부활하여 건재함을 보였다. 결국 예수는 성서의 진리로 그들을 이겼기 때문에 요한복음 16장 33절에서 승리를 선언하신 것이다.

이것이 성서의 영적 전쟁이었다. 그 전쟁의 무기는 성서였다. 성서에는 예수는 구약의 예언대로 나타난 메시아였음을 밝히고 있다. 그리고 서기관 바리새인들은 뱀이었고, 그들은 마귀의 아들들이었다. 예수의 승리는 성서의 진리로 이긴 것이다.

그런데 그 전쟁의 양상을 자세히 보면, 그것이 전쟁이란 사실을 알 수 있는 사람은 아무도 없었다. 그 당시도 그것이 영적 전쟁이란 사실을 알 수 있던 사람들은 예수와 그의 제자들뿐이었다. 우리가 성서를 통하여 그 당시 상황을 봐도 도대체 이것이 전쟁이란 생각을 할 수 없다. 그 당시 사람들도 그러했다.

그러나 그것은 확실한 영적 전쟁이었다. 왜냐하면 옛날 2천 년 전 유대 땅은 대대로 성서를 통하여 하나님을 믿는 선민이었다. 그들이 믿던 구약성서는 메시야 출현을 예언한 책이었다. 그런데 그 메시야는 구원자란 말이다. 유대인들에게 구원자가 필요한 이유는 그들의 조상인 아담과 하와가 범죄 하여 그들의 영혼이 마귀에게 사로잡혀 있기 때문이다. 메시아는 결국 아담의 후손인 유대인들의 영혼을 구하려고 구약의 약속대로 유대 땅에 온 것이다. 그리고 온 이유는 창세기 때 뱀에게 빼앗긴 세상을 구원시키기 위해서였다. 그렇게 오지 않으면 안 되었던 것은 창세기 3장 15절의 예언은 창조주의 약속이 었기 때문이다. 그 약속의 내용은 뱀의 후손은 여자의 후손의 발꿈치를 상하게 한다는 예언이었다. 예수는 이 예언을 성취시키기 위하여 온 것이다. 그리고 이 예언의 성취를 통하여 세상의 영적 상태를 진단할 수 있게 된다.

그런데 그 역사를 위하여 메시야가 와보니 하나님을 믿는 목자들이 여자의 후손으로 온 예수인 자신을 죽이려고 하는 것이 아닌가? 그리고 결국 그 당시 목자들이 여자의 후손인 예수의 발꿈치 곧 십자가를 지게 한 것이다. 따라서 그 당시 서기관 바리새인 곧 그 당시 목자들이 모두 마귀 영을 입은 뱀으로 드러난 것이었다. 창세기에서 아담과 하와를 파괴시킨 뱀도 바로 그 당시 목자였던 것이다.

예수는 성서를 통하여 그 사실을 만인들에게 알리고 그들 목자가 마귀 곧 뱀이었다는 사실을 증거 하였으니 예수의 승리였고, 그 승리는 전쟁의 결과로 얻은 것이다. 따라서 성서의 영적인 전쟁은 이렇게 전개되는 것임을 알 수 있다.

이를 통하여 크게 깨달은 마음으로 생각해보면 창세기 때 뱀이라고 표현한 것도 파충류가 아니라, 마귀가 부려 쓰는 거짓 목자임을 깨닫게 된다.

창세기의 전쟁과 예루살렘의 전쟁의 차이는 창조주가 택한 목자가 창세기 때는 뱀에게 졌다는 것이고, 예루살렘 전쟁에서는 창조주가 택한 목자가 이겼다는 사실이다.

이렇게 성서에서 말하는 영적 전쟁을 이해할 수 없었으되 옛 역사를 통하여 곰곰이 생각해보면 이해하게 되는 것이다.

그런데 이것을 통하여 마지막 때인 요한계시록에 예언된 전쟁도 이와 같은 양상임을 유추할 수 있다는 사실이다. 사실 전쟁의 유형은 계시록 때도 같다. 2천 년 전의 전쟁이 예루살렘성전이란 특정한 곳에서 평범하게 조용히 이루어졌다. 그리고 참여자는 아군 예수와 약간의 제자들이었다. 적군은 그 당시 목자들과 그 목자 아래에 있던 유대인들이었다.

요한계시록에도 아군과 적군이 만나는 한 장소가 등장한다. 그 장소를 계시록 1장 20절에 일곱 금 촛대 교회이라고 이름까지 지어놓았다.

그곳이 바로 요한계시록 13장과 12장이다. 거기는 창조주의 편의 목자들이 있었다. 그들을 일곱 별이라고 비밀호칭으로 소개하고 있다. 그곳을 일곱 교회라고 하였으니, 그곳에도 목자와 성도들이 있게 될 것이다. 거기에 용에게 권세를 받은 뱀들이 올라간다. 일곱 교회는 창조주의 편의 사람들이 있는 교회이다. 그런데 그들을 미혹하기 위하여 뱀들이 올라오게 된다. 거기서 2천 년 전에 예루살렘에서 같은 영적 진리전쟁이 일어나게 되는 것이다. 어쨌든 전쟁이 일어났으니 누가 이기든 승부가 날 것이다. 승부에 따라 세상이 변하게 될 수도 그대로 존속될 수도 있을 것이다. 정권이 바뀌면 세상은 변할 것이고, 기존 정권이 그대로 유지되면 세상은 그대로 갈 것이다.

이렇게 영적인 전쟁은 반드시 특별할 때 일어난다. 창세기부터 세상은 뱀의 소유가 되었다. 뱀들끼리 있을 땐 그들의 영이 서로 동일하므로 다투지 않는다. 그러나 그런 뱀들 속에 하나님의 아들 예수가 세상에 등장하게 되니, 뱀들은 위협을 느낄 수밖에 없을 것이다. 그래서 마귀세력은 하나님의 세력이 세상에서 더 이상 뻗치지 못하도록 미혹하여 그 역사가 더 진행되지 않도록 방해하게 되는 것이다. 그 때문에 전쟁이 필연적으로 발생하게 된다.

창세기에서 아담과 뱀들이 전쟁을 하였고, 예루살렘 성전에서는 예수와 그 당시 뱀의 역할을 하던 목자들이 서로 결전을 치르었다.

그처럼 요한계시록에서도 창조주의 편의 일곱 별들과 용에게 권세를 받아 올라온 뱀들이 전쟁을 하게 된다.

여기서 뱀들과 싸워 이긴 사람이 성서에 예언된 승리자가 된다. 뱀의 왕은 용이다. 그런데 한 사람이 계시록 12장에서 이기고, 계시록 20장 2절에서 용을 잡는다. 그러나 이 사람이 창세기에 들어온 뱀을 잡는 최종의 사람이 된다. 이 자가 용을 잡았으니, 이 자는 용의 권세에서 해방된 자가 된다. 해방된 자가 구원자가 된다.

이로서 세상의 정권이 바뀌게 된다. 바뀌면 세상은 지금과 다르게 변해간다. 용왕의 나라에서 하나님의 나라, 곧 천국으로 변하게 된다. 창세기 이전의 세상으로 돌아가게 된다.

이렇게 전쟁에서 창조주가 이기게 되면, 이제 이 사실이 세상으로 알려져야 될 것이다. 비로소 모든 사람들은 이 구원자에게 진리를 증거 받아 구원될 수 있게 되기 때문이다. 오직 이 자만이 구원을 이룰 수가 있게 되기 때문이다.

그래서 구원을 목적으로 기록된 불서에도 구세주의 출현을 예언하고 있는데, 그 구세주는 마군과 싸워 이긴 후에 등장함을 공식처럼 기록되어 있음을 알 수 있다.

민족사 정토 삼부경 20쪽에는 "광명은 무량한 불국토를 비추니 일체 세계는 여섯 가지로 진동하였으며, 모든 마군세계의 궁전이 흔들리니 그들의 무리들은 겁내고, 두려워서 항복하여 귀의하지 않을 수 없느니라."고 했다. 이 처럼 불서에서 예언한 새로운 세계는 저절로 생기는 것이 아니라, 마군(魔軍)의 세계를 항복받은 후에 생긴다고 한다.

태극도 진경 2장 24에도 "선천에는 상극지리가 인간사물을 맡았으므로 모든 인사가 도의에 어그러져서, 원한이 맺히고 쌓여 삼계에 넘쳐 마침내 살기가 터져 나와 세상에 모든 참재(慘災)를 일으켰느니라. 그러므로 이제 천지도수(설계)를 정리하고, 신도(神道)를 조화하여 만고의 원을 풀어 쌍생의 도로써 후천 선경을 열고, 조화정부를 세워 무위이화와 불언지교로 화민정세하리라."고 하는 바, 여기서도 상극에서 해원쌍생의 시대로 감에 있어서 전쟁의 과정이 있음을 짐작할 수 있는 것이다.

이렇게 신앙의 목적이라고 할 수 있는 구원에 대한 것도 사람들이 생각하는 것과 달리 때가 있고, 과정이 있음을 짐작할 수가 있다.

제7장

종교 경서에서 예언한 천국은 종교의 예언이 실제로 이루어질 때, 지상에 세워지는 창조주가 임한 지상천국이다

1. 경서에 기록된 진짜 천국은 무엇일까?

자, 그럼 천국(天國)이란 무엇일까? 많은 신앙인들이 목사님들에게 천국이 어디 있느냐고 질문을 했단다. 그런데 그 대답은 목사님마다 다 달랐다고 한다. 가장 많은 답이 하늘에 천국이 있다고 하였으며, 그곳에는 황금으로 길을 만들고, 각종 보석으로 궁전이 만들어져 있다고 했단다. 천국은 모든 것이 보석으로 이루어져 있다고 대답했다고 한다.

그런데 과연 그럴까? 천국(天國)은 하늘 천(天) 자에 나라 국(國) 자로 이루어졌다. 이때 하늘 천(天)을 하늘로 해석을 하게 되니 그런 오해가 생길 수밖에 없다. 그러나 천국이라고 할 때의 하늘 천은 하나님 또는 하느님으로 해석을 해야 한다. 따라서 천국이란 하나님의 나라를 한자로 표현한 것이다.

이는 영어로 표현해보면 더욱 더 그 뜻이 명확해진다. 천국을 영어로 표현하면 스카이(sky)가 아니라, 헤븐(heaven)임을 알 수 있다. 스카이(sky)는 공간 하늘을 의미하고, 헤븐(heaven)은 하나님의 나라를 의미한다. 그리고 성서를 살펴봐도 천국의 정의는 '하나님이 계신 곳'이란 것을 알 수 있다.

성서에는 하나님은 영이라고 기록되어 있다. 또 어떤 곳에는 하나님은 신이라고도 소개하고 있다. 그래서 하나님의 영이 있는 곳이 하늘나라이다. 앞에서 설한 요한계시록 4장에 하나님이 계시니 그곳도 천국이라고 할 수 있을 것이다.

그런데 요한계시록 1장 8절에는 그 나라가 장차 이 땅에 내려온다고 기록되어 있다. 그리고 요한계시록 21장 1~2절에서는 약속대로 실제 그 나라가 이 지상으로 내려오고 있는 광경을 보여주고 있다. 그러면 그 나라가 내려온 땅이 또 천국이 될 수 있을 것이다. 또 창세기 6장 3절에서 사람의 육체에서 하나님의 신이 떠났다고 한 바, 사람의 육체에서 하나님의 신이 떠나지 아니하였을 때는 그곳이 또 천국이었음을 알 수 있다.

사람들이 경전에 기록한 천국을 몰라서 천국은 죽어서만 가는 것으로 알지만 그것은 오해이다. 하나님이 세상을 떠나 하늘로 가셨다는 말은 저 공간 하늘로 갔다는 의미가 아니라, 영의 세계 곧 인간 세상이 아닌 다른 세계로 갔다는 의미로 알아야 한다. 하나님 계신 곳을 하늘이라고 한 이유는, 하나님은 높으신 분이므로 그렇게 표현한 것뿐이다. 사람이 죽으면 하나님 계신 곳으로 간다는 생각 때문에 죽어서 천국 간다는 착각을 한 것이다. 그러나 앞장에서 설명한 것처럼 하늘의 모든 영들이 이 지상으로 내려올 때가 있음을 우리는 알아봤다.

그 영들이 이 지상나라에 내려올 때는 말세이고, 말세 때, 살아서 이 지상에 온 영들의 나라에 들어갈 사람들이 예비 되어 있다. 이곳은 지상에 세워지는 천국이다. 이곳은 요한복음 3장 5절에 기록한 것처럼 진리로 깨달아 성령으로 변화되지 아니하는 사람은 절대로 들어갈 수가 없다. 이곳이 모든 경서에서 예언한 지상천국, 지상낙원, 지상극락, 무릉도원이고 후천 세상이다.

예전에 하나님은 아담과 함께 에덴동산에 계셨으니 그때는 에덴동산이 천국이었음을 알 수 있다. 2000년 전에는 예수님의 육체에 하나님의 영이 임하였으니 그때는 예수가 거한 곳이 천국이었음을 알 수 있다.

우리 고서에는 환국(桓國)이란 나라가 등장한다. 환국의 임금을 환인(桓因)이라고 했다. 환인을 하느님이라고 했다. 환국의 임금을 환인이라고 하였으니 환국은 하느님의 나라이고, 이를 한자로 표현하면 천국이라고 할 수도 있다. 앞에서도 말한 바 있지만, 사람이 하느님이 될 수 없으되 사람의 육체에 하느님의 신이 들어올 수는 있다고 하였다. 환인을 하느님이라고 한 근거에서 환인에게는 하느님의 영이 임하였다는 전제로 환인을 하느님이라고 부를 수 있을 것이다. 이 환국은 12지국으로 이루어진 나라였다.

그런데 흔히 천국은 좋은 곳으로 알고 있다. 또 기독교인들에게 왜 신앙을 하느냐고 질문을 하면, 이구동성으로 천국가기 위해서 신앙을 한다고 대답한다. 천국과 같은 의미로 쓰는 단어가 몇 개 더 있다. 그 중에 낙원(樂園)이란 말이 있다. 낙원이란 '즐거운 동산'이란 뜻이다. 또 극락(極樂)이란 말도 있다. 극락은 '지극히 즐거운 곳'이란 의미를 가지고 있다. 극락이란 말이 성서에도 있지만 일반적으로 불교인들이 많이 쓰는 용어이다.

2. 천국은 어떤 곳일까?

그러면 천국은 왜 즐거운 곳일까? 그 이유는 창조주 하나님이 계신 곳이기 때문이다. 하나님이 계시면 왜 즐거울까? 생로병사와 이별과 고통과 눈물이 없기 때문이다.

이 대화에서 우리가 집고 넘어가야 할 중대한 사항이 하나 있다. 하나님이 계신 곳이 천국이란 전제에서 우리가 살고 있는 현재의 곳은 천국이 아니기 때문에 우리는 천국가기를 소망하며 신앙을 하고 있다. 천국은 미래에 있을 어떤 것임을 알 수 있다. 그러면 천국의 반대말은 무얼까?

천국의 반대말은 지옥이다. 이 대화를 통하여 우리들이 살고 있는 현재가 천국이 아니란 것은 바로 현재 우리가 살고 있는 곳은 지옥이란 말로 해석할 수밖에 없다.

또 천국이란 말의 정의가 '하나님이 계신 곳'이라고 할 때, 현재 우리가 살고 있는 곳에는 하나님이 안 계신다는 것을 알 수 있다. 천국은 모든 인류의 공통적인 소망이다. 그런데 아직 우리가 사는 곳은 천국이 아니다.

그런데 앞에서도 계속 언급한 바, 사람은 신이란 것이다. 세상과 사람은 창조주 하나님이 창조하셨다. 그래서 사람도 신이다. 그런데 창조주가 만든 신들인 우리들의 인생이 왜 이리 고달프고, 괴롭고, 고뇌스럽고, 고통스럽냐는 것이다. 만물의 영장이라 일컬음을 받던 우리 인간들에게 왜 생로병사(生老病死)와 쇠병사장(衰病死藏)이 있어 사람들을 이렇게도 괴롭게 하는가를 몰랐는데, 이제 이 대화를 통하여 그 이유를 알 수 있을 것 같다.

그 이유를 단적으로 말하면, 우리가 사는 이 세상이 바로 지옥이기 때문이라는 것이다. 이 얼마나 통쾌한 발견인가? 비젼이라는 말은 다른 사람들이 볼 수 없는 것을 볼 수 있다는 의미이다. 우리가 사는 세상이 지옥이란 것을 알면, 아는 사람들은 지옥을 피하고 보내려는 마음이 생길 것이다. 그리고 아는 사람들은 지옥에서 천국을 찾아 가려는 비젼을 가질 것이다.

그럼 지옥의 특징은 무엇인가? 지옥은 천국과 반대된 곳일 것이다. 지옥의 특징은 바로 창조주 하나님이 안 계신다는 것이다. 그럼 하나님이 안 계시면 이 세상에는 도대체 누가 있다는 말인가? 귀신이 있다는 말이다. 마귀가 있다는 말이고, 사단이 있다는 의미이다. 이들은 창조주의 신과 반대인 악령이고 악신들이다.

3. 현세는 용왕이 이끄는 세상이었고, 내세는 창조주가 이 끄는 세상이다

이 악령의 대장을 우리는 용왕이라고 하였다. 예로부터 용왕은 바다에 산다고 구전되어 왔다. 그러나 이제 보니 용왕이 바다에 산 것이 아니라, 이 세상에 살고 있었던 것을 알 수 있다. 그것도 다른 곳이 아닌 사람의 육체 안에서 살고 있었다는 사실은 우리를 더욱더 놀라게 한다. 용왕이 귀신의 왕이라면 이도 신인데, 신이 어찌 물속에서 살 수 있겠는가? 따라서 바다란 은어(隱語)5)로 세상을 비유한 단어임을 여기서 깨닫게 된다.

세상과 인간을 창조하신 분은 창조주 하나님이신데 구약성서 창세기 6장 3절에서 창조주 하나님은 세상과 인간의 육체에서 떠나버리셨다. 그래서 종교가 생기게 되었고, 종교의 목적은 하나님의 신이 세상과 인간의 육체에 다시 돌아오는 것이라고 앞에서 강조한 바가 있다. 이 세상에서 하나님이 떠나므로 세상은 지옥이 되어버렸다. 하나님은 성령으로 또 자신의 분신들로 세상의 육체들과 함께 하였다. 이때는 생로병사가 없고, 이별이 없을 때이니, 이 세상이 곧 극락이고 천국이었다.

신약성서 마태복음 6장에서는 예수가 자신의 제자들에게 이렇게 기도하라고 가르친 기도 내용이 있다. "하늘에 계신 우리 아버지여, 이름이 거룩히 여김을 받으시오며, 나라이 임하옵시며, 뜻이 하늘에서 이룬 것 같이 땅에서도 이루어지이다."

---

5) 감춘 말, 비밀어.

이 기도 내용과 창세기 6장과 대조하여 해석해보면, 창세기 6장에서 땅에 계시던 하나님이 하늘로 가버리셨다. 그래서 땅의 사람들이 기도하기를 '하늘로 가신 창조주 아버지여, 이제 우리가 하나님을 무시하고, 불효하던 것에서 그 이름을 공경하고 거룩히 여길 터이니, 우리가 살고 있는 이 지상 나라에 다시 임하셔서 하늘의 영들에게 이루신 일들을 이 땅에서도 그대로 이루어지게 하여 주십시오' 라고 간청을 드리라는 것이었다.

그렇다. 이제 우리는 이 대화를 보고 우리가 어디에서 살고 있으며, 앞으로의 소망은 무엇인가를 알 수 있다. 우리는 지금 지옥을 살고 있다. 그래서 세상살이가 이렇게 더럽고 괴로운 것이다. 그리하여 우리는 앞으로 올 천국을 소망으로 이루어야 될 것이다.

자, 그럼 우리가 살고 있는 땅이 지옥이라면, 땅의 주인공은 우리들 인간이다. 지옥의 특징이 귀신들의 세상이라면, 이 귀신들이 어디에 들어가서 활동을 하고 있느냐는 것이다. 바로 사람의 육체이다. 따라서 사람의 육체에는 악령이 기동하고 있음을 알 수 있다.

그렇기 때문에 사람이 욕심도 부리고, 매점매석도 하고, 싸움도 하고, 도둑질도 하고, 사기도 치고, 살인도 하고, 전쟁도 발발시킨다. 인간 세상에 평화를 깨뜨리는 존재는 바로 인간이다. 그리고 그 인간에게 나쁜 일을 시키는 존재는 인간 안에 든 귀신들이다. 따라서 지금의 세상은 귀신들이 운전을 하고 있으므로 끝없는 고통에 시달려야 하는 것이다. 그런데 천국이 오면 어떻게 되겠는가?

천국은 창조주 하나님이 이 세상에 와야 한다. 올 때는 하늘의 거룩한 영들 곧 성령들도 함께 오게 된다고 하였다.

이는 마치 한 임기 동안 집권 하던 대통령이 임기를 마치면 새롭게 선출된 대통령이 백악관으로 입성하게 되는데, 이때 그 전에 있던 백악관 관리들도 모두 전 대통령과 함께 백악관을 나간다. 그리고 새 대통령은 자신과 함께 일할 새 식구들을 택하여 백악관 구성원을 채우는 것과 비슷하다.

창세기 6장에서 하나님이 이 세상에서 떠날 때는 자신의 식구인 성령들도 모두 데리고 떠나셨다. 그리고 그 다음 세상 권세를 잡은 용왕은 자신의 식솔들인 악령들을 모두 데리고 세상과 사람의 육체에 들어왔다.

그런데 말세에는 다시 용왕과 악령들은 이 세상에서 함께 쫓겨나가게 되고, 창조주는 성령들과 함께 세상에 등장하게 된다. 이것이 세상에서 가장 크고 긴 세대교체 사건이다. 그 말을 암시한 숙어가 신출귀몰(神出鬼沒)이란 말이다. 신은 창조주를 의미하고 귀는 귀신, 곧 용을 의미한다. 창조주가 세상에 출현하면 귀신들은 물러가게 된다는 뜻을 가지고 있다. 창조주는 이렇게 이 세상에 오시게 된다. 그리고 창조주는 구세주라고 예언한 사람의 육체로 나타난다.

이럴 때에 땅의 사람들은 지상에 오게 되는 구세주의 가르침을 받아 신에 대한 지식공부를 하여 깨달아야 한다. 깨달으면 깨달은 사람의 육체에서 귀신들이 쫓겨나간다. 대신에 그 육체 안에 성령들이 임하게 된다.

4. 각종 경서에는 창조주가 오실 장소의 이름을 미리 예언으로 지어놓았다

앞장에서 말세 때가 되면 육체 가진 후손들과 조상들의 영과 신인합일 되는 날이 있음을 논하여 보았다. 하늘의 영들이 이 땅에 내려오게 된다고 예언한 바, 그 장소를 각종 경전들에 예언되어 있다.

불서에는 그곳이 시두말성이라고 예언되어 있다. 성서에서는 그곳을 이스라엘, 증거 장막 성전, 새 하늘 새 땅, 시온산 등으로 예언되어 있다. 격암유록에는 그곳을 십승지, 무릉도원, 무릉선원, 신천신지 등 다양한 이름으로 예언되어 있다. 그곳으로 택한 육체와 하늘에서 내려오는 거룩한 영들 간에 신인합일이 이루어진다.

이리하여 세상은 천국이 되고, 천국에 들어갈 수 있는 자격의 사람들은 진리로 깨달은 자라야 한다. 천국이 즐거운 낙원이며, 극히 좋은 극락이 될 수 있는 이유는 세상을 다스리는 신이 용왕 대신 창조주 하나님이 되기 때문이다. 창조주는 생명이고, 진리이고, 선하시고, 지극히 거룩하신 사랑이시다.

그리고 이때가 되면, 사람의 육체 안에는 거룩한 영인 성령들이 들어오게 된다. 그러므로 사람에게 더 이상 사망, 괴로움, 눈물, 고통, 이별, 곧 생로병사의 윤회가 없어진다.

각 경전에는 그곳에 대하여 자세하게 기록해놓았다. 그곳에는 사망도, 아픔도, 이별도 없는 곳이라고 소개하고 있다. 그래서 그곳을 낙원, 극락이라고 했던 것을 알 수 있다. 그 천국을 민족 종교에서는 후천세상이라고 칭하고 있다. 또 한자로 내세(來世)라고도 한다.

후천(後天)이란 말은 선천(先天)이란 말과 함께 사용되는 말로써 해석하면 '나중 하늘'이고, 선천(先天)이란 말은 '먼저 하늘'이다. 먼저 하늘이란 현재인 오늘날까지의 세상을 의미하고, 나중 하늘은 현세가 지나고 난 후, 새롭게 세워지는 시대를 의미한다. 내세(來世)도 '오는 시대', '오는 세상'이란 말로 후천과 동일한 뜻임을 알 수 있다. 그래서 천국은 현세가 끝나고, 다음에 오는 시대임을 알 수 있다.

태극도 진경 2장 38에는 "후천에는 천하일가(天下一家)가 되어 위무와 형벌을 쓰지 아니하고 조화로써 중생을 이화(理化)할지니, 관원은 직품을 따라 화권이 열리므로 분의에 넘치는 폐단이 없고, 백성은 원한과 극학과 탐음진치의 모든 번뇌가 그치므로 성식용모에 화기가 넘치고, 동정어묵이 도덕에 합하며, 쇠병사장(衰病死葬)을 면하여 불로불사(不老不死) 하고, 빈부의 차별이 철폐되어 호의호식

(好衣好食)이 소용대로 서랍에 나타나리라. 모든 일은 자유욕구에 응하여 신명(성령,천사)이 수종들며, 운거를 타고 공중을 날아 먼 데와 험한 데를 다니며, 천문(天門)이 나직하여 승강(昇降)이 자재하고, 지견(知見)이 투철하여 과거, 현재, 미래 시방세계의 모든 일을 통달하며, 수화풍 삼재가 없어지고, 상서가 무르녹아 청화명려(淸和明麗)한 낙원으로 화하게 하리라." 하시니라.

윗글을 통하여 후천에는 천하일가(天下一家)가 된다고 하니 세계의 통일을 의미함이 아닌가? 거기는 인간 정신이 개벽되므로 병들어 죽어 장사하는 일이 없다고 하며, 늙지도 죽지도 않는 곳으로 소개하고 있다. 이곳을 낙원이라 소개하고 있으니, 곧 천국을 의미하는 것이다.

인간 정신(精神)은 영(靈)과 혼(魂)으로 이루어졌다. 영(靈)에는 두 종류가 있다. 한 종류는 성령(聖靈)이고, 다른 한 종류는 악령(惡靈)이다. 우리민족은 성령을 신명(神明)이라 칭하며, 신명이란 천지신명의 약자이며, '밝은 신'이란 뜻이다. 대신에 악령을 귀신(鬼神)이라 칭한다. 그래서 선천의 사람들의 영은 악령(惡靈)이고, 후천은 성령(聖靈)이다.

이것이 정신개벽의 참상이고, 후천에서 사람들이 쇠병사장이 없고 불로불사한다는 것은, 사람의 육체 안에 있는 영이 신명(神明)으로 교체됨을 말한다. 이것을 경전에는 신인합일(神人合一)이라고 한다.

신인합일이란 말은 신과 육체가 하나로 합하여진다는 말이다. 이때 신은 사람 안에 있는 영의 다른 표현이다. 그런데 살아있는 모든 사람은 영이 없는 사람이 없거늘 그렇다면 모든 사람들은 이미 자신의 영 곧 신과 합일이 되어 있는 상태가 아닌가? 그렇다. 그러나 여기서 신인합일이란 의미는 자신의 현재의 영을 보내고 다시 새로운 영, 즉 성령과 자신의 육체와 다시 결합하는 일을 의미한다.

그리고 귀신(鬼神)도 신일진대 현재도 귀신과 신인합일 되어 있는 사람이 죽는 이유는 무엇인가?

귀신은 유한한 생명력을 가지고 있기 때문이다. 그러나 신명(성령)은 무한한 생명력을 가지고 있기 때문에 신명이 사람의 육체에 임하면 죽음이 없어진다는 것이다. 후천세계에서는 사람들이 신명과 신인합일을 이루게 되므로 쇠병사장이 없어지고, 불로불사를 이룰 수 있음을 알아야 한다.

그런데 신약성서 요한계시록 21장 1~7절에도 그와 유사하게 기록되어 있다. 이 부분은 창세기 6장 3절에서 인류세상의 사람들에게서 떠난 이래, 다시 하나님과 성령이 인류의 육체에 임하는 장면을 보여주고 있다.

"또 내가 새 하늘과 새 땅을 보니, 처음 하늘과 처음 땅이 없어졌고 바다도 다시 있지 않더라. 또 내가 보매 거룩한 성 새 예루살렘이 하나님께로부터 하늘에서 내려오니, 그 예비한 것이 신부가 남편을 위하여 단장한 것 같더라. 내가 들으니 보좌에서 큰 음성이 나서 가로되, 보라 하나님의 장막이 사람들과 함께 있으매 하나님이 저희와 함께 거하시리니, 저희는 하나님의 백성이 되고, 하나님은 친히 저희와 함께 계셔서 모든 눈물을 그 눈에서 씻기시매, 다시 사망이 없고 애통하는 것이나 곡하는 것이나 아픈 것이 다시 있지 아니하리니, 처음 것들이 다 지나갔음이라. 보좌에 앉으신 이가 가라사대, 보라 내가 만물을 새롭게 하노라 하시고 또 가라사대, 이 말은 신실하고 참되니 기록하라 하시고, 또 내게 말씀하시되, 이루었도다 나는 알파와 오메가요, 처음과 나중이라, 내가 생명수 샘물로 목마른 자에게 값없이 주리니 이기는 자는 이것들을 유업으로 얻으리라. 나는 저의 하나님이 되고 그는 내 아들이 되리라."

여기에 등장하는 '새 하늘과 새 땅'은 후천세상을 풀어 쓴 말이다. 또 '처음 하늘과 처음 땅'은 선천을 의미한다. 그런데 여기서 선천은 없어진다고 하고 있다. 바다란 현세 세상을 비유한 말이고, 특히 오늘날까지의 종교 세상을 숨긴 말이다. 바다에는 예로부터 용왕이 산다고 구전되어 왔다. 결국 이 말을 풀어보면, 현세종교세상을 용왕이 움직였다는 말이다.

이 말을 연결하면 선천의 세상을 주관하던 신은 용왕이란 말이고, 용왕은 마왕(魔王)이라고 전술한 바 있다. 바다가 없어진다는 의미는 마왕의 세상이 사라진다는 의미를 가지고 있다. 용왕이 사라지면 그때부터 사람 속에 있는 마귀신도 하나 둘 떠나게 된다.

5. 후천은 창조주가 통치하는 세상이다

그리고 난 후, 참신인 창조신이 하늘에서 세상으로 내려오게 된다. 이로서 이때부터 요한계시록 19장 6절처럼 "할렐루야 주 우리 하나님 곧 전능하신 이가 통치하시도다."는 예언이 성취되게 된다. 그리고 하나님이 내려올 때, 신명들의 나라도 함께 강림하게 되는데, 그 나라이름을 '거룩한 성 새 예루살렘'이라고 했다.

이때 새 예루살렘은 성령의 나라이고, 성령의 나라가 세상에 임하여 오면 지금까지 영적으로 세상의 권세를 잡고 있던 귀신들은 떠나야 한다. 신출귀몰(神出鬼沒)이란 숙어가 그 의미라고 하였다. 신출귀몰은 참신이 세상에 등장하면 귀신은 몰락하여 퇴진한다는 의미라고 앞에서 설명한 바가 있다.

이것을 요한계시록 21장에서 새 하늘과 새 땅이 오면, 처음 하늘과 처음 땅은 없어진다고 표현했다. 새 하늘과 새 땅은 창조주와 창조주의 성령으로 새롭게 된 백성들을 의미하고, 처음 하늘과 처음 땅은 마왕과 악령으로 신인합일이 되어 있던 구백성들을 의미한다.

여하튼 어 참신의 나라는 하나님께로부터 하늘에서 내려오는데, 이 나라의 백성은 모두 신명(성령)들이다. 그 신명들이 세상에 있는 사람의 육체에 와서 신인합일을 이루게 되는데, 세상 사람들이 장가 가고 시집가는 것에 비유하여 하늘의 신명들을 신랑으로 비유하였고, 땅의 육체들을 신부로 비유하여 신랑이 신부의 집으로 장가를 오는 식으로 경서는 기록하고 있다.

그래서 성서에서도 신부가 남편을 위하여 단장하고 신랑을 맞이하는 것으로 표현하고 있다. 그렇게 세상 사람들이 새로운 영인 성령들과 신인합일(神人合一)을 이루게 되니, 사람 안에 비로소 신명(성령)이 임하게 된다. 비로소 사람 안에 무한한 생명력을 가진 영(靈)이 들어가게 되니, 사람들이 쇠병사장도 없고, 불로불사를 할 수 있게 되는 것이다.

이렇게 열린 후천 세상에는 하나님의 장막이 사람들과 함께 있게 되니, 하나님과 사람들의 관계가 개선되어 사람들은 하나님의 백성이 되고, 하나님은 사람들의 아버지가 되게 된다는 것이다. 이렇게 천신과 사람의 관계가 개선되어 비로소 사람들이 하나님의 아들이 된다.

사람들이 아버지로부터 김이란 씨를 물려받으면 김 씨의 아들이 되고, 이라는 씨를 받으면 이 씨가 될 것이다. 그런 것처럼 용왕은 악령이고 하나님은 성령이라면, 사람들이 성령의 씨를 받을 때, 비로소 하나님이 사람들의 아버지가 될 수 있을 것이다. 따라서 사람이 하나님의 아들이 되면, 사람의 영은 성령으로 교체된다.

성령의 본성은 영원한 생명이다. 영원한 생명의 씨가 사람의 육체 안에 들어가게 되니 사람에게 사망이 없어지게 된다. 그렇게 되니 후천 세계에는 사망이 없고, 애통하는 것이나 곡하는 것이나 아픈 것이 다시 있지 아니하게 된다는 것이다. 그리고 선천에 있던 것들은 다 사라지고, 만물이 새롭게 된다고 한다.

그리고 비로소 창조주 하나님은 '이루었도다'고 하신다. 이룬 것은 후천세계의 창조이고, 이것은 경서에 옛날부터 예언된 것인데 그 예언을 이루었다는 것이다.

그런데 이러한 역사를 태극도 진경에도 그대로 예언하고 있으니 동서양의 경서가 다른 것이 아니라, 하나란 사실을 알 수 있다. 그런데 이런 세상이 왔지만 세상 모든 사람들이 저절로 다 그렇게 되는 것은 아니라고 한다. 오직 '이기는 자가 이것들을 유업으로 얻으리라'고 한다. 무엇을 상대로 이겨야 할까? 세상과 자신 안에 있는 악령 귀신을 이겨야 된다.

이 후천 세상을 기독교에선 천국, 불교에서는 극락이라고 해왔던 것이다. 그리고 그 천국 극락의 실체는 이 세상에 창조주의 신이 돌아온 세계를 말함이었던 것을 알 수 있다.

6. 후천에 들어가기 위해서는 지금까지의 사상과 지식을 버리고 새로운 사상으로 거듭나야 한다

구세주는 세상의 권세를 한 손에 가진 용왕, 즉 마귀의 왕과 먼저 이겨야 한다. 용왕을 이긴 후에, 사람들은 이긴 그 사람에게 이긴 방법을 배워서 또 자신 안에 들어있는 마귀와 이길 수 있다. 그 마왕은 이전 세상 전체를 장악하고 있었다. 그런데 마왕이 구세주에게 패배하였으니 세상의 권세는 다른 신에게로 돌아간다. 다른 신은 창조주이고, 창조주는 구세주와 함께 하고 있으니 세상의 영적 권세는 구세주에게로 돌아간다.

그러나 세상에는 구세주 외에 수많은 사람들이 살고 있다. 그 사람들 모두는 아직 마왕의 분신인 마귀의 영을 가지고 살고 있다. 그래서 구세주는 세상의 모든 마귀를 입고 있는 사람들을 깨닫게 하여 그 사람들도 자신처럼 마귀의 사슬에서 벗어나게 해야 세상이 구해질 수 있다. 구세주가 사람들을 마귀 사슬에서 벗어나게 하려면, 그 방법들을 가르쳐야 한다. 가르치는 도구는 진리이다.

그런데 이때 구세주 세력과 기존 인류 세력 속에서 사상의 혼돈이 오게 되고, 이 두 사상이 세상 사람들께 전해지면서 갈등과 오해와 대립이 필연적으로 생기게 된다.

이 사상의 대립은 양자간에 입싸움으로 번져 지고, 이것은 결국 큰 싸움으로 와전된다. 하나만 대표적으로 예를 든다면, 기존 사상을 가진 사람들의 법과 사상은 '사람은 누구나 한 번은 죽어야 한다'는 것이 진리라고 생각한다. 그런데 새로운 하늘의 도를 받은 구세주와 그들의 무리는 '이제부터 사람은 죽지 않을 수 있다'고 주장한다.

이 사상의 차이는 사회적으로 상상할 수 없을 만큼 큰 파장을 가져다준다. 그것은 그전의 인간 상식으로서는 상상도 못할 믿지 못할 일이기 때문이다. 하지만 그 사상의 차이는 구시대의 사상에서 나온 것이고, 악령의 영에서 나온 주장이다. 그러나 새 시대의 사상은 성령에서 나온 주장이다. 이 괴리는 오직 악령과 성령의 차이에서 나오는 것이다. 그래서 구시대 사람의 사상으로 볼 때, 사람이 죽지 않는다는 주장이 믿어지지 않을 뿐 아니라, 마치 미친 사람이 아니면 어떻게 이런 주장을 할 수 있냐는 시각을 가질 것이다. 그러나 새 시대의 사람들은 과거에는 사람의 육체에 악령이 들어있기 때문에 죽을 수밖에 없었지만, 이제 사람의 육체에 성령이 임하면 죽지 않게 된다는 경서의 주장을 전적으로 믿게 된다. 어쩌면 이 주장은 당연한 결과로 볼 수 있다. 왜냐하면 악령은 죽을 수밖에 없는 운명을 가졌기 때문에 사람은 죽을 수밖에 없다는 주장이 맞고, 성령은 영원한 생명체이기 때문에 성령으로서는 당연히 사람이 죽지 않는다는 주장이 맞을 수밖에 없는 것이다.

그러나 이 둘 사이에 차이는 구시대의 사람들은 옛날 사상밖에 모르고, 새 시대의 사람들은 옛날 사상도 알고 새 사상도 알고 주장을 하기에 새 시대의 사람들의 주장이 진리인 것을 알 수 있다.

또 하나의 차이는 구시대의 사람들은 종교 경서에 기록된 진리를 깨닫지 못한 사람들이고, 새 시대의 사람들은 종교 경서에 기록된 모든 것들을 깨달은 자들이란 것이다.

또 다른 차이가 있다면, 구시대의 사람들은 구세주에게 아직 가르침을 받지 않은 상태의 사람들이고, 새 시대의 사람들은 구세주의 가르침을 받은 상태라는 차이다.

이런 사상의 괴리로 처음에는 사람과 사람이 서로 대립하나 나중은 교회와 교회가 서로 대립되고, 그 후는 종교와 종교가 서로 대립된다. 급기야는 이것이 세계적인 사상의 혼란으로 야기되기도 한다.

그러나 이것을 외부에서 바라보면, 교회 간, 종교 간 교리 싸움으로 비친다. 이것이 각종 경서에 예언된 전쟁의 실상이다. 이 전쟁은 최종적으로 창조주의 편이 이긴다. 그래서 사람들은 창조주 편이 되어 이들을 중심으로 새로운 사상의 세계가 세워지니 이를 민족 종교에서 후천 개벽 세상이라고 한 것이다.

이렇게 기성 사상으로 똘똘 뭉쳐진 세상 사람들이 창조주의 시민이 되는 과정은 구세주로부터 한 사람 한 사람 새로운 사상을 배우고 받아들이므로 서서히 발전되어 간다. 그러면서 세상 사상을 가진 사람들이 한 사람 한 사람 하늘 사상으로 바뀌어 가게 된다.

한 사람 한 사람들은 자신 안에 마귀의 영이 살고 있다는 사실을 깨달아 자신을 이기게 된다. 이긴 자신은 또 다른 사람들에게 이 사상을 주어 또 그 사람들을 이기게 한다. 이리하여 한 사람 한 사람인 소수가 마귀를 이기게 되니, 나중에는 세상의 많은 사람들이 마귀를 이긴 사람들이 되어간다. 그리하여 일정 기간이 지나면 세상의 대부분의 사람들의 사상이 변하여 세상을 이겨 간다.

7. 우리가 예로부터 삼신할머니에게서 태어났다는 구전된 이야기는 우리가 성부 성령 성자에 의하여 태어난 천손 민족임을 암시한 사실이다

그래서 개인 개인은 자신 안에 있는 악신을 이겨야 한다는 것이다. 자신을 이길 수 있는 방법은 자신의 속성을 알아야 한다. 자신의 속성을 안다는 것은 자신의 영이 악한 영이라는 사실을 깨닫는 것이다. 영에 대한 교과서는 경서이고, 경서에는 영에 대해서 찾아가는 길, 즉 도(道)가 기록되어있다. 그래서 악신을 이길 수 있는 방법은 도(道)밖에 없다. 자신을 이기는 일을 수신(修身)이라고 한다.

자신을 수신하는 일은 닦을 수(修)자가 잘 설명해주고 있다. 닦을 수(修) 자를 파자하면 삼인일석, 즉 한 자리에 세 존재가 앉아있다는 의미이고, 이는 유불선의 핵심 진리인 삼위일체를 나타낸다. 닦을 수(修) 자는 자신 안에 있는 귀신을 진리로 이기고, 자신 속에 있던 지금의 영(귀신)을 쫓아 보내는 일이다. 쫓아 보내려면 구사상을 버려야 한다. 그리고 새 사상을 받아들여야 한다. 이렇게 자신의 몸을 수신하면 자신 안에서 귀신은 가고 새 영(신명)이 들어올 수 있다.

그 새 영의 구체적 실상은 삼위이다. 즉 자신의 몸 안에 성부 성령 성자의 인자(因子)가 임하는 것을 말한다. 성부 성령 성자는 세 분의 성령을 의미한다. 태초에 사람이 처음 만들어질 때는 성부 성령 성자가 합력하여 만들었다. 이 세 영으로 말미암아 사람이 창조되었으므로 그 후손을 삼신의 후손이라 했던 것이다.

그래서 우리민족은 그 성부 성령 성자를 삼신(三神)이라고 하였다. 우리민족을 삼신의 후손이라고 한 말은 곧 태초에 성부 성령 성자가 합력하여 인간을 창조했다는 것을 암시한 말이다. 그런데 그것을 연구하고 깨닫는 것이 도의 근본이라고 생긴 말이 닦을 수(修) 자이다.

그리고 그것이 기독교에서는 삼위(三位), 불교에서는 삼불(三佛)로 전해졌던 것이다. 사람의 몸에 들어있는 영은 이런 공식으로 만들어진 것이 진짜이다. 그런데 인간의 욕심과 죄로 말미암아 삼신은 우리 몸을 떠나게 되었다. 그래서 도를 닦아 다시 자신의 몸에 삼신이 임하도록 하여야 했다.

한자를 만든 옛 선조는 이러한 사연을 알았으므로 우리를 삼신의 후손이라고 전하였고, 그것을 회복하는 도를 찾으라고 닦을 수 자의 모양을 修로 만들어 전해왔던 것이다.

그래서 경서에는 사람의 영을 새롭게 해야 할 방법과 시기를 암암리에 전한 것인데, 그 완성의 모습은 사람들의 몸에 모두 삼신이 임하는 것이다. 각자의 몸에 삼신이 임한 상태를 삼신일체(三神一體)이라고 표현하였다. 이 진리가 기독교 쪽으로는 삼위일체(三位一體)로 표현하였고, 불교 쪽에서는 삼불일체(三佛一體)를 탱화나 모형으로 만들어 이를 전하여 왔던 것이다.

이 삼위일체를 한 글자로 함축한 글자가 바로 닦을 수(修) 자이다. 수 자는 석 삼(三) 자로 '셋'을 나타내고, 인(人)과 곤(丨)을 합하여 '한 육체'를 나타내고, 攵(문)은 자리 석(席) 자를 나타낸다. 격암유록에 소개된 이 닦을 수를 합하여 해석하면, '한 사람의 육체에 세분의 신' 곧 삼신, 삼위, 삼불이 임하니 삼위일체를 암시한 비밀의 한자이다. 보통 도를 닦는다고 할 때, 사용하는 한자 닦을 수(修)는 삼위일체를 암시한 말이며, 이는 도의 결론을 명확하게 담은 한자임을 알 수 있다. 그리고 도의 결론은 사람의 육체에 삼신이 임하는 것으로 완성됨을 이 글자는 설명하고 있다.

자신이 종교나 도를 하는 목적은 최종적으로 자신의 몸에 삼신이 임하는 것이라고 할 수 있다. 그래서 '도를 닦는다'고 할 때의 한자를 닦을 수(修)로 표현했다. 그리고 그 도를 닦아야 할 대상이 바로 자신이므로 수신(修身)이란 말로 자신을 닦아야 함을 가르쳐 왔다.

대학에 나오는 수신제가치국평천하(修身齊家治國平天下)는 먼저 자신이 도를 닦고, 그 다음 가정을 다스리고, 그 다음 나라를 다스리고, 그 다음 천하를 평화롭게 하라는 하늘의 명령이다.

결국 본 필자가 전하고자 하는 하늘의 이 대역사를 이 숙어 한 구절로 다 표현한 것을 알 수 있다. 즉 자신은 삼신으로 거듭나고, 그리하여 가정도 다스려 삼신으로 거듭나게 하고, 나라도 다스려 삼신으로 거듭나게 하고, 결국 천하를 다 다스려 삼신으로 거듭나게 하는 것이 수신제가치국평천하(修身齊家治國平天下)의 대명제이다. 그래서 하늘의 명령을 다하는 것이 대학이 우리 인간들에게 지시하는 방향인 것을 알 수 있다. 아니면 사람이 도를 닦아 나라를 다스리는 것까지는 있을 수 있지만, 하늘을 다스릴 일은 없지 않은가 라는 생각이다.

삼신일체나 삼위일체나 삼불일체를 간단히 말하면, 자신의 몸의 영이 성령으로 다시 새로워짐을 말한 것임을 이해해야 한다. 그리고 성령은 곧 하늘에 있던 것이고, 이 성령들이 세상에 내려와 사람과 하나 될 때가 되면, 도를 닦아 하늘까지 다스려야 한다는 말을 이것으로는 이해할 수 있는 것이 아닌가 말이다! 말세 때, 비로소 그런 사람들이 만들어질 것을 경서는 예언해왔기에 말세에는 실제로 그렇게 이루어져 모든 목적이 이루어지게 된다.

이때가 되면, 하나님이 자신의 아버지가 되고 사람들은 하나님의 아들이 될 수 있다. 이를 통하여 닦을 수가 시사하는 바는 바로 도를 닦는 목적은 사람이 삼위일체로 거듭나는 것임을 알려주고 있다.

8. 말세에 다시 영적 삼신할머니가 세상에 임하게 되어, 다시 영적 삼신의 후손들이 생겨나게 되므로, 옛날 삼신할머니에 대해서도 확실히 이해하게 된다

말세가 되어 그것이 실상으로 이루어질 때는 성부가 지상에 강림하시고, 성부가 최초로 탄생시킨 성령도(성령의 대표) 지상에 오시고, 또 마지막으로 지상에서 용왕을 이기게 되는 구세주가 탄생하니 이 이가 성자가 되는 것이다.

이 구세주의 육체 안에 성부 성령 그리고 성자 자신의 영이 임하여 구세주의 영을 이루니 계산하면 삼신이 된다. 한 몸에 세 신(神)이 임하였으니 이 구세주가 바로 처음으로 이 시대에 삼위일체를 이룬 첫 사람이 된 것이다. 이 삼신으로 탄생한 구세주에게 영적인 씨를 받으면, 받은 그 사람들에게도 그 씨가 돋아난다. 그러므로 그 사람들도 구세주와 같은 삼위일체, 삼신일체, 삼불일체의 사람이 될 수 있으니 모두가 그 도를 다 이룩하게 된다.

요한계시록 3장 12절과 20~21절은 그 사실을 뒷받침 하고 있다.

"이기는 자는 내 하나님 성전에 기둥이 되게 하리니 그가 결코 다시 나가지 아니하리라. 내가 하나님의 이름과 하나님의 성, 곧 하늘에서 내 하나님께로부터 내려오는 새 예루살렘의 이름과 나의 새 이름을 그이 위에 기록하리라. 볼지어다 내가 문밖에 서서 두드리노니 누구든지 내 음성을 듣고 문을 열면, 내가 그에게로 들어가 그로 더불어 먹고, 그는 나로 더불어 먹으리라. 이기는 그에게는 내가 내 보좌에 함께 앉게 하여주기를 내가 이기고 아버지 보좌에 함께 앉은 것과 같이 하리라."

이는 이긴 자라는 한 사람에게 아버지라 불리는 성부와 아들로 불려지는 성령과 성자의 영이 임하는 장면이다. 그리고 그에게 영적 씨를 받아 영적 사람이 새롭게 나타나니 영적 삼신의 족보가 다시 시작된다.

이리하여 세상에는 다시 후천 세상의 영적 씨족이 생성되어 번성하게 되는데, 삼신의 시조는 구세주가 되고, 구세주는 후천의 천상천하의 왕으로 등극하게 된다. 그리고 그 시조로부터 영적 씨를 받은 자들은 그 시조의 영적 후손들이 되니 시조는 삼신이요, 그 후손들은 삼신의 후손들이 되게 된다. 이 분을 또 삼신할머니라고 부를 수 있는 이유는 아이를 낳는 자는 여자이고, 여자가 아이를 낳고, 그 아이가 또 아이들을 낳아 삼신의 씨족이 번성하게 되니 그 시조를 영적으로 삼신할머니라 칭한 것이다.

그래서 후천 세상에 다시 삼신할머니가 후손들을 낳으니 우리는 다시 삼신할머니의 후손이 되어 동해물이 마르고 닳도록 길이길이 보존되게 된다. 그래서 후천 시대에 속한 사람들은 삼신의 씨를 받은 자녀가 되고, 삼신을 합하여 한 마디로 말하면 성령이라고 할 수 있다.

원래 사람들의 영혼에는 마귀신이 들어있었다. 그런데 사람들이 창조신을 향하여 '아버지'라고 하는 것은 이웃 박씨 아들이 옆집 김씨 아버지를 보고 아버지라고 부르는 것과 무엇이 다르겠는가? 그러나 후천에는 사람의 영혼이 성령으로 거듭난 자만이 살게 되므로 창조신이 사람들의 아버지가 될 수 있다.

이제 신인합일에 대하여 좀 더 이해하기 위하여 성서에 기록된 사람의 몸에 영이 임재하는 데 대한 것을 살펴보고자 한다.

9. 종교 경서의 예언이 이루어지면, 새롭고 아름다운 세상 이 시작 된다

이사야서 59장 21절에는 다음과 같은 내용이 기록되어 있다. "여 호와께서 또 가라사대, 내가 그들과 세운 나의 언약이 이러하니 곧 네 위에 있는 나의 신(神)과 네 입에 둔 나의 말이 이제부터 영영토 록 네 입에서와 네 후손의 입에서와 네 후손의 후손의 입에서 떠나지 아니하리라 하시니라 여호와의 말씀이니라."

구약성경 에스겔서 36장 26절에는 "또 새 영(靈)을 너희 속에 두고 새 마음을 너희에게 주되 너희 육신에서 굳은 마음을 제하고 부드러 운 마음을 줄 것이며."

요한복음 14장 11절과 20절과 10장 30에는 "내가 아버지 안에 있 고, 아버지께서 내 안에 계심을 믿으라….", "그 날에는 내가 아버지 안에 너희가 내 안에 내가 너희 안에 있는 것을 너희가 알리라.", "나와 아버지는 하나이니라 하신데." 등 성령이 육체에 임한 상태를 보여주고 있다.

또 성경에는 악령이 육체에 들어가는 장면도 보여주고 있다. 누가 복음 10장 18절과 요한복음 13장 27절이다. "예수께서 이르시되 사 단이 하늘로서 번개 같이 떨어지는 것을 내가 보았노라.", "조각을 받은 후 곧 사단이 그 속에 들어간지라 이에 예수께서 유다에게 이르 시되 네 하는 일을 속히 하라 하시니." 등 이는 악령의 사람의 육체에 들어가는 상황이 묘사된 장면이다.

이 처럼 영은 사람의 육체에 들어갈 수도 있고 나올 수도 있음을 알 수 있다. 그리고 그 영이 영원히 나오지 않고 함께 할 경우, 그것 을 영적으로 결혼이란 표현을 하고, 잠시 그 영이 들어가고 나오는 경우를 오르락내리락한다고 성서는 표현하고 있다.

신약성서 요한복음 3장 5절에는 "예수께서 대답하시되, 진실로 진실로 네게 이르노니 사람이 물과 성령으로 나지 아니하면 하나님 나라에 들어갈 수 없느니라."라고 하여 성령과 결혼하지 아니하면 하나님의 나라에 들어갈 수 없음을 말하고 있다. 그리고 하나님의 나라에는 성령과 결혼한 곧 성령과 육체가 신인합일 된 사람만이 하나님의 나라에 들어갈 수 있음을 시사하고 있다. 그럼 여기서 하나님의 나라는 어떤 나라인가를 살펴보기로 하자. 참고로 하나님의 나라를 한자로 표현하면 천국이 된다.

그 하나님의 나라가 요한계시록 21장 10절 이하에 상세하게 설명되어 있다.

"성령으로 나를 데리고 크고 높은 산으로 올라가 하나님께로부터 하늘에서 내려오는 거룩한 성 예루살렘을 보이니 하나님의 영광이 있으매, 그 성의 빛이 지극히 귀한 보석 같고 벽옥과 수정 같이 맑더라. 크고 높은 성곽이 있고 열 두 문이 있는데, 문에 열 두 천사가 있고 그 문들 위에 이름을 썼으니 이스라엘 자손 열 두 지파의 이름들이라 동편에 세 문, 북편에 세 문, 남편에 세 문, 서편에 세 문이니, 그 성에 성곽은 열 두 기초석이 있고, 그 위에 어린 양의 십 이 사도의 열 두 이름이 있더라. 내게 말하는 자가 그 성과 그 문들과 성곽을 척량하려고 금 갈대를 가졌더라. 그 성은 네모가 반듯하여 장광이 같은지라 그 갈대로 그 성을 척량하니 일만 이천 스다디온이요 장과 광과 고가 같더라. 그 성곽을 척량하매 일백 사십 사 규빗이니 사람의 척량 곧 천사의 척량이라. 그 성곽은 벽옥으로 쌓였고 그 성은 정금인데 맑은 유리 같더라. 그 성의 성곽의 기초석은 각색 보석으로 꾸몄는데, 첫째 기초석은 벽옥이요, 둘째는 남보석이요, 세째는 옥수요, 네째는 녹보석이요, 다섯째는 홍마노요, 여섯째는 홍보석이요, 일곱째는 황옥이요, 여덟째는 녹옥이요, 아홉째는 담황옥이요, 열째는 비취옥이요, 열 한째는 청옥이요, 열 둘째는 자정이라. 그 열 두

문은 열 두 진주니 문마다 한 진주요, 성의 길은 맑은 유리 같은 정금이더라. 성안에 성전을 내가 보지 못하였으니 이는 주 하나님, 곧 전능하신 이와 및 어린 양이 그 성전이심이라. 그 성은 해나 달의 비췸이 쓸 데 없으니 이는 하나님의 영광이 비치고 어린 양이 그 등이 되심이라. 만국이 그 빛 가운데로 다니고 땅의 왕들이 자기 영광을 가지고 그리로 들어오리라. 성문들을 낮에 도무지 닫지 아니하리니 거기는 밤이 없음이라. 사람들이 만국의 영광과 존귀를 가지고 그리로 들어오겠고 무엇이든지 속된 것이나 가증한 일 또는 거짓말하는 자는 결코 그리로 들어오지 못하되 오직 어린 양의 생명책에 기록된 자들뿐이라."

위 문장을 보면 천국은 12지파로 이루어져 있음을 알 수 있고, 거기에 하나님의 나라인 성령들이 내려옴을 알 수 있다. 또 거기에는 하나님과 예수님은 물론 예수님의 12사도의 영들도 와 있는 곳임을 알려주고 있다.

그런데 세계 3대 종교라 할 수 있는 불경에는 이렇게 만들어진 나라가 어떤 나라인가를 또 이렇게 설명해주고 있다.

민족사 미륵경 54쪽에 시두말이란 성이 있는데, "온 세상이 평화로워 원수나 도둑의 근심이 없고, 도시나 시골이나 문을 잠글 필요가 없으며, 늙고 병드는 데 대한 걱정이나 물이나 불의 재앙이 없으며, 전쟁과 굶주림이 없고, 짐승이나 식물의 독해가 없느니라."라고 기록되어 있다. 여기서는 후천 세상을 시두말성이라고 이름을 붙여두었다.

민족사 정토 삼부경 20쪽에는 "광명은 무량한 불국토를 비추니 일체 세계는 여섯 가지로 진동하였으며, 모든 마군세계의 궁전이 흔들리니 그들의 무리들은 겁내고, 두려워서 항복하여 귀의하지 않을 수 없느니라."고 했다. 여기서는 후천을 불국토(佛國土)라고 하였는데 불국토란 부처들이 사는 나라라는 의미이다. 그런데 이 나라는 저절로 생기는 것이 아니라, 마군(魔軍)의 세계를 항복받은 후에 생긴다고 한다.

민족사 정토 삼부경 53쪽에는 "중생들이 이러한 광명을 만나면 탐내고, 성내고, 어리석은 마음이 저절로 없어지고, 몸과 마음이 부드럽고 상냥해지며, 기쁨과 환희심이 넘치고, 착한 마음이 저절로 우러나느니라… 무량수불 광명은 찬란하여 시방세계를 비추고 그 명성이 모든 불국토에 들리지 않는 곳이 없느니라."라고 한다.

이 후천 세계는 모두가 부처로 성불한 사람들만이 함께 살게 되니 그 나라이름이 불국이고, 모든 사람들이 부처로 성불하였으니 모두가 무량수(無量壽)부처가 되어 광명을 낸다고 한다. 여기서 광명은 진리의 빛을 말하고 있다. 후천 세계의 사람들이 모두 부처가 되었으니 부처는 무량수의 생명력을 가지고 있는 존재이다.

요한계시록 21장 3~4절에는 그 곳에는 하나님의 보좌가 있고, 하나님도 백성들도 함께 모인 곳으로 소개하고 있으며 그 곳에는 눈물 사망 애통 애곡하는 일이 없는 곳으로 소개하고 있다. 그곳이 바로 천국이다.

10. 한국에서부터 일어나는 지구촌 사상의 대혼란기

그러나 지구촌에 이런 일이 있기 전에 일대의 대혼란이 생기게 된다. 그것은 사상의 대혼란이며 지금까지의 지구촌 사상과 전혀 반대되는 사상이 지구촌에 등장하기 때문이다. 지구촌에 새로운 사상이 등장하므로 지구촌은 기존의 사상과 새로운 사상이 서로 충돌하게 된다. 이것이 각종 경전에 예언된 말세의 전쟁의 실상이라고 앞에서 언급한 바가 있다.

그때 그 사상의 혼돈 속에 새 사상을 택하는 사람들은 흥하게 되어

지구촌 개벽의 주역으로 등장하게 되고 새 사상을 받아들이지 아니하는 사람들은 도태(淘汰)되고 만다. 그런데 우리민족 종교에서 부르짖던 개벽이 한국을 중심으로 이루어질 것을 예로부터 구전되어 왔다. 우리나라는 예로부터 이러한 일에 대하여 많은 예언을 가지고 있었다.

단(丹)이란 책으로 유명한 봉우 권태훈 옹은 천부경과 역학 천문 지리학의 대가였다. 옹은 우리나라의 천문 일기를 관측한 결과, 한국의 미래를 다음과 같이 예언하였다.

"우리는 이제 백두산족의 첫 조상이며, 온 인류의 고성인(古聖人)이시며 한배검이신 대황조께서 어두운 머리를 처음으로 밝혀준 개천(開天)의 새벽 이래, 다시금 역사의 어둠을 벗어나 새로운 새벽을 열고 있습니다. 이것이 본시 광명한 간방(艮方=한반도)의 도(道)가 다시 밝아짐이요, 인류사회의 처음과 끝을 이루는 성시성종(成始成終: 처음이 이루고 끝맺음함)이며, 백산운화(白山運化: 백두산 민족의 운이 바뀜)입니다. 물극필반(物極必反)하는 우주의 법칙은 앞으로 다가올 정신문명의 개벽을 예시하고 있습니다. 새로운 정신개벽의 시대에는 홍익인간이념을 뿌리로 하는 대동장춘(大同長春)의 세계일가(世界一家: 세계 한가족)가 반드시 지상에서 펼쳐질 것입니다."라고 말이다.

윗글에서도 우리나라에서부터 일어나는 개벽을 정신개벽이라고 못을 박고 있다. 정신개벽이란 무엇이고, 정신개벽이 된 후의 상태는 어떤 상태일까? 그리고 그 정신개벽이 성공한 연후에 홍익인간이념을 뿌리로 하는 대동장춘(大同長春)의 세계일가(世界一家: 세계 한가족)가 반드시 지상에서 펼쳐질 것이라고 하고 있다. 여기서 한 분기점을 그을 수가 있다. 즉 정신개벽이 이루어지는 시점을 기준하여 정신개벽이 이루어지지 않은 상태의 인류세상과 정신개벽이 이루어진 상태의 인류세상과의 차이이다.

그리고 사상의 통일을 여기에 접목한다면, 인류의 사상이 정신개벽이 이루어지지 않은 상태는 오늘날까지의 상태로 세계인들의 사상이 모두 각각 다르다는 것을 말할 수 있다. 그리고 정신개벽이 이루어지고 난 후의 세상은 세계 인류는 하나의 사상으로 완성된다는 것을 알아차릴 수가 있다.

그런 연후에 대동장춘(大同長春)의 세계일가(世界一家: 세계 한 가족)가 반드시 지상에서 펼쳐지게 된다는 것이다. 이것은 인간세계의 미래상을 설계한 설계도로 존재하고 있었다. 설계도란 건축물을 짓기 전에 종이에 그 계획도를 그린 그림이다. 그러나 언젠가 설계도대로 집을 짓게 되면 그것은 종이나 이론이 아니라, 실체가 된다.

앞에서 언급한 정신개벽도 하나의 설계도였다. 설계도였을 때는 한낱 종이요, 글자요, 이론에 지나지 아니하는 보잘 것 없는 것이다. 그러나 그 설계대로 이행되어 나타나면, 그것은 더 이상 종이도, 글자도, 이론도 아닌 실체로 나타난다.

본 필자는 이 설계에 대하여 온 마음을 바쳐 만민들이 알 수 있도록 증거 하고자 한다. 이러한 목적을 위하여 수천 년 이상 종교란 이름으로 이어온 경전들에는 어떤 설계도가 그려져 있었는가 하는 것을 살펴볼 필요가 있을 것이다.

본 필자가 그것들을 미리 살펴본 바, 대부분의 경전은 바로 인간의 정신개벽을 설계하고 있음을 발견하였다. 그것은 불경, 성경, 도경, 유경은 물론 세계의 대표경전들을 다 들여다봐도 동일했다. 예를 든다면, 사람이 부처로 성불한다는 것이 불교의 최고의 목적이다.

그런데 사람이 깨달아 부처가 되는 것이 그 사람이 정신개벽이 된 상태를 의미하고 있다는 사실이다. 또 도교에서 사람이 도(道)를 깨달아 신선(神仙)이 된다함도 마찬가지로 바로 사람과 신선의 차이는 사람이 정신개벽이 된 상태냐 아니냐하는 것과 같다는 것이다.

유교의 성인에 대한 개념도 마찬가지이다. 또 기독교 성서에서 부활의 개념도 똑 같다. 부활은 '물과 성령으로 거듭남'으로 이루어진다고 하는데, 사람이 성령으로 다시 변화 되면 그 상태를 부활이라고 한다. 이 또한 정신개벽이 된 결과의 사람이 부활한 사람이라는 것이다. '성령으로 거듭 난다' 함도 그 참상이 무엇인지 알아야 할 것이다.

사람이 성령으로 거듭난다는 사실에 대하여 사람은 어떤 시점에서 두 종류가 있을 수 있다는 사실이다. 첫째 종류는 성령으로 다시 난 사람이고, 둘째 종류는 성령으로 다시 나지 못한 사람이다. 이 둘은 똑같은 사람이지만, 그 안에 영(靈)의 종류가 다르다. 그 좋은 예가 하나 있는 바, 예수의 영이다. 예수도 우리와 꼭 같은 사람이다. 그러나 성서를 통하여 보면, 예수와 우리와는 내면적으로 다른 한 가지가 있다. 그것은 바로 예수는 성령으로 태어난 사람이고, 우리는 성령으로 태어나지 못한 사람이라는 것이다.

이를 더 분석해보면, 성령으로 나지 못한 사람의 안에는 성령이 아닌 영(靈)이 들어있을 것이다. 성령이 아니면 무슨 영일까? 성령이 아니면 악령(惡靈)이다. 악령(惡靈)은 어떤 신(神)인가? 유한한 신(神)이다. 유한성을 가진다는 것은 이 영에게는 수명이란 것이 있다는 것을 시사한다.

11. 현세 사람들의 영혼에는 죽음의 인자가 들어있다

그래서 성령으로 다시 나지 못하는 사람들은 죽을 수밖에 없고, 죽을 수밖에 없는 이유는 그 몸속에 죽음의 인자(因子)가 들어있기 때문이다. 그 죽음의 인자는 바로 악신(惡神)이다.

그러면 사람이 죽음에서 벗어나려면 어떻게 하면 될까? 자신의 몸속에서 죽음의 인자를 퇴출시키면 될 것이다. 그러면 그 몸은 깨끗한 빈 집이 된다. 그 청소된 깨끗한 집에는 성신(聖神=神明)이 들어갈 수 있게 된다. 그러면 어떻게 되겠는가?

사람의 육체에 성신(聖神)이 들어가면, 성신은 무한한 생명력(生命力)을 가지고 있다. 사람의 내면에 무한한 생명의 인자가 들어간 것이다. 그 결과는 어떻게 되는가? 사람은 불사신(不死身)이 된다. 결국 부활(復活)을 이룬 것이다. 전에는 죽을 수밖에 없는 죽음의 인자를 가지고 있었으니 사람들이 모두 생로병사(生老病死), 쇠병사장(衰病死藏)을 겪어야 하였다.

그런데 이제는 사람의 육체에 생명의 인자가 들어가 있으니 인간에게서 죽음이 없어지게 되는 것이다. 그러니 이런 상태가 된 것을 기독교에서는 부활이라고 명명하여 전하여 왔던 것이다.

구약의 예언을 통하여 말씀이 육신이 되어 나타난 예수는 하나님의 영이 육체로 화신(化身)되어 나타난 사람으로 성서는 소개하고 있다. 성서에는 예수를 통하여 부활(復活)의 가르침을 전하여 왔다. 그리고 예수는 자신이 그 부활의 실험대에 올랐다.

12. 이 부활은 곧 민족종교에서 말해온 정신개벽이다.

용담유사 몽중노소문답가(夢中老少問答歌)의 내용이다. "하갑원(下元甲) 세상에 자식이 없어 산제불공(山祭佛供)하다가서 두 늙은이 마주 앉아 탄식하고 하는 말이, 우리도 이 세상에 명명(明明)한 천지운수(天地運數) 이재궁궁(利在弓弓) 어찌 알꼬. 천운(天運)이 둘렀으니 근심 말고 돌아가서 윤회시운(輪廻時運) 구경하소. 십이제국(十二諸國) 괴질운수(怪疾運數) 다시 개벽(開闢) 아닐런가. 태평성세(太平聖世) 다시 정해 국태민안 할 것이니 개탄지심 두지 말고 차차차차 지냈어라. 하원갑 지내거든 상원갑 호시절에 만고 없는 무극대도(無極大道) 이 세상에 날 것이니."

여기서 중요한 것은 하갑원이란 말이다. 하갑원은 정한 때를 의미한다. 이 하갑원의 때를 알므로 우리는 정신개벽이 일어나는 때를 알 수 있다. 윗글에 잠시 소개된 봉우 선생이 쓴 백두산민족의 천부경이란 책에는 그 하갑원이 1984년도부터 60년간이라고 설명을 해두었다. 그렇다면 우리가 바라던 정신개벽과 천국은 이미 우리도 모르는 가운데 시작되었다는 말이 된다. 또 그 다음 윗글에서 중요한 사항은 십이제국(十二諸國)이다.

옛날 우리 고서에는 환국이란 나라를 소개하고 있으며, 환국의 환인을 하느님이라고 하였다. 환인의 육체에 하느님의 영이 임하였다는 의미이다. 그래서 하느님의 영을 덧입은 환인이 있던 환국은 하느님의 나라였음을 알 수 있다. 그러니 환국은 바로 천국이란 뜻을 가진 나라이름임을 알 수 있다. 환국은 십이제국(十二諸國)으로 이루어졌다.

그런데 세계사에서 이스라엘이란 나라도 하나님의 나라였다. 그런데 이스라엘도 십이제국(十二諸國)으로 이루어졌다. 이스라엘이란 어원은 이긴 사람이란 뜻이다. 따라서 이긴 사람들이 사는 땅을 이스라엘이라고 할 수 있다. 그래서 이스라엘의 참뜻은 이긴 나라가 된다.

그런데 우리 민족의 예언서 격암유록과 서양의 예언서 요한계시록에도 십이제국(十二諸國)이 등장한다. 로마그리스 신화에 나오는 신들도 12신으로 등장한다. 또 우리나라 및 동양의 몇 나라에서는 12간지로 사람의 시운을 정하고 있다. 이것은 신의 나라가 12신으로 조직하고 있기 때문에 그것에서 파생된 문화들이다.

격암유록에는 십이제국(十二諸國)으로 세워진 나라 이름을 십승지(十勝地)라고 이름하고 있다. 역시 이긴 땅, 곧 이긴 나라를 가리킨다. 요한계시록에서도 십이제국(十二諸國)으로 이루어진 나라를 이스라엘이라고 했다. 역시 이긴 나라이다. 그런데 요한계시록과 격암유록에는 이긴 상대의 이름이 기록되어 있다. 그 상대의 이름은 바로 용왕이다. 그런데 불경에는 미륵보살이 마왕(魔王)을 이기고 미륵부처로 성불을 하게 된다고 예언되어 있다. 이 몇 가지의 경전을 통하여 살펴보면, 이긴 대상이 용왕이라고 한 것은 불경의 힌트로 마귀의 왕이란 사실의 답을 얻을 수 있다. 결국 용왕은 마귀의 왕이란 것이고, 불경의 미륵부처나 격암유록의 십승자나 성서의 이긴 자는 마귀의 왕을 이기고 탄생된다는 사실을 깨닫게 해주고 있다. 그리고 마귀를 이기고 탄생되는 사람이 모든 경서에 예언한 구세주란 사실도 알 수 있다. 따라서 역사를 거꾸로 돌리면, 오늘날의 수많은 나라들도 한 나라로 시작된 것을 알 수 있고, 오늘날 수많은 종교도 시작은 하나였다는 사실을 생각할 때, 각각 여러 가지의 종교에서 예언된 구세주도 이름만 다를 뿐, 나타나면 동일한 실체란 사실을 깨달을 수 있다.

격암유록과 요한계시록에서 이긴 나라가 세워지게 되는 것은 이 시대에 살고 있는 어느 한 사람이 용왕과 진리로 싸워 이긴 일이 있기 때문이다. 이런 일 후에 십이제국(十二諸國)이 세워진다.

용왕은 선천의 영적 왕이다. 여기서 용왕을 이긴 후에 세워지는 나라는 후천임을 나타낸다. 따라서 후천의 영적 왕은 창조주 하나님이다. 하나님의 나라를 한자로 표현하면 천국이다. 그런데 과거의 환국도 이스라엘도 하나님이 치리하던 나라로 소개되어 있다. 그런데 그 나라는 한결같이 12지국으로 이루어졌다. 그래서 천국은 십이제국(十二諸國)으로 이루어짐을 알 수 있고, 이곳에는 모두 귀신을 이긴 사람들만 들어올 수 있다. 이긴 나라에는 성령들만 있고 귀신은 없는 나라이다.

귀신을 이긴 사람들의 영은 모두 성령(신명)이다. 그래서 천국은 하나님과 성령으로 거듭난 사람들의 나라임을 알 수 있다. 이런 세상이 바로 명명(明明)한 천지운수(天地運數)로 임하는 천국이다. 이 천국은 이재궁궁(利在弓弓)에서 온다. 앞의 궁은 선천을 의미하고, 뒤의 궁은 후천을 의미한다. 이로움은 궁궁에 있다는 의미는 선천이 이렇게 사라지고 난 후, 후천이 서게 된다는 것을 감춘 말이다. 이는 선천이 없으면 후천도 있을 수가 없다는 의미이다.

이것이 말세에 오는 천운(天運)이란다. 이렇게 윤회시운(輪廻時運)이 인간 세상에 오게 된단다. 이것이 바로 개벽(開闢)이고, 개벽이 일어나면 태평성세(太平聖世)가 이루어진다. 이때는 다시 국태민안이 온다고 한다. 이때는 좋은 시절인 호시절이고, 만고 없는 무극대도(無極大道)의 세상이다. 무극대도란 하느님의 큰 도란 의미이다.

이리하여 경전에 기록된 천국을 함께 여행하여 보았다. 천국의 길이 황금 길로 되어 있고, 천국의 궁이 보석으로 이루어졌다는 것은 동화 같은 이야기이다. 천국은 바로 하나님이 인간 세상에 온 상태의 나라이고, 인간의 육체 안에 하나님의 영이 들어온 상태가 바로 천국임을 알아야 한다. 그 상태로 이루어진 나라가 바로 후천 세상이고 이것이 천국이고 개벽이다.

제8장
영 생

1. 경서에는 육체도 죽지 아니할 날이 예비되어 있다

앞장에서 사람의 육체에 성령이 임하면 사람에게 죽음이 없어진다고 했다. 이것은 육체의 영생을 의미하는 것이다. 그런데 세상에 살고 있는 70억 이상의 인구 중에 과연 이것을 믿을 사람이 몇 명이 될까? 그런데 이것은 본 필자의 주장이 아니라, 불서와 성서와 민족종교 경전에 기록된 내용이다. 이것은 본 필자의 주장이 아니라, 석가모니 부처님의 주장이요, 하나님과 예수님의 주장이고, 상제님의 주장이다.

그렇다면 창조주께서 하신 말씀을 기록한 경전에 기록된 영생을 믿지 아니하는 것은 곧 창조주를 믿지 않는 것과 같고, 경전을 믿지 않는다는 말과 같다. 이것은 즉 불교를 하면서 석가모니의 말씀은 안 믿는다는 말이다. 또 기독교 신앙을 하면서 하나님과 예수의 말씀을 믿지 않는다는 말이다. 그렇다면 무엇 때문에 왜 종교를 해야 하는가?

세상 사람들은 아직 보지 못하고 경험하지 못한 데 대한 믿음을 가지기 힘든 구조로 되어 있다. 수 백 년 전에 누가 앞으로 비행기가 하늘을 나를 것이라고 했다면 믿을 사람이 있었겠는가? 수 백 년 전에 오늘날의 컴퓨터나 인터넷이나 스마트폰의 기능을 누구에게 설명했다면 누가 그것을 믿을 수 있었겠는가? 그러나 인간의 속성은 누가 그러한 것을 만들어 사용을 하게 되면, 금방 믿어버리고 만다. 그러면서 자신이 언제 그랬냐는 식으로 의심했던 자신을 금방 잊어버리곤 한다. 옛날에는 지구가 둥글다는 사실과 지구가 돈다는 사실도 믿지 않았지만, 지금은 그것을 의심하는 사람이 한 사람도 없지 않은가? 그러면서 우리는 그것들을 너무 당연히 생각하고 마는 뻔뻔함을 가지고 있는 얄미운 사람이다.

영생도 만찬가지이다. 만약 지구촌에 영생하는 사람들이 하나 둘 생겨난다면, 그들은 또 언제 그랬냐는 식으로 금방 믿어버리고 말 것이다. 사실 인간의 육체의 영생은 사람이 만물의 영장(靈長)이란 사실 때문에 가능한 것이다. 사람의 육체 속에 있는 영을 신이라고 했고, 그 신이 들어있는 사람의 육체를 곰곰이 생각해보면, 참으로 불가사의한 것이라 아니 할 수 없다.

사실 사람이 영생을 믿지 못하는 것보다, 물질인 육체와 혼과 영으로 어우러져 있는 자기 자신의 존재가 더욱 더 신비롭고 이상하여 믿을 수 없는 실체일 것이다. 깨닫지 못하여서 그렇지, 우리 자신이 이렇게 존재하고 있다는 사실 그 자체가 참으로 믿지 못할 일이다. 정말로 믿을 수 없는 사실이 이렇게 이미 발생한 것이다. 만약에 앞의 비행기의 예처럼 인간의 몸으로 아직 세상에 아무도 태어나지 않는 상황에서 앞으로 인간이란 존재가 이렇게 태어날 것이라고 누가 예언을 한다면, 이는 분명 우리가 지금 사람이 영생을 한다는 것보다 훨씬 믿을 수 없는 사실이 될 것이다. 그래서 이 시대를 사는 어떤 사람들도 그 사실을 믿지 않을 것이다.

세상에서 우리 인간보다 더 오묘한 것이 어디 있을까? 인간은 흙 속에 신이 들어있는 생명체이다. 게다가 움직이고, 먹고, 자기도 하고, 꿈을 꾸기도 하고, 생각하고 말을 하기도 하며, 슬퍼하며 울었다가 어떨 때는 뛸 듯이 기뻐 날 뛸 때도 있다. 생각으로 나쁜 일들도 꾸미기도 하며, 좋은 일을 꾀하기도 한다. 공부도 하며, 종교도 가지며, 정치도 하며, 평화를 만들기도 하며, 때로는 전쟁을 하기도 한다. 멀리 여행을 가기도 한다. 또 어떤 사람들은 연구에 몰두하여 많은 과학 작품을 만들기도 한다.

인간들은 과학이란 것을 개발하여 TV나 세탁기나 컴퓨터 같은 기계를 만들기도 한다. 인간들이 그러한 기능을 가진 기계들을 만들기까지 몇 천 년이 걸렸으며 그 노력이 어떠했겠는가? 인간은 이렇게 대단한 존재이다. 그것이 우리의 실체이다.

인간의 몸과 인간의 뇌와, 뇌의 구조와 기능, 인간의 눈과 눈의 구조와 기능, 코와 귀와 그들의 구조와 기능들, 머리카락과 피부의 구조와 기능들, 그리고 간을 비롯한 기종 장기들, 그리고 손과 발의 구조와 기능들….

그중에 몇 일전 TV프로그램에서 사람의 눈의 구조를 시각적으로 보여준 적이 있었다. 눈의 구조는 마치 카메라 구조와 같았다. 사람들이 공장에서 카메라를 만들기 위해 케이스와 카메라 외장과 망원 기능을 하는 조리개와 렌즈 등등 갖가지를 만든다. 그런 카메라를 만들기 위하여 사람들은 얼마나 연구하고 노력했을까? 얼마나 많은 사람들이 연구하고 힘쓴 결과인가?

사람의 눈 구조에 수정체라는 것은 렌즈이다. 카메라에 들어간 렌즈와 사람의 안구에 들어간 렌즈의 모양은 거의 서로 흡사하다. 그런데 하나는 사람이 만들었고, 다른 하나는 창조주가 만들었다. 창조주께서 만든 사람의 눈의 구조도 카메라처럼 수많은 부품들로 이루어져 있음을 알 수 있었다. 공장에서 카메라를 만들 때, 가지가지 부속들을 하나하나 별도로 만들든 하청을 주든 한다. 사람의 눈도 그렇게 만들어져 있음을 알았다. 놀라운 사실이었다.

그러나 두 제품 중 어느 쪽이 더 우수하고 가치가 있을까? 그 차이는 말하지 않아도 다 알고 있을 것이다. 렌즈 하나만 봐도 사람이 만든 카메라는 기종이 같으면 그 크기가 다 동일하다. 그래서 금형기계에 넣어서 찍어내면 대량생산이 가능하다. 그러나 창조주가 만든 렌즈는 사람마다 덩치가 다르고 눈의 크기도 다르기 때문에 다 다르다. 그리고 사람이 만든 카메라는 작동을 시킬 때 일일이 사람의 손으로 작동을 시켜야 사진이 찍힌다. 그런데 창조주의 작품은 완전 자동이다. 이것의 차이를 표현하면 짝퉁과 명품의 차이이고, 기성품과 맞춤식의 차이이고 수동과 완전자동 같을 것이다.

사람이 만든 카메라도 세상에 많지만, 창조주가 만든 카메라는 사람이 휴대할 수 있는 용도로 만들어져 이 세상에는 그런 카메라가 자그마치 70억 개 이상 밤낮을 가리지 않고 세계를 굴러다니고 있다. 그 카메라는 사람이 만든 카메라에 비해 기능의 차이가 또한 비교할 수 없다. 수명은 또한 어떠하고 유행 또한 어떠한가? 고장률은 또 어떤가? 그런데 인간에게는 이런 눈만 있는가? 인간의 인체가 오묘한 것을 어찌 이 지면에 다 쓸 수 있겠는가?

그런데 문제는 사람들이 세상 사람들이 만든 카메라를 만든 사람이 있다는 것은 알고 있는데, 사람의 안의 카메라를 만든 분이 있는지는 생각도 하지 않는다. 이렇게 볼 때, 우리는 참으로 무심한 사람이다. 이 세상에 카메라를 만든 사람이 없다면, 이 세상에 카메라가 어찌 있을 수 있겠는가? 이것은 초등학생도 다 알 수 있는 기본 중의 기본이고, 상식 중의 상식이 아닌가?

그런데 우리 각자에게 있는 카메라와 오장육부란 것은 누가 만들었을까? 그것을 어떤 과학자가 창안하고, 개발하여 만들 수 있을까? 정말 무기물이 유기물로 변하고, 무생물이 미생물로 변하고, 미생물이 하등동물로 변하고, 하등동물이 고등동물이 되고, 고등동물이 침팬지가 되고, 침팬지가 사람이 되었을까? 우리 인간이 그렇게 하찮은 먼지나 박테리아에서 나왔을까? 그렇다면 인간이 탄생된 것은 우연이라고 봐야 할 것이다. 어쩌다 보니 우리 인간이 이렇게 생겼다고 봐야 할 것이다. 그렇게 우연히 생긴 존재가 이렇게 과학적이고, 오묘할 수도 있는 것인가? 이것이 기본이고, 이것이 상식인가? 이것이 위대한 동서고금의 과학자와 철학자가 내세운 이론이고 논리인가?

이것이 사람이 아는 상식이라면, 차라리 바람에 날리는 먼지들이 뭉쳐져서 사람이 되었다고 주장하는 편이 더 상식이 아닐까? 이것 하나만 봐도 사람의 사고가 얼마나 터무니없고 형편이 없을 수 있는가 가늠이 되지 않을 수 없다. 이런 생각을 한 사람은 과연 정상인가? 필자의 생각은 이런 주장을 한 사람들이야말로 미치지 않았으면 세상에 누가 미쳤겠는가? 라는 한심한 생각이 든다. 이런 미친 학문을 학문이라고 세계의 초, 중, 고등, 대학교에서 밤낮 가르치고 시험을 치게 했는가? 귀신이 들지 않고는 초등학생도 아니라고 할 그런 주장을 하고 믿지는 않았을 것이다.

그래서 인간은 창조주가 말씀한 영생에 대해서도 믿지 못하는 것이다. 하지만 이 모든 창조도, 영생도 가능할 수 있는 근원은 인간이 만물의 영장이기 때문이다. 다시 말하면, 인간은 신이기 때문에 이 모든 것이 가능케 되는 것이다.

그러나 분명히 신에도 두 종류가 있다. 귀신과 성신이 있다. 귀신은 귀신의 속성이 있을 것이고, 성신은 성신의 속성이 있을 것이다. 귀신은 가짜신이고 일회용신이다. 성신은 진짜신이고, 영구용신이다.

그래서 영생은 성신(聖神)이기 때문에 성신의 생각으로 가능한 이야기꺼리이고, 진화론은 귀신(鬼神)의 것이기 때문에 귀신의 생각으로는 가능한 이론일 수 있다.

과학문명이 이렇게 발전한 현대지만, 여느 기계처럼 인간과 똑 같은 생명체를 독창적으로 만들어 보라고 하면 그것은 불가능하다. 아직 과학은 인간이 아니라, 풀 한포기도 제대로 만들 수 없는 것이 현실이다. 이것은 과학이 아무리 발전을 해도 생명을 창조할 수 없다는 한계를 시인하는 것이라 볼 수 있다. 생명의 창조는 창조주만이 할 수 있는 일이기에 그렇다. 세계 유명 과학 잡지인 사이언스지에서는 아직 과학은 우주 만물 중에 규명한 것은 4%밖에 안 된다고 한다. 그러나 과학이 더 많은 것을 규명한다고 하더라도 그것은 창조가 아니라, 창조된 것을 규명하고 발전시키는 것에 불과하다 할 것이다.

인간의 능력에는 이렇게 한계가 있다. 하물며 앞장에서 나눈 대화처럼 현재의 우리의 육체 속에 있는 신은 온전한 신이 아니다. 온전한 신이 아닌데도 그나마 이런 능력을 발휘할 수 있었다는 면에서는 한편 대단하다고 인정은 된다. 그런데 만일 우리 육체에 온전한 신이 교체되어 들어온다면, 능치 못할 일이 어떻게 있을 수 있겠는가?

성령은 하늘의 깊은 것조차도 다 안다고 하였고, 100% 중 10%만 겨우 사용하고 남겨둔 우리 뇌세포가 다 사용되는 순간이 온다면, 그때 인간의 능력을 가히 상상이나 할 수 있겠는가? 그리고 과학자들이 아직 파악하지 못한 96%의 지식이 다 파악되는 순간, 인간세상은 어떻게 변화하겠는가?

결론적으로 말하면 인간에게 있어진다는 영생은 사람의 생각으로 되는 것이 아니라, 창조주의 의지대로 될 뿐이다. 그것이 가능할 것이라고 기대할 수 있는 것은 바로 오늘날까지 만들어놓은 창조주의 능력을 보면 알 것이다. 창조주의 작품인 해와, 달과, 별이 그렇고, 모든 생명체가 그렇다. 그래도 그 사실을 믿을 수 없거든, 자신과

이 세상 사람들이 자신의 의지대로 태어났느냐 운명적으로 태어났느냐를 심각히 고민해보라고 할 답밖에 없는 것 같다. 그러나 이 세상에는 자신이 태어나고자 희망하여 태어난 사람은 한 사람도 없다. 그러니 잠자코 겸손하게 믿는 것이 좋지 않을까?

2. 과학자들이 연구한 바로는 인간의 육체구조는 죽지 않을 구조로 되어 있다고 주장하고 있다

이처럼 우리 인간은 우리 자신의 가치와 우리 자신의 자아도 우리 스스로는 깨닫지 못하는 무지한 존재이다. 우리가 창조주의 의지로 쓰인 경전들을 통하여 그나마 우리 자신의 가치와 자아를 조금이나마 알았다면, 영생이란 이 명제에 대해서도 경전을 통하여 진지하고 겸손한 마음으로 깨닫고 믿음에 이르러 보아야 할 것이다.

그런데 일부 과학자들도 주장하는 바, 인간의 육체구조는 죽지 않을 구조로 되어 있다고 주장하고 있다. 아니 과학적으로 증명하여 보면, 인간의 몸이 죽는다는 것이 오히려 이해할 수 없는 일이라고 하는 과학자들도 있다.

그러나 현대인들은 기껏 100세를 건강하게 살지 못한다. 우리가 만약에 100세를 산다면, 햇수로는 100년을 살다가 가는 인생이고, 달수로는 1천 2백 달을 사는 것이며, 날수로는 3만 6천 일을 살다가 죽는다. 그 시간은 곧 담뱃불을 붙이는 라이트에는 돌이란 것이 있어 정해진 횟수를 켜면 수명이 다 한다. 인간의 생명은 마치 라이트의 돌과 같은 보잘 것 없는 일회용 같은 것이다. 수명이란 차원에서 볼 때는 인간이란 정말 하잘 것 없는 생명체에 불과하지 않는다.

그런데 우리 인간의 체내에는 60억조 개의 세포와 지구를 세 바퀴 반을 감을 만큼의 긴 핏줄이 들어있고, 하루에 수천 가지의 화합물을 화학적으로 분해하여 소화시키고 배설하게 하는 세상의 어떤 화학

공장도 따라오지 못할 크고 정교한 간이란 기관이 있다. 또 우리의 뇌세포는 90%이상 쓰지 않고 남겨진 채 죽어간다고 앞에서 말했다. 그리고 세포는 끊임없이 분열을 하게 되어 있고, 이 분열하는 과정에 서 단점 하나만 보완하면, 인간의 육체는 죽지 않게 된다고 주장하는 과학자가 있다.

카이스트 교수인 김대식 박사이다. 김대식 박사의 책에 기록된 영 생학에 대하여 잠시 훑어보면서 경서 속에 기록된 영생이 실재로 허구가 아니라는 초월적 사고의 경지를 맛볼 수 있다.

3. 카이스트 교수인 김대식 박사가 주장하는 사람의 육체 가 죽는 이유는 무엇인가? "죽음은 필연이 아니다."

(『김대식, 우리는 왜 죽어야 하는가? 김대식의 빅퀘스천』 김대식 지음, 동아 시아)

"뇌는 묻는다. 우린 누구인가? 왜 사는가? 뇌 과학자이자 KAIST 교수인 저자는 '왜'라는 31가지 거대한 물음표에 과학과 철학, 윤리 학 등을 동원해 그 나름의 설명을 시도한다."

"우린 왜 죽어야 하는가? 철학자 스피노자는 '2+2=4'인 것에 대해 분노하지 않는 것처럼, 필연적인 죽음을 슬퍼할 필요가 없다."고 했 다. 정말 그런가? 세포분열이 멈추면 모든 동물은 죽지만, 암세포처 럼 '텔로미어(telomere)'라는 DNA 조각의 길이만 유지할 수 있다면 끊임없는 세포분열이 가능하다. 영생(永生)이 꿈이 아니고, 죽음도 필연이 아닌 것이다. 저자는 "만약 우리가 죽음을 슬퍼한다면, 그건 미래의 누군가가 누리게 될 영원한 삶에 대한 질투 때문일 것"이라 지적한다.

뇌 안의 모든 정보를 읽고 복사할 수 있다면, 우리는 어쩌면 영원 한 자아를 가질 수 있게 될지도 모른다.[학술 사이트 3933번 광장39]

우리는 왜 늙는 것일까? 궁극적으로 텔로미어라고 불리는 염색체 끝 부분이 세포 분열할 때마다 점점 짧아지기 때문이다.[카보네이트 TV]

그래도 죽음에 대한 두려움과 슬픔이 여전히 남아 있다면, 그건 삶과 죽음의 전이점에 대한 걱정일 것이다. 이건 충분히 걱정할 만한 문제다. 1606년 가톨릭 지지자로 제임스 1세 영국 왕을 국회의사당에서 폭약으로 암살하려다 잡힌 가이 포크스(Guy Fawkes)는 (hanged, drawn and quartered) 그러니까 거의 죽음 직전까지 목을 매달았다가, 다시 반 익사할 때까지 물에 집어넣었다가, 아직 살아 있을 때 성기와 배를 자른 후, 사지를 찢어버리는 별로 아름답지 않은 방법으로 사형되었다.(필자 설명=16, 17세기의 공식 사형이었던 '익사 시키기'는 영어로 drawn이다. 일반에서는 drown이라고도 했다. 위키피디아에 따르면 둘 다 가능하다.)

우리가 이런 걸 두려워하는 건 당연하다. 하지만 하버드대의 스티븐 핑커가 『폭력에 관한 짧은 역사』에서 보여주었듯, 오랜 시간 동안 폭력을 당연하게 생각해 왔던 인류는 계몽주의와 산업화를 거치며 점차 폭력에 대한 거부감을 가지게 되었다. 그리고 드디어 21세기엔 매일 약 15만 명 정도가 죽지만, 전 세계적으론 3분의 2, 그리고 선진국 중에서는 90% 이상이 비폭력적인 '자연적 노화' 현상으로 죽는다. 확률적으로 우리는 잔인하고 폭력적인 죽음보다 노화를 더 두려워해야 한다는 것이다.

그럼 노화는 무엇인가? 왜 우리는 늙어야 하는가? 왜 얼마 전까지 뛰어놀던 귀여운 아이는 어른이 되어야 하고, 영원한 사랑을 간직하겠다던 두 젊은이는 노인으로 변해야 할까? 인간은 23쌍의 염색체를 가지고 있는데, 각 염색체는 텔로미어(말단 소립, telomere)라는 DNA 조각으로 끝난다. 세포들은 주기적으로 세포분열을 통해

DNA를 복제하는데, 세포 끝 부분인 텔로미어는 복제되지 않아 궁극적으로 분열 때마다 점차 짧아진다.

통계적으로 고양이는 8번, 말은 20번, 인간은 약 60번 정도 세포분열을 할 수 있다. 더 이상 분열하지 않으면, 세포는 노화해 결국 우리는 죽는다. 그럼 텔로미어가 닳는 걸 막을 순 없을까?

다행하게도 가능하다. 텔로머라아제(말단소립 복제효소, telomerase)라고 불리는 과정을 통해 세포가 분열해도 텔로미어의 길이를 어느 정도 유지할 수 있다. 암세포가 가장 유명한 경우다. 텔로머라이제가 활성한 암세포들은 끊임없이 세포분열이 가능하다. 암세포들엔 영원한 '삶'이 가능하다는 말이다. 물론 우리가 바라는 건 암세포로 영원히 존재하는 것이 아니다. 우리는 가능하면 젊고 건강한 '나'라는 존재로 영원히 살고 싶을 것이다.

앞으로 먼 미래에 완벽하고 안전한 텔로머라이제가 개발되었다고 상상해 보자. 인간의 세포는 영원히, 그것도 완벽하고 안전하게 분열할 수 있어 우리는 영원히 살 수 있게 된다. 이것이 우리가 희망하는 세상일까?

영원히 젊은 인간들은 영원히 번식할 수 있으므로 인구 증가, 식량 문제 같은 실용적인 문제들이 생길 것이다. 물론 해결책이 없는 건 아니다. 우선 영원한 삶은 법적으로 생식력을 포기한 자에게만 줄 수 있겠다. 내가 영원히 살기 위해선 내 후손의 삶을 포기하면 된다. 내 후손의 삶은 어차피 포기해야만 할 수도 있다.

지구의 모든 생명체는 해마다 약 1천억 t의 탄소를 필요로 한다. 하지만 그중 오로지 5억 t 정도만 생태계에서 자연스럽게 생산된다. 그러면 나머지 9백 95억 t의 탄소들은 어디서 올까?

바로 죽은 생명체의 시체들을 재활용하며 만들어진다. 죽음이 없으면 생명에 필요한 탄소의 200분의 1만 만들어진다. 거꾸로 죽음이 있기에 지구엔 약 200배의 더 많은 삶이 만들어진다. 삶은 죽음으로 끝나지만, 죽음 없는 세상에선 새로운 삶이 200배 덜 가능해진다.

육체의 파괴를 '나'의 끝으로 걱정하는 인간들에게 엘레우지니아의 신비는 재생과 부활을 통한 자아의 영원한 삶이라는 희망을 주었지만, 아이로니컬하게도 영원히 존재하는 건 나의 영혼이 아니라, 재활용되는 나의 탄소들이다. 하지만 '나'는 내 탄소들이 아니다.

나의 몸이라는 3차원적 공간에 우연히 몇 십 년 동안 뭉쳐 있던 탄소들이 다시 흩어지고 새롭게 짝짓기를 해 재활용된다 해도 그건 더 이상 내가 아니다. 나는 나고, 나는 나의 기억들이며, 나는 나의 자아다. 자아, 기억, 감정의 모든 것은 우리들의 뇌 안에서 만들어진다. 그렇다면 나의 뇌를 복제할 수는 없을까? 뇌 안의 모든 정보를 복제해 새로운 생명체에 심을 수 있다면, 그거야말로 진정한 엘레우지니아의 신비이지 않을까?

인간의 뇌는 약 1.5kg 무게와 1,260㎤의 부피를 가지고 있으므로, 대략 1.34813×10^{17} Joule의 에너지를 가지고 있다. 이스라엘 물리학자 야콥 베켄슈타인이 제안한 방법을 사용하면, 특정 공간에 특정 에너지가 가질 수 있는 최대 정보량의 한계를 계산해 낼 수 있다. 그 방법에 따르면 뇌는 최대 2.58991×10^{42} 비트의 정보를 가질 수 있다.

오늘날 지구의 모든 디지털 정보량이 합쳐 약 3제타(10^{21}) 바이트라는 걸 생각하면 천문학적으로 많은 정보량이다. 하지만 그건 단순히 이론적인 최대값이고, 만약 기억을 저장하는 뇌의 해마만 복사한다면, 조금 더 가능성 있어 보이는 2.5제타(10^{15})바이트 정도만의 정보가 필요할 것이라는 결과가 있다.

레이먼드 커즈와일(Raymond Kurzweil) 같은 미래학자는 그래서 먼 미래엔 마치 헌 컴퓨터에서 새로운 컴퓨터로 파일을 복사하듯

'나'를 영원히(양자 또는 DNA 컴퓨터에?) 복사해 재생할 수 있을 것이라고 가설한다. 나는 복사된다, 고로 나는 존재한다.

스피노자는 우리가 2+2=5가 아니라 필연적으로 2+2=4일 수밖에 없는 것에 대해 화를 내거나 슬퍼하지 않는 것같이 필연적인 죽음을 슬퍼하거나 두려워할 필요가 없다고 했다. 하지만 완벽한 텔로머라이제 또는 완벽한 뇌 복사 같은 과학적 엘레우지니아의 신비들이 근본적으로 불가능할 이유가 없다는 걸 잘 아는 우리는 죽음이 꼭 필연적이 아닐 수도 있다는 사실을 알게 되었다.

결국 오늘 2013년에 우리가 죽음에 대한 슬픔을 가진다면, 그건 어쩌면 나는 누릴 수 없지만, 수백 또는 수천 년 후 누군가 다른 이가 가지게 될 영원한 삶에 대한 질투심일 수도 있다.

4. 이제 인간 육체의 영생은 과학과 종교 경서로 말미암아 증명되고 있다

이상의 내용으로 봐도 과학적으로 인간의 육체가 영생할 수 있는 가능성을 열어두고 있음을 알 수 있다. 그리고 윗글에서 인간이 영생하므로 말미암아 인구증가의 문제로 불균형과 파괴의 모순이 따를 것을 걱정하고 있는 것 같다. 그리고 새로운 생명체가 태어나려면 살아있는 생명체가 죽어주어야 된다는 논리가 들어있다. 그러나 종교 경전에서 말하는 영생은 이미 그 모든 문제를 해결해두고 있음을 알 수 있다.

예를 든다면 석가모니는 사람이 살고 있는 세상에 생로병사(生老病死)가 있음을 한탄하고 이를 해결하기 위하여 출가를 하였다고 한다. 인간 세상에 생로병사가 있기 때문에 불교가 생겨났다고 해도 과언이 아닐 것이다. 또 인간 세상에 생로병사가 있기 때문에 종교가 필요하게 되었다고도 할 수 있을 것이다.

그런데 앞장에서 종교의 목적이 성취되면 인간 세상에는 더 이상 생로병사(生老病死)의 사건이 없어진다고 했다. 생로병사가 없어진다고 함은 첫째, '태어나는 것이 없다'는 것이다. 둘째, '늙는 것이 없다'는 것이다. 셋째, '병드는 일이 없다'는 것이다. 넷째 마지막으로 '죽는 일이 없다'는 것이다. 여기서 인간 세상에서 죽는 일이 생기지 아니할 때는 태어나는 일도 없다는 것을 말해준다.

또 하나는 경전에는 사람만 영생하는 것이 아니라, 모든 생물들에게도 죽음이 없다고 한다. 모든 생물들이 죽음을 당하지 아니하려면 약육강식의 체인이 없어져야 한다. 따라서 후천의 생명들은 오늘날처럼 음식 같은 것을 먹지 않고도 살 수 있는 한 차원 높은 생명체로 거듭난다. 부처가 그런 사람이고, 신선이 또한 그런 사람이다. 그때는 음식을 먹고 사는 것이 아니라, 진리와 덕담과 마음의 기쁨으로 살아가게 된다. 그러니 그 세계를 극락이라고 한 것이다. 창조주는 이런 세계를 위하여 인생과 생명체들을 창조하신 것이다. 그 완성된 작품이 바로 영생의 나라인 천국임을 알 수 있다. 그곳에는 약육강식이 없다. 그래서 살생은 근본적으로 없어진다. 모든 생명체가 필요에 따라 영원한 생명력을 가질 수 있다.

로마서 8장 21~22절에 그 설명을 잘 해두었기에 여기 소개한다.

"그 바라는 것은 피조물도 썩어짐의 종노릇 한데서 해방되어 하나님의 자녀들의 영광의 자유에 이르는 것이니라. 피조물이 다 이제까지 함께 탄식하며 함께 고통 하는 것을 우리가 아나니."

그래서 창조주와 인간의 생각차이는 이렇게 큰 것이다. 성서의 역사의 흐름은 생육, 번성, 정복, 다스림으로 요약할 수 있다. 창조주께서 의도한 것은 먼저 이 세상에 생육되고 번성되는 일이다. 생육은 태어남이고, 번성은 인구가 증가하는 것이다. 그리고 정복은 양적 번성을 통하여 발생된 질적인 문제를 위하여 필요한 것이다. 즉 인간의 영혼을 지배하는 악령의 세력을 정복하여 구원시키는 일이다.

이것을 다른 표현으로 인간 추수라고 한다. 즉 악령에게 속하여 있는 잘못된 인간을 심판하고 의인을 고르는 것을 의미한다. 그 다음 추수하여 고르게 된 알곡 인간을 다스려 창조주의 세계를 완성하게 된다는 것이다.

따라서 창조주의 계획은 의인들을 모아서 다스릴 때는, 온전한 인간으로 완성시키게 되는데, 이 완성된 세상이 천국인 셈이다. 완성이란 더 이상 만들 것도 손댈 것도 없다는 말이다.

이렇게 완성된 세상에는 죽음이 없는 대신에 다시 태어나는 일도 없다는 것을 말해주고 있다. 그래서 앞에서 말한 과학자의 근심은 창조주께서 볼 때는 기우에 지나지 않음을 알 수 있다.

그러나 과학을 통하여 인간 세계에 있을 영생의 가능성을 연 것은 매우 고무적이며 획기적인 것임은 분명하다 할 것이다. 이것은 창조주가 인간을 창조하시고, 말세에 있을 영생을 예언한 것과 그대로 만들어진 인간의 구조를 과학을 통하여 분석하고 연구를 한 결과 동일한 결과로 나왔다는 것이다. 또 한편 그렇게 창조된 실체를 과학으로 증명한 것은 과학도 진리임이 논리적으로 증명된 셈이다. 이는 과학도 진리이고, 창조주의 예언도 참이란 것을 뒷받침하고 있다.

이것은 마치 종이로 설계도를 그리고 집을 다 지었을 때, 지은 집과 설계도를 비교하면 똑같은 결과를 얻을 수 있는 것과 같은 이치이다. 창조주께서 경전에 기록한 예언이 설계도라면, 그 경전대로 지어진 인간을 유심히 분석해봐서 설계도와 실체가 같다는 결론이 나오면 경전도 참이고, 이를 분석한 과학자도 참이란 결론을 얻는 것과 다름없는 것이라 하겠다.

여기서 성서에 예언하고 있는 영생에 대한 몇 가지를 더듬어 보고 난 후, 다음으로 넘어갈까 한다.

"내가 하나님의 아들의 이름을 믿는 너희에게 이것을 쓴 것은 너희로 하여금 너희에게 영생이 있음을 알게 하려 함이라."라고 요한일서 5장 13절은 전하고 있다. 여기에서 하나님과 그 아들을 믿게 하는 목적은 사람들에게 영생을 주려고 한다는 사실을 알 수 있다.

또 "너희가 성경에서 영생을 얻는 줄 생각하고 성경을 상고하거니와 이 성경이 곧 내게 대하여 증거하는 것이로다. 그러나 너희가 영생을 얻기 위하여 내게 오기를 원하지 아니 하는도다."라고 요한복음 5장 39절에는 전하고 있다. 여기서도 성경에는 영생을 얻을 방법이 기록되어 있다고 설명하고 있다. 그리고 성경의 기록대로 이 지상에 오신 예수도 영생을 주려고 왔는데, 사람들이 영생도 자신도 믿지 않음을 안타까워하는 과정임을 알 수 있다.

그 다음에 "예수께서 가라사대, 나는 부활이요 생명이니 나를 믿는 자는 죽어도 살겠고, 무릇 살아서 나를 믿는 자는 영원히 죽지 아니하리니 이것을 네가 믿느냐?"라고 요한복음 11장 25~26절에서 이야기 하고 있다. 예수는 자신이 하나님의 아들이라서 사람들에게 부활과 생명을 줄 수 있는데, 부활과 영원한 생명을 얻을 수 있는 정한 때가 있음을 얘기하고 있다. 여기서는 영원히 죽지 않을 두 종류의 부류가 있다는 것을 말하고 있다. 성서에는 이런 부활의 때가 있음을 기록하고 있다. 사람도 만약에 결혼을 하게 되면 혼례가 이루어지는 날이 있다. 경전에 기록된 부활이나 영생도 마찬가지이다.

그래서 기준은 부활이나 영생이 이루어지는 날을 기점으로 그 전에 육체를 가지고 살다가 죽은 사람들이 있을 것이다. 그 다음은 부활이 이루어질 때, 육체로 살아 있는 사람들이 있게 된다. 이러한 상황을 안 연후에 위에 나온 요한복음의 의미를 보면 어떤 의미인지 이해할 수 있게 된다.

"나를 믿는 자는 죽어도 살겠고 무릇 살아서 나를 믿는 자는 영원히 죽지 아니하리니."라는 데서 나를 믿는 자는 죽어도 살겠다는 의미는 사람들에게 부활을 줄 수 있는 예수를 믿다가 육체가 죽은 사람들은 사실 육체가 죽었지만 영은 죽은 것이 아니란 의미이다. 앞에서 예수의 제자들의 영들이 죽지 않고 자고 있다가 나중에 예수께서 다시 올 때, 데리고 온다는 말을 떠올리면 이해가 쉬울 것이다.

그 다음은 무릇 살아서 예수를 믿는 자가 있다고 한다. 신약성서는 약속이 기록된 예언서이다. 그 예언은 예수가 다시 지상에 오므로 성취된다. 따라서 여기서 살아서 예수를 믿는 자는 살아생전 예수의 재림을 맞이하는 사람들이란 것을 알 수 있다.

이렇게 부활을 이루는 사람들은 두 부류의 사람들이다. 하나는 육체는 죽어 없어졌지만 영은 성령으로 거듭나 다시 세상에 오게 되는 부류들이다. 또 하나는 육체를 가지고 살아 있을 때, 예수가 와서 예수를 믿는 사람들이다. 이 사람들은 육체가 죽지 않고 영원히 살게 된다는 것이다.

앞에서 여러 번 언급하여 알 수 있겠지만, 부활의 종류는 이렇게 두 부류임을 명심해야 한다. 그리고 덤으로 하나 더 덧붙이면 부활 때는 성령으로 거듭난 영들은 자다가 다시 영으로 세상에 오고, 육체를 가지고 예수를 만나 깨달은 사람들은 그 성령과 신인합일이 되는 셈이다. 이렇게 오묘한 부활이 있지만 사람들은 그 사실을 모르니 어찌 할까?

부활에 대하여 하나 더 살펴보고자 한다.

"예수를 죽은 자 가운데서 살리신 이의 영이 너희 안에 거하시면 그리스도 예수를 죽은 자 가운데서 살리신 이가 너희 안에 거하시는 그의 영으로 말미암아 너희 죽을 몸도 살리시리라."고 로마서 8장 11절에 기록되어 있다.

이것도 앞의 내용과 유사한 것으로 예수는 2천 년 전에 십자가를 지며 여러 사람들과 함께 죽었다. 그런데 그는 3일 만에 다시 살아나 그의 제자들과 함께 먹고 마시며 40일을 함께 보냈다. 그 후, 예수는 하늘로 승천을 하였다. 그래서 이 땅에는 예수의 시체가 없는 것이다.

그런데 위의 글에서 예수를 그렇게 죽은 자 가운데서 살리신 이의 영이 있다는 것이다. 예수를 살리신 영은 하나님의 영이다. 하나님의 영은 성령이다. 그런데 예수를 살리신 그 영이 나중에는 사람들의 육체 안에 들어갈 때가 있다는 것이다. 그때가 되면 죽을 몸도 더 이상 죽지 않고, 영원히 살게 된다는 것이다. 이 장면을 설명할 수 있는 내용이 또 있어 여기 소개한다.

"보라 내가 너희에게 비밀을 말하노니 우리가 다 잠 잘 것이 아니요, 마지막 나팔에 순식간에 홀연히 다 변화하리니 나팔소리가 나매 죽은 자들이 썩지 아니할 것으로 다시 살고 우리도 변화하리라 이 썩을 것이 불가불 썩지 않을 것을 입겠고 이 죽을 것이 죽지 아니함을 입으리로다. 이 썩을 것이 썩지 아니함을 입고 이 죽을 것이 죽지 아니함을 입을 때에는, 사망이 이김의 삼킨 바 되리라고 기록된 말씀이 응하리라. 사망아 너의 이기는 것이 어디 있느냐, 사망의 쏘는 것은 죄요, 죄의 권능은 율법이라. 우리 주 예수 그리스도로 말미암아 우리에게 이김을 주시는 하나님께 감사하노니."라면서 예수의 제자 바울은 고린도 전서 15장 51~57절까지에서 밝히고 있다.

이 모든 것이 비밀이라니 사람들이 잘 알 수 없는 분야임을 알 수 있다. 그런데 이 부활은 마지막 나팔소리에 일어난다고 한다. 이런 단어 단어가 경전을 이해하는 중요한 단서가 된다. 마지막 나팔소리를 사람들은 모른다. 그러나 비밀을 말한다고 하였으니 무엇인가 알려주는 내용을 나팔소리로 비유했음을 짐작케 한다.

그 마지막 나팔은 요한계시록 11장 15절에서 실제로 불려진다.

"일곱째 천사가 나팔을 불매 하늘에 큰 음성들이 나서 가로되, 세상 나라가 우리 주와 그 그리스도의 나라가 되어 세세토록 왕노릇 하시리로다…후략."라고 한다.

그 나팔소리의 내용을 알아보니, 이제 창세기로부터 시작된 예언이 이루어지고 있는 과정임을 알 수 있다. 창세기에서 뱀에게 빼앗겼던 창조주의 나라를 다시 되찾았다고 나팔을 불고 있는 장면인 것이다. 그래서 귀신이 통치하던 세상이 이제 창조주 하나님과 그리스도의 나라가 된다고 외치고 있는 것이다. 그곳에서 하나님과 그리스도가 왕이 되니 이제 창세기에서 잃어버린 이 세상을 되찾은 것이 아니고 무엇이겠는가? 이 나팔소리가 불려질 때가 부활의 때일 것이고, 이때가 살아서 예수를 믿는 자들이 부활을 이룰 때인 것임을 알 수 있다.

그렇게 되찾고 보니, 비밀이 열리고 영으로 잠자던 자들도 살아나서 이 땅에 오게 되는 것이다. 그 시기는 바로 계시록에서 불려지는 마지막 나팔이 불릴 때임을 알 수가 있다. 이때 순식간에 홀연히 사람들이 변화를 받게 된단다. 어떻게 변화될까?

나팔소리를 듣고 그 곳으로 와보니, 죽어 사라졌던 영들이 다시 세상으로 돌아와서 육체와 함께 하니 육체 가진 사람들도 변화를 받는다는 것이다. 즉 육체 가진 자들은 나팔소리를 듣고 그 나팔을 부는 곳으로 가서 그 전말을 다 듣게 되고 깨닫게 되고, 자다가 예수와 함께 온 성령들은 그 깨달은 육체 안으로 들어가게 된다. 이것이 신인합일이다. 사람의 육체에 악령이 나가고 성령이 들어왔으니 변화를 받을 수밖에 없지 않는가?

이렇게 썩을 수밖에 없었던 몸은 썩지 않을 것을 입고 죽어 마땅한 영들은 죽지 아니함을 입게 되니, 이것이 해원(解冤), 쌍생(雙生)이 아닌가? '해원은 구원이란 의미이고, 쌍생은 둘 다 살게 된다'는 의미이다. 악한 영으로부터 구원이 되면, 나도 살고 너도 살게 되니 쌍생이다. 이로써 죽을 수밖에 없는 육체도 살게 되고, 이미 죽어 육체가 없던 영은 육체를 얻어 다시 살게 되니 둘 다 산 것이 아닌가? 이것을 민족종교의 용어로 표현하면 해원(解冤), 쌍생(雙生)의 참 실재인 것이다.

이렇게 썩을 육체가 성령으로 말미암아 썩지 않게 되고, 죽을 영이 죽지 아니함을 입는단다. 이렇게 될 수 있는 이유는 사망의 실체인 마귀신이 성령에게 져서 삼킨바 된 결과이다. 이것이 해원(解冤)이다. 예로부터 여러 종교에서 예언한 일들이 이렇게 이루어지니 예언은 이렇게 성취되는 것이다.

5. 말세라는 것은 성서를 비롯한 경서의 예언이 이루어지기 시작한 때를 말하며, 영생은 말세 이후에 인간 세상에 있어진다

이리하여 한 세상동안 세상과 육체를 차지한 사망의 신이 쫓겨나고 새 신이 돌아온 것이다. 그래서 창조주께서 용왕과 뱀에게 이르기를 "용왕아 너는 나를 이길 수 없느니라."하고 조롱한다. 너의 정체는 죄이고, 사망이며, 너는 율법이란 허울 좋은 것을 가지고 잠시내 세상을 미혹했지만, 너는 이렇게 끝나게 된다고 마귀 신에게 말하고 있는 것이다. 이렇게 죄와 사망인 귀신을 이길 수 있는 은혜는 하나님의 능력으로 가능하다고 바울은 말하고 있다.

그렇다면 이 영생은 언제부터 시작될까? 앞에서 그때는 마지막 나팔이 불려질 때라고 한,바 있다. 많은 사람들이 육체의 영생을 말하면 믿지 않는 이유가 아직 이 세상에서 자신들이 보는 가운데 죽지 않은 사람이 없었기 때문이다. 그런데 모든 일에는 시작이 있고, 과정이 있고, 끝이 있다. 시작해서 과정을 겪고 결과에 이르는 것이 모든 일의 이치이다. 종교도 똑 같다.

성서에는 '알파와 오메가'라는 말이 있다. 불서에는 무시무종(無始無終)이란 말도 있다. 우리민족 종교에는 성시성종(成始成終)이란 말도 있다. 모두가 시작과 끝이란 의미를 가지고 있다. 알파는 시작이고, 성서에서는 예언을 말한다. 오메가는 끝이고, 예언을 다 이룸을 의미한다. 즉 알파는 약속을 하는 것이고, 오메가는 약속이 이루진 상태를 의미한다.

무시무종(無始無終)이란 무에서 시작하여 무로 끝난다는 의미이고, 이것이 부처님의 역사라고 한다. 이때 무는 없다는 의미가 아니다. 색즉시공(色卽是空)이란 말의 의미이다. 색은 보이는 만물이고, 공은 보이지 않는 만물을 의미한다. 보이는 것이 육체나 자연이고, 보이지 아니 하는 것은 보이는 만물 안에서 보이게 하고 움직이게 하는 원동력을 의미한다. 예를 든다면 육체는 색이고, 영과 혼은 공이란 것이다. 대자연은 색이고, 창조주는 공이란 의미이다. 무시무종(無始無終)이란 부처님(창조주)이 시작하시고 부처님(창조주)이 완성하신다는 의미이다. 따라서 무시무종이란 부처님이 약속하신 것을 부처님이 이루신 상태를 의미함을 알 수 있다.

성시성종(成始成終)이란 말도 시작을 이루고, 끝을 이룬다는 말이다. 성시성종도 종교적으로 쓰이는 용어이다. 시작은 원인이고, 끝은 완성이다. 문제가 발생하여 시작이 되었고, 그 문제가 끝에 가서 해결되니 완성한다는 의미이다.

요한계시록 1장 8절에는 "주 하나님이 가라사대, 나는 알파와 오메가라. 이제도 있고, 전에도 있었고, 장차 올 자요 전능한 자라 하시더라."라고 기록되어 있다.

하나님 자신이 알파와 오메가란 것은 하나님이 종교를 시작했고 그래서 계획을 세웠고, 예언을 하였고, 그 계획과 예언을 하나님이 마지막 때, 이룬다는 의미이다. 이루려면 지상을 떠난 하나님이 다시 이 세상에 돌아오셔야 되지 않겠는가?

그래서 자신은 전에 있었던 것처럼 장차 세상에 돌아올 것이라고 하는 내용이다. 왜 오실까? 약속과 예언을 이루기 위해서이다. 하나님이 약속하신 것을 완성하기 위해서이다. 이렇게 하나님이 오시면 사람들께 알려야 되지 아니한가?

그래서 나팔을 불어 그 사실을 알린다는 것이다. 누구를 통하여 알리게 될까? 택한 사람을 통하여 알리게 된다. 그래서 나팔은 사람을 비유한 것이고, 사람의 입을 통하여 그 비밀이 공표된다는 사실을 암시하고 있다. 그리고 창조주가 오시는 목적은 사람들께 약속한 부활과 영생을 주기 위해서이다.

그러나 매사에는 때가 있는 법, 성서는 총 66권으로 이루어졌다. 제 1권은 창세기이고, 여기서 종교가 시작되었다. 그래서 이것이 알파가 된다. 창세기에서 지구촌이 뱀(귀신)에게로 넘어갔기 때문에 예언이 시작된 것이다.

그리고 성서 66권의 마지막이 요한계시록이다. 요한계시록에서 예언한 약속이 모두 이루어진다. 그래서 요한계시록 21장 6절에서 알파와 오메가인 창조주가 '이루었다'고 선언하신다. 그래서 요한계시록은 오메가의 역사를 다룬 내용임을 알 수 있다. 결국 부활과 영생은 요한계시록에 기록된 내용들이 실제로 다 이루어지면서 성취되게 된다. 이것이 성서의 예언이 완성되는 것이고, 기독교의 완성이며, 불교, 민족 종교, 모든 종교의 완성이 된다.

그렇기 때문에 성서에서도 요한계시록 이전에는 영생과 부활이 이루어지지 않고, 마지막 때 이루어진다고 계속 알려온 것이다.

"내 아버지의 뜻은 아들을 보고 믿는 자마다 영생을 얻는 이것이니 마지막 날에 내가 이를 다시 살리리라 하시니라… 중략… 나를 보내신 아버지께서 이끌지 아니하면 아무라도 내게 올 수 없으니, 오는 그를 내가 마지막 날에 다시 살리리라. 진실로, 진실로 너희에게 이르노니 믿는 자는 영생을 가졌나니."라고 영생이 아무 때나 이루어지는 것이 아니라, 마지막 때 이루어진다고 요한복음 6장 40, 44, 47절에서 설하고 있다.

그리고 이 영생은 아무나 할 수 있는 것이 아니라, 규칙이 있다고 한다. "영생은 곧 유일하신 참 하나님과 그의 보내신 자 예수 그리스도를 아는 것이니이다."라고 요한복음 17장 3절에서 말하면서 영생을 얻으려고 한다면, 하나님과 하나님이 보내신 자를 알아야 한다고 강조하고 있다. 이 말은 역으로 하나님과 그의 보내신 자 그리스도를 모르면 영생을 얻을 수 없다는 말이다. 따라서 영생을 얻으려면 하나님과 그의 보내신 자인 아들을 기록해둔 경서를 잘 이해해야 영생이 있는 것도 알고, 하나님과 그의 보내시는 자도 알게 될 것이다.

또 모든 경서에 예언한 말세 때, 나타나기로 예비된 구세주를 알아야 영생을 얻을 수 있다. 말세 때는 그가 창조주께서 보내신 자가 되기 때문이다. 그를 알려면 그를 먼저 찾아야 한다. 찾는 방법은 각종 경서들이다. 그러나 어느 경서에 창조주께서 보내신 구세주에 대하여 확실히 잘 기록하고 있는가라는 문제는 앞에서 언급한 것처럼 자신이 여러 경서에 대하여 지식을 쌓은 후 결정할 수 있을 것이다.

불경에는 분명히 구세주의 이름을 미륵부처라고 기록해두었다. 민족경서에는 구세주의 이름을 정도령 또는 십승자라고 분명히 해두었다. 성서에도 구세주의 이름을 메시아, 이스라엘, 이긴 자 등으로 분명히 예언해두었다. 그러니 그 이름을 따라서 추적을 해보면 답을 찾게 될 것이다. 그 답을 찾으면 그것으로 끝나는 것이 아니라,

그 예언대로 출현한 구세주가 누구인지 찾아야 할 것이다. 찾을 수 있는 간단한 힌트 하나를 주면 그 구세주는 용을 '이긴 자'이다. 용은 마귀의 왕이다.

그리고 마태복음 11장 27절에는 하나님과 예수를 알 수 있는 방법을 잘 기록해두었다. "내 아버지께서 모든 것을 내게 주셨으니 아버지 외에는 아들을 아는 자가 없고, 아들과 또 아들의 소원대로 계시를 받는 자 외에는 아버지를 아는 자가 없느니라."고 명확히 기록하고 있다.

그런데 어떻게 계시를 받을 수 있을까? 계시는 앞에서 말한 마지막 나팔소리이다. 따라서 계시를 받기 위해서는 마지막 나팔소리를 듣기를 노력해야 할 것이다. 그럼 어떻게 마지막 나팔소리를 들을 수 있을까?

그것은 요한계시록에 있는 핵심내용을 이해하면 된다. 그런데 어떻게 어려운 요한계시록을 이해할 수 있을까? 계시록을 이룬 사람을 찾으면 될 것이다. 어떻게 계시록을 이룬 사람을 찾을 수 있을까? 그리고 그가 계시록을 이루었다는 것을 어떻게 증명 해 받을 것인가?

먼저는 여러 경서의 예언들을 종합 분석해 보면, 이미 계시록을 이룬 구세주가 이미 세상 중에 출현했다고 봐야 한다.

그 증거는 각종 경서에 예언으로 미리 기록해두었다. 그것이 격암유록에 기록된 삼풍지곡이고, 불서에 예언한 아뇩다라삼먁삼보리이고, 성서의 배도 멸망 구원이다.

그가 만약 경서에 기록한 구세주라면, 삼풍지곡 또는 아뇩다라삼먁삼보리 또는 배도 멸망 구원의 순리대로 온 사람이라는 것을 증거해야 한다. 삼풍지곡은 앞에서 소개한 것처럼 구세주가 출현하는 세 가지의 진리이다. 즉 제1풍 팔인등천악화위선이다. 제2풍 비운진우 심령변화이다. 제3풍 유로진로 십승자 출현이다. 이것을 성서에서는 하나님의 택함을 받은 일곱 금 촛대 교회가 지상에 세워진 후, 그 교회에서 배도하는 일이 있고, 그 후, 그 교회가 사단의 조직체에 의하여 멸망당하는 일이 있고, 그리고 하나님의 교회를 멸망시킨 그 사단의 조직체와 진리로 싸워 이기는 사람이 등장하게 되는데, 사단의 조직과 싸워 이기는 자가 바로 구세주이다. 그 구세주를 격암유록에서는 십승자(정도령)이라고 했고, 불서에서는 미륵부처라고 했던 것이다. 삼풍지곡을 불서에서는 아뇩다라삼먁삼보리라고 하였다.

세상에 이미 이 구제주가 나타났다면, 사람들은 그 구세주를 구하고 찾아야 할 것이다. 그 구세주는 우리가 살고 있는 세상에 출현하므로 그를 찾기 위해서는 세상의 많은 소리를 들어봐야 할 것이다. 만약에 구세주가 세상에 왔다면, 세상에는 그 소식을 이미 알고 있는 사람들이 있을 것이다. 그러나 그 중에는 가짜도 너무 많을 것이다. 그러나 우리가 과일밭에서 과일을 고르듯 그것을 고를 수 있다. 그러나 과일을 손에 넣으려면, 반드시 과일밭에 가서 과일을 직접보고 골라야 한다. 그 중에는 썩은 과일, 작은 과일, 색상이 좋지 않는 과일, 맛이 없어 보이는 과일 등 다양할 것이다. 그 중에서 싱싱하고 제일 좋은 것을 고른다면 대성공이다.

세상에서 구원자를 골라 찾는 것도 그와 다르지 않을 것이다. 그러기 위해서는 먼저, 세상 종교에서 하는 목소리에 귀를 기울여야 할 것이다. 그리고 그 소리를 들을 때, 자신이 기준도 없이 무작정 받아들일 것이 아니라, 경서에 기록된 것과 비교하면서 맞추어 가다보면 진짜를 만날 수 있을 것이다. 이때 주의할 사항은 선입견이나 타인의 말이다.

타인의 말은 안 들어서도 안 되고, 무작정 듣고 믿어서도 안 된다. 가능한 한 많은 사람들의 많은 것들을 들어보고 자신이 냉철하게 판단을 해야 할 것이다.

들을 때, 기준은 그가 만약 민족종교 측면에서 구세주를 말한다면 그가 말하는 그 구세주가 삼풍지곡의 노정(路程) 대로 세상에 출현되었는가를 물어보고 그 대로 출현된 인물이 아니라면 그는 가짜라는 증거이다. 또 그가 말하는 구세주가 불교에서 말하던 미륵부처라면 그가 아뇩다라삼먁삼보리의 노정대로 세상에 출현했는가를 물어보고 그 증거를 대지 못하면 그도 역시 가짜라는 증거이다. 또 그가 말하고 싶어 하는 구세주가 성경의 예언대로 온 구세주라면 그 구세주가 일곱 금 촛대 교회에서 배도한 일을 증거하고, 또 그 배도한 교회를 멸망시킨 사단의 조직체를 상대로 진리로 이기고 세상에 출현했느냐라고 물어서 그 증거를 댈 수 없다면 그 또한 가짜라는 증거이다.

앞에서 언급한대로 세상에 이미 구세주가 출현되어 있다면 세상 사람들 중에 이 소문을 알고 있는 사람들도 많을 것이다. 그런데 사람들이 아직 그 사람들을 만나지 못하고 있는 이유는 우리들의 귀와 눈을 가리는 사회적 힘이 작용하여서이다.

앞에서 분명이 언급 하였거니와 세상에 구세주가 출현할 때, 세상 모두는 종귀자(從鬼者)가 되어 있다고 하였다. 따라서 세상에 구세주가 나타나면 모든 종교 모든 세상은 귀신의 입장이 되어 그를 왜곡하고, 박해하고, 거짓으로 음해하고, 평가절하 하게 된다. 그것이 종교에서 예언한 영적 전쟁이라고 한 바 있다. 그래서 신약성서에도 핍박 받는 자가 복이 있다고 한 것이다.

세상 정치에서나 시민생활에서도 자주 볼 수 있는 일은 이간질이다. 어떤 특정 사람이나 단체에 대하여 경쟁을 지나치게 하다보면, 한 쪽을 이간질하는 경우를 종종 볼 수 있다.

앞에서 구세주가 출현하는 교단은 사회적 배경이 없는 신생교단이라고 지적한 바가 있다. 그에 반해서 기성교단은 사회적 정치적 어마한 배경을 가지고 있다. 왜냐하면, 기성 종교인들 대부분이 그 사회단체나 정치단체에 속해있기 때문이다. 예수 초림 때, 예수와 유대교 상황을 잘 대비해 보면 잘 이해할 수 있을 것이다.

그래서 이제 진정으로 세상 사람들이 구세주를 찾고자 한다면, 지금까지 '카더라방송' 즉 지극히 객관적이지 못한 누군가의 말에 의하여 편견을 가지고 있는 것들을 버려야 할 것이다. 그리고 세상에 나와 있는 종단 교단들의 교리들을 편견 없이 들어보는 것이 매우 효과적인 방법론이 될 것이다.

예수는 밤에 도적처럼 온다고 하였다. 밤은 오늘날과 같은 진리가 없는 상태를 비유한 것이고, 도둑처럼 오시는 이유는 그때 세상이 모두 마귀집단이 되어 있기 때문이다. 마귀가 세상 사람들과 종교인들에게 임하여 세상을 구원시키러 오는 구세주를 방해하고 핍박하고 대적하기 때문이다.

이 말을 귀담아 들어야 한다. 세상의 많은 신앙인들이 구세주를 찾아 구원받으려 하는데 마귀들에게는 그것이 좋을 리가 없다. 그래서 마귀가 세상 목자들에게 들어가 구세주에 대하여 음해하게 되는 것이다. 상대를 음해하기 가장 효과적인 방법은 상대를 이간질 시키는 일이다.

오늘날까지 그 이간질 중 가장 많이 써먹던 말이 '이단', '사이비'란 말이다. 이 말만 하면, 모든 사람들은 그 교단을 싫어하게 된다. 그러나 그 교단이 이단인지 창조주의 교단인지를 각자가 알아보지도 않고 한 쪽의 말만 믿어버린다.

그래서 이제 진정 각 경서에서 예언한 구세주를 만나기를 원하는 사람들은 자신의 나라에 존재하는 모든 종교와 교단들의 교리를 모아두고 하나하나 점검할 필요가 있다.

분명한 것은 이미 세상에 구세주가 왔다면 구세주는 그 기성교단에서 이단 사이비라고 하는 그 교단에 꼭꼭 숨어있을 것이다. 우리는 친구 간 사소한 다툼에서도 서로 이간질을 하는 경우를 종종 목격한다. 그런데 이때, 잘잘못을 가리는 방법은 두 사람의 말을 다 들어보는 것이 가장 현명한 방법일 것이다.

　이제 본 필자는 우리나라 및 세계의 모든 종교와 교단에게 자신의 교리를 다 공개하여보라고 외친다. 그리고 세계 만민들이 그것을 객관적으로 들어보길 요청한다.

　이 사실은 예수 초림 때도 그 당시 유대교에서는 예수를 '이단의 괴수'로 불러 유대인들이 예수께 가지 못하도록 한 것에서도 교훈을 얻을 수 있다.

　성서는 구세주와 구세주가 가지고 온다는 진리를 위하여 기도하고, 찾고, 두드리라고 했다. 간절히 구하는 자는 찾을 것이라고 하지 않았는가?

　사람들이 영생을 얻으려면, 이와 같이 노력하여 구세주를 만나야 한다.

제9장
종교와 과학

1. 생명에 대한 종교와 과학의 추구

여기서는 앞에서 과학자가 주장한 인간의 생명에 관한 연구를 종교와 비교하여 다루어보고자 한다. 앞에서 과학자가 주장한 내용을 쉽게 정리해 보면, 다음과 같다.

사람은 각자 23쌍의 염색체를 가지고 있는데, 23쌍의 염색체마다 끝 부분에 작은 입자 같은 것이 붙어있다는 것이다. 이것을 텔로미어(telomere)라고 한다. 텔로미어(telomere)를 우리말로 말단 소립자라고 한다. 말단(末端)이란 끝이란 말이고, 소립자(素粒子)란 작은 알갱이란 의미이다. 말단 소립자는 염색체 양쪽 끝에 6개의 염기가 한 층을 이루며 태어날 때는, 이 층수가 무려 9천 개 층 이상이나 된다고 한다. 이렇게 9천 개 층 이상으로 이루어진 말단 입자는 분열할 때마다 한 층씩 줄어들게 되며, 그 수가 어느 정도 이상 줄어들게 되면 유전자가 변화를 일으켜 사람은 노화가 시작되고, 이윽고 죽게 된다.

이것이 사람의 육체가 죽는 원인이라는 것을 게놈프로젝트의 유전자 검사를 통하여 발견한 것이다. 그래서 사람이 죽는 원인이 과학적으로 밝혀진 셈이다. 그렇다면 사람이 죽는 원인을 해결하면 사람은 더 이상 죽지 않게 된다는 것이 과학이 이루어놓은 현재까지의 성과라고 할 수 있다. 이것은 획기적이고 놀라운 발견이 아닐 수 없다.

그리고 사람이 죽음에서 탈피할 수 있기 위해서는 그 원인을 해결해야 할 것이다. 해결방법은 인간의 염색체에 붙어있는 말단 소립자가 정한 수 이상 닳지 않도록 하는 것이다. 아니면 닳은 만큼 다른 세포처럼 분열이 되어 그 수를 유지하는 것이 해결방법이 될 것이다. 그런데 앞장에서 소개한 것처럼 암이나 아메바 등 세포에는 말단 소립자 효소(telomerase)라는 것이 있어 세포가 분열을 멈추지 않게 되어 죽지 않는다는 것이다. 그래서 인간의 정상세포에도 암세포처럼 말단 소립자 효소(telomerase)가 있으면, 말단 소립자가 닳아 없어지지 않고 자율적으로 보충이 되어, 결국 사람의 육체가 무한히 살 수 있게 된다는 것이다.

그런데 이 말단 소립자를 인간의 정상세포에 다시 보충해줄 수 있는 방법이 있느냐는 것이다. 만약 말단 소립자를 인간의 정상세포에 보충하여 그것이 닳아 없어지지 않도록 할 수 있다면, 사람의 육체도 노화되거나 죽는 일이 없다고 한다. 그런데 그 방법이 있을까?

말단 소립자 효소(telomerase)는 죽지 않는 세포에서 발견되는데, 즉 암세포, 배아세포(germ line cell), 단세포생물(amoeba)과 일부분의 줄기세포(stem cell)에 존재하며, 이들의 세포들에서는 세포분열로 손실되는 말단 소립자 층을 다시 보충해주는 효소가 있어서 아무리 많은 세포분열을 하여도 말단 소립자 층은 줄어들지 않는다. 그러나 아직 이 말단 소립자 효소(telomerase)는 인간의 염색체에 적용시킬 수 있는 방법은 없다고 한다.

이런 현실에서 본 필자는 여기서 한 가설을 설정하여 인간이 죽을 수밖에 없는 이유와 인간의 육체가 노화 되지 않고 죽지 아니하는 방법에 대한 새로운 방법을 제안하고자 한다.

앞장에서 언급한대로 대부분의 종교 경서는 인간의 육체가 죽지 아니하는 영생을 목적하고 있다고 하였다. 그래서 본 필자는 종교 경서가 진리이고, 또 과학이 근본적으로 진리를 탐구하는 학문이라고 할 때, 두 진리를 서로 비교 분석 연구해본다면, 아직 인간의 육체가 노화와 죽음에서 벗어날 수 없는 상황에서 그 현답(賢答)을 찾을 수 있을까 하여 본 논고를 준비하게 되었다.

먼저 대부분의 종교가 영생을 목적으로 한다고 하는 대목을 나열해보자.

2. 불교

불교는 생로병사(生老病死)를 타파하기 위하여 설립되었고, 생로병사의 윤회에서 해탈되는 때의 사람을 성불한 부처라고 정의해 두었다. 성불(成佛)이란 '사람이 부처'로 승화 되는 것을 의미한다. 사람이 성불할 수 있는 조건은 진리로 깨달았을 때라고 기록되어 있다. 그래서 예로부터 부처란 '깨달은 자'란 의미로 배워왔다.

사람은 육체와 혼과 영으로 이루어져 있다. 사람이 깨닫는다고 할 때, 육체와 혼과 영(靈) 중에 무엇이 깨닫게 될까? 영이다. 영이 깨달으면 사람은 부처로 성불한다. 그렇다면 영은 두 종류로 나눌 수 있을 것이다. 한 영은 부처로 되기 전의 영이고, 또 하나는 부처가 된 후의 영이다.

이렇게 영의 차이에 따라 부처가 될 수 있고, 부처가 되지 못할 수도 있다. 그런데 불서에서는 부처로 된 사람은 무량수(無量壽)를 하게 된다고 한다. 무량수란 '한이 없이 많은 수명'이란 의미이다. 무량수는 영생(永生)을 의미함을 알 수 있다. 따라서 불서의 목적은 부처가 되는 것이고, 부처가 되면 사람들이 죽지 않게 된다는 것이다.

이것을 통하여 불교의 예언이 성취되면, 석가모니가 처음 출가를 한 목적이 비로소 성취된다는 사실을 깨달을 수가 있다. 석가모니는 처음 왕자의 권좌와 자식과 처를 버리고 출가를 한 이유는, 인간에게 반복되고 있는 생로병사를 없애는 방법을 터득하기 위해서였다. 이 중에 가장 어려운 과제가 사람의 죽음이었다. 그런데 그 죽음의 해결은 불경에 예언된 사람이 부처가 되면 해결된다는 사실이다. 그 어려운 문제가 말세가 되어 사람들이 부처로 성불이 되면, 가능하게 되는 것이다.

그런데 사람이 죽지 않는 영원한 생명을 가질 수 있기 위해서는 사람의 육체 안에 있는 영(靈)이 지금의 영과 다른 새로운 영(靈)이라야 한다는 것을 알 수 있다.

모든 경서를 종합해 보면, 영에는 크게 두 종류가 있음을 알 수 있다. 하나는 악령(惡靈), 또 하나는 성령(聖靈)이다. 여기서 불서가 말하는 영생은 사람의 육체 안에 성령이 있을 때, 비로소 가능함을 알 수 있다. 그리고 사람의 육체에 성령이 들어갔을 때, 그 상태를 '성불했다', '부처가 되었다'고 할 수 있다.

3. 도교

인간의 수명의 장단(長短)에 관한 기록을 황제내경에서는 다음과 같이 전하고 있다.

"황제가 말하기를, 내가 듣건대 상고에 진인(眞人; 성령을 가진 사람)이 있어서 천지를 제설하고, 음양을 파악하고, 정기(精氣)를 호흡하며 독립하여 정신을 지켜 근육과 살이 한결같아 능히 '천지가 다하도록 살아 마침과 시작이 없었으니 그 도가 생한 것'입니다. 중고의 시대에는 진인(眞人)이 살았는데, 덕을 순박하게 하고 도를 온전히 하여 음양에 조화하고 사시에 조화를 이루어 세속을 떠나 정을 쌓고 온전히 하여 천지간에 다니고 팔방의 밖에서 일어나는 일들을 보고 들었는데, 이는 대개 그 '수명을 더해서 강해진 자이니 또한 진인'에 속한다. 그 다음에 성인이 있는데, 천지의 조화로움에 있고 팔풍의 이치에 따르며 세속의 사이에서 좋아하는 것과 욕심을 적당히 조절하여 성내는 마음을 없애고 행동은 세속을 떠나고자 하지 않되, 거동은 세속을 본받으려 하지 않고 밖으로 일에 모음을 수고롭게 하지 않고 안으로는 근심하지 않으며 고요함으로 일삼고 스스로 얻음으로 가히 '백 살을 살았다.' 그 다음으로는 현인이 있어서 천지의 업을 따르고 일월을 본받았고 별들을 판별하고 음양을 역종하고 사시를 분별하여 바야흐로 상고를 본받아 도에 합하여 했는데, 가히 '수명을 더하기는 하였으나 죽는 때'가 있었다고 합니다."

본 내용에서는 사람의 수명이 시대가 지남에 따라 줄어들고 있는 과정을 설명하고 있음을 알 수 있다. 또 동시에 시대가 흐름에 따라 도(道)가 낮아지고 있음과 그로 말미암아 마음의 정기가 낮아지고 있음을 엿볼 수 있다. 따라서 사람의 수명은 도와 마음의 정기에 따라 증감될 수 있음을 예문을 통하여 깨달을 수가 있다. 또 동시에 도와 마음의 정기는 시대적인 것으로 시대에 의하여 따라 변해왔음을 발견할 수 있다.

앞의 예문에서 "태초의 상고에는 진인이 있어서 천지를 제설하고 음양을 파악하고 정기(精氣)를 호흡하며 독립하여 정신을 지켜 근육과 살이 한결같아 능히 천지가 다하도록 살아 마침과 시작이 없었으니 그 도가 생한 것입니다."라고 하듯이, 사람이 아주 옛날에는 '천지가 다하도록 살았다'는 것이다. 그리고 서서히 사람이 사는데 도가 낮아지면서 사람의 내면에 정기도 점점 없어져 마침내는 사람들이 단명할 수밖에 없는 운명이 처한 것임을 깨닫게 한다.

따라서 도교(道敎)는 도와 마음의 정기를 최초처럼 회복하여 '천지가 다하도록 살 수 있는 방법'을 구현하는 것이 목적이다. 그래서 도교는 불로불사(不老不死)를 목적으로 하고 있는 종교이다. 도경에는 사람이 불로불사를 하기 위해서는 불로초(不老草)를 먹어야 한다고 기록되어 있다. 도경에는 사람이 불로초를 먹으면 신선(神仙)이 된다고 기록되어 있기 때문이다.

이때 불로초를 먹기 전과 불로초를 먹은 후에 차이가 있을 것이다. 여기서 하나 간과해서는 안 될 교훈이 있다. 즉 도교(道敎)는 도(道)로서 사람들을 교화하는 종교이다. 그래서 위의 예문에서도 사람이 시대에 따른 도의 높고 낮음에 따라 수명이 좌우됨을 확인하였다. 앞에서 불서에는 사람이 진리로 깨달아야 부처에 이를 수 있다고 하듯이 여기서도 불로초가 진리를 비유한 것임을 잊어서는 바른 도를 이해할 수 없다.

이것을 통하여 구약성서에 사람이 먹으면 영원히 살 수 있는 생명과일의 실체도 사과나 복숭아 따위가 아님을 깨달을 수 있다. 또 아담과 하와가 먹고 죽었다는 선악과의 실체도 과일이 아님을 알아야 한다. 앞장에서도 살펴봤지만 사람의 생명은 영과 관계있다는 사실이다. 영은 음식을 먹을 수는 없다. 다만 '들어 먹을' 수는 있다.

사람에게는 마음, 정신 곧 영이 있다. 불로초는 풀이다. 따라서 풀이나 좋은 약초는 육체를 가꿀 수 있을지언정 영을 가꿀 수는 없다. 사람은 오직 진리로 깨달아 신선이 될 수 있다고 하였다. 깨달음이란 곧 '불로초 따위를 풀로 이해하는 것이 아니라, 만물을 사리에 맞게 이해하는 것들이다.' 깨닫게 되면, 비로소 불로초는 진리를 비유한 것임을 알 수 있다.

따라서 여기서 불로초를 먹고 신선이 된다 함은 사람이 진리로 '깨달으면 신선이 될 수 있다'는 것이다. 그렇다면 도교에서도 진리로 깨달으면 신선이 될 수 있고, 신선이 되면 늙지 않고 죽지 않게 될 수 있다. 불교에서 사람이 깨달아 부처가 되듯이, 도교에서도 사람이 깨달아 신선이 될 수 있다는 말이 된다.

이때, 깨닫는 것은 육체와 혼이 아니라, 영(靈)임을 알 수 있다. 그러므로 깨닫기 전의 영은 오늘날 사람들의 영과 같은 영이고, 깨달은 후의 영은 신선의 영이 될 것이다. 역시 영에는 두 종류로 악령과 성령이라고 할 때, 사람의 영이 성령으로 승화될 때, 신선이라고 부를 수 있으며, 신선이 되면 사람의 육체가 불로불사, 곧 영생을 할 수 있다는 결론을 도출할 수 있다.

4. 민족종교

우리나라 민족종교란 사실 세계에서 가장 긴 역사를 가지고 있다. 앞에서 주장한 한민족이 천손민족이고 삼신의 후손이라면, 한민족의 역사가 바로 종교가 될 수밖에 없다. 그리고 세계 모든 민족이 천손민족에 의하여 세계로 흩어진 민족이라면, 세계의 모든 종교의 원류는 한민족이라고 할 수 있다. 그래서 우리민족 종교는 예로부터 기독교 및 불교의 원리를 그대로 간직하고 있었다. 그 사실들을 천부경이나 신사기 등의 경서로 확인할 수 있다.

그의 대강을 요약해 보면, 한민족의 시조가 천부에게 태어났고, 그 천부는 지금도 실존하는 창조의 신이다. 그리고 시조로 시작된 한민족은 세계 각지로 흩어졌다. 그리고 처음은 시조로 시작된 천손사상을 대대로 가지고 세계 각지로 흩어졌다. 우리는 예로부터 높은 산에 올라가서 하늘에 제사를 올렸다. 그러나 하늘은 창조주의 다른 이름이다.

그리고 창조주는 자신의 후손들과 함께 하셨다. 그러면서 한민족은 세계로 흩어졌고, 흩어질 때, 창조주와 우리 역사에 대한 사상을 가지고 떠났다. 그 다음 창조주는 근동지역으로 이주하여 살게 된 아담을 통하여 인간 재창조의 역사를 시작하셨다. 그리고 아브라함 모세 예수 등을 통하여 유대교 및 기독교 문화가 형성하게 된 것이다.

그리하여 세계는 한민족의 고유 종교 사상이 있던 중에 같은 맥락의 계시신학이 유대교 기독교를 통하여 세계로 흩어가게 되었다. 그다음 한민족 집단에서 인도 쪽으로 뻗어간 민족이 있었으니 인도의 카필라왕국이란 나라에 왕자로 태어난 자가 바로 싯다르타였다. 그는 인간사에 생로병사의 어두운 그림자를 알고 그것을 해결하고자 왕궁을 떠나 출가를 하였다. 6년 만에 그는 끝없는 선정으로 하늘을 감동시켜서 하늘에서 음성을 받게 되었다. 그 하늘의 음성은 곧 창조주의 음성으로 볼 수 있다. 왜냐하면 창조주가 창조하면서 생긴 사실들을 주어서 받은 한민족의 경서와, 계시를 통하여 받게 된 성서와, 지금 이렇게 석가모니를 통하여 받은 하늘의 음성의 내용을 분석하면, 결국 하나라는 것이 증명되기 때문이다.

그것을 한마디로 하면 사람이 부처된다는 말이다. 그리고 싯다르타에게 음성으로 말해준 그 내용은 곧 한민족을 탄생시킨 창조주의 말씀이기 때문에 이 둘 사이에는 공통적인 내용이 없을 수 없고, 그 주제 면에서는 다를 수가 없다.

세상에는 이와 같은 종교들이 더 많이 있지만, 세계의 대표적 종교라고 할 수 있는 종교만을 두고 말해볼 때, 그렇다는 얘기다. 또 이슬람 등은 유대교나 기독교의 범주에 넣었기 때문에 따로 거론치 않기로 한다.

오늘날 세계의 종교의 원류는 그렇다. 그런데 21세기에 이르러서 지구촌은 다시 서로 이합집산을 이루며 세계로 이동하는 시대가 되었다.

그런 이동에 힘입어 종교의 종주국인 대한민국에는 세계의 수많은 종교들이 거의 유입되어 왔다. 그런데 지금 우리가 세계 대표적 종교 경서를 이렇게 비교하고 분석해 볼 때, 그 목적이나 주제 면에서는 일치한다는 것을 알 수 있다.

그래서 대한민국의 종교적 상황은 천손민족으로 뻗어온 창조주의 걸어온 실체의 역사의 현장이다. 그리고 그 내용은 후손들에게로 대대로 구전되어 왔고, 글로도 남겨져 왔다. 대한민국은 창조주가 시조를 낳고, 그 후손들이 끊이지 않고 이어져 온 것이니, 이 나라가 곧 종교의 핵심의 역사를 송두리째 가지고 있을 수밖에 없다는 말이다. 거기에 불교, 유교, 기독교 교리가 들어왔다. 이것은 큰 바닷물에서 강한 햇빛의 열기로 말미암아 증발된 수증기가 비로 지상을 적시다가 바다로 다시 유입되어 오는 상황과 같은 것이다.

그래서 우리민족 종교는 세계에서 가장 긴 역사와 종교의 핵심을 다 가지고 있다는 것이다. 앞에서 주역에서 주장한 인류의 기원과 종말은 시어간 종어간(始於艮 終於艮)이란 말과, 우리민족의 핵심사상인 성시성종(成始成終)으로 대신할 수 있다. 즉 인류의 시작과 종말은 한민족에 의하여 결정된다는 말이다. 앞에서 말한 한민족의 천손역사는 시어간(始於艮)이란 말과 성시(成始)란 말로 표현되었다면, 종말에 대한 말은 종어간(終於艮)이란 말과 성종(成終)이란 말이다.

그렇다면 인류의 역사가 한민족에 의하여 시작되었다는 말은 그렇게 정리되지만, 종말이란 것은 아직 이루어진 것을 확인하지 못한 상황이니 우리가 믿을 수 있는 근거가 없다. 그러나 본서 뒷부분에서 설명할 격암유록의 사답칠두에서 발전되는 신천신지와 십승지에 대한 것을 이해한다면, 인류의 완성의 역사도 한민족을 통하여 이루어진다는 놀라운 사실을 경험할 수 있을 것이다.

민족종교에서는 사람들이 정신개벽(精神開闢)이 될 것을 예언하고 있다. 그리고 개벽이 일어날 때는 선천 세상이 가고 후천 세상이 왔을 때라고 기록하고 있다. 이 정신개벽과 후천 세상이 바로 성종의 역사와 종어간의 역사에 대한 실상이다.

그런데 이 정신 개벽의 실상은 어떠할까? 이 정신 개벽의 실상을 깨닫게 되면, 인류 세상의 말세 때 이루어진다는 종말의 사건, 즉 완성의 사건을 온전히 이해할 수 있을 것이다.

그에 대한 설명은 이러하다. 만약 사람의 정신이 개벽되는 때가 있다면, 사람이 정신개벽이 이루어지기 전의 사람이 있을 것이고, 정신개벽이 이루어진 후의 사람이 있을 것이다. 그럼 개벽 이전의 사람과 개벽 후의 사람의 차이는 무엇일까? 정신개벽이 이루어지기 전의 사람들은 오늘날과 같은 선천의 사람들이고, 정신개벽이 이루어진 후의 사람들은 오늘날의 사람들과 다른 후천의 사람들이다.

전과 후의 차이는 정신의 차이다. 정신을 한자로 쓰면 정신(精神)이다. 정신이란 글자에 정 자를 빼면 신(神)이란 글자만 남는다. 따라서 정신개벽 전의 사람들의 신과 정신개벽 후의 사람들의 신은 다르다. 신에는 두 종류가 있다. 하나는 악신(惡神), 귀신이고, 또 하나는 성신(聖神)이다. 따라서 정신개벽 전의 신은 귀신 또는 악신이고, 후의 신은 성신이란 것을 알 수 있다.

민족 종교에서는 후천세상은 신명(神明)의 세상이라고 한다. 이때 신명(神明)이란 밝은 신을 의미한다. 귀신은 어두운 신이고, 신명은 밝은 신이다. 또 후천세상은 인존(人尊)시대라고 한다.

인존이란 사람들이 하늘 차원으로 존엄한 사람이 된다는 의미이다. 그리고 후천 시대에는 신명들과 사람들이 하나로 신인합일(神人合一)을 이루는 시대라고 한다.

선천 때는 귀신과 신인합일이 된 상태이고, 후천 때는 신명과 신인합일을 이룰 때이다. 신명을 다른 말로 성령이라고도 한다. 따라서 후천 때는 성령과 사람의 육체가 하나로 신인합일을 이루게 됨을 알리고 있음을 알 수 있다.

민족종교 경서에는 후천이 되어 사람들의 신명과 신인합일을 이루면, 쇠병사장(衰病死藏)이 없어지고, 불로불사(不老不死)하게 된다고 예언하고 있다. 따라서 민족종교의 최종 목적도 사람의 영생임을 알 수 있다. 그래서 결국은 인류 역사의 종말 또는 완성의 역사는 이전 시대는 끝나고 다음 시대가 오게 되는데, 오는 시대에는 불로불사, 즉 영생의 시대가 열리는 일임을 알 수 있다.

5. 선교와 기독교

앞에서도 언급한 것처럼 모든 종교의 핵심은 같다는 결론 위에 유불선을 구별하여 접근하는 것이 무슨 의미가 있겠냐마는 그래도 우리의 사고가 아직 그 단계가 아니라서, 이렇게 설명을 덧붙인다.

앞장에서 성서는 사람들에게 영생을 주기 위하여 기록되었다고 강조하였다. 그러나 사람이 영생을 하기 위해서는 성령으로 거듭나야 한다고 전제조건을 달아놓고 있다. 여기서 사람들이 성령으로 거듭나야 한다는 말속에 현재는 성령으로 거듭나지 않았다는 의미를 내포하고 있다. 사람들이 성령으로 거듭나지 않은 상태는 사람들의 영이 악령이란 사실을 뒷받침하고 있다. 또 성령으로 되었을 때, 영생할 수 있다는 말 속에 사람의 영이 악령일 때는 영생할 수 없다는 말이 내포되어 있음을 알 수 있다. 그래서 사람이 영생할 수 있게 되려면, 사람의 영이 성령으로 되어 있어야 함을 알 수 있다.

신약성서 요한복음 10장 35절에는 "말씀을 받은 자를 신이라 하였거든" 성서의 말씀은 곧 진리이다. 이 예문도 결국 사람이 진리로 깨닫게 되면 신이 된다는 말이다. 이때, 신이 되기 전에는 무엇일까? 사람의 육체에는 영이라고도, 정신이라고도 하는 존재가 있다고 내내 강조하여 왔다. 사람의 육체에 정신이 있다함은 사람이 신이라는 것을 말한다고 누누이 강조한 바 있다. 그런데 본 예문에서 "말씀을 받은 자를 신이라 하였거든"이라고 한 이유는 무엇인가?

말씀을 받기 전, 곧 진리로 깨닫기 전에는 '신은 신인데 귀신'이었다는 말로 이해하면 될 것이다. 그리고 말씀을 받은 후의 신은 어떤 신인가? 귀신이 아니란 것이고, 귀신이 아니면 곧 성신이란 말이다. 앞에서 말한 것처럼 사람의 수명은 도와 시간에 따라 점점 줄어져 왔다. 성서에도 그것을 명명백백(明明白白)히 증거하고 있다.

아담과 하와에게는 선악과실을 먹지 않고 생명실과만 먹으면 영원히 살 수 있다고 하였다. 이때가 태초요, 상고(上古)시대였다. 생명 과일은 앞의 도교에서 말한 불로초와 같이 진리를 비유한 말이다. 생명과일이 진리라면, 선악과실은 무엇일까? 진리가 아닌 거짓말이다. 그런데 아담과 하와는 선악과를 먹어버렸다. 선악과를 먹은 것은 곧 거짓말을 듣고 믿었다는 의미이다. 창조주의 말을 진리라고 하고, 귀신의 말을 거짓말이라고 한다. 경서에는 말을 곧 씨로 비유하였다. 사람의 육체는 창조주의 말을 들으면, 그 마음에 성령의 씨가 돋아나고, 귀신의 말을 들으면, 악령의 씨가 그 마음에 자라나게 된다. 사람이 진리 곧 말씀을 받을 때는 성신이었는데, 말씀을 버리고 거짓을 받았으니 귀신이 되었고, 따라서 사람은 영원히 살 수 없게 된 것이다.

그리고 아담과 하와의 후손들은 중고(中古)의 사람들이 되었고, 이때는 황제내경의 말처럼 노아 및 구약시대는 모두 9백 살 정도를 살았다는 기록이 있다. 우리의 옛 역사서를 보면, 배달 단군시대 때도 이와 같이 9백 살 전후로 살았다는 기록들이 있다.

황제내경에도 "상고에 진인(眞人)이 있어서 천지를 제설(諸說)하고 음양(陰陽)을 파악하고 정기(精氣)를 호흡하며 독립하여 정신을 지켜 근육과 살이 한결같아 능히 '천지가 다하도록 살아 마침과 시작이 없었으니 그 도가 생한 것'입니다."라고 하였다.

상고의 진인이 창세기의 아담과 하와 같은 사람이라 가정할 때, 경의 말씀은 다 진리로 통하고 있음을 알 수 있다. 천지를 제설(諸說)하고 음양(陰陽)을 파악한다 함도 천지의 모든 일을 깨달아 모두 말할 수 있고, 음양(陰陽)을 파악한다 함은 선과 악, 곧 생명을 주는 진리와 사망을 주는 거짓을 파악할 수 있는 사람을 나타내고 있음을 알 수 있다.

그러면서 점점 세월이 흘러 창세기 6장 3절에서는 사람의 육체와 함께 하던 성신(성령, 신명)들이 육체를 떠나버렸다. 사람의 육체에 생명의 인자인 성령이 떠나게 되자, 사람의 육체는 길면 120세까지밖에 살 수 없다고 결정해버린 것이다. 시편 82편에는 사람들이 이렇게 되기 전까지는 신들이었고 이때는 죽음이 없었는데 사람에게서 성신이 떠나게 되자, 사람의 수명이 이렇게 줄고 말았던 것이다. 그래서 사람의 생명은 재천(在天)이라 하였던 것이다. 즉 사람의 생명은 하늘에 달려 있다는 의미이다.

그런데 선교와 기독교 경서에는 불로초(생명실과)를 먹으면 다시 신선이 된다고 하였다. 그리고 다시 말씀을 받으면 신이 된다고 예언하였다. 이렇게 신선이 되고, 신이 될 날에 이르면 우리의 죽을 몸도 죽지 않게 되는데, 이는 진리로 깨달을 때, 비로소 있어지는 일이라 할 수 있다. 이때 진리는 어떤 역할을 할까? 진리는 우리의 육체는 '신이 사는 집'이란 사실을 알려준다. 그리고 진리는 현재 '우리의 육체 속에 거하는 신이 귀신임'을 일깨워 주는 역할을 한다. 그렇게 깨달을 때가 되면, 우리의 육체에 귀신 대신에 성신이 임한다. 그러므로 말미암아 사람의 육체가 영생을 하게 된다. 이렇게 완성된 지체를 신선, 부처, 신(神)이라고 부른다.

신약성서 마태복음 17장은 사람이 신선으로 변할 때의 모습을 보여주고 있다. 본장에서는 모세와 엘리야와 예수가 신선의 모습으로 변한 모습을 제자들에게 보여주고 있다. 이 모습이 바로 도교에서 말한 신선이 되었을 때의 모습이고, 불교에서 말한 부처가 된 모습이다. 또 요한복음 10장 35절에서 말한 "말씀을 받은 자를 신"이라고 한 것도 진리로 신선이 될 수 있음을 나타낸 말이라고 할 수 있다. 따라서 선교는 신선이 되는 교라고 할 수 있으며, 이런 차원으로 볼 때는 기독교도 선교로 분류될 수 있다.

6. 현재의 과학과 종교의 단계

지금까지 몇 종류의 종교 경서의 핵심을 들여다본 결과, 종교 경서의 목적은 영생이고, 영생은 사람 누구에게나 있는 영이 지금의 영에서 성령으로 재생되어야 가능함을 알 수 있었다. 그러니까 현재는 세상의 모든 사람들의 영이 악령으로 이루어져 있음을 알 수 있고, 따라서 사람들은 당연히 죽을 수밖에 없는 상황에 처해 있음을 알 수 있다.

여기서 다시 이야기는 과학으로 돌아가 본다. 오늘날 수많은 사람들이 과학을 탐구하고, 발전에 발전을 거듭하여 인간 유전자의 정체까지 조사를 다 하고, 사람의 육체가 늙고 죽는 이유까지는 밝혔다. 그러나 아직 사람의 육체가 더 이상 늙지 않고 죽지 않을 수 있도록 하는 방법은 찾지 못하고 있는 실정이다.

이것으로 종교 경서를 근거로 논리를 펴 봐도 아직 사람들의 육체는 죽을 수밖에 없는 상태임을 알 수 있다. 또 현재의 과학의 연구결과도 많은 진보를 보였지만, 아직 인간의 육체의 죽음을 막을 수 있는 방법을 발견하지는 못하고 있다.

그러나 과학도 사람의 육체가 죽지 않을 수 있는 목적의 그날을 위하여 열심히 연구를 하고 있다. 그리고 종교도 위에서 살펴 본 것처럼 영생의 목적을 가지고 미래를 향하여 가고 있음을 알 수 있다. 따라서 종교도, 과학도 서로 상반된 길을 걷는 것이 아니라, 같은 길을 가고 있음을 알 수 있다.

7. 영생이란 종교의 목적은 미래의 예언이었고, 과학도 영생을 향하여 가고 있으니, 언젠가 그 미래에 당도하면 영생은 올 수 있다

그래서 오늘날 세상에서 사람의 육체가 죽는 것은 당연한 결과라고 할 수 있다. 그러나 앞장에서 과학은 인간의 육체가 죽지 않을 수 있는 방법을 제시하고 있다. 그것이 말단 소립자 효소(telomerase)를 인간의 염색체에 응용 접목하는 일이다.

앞에서 과학의 연구결과로 얻은 사실은 사람의 염색체 말단에 붙어있는 텔로미어(telomere)의 마모는 결국 세포분열을 멈추게 하며 결국은 사람의 육체를 늙고, 죽게 한다는 것이다.

그런데 반하여 종교 경서에는 사람의 육체가 죽을 수밖에 없는 근거를 사람의 육체에 들어있는 영(靈)이 악령(惡靈)이기 때문이라고 결론짓고 있다.

과학에서는 사람의 죽음의 요인이 말단 소립자(telomere)의 마모에 의한다고 게놈 검사의 결과를 발표했다. 종교 경서에서는 사람의 죽음의 요인이 악령 곧 귀신임으로 결집된다. 여기서 우리는 사람의 죽음에 관한 더 확고한 데이터를 얻기 위해서 과학의 연구 결과와 종교 경서의 분석의 결과를 서로 비교 분석해볼 필요를 절감하게 된다. 이 둘 사이에는 어떤 상관관계가 있을까? 아니면 어떤 인과관계가 있을까?

공통된 것은 과학에서도 현재 상황으로는 사람이 죽을 수밖에 없다는 것이고, 종교도 또한 그렇다. 과학에서는 사람의 유전자에 죽음의 인자가 있다는 것을 발견했고, 종교 경서의 분석결과에서도 사람이 죽을 수밖에 없는 인자가 있다는 것으로 분석되었다.

과학의 연구결과는 사람의 염색체에 말단 소립자란 것이 있어 이것이 마모되어 닳아 없어지므로, 세포분열이 중지되어 사람이 사망에 이른다고 하는 이론이다.

그리고 종교 경서의 분석결과는 사람의 몸에는 육체와 혼과 영(神)이 있는데, 이 영에는 두 종류가 있다는 것이다. 하나는 악령인 귀신(鬼神)이고, 다른 하나는 성령 성신(聖神)이라는 것이다. 앞에서 서술한 대로 종교 경서는 사람의 육체에 있는 영이 새롭게 다시 나는 것을 목적으로 하고 있다는 것이다. 그리고 종교 경서에는 사람이 성신으로 다시 나면, 사람이 더 이상 죽지 아니한다고 서술하고 있다. 그렇다면 성신으로 다시 나기 전에는 사람의 육체 안에 있는 신은 귀신이란 것을 나타낸다. 따라서 사람의 육체 안에 귀신이 있으면 사람은 언젠가는 죽게 됨을 알 수 있다.

그러므로 사람의 육체가 죽는 이유는 사람 안에서 살고 있는 귀신 때문이라고 할 수 있다. 귀신도 영이다. 영은 사람의 육체 속에서 살고 있다. 사람의 세포에 암이 생기면 정상 세포와 암세포 함께 살게 된다. 정상 세포도 분열을 하고 암세포도 분열을 한다. 고추밭에 잡초가 나면 함께 자란다. 잡초가 무성하면 고추나무가 약해지고 결국은 죽고 만다.

사람의 몸에 정상세포보다 암세포가 더 기력이 세고 강하면 정상 세포는 점점 기력을 잃고, 결국은 암세포는 강력하게 자란다. 정상

세포는 서서히 힘을 잃고 죽는다. 암세포는 점점 강하여져서 온 몸을 잠식한다. 결국 사람은 암으로 말미암아 죽는다.

사람의 몸에 귀신이 살면 사람은 죽게 되고, 성신이 살면 살게 된다. 고추밭에서 잡초를 제거해주지 아니하면 고추가 죽는다. 사람의 세포에 암세포를 조기에 발견하여 없애주지 아니하면 정상세포는 죽고, 사람도 죽게 된다. 이처럼 사람의 육체에 사망의 인자를 가진 귀신을 제거하지 아니하면, 사람은 영원히 죽을 수밖에 없다.

그렇다면 사람의 영과 사람의 염색체는 사람의 육체를 죽게 한다는 면에서 서로 상관관계가 있음을 발견할 수 있다. 어떤 상관관계가 있을까?

이는 사람의 몸이 성령으로 변화 되었을 때는 텔로미어(telomere)가 마모 되지 않거나, 텔로미어(telomere)가 계속 다른 세포들처럼 마모되어 없어진 만큼 세포분열이 이루어져서 텔로미어(telomere)가 필요이상으로 짧아지지 않게 하는 메커니즘을 생각할 수 있다.

만약에 이 가설이 실험으로 증명된다면 종교 경서에 예언된 영생(永生)은 과학적으로도 증명이 되는 셈이다. 그 결과 영생은 우리들에게 현실로 나타나게 될 것이다. 이 결과를 얻을 수만 있다면, 종교의 예언도, 과학도 서로 진리란 것이 인정될 것이며, 영생이란 더이상 이상도 아니고, 허구도 아닌 현실이고, 실상임을 증명할 수 있는 획기적인 계기가 될 것이다.

8. 성령의 몸과 악령의 몸의 피를 구하여 유전자 검사를 할 수 있는 방법이 있을까?

대부분의 종교 경서에 기록된 내용을 종합해 보면, 이 시대를 사는 모든 사람들은 자신의 영이 성령인 사람은 한 사람도 없다. 그렇기 때문에 모든 사람들은 죽을 수밖에 없다. 그렇다면 과학에서는 인간 게놈(인간 유전자) 검사를 통하여 감식한 유전자는 모두가 악령의 육체에서 취출한 것임을 알 수 있다. 그러면 앞에서 과학자들이 실험을 통하여 얻는 유전자 검사의 결과는 모두 악령의 육체에서 얻은 결과라고 할 수 있을 것이다. 그 악령의 육체에서 얻은 피로 검사를 한 결과 텔로미어(telomere)의 마모였던 것이고, 그 결과로 모든 사람들은 죽을 수밖에 없다는 답을 얻은 것이다.

그렇다면 인간의 육체의 영생을 증명하기 위해서는 무엇이 반드시 필요할까? 성령의 육체에서 나온 피가 필요할 것이다. 그런데 온 세상 사람들이 성령을 입은 사람이 한 사람도 없는데, 성령의 육체에서 나온 피를 어떻게 구할 수 있다는 말인가?

성서에는 예수가 하나님의 아들이라고 소개하고 있다. 그리고 마태복음 1장 18~21절에는 예수의 탄생을 이렇게 기록하고 있다. "예수의 모친 마리아가 요셉과 정혼하고 동거하기 전에 '성령으로 잉태된 것'이 나타났더니… 그 남편 요셉은 의로운 사람이라, 저를 드러내지 아니하고 가만히 끊고자 할 때, 주의 사자가 현몽하여 마리아에게 잉태된 자는 '성령으로 된 것'이라, 아들을 낳으리니 이름을 예수라 하라, 그는 백성을 저희 죄에서 구원할 자이시라." 이는 마리아가 남자와의 동침 없이 여자 홀로 예수를 낳았다는 것이다.

여기서 주목해야 할 사항은 예수의 육체에 임한 영이 성령이란 사실이다. 이것은 성서를 통하여 보면, 이 당시 예수만이 유일하게 성령으로 태어난 사람임을 시사하는 내용이다.

그렇게 성령으로 태어난 예수는 십자가에 못 박혀 죽었다. 요한복음 19장 33~42절까지의 내용이다. "예수께 이르러는 이미 죽은 것을 보고 다리를 꺾지 아니하고, 그 중 한 군병이 창으로 옆구리를 찌르니 곧 피와 물이 나오더라… 중략… 또 다른 성경에 저희가 그 찌른 자를 보리라 하였느니라. 아리마대 사람 요셉이 예수의 제자나 유대인을 두려워하여 은휘하더니, 이 일 후에 빌라도더러 예수의 시체를 가져가기를 구하매 빌라도가 허락하는지라 이에 가서 예수의 시체를 가져 가니라. 이에 예수의 시체를 가져다가 유대인의 장례법대로 그 향품과 함께 세마포로 쌌더라. 예수의 십자가에 못 박히신 곳에 동산이 있고, 동산 안에 아직 사람을 장사한 일이 없는 새 무덤이 있는지라. 이 날은 유대인의 예비일이요 또 무덤이 가까운 고로 예수를 거기 두니라." 이처럼 예수는 죽어 장사까지 지내며 무덤에 묻혔던 것이다.

그런데 그는 삼일 만에 다시 살아났다. 요한복음 20장 3~16절이다. "베드로와 그 다른 제자가 나가서 무덤으로 갈 쌔, 둘이 같이 달음질하더니 그 다른 제자가 베드로보다 더 빨리 달아나서 먼저 무덤에 이르러 구부려 세마포 놓인 것을 보았으나 들어가지는 아니하였더니, 시몬 베드로도 따라 와서 무덤에 들어가 보니 세마포가 놓였고, 또 머리를 쌌던 수건은 세마포와 함께 놓이지 않고 딴 곳에 개켜 있더라. 그 때에야 무덤에 먼저 왔던 그 다른 제자도 들어가 보고 믿더라. (저희는 성경에 그가 '죽은 자 가운데서 다시 살아나야 하리라' 하신 말씀을 아직 알지 못하더라) 이에 두 제자가 자기 집으로 돌아가니라. 마리아는 무덤 밖에 서서 울고 있더니, 울면서 구부려 무덤 속을 들여다보니, 흰 옷 입은 두 천사가 예수의 시체 뉘었던 곳에 하나는 머리 편에, 하나는 발편에 앉았더라. 천사들이 가로되, 여자여 어찌하여 우느냐 가로되, 사람이 내 주를 가져다가 어디 두었는지 내가 알지 못함이니이다. 이 말을 하고 뒤로 돌이켜 예수의 서신 것을 보나 예수신줄 알지 못하더라. 예수께서 가라사대, 여자여 어찌하여 울며 누구를 찾느냐 하시니, 마리아는 그가 동산지기인 줄로 알고 가로되, 주여 당신이 옮겨 갔거든 어디 두었는지 내게 이르소서 그리하면 내가 가져 가리이다. 예수께서 마리아야 하시거늘 마리아가 돌이켜 히브리 말로 랍오니여 하니.(이는 선생님이라)" 이렇게 십자가에 죽어 장사까지 치러졌던 예수는 다시 살아났다.

그런데 예수가 이렇게 죽은 자 가운데서 다시 살아날 수 있었던 것은 성령의 능력 때문이라고 한다. 예수의 육체 안에 있던 영은 성령이었던 것이다. 로마서 8장 11절을 보자. "예수를 죽은 자 가운데서 살리신 이의 영이 너희 안에 거하시면, 그리스도 예수를 죽은 자 가운데서 살리신 이가 너희 안에 거하시는 그의 영으로 말미암아 너희 죽을 몸도 살리시리라."처럼 예수가 죽은 자 중에 다시 살 수 있었던 것은 예수의 육체 안에 있던 영이 성령이었기 때문이라고 한다. 그러면서 그 성령이 너희들, 곧 사람들의 육체에 들어가면 죽을 몸은 죽지 않게 된다고 한다.

여기서 성령이 사람의 육체 안에 들어가면 죽을 몸이 안 죽게 된다는 말처럼 예수는 많은 사람들 중에 다시 태어날 수 있었던 것이다.

그래서 여기서 본 필자는 특이한 제의를 하고 싶다. 이 예수의 피를 수집하여 피검사를 해본다는 것이다. 만약에 우리가 지금 예수의 피를 취할 수 있다면, 그 피를 검사를 해서 그 피 안에 있는 염색체를 검사 해본다는 것이다. 만약에 그 피를 구할 수 있고, 또 그 피를 검사할 수 있다면, 그의 염색체가 보통 일반인들의 염색체와 어떤 다른 점이 있는가를 살펴볼 수 있을 것이다.

그리고 예수의 피의 염색체에 말단 소립자(telomere)의 상태를 살펴볼 수 있을 것이다. 그리고 그 피에 말단 소립자 효소(telomerase)가 있는지를 실험해볼 필요가 있을 것이다.

그런 실험을 거쳐서 만약에 예수의 피에 말단 소립자(telomere)의 상태와 소립자 효소(telomerase)가 있음이 확인된다면, 성령의 사람은 죽지 않게 된다는 사실이 과학적으로도 입증될 것이다. 그리고 예수가 성령으로 낳고, 부활을 이루었다는 모든 사실도 인정하지 않을 수 없을 것이다. 뿐만 아니라, 이것이 밝혀지므로 과학자가 연구한 사람의 육체의 영생이 사람 안의 영이 성령으로 거듭남으로 가능함을 증명할 수 있을 것이다.

또 이 실험의 결과로 성령으로 거듭나면, 사람의 육체가 죽지 않게 된다는 사실도 입증할 수 있게 될 것이다. 뿐만 아니라, 사람들이 영생을 하려면, 종교 경서에 예언한 대로 성령으로 거듭나는 길이 유일한 방법이란 사실을 알게 될 것이다.

이는 참으로 당대의 가장 큰 실험이 될 것이고, 세상의 이목을 다 집중시킬만한 아주 큰 과학적 종교적 연구과제가 될 것이다.

9. 현재 스페인 오비에도 성당에 보관돼 있는 예수의 무덤에서 발견된 수건과 이탈리아 투린 성당에 보관돼 있는 세마포(수의)에 묻은 예수의 피는 아직 살아있다

현대의 사람들에게는 육체에 성령이 없기 때문에 성령의 육체의 유전자를 검사할 수 없다. 그렇다면 사람의 육체에 성령이 들어가게 되면 사람이 죽지 않는다는 것과 과학에서 연구한 말단 소립자(telomere)에 말단 소립자 효소(telomerase)가 있어 말단 소립자가 마모되는 만큼 생성이 되면, 사람이 죽지 않게 된다는 가설을 입증할 방법이 없게 된다.

그런데 현대에 와서 이를 밝힐 수 있는 기적적인 일이 일어났다. 다름이 아니라, 오비에도 성당과 이탈리아의 투린 성당에는 아직도 예수께서 십자가에 죽은 후, 시체를 덮고 있던 손수건과 세마포(수의)가 잘 보존되어 있기 때문이다. 이것은 종교적으로, 과학적으로 사람이 영생할 수 있다는 가능성을 입증할 천재일우(千載一遇)의 기회라고 보여지며, 이는 본 논자(論者)에게 사람들에게 있을 인류의 최대의 희소식인 영생이 확실히 있음을 공보(公報)하라는 천명(天命)으로 느껴지기도 한다.

'예수의 수건'은 요한복음에 처음 기술돼 있으며, 현재 오비에도 성당에 보관돼 있는 손수건이 2000년 전 그 예수의 손수건이라는 것에 이견을 다는 학자는 없다.

"…안식 후 첫날 이른 아침 막달라 마리아가 무덤에서 돌이 옮겨진 것을 제자들에게 알리고 제자들이 와보니 머리를 쌌던 수건(Sudarium)은 세마포와 함께 놓이지 않고 딴 곳에 개켜 있더라…" 요한복음 20장 1~8절의 기록이다.

더욱이 놀라운 것은 예수의 피가 아직도 살아 있다는 것이다. 유전자 검사는 백혈구가 살아 있어야만 가능하다. 이 때문에 사람이 사망한 후에는 유전자 염색체 검사를 할 수 없다. 그런데 웬일인가, 웬기적인가, 예수의 피는 사후 2000년이 지났음에도 불구하고 아직도 여전히 살아 있다는 것이다.

그리고 현대 과학자들이 "예수의 피를 유전자 검사한 결과, 남자의 염색체는 없고, 모계 쪽 염색체만 발견됐다는 것이다. 2000년이 지난 예수의 피가 아직 살아있다는 것도 모계 쪽 염색체만 발견되었다는 것도 있을 수 없는 기적이라는 게 과학자들의 평가이다."

"당시 유태인들은 시체를 세마포로 감싸기 전에 얼굴을 별도의 수건으로 가지런하게 묶은 후, 다시 수의로 감싸는 풍습이 있었다. 죽은 사람의 좋지 않은 표정을 보이지 않게 하기 위한 것이었다. 예수의 머리를 싸맸던 수건(84*53cm)에는 선명한 핏자국과 함께 머리에 씌워졌던 가시관을 서둘러 빼내고 수건으로 동여매는 과정에서 가시관의 조각들이 같이 묶이면서 수건이 가시에 뚫린 자국도 남아 있다. 예수의 무덤에서 발견된 이 수건은 이탈리아 투린 성당에 보관돼 있는 세마포(수의)와 별도의 행로를 밟게 된다."

여기서 매우 중대한 것 하나를 간과할 수 없다. 현대 과학자들은 죽은 사람의 피로써 유전자 검사한다는 것은 불가능하다고 한다. 사람의 피는 죽으면 유전자 염색체 검사를 할 수 없다. 그런데 예수의 피는 2000년이 지났는데도 불구하고 아직 백혈구가 살아있다는 검사결과를 얻었다.

이것만으로 확실해진 것이 예수의 피는 보통사람들의 피와 다르다는 것이다. 뿐만 아니라, 우리는 여기서 매우 다양한 큰 기대를 할 수 있다. 오늘날의 사람들은 모두 죽으면 피도 죽게 되는데, 예수의 피는 그렇지 않다는 점이다.

여기서 예수의 피와 오늘날 사람들의 피는 과학적으로 매우 다른 성분이란 것을 알 수 있다. 그런 차이를 가져다 준 요인은 무엇일까? 예수도 오늘날의 사람들도 다 같은 사람이다. 그런데 예수의 피는 2000년이 지나도 죽지 않고 살아있다. 그러나 오늘날의 모든 사람들은 죽으면 피도 동시에 죽는다.

여기서 우리가 예수와 오늘날의 사람들과의 다른 점은 오직 영의 차이밖에 없다는 사실을 발견할 수 있을 뿐이다. 예수는 성령으로 태어난 사람이라고 성서는 기록하고 있다. 경서를 통하여 알아보면, 오늘날의 사람들은 성령으로 태어난 것이 아니라, 악령으로 태어났다고 할 수 있다.

이 사실이 맞다면, 예수의 피와 오늘날의 사람들의 피가 다른 원인이 영이 다르기 때문이라고 결론지을 수 있다. 이는 참으로 큰 발견이 아닐 수 없다.

그리고 과학자들이 이 예수의 피를 이용하여 여러 가지 연구를 할 수 있을 것이다. 첫째로 과학 분야에서 결론을 얻은 사람의 육체가 죽는 원인이 사람의 염색체의 말단 소립자가 닳아 없어지는 것이라고 한 것에 대한 연구를 시도해볼 필요가 있을 것이다. 즉 예수의 피에서 말단 소립자를 취출하여 검사를 시행하는 것이다.

두 번째는 예수의 피와 오늘날의 사람들의 피와 다른 점이 또 무엇이 있는지 찾아보는 실험이 필요할 것이다. 두 쪽의 피가 과학적으로 차이가 난다면, 영과 피의 상관관계를 살펴볼 수 있을 것이다. 그렇다면 우리는 그 피와 영의 상관관계를 통하여 부활과 영생에 대한 매우 의미있는 연구결과를 기대할 수 있을 것이다.

그리고 이런 연구를 통하여 경서에 기록된 내용이 허위가 아니라, 사실이란 것을 뒷받침 할 수 있게 될 것이다. 그러므로 경서에 기록된 다른 내용들도 사실일 것이란 확신을 가지게 할 수 있을 것이다.

또 일반 사람들은 사람의 육체가 죽으면서 피도 동시에 죽지만, 예수의 피는 죽지 않았다는 사실은 그 피의 성분으로 예수가 죽은 자 가운데서 다시 살아날 수 있었다는 가설을 세워 볼 수도 있을 것이다. 그리고 그 피가 성령으로 이루어진 사람에게 있었으므로, 그렇다면 성령이 죽은 사람을 살릴 수 있는 능력의 실체임도 확인될 것이다.

종교 경서에는 일반 사람들에게도 성령을 받을 수 있는 길을 예언하고 있다. 이 연구결과로 종교에서 예언한 영생과 부활도 실상으로 실현될 수 있다는 확신을 가질 수 있게 될 것이다. 그러므로 종교 경서에서 예언한 부활과 영생이 헛된 것이 아니란 사실도 깨닫게 되는 계기가 될 것이다. 또 종교 경서의 예언은 과학적이란 결과도 얻을 수 있을 것이다.

그리고 사람의 육체에 성령이 임하면 영생을 할 수 있고, 영생을 할 수 있기 위해서는 우리들도 산 피로 변화 받을 수 있게 된다는 사실을 추론할 수가 있다.

사람의 마음이 즐거우면 몸에서도 엔돌핀 같은 호르몬이 분비되어 건강해지고, 마음에 심한 스트레스를 많이 받으면 아드레날린이란 호르몬이 분비되어 건강이 나빠지듯이 사람의 영이 성령이 되면, 피의 성분도 영생할 수 있는 피로 변화될 수 있음도 가늠해 볼 수가 있을 것이다.

마음이 건강을 좌우하듯 영은 생사를 좌우하는 저울임을 유추할 수 있는 것이다. 이 모든 것을 가능케 하는 것도 다 신의 능력임을 새삼 깨닫게 된다.

이 모든 것을 시험해볼 수 있는 계기가 되는 것은 천 조각에 불과한 하나의 수건이다. 이 수건은 예루살렘에 보관돼 오다가 1100년대 스페인 오비에도의 주교 페라요가 입수해 북아프리카를 거쳐 스페인으로 옮겨왔다. 당시 수건은 다른 성물들과 함께 은상자에 담겨 안전하게 이동됐었다고 기록은 전하고 있다. 최근 연구에서 투린의 세마포(수의)와 오비에도 수건의 혈흔을 정밀 분석한 결과, 동일한 시신에 사용됐던 것으로 확인되기도 했다.

한편 투린의 세마포는 한 때 중세 때 조작된 수의로 발표됐었지만, (중세 때 성당이 화재로 타면서 세마포의 훼손된 부분을 수녀들이 원본과 짜깁기한 부분을) 잘못 검사했다는 정황이 드러난 데다, 세마포 혈액 검사 및 3D 분석 결과, 예수의 수의가 확실하다는 평가가 확산되고 있는 상황이다.

10. 이제 남은 과정은 과학자들의 몫이다

그렇다. 이제 남은 작업은 간단하다. 이제 남은 과제는 과학자들의 몫이다. 과학자들은 이미 예수의 수건과 세마포에 묻은 혈흔을 채취하여 할 수 있는 많은 실험을 마친 상태이다. 이제 그 피와 오늘날의 사람들의 피와 다른 점이 무엇인지를 검사해 볼 필요가 있다. 또 염색체를 통하여 예수의 말단소립자(telomere)와 일반사람들의 말단 소립자를 비교분석해 본다. 또 예수의 염색체에는 말단소립자 효소 (telomerase)가 있는지를 확인해 본다. 그리고 이런 일련의 작업을 통하여 과학적 결과를 얻게 된다면, 이제 사람의 육체의 영생이 과학적 종교적으로 입증이 될 수도 있는 획기적인 전환점이 될 수 있을 것이다.

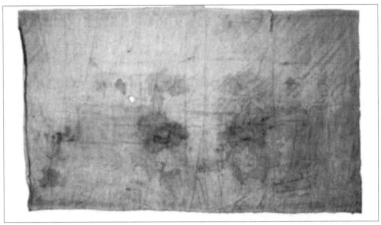

예수의 혈흔이 묻은 오비도에도 성당에 보관된 수건

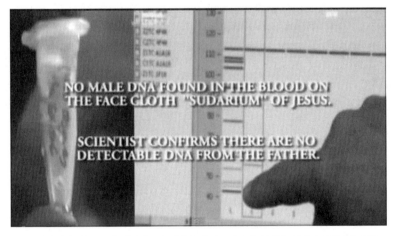

예수의 수건의 피는 아직 살아있으며 염색체 검사로 DNA에 남성의 인자가 발견되지 않음.
과학자들은 이 피에서 아버지로부터 온 DNA를 검출하지 못하였음을 확인함

여기까지가 앞장에서 사람의 육체가 영생할 수 있는 과학자가 주장하는 논리이다. 이제 본 필자는 세계에 계신 과학자들에게 이 과제를 드리고자 한다. 과학자들이 예수의 혈흔을 이용하여 본 필자가 제의하는 실험을 해보기를 부탁드린다.

예수의 피를 이용하여 예수의 피와 일반사람들의 피의 다른 점을 조사해달라는 것이다. 그리고 예수의 피에서 일반 사람들의 말단소립자와의 차이와 말단소립자 효소의 유무를 과학적으로 실험해달라는 것이다. 이 실험은 실로 세상을 놀라게 할 비중 있는 실험이 될 수 있을 것이다. 그리고 인류사회에 긍정적 큰 변화를 줄 수 있을 것이다.

11. 게놈(genome) 검사로 나타난 인류의 비밀

1999년에 일본의 NHK방송은 인간 게놈프로젝트에 관한 방영을 시도 하였다. 그 내용을 여기서 간략하게 기술하면, "인체의 약 60조의 세포는 게놈(genome)이라는 유전자 정보를 담고 있다. 아데닌, 티민, 우아닌, 시토신으로 이루어진 염기로 DNA를 구성하고, 이를 통해 다양한 아미노산 조합을 만든다. 이 다큐는 유전자에 대한 다양한 분석이 담겨 있는데, 만능키 유전자, 호메오 유전자, 돌연변이 등을 다룬다. 특히 미토콘드리아를 통해 추적한 인류의 조상이 20만년 전 아프리카의 공통조상을 두었다는 것이다. 인류가 500만년 전에 원인에서 분류되어 자바인, 북경인, 네안데르탈인을 분화시키며, 결국 아프리카의 공통조상에서 아시아인, 유럽인, 호주인 등이 아프리카인과 함께 탄생한 것이다."

"다큐 내용 중 일본인들의 조상을 추적하는 장면이 나오는데, 일본인은 단일민족이 아닌 한국, 중국과 그 밖의 많은 인종들이 모인 다민족이라는 결론을 얻는 장면이 있다."

그러면서 게놈(genome)에 대한 몇 가지 중요한 부분을 터치하고
있다.

첫째, "인체의 청사진 호메오박스라는 특유의 유전자가 있어 다양
한 생명체의 형태를 결정한다는 것이다."

둘째, "질병의 청사진으로써 돌연변이 유전자는 질병의 원인이 될
수 있으나 다양한 생명체가 있게 하는 역할을 한다는 것이다."

셋째, "인류에 대한 청사진으로 미토콘드리아 DNA에는 인간의
유전형질을 정하는 결정적인 단서가 들어있다. 이 DNA는 어머니의
몸을 통해 자식에게 전달되기 때문에, 어머니의 계보를 따라가면 인
간의 발달사를 밝혀낼 수 있다. 결국 인류의 역사는, 20만 년 전 아프
리카 사하라 사막 남쪽에 살았던 최초의 여인 '이브'에게로까지 거
슬러 올라간다고 볼 수 있다."고 한다.

넷째, "노화와 죽음에 대한 청사진으로 염색체의 끝에 있는 '텔로
미어'라는 말단 소립자가 있는데, 이 텔로미어는 세포분열을 할수록
길이가 짧아지기 때문에 인간에게 허락된 삶의 시간을 표시하는 것"
이라고 한다.

이 몇 가지 것들 중, 오늘의 주제인 텔로미어라는 것이 노화와 죽
음의 원인으로 밝힌 것이 개놈 프로젝트의 가장 중요한 의미라고
할 수 있겠다.

제10장
인류의 역사와 종교의 역사

1. 인간의 근본에 관한 사항과 인간의 역사 가운데 치명적인 영적 문제가 있다는 사실을 알려주는 곳은 종교 경서뿐이다

종교는 처음 어떻게 생겨났을까? 이는 인류의 역사가 처음 어떻게 생겨났을까? 라는 질문처럼 어렵다. 앞에서부터 줄곧 종교에 대하여 여러 모로 다루었기에 종교에 대한 필자의 견해를 이해할 것이다.

세상에 종교가 시작된 것은 먼저 세상에 인류 역사가 시작 되고 난 후부터다. 세상에 사람이 태어나지 않았으면 종교도 있을 수 없기 때문이다.

그리고 많은 생명체들 중 비단 사람만이 종교를 하는 이유는 사람만이 영(靈)을 가진 존재이기 때문이다. 인간은 육체와 영혼으로 구성된 생명체이다. 인간의 육체는 흙에서 그 성분을 찾을 수 있다. 그래서 인간의 육체는 흙에서 왔다는 것을 증명할 수 있다. 그런데 사람 속에 있는 영혼은 그 출처를 찾을 수 없다.

그래서 인간은 자신에 대해서도 잘 모르는 무지한 존재이다. 그래서 종교의 기본은 신이 인간에게 영혼의 출처를 알려줄 수 있는 유일한 통로이다. 그 신은 우리 인간을 있게 한 분이다. 따라서 종교는 우리에게 영과 혼을 주신 자가 시작했다는 것을 알 수 있다. 또 종교의 시작은 인간이 영을 가진 존재이면서도 자신에 대한 모르는 문제를 해결하기 위한 것이라고 말할 수 있다. 인간 자신이 자신에 대하여 모른다는 것은 인간 세상이 언제 어디서 어떻게 누구에 의하여 생겨나게 되었나를 모른다는 이야기이며, 그 과정에 어떤 일들이 일어났는지에 대하여서도 전혀 모르고 있다는 말이 된다. 따라서 인간의 근본에 관한 사항과 인간의 역사 가운데 치명적인 영적 문제가 발생했다는 사실을 알려주는 곳은 종교 경서뿐이다.

인간은 영적 생명체이고, 그 영을 주신 분이 창조주라면, 인간의 영에 대한 것을 알고 있는 분이 지상에는 없다는 사실은 매우 이상하다. 오늘날처럼 인간이 영에 대한 것을 무시하고 살아도 먹고 자고 살고 죽는 일에는 지장이 없어서 일까? 어쨌든 인간이 영적인 산물이면서도 영적인 것을 알려고 하지 않는다. 그 결과 인간은 무지하게 되었다. 오직하면 형이상학(形而上學)이란 말이 생겨났겠는가?

그러나 각종 종교에는 경서란 것이 있고, 그 경서에는 그것에 대한 정보가 자세히 기록되어 있다. 그 경서는 신이 인간에게 감동을 주어 기록한 신서이기 때문이다. 종교 경서에 그런 내용이 충분이 기록되어 있지 않다면, 그 경서는 옳은 종교 경서라고 말할 수 없다. 사람이 역사책을 읽지 않으면 역사를 알 수 없다. 그렇듯이 사람이 종교 경서를 읽지 않으면 신이나 영에 대한 것을 알 수 없다.

옳은 종교 경서에는 종교가 시작된 때와 원인이 잘 정리되어 기록되어 있다. 뿐만 아니라, 종교 경서에는 종교의 목적이 다 이루어져 끝나는 시점과 그 내용에 대해서도 잘 정리되어 있다.

따라서 종교 경서는 인간이 처음 탄생할 때는 신에 의해서 태어났다는 역사를 밝힌 책이라고 할 수 있다. 그것이 인간의 역사이고, 동시에 종교의 역사이다.

또 인간의 역사가 진행되던 과정에 치명적인 영적인 오류가 발생했다. 이는 인간의 정상적인 세포에 암이란 것이 발생된 것에 비유될 수 있다. 인간은 창조주의 영을 이어받은 성령으로 만들어진 생명체였다. 그런데 인간의 욕심과 변질로 말미암아 처음 타고난 본성인 성령이 망령(亡靈)되어버렸다. 이렇게 된 이유는 인간이 먹고 자고 사는 일에만 몰두한 나머지 인간 안에 있던 영을 무시한 결과로 생긴 사고이다. 영에 대한 무시는 곧 신에 대한 무지를 낳았다. 결국 신에 대한 무감각은 인간의 자아를 상실하는 계기가 되었다. 인간 각자의 자아의 상실은 인간에게 끝임 없이 요구되는 욕심을 자아내었다. 그 욕심은 인간 자아의 실체인 영, 곧 신의 변형을 초래하였다. 이 치명적인 오류로 말미암아 인간 세계에 죄가 들어오는 계기가 되었다. 인간세계는 그 결과, 오늘날까지 질병과 죽음과 살인과 전쟁으로 몸살을 앓아왔던 것이다.

인간세상이 그렇게 된 결과의 핵심은 인간 각자에 있는 영이 망령(亡靈)된 것이다. 망령이란 말은 인간의 영이 망했다는 사실이다. 인간의 영이 망했으면 다시 부활을 시켜야 하지 않겠는가? 그러면 어떤 상태가 망령된 상태일까?

성령의 집인 인간의 육체에 악령이 들어오고 말았다는 것이다. 그러므로 말미암아 악령이 육체를 지배하게 되었다. 그런 결과 창조주는 그런 상태가 된 인간 세상에 택한 선지자들을 택하여 그 내막을 알려준 것이다. 그리고 그것에서 벗어나기 위한 방법과 때를 알려준 것이 종교 경서에 예언된 약속이다. 그것이 흔히 신앙인들이 말하는 구원에 관한 내용이다.

그래서 이러한 일련의 영적인 사실을 사람들이 모를 수밖에 없는 이유는 사람들이 먹고 사는 일에만 몰두하고 이런 영적인 상황에 대해서는 관심조차 없기 때문이다.

그 뿐만 아니라, 이미 인간의 육체를 정복한 악한 영이 자신의 육체를 도둑처럼 강도처럼 불법으로 점령하고 있는 상태이기 때문에 자신 스스로의 지혜로는 그 사실을 깨닫지 못한다.

여하튼 인간 사회에 치명적인 영적인 문제의 발생으로 말미암아 종교가 필요하게 되었고, 따라서 그런 일련의 것들이 인간 역사와 종교 역사의 프로세스(process)가 되었다.

그리고 세월은 흘러 오늘날 종교 역사가 시작된 지 6천 년의 역사가 지났다. 지금은 많은 사람들이 이구동성으로 말하고 있는 말세이다. 말세란 종교적인 용어로써 종교의 목적이 이루어지는 마지막 때를 의미한 말이다.

이제 이때가 되었으니, 한 시대라 할 수 있는 인간의 오늘날까지의 역사와 오늘날까지의 종교의 역사의 종말을 맞이하게 된 것이다.

이때가 되면 하나 둘 종교에서 예언한 일들이 이루어지므로 인간 세상에 발생한 치명적인 오류인 인간의 영이 망령되게 되었다는 사실에 대하여 사람들이 깨닫게 되고, 그 문제를 해결하게 된다.

인간이 건강에 대하여 주의하지 않고, 자신의 몸을 돌보지 않으면 암에 걸려도 암에 걸렸다는 사실을 인지할 수 없다. 그처럼 인간이 영적으로 망령을 당하여도 자신이 그에 대하여 생각해보지 않고 관심이 없으면 그에 대한 사실들을 알 수 없다.

인간이 어디서 어떻게 왜 누구에 의하여 태어났는지? 인간이 어떤 존재인지? 시작은 어떠했고? 과정은 또 어떠했으며? 끝은 또 어떻게 되는지? 에 대해서 관심이 없으면 인생의 의미도 원인도 모르고 그냥 한 평생을 짐승처럼 대충 그렇게 살다가 죽을 수밖에 없다.

그러나 인간이 인간의 가치를 알고, 인간답게 살아가고, 또 그 의미를 자자손손 물려주려면, 그러한 정도는 깨닫기 위하여 노력해야 할 것이다. 인간 세상의 끝은 어떻게 될까? 참으로 궁금하지 않는가?

그 끝을 알기 위하여 시작을 모르면 안 된다. 시작을 알게 되면 과정에서 생긴 일들도 알게 된다. 과정에서 생긴 일이 인간의 영의 멸망에 관한 것이다. 그 시작과 과정을 기록한 책이 종교 경서이다. 따라서 종교란 경서에 기록된 문제점을 파악하고 그 문제를 해결하므로 종교의 목적은 이루어져서 종교의 종말을 맞이하게 된다.

그래서 여기서 종말의 의미는 세상이 끝난다는 의미가 아니라, 종교의 문제가 해결되므로 종교의 목적을 이루는 시기를 의미한다. 인류의 역사와 종교의 역사 그리고 종교의 목적이 다 이루어진 인류의 미래와 그 일련의 것들을 간단히 정리해본다.

창조주와 인류와의 관계는 직계 조상과 직계 후손의 관계이다. 이는 창조주와 우리의 시조 할아버지와는 부자관계란 의미이다. 그런데 창조주는 신이고, 시조는 인간인데 어떻게 부자관계가 성립될 수 있는가? 그런데 앞에서 신은 곧 영이라고 했다. 그렇다면 창조주도 영이고 시조도 육체 안에는 영이 있으므로 영으로는 부자관계가 성립될 수 있다. 그래서 오늘날의 자신이 있기까지 직계 조상을 연결해보면 자신, 부모, 직계조상, 시조, 창조주의 순으로 자리매김 된다.

여기서 창조주와 인간이 직계라는 관계로 맺어져 있다고 할 수 있는 근거는 창조주도 영이며, 사람에게도 영이 있다는 사실이다. 이것은 마치 세상에서 아들이나 손자나 후손들은 아버지나 조상의 혈통을 따라 낳듯이 창조주와 사람이 부자나 후손 관계라면, 창조주와 사람 간에도 반드시 혈통관계가 있어야 한다는 것을 의미한다. 혈통관계란 직계 조상과 후손의 관계로 후손의 입장에서는 그 조상이 없으면 그 후손이 존재할 수 없다는 인과관계가 성립되는 것이다.

세상의 직계가족 관계는 혈통이 같아야 한다. 창조주와 사람도 부자관계라면 같은 것이 있어야 할 것이다. 세상의 부모가 자식에게 주는 것은 유전자이다. 창조주가 자신이 낳은 자식들에게 준 유전자는 영이다.

그래서 창조주에게도 영이 있고, 사람들에게도 영이 있다. 그것이 창조주와 인간의 관계이다. 그것이 인간이 창조주의 창조물이란 사실을 증거 할 수 있다. 그렇기 때문에 경서들에는 창조주와 인간관계 사이를 영적(靈的)인 부자관계로 말한 것이다. 따라서 오늘날 우리 육체 안에 있는 영은 창조주로부터 흘러 흘러서 우리에게까지 온 것을 알 수 있다.

인류의 역사는 창조주께서 첫 사람을 창조하면서 시작되었다. 첫 사람은 또 자식을 낳고 후손들이 되었다. 오늘날 세계인들은 모두 이렇게 창조주, 첫 시조를 정점으로 피라미드형으로 증가 되어 왔다. 이것이 개괄적인 인류전체의 역사이다.

이렇게 역사가 흘러감에 따라 나중에 태동된 것이 종교이다. 역사는 인류의 겉모습을 기록한 것이고, 종교는 인류의 내면의 모습을 기록한 것이라고 할 수 있다. 인류의 내면의 모습은 영적 역사이고, 이것이 종교이다.

따라서 인류의 역사 없이는 종교가 있을 수 없고, 종교 없는 역사란 있을 수 없다 하겠다. 이것은 육체 없는 인간이 있을 수 없고, 영이 없는 인간도 있을 수 없다는 말과 같다. 그래서 인류의 전체 역사를 완전히 파악하려면, 인류의 역사 속에 영적인 역사인 종교의 영역을 포함하지 않고는 완전한 역사를 소개하기는 불가능하다. 따라서 우리가 완전한 인류의 역사를 파악하려면, 반드시 정제되고 순수한 종교 경서가 필요하다.

종교 경서를 내용적으로 크게 분류를 하면 역사와 교훈과 예언과 그 예언이 이루어진 복음(福音,성취된 실상)6)으로 이루어져 있다.

역사는 인류가 창조주 하나님께로 시작되었다는 것이 그 핵심이

---

6) 복된 소리라는 의미로 예언이 이루어진 실상을 의미함.

될 것이다. 즉 인류는 신에 의하여 신의 소생으로 태어났다는 사실을 알리고 있다.

그리고 그 종교의 과제는 창조주의 신으로 시작된 인류가 타락하여 망령이 되었다는 사실을 자각하고, 그 원형을 회복하는 일이었다. 그것이 소위 종교에서 말하는 구원이다.

그 다음 종교의 목적이 다 이루어지면, 인류세계가 구원을 받아 처음 창조주에게 지음 받던 상태로의 회복이 되는 일이다. 인류세계가 처음처럼 회복되면 구원이 이루어진 상태이고, 구원이 이루어지면 사람의 영은 성령으로 변화 받는다. 사람의 육체 안에 성령이 임하면 사람들은 죽음이 없는 세상에서 영원한 생명을 유지하며 살게 된다. 그리고 그 상태의 나라를 사람들은 천국, 극락이라고 했던 것이다.

따라서 종교의 목적이 이루어지면 이 지상에 영원한 나라, 곧 천국이 세워지게 된다.

2. 인류의 역사의 현장에 종교가 나타난 시기는 6천 년 전이다

과학문명이 극도로 발달한 오늘날에도 역사의 현주소는 유치원 수준에도 도달하지 못하고 있다. 종교의 현실도 다르지 않다. 지구상에 인류가 탄생된 때를 과학자에 따라 멀게는 600만 년, 짧게는 250만 년 등으로 추산하고 있다.

오늘날처럼 한 세대를 30년으로 계산해보면 600만 년 전에 태어난 최초의 인류가 오늘날 인류의 첫 조상이라면, 우리는 시조로부터 약 20만대 후손이 된다. 이 말은 오늘날 우리 자신이 존재하기 위하여 약 20만 명의 직계조상이 앞서 이 세상을 살다가 돌아가셨다는 의미이다. 그런데 우리는 그 오랜 역사들 중에 기껏 인류 4대 문명으로 분화 되던 시기인 6000년 전까지 만의 역사만을 겨우 아는데 머물고 있을 뿐이다. 그것은 20만대의 직계 조상들 중, 200대 조상들이 살던 시대까지를 겨우 알고 있는 수준이라고 정리할 수 있다. 퍼센트로 환산하면, 우리가 아는 인류의 역사는 전체의 약 0.1% 정도라는 말이 된다.

그 오랜 인류의 역사 중 종교의 역사도 6000년 정도밖에 안 된다. 6000년 전은 이집트, 인더스, 메소포타미아, 황하문명이 출발하던 시기이다. 이때는 우리 조상인 환웅임금의 때였고, 세계는 창세기에 기록된 아담의 때였다. 그로부터 우리는 6000년 후에 후손으로 태어나 이렇게 세상에서 살고 있다.

그 6000년 동안 종교는 수많은 종파와 교파로 분열되고 쪼개져 그 수를 헤아릴 수 없을 정도로 많다. 하지만 그렇게 오래된 역사를 가지고 있는 종교의 현주소는 아직 천지만물의 시작과 끝도 밝히고 있지 못하는 실정에 머물고 있다.

과학에서 주장하던 다윈의 진화론은 게놈 프로젝트에 의하여 세계 5색의 인종들의 유전자는 동일한 것으로 드러났으며, 진화에 있어서 품종(品種)의 변화는 있을 수 있으되 종(種)의 변화는 없다고 결론이 났다.

나는 사람이다. 나는 물질인 육체(肉體)와 정신(精神)으로 이루어져 있다. 나의 몸은 단백질과 물로 이루어져 있다. 우주만물의 물질을 구성하고 있는 성분과 똑같다. 그러므로 나의 육체는 땅에 있는 것으로 만들어졌다.

그러나 나의 생각과 마음을 주관하는 정신(精神)은 어디서 왔을까? 나의 마음과 정신은 육안으로도 사진이나 카메라에도 잡히지 않는다. 그러나 나의 육체 속에는 엄연히 그 정신(精神)이 존재한다. 몸을 꼬집으면 아프다. 이가 썩어도 아프다. 무엇인가 잘못 먹어 체하면 배가 아프다. 상처가 나면 아프고 수술을 할 때는 더욱 더 아프다. 그런데 전신 마취주사를 놓으면 아픔을 느끼지 못한다.

척추를 다쳐 신경(神經)이 단절되면 하반신은 움직이지 못한다. 경추(頸椎) 신경이 끊어지면 목 아래에는 아무 감각을 느끼지 못한다. 아버지나 어머니가 돌아가시면 슬프다. 눈물이 저절로 난다.

사랑하는 사람에게 절교 당하면 괴롭고 슬프다. 친구에게 배신당하면 마음이 괴롭고, 소화도 안 되고, 스트레스가 쌓인다. 좋은 일이 생기면 기분이 좋고 소화도 잘 된다. 고민을 많이 하면 건강이 나빠지고, 심하면 암에 걸리기도 한다. 행복한 일이 많고, 희망이 있고, 즐거운 일이 많아 날마다 웃고 살면, 몸의 병도 저절로 좋아진다. 왜 그럴까?

내 몸 안에는 정신(精神)이 있기 때문이다. 나의 차는 차 주인인 내가 발동을 걸고 엑셀레이더를 밟아야 움직인다. 나 안에서 형체도 없이 존재하는 나의 정신이 먼저 글을 쓰자 하면, 내 머리에는 생각이 나고 나의 손은 움직여 타자를 치거나 볼펜으로 글자를 쓰기도 한다. 나의 차는 내가 운전하고, 나의 몸은 나의 정신이 운전함을 깨닫게 된다. 나의 정신(精神)의 정체는 무엇일까?

정(精)자는 '정미하다'의 의미이고, 신(神)은 신(God)이다. 신(神)은 영(靈)이다. 나의 정신(精神)은 결국 신(神)이며 영(靈)이다. 나의 육체가 물질로서 자연의 물질과 동일하니 자연에서 나의 몸이 되었고, 그것이 나의 육체이다. 그러면 나의 몸속에 들어있는 신(神)은 도대체 어디서 왔단 말인가?

나는 신(神)과 물질로 이루어진 사람이다. 나는 나의 부모에게서 왔다. 나의 부모님도 신(神)과 육체(肉體)로 이루어졌다. 나의 유전 인자와 부모님의 유전 인자는 유사하다.

그래서 얼굴도 신체도 혈액형도 음성도 닮았다. 그런데 성격도 닮았다. 성격이 닮았다는 것은 정신(精神)도 닮았다는 말이고, 정신이 닮았다는 말은, 마음도 닮았다는 말이다. 정신을 우리말로 얼이라 한다. 나는 부모의 얼을 타고 이 땅에 태어난 것이다. 부모님을 태어 나게 하신 분은 조부모님이시다.

조부모님도 신(神)과 육체로 이루어졌고 모든 것이 부모님과 닮았 다. 조부모님께서 나의 부모님께 신(神)과 육체를 주셔서 나의 부모 님이 된 것이다. 나의 조부모님을 낳은 분은 증조부모님이시다. 나의 증조부모님도 신(神)과 육체를 가지신 분이시다. 나의 증조부모님은 나의 고조부모님께서 낳으셨다. 나의 고조부모님도 신(神)과 육체로 이루어지신 사람이었다. 모두가 신(神)을 가지신 분으로 인신(人神) 이셨다. 그 고조부모님께 신(神)과 육체를 주신 조상도 분명 계신다. 그리고 그 조상에게 신(神)과 육체를 주신 조상이 또 계신다.

그리하여 10대, 100대, 1,000대, 10,000대…를 거슬러 올라가게 되 면 그 제일 위에 한 분이 계신다. 이 분도 신(神)과 육체로 이루어진 사람이었고 우리 모두들의 조상이시다. 이 분의 모든 인류의 시조이 시다. 그리고 이 시조를 낳은 분은 창조주이시다. 창조주의 실체는 영이며, 신이며, 얼이다. 이 얼은 거룩한 진리의 얼이다. 진리는 이러 한 것들을 밝힐 수 있는 사실이다. 그래서 천손민족을 빛의 민족이라 했고, 그 빛의 본체는 창조주의 얼이다.

우리는 조상의 빛난 얼, 곧 신(神)을 이어받아 오늘날 이 땅에서 태어난 것이다. 세계인의 유전자는 동일하다고 과학이 밝혔다. 오늘 날 모든 인류는 첫 조상 한 할아버지에게서 난 자들이다. 그런데 이 분에게 신(神)과 육체를 주신 분은 누구일까?

천신(天神)이요, 천부(天夫)요, 하늘 아버지이시다. 이 분은 육체 가 없으시며 신(神)으로만 존재하신다. 이 분이 인류 만민들의 아버 지요, 하느님이요, 하나님이요, 법신불 부처님이시다.

우리가 천자(天子), 천손(天孫), 천강(天降)민족이라는 것은 우리들의 근본의 아버지는 바로 천신(天神)이신 천부(天夫)란 말이다. 우리는 이와 같은 빛이신 천신(天神)의 후손으로 태어난 사람들이다. 그래서 조상의 빛난 얼을 이어받아 그 후손들이 된 것이다. 우리들의 육체 안에 들어있는 정신(精神)이요, 신(神)은 바로 천신(天神)께 분배받은 분신(分神)이다.

그래서 동학에서는 인내천(人乃天), 즉 "사람이 신(神)이고 사람이 곧 천신(天神)을 받았으니 사람과 하늘은 결국은 같다."는 것이다. 우리의 마음이 천심(天心)을 받았을 때를 천성(天性)이라 하고, 천성은 곧 양심(良心)인 인심(人心)이 된다.

우리의 시조의 아버지가 천부(天夫)이니 우리의 제일 큰 할아버지는 천부이다. 우리는 천부의 천심을 이어받은 하늘 할아버지의 손자들이다. 그래서 우리는 천손이다.

종교(宗敎)란 사람들에게 천부(天夫)에 대한 것을 밝혀 알게 하고 천부(天夫)에게로 돌아가는 것이다. 그래서 종교는 사람이 첫 조상의 아버지인 천부(天夫)를 찾는 일이다. 즉 우리들에게 조상은 많지만 그 근본 된 가장 큰 조상은 천부(天夫)이시며, 이 사실을 기억하고 기념하고 잊지 않고 숭배하는 것이 경천(敬天)사상이고, 이것이 종교의 근본이다.

그래서 우리 세상만민을 낳으신 분은 하나이며, 한 하나님이시다. 그러던 것이 인구가 늘어나고 환경이 바뀌면서 사람들이 약 6천 년 전부터 세계 각지로 흩어져서 5대양 6대주로 분화 분국 되었다. 그러다 보니 언어가 바뀌고 사상도 변하여 처음 하나였던 종교를 하나 둘 변개(變改)시키고, 인간의 자의로 종교를 만들어가면서 오늘날 다종교 세상이 되어버렸으니 종교의 근본의 취지가 모두 상실되어 버렸다.

자신을 낳아준 친부모가 두 분이 될 수 없듯이, 우리 인간을 낳아준 천부(天夫)도 한 분 뿐임에도 종교가 앞장서서 수많은 종교를 만들어갔던 것이다. 오랜 세월이 지난 오늘날은 종교가 마치 실타래가 엉키듯 엉켜 엉망진창이 되어 그 연원조차 알 수 없게 되어 버렸다. 그러나 이미 두어버린 바둑돌이지만 처음부터 복원할 수 있듯이 인류가 흘러간 길 그대로의 역사를 복원할 수만 있다면, 종교의 원형도 그대로 복원될 수 있을 것이다.

3. 모든 인류와 모든 종교가 자신을 있게 한 직계조상으로서의 창조주로 하나 된다면, 종교의 목적은 달성된다

그래서 종교란 인류가 탄생하지 않았을 때는 존재할 수가 없으며, 창조주께서 인류의 첫 조상을 창조하고 인구가 늘어난 이후에 존재하게 된 것이다. 세상에는 많은 종교가 있지만, 자신과의 관계를 맺고 있는, 즉 자신을 존재하게 한 직계선조로서의 천부(天夫)만이 자신의 신앙의 절대자가 될 수 있을 것이다. 엄격히 말하면, 종교의 대상인 하나님, 하느님, 부처님, 알라님, Elohim, God 등의 실체는 자신의 제일 위에 존재한 직계조상으로서의 존재성이다.

그래서 불교의 부처님이나 이슬람의 알라님이나 한국의 하느님이나 이스라엘의 엘로힘은 자신의 직계 조상으로서의 가치이다. 이렇게 깨달음을 가지게 되면, 세계의 모든 종교에서 추앙하는 신앙의 대상인 창조주는 동일한 신으로 우리 앞에 드러나게 된다. 그래서 많은 종교가 신앙의 대상을 다른 이름으로 부르고 있을지라도 그 실체는 동일한 분임을 알 수 있다. 이는 윗대 조상은 한 분이지만, 후손들은 여럿이 될 수 있는 이치와 같은 것이다.

그래서 부모도 하나요, 직계조상도 하나요, 직계 천부도 오로지 한 분일뿐이다. 그래서 모든 종교는 그 한 분을 모셔야 한다. 이런 이해 없이 종교라는 허울 좋은 이름으로 신을 찾고 믿으면 그들에게는 진리의 신이 임하는 것이 아니라, 악한 귀신이 임하게 된다.

그래서 우리가 바른 신앙인이 되려면, 이러한 것들을 확실히 깨달아야 한다. 깨닫게 되면 자신이 찾아야 할 신은 자신을 이 세상에 존재하게 한 직계 조상으로서의 그 창조주임을 알게 된다.

이렇게 모든 사람들이 깨닫게 되면, 창조주가 한 분이란 사실을 알게 되고, 이 사실을 알게 되므로 종교도 하나라는 것을 인식하게 된다. 이렇게 되었을 때, 비로소 세계인의 사상이 하나로 통일이 된다. 세계인의 사상이 하나로 통일이 되면 전쟁이 없어진다. 세계에 전쟁이 없어지면 세계는 평화로워진다. 바야흐로 세계의 모든 인류는 한 창조주를 중심으로 하나 된다. 그 창조주는 세계 인류의 모든 자들의 아버지이다. 그 창조주로 하나 된 세계는 곧 한 가족이다. 따라서 종교도 둘이 될 수 없다. 이것이 민족종교에서 예언한 세계일가(一家)의 사상이다. 세계가 한 일가가 될 수 있는 것은 자신을 창조한 근본의 아버지이신 창조주는 한 분이기 때문이다.

따라서 우리는 종교를 통하여 찾아야할 대상은 자신을 있게 한 절대자 한 분, 실존하는 그 분 한 분 밖에 없으며, 이것은 진리 중에 진리이다. 이 논리를 떠난 종교는 이단이 될 것이며, 이단의 숭배 대상은 창조주가 아니라, 악령(惡靈)인 마귀요, 사탄이 될 것이다. 종교 경전에는 이런 진리가 가득 담겨져 있지만, 오늘날까지 그 의미가 숨겨져 있었으므로 알 수가 없었다.

모든 종교 경서는 깨달음을 주제로 다루고 있다. 성서가 그렇고, 불서가 그렇다. 오직하면 깨닫는 자가 부처라고 했겠는가? 오직하면 깨닫는 자를 빛의 자녀라고 했겠는가? 깨달으면 우리가 신앙을 하는 대상이 하나의 신이 되고, 깨닫지 못하면 수많은 신이 신앙의 대상이 된다. 우리 모든 종교가 자신의 직계조상으로서의 창조주를 찾고 깨달으면 창조주는 모든 인류, 모든 종교의 창조주가 된다. 그리되다면 인류사회는 창조주를 기점으로 하는 큰 피라미드 그림 속에다 포함될 것이다. 구약성서의 십계명에서 "너는 나 외에 다른 신들을 네게 있게 말지니라."라고 하는 것에서도, 여기서 나란 존재는 유일무이한 창조주를 의미하고, 다른 신이란 창조주 외의 신을 의미한다. 그리고 그 창조주는 바로 자신을 창조한 직계 조상을 의미한다.

그러나 지금 지구상에는 자신과는 무관한 신의 이름을 부르며 자신도 알지 못하는 어떤 신들을 섬기고 있다. 이과 같은 추세로 종교가 계속 되는 한, 지구촌은 각기 다른 신으로 범람할 것이다. 그리고 종교로 말미암은 갈등과 전쟁으로 말미암아 세상은 망하고 말 것이다.

4. 인류는 한민족으로부터 탄생되었다

그런데 이런 내용이 자세히 기록된 책이 있으니 천손 천강민족이라 이름한 한민족의 경서이다. 천부경, 삼일신고, 원효결서, 정감록, 격암유록, 용담유사, 채지가 등 여러 가지다. 그러나 내용의 핵심은 성서와 불서와 같다. 따라서 세계의 경서는 알고 보면, 한 창조주와 한 창조주에 의하여 태어난 사람과의 관계를 가르쳐주는 책이다.

그 책은 과거와 현재와 미래에 대한 신의 계획이 가득 담긴 신서이다. 그 신서 속에는 인류가 시작된 곳과 끝날 곳도 예언이 되어 있다. 오늘날 세계의 학자들은 인류가 처음으로 시작된 곳에 대하여 여러 주장을 하고 있다.

인류의 시작에 대한 힌트를 얻을 수 있는 책이 있으니, 주역이란 신서이다. 공자는 주역 계사전에 '시어간(始於艮) 종어간(終於艮)'이란 말을 했다. 시어간(始於艮)이란 '인류는 간에서 시작되었다' 종어간(終於艮)이란 '인류는 간에서 끝난다'는 의미이다. 간은 한반도를 의미하며 한국을 의미한다. 이는 인류가 시작된 곳은 한국이고, 현세가 끝나는 곳도 한국이란 뜻이다. 현세가 끝난다는 의미는 종교의 예언인 천국, 극락이 한국에서 건설된다는 의미이다.

삼천갑자 동방삭도 해동국이란 표현을 남기며 같은 주장을 한 기록이 남아있다. 인도의 시성 타고르 또한 한국을 동방이란 표현을 하며 그런 예언을 남겼다.

몇 년 전 유네스코는 인류의 기원은 이집트인이 아니라, 한국인들이라고 발표를 한 바가 있다. 기사로 나온 내용에는 "인류의 기원이 한국인들이라는 증거로 요동성 근방 만주지역에서 대량의 탄미(불에 탄 쌀)를 발견하면서 시작되었다고 한다. 탄미의 DNA 검사결과 자연산이 아니고, 교배종이란 것이 판명됨으로서 농사기술이 상당한 수준을 이룩했던 것으로 판명되었고, 탄미는 군량미로 생각되며 불에 탄 흔적으로 보아 대단한 전쟁이 있은 듯하다는 의견이다. 또한 이 쌀은 1만 7천 년 전의 것으로 추정되고 사람의 DNA를 검사한 결과 평균 수명이 1000년 정도로 고조선 이전의 왕국이 있었다는 역사적 사실을 인정한다고 한다."는 것이다.

이는 대한민국의 시원 역사를 유네스코에서 인정한 것이며 우리나라가 1만 년 세계의 종주국이라는 사실을 인정한 셈이다. 또 이와 더불어 이런 내용으로 기록된 한국의 상고사인 『환단고기』에 기록된 역사가 진실이라는 것이 확인된 것이다. 자랑스러운 우리의 역사가 아닐 수 없다.

민족종교인 대종교의 경서에는 인류의 최초 시조에 관한 기록이 나온다. 최초의 남자의 이름은 '나반'이고, 전국 각 사찰에는 나반존자도를 탱화로 나타내고 있다. 이런 일련의 기록은 한국 민족이 인류의 시조나라란 것을 뒷받침하고 있다.

5. 인류의 역사는 한민족으로부터 재편성되며, 인류의 종교는 한민족으로부터 그 목적이 달성된다

그렇다면 인류의 시작을 시어간(始於艮)이라고 언급한 사실은 그렇다 치고, 인류의 마지막 역사도 간에서 끝난다는 '종어간(終於艮)'에 대하여서는 경서에 '어떻게 전하고 있는가'이다.

정감록을 비롯한 수많은 우리 경서에는 인류의 마지막에 관한 예언들로 넘친다. 그 중 중요한 예언서가 조선 중종 때, 천문학자인 격암 남사고의 예언서가 있다. 앞에서도 언급한 바 있지만, 격암유록에서는 인류의 마지막 때, 십승자 또는 정도령이 조선 땅에 태어나 세계를 대통합한다는 예언이 분명히 기록되어 있다.

앞에서도 언급하였지만, 중요하므로 다시 설명을 덧붙이면, 십승자를 한자로 표현하면 십승자(十勝者)이다. 승자는 '이긴 사람'이란 뜻이다. 십자는 '십자가'를 의미한다. 그리고 정도령을 한자로 표현하면 정도령(正道令)이다. 해석하면 '하느님의 명령으로 바른 도, 즉 진리를 가지고 오는 사람'이란 의미이다. 따라서 정도령은 진리를 가지고 오는 사람이란 의미이고, 십승자의 십은 그 진리가 십자가와 관련이 있는 진리라는 것이다. 십자가와 관련이 있는 진리는 성서이다.

따라서 '정도령, 십승자란 하느님의 명령으로 성서의 진리를 가지고 와서 세상을 구원하는 자'란 의미이다. 격암유록에는 '육천 세'가 된 용에 대한 것을 기록하고 있으며, 이 용을 이기고 나타나는 자를 십승자라 했던 것이다.

그런데 성서의 요한계시록에도 한 아이가 용을 이기고 만국을 다스리게 된다고 예언되어 있다. 그리고 그 일로 말미암아 지상에 하나님이 통치하는 세계가 열린다고 계시록에는 예언되어 있다.

그런데 동양인 조선에서 성서의 진리로 용을 이기는 자가 나타날 수 있을까 하고 의문하는 사람이 많을 것이다. 그러나 그것은 좁은 식견에서 나온 수준 낮은 발상이다. 과거에는 동양과 서양의 개념이 없었고, 또 앞에서 언급한대로 인류는 한 시조 한 창조주에 의하여 태어난 한 혈통이란 것을 참조할 필요가 있을 것이다.

잊혀진 인류역사를 재현하면, 성서나 유대교를 발생 시킨 민족은 수메르민족이다. 수메르민족은 우리 옛 나라인 12환국 중, 한 나라였다. 따라서 성서를 가지고 신앙을 하던 유대교와 기독교의 뿌리도 역시 한민족과 같은 혈통이었음을 알 수가 있다.

이렇게 잃어버린 역사를 회복하면, 종교의 진실도 밝혀진다. 역사는 수많은 민족과 종교를 파생시켜왔고, 이제 마지막 때가 되면 모든 것은 다시 하나로 되돌아오게 된다. 인류가 이렇게 생성되고 증가된 것이 우연이 아니라, 창조주가 있어 생성되었고, 증가되어 왔다면 거기에는 반드시 시작이 있고, 과정이 있고, 결과가 있을 것이다.

시작과 끝이 공자의 주장처럼 된다면, 이제 남은 과정은 결과를 보는 것일 것이다. 오늘날까지 사람들은 영적인 것에서 점점 멀어져 왔다. 그 결과 영적인 부분에 있어서 매우 부족하고 둔감하다. 그러나 자연과 인류 세상은 한 방향으로 일정하게 진행되어왔다.

과거와 현재와 미래의 모든 것을 담아놓은 곳은 세계의 경서들이다. 세상은 그 경서의 예언대로 되어 왔고, 또 미래에도 그렇게 되어 갈 것이다. 이제 남은 과정은 예언한 그 결과를 기다리고 확인하는 과정이 남았다.

오늘날은 그 예언이 하나하나 실현되고 그 실상이 적나라하게 드러나고 있다. 그러나 남대문이 불이 나서 없어져도 그 일에 관심이 없는 자들은 그 화제로 말미암아 일어난 여러 가지에 대하여 알지 못할 것이다. 그처럼 세상의 많은 사람들이 이러한 일들에 관심이 없으니 세상에서 영적으로 무슨 일이 있어났다 한들 그 일에 대하여 아는 사람이 그렇게 많지 않는 것이다.

그러나 세상의 인류가 창조주로 말미암아 창조되었기 때문에 첫 조상으로부터 시작하여 천강(天降)한 세계 만민들에게 있어지는 일들은 짜여진 각본대로 이뤄질 수밖에 없다. 이런 것들을 통하여 예로부터 선조들로부터 구전되어 온 우리 민족의 칭호가 천손민족(天孫民族), 천강민족이었다는 것이 우연이 아니라, 사실에 근거하고 있다고 생각 된다.

천손이나 천강이란 말은 창조주 하느님에게 태어난 후손이란 의미이고, 처음 창조주 하느님으로부터 태어났으니 우리 민족이 최초로 인류가 시작된 시원국이란 사실이다. 유구한 역사가 흐른 오늘날까지 수많은 세계 각국 중에 우리만에게 이런 말들이 구전되어 왔다는 사실을 우리는 간과할 수 없는 일이다. 세계 만민들이 창조주 하느님의 후손이라 할 때, 모든 인류가 천손민족이라 할 수 있지만, 그 정통성을 우리 민족이 오늘날까지 지켜온 것은 세계 만민들 중, 우리가 창조주의 장자민족의 명분을 이어왔다는 사실을 인지할 수 있다.

그런데 종어간이란 말을 통하여 시작뿐만 아니라, 끝도 한민족을 통하여 이룬다하니 관심을 아니 가질 수 없는 일이다. 끝이란 앞에서도 줄곧 강조하였듯이 세상의 종말이 아니라, 종교의 끝이고, 완성을 이루는 나라라는 의미가 짙다. 이는 종교의 예언이 우리 민족을 통하여 이루어진다는 사실을 말해준다. 이렇게 한민족에게 그 예언이 실현되므로 한국에서 세계의 통일이 이루어진다는 거대한 대명제가 성립되게 되는 것이다.

그것에 대하여 예언된 책들이 정감록, 격암유록, 원효결서, 신지비서, 추배도 등이다. 또 성서의 요한계시록, 불서의 법화경 등이 그 예언인데, 이는 성서의 요한계시록과 불서의 법화경의 예언이 최종적으로 한국에서 이루어짐을 암시한다 하겠다.

6. 아리랑은 하느님의 어원인 알을 풀어 쓴 말이며, 아리랑의 가사에는 우리 천손민족의 한이 들어있고, 그 한의 근원은 우리 육체에서 성령이 떠난 이별의 아픔을 표현한 것이다

인간은 천신(天神)에 의하여 창조되었다. 우리 인간은 내면의 정신(精神)과 외면의 물질로 이루어진 신성(神性)을 가진 동물이다. 종교와 신학은 무엇을 하는 곳인가? 종교(宗教)란 궁극적으로 무엇이며 신학(神學)의 시작은 어디부터며 무엇인가? 종(宗)은 하느님을 보여주는 것이고, 교(教)는 하느님께 효를 행하는 것이다. 종교(宗教)는 하느님을 열어 보여서 하느님에게 효도를 하게 하는 것이라고 할 수 있다.

릴리젼(religion)은 신과의 재결합이라고 누차 강조한 바 있다. 종교의 목적은 떨어진 창조주의 영과의 재결합이다. 이는 다른 신이 아니라, 하느님의 신과의 재결합이고, 성령과의 재결합을 의미한다. 하느님은 창조주이고, 창조주는 우리 인간의 최고의 직계 조상이니 하느님의 영과 재결합하는 일은, 곧 조상의 영과 재결합하는 일이다.

언어 속에 투영된 한민족의 천손사상의 근거와 역사의 실체가 밝혀지면 우리는 인류 시원민족이요, 천손민족이다. 그러므로 우리 한국어나 한자에는 고대 우리 조상의 사상과 역사와 신화와 종교관이 그 속에 투영되어 있다. 종교를 한자로 쓰면, 마루 종(宗) 자와 가르칠 교(教)이다. 갓머리는 하늘을 상징하고, 갓머리 아래는 보일 시(示)이다. 해석하면 하늘을 보인다는 말이다.

이때 하늘은 무엇을 의미하는가?

하늘의 어원은 '알'이다. 알은 고대 우리말로 하느님이란 의미이다. 한+알→한알→하날→하늘→하늘님→하느님→하나님이다. 아리랑은 알+이랑이고 알과 함께라는 의미이다. 알아리는 알의 아들, 즉 하느님의 아들을 의미한다. 메아리는 뫼 아리가 어원이고, 뫼는 산의 옛말이며 아리는 알을 풀어쓴 말이다. 이파리는 잎+아리가 어원이고, 잎의 아들이란 말이다. 아리의 어원은 알이다. 알은 천부, 근원, 모체라는 의미이다. 이파리는 모체인 잎의 아들이란 말이 전이된 것임을 알 수 있다.

그러므로 뫼 알(뫼아리)은 산신(山神)이란 말이고, 곧 산신은 하느님을 의미한다. 경서에 나오는 삼신산, 수미산, 시온산은 영적인 산의 의미도 포함하고 있다. 삼신산의 주인은 삼신 하느님이고, 시온산의 주인도 하나님이다. 수미산의 중앙에 있다는 제석천왕도 하느님을 비유한 말이다. 따라서 산신은 삼신산, 수미산, 시온산에 있는 신을 부르는 이름이었다. 그래서 산신은 곧 진리를 가지신 창조주의 다른 이름이었다.

성경의 엘(EL)의 어원은 '알'이고 이슬람의 '알라 신'의 어원도 '알'이다. 우리 조상들이 '알'에서 나왔다는 동명성왕의 신화나 박혁거세의 신화도 우리가 알, 곧 하늘에서 탄생한 천손민족이란 의미를 은유한 신화이다. 이것은 어마어마한 깨달음이다. 이렇게 우리가 깨닫느냐 못 깨닫느냐에 따라서 우리가 존귀한 하느님의 후손도 될 수 있고, 하찮은 동물의 알에서 난 짐승의 후손도 될 수 있기 때문이다.

제비가 가져다 준 씨를 심어 자라게 하여 박이 되었다는 흥부전의 박도 한 알을 의미한다. 곧 하늘의 어원은 알이고 크다는 의미의 한과 알이 합하여 한 알이 되었다. 알도 박도 둥근 원형이다. 모두 하느님을 은유한 밀어이다. 옛 조상 때부터 이런 신화가 구전되어온 것은 우리가 천손임을 알리기 위한 암시였다.

한 알에 존칭 접미어 '님'이 붙어서 한알님이 되었다. 또 한알님은 하날님으로, 하늘님으로 불려지고 하늘님에서 자음이 탈락하는 음운 현상으로 하느님이 되었다. 그러므로 하늘의 원래의 뜻은 허공의 하늘이 아니라, 알님이 계시는 곧을 의미하였다. 하늘은 하느님이 계신 신의 세계를 말하며 헤븐(heaven)이다.

이곳은 신계(神界) 또는 영계(靈界)로서 사람이 사는 지상 세계보다 높은 신의 세계라는 의미로 하늘이라 한 것이다. 하느님은 신(神)이시고, 그래서 하늘은 땅, 곧 사람보다 높은 분이신 하느님이 계신 곳으로 높다는 의미로 쓰였다.

그래서 하늘은 사람보다 높으신 신이신 알님이 계신 곳을 의미한다. 그 높다는 의미의 하느님은 한 분밖에 안 계시는 유일한 분이시니 하나라는 의미를 강조하여 기독교에서 그를 하나님이라고 호칭하게 되었다. 그래서 하늘은 공간의 하늘의 의미가 아니라, 알님이 계신 곳, 곧 신이요, 창조주가 계신 곳을 의미한다. 찬송가도 그래서 "내 주 계신 곳이 그 어디나 하늘나라."라고 한다.

이곳은 공간 sky가 아니라 God인 하느님과 신들의 세상인 신계(神界) 또는 영계(靈界)를 지칭하여 한 말이다.(요한계시록 4장)

이를 이토록 강조하는 이유는 많은 사람들이 천국이나 창조주나 신들이 있는 곳을 저 공간 하늘로 착각하고 있는 듯해서다.

알님인 하느님은 영이시고, 그 영의 분신들을 성령이라고 한다. 하느님과 그 분신들은 우리 선조들의 육체에 들어가 살고 있었다. 우리 한민족의 대표적 민요인 아리랑의 어원은 알+이랑이고, 알이랑은 알과 함께 라는 의미를 가지고 있다. 알과 함께란 결국 우리 민족과 함께 한 분이 하느님의 영이란 의미이다. 아리랑 가사에 나오는 님은 하느님의 영인 성령을 의인화 한 것이다. 그리고 아리랑 가사에 얽힌 이별의 사연은 우리 인간에게서 하느님의 영이 떠나므로 생긴

한이 담겨져 있다. 이것은 세계 종교 경전의 주제와도 상통하는 내용이다.

경전에는 육체를 여자로, 영을 남자로 비유하여 기록하였다. 사람의 육체인 여자에게 하나님의 영인 남자가 있었으니 이는 마치 서로 사랑하는 님으로 함께 동거하였다고 표현할 수 있다. 구약성서 호세아 2장 19~20절에는 여호와 하나님의 영이 사람들의 육체에 장가들어 살았다는 표현이 있다.

"내가 네게 장가들어 영원히 살되 의와 공변됨과 은총과 긍휼히 여김으로 네게 장가들며, 진실함으로 네게 장가들리니, 네가 여호와를 알리라."

그런데 나중에 인간의 죄로 그 님이 떠나갔으니 얼마나 애달프고 애통할까? 그 성서의 사연이 우리 민요 아리랑에 암시되어 있다. 이것은 무엇을 상징할까?

우리 한민족이 천손민족이라면, 인류의 시원국이 되며, 역사적으로도 세계 중 가장 오래 된 역사를 가지고 있을 것이다. 격암유록에는 한민족은 세계 만민들의 부모국이며, 인류를 창세한 시원국이란 문구가 기록되어 있다. 민족의 신서 『신사기(神事記)』에는 인류의 시조에 관한 내용이 기록되어 있다고 하였다. 『삼성기』에도 최초의 인류에 대한 기록이 되어 있다. 『환단고기』에는 세계에서 가장 오래된 역사가 기록되어 있다.

한민족이 인류의 시원국이라면 한민족은 하늘에서 내려온 천민이라 할 수 있다. 천민의 특성은 육체 안에 하느님의 영이 들어있어야 할 것이다. 하느님의 영은 곧 성령이다. 그래서 우리 한민족은 성령으로 태어난 민족이라고 말할 수 있다. 이것을 비유로 표현하면, 신부인 육체에 신랑인 성령이 들어와 살고 있었다고 표현할 수 있다.

우리 한민족은 예로부터 성령을 신랑으로 모시고 살았던 민족이었다. 그런데 세월이 가면서 육체가 욕심을 부리고 죄를 지으므로 말미암아 성령이 떠나버렸다. 육체는 신랑을 잃어버린 과부가 되어버렸다. 다른 표현으로는 사람의 육체 안에 성령이 들어있는 상태는 사람이 알, 곧 하느님의 아들의 자격이라고도 할 수 있다. 이때 알은 하느님의 옛말이라고 하였고, 알의 아들을 아리라고 표현하였다. 그래서 알아리 또는 아라리는 하느님의 아들이란 말이다.

아리랑 노래는 한민족의 육체에 있던 알, 곧 님이 떠난 슬픈 사연을 노래한 것이다. 그리고 12고개를 넘어 굽이굽이 고생한 말세 이후에 그 님이 돌아오는 사연을 예언한 노래였다.

육체에 성령이 돌아오니, 사람이 다시 하느님의 아들이 된 것이다. 그것을 아라리가 났다고 표현한 것이다. 결국 아리랑 노래는 한민족에게서 떠난 하느님의 영을 부르던 노래이고, 그 하느님의 영이 다시 한민족의 육체에 돌아오므로 해피엔딩 되는 러브스토리임을 알 수 있다.

이 내용은 곧 모든 종교의 목적과도 같다. 그래서 아리랑의 참의미를 알면, 이도 역시 한민족의 시작의 역사와 끝의 예언을 남기고 있음을 알 수 있다.

7. 각종 역사 자료와 종교 경서를 통하여 바라본 오늘날까지의 인류 역사와 종교

종교(宗敎)는 하나에서 시작하여 하나로 끝난다. 인류는 창조주께서 한 사람의 조상을 창조하시고 생육, 번성, 정복, 다스림의 역사이고, 다스림의 실체는, 곧 종교의 목적인 천국이다. 천국시대란 인류가 미완성에서 완성으로 승화된 사회이다.

인류의 첫 조상과 재창조의 역사의 주체국은 대한민국이다. 재창조란 앞에서 말한 천국 건설을 의미한다. 유·불·기독교의 경전 이전의 한민족의 경전 천부경은 무엇을 말하는가? 우리나라 애국가에서 말하는 하느님과 성경에서 말하는 하나님은 서로 다른 분인가? 인류는 한 창조주에 의하여 생성되었다. 따라서 모든 세계는 창조주의 피조물이다.

一始無始一(일시무시일) 一終無終一(일종무종일)이라. 무(無)는 영이요, 신인 창조주를 의미한다. 불경에서 부처님을 무시무종(無始無終)이라 한다. 성경에는 하나님은 영원전으로로터 스스로 계신 영이라고 정의한다. 영은 한자로 영(靈)이고, 숫자로는 무(無)라 한다. 영(靈)은 신(神)이다. 신(神)은 무형(無形)이다. 천신(天神)은 우주의 시작이요, 끝을 이루었기에 무에서 유를 창조한 역사의 주인공이다.

성경에는 창조주는 알파와 오메가라 한다. 시작과 끝을 의미하고, 예언과 예언을 이룬 실상을 의미한다. 영(靈)은 무형이므로 숫자로는 0이다. 0은 숫자의 시작이요, 무한대의 수를 나타내는 끝수이다. 무극은 태극을 낳았다. 무극은 창조주를 나타낸다. 창조주는 보이지 않는 영이지만 제일 큰 존재이다.

그러므로 무극은 영이고, 하느님이다. 영은 없는 듯 하나 무한한 존재이다. 고로 천부경(天符經)의 무(無)도 창조주를 의미한다. 그러므로 一始無始一(일시무시일)은 그 창조주가 하나를 생성하였다는 말이다. 이때 하나는 첫 신이고, 첫 사람이고 모든 만물의 첫 것이다.

그리고 하나는 둘을 낳고, 둘은 셋을 낳고, 셋은 넷을 낳고… 십을 낳으니 완성이다. 십은 완성수이다. 모두 해석하면 무형인 하느님께서 한 신으로 한 사람으로 하나의 것으로 우주와 만물과 인류를 시작했다. 양적인 인류 증가를 나타낸 내용이다. 이것은 성서의 생육, 번성, 충만의 역사이다.

一終無終一(일종무종일)은 무형이신 창조주께서 하나로 시작하여 증가된 인류의 말세에 또 무형의 창조주께서 끝을 마무리 한다는 의미이다. 질적인 인류 성장을 위하여 창조주께서 재창조의 역사를 예언한 내용임을 알 수 있다. 유·불·기독교 및 종교의 목적을 명시한 내용이다. 이것은 성서의 다스림의 역사이다.

따라서 천부경의 주제는 우주와 세상과 인류의 시작을 창조주께서 하셨다는 내용이며, 그리고 말세에는 천국 극락을 이루기 위하여 재창조할 내용을 예언한 내용임이 증거 된다.

이 천부경의 내용처럼 성서에도 인류의 출현에 대한 기록이 있다. 성서를 보자.

인류는 한 혈통이요, 한 창조주의 후손이다. 첫째 하나님은 영이라는 내용이다. "하나님은 영이시니 예배하는 자가 신령과 진정으로 예비할지니라." 요한복음 4장 24절이다. 이는 인류를 창조하신 창조주는 육체가 없는 영이라고 소개하고 있다. 그 영이 육체를 만든 이유는 그 육체 속에서 함께 살기 위함이었다.

이 육체가 없는 영으로 계신 분이 인류를 한 혈통으로 지었다고 소개하고 있다. 한 혈통으로 지었다는 것은 창조주께서 한 시조를 창조하고, 그 시조로 말미암아 한 혈통으로 후손을 낳게 하였다는 의미이다.

신약성서 사도행전 17장 26절 이하에는 "인류의 모든 족속을 한 혈통으로 만드사 온 땅에 거하게 하시고, 저희의 년대를 정하시며, 거주의 한계를 한하셨으니··· 중략··· 이와 같이 신의 소생이 되었은즉··· 후략···"

신의 소생이 되었다는 의미는 창조주가 인류의 시조라는 것을 암시하고 있는 말이다. 즉 신으로 계신 창조주께서 자신의 씨로서 인류를 낳았으니 그 후손들은 신의 소생이 될 수 있다.

그러니 모든 인류 세계는 창조주에게 속한 나라라는 것이다. "세계는 다 내게 속하였나니 너희가 내 말을 잘 듣고 내 언약을 지키면, 너희는 열국 중에서 내 소유가 되겠고, 너희가 내게 대하여 제사장나라가 되리라." 출애굽기 19장 5~6절이다. 모든 인류는 창조주의 소유이지만, 많은 나라들 중, 언약하시고 대표 민족을 택하고 있는 장면이다.

8. 세계인류는 동일한 혈통이란 결과를 얻은 게놈 프로젝트

이와 같은 논리를 과학도 뒷받침하고 있다.

현대 생물학에서 다윈의 생명진화론은 이미 부정되었다. 즉 생물에 있어서 품종의 변화는 있어도 종(種)의 변화는 없음을 발견하였다. 인간유전자 검사인 게놈프로젝트에서 세계 오색인종의 혈통의 동일함을 발견하였다. 인류의 조상이 하나인 것이 증명된 것이다. 따라서 인류는 유인원에서 진화된 것이 아니고, 사람은 처음부터 사람으로 인류의 조상은 처음부터 사람이었다.

9. 인류의 첫 조상에 대하여 기록된 한국의 경서

한민족의 경서에는 최초의 인류인 첫 조상에 대한 기록이 있다. 최초의 아버지, 어머니 그리고 그곳의 장소까지 기록으로 전해지고 있다. 민족 종교경전인 『신사기(神事記)』에는 "인류의 조상인 나반과 아만의 자손들이 수백만 년 동안 세계로 흩어져 살아왔다." 이는 앞에서도 계속 언급한 바 있지만, 중요하기 때문이다.

그곳을 '아이사타' 또는 '사타려아'라 하였고, 우리 말 아침, 일본어 아사, 그리스어와 이집트신화에 나오는 아사와 오시리스 신은 아이사타라는 말에 그 기원이 있다고 밝힌 학설이 있다.

그리고 아빠, 아버지, PAPA 등은 나반이란 말이 어원이란 학설이
있다. 이러한 한국의 상고시대의 역사와 신화에 대한 기록들이 『한
경대전』이란 12권의 책으로 사실로 고증되고 있다. 대전대학 교수
였던 임균택 박사는 자신의 반평생을 우리 상고역사를 고증하는데
모든 힘을 쏟았다. 그는 중국 옛 사서 및 민간에 보관된 사료를 수집
하여 『한경대전』을 펴냈다. 『한경대전』에 기록된 내용을 중심으로
세계의 숨겨진 역사를 조명해본다. 인류 역사로 기록 되지 않은 그
전의 역사 이제 밝혀지는 인류역사를 살펴보자.

먼저 민족 경서 신사기를 살펴보자. 과학에서 말하는 250만 년에
서~600만 년의 역사를 상술한 『신사기』와 『삼성기』에 "인류의 조
상인 나반과 아만의 자손들이 수백만 년 동안 세계로 흩어져 살아왔
다. 그곳을 '아이사타' 또는 '사타려아'라 하였고, 아버지를 '나반' 어
머니를 '아만'이라." 하였다.

이 이야기는 과학에서 추정하는 것과도 동일한 시기이며, 우리 민
족이 천강천손 민족이란 말과도 연결이 되는 소절이다.

10. 새롭게 밝혀지고 있는 한민족과 세계의 진실의 역사

(출처: 한경대전)

그리고 수백만 년의 세월이 흐르면서 조상들의 이야기가 자자손
손 입으로, 입으로 구전되었다. 그리고 그림이나 형상으로 그것을
표현하였다. 나중에는 초기문자가 나옴으로 그것들을 글로 남기게
이르렀다. 그 후 동방(東方) 환인(桓因) 천제(天帝) 시대(3301 혹은
63182년이라고도 한다)가 개막된다. 『한경대전』에서는 그 시대를
준 역사 시대라고 하였다.

그 다음은 역사 시대로 동이 환웅이 신시나라(1565년간)를 개천했
다. 이 나라는 환인 천제의 후예들의 나라이고, 이 중 일부인 결성시

대 조이(鳥夷)의 태시조가 극동에서 출발하여 베링해협을 건너서 미주대륙의 인디언의 조상이 되었다.

그 다음 신시나라의 유소천황의 후예자손(결성시대 조이 후손)의 일부인 동이 환웅 수인지황 (BC3739-BC3512, 227년간)의 무리 중 일부가 이동하여 인더스, 갠지스, 메소포타미아, 이집트 나일강, 잉카마야 문명을 형성하였다.

동이(東夷) 환웅 복희 인황(BC3512-BC3071년, 441년간) 신시나라 하도시대 수인지황의 후예자손(인수 만세 문자의 조상) 천산곤륜 삼위태백문명이 인도를 거쳐 수메르로 이동하였다.

동이 대웅 신농 염제(BC3071-BC2707, 364년간: 소용백나라, 신시나라 낙서시대) 복희 인황 후예 자손(인류 만세 의술의 조상) 곤륜천산 삼위태백 중심에서 인도를 거쳐 수메르로 이동하였다. 이들 중의 일부가 히브리민족이다.

동이 대웅 치우제(BC2707-BC2679, 28년간)는 염제의 후예 자손이다. 동이 대웅 황제(BC2679-BC2450, 229년간)는 염제 후예로 숙신 씨이며, 백민국인 또는 유웅국인이다. 도문시대의 제곡 고신 씨는 황제의 증손이며, 단군왕검인 요제의 부왕이다. 따라서 고조선을 창건한 단군왕검은 황제(이름)의 증증 손자임을 알 수 있다.

동이 조선 단군 요제(BC2351-BC2333, 118년간)는 한민족이 추앙하는 단군왕검이며, 요제도당 씨로 삼신국 또는 옥저국인 당나라이다. 단군은 갑골문자를 연 분이며 단군기원 BC2333년은 요제 단군왕검이 천자위에 등극한 조선 개국원년이다.

동이 조선 단군 순제(BC2284-BC2224, 60년간: 광제 9대손)는 제순 유우 씨로 계리국인이니 우나라 사람이다.

동이 조선 단군 우제(BC2224-1766, 458년간)는 하나라 한국의 천제이다. 그는 광제 9대손으로 우의 차자 계가 지류 지나 한족의 시조가 된다. 이는 오늘날의 중국의 시조가 동이 민족이였던 우임금이란 것을 밝히는 중요한 사료이다.

『산해경』에는 순(舜)은 단인야(壇人也)라 하였다. 이는 우리가 태평성세의 대표적 왕으로 꼽고 있는 순, 즉 순임금도 단군조선의 임금이었음을 나타내는 사료이다.

동이 조선 탕제(흔히 탕왕이라 함, BC1766-BC1122, 644년간)는 상나라 은나라의 임금이며, 동이 천자 제순 유우 씨인 순의 15대 손자가 탕제이다. 탕은 29세손 때 멸망한다.

11. 왜곡의 역사는 아주 옛적부터 있어왔고, 그 피해국은 한국이며, 이로 말미암아 천손민족의 흔적들은 하나 둘 사라져갔다

이처럼 우리 동이의 역사는 공자 때부터 시작되어, 진시황과 사마천 때를 이어가면서 왜곡되고 소실되고 사장되기 시작하였다. 진시황 때의 분서갱유사건은 그 정황을 가늠케 하는 큰 역사적인 재난이었다. 게다가 황우는 진나라를 멸하면서 진시황의 황궁을 불태우므로 그나마 남은 사료들을 모두 소실한 역사를 가지고 있다.

그리고 일제 36년 동안은 우리 역사를 송두리째 뒤바꿔 놓은 역사적인 대 조작사건이 있었다. 일제는 명치유신 이전부터 소위 정한론(征韓論)[7]을 계획하였다. 그리고 일본 육군참모본부에 조선국사 편찬부를 설립하고 조선을 정복한 후에 다스릴 조선의 역사를 만들어 가고 있었다. 그 다음 동경 제국대학으로 연구한 결과를 옮겼다. 그

---

7) 요시다 쇼인[吉田松陰(길전송음)]: 일본 에도시대[江戸時代]의 존왕파(尊王派) 사상가이자 교육자로 메이지유신[明治維新]의 정신적 지도자이자 이론가로 여겨진다. 《유수록(幽囚錄)》이라는 저서를 통해 정한론(征韓論)과 대동아공영론(大東亞共榮論) 등을 주장하여 일본의 제국주의 팽창에 큰 영향을 끼쳤다. (두산백과)

리고 일본은 조선을 강제 점거하고서는 이완용, 권중현을 앉히고, 박영효, 이윤용을 비롯해 일본인 거물들과 어용학자들을 위촉하였다.

또 『조선사』 편찬 초기부터 16년 2개월간 앞장서서 관여했던 일본인 이마니시 류(今西龍)[8]는 단군조선을 신화로 왜곡하고 한국사를 왜곡·말살하는 데 주도적인 역할을 했다. 그리고 우리 사서들을 50~60만 권을 불태워 없앴다.

그런 만행이 조선사편수회란 이름으로 이루어졌고, 그곳에서 무려 37권에 이르는 『조선사』와 『조선사료총감』 20종류와 『조선사료집진』 3권을 출간하였다. 그 결과 우리 한민족이 걸어온 옛 역사들은 사장되고 조작되고 왜곡되고 말았다. 그때부터 우리는 일본에 의하여 만들어진 거짓 역사를 참 역사인양 오늘날까지 배워왔다.

그러나 『한경대전』은 이렇게 왜곡된 우리 역사를 일일이 고증하여 사실의 역사로 재조명한 매우 중요한 역사서이다.

사실 있었던 역사로의 우리가 걸어왔던 길을 잠시 언급하노라면, 우리 역사의 시작은 천부로부터 시작되어 나반을 시조로 하여 세계로 펴져 나갔다. 우리는 오랫동안 세계의 역사를 주름잡으며 세계의 역사를 주도하였다. 그러나 기원전 238년경부터 천손 장자민족이었던 단군조선이 멸망하였다. 그 후 우리 민족들은 갈라지고 쪼개어져서 여러 나라로 분단되고 이합집산의 역사를 되풀이 하여야만 했다. 그 후 중원대륙의 무대 위에는 동이족의 지류인 한족이 득세를 하였

---

8) 기후현[岐阜縣]에서 태어났다. 1903년 도쿄제국대학 사학과를 졸업하고, 동(同) 대학원에서 조선사를 전공한 뒤 1906년 경주를 답사하였다. 1913년 교토제국대학 조교수가 되었다. 중국·영국에 유학, 1922년 문학박사 학위를 받고, 1925년 조선총독부 조선사편수회 회원이 되었으며 이듬해 경성제국대학 교수로 취임하였다. 한국사를 왜곡·말살하는 데 주도적인 역할을 했다. 저서에 《신라사연구》 《백제사연구》 《고려사연구》 《조선사고(朝鮮史考)》 《조선고사연구(朝鮮古史研究)》 등이 있다.(두산백과)

고, 그 다음 여진족, 몽고족 등이 번갈아 가면서 번성과 쇠퇴를 반복하며 오늘날에는 이르고 있다.

그 나라가 56개 민족으로 구성된 13억 7천만 명 이상의 총인구를 가지고 있는 중국이다. 그러나 이전에는 이 중원을 이끌던 민족은 천손민족인 동이족이었다. 그리고 한족을 비롯한 소수민족 역시 환국과 배달조선과 단군조선의 후손들이다.

12. 창조주로부터 생성된 하나 된 민족이 인류 4대 강원으로 갈라진 것이 현생인류의 문명발상지이다(참고: 한경대전)

이렇게 세계 모든 인류도 태초에는 같은 문화를 공유한 한 공동체였다. 그런 후, 수많은 세월이 흐르면서 해체되어갔다. 그러므로 인류는 문화공존 속에서 역사가 시작되었지만, 그 후 문화는 분화되고 변화 되어 갔다. 세계 인류는 시대와 환경과 전쟁에 따라 각지로 퍼져나갔다. 그래서 오늘날 같은 다문화세계가 되었다. 그러나 이제 사람들이 말세라고 입을 모으는 지금부터는 다시 공유된 문화의 길을 걷게 될 것이다.

오늘날 인류가 이렇게 다문화로 된 것은 "마치 육지가 원래 한 덩어리였는데, 지각변동에 따라 갈라졌고, 해수가 채워져서 오늘의 오대양 육대주로 갈라진 것과 같다.

처음 인류문화는 삼위곤륜에서 싹터서 그곳에서 근원한 동이(東夷) 주류 하수는 황하가 되어, 장강 되어, 남동으로 흘렀다. 남이(南夷)지류 약수는 위수로 이어지며 남쪽으로 흘러 피손 기혼으로 이어지며 메소포타미아 평원을 적신 유프라테스와 티그리스 강으로 흘렀다. 그리고 이 연장선상에서 서남이(西南夷) 지류는 나일강의 이집트 문화가 되었으니, 이르되 인류의 4대 문명원이 된 것이다.

그 종주된 동이 주류 문화가 북방 동이(東夷) 한민족의 황하문화이니 이 문화가 사대 강원을 따라 지류로 흘러 오늘날의 인류문화를 이루는 근원이 되었다.

그러므로 곤륜 문명에 따라 이루어진 공유된 문화는 동북아시아와 서남아시아 유라시아를 중심으로 하는 서이(西夷) 유럽문화가 꽃을 피게 되었다. 이 연장선장에서 남북아메리카의 미국문화가 존재하는 까닭이 되었다.

그 때문에 지금까지 왜곡된 역사는 일본에서 반도로, 반도에서 만주로, 또 강남지류에서 주류황하로, 또 서이(西夷) 수메르에서 동이(東夷) 주류 황하 중원으로 진출되었다는 터무니없는 왜곡 날조된 역사만을 갖고 있는 일본과, 지나 민족과, 서이(西夷) 유럽 수메르인들과 한국인들이다.

이렇게 그릇된 역사 역사문화 인식은 동이(東夷) 지나 지류인 변방 땅 강남(중국)에 일어난 명나라와 유럽인들의 아시아 식민지배 때부터이며, 황하 동이(東夷) 북방주류 중원대륙 역사를 날조한 데서부터 싹튼 일제 식민사관과 유명조선조 때 주원장의 남방 지류 강남변방에 일어난 명나라 모화사상과 유럽인의 식민사상 역사인식이자 문화매도이다.

곤륜 하수에서 시작된 북방 주류 황하 중원문명의 종주는 북방동이(東夷) 주류역사로 환인, 유소, 수인, 복희, 염제 황제 요나라인 단군왕검, 순, 우, 탕의 문왕, 무왕, 기자주조선, 대부여, 대고구려, 대통일 신라, 고려로 천자의 혈통이 계승되었다. 한편 지족인 고구려 산동성 수부과정장인 유방을 변방남쪽 강남 구강의 한족인 제후로 봉한 후, 남쪽 변방강남 한족이라 일컬은 한의 유방을 시조로 계승된 삼국 진, 수, 당, 송은 중원대륙 하수 중심 북방동이(東夷) 주류였고, 한민족의 지배 속에 있었다.

처음 남쪽 변방 지류 강남에서 홍건적을 이끌고 일어난 주원장의 변방 명조가 천자를 자칭 원과 고려를 멸망시킨 후, 중원대륙을 남방 변방 지류족이 지배하면서 부터 동이(東夷)주류 북방 중원 주류족인 동이(東夷) 북방 배달고려 주류를 경계하기 위하여 만리장성을 300 여 년간 가까이 명조가 망할 때까지 쌓았다… 이상 후략…."

13. 4대 강원으로 갈라진 각 문명에서 소크라테스, 예수, 석가, 공자 등 네 성인이 출현하였다

이렇게 세계 인류는 한 창조주 아래 한 조상 아래 한 나라였으나 인구 증가와 환경에 적응하기 위하여 세계 4대 문명으로 뻗어갔다. 나라들이 분국 분화 되면서 언어가 달라지고 사상도 변화 되면서 유구한 역사를 흘러 보냈다.

이윽고 한 창조주에서 태어난 인류가 분화 분국 되면서 종교도 변화 퇴색되어 갔다.

인류 4대 문명이 메소포타미아(수메르) 문명에서 기독교 이슬람교 등으로 분화 되었다. 이 문명권에서 4대 성인 중에 한 분인 예수가 등장하여 신약성경 시대를 개막하였다.

이집트 문명에서 미트라종교 이집트 신화 로마 그리스 신화의 근원이 되었다. 이 문명권에서 4대 성인인 소크라테스가 등장하였다.

인더스 문명에서 힌두교 브라만교 불교 조로아스터교 등으로 분화 되었으며 4대 성인 중 한 분인 석가 성자가 탄생하여 불교가 탄생하였다.

황하 문명권으로 유교와 삼신신앙이 탄생하였고 4대 성인으로 공자가 등장하였다.

이렇게 하나로 시작된 세계의 종교는 인류의 역사가 나누어짐과 동시에 함께 분화 되어갔다.

14. 세계 중 가장 먼저 존재하였던 나라라면, 그 나라의 말은 세계 언어의 초석이 될 수밖에 없다

우리 역사가 세계 중 가장 앞선 역사라면, 언어 또한 세계 언어의 뿌리가 될 것이다. 인류 최초의 문자는 무엇일까?

녹도문이 세계 최초의 문자이며, 수메르문자보다 천 년 정도 더 오래되었다. 우리 문자의 발전은 녹도문에서 결승문자로 그 다음 가림토 문자, 이두문자로 발전되어 왔다. 한자도 동이족의 문자이니 결국 한자도 한민족의 문자임을 알 수 있다. 한자는 은나라 때, 동이족이 만든 문자로 밝혀졌다. 그래서 한자 속에는 천손민족의 역사의 흔적이 많이 들어있다.

그래서 한자를 통하여 하늘과 인간과 인간의 역사를 엿볼 수 있다. 하늘 천(天) 자는 사람 인(人)자에 두 이(二) 자로 이루어져 있다. 사람 인(人) 자의 두 획은 사람이 영과 육체로 나누어져 있음을 암시한다. 하늘 천(天) 자는 두 이(二) 자와 사람 인(人)의 합으로 만들어졌다. 이는 사람이 영과 육체로 나누어졌듯이 하늘도 영과 육체로 나누어져 있음을 나타내는 철학이 든 글자이다.

天자의 두 획 중, 위 일획은 영으로서 하느님의 신을 의미한다. 그리고 아래 일 획은 물질인 우주를 의미한다. 그리고 사람 人의 왼 획은 영인 하느님의 신으로 연결되어 있고, 오른 쪽 획은 물질인 우주에서 내려 왔음을 나타내고 있다.

그래서 하늘 천(天) 자는 사람의 영은 하느님에게서 왔고, 사람의 육체는 물질인 육체에서 왔음을 암시하고 있다. 하늘 천 자에는 매우 큰 포괄적 철학이 숨겨져 있다는 것을 알 수 있다.

이 언어가 동이 조상들이 만든 한자이다. 사람이 없는 세상에는 종교가 있을 수 없다. 종교는 사람이 신성을 가진 이원화로 이루어진 존재라는 사실을 가르치고 있다. 그런 철학이 문자에도 적용이 되어 있음을 알 수 있다.

그런 가운데 인간의 역사 속에서 신(神)의 역사는 계속되었다. 인구가 증가하고 나라와 역사가 갈라지면서 종교도 갈라졌지만, 천부(天夫)이신 천주(天主)께서는 각각의 문명권에 선지자들을 탄생케 하여 신(神)의 뜻을 전하였다.

불교 권에서는 석가모니를 택하여 신의 계시를 주어 불경이 있게 하였고, 불경에는 후일에 이룰 천신의 계획을 예언하여두었다.

기독교권에서는 이사야, 예레미야, 말라기, 예수님 등 선지자들을 통하여 구약과 신약성경을 계시로 주셨다.

유교권에서도 태호, 복희와 주 문왕과 공자를 통하여 주역을 주었고, 이순풍과 원천강을 통하여 추배도를 주었다. 그리고 우리 한민족에게는 원효결서, 정감록, 격암유록 등 예언서를 계시로 주셨다.

이 모든 종교경전은 신의 비밀로 기록되어 있었다. 이러한 사실들이 전 세계의 언어들에도 숨어있음을 아는 자가 많지 않다.

제11장

향후의 인류 역사와 종교는 어떻게 되며 창조주로부터 생성된 인류 사회는 어떻게 완성되는가?

1. 미래에 있을 인류 역사의 각본

우리가 살고 있는 인류 사회는 앞으로 어떻게 될까? 이 질문에 대답을 하기 위해서는 먼저 두 가지를 생각해봐야 할 것이다. 첫째는 인류세계가 우연히 저절로 생겨났을까? 라는 문제이고, 둘째는 본서에서 계속 강조해온 인류는 창조주가 창조하였을까? 라는 것이다.

인류가 전자(前者)의 경우라면, 인류 세계의 미래를 예측할 수 없을 것이다. 그렇다면 세상 사람들은 아무 생각 없이 이생을 위하여 즐기면서 살기만 하면 될 것이다. 그러나 후자(後者)의 경우라면 다르다. 인류가 우연히 존재한 것이 아니라, 창조주께서 뜻이 있어 만드셨다면, 분명히 어떤 계획이 있을 것이다. 그리고 그것이 창조주께서 이루실 계획이라면, 창조주께서는 그 계획을 이룰 각본을 가지고 있을 것이다.

그리고 인류사회는 그 각본대로 흘러갈 것이다. 본 필자는 인류사회는 우연히 생성될 수 없는 것으로 필연적으로 생겼다고 생각한다. 그렇다면 인류세계는 어떤 각본대로 흘러갈까?

그 각본은 바로 종교 경서이다. 따라서 앞으로 인류세계는 종교 경서에 예언된 대로 흘러가게 된다. 그런데 종교 경서는 마치 오늘날까지 비밀문서처럼 비밀로 봉함되어 있었다. 그럼 많은 사람들이 종교 경서의 참내용을 알 수 없었다는 말이 아닌가? 그렇다.

그래서 동서고금의 많은 신학자들이 성서를 비롯한 경서들을 연구하고 공부하였지만 인류 사회에 대하여 예언해둔 창조주의 의중을 아직도 헤아리지 못한 채 머무르고 있는 현실이다. 그렇다면 그것은 사람들이 미래에 인류 세계가 어떻게 흘러갈지 모른다는 말이 아닌가?

그런데 경서의 비밀은 열리게 되어있다. 왜냐하면, 그것도 창조주의 계획서에 미리 설계되어 있기 때문이다. 그 비밀이 열리는 때는 경서에 예언된 약속이 실제로 이루어질 때이다. 예를 든다면, 이사야서, 예레미야서 등 구약성서들도 비밀문서였다. 그런데 그 비밀문서는 예언이 실제로 실현될 때 열렸다. 구약성서는 예언서였고, 예언은 곧 미래에 이룰 약속이었다. 구약성서의 약속의 핵심은 구세주의 강림이었다.

그 예언대로 이루어져 출현한 구세주가 예수 그리스도였다. 그 구세주가 지상에 와서 한 일은 구약성서에 예언한 모든 일들을 다 이루는 것이었다.[9] 그리고 구세주는 다시 올 것을 또 예언을 하였다. 오늘날까지의 인류세계는 그 예언이 실현되고 있던 과정이었다.

말세 때 예언을 기록한 책을 신약성서라고 한다. 그래서 신약성서의 예언의 핵심도 역시 구세주의 지상 재강림이다. 따라서 신약성서에 예언한 여러 가지 약속들도 구세주가 지상에 와야 만이 이루어진다.

예를 든다면, 요한계시록 21장 1~4절에 약속한 "또 내가 새 하늘과 새 땅을 보니 처음 하늘과 처음 땅이 없어졌고 바다도 다시 있지

---

9) 요한복음 19장 30절: 예수께서 신 포도주를 받으신 후 가라사대 다 이루었다 하시고 머리를 숙이시고 영혼이 돌아가시니라.

않더라. 또 내가 보매 거룩한 성 새 예루살렘이 하나님께로부터 하늘에서 내려오니 그 예비한 것이 신부가 남편을 위하여 단장한 것 같더라. 내가 들으니 보좌에서 큰 음성이 나서 가로되, 보라 하나님의 장막이 사람들과 함께 있으매 하나님이 저희와 함께 거하시리니 저희는 하나님의 백성이 되고, 하나님은 친히 저희와 함께 계셔서 모든 눈물을 그 눈에서 씻기시매 다시 사망이 없고 애통하는 것이나 곡하는 것이나 아픈 것이 다시 있지 아니하리니, 처음 것들이 다 지나갔음이러라." 이러한 내용도 예언이고 약속이다. 이 약속은 예언한 구세주가 강림하여 구세주의 주관 하에서 이루어진다.

구세주가 세상에 오는 이유는 위에 약속한 예언을 이루기 위해서이다. 그리고 와서 이룰 일은 '새 하늘과 새 땅을 만드는 일'이라고 한다. 따라서 새 하늘 새 땅은 구세주가 와서 세우는 새 나라이다. 그리고 새 하늘 새 땅에는 '거룩한 성 새 예루살렘이 하나님께로부터 하늘에서 내려오는 나라'라고 한다. 하늘에서 지상으로 내려오는 나라는 하늘나라이다. 하늘나라는 성령들로 구성된 나라이다.

이 나라는 요한계시록 4장에 소개된 신들의 나라요, 성령들의 나라이다. 따라서 새 하늘 새 땅은 하늘에 있던 성령들이 내려온 땅임을 알 수 있다. 그 나라가 새 하늘나라이고, 그 성령들이 지상에 있는 육체에 임하게 되니 이 사람들이 새 땅인 새 백성들이다.

앞의 호세아의 표현을 빌리면, 하늘에서 내려온 영들이 다시 땅의 육체들에게 장가들게 된다는 것이다. 이는 아리랑 가사에서 나를 버리고 가신 님이 다시 돌아오는 장면이다. 가신 님이 돌아와 육체에 장가들어 오니, 이제 알의 아들 아라리가 세상에 출현하는 것이다. 아라리는 알의 아들이고, 알의 아들은 곧 하나님의 아들인 것이다. 하나님의 아들은 곧 새 땅의 백성들이다.

그래서 새 하늘과 새 땅과 구 하늘과 구 땅의 차이는 사람들이 사는 세상에 하늘에 있던 거룩한 영들이 내려온 것과 그렇지 않은 차이이다. 또 사람의 육체에 거룩한 영이 임하였느냐, 아니냐의 차이이다.

또 위 본문에 이어지는 요한계시록 21장 5절에는 "만물을 새롭게 하노라."고 한다는 것을 볼 때, 새 하늘 새 땅의 사람을 포함한 만물들은 구 하늘에서와는 다르게 새롭게 만들어지는 세상임을 알 수 있다. 또 요한계시록 19장 6절에는 "우리 주 하나님 곧 전능하신 이가 통치하시도다."는 걸 봐서 새 하늘 새 땅은 창조주 하나님이 오셔서 직접 통치하시는 세상이란 사실을 알 수 있다.

그렇게 구세주가 와서 사람의 육체에 성령을 임하게 하고, 그런 백성들로 이루어진 나라를 만들게 되니 거기에는 하나님의 장막도 있게 되고, 하나님이 사람들과 함께 계셔서 저희는 하나님의 백성이 되고 하나님은 저희와 함께 계시면서 사람들의 눈에 묻은 모든 눈물을 씻겨주신단다.

비로소 사망이 없고 애통하는 것이나, 곡하는 것이나, 아픈 것이 다시 있지 않다고 한다. 신약성서에는 이렇게 약속을 해두면서 날이 되면 그 일을 이룰 것이라고 기록해두었던 것이다. 이것이 바로 창조주가 우리 인간들에게 약속한 천국이다.

따라서 구약성서나 다른 예언들도 예언이 이루어지는 시점이 되면 비밀로 봉함된 내용이 알려졌듯이 신약성서의 약속과 다른 예언서에 약속된 일들도 이루어질 때가 되면, 이렇게 다 알려지게 된다.

그래서 예언이 이루어질 때를 사람들이 구별하기 위해서는 이런 예언들의 비밀이 열린 사실을 확인하므로 그때가 예언이 이루어지고 있는 때라는 것을 알아차릴 수 있어야 한다.

위에 기록된 요한계시록의 내용도 비밀로 봉함되어 있었기 때문에 오늘날까지 그것에 대하여 아는 사람들이 없었다. 그런데 그 어려운 내용이 보시다시피 이렇게 쉽게 풀린다. 어려운 예언이 이렇게 풀린다는 사실로 말미암아 우리는 예언한 일들이 우리가 모르는 가운데 이루어고 있다는 사실을 감지해야 한다.

그리고 그 예언들이 이루어진다는 사실에서 세상의 어디에 구세주의 강림이 이루어지고 있다는 사실도 캐취(catch)할 수 있어야 한다. 이렇게 사람이 사는 이 세상에 경서의 예언이 이루어지는 때가 있으며, 그 예언은 창조주의 각본인 경서에 기록된 내용대로 이루어지게 된다. 이리하여 앞으로 세상은 오늘날과는 전혀 다른 새로운 세계가 펼쳐지게 된다.

2. 창조주의 각본은 이러하다

각종 경서에 예언된 각본은 이러하다. 그 각본의 최종 목적은 천국이며, 천국의 정의는 앞에서 줄곧 강조한 것처럼 이 세상에 창조주가 임한 나라이다. 창조주가 지상에 오신다는 의미는, 곧 지상에 구세주가 온다는 말이 된다. 창조주가 지상에 오는 이유는 사람들에게 구원과 천국과 영생을 주기 위해서이다.

사람들께 구원과 천국과 영생을 주기 위해서는 하늘나라로 떠났던 성령들을 지상나라로 오게 해야 한다. 성령들이 지상으로 내려오면 사람들의 육체에 성령이 들어갈 수 있다. 이렇게 지상에서 구원과 천국과 영생이 이루어진다.

이런 일이 지상에 있어지기 위해서는 반드시 지상에 구세주가 와야 한다. 그런데 구세주가 지상에 올 때는 공식이 있다. 그 공식을 통하지 아니하고서는 구세주가 세상에 올 수도 없고, 누가 구세주란 것을 증명을 할 수도 없다. 그런데 그 공식이 좀 어렵고 복잡하다. 그러나 우리가 학교에서 배운 2차 함수나, 미분, 적분보다는 훨씬 쉽다. 2차 함수나 미분, 적분을 완전히 이해할 수 없으면 명문대학

입학시험에 떨어진다. 그처럼 구세주의 지상 강림에 대한 공식을 이해할 수 없으면 구세주를 알아볼 수가 없다. 구세주를 알아보지 못하면 천국에 들어갈 수가 없다.

그래서 구세주의 지상 강림이 좀 어렵고 복잡할지라도 반드시 이해를 해야 한다. 왜냐하면, 구세주를 믿는 믿음이 없으면 천국에 들어갈 수 없기 때문이다. 그런 면에서는 지식이 믿음보다 선행되어야 한다. 구세주에 대한 지식은 경서에 있다. 따라서 경서에 대한 지식이 없으면 구세주를 믿을 수 없고, 따라서 구세주가 세우게 되는 천국도 믿을 수 없게 된다.

3. 구세주가 지상에 오게 되는 공식(불경편)

불경에는 구세주를 미륵부처라는 이름으로 전해왔다. 그런데 미륵부처는 아뇩다라삼먁삼보리를 가지고 온다고 예언되어 있다. 그것이 공식이다. 그런데 아뇩다라삼먁삼보리가 뭔지 알아야 미륵부처에 대하여 알 수 있다. 또 아뇩다라삼먁삼보리가 뭔지 알아야 미륵부처를 알아볼 수 있고 맞이할 수 있다. 여기서 힌트가 몇 개 있다. 이 힌트는 아뇩다라삼먁삼보리가 무엇인지에 대하여 깨닫게 할 수 있다.

먼저 "미륵부처는 용화수 아래에서 출현 한다."는 힌트이다. 용화수란 말도 비밀어이다. 용화수를 한자로 쓰면 용화수(龍華樹)이다. 용은 상상의 동물로써 마귀의 왕을 일컫는 밀어(密語)이다. 용과 같은 과의 동물이 있으니 뱀이다. 용은 크고 뱀은 그 보다 작다. 용은 힘이 뱀보다 세다. 용이 왕이라면 뱀은 백성이고, 용이 대장이라면 뱀은 사병이다.

그래서 용은 마귀의 왕으로 일컫지만 뱀은 용의 백성들로 비유된다. 마귀는 영이고 영은 사람의 육체 안에 들어갈 수 있다. 교인들이나 신자들에게 마귀가 들어가면 뱀이라고 비유할 수 있을 것이다. 종교 경서의 비밀의 표현방식은 보통 이러하다.

그런데 뱀은 실물이고, 용은 상상의 동물이다. 뱀은 사람의 눈으로 볼 수도 있고, 만질 수도 있다. 그러나 용은 사람의 눈으로 볼 수도 없고, 만질 수도 없다. 이 처럼 마귀가 들어간 사람은 우리 눈으로 볼 수도 있고, 만질 수도 있다. 그러나 몸속에 들어간 마귀는 우리 눈으로 볼 수도 없고, 손으로 만질 수도 없다.

용화수(龍華樹)의 화는 빛날 화(華) 또는 꽃 화(華) 자이다. 수(樹)는 나무를 가리킨다. 보통 나무는 사람을 비유할 때, 많이 사용된다. 용화수(龍華樹)를 해석하면 '마귀 신으로 꽃을 피운 사람'이란 의미이다. 사람의 육체 안에 있는 영은 악령과 성령이 있다고 누차에 걸쳐서 강조하였다. 사람 안에 있는 영이 악령일 때, 그 사람을 '뱀'이라고 할 수 있다고 했다. 악령은 곧 마귀이며, 마귀의 왕을 용이라고 한다. 따라서 용왕의 치리 하에 있는 나라를 용화수의 나라라고 할 수 있다. 마귀가 들어간 육체들의 나라를 용화수(龍華樹) 나라라고 한다. 용화수 나라가 미륵경에서는 계두말성으로 나타난다.

용화수라고 표현된 사람들의 영은 거짓의 신이므로 창조에 대한 내력을 진리로 전할 수가 없다. 용은 자신을 창조주라고 속이는 신이다. 그래서 용은 자신이 창조를 하지 않았으므로 창조에 대한 진리를 알 수가 없다. 또 용이 진리를 말하면, 자신의 존재가 인정이 안 된다. 용의 진리는 자신은 창조주가 아니면서 창조주라고 거짓말 하는 존재라는 것을 밝히는 것이다. 그래서 용은 진리를 밝힐 수가 없다. 용이 진리를 밝히면 "나는 가짜 창조주이며, '거짓의 신'이다."는 것이 모든 사람들께 드러난다.

그래서 사람의 입장에서 볼 때, 용에게 창조와 창조주에 대한 진리를 기대할 수가 없다. 사람의 입장에서 보면, 용은 무지의 신으로

밖에 볼 수 없다. 이것이 용화수의 실체이다.

용화수의 반대어는 보리수(菩提樹)이다. 보리수나무는 비유로 '깨달은 사람'을 의미한다. 따라서 보리수는 부처를 상징한 비유어이다. 싯다르타가 보리수나무 아래서 깨달아 부처가 되었다는 말도 영적으로 심오한 의미가 내포되어 있다. 보리수는 '성령으로 꽃을 피운 사람'이란 의미이다. 성령은 밝은 신으로 진리의 영이다. 그래서 보리수는 '깨달은 사람'을 상징한다.

그러나 용화수는 거짓의 영이 들어간 사람이다. 따라서 용화수에게서 진리를 기대할 수는 없다. 용화수는 '깨닫지 못한 사람'을 상징한다.

불가에서는 그것을 각각 비유하여 보리수, 용화수라고 비밀리에 전하여 왔던 것이다.

다른 경서에도 이와 같이 나무로 비유한 사람을 등장시키고 있는 것을 볼 수 있는데, 단군신화에서의 신단수(神檀樹)와 성서의 생명나무와 선악나무이다. 그리고 때로는 나무를 풀로 대신할 때가 있는데 불로초(不老草)가 그것이다. 성서의 생명나무와 선악나무를 한자로 표현하면 생명수(生命樹)와 선악수(善惡樹) 또는 사망수(死亡樹)라고 표현할 수 있을 것이다.

생명수는 그 육체 안에 성령이 들어간 사람을 비유한 것이고, 대표적인 예로는 예수이다. 그래서 성서에는 예수를 참 포도나무로 비유하여 부른 것이다. 또 예수를 길이요, 진리요, 생명이라고도 했다. 이를 합하면 예수는 생명을 가진 나무가 된다. 따라서 예수를 나무로 비유하면 생명나무가 됨을 알 수 있다. 그래서 예수는 요한복음 5장 24절 이하에서 자신에게로 온 자들에게 생명을 주었던 것이다. 이 예수 그리스도가 다시 오면, 이제 사람들에게 진짜 생명을 주게 된다. 그럴 때, 그리스도가 주는 진리의 말씀이 바로 생명실과가 된다.

그런데 선악수는 불가에서 말하는 용화수이다. 그러므로 선악수는 사람들께 사망을 줄 수밖에 없다. 그래서 선악수를 사망수라고 한 것이다. 생명수가 사람들께 생명을 준다면, 사망수는 사람들께 사망을 주기 때문이다.

선악수는 육체에 선이 있었으나 악이 섞인 혼합체가 되었다는 말이며, 사망수는 생명수의 반대되는 의미로 사람의 육체 안에 성령이 임하면 생명체가 되고, 악령이 임하면 사망의 몸이 된다는 의미가 내포되어 있다.

따라서 선악수는 사람의 육체에는 성령이 있었으나, 그곳에 악령이 들어간 상태를 나타내고 있음을 알 수 있다. 대표적인 선악수는 2천 년 전에 창조주의 아들로 온 예수를 죽게 한 유대 땅의 제사장들이다. 이들은 사람을 살리는 자들이 아니라, 사람을 죽이는 자들이었다. 그래서 그들을 달리 사망수(死亡樹)라고 할 수 있는 것이다.

사람의 육체 안에 성령이 들어가면 창조주에 대한 진리가 있게 되고, 사람의 육체 안에 악령이 들어가면 거짓이 있게 된다.

이 처럼 나무로 비유된 것이 사람이란 것을 증거 할 수 있는 것을 불경과 성경 또는 신화에 이르기까지 다양한 곳에서 발견할 수 있다.

단군신화에 등장하는 신단수(神檀樹) 또한 단은 박달나무를 뜻하는 말이지만, 단군이라고 할 때 쓰는 한자어로 제사장(祭司長)을 의미하는 단어이다. 단군이란 말 자체가 제사장이란 말이다. 제(祭) 자는 '사람과 신이 서로 접하다'는 의미의 글자이다.

그러면 답이 바로 나온다. 즉 신단수란 신과 사람을 연결하는 역할을 하는 자이다. 당장 무당을 떠올릴 수 있겠으나, 여기서는 창조주에게 제사를 올리는 자들을 비유했던 것이다. 단군시대에도 하늘에 제사를 올렸는데, 나라의 제사를 어찌 단군 한 사람이 올릴 수 있겠는가?

단군시대에는 하늘에 제사를 올리는 선별된 많은 사람들이 있었다. 하늘에 제사를 맡은 사람들을 다른 말로 제관(祭官)이라고도 한다. 그래서 단군신화에 나오는 신단수는 하늘에 제사를 올릴 수 있는 정결하고 선택된 제관들 또는 제사장들을 비유한 말이었다.

그리고 우리나라 신화에는 환혼불로라는 말과 함께 불로초라는 숙어도 등장한다. 환혼은 '혼이 바뀐다'는 의미이고, 불로는 '늙지 않는다'는 의미이다. 또 앞에서 언급하였듯이 사람의 육체는 음식을 먹고 살지만, 사람의 영혼은 진리를 들어먹고 살 수 있다고 한 바, 사람에게 진리를 주면 환혼불로가 될 수 있다는 것이다.

사람 안에 성령이 임하면 사람의 입에서 진리가 나온다. 그 성령의 사람의 입에서 나오는 말을 듣고 깨닫게 되면, 사람이 환혼불로 된다. 그 진리를 주는 사람을 불로초라고 할 수 있을 것이다. 이는 성경의 생명나무와 같은 말이며, 불경의 보리수와 같은 말이다.

이 처럼 각 경서에 예언된 나무나 풀은 사람을 비유한 것임을 깨달을 수가 있다. 그리고 각각 다른 경서라고 치부해오던 경서들에 이렇게 공통적인 수사법이 적용되어 있다는 사실에 우리는 놀라지 않을 수가 없다.

따라서 도경에 예언된 불로초도 사람을 비유한 것임을 유추할 수 있다. 사람의 영은 깨닫고 못 깨닫느냐에 따라서 악령으로도 성령으로도 변화될 수 있다. 그러므로 깨닫는 주체는 사람의 육체가 아니라, 사람의 마음이고 영이다.

사람이 진짜 진리로 깨달으면 그 사람은 부처가 된다. 부처가 된 사람은 죽지 않는다. 그를 또한 불로초라고 비유한 것이다. 그런데 이 진리를 남에게 가르쳐 주는 것은, 곧 불로초를 그 사람에게 먹이는 격이다. 그래서 예로부터 불로초를 먹으면 늙지 않고 죽지 않는다는 말이 구전된 것이다.

곰곰이 생각해 보면, 불로초를 먹으면 사람이 불로불사, 즉 늙지도 죽지도 않는다는 말인데, 사람의 육체는 먹는 음식을 먹고 건강하여질 수 있지만, 사람의 영은 들어먹고 깨달아야 불로불사를 할 수 있다는 것을 알 수 있다. 그러므로 불로초도 마치 먹는 음식처럼 표현을 하였지만, 사실은 이는 귀로 먹는 음식, 즉 진리를 은유한 말이다.

진시황 때는 이 사실을 몰라서 불로초를 오해하여 산에 나는 풀들을 마구 먹어봤다. 그리고 진리가 변하지 않는 보석이나 금으로 비유한 것을 모르고, 금, 은, 수은 등 금속을 마구 먹어서 오히려 단명을 재촉했던 것이다. 경서에는 금은보석 등도 진리로 비유해두었기 때문이다. 그래서 사람이 이 모든 것을 깨닫지 못하면 죽을 수밖에 없는 노릇이다. 금, 은, 보석은 진리를 비유한 것인데 진리가 아닌 금, 은, 수은을 막 먹었으니 어찌 살 수가 있겠는가?

다시 돌아가서 미륵부처가 용화수 아래서 나온다는 예언은 미륵보살이 미륵부처로 성불을 할 때와 장소가 마귀의 왕들이 가득히 있는 곳에서 최초로 해탈하여 부처로 성불하게 됨을 암시하고 있다. 즉 미륵보살이 미륵부처로 성불하는 상황은 마귀의 시대이고, 그래서 이 마귀들 앞에서 미륵보살이 마귀에게서 해탈, 구원이 된다는 의미이다.

둘째 힌트는 바로 미륵경에 예언한 "미륵보살은 마왕을 이기고 부처로 성불한다."는 내용이다. 마왕은 앞에서 말한 용이고, 용왕이며, 용화수나라의 왕이다. 미륵보살은 마귀 영을 입은 사람들 가운데 있다가 이들과 싸워 이김으로 부처가 된다는 말이다.

이 답은 성서에 오히려 잘 나와 있다. 요한계시록 12장을 보면, 거기는 실제로 용들이 있는 용화수의 나라가 등장한다. 그곳은 일곱 금 촛대교회이다. 거기서 용왕을 이기는 아이가 하나 출현한다. 성서에서는 그를 하나님의 아들로 소개하고 있지만, 그가 불서에서 말한 용화수 아래에서 출세한다는 미륵부처이다.

　이 두 가지가 힌트로 불경의 가장 핵심어가 될 수 있는 아뇩다라삼
먁삼보리의 비밀을 추적할 수 있는 실마리가 될 수 있을 것이다. 그
런데 왜 미륵보살은 용화수 아래에 있는 용왕과 싸워서 미륵부처가
될 수 있을까?

　의외로 그 대답은 간단하며 논리적이다. 미륵보살이 미륵부처로
성불한다는 의미는 미륵이 부처로 성불하기 이전에는 세상에 그 누
구도 부처가 된 사람이 없다는 뜻이다. 그래서 미륵부처는 세상에서
처음으로 부처가 되는 사람의 호칭이다. 그런데 미륵이 부처로 성불
하였다는 구체적 실상은 미륵의 육체 안의 영에 따라 결정된다. 즉
미륵이 부처가 되기 전에는 미륵의 육체 안에는 용, 곧 마귀의 영이
들어가 있었다는 의미이다. 그리고 부처가 된 후에는 그 육체에 부처
된 영, 곧 성령이 임하였다는 의미이다.

　그런데 사람의 육체 안에 마귀가 있을 때, 그 사람을 뱀으로 비유
하였다고 하였다. 사람의 육체 안에 마귀 영이 들어있을 때를 비유하
여 그 사람들을 용화수라고 비유한 것이다. 그러니 당연히 미륵은
용화수 아래서 성불을 하게 될 수밖에 없다.

　그리고 미륵이 부처로 성불할 수 있는 이유는 그냥 저절로 되는
것이 아니라, 그 전의 세상을 지배하던 신의 왕인 마왕을 이겨야만
자신의 안과 세상의 권세를 잡고 있는 신을 물리칠 수 있을 것이다.
그런데 그 마왕의 다른 이름이 용이고, 용왕이다. 드디어 창조주의
나라와 용왕의 나라 간에 전쟁이 있어진다.

　그런데 용의 나라의 마귀도 신이고, 창조주의 나라의 성신도 신
이다. 신이 어떻게 총칼로 전쟁을 할 수 있겠는가? 신의 전쟁은 진리
의 전쟁이다. 옳고 그름을 두고 논쟁하는 것이 신의 전쟁이다.

　창조주와 마왕 간에 옳고 그름을 따지는 전쟁이 신들의 전쟁이다.

이 전쟁이 종교에서 예언한 말세의 전쟁의 실상이다. 이 전쟁에서 한 육체인 미륵이 이기므로 그는 용화수 세상에서 해탈되어 부처로 당당히 성불을 하게 된다. 그렇게 되므로 그의 영은 성령으로 바뀐다.

사람의 육체에 성령이 들어가면, 늙고 죽는 데서 구원된다. 따라서 미륵부처는 불로초가 되며, 이 미륵의 정법을 듣고 깨닫는 모든 사람들도 죽음에서 탈피하게 된다. 그러니 불로초의 원본은 미륵부처이고, 미륵부처의 힘은 그에게서 진리, 곧 정법이 있다는 것이다. 이 정법을 들어 다른 사람들도 부처가 되니, 다른 사람들도 죽음을 면하게 된다. 그러니 미륵부처에게서 나온 정법이 바로 불로초의 핵심인 것을 알 수 있다.

그래서 다시 돌아가면, 구세주인 미륵부처가 출현하는 공식은 아뇩다라삼먁삼보리이고, 그 삼보리의 내용은 세 가지의 진리인데 그 세 가지 진리 중, 힌트가 용화수나라에서 벌어지는 구세주와 마왕과의 전쟁의 사건임을 알 수 있다.

전쟁이 있어진다면 먼저 전쟁이 일어나는 도화선이 있을 것이다. 그리고 그 도화선으로 말미암아 누구와 누구가 전쟁하게 된다는 참전국이 정해질 것이다. 그리고 그 전쟁의 결과 승자가 나타날 것이다. 이것이 아뇩다라삼먁삼보리의 세 가지의 진리이다.

세 가지의 진리 중 세 번째가 전쟁의 승리로 말미암아 구세주가 출현한다는 것에 대한 것이니, 아뇩다라삼먁삼보리의 세 가지 진리 중 한 가지는 구세주의 출현에 관한 것임을 알아차릴 수 있다. 그럼 세 가지의 진리 중 첫째와 둘째의 구체적 내용은 무엇일까?

아이러니하게 이 답은 성서와 격암유록에 기록된 예언을 통하여 확실한 답을 얻을 수 있다.

격암유록 삼풍지곡, 제1풍과 제2풍에 대하여 설명한 부분을 참조하기 바란다. 또 신약성서 데살로니가후서 2장 1절 이하에 기록된 주의 강림은 배도 멸망의 일 후에 온다는 것을 참조하면 될 것이다.

불경편은 이 정도 해놓고, 더 심오한 것은 뒷부분의 성경편에서 더 보충할 것이다. 이제 성경에 기록된 구세주에 관한 지식정보를 탐색해 보고자 한다. 성경을 통하여 불경에 기록된 아뇩다라삼먁삼보리에 대하여 더 구체적으로 답을 얻을 수 있게 되는 바, 참으로 아이러니칼하다고 하지 않을 수 없다.

4. 구세주가 지상에 오게 되는 공식(성경편)

이 문제를 풀 수 있기 위해서는 우선 우리의 사고를 매우 거시적인 안목으로 바꾸지 않으면 힘들 것이다. 왜냐하면 인류의 역사는 하나로 시작되었고, 인류의 마지막도 하나로 끝나게 되어 있기 때문이다. 이때 하나로 시작된 것은 창조주에 의한 것이고, 하나로 끝나는 것도 창조주에 의해서이다.

그래서 이 문제를 품에 있어서, 불교, 기독교, 이슬람 또는 불경, 성경, 코란 등으로 구분하여서는 답을 절대로 찾을 수 없다는 사실이다.

한 가지 중요한 것은 구세주의 출현은 어느 한쪽에 치우쳐 오지 않는다는 사실이다. 즉 구세주는 모든 인류, 모든 종교의 목적을 이루기 위해서 온다는 사실이다. 따라서 자신의 편향된 종교나 경서를 고집해서는 구세주를 영접할 수 없다는 말이다.

성경에서 구세주가 오는 공식과정을 이해하기 위하여 앞 불경 편에서 예언된 내용을 이해하고 있으면 매우 도움이 된다.

먼저 성경에서는 구세주의 이름을 예수라고 예언하고 있다. 또 요한이라고도 예언하고 있다. 또 이긴 자라고도 예언하고 있다. 여기서 우리는 예수에 대한 매우 좁은 편견을 가지고 있었음을 자각해봐야 한다. 우리는 사실 예수는 이스라엘 사람이고, 따라서 성경이나 기독교는 서양의 종교라는 편견을 가지고 있었다. 그러나 예수가 이스라엘 백성 중의 한 사람으로 태어난 것은 사실이나 예수께 임하였던 창조주 하나님은 이스라엘만의 신이 아니고, 서양인들만을 위한 신도 아니다. 인류 모든 사람들의 신이다. 그래서 예수나 성서를 서양 신 또는 서양 경서로 보는 시각은 매우 미시적이고 좁은 시각이라고 말할 수밖에 없다.

예수의 육체에는 세계 만민들을 창조하신 창조주의 신이 임하였으므로 예수는 세계 모든 사람들이 믿고 의지해야 할 대상이다. 그리고 그를 통하여 기록된 성서 역시 동양 사람들도 믿고 의지해야 할 필요가 절실히 요구된다. 따라서 신약성서에서 구세주로서 예수가 온다는 개념도 폭넓게 이해해야 할 필요가 있다. 예수가 온다는 사실은 곧 창조주가 오신다는 말로 생각하면, 이런 편견은 없어질 수 있을 것이다.

그래서 본서에서도 예수로 통칭을 하지만, 그 내용면에서는 창조주께서 구세주로 오신다는 기본적인 사고를 가지고 본서를 읽어주시길 바란다.

자, 그럼 구세주의 출현에 대한 신약성서에 기록된 내용은 어떠한지 알아보자.

신약성서 마태복음 24장은 구세주가 세상에 오는 일에 관하여 예언된 내용으로 이루어져 있다. 예수와 제자들은 그 일에 대하여 질문하고 답하는 과정을 통하여 구세주가 세상에 다시 오는 때를 마지막 때라고 했다. 마지막 때란 예언으로만 전해지던 시대의 말기로 이제 예언이 이루어지는 시기를 의미한다. 다시 말하면, 예수께서 다시 오시면 그 때가 성경에서 말하는 마지막 때임을 또 깨달을 수 있다.

"예수께서 감람산 위에 앉으셨을 때에 제자들이 종용히 와서 가로되, 우리에게 이르소서 어느 때에 이런 일이 있겠사오며, 또 주의 임하심과 세상 끝에는 무슨 징조가 있사오리이까" 3절의 내용이다. 여기서 주란 것은 구세주를 의미한다. 구세주가 세상 끝에 온다는 내용이다. 세상 끝이란 마지막 때와 같은 말이다.

"난리와 난리 소문을 듣겠으나 너희는 삼가 두려워 말라. 이런 일이 있어야 하되 끝은 아직 아니니라. 민족이 민족을, 나라가 나라를 대적하여 일어나겠고, 처처에 기근과 지진이 있으리니, 이 모든 것이 재난의 시작이니라." 4절에서 8절까지 내용이다. 여기서 이제 민족과 민족이 나라와 나라를 상대로 전쟁이 있을 것을 예언하고 있다.

"그러므로 너희가 선지자 다니엘의 말한 바, 멸망의 가증한 것이 거룩한 곳에 선 것을 보거든(읽는 자는 깨달을찐저) 그 때에 유대에 있는 자들은 산으로 도망할지어다." 15절에서 16절이다.

여기서는 다니엘 시대에 있었던 일을 보고 마지막 이때를 깨달아야 한다고 강조하고 있다. 그때 있었던 일은 하나님의 나라인 예루살렘이 이방나라 바벨론에 의하여 멸망당한 것을 두고 말한 것이다. 이런 때가 말세에도 오니 그때 하늘나라가 침공을 받거든 거기서 멸망당하지 말고 그곳을 피하여 도망하라는 명령이다.

그리고 하나님의 나라는 멸망당하게 되는데, "그 날 환난 후에 즉시 해가 어두워지며, 달이 빛을 내지 아니하며, 별들이 하늘에서 떨어지며, 하늘의 권능들이 흔들리리라. 그 때에 인자의 징조가 하늘에서 보이겠고, 그 때에 땅의 모든 족속들이 통곡하며, 그들이 인자가 구름을 타고 능력과 큰 영광으로 오는 것을 보리라 .저가 큰 나팔소리와 함께 천사들을 보내리니, 저희가 그 택하신 자들을 하늘 이 끝에서 저 끝까지 사방에서 모으리라." 29절에서 31절까지이다.

다니엘 시대에는 세상의 많은 나라들 중에 이스라엘이란 나라가 하나님이 택한 나라였다. 그 나라가 바벨론이란 나라로부터 멸망당하였다. 이것을 영적으로 분석해보면, 이스라엘은 하나님의 나라였고, 바벨론은 귀신의 나라였다는 것이다. 결국 이스라엘이 바벨론에 의하여 멸망당한 것은 하나님의 나라가 귀신의 나라에 의하여 멸망당한 것이다.

그렇다면 마지막 때도 넓은 세상의 많은 나라들 중, 하나님이 택한 나라가 있게 된다. 그 나라는 과거 넓은 세계중의 이스라엘 같은 나라이다. 그런데 그 나라(교회)를 마지막 때를 예언한 요한계시록 1장 20절에 등장시키고 있다. 그곳을 일곱 금 촛대 교회라고 예언해 두었다. 그런데 이 교회가 이방에 의하여 멸망당한다.

그래서 다니엘 때는 하나님의 나라였던 예루살렘이 이방 바벨론에 의하여 멸망 받았고, 마지막 때는 일곱 금 촛대 교회가 이방나라에 의하여 멸망 받게 된다는 것이다. 그래서 구세주를 찾고, 성서에 예언된 천국을 찾기 위해서는 예언대로 세워지는 일곱 금 촛대 교회와 이 교회를 멸망시키는 이방나라를 찾아야 한다. 그리고 그 이방나라와 싸워서 이기는 사람을 찾아야 한다. 그 이긴 사람을 찾으면 그가 바로 구세주이다. 그를 찾는 사람들은 구세주를 맞이할 수 있고, 구세주를 알아볼 수 있다.

그 이방 나라를 요한계시록 17장 5절에서는 큰 성 바벨론이라고 예언해 두고 있다. 비유적 표현이다. 그런데 그 바벨론을 이끄는 세력은 가증한 음녀의 어미라고 하며 13장에서는 그 나라는 용에게 권세를 받는다고 표현해두었다.

17장 14절에서는 이 바벨론이 어린양과 싸운다고 예언되어 있다. 어린양은 예수를 비유한 단어이다. 따라서 마태복음 24장에서 나라와 나라 민족과 민족의 실체는 창조주의 나라와 마귀의 나라와 창조주의 백성과 마귀 백성임을 알 수 있다. 더 구체적으로 말하면, 마태복음 24장의 전쟁은 일곱 금 촛대 교회와 기성교회와의 전쟁이었다.

그러나 비유적으로 말세에는 창조주의 나라는 일곱 금 촛대교회로 나타나고, 마귀의 나라는 큰 성 바벨론으로 표현하여 나타난다. 따라서 마지막 때는 지구촌에 일곱 금 촛대 교회라는 교회가 예언대로 서게 되고, 그 교회를 용의 소속인 큰 성 바벨론이 멸망을 시키게 된다는 것이다. 이 전쟁이 나라와 나라의 전쟁이고, 민족과 민족의 전쟁이다.

그 전쟁의 상황을 구체적으로 설명하고 있는 장이 계시록 13장 7절 이하이다. 거기서 전쟁을 하여 일곱 금 촛대교회는 멸망을 받게 된다. 그런데 일곱 금 촛대 교회에는 대표적인 목자가 있고, 그 목자에게 가르침을 받은 전도자들이 있고, 그 목자와 전도자에 의하여 만들어진 성도들이 있다.

그런데 그 목자는 사람들이 뽑은 것이 아니라, 예수님이 뽑았다. 그래서 그들에게는 진리가 있었다. 진리는 사람들의 마음을 밝힐 수 있는 등불 같은 것이다. 그래서 진리를 빛으로 비유한곤 한다. 빛의 근원은 창조주이다. 일곱 금 촛대교회의 대표목자에게는 예수께서 함께 하시므로 그는 마치 해 같은 존재이다. 그리고 그 빛에 의하여 창조된 전도자들은 마치 달 같은 존재이다. 그리고 그 해와 달 아래에서 은혜를 받고 살고 있는 백성들은 별 같은 존재이다. 해·달·별은 모두 사람을 비유하여 나타낸 말들이었다.

그러나 해·달·별은 땅에 있는 것이 아니라, 하늘에 소속되어 있다. 이로서 일곱 금 촛대교회의 대표목자를 해로 전도자를 달로 성도들을 별로 비유한 이유는, 이들이 비록 육체 가진 존재이지만, 그들은 하늘에 소속된 자들이란 것을 암시한다. 사람이 하늘에 소속되면 사람의 육체 안에는 성령이 거한다.

그런데 그들이 큰 성 바벨론으로부터 멸망당하고 있는 장면을 보여준다. 그들은 창조주께서 택한 족속들인데 왜 멸망당할까? 아담과 하와처럼 범죄 하였기 때문이다. 아담과 하와는 무슨 죄를 지었나? 쉽게 말하면, 아담과 하와는 창조주의 말을 안 들었다. 무슨 말을 안 들었는가? 선악과를 먹지 말라는 말을 안 들었다. 그 결과는 무엇인가? 창조주 하나님은 아담과 하와를 자신의 곳에서 쫓아내었고, 창조주 하나님은 인류를 버리고 떠나셨다.

이 처럼 일곱 금 촛대교회의 대표목자와 전도자들과 성도들이 창조주 하나님의 말을 안 들어서 모두 큰 성 바벨론에게 멸망당한다.

그것을 비밀로 표현한 것이 마태복음 24장 29절에서 표현한 해·달·별의 변고이다. "그 날 환난 후에 즉시 해가 어두워지며, 달이 빛을 내지 아니하며, 별들이 하늘에서 떨어지며, 하늘의 권능들이 흔들리리라." 즉 그 날 환란은 일곱 금 촛대교회가 큰 성 바벨론에 의하여 함락된 사건이고, 해·달·별이 빛을 내지 않는다는 말은 대표목자와 전도자들과 성도들의 육체에서 마음을 밝히던 성령이 떠났기 때문이다. 아담이 그랬듯이 사람의 영이 멸망당하면, 생령은 죽은 영이 된다. 결국 성령에서 악령(흙)으로 변화되는 것을 말한다.

이리하여 해·달·별이 멸망당하고 난 후인 "그 때에 인자의 징조가 하늘에서 보이겠고, 그 때에 땅의 모든 족속들이 통곡하며, 그들이 인자가 구름을 타고 능력과 큰 영광으로 오는 것을 보리라. 저가 큰 나팔소리와 함께 천사들을 보내리니 저희가 그 택하신 자들을 하늘 이 끝에서 저 끝까지 사방에서 모으리라."라고 예언하고 있다.

즉 일곱 금 촛대교회가 마귀국인 큰 성 바벨론에게 의하여 멸망당한 후에 인자인 구세주가 지상에 강림하게 된다고 한다. 그리고 지상에 강림한 후에 택한 사람들을 모은다고 한다. 모으는 이유는 구원시켜 창조주의 백성 삼으려는 것이다.

그래서 성서에서 약속한 구세주의 강림공식은 해·달·별이 어두워진 후에 온다는 것이다. 이 말은 곧 해·달·별이 어두워지는 일이 없으면 구세주가 오지 않는다는 말과 같다.

그런데 해·달·별이 빛을 잃으려면 먼저 해·달·별이 생겨야 하고, 이 해·달·별이 자연계의 해·달·별이 아니고, 일곱 금 촛대교회의 목자와 전도자와 성도들이라면, 지상에 일곱 금 촛대교회가 세워지지 않으면 해·달·별이 생길 수가 없다는 사실이다.

그러므로 성서에서 구세주의 강림공식은 먼저 이 세상에 일곱 금 촛대교회가 창조주의 예언대로 세워져야 한다. 그리고 해·달·별, 곧 그 교회의 목자와 전도자와 성도들이 예언대로 세워져야 한다. 그런 후, 그들이 귀신의 나라인 큰 성 바벨론에게 멸망당하는 일이 있어야 한다. 그 후 비로소 구세주가 세상에 오게 된다.

그런데 이것을 다시 정리해보면 구세주가 세상에 오려면 먼저 이 땅 위에 일곱 금 촛대교회가 세워져야 한다.

여기서 일곱 금 촛대교회가 어떻게 세워지는가에 대한 것을 이해하려면 격암유록의 삼풍지곡 제1풍을 알면 쉽다.

격암유록 삼풍지곡 제1풍은 팔인(八人) 등천(登天) 시 악화 위선이다. 즉 일곱 금 촛대교회는 팔 명의 사람이 창조주에게 택함 받아 세워지는 교회임을 알 수 있다. 그리고 그곳이 교회이니까 많은 사람들을 전도할 것이고, 전도한 결과 많은 신도들이 몰려온 교회가 될 것이다.

그런데 그들이 악화된다고 한다. 악화(惡化)란 잘못된다는 의미이다. 하늘의 택함을 받은 결과는 이들의 영혼이 성령으로 등천된 것이고, 악화된 것은 그들이 다시 원상태로 되돌아간다는 의미가 된다. 쉽게 말하면, 하늘에 올랐으나 떨어지게 된다는 말이다. 다시 말하면, 이들이 마귀로부터 구원받았다가 다시 마귀에게 속박되었다는 말이다.

그리고 떨어진 이유는 그 뒷말에서 이들이 위선(僞善)을 한 때문이란 것을 알 수 있다. 위선이란 겉으로는 착한 체하면서 속으론 나쁜 일을 한다는 뜻이다. 이것은 창조주에게 배신을 한다는 의미이다. 배신을 한다는 것은 약속한 것을 어긴다는 의미이다. 약속은 말로 한다. 말로 하는 약속을 언약이라고 한다. 창조주와 한 언약은 진리이다. 진리를 도(道)라고도 한다. 또 도를 배신한다는 말을 배도(背道)라고 한다.

그래서 격암유록의 삼풍지곡 제1풍의 위선이란 말은, 곧 성서의 배도란 말과 같다. 삼풍지곡 제1풍은 팔인이 창조주의 선택을 받아서 성령으로 승격하였으나 이들이 배도를 하게 된다는 것을 예언하고 있음을 알 수 있다.

앞에서 이미 불서의 핵심주제인 세 가지의 진리 아뇩다라삼먁삼보리 중, 세 번째는 구세주의 출현이란 답이 내려졌다. 그런데 여기서 첫째 답이 또 나왔다. 그것은 바로 배도이다. 불서에서 배도하는 절을 계두말성이라고 했다. 계두말성이 배도하는 사건이 아뇩다라삼먁삼보리의 첫째 진리임이 여기서 밝혀진다.

신약성서 데살로니가후서 2장에는 구세주의 강림에 대한 또 다른 표현의 예언이 있다. 구세주의 강림은 먼저 배도하는 일이 있고, 배도로 말미암아 배도한 일곱 금 촛대 교회의 신앙인들이 멸망의 조직에 의하여 멸망당한 후에 멸망자와 진리의 전쟁을 해서 이기는 자가 출현하기 전에는 절대로 구세주가 지상에 올 수 없다고 단정하고 있다. 그러나 이 전쟁에서 멸망자를 이기면 구세주가 등장하게 된다고 한다.

따라서 앞에서 마태복음 24장에서 예언한 나라와 나라의 전쟁은 일곱 금 촛대교회와 이 교회를 멸망시킨 어떤 집단과의 전쟁임을 알 수 있다. 그리고 구세주는 이 전쟁에서 승리하는 자가 된다는 사실이다.

그래서 그 구세주는 일곱 금 촛대 교회 출신임을 깨달을 수가 있게 된다. 그리고 구세주가 승리한 대상은 용에게 권세를 받은 목자들이다. 그 목자들이 용에게 권세를 받아 거기서 전쟁을 하였으니, 그곳이 불서에서 말한 용화수의 나라임을 깨달을 수가 있게 된다. 또 거기서 승리하여 출세하는 구세주가 불서의 이름으로는 미륵부처임을 알 수 있다.

그렇다면 세상 사람들이 구세주를 찾으려 하면, 이 전쟁에서 이기는 승리자를 찾으면 될 것이다. 이 전쟁에서 승리한 승리자를 찾기 위해서는 예언대로 세워진 일곱 금 촛대교회를 이 지구촌에서 찾아야 할 것이다.

찾았다면 이 교회와 전쟁을 일으킨 집단의 실체가 누구인지 무엇인지 파악하면, 지구촌에서 각 경서가 예언한 멸망자의 조직을 직접 확인할 수 있을 것이다.

격암유록 삼풍지곡 제2풍은 비운진우 심령변화이다. 이것을 성서에서는 해·달·별의 멸망이라고 표현하고 있다. 그래서 제2풍은 팔인이 하늘시민으로 승격하였으나 배도한 죄로 말미암아 심령이 멸망당하게 된다는 것이다. 심령이 하늘 시민으로 등천하였는데 변화가 된다면, 땅의 시민으로 떨어지는 것이 아니겠는가? 다시 말하면, 심령 멸망, 심령 변화란 결국 성령에서 악령으로 떨어졌다는 이야기이다.

그런데 여기서 그들의 심령이 멸망당한다면, 그들의 심령을 멸망시키는 존재가 있을 것이다. 그를 성서에서는 멸망자라고 호칭하고 있다. 사람의 영혼을 멸망시키는 존재가 바로 멸망자임을 알 수 있다. 그 멸망자를 격암유록에서는 소두무족이라고 했다. 성서에서는 소두무족을 뱀이라고 했다. 앞에서 뱀이란 육체 속에 마귀 영이 들어간 사람들이라고 소개를 한바, 있다.

따라서 일곱 금 촛대교회의 신앙인들이 창조주께 배도를 한 때문에 그 심령을 멸망당하게 되는데 그들을 멸망시키는 존재들은 마귀를 입은 사람들임을 알 수 있다. 창세기에서 아담과 하와를 멸망시킨 것도 사실은 뱀이었다.

그랬듯이 마지막 때, 창조주께서 세우신 일곱 금 촛대교회를 멸망시키는 존재도 용 또는 뱀이라고 했던 것이다. 그런데 성서에서 그들의 정체를 벗기면 그들의 정체는 마귀를 입은 거짓목자들이다. 이렇게 말할 수 있는 근거는 예수 때, 예수를 죽인 자들이 거짓목자들이었고, 이들에게 예수님은 뱀이라고 했기 때문이다.

그 뱀들의 왕이 용이었다. 그런데 불경에서 구세주는 용화수 아래서 나타난다고 했다. 그리고 구세주는 용들 속에서 용과 싸워 이긴 후에 등장한다고 했다. 바로 이 현장이 그곳이다. 이 현장을 성서에서는 일곱 금 촛대 교회라고 했고, 격암유록에는 사답칠두라고 했고, 불서에는 계두말성이라고 했다.

이곳이 용화수이다.10)

지금 이 장면이 용과 뱀의 비밀을 만천하에 드러내는 장면이다.

---

10) 요한계시록 12장: 4.그 꼬리가 하늘 별 삼분의 일을 끌어다가 땅에 던지더라 용이 해산하려는 여자 앞에서 그가 해산하면 그 아이를 삼키고자 하더니 5.여자가 아들을 낳으니 이는 장차 철장으로 만국을 다스릴 남자라 그 아이를 하나님 앞과 그 보좌 앞으로 올려가더라 6.그 여자가 광야로 도망하매 거기서 일천 이백 육십일 동안 저를 양육하기 위하여 하나님의 예비하신 곳이 있더라 7.하늘에 전쟁이 있으니 미가엘과 그의 사자들이 용으로 더불어 싸울쌔 용과 그의 사자들도 싸우나 8.이기지 못하여 다시 하늘에서 저희의 있을 곳을 얻지 못한지라 9.큰 용이 내어 쫓기니 옛 뱀 곧 마귀라고도 하고 사단이라고도 하는 온 천하를 꾀는 자라 땅으로 내어 쫓기니 그의 사자들도 저와 함께 내어 쫓기니라; 여자에게서 난 자가 용화수아래에서 탄생하는 장면이다. 이 자가 불서, 성서, 격암유록에 예언된 구세주이다.

이 말은 결국 인류사회에서 사람의 영혼을 멸망시킨 존재가 바로 사람이었다는 사실을 밝히는 장면이다. 그리고 그 사람들 안에 마귀들이 들어있었다는 사실을 현장에서 목격하게 된다.

즉 일곱 금 촛대교회는 창조주의 소산물인데 이들을 멸망시키는 존재는 멸망자라고 성서에 미리 기록을 해놓았다. 그런데 삼풍지곡 2풍과 성서의 해·달·별의 멸망사건과, 불경의 아뇩다라삼먁삼보리의 진리를 통하여 보니, 이들이 모두 귀신이 든 사람들이 아닌가?

그리고 이 사람들이 지금 창조주의 창작물을 멸망시키고 있는 것이 아닌가? 이들의 정체를 밝히면, 이들의 비밀이 다 드러난다. 2천년 전 예수 때는 창조주의 창작물이었던 예수를 죽인 자들이 있었고, 이들 또한 사람들이었고, 목자들이었다. 그런데 마지막 때도 창조주의 창작물인 일곱 금 촛대교회를 멸망시키는 사람들이 나타났으니, 그들이 바로 뱀들이 아니고 무엇이겠는가? 그들의 비밀을 밝히고 보니 이들도 역시 목자들이고, 목자이니 이들은 사람이고, 그 사람 안에 마귀들이 들어가 창조주의 나라를 미혹하고 멸망시켜왔음이 드디어 드러나게 된 것이다.

이 일을 증거를 가지고 밝히는 자를 승리자라고 한다. 승리자가 승리한 대상은 악령이고, 그 후 승리자는 악령에게 빠진 사람을 구원한다. 그러므로 승리자는 곧 구원자이고, 많은 사람들을 구하게 되니 그가 구세주가 될 수 있는 것이다. 이 사람이 인류세상을 멸망시킨 마귀의 비밀을 다 알고 파헤쳤으니 최초의 승리자가 되는 것이다.

이 자가 구세주이다. 이 자가 불교에서 말한 미륵구세주이고, 성서에서 말하는 메시아구세주이다. 또 민족 종교에서 말하던 정도령구세주가 또한 이 분이다. 그래서 앞에서 해·달·별이 멸망당하고 난 후에 구세주가 지상에 임한다는 예언은, 곧 멸망시키는 자들과 싸워 이긴 후에 구세주가 등장하게 된다는 말이었다.

이쯤해서 신약성서에서 또 다른 표현으로 구세주의 재강림 소식을 예언하고 있는 것에 대한 것도 알아보자. 이 예언도 앞의 해·달·별의 멸망과 같은 내용이지만, 이것을 다시 조명해보므로 성서에서 말하는 구세주의 지상 강림공식에 대하여 더 확실히 이해할 수 있을 것이다.

데살로니가후서 2장 1~3절에서는 바울이 믿음의 형제들에게 구세주가 강림하는 일에 대하여 다음과 같이 예언하고 있다.

"형제들아. 우리가 너희에게 구하는 것은 우리 주 예수 그리스도의 강림하심과 우리가 그 앞에 모임에 관하여 혹 영으로나. 혹 말로나. 혹 우리에게서 받았다 하는 편지로나. 주의 날이 이르렀다고 쉬 동심하거나 두려워하거나 하지 아니할 그것이라. 누가 아무렇게 하여도 너희가 미혹하지 말라. 먼저 배도하는 일이 있고 저 불법의 사람. 곧 멸망의 아들이 나타나기 전에는 이르지 아니하리니."

앞의 마태복음 24장과 같이 구세주의 지상 강림에 관하여 기록한 내용이다. 구세주인 그리스도가 강림하는 일에 관한 교훈은 누가 뭐라고 하드라도 믿지 말라. 그리스도는 오직 공식대로 온다는 것이다.

그 공식은 첫 번째, 반드시 배도하는 일이 있어야 한다. 두 번째, 불법의 사람, 곧 멸망의 아들이 나타나서 멸망을 시키는 일이 있어야 한다는 것이다. 세 번째, 그 멸망의 일로 멸망당한 후에 비로소 구세주가 세상에 임하여 온다는 것이다.

우리는 이미 앞에서 해·달·별의 사건을 이해하였기 때문에 이 파트를 누구보다 더 잘 이해할 수 있을 것이다. 즉 첫째 배도한다는 것은 일곱 금 촛대교회가 아담처럼 언약을 어긴 일이 있다는 것을 말한다. 반드시 그 일이 먼저 선행되어야 구세주가 세상에 임할 수 있기 때문이다.

그 배도한 사건이 있은 후, 일곱 금 촛대교회에는 용에게 권세를 받은 큰 성 바벨론 세력이 올라오게 된다. 그리고 그들이 일곱 금촛대교회의 목자와 전도자와 성도들의 영을 멸망시킨다. 이 멸망의 사건 후에 구세주가 세상에 강림하게 된다는 것이다. 이것이 성서에서 약속한 구세주의 강림공식이다.

그런데 이 시점에서 성서에 예언한 구세주가 불서에서 예언한 미륵부처라는 사실과 격암유록에서 예언한 정도령이란 사실을 간과할 수 없다. 그리고 앞에서 말한 불서의 세 가지의 진리인 아뇩다라삼먁삼보리의 둘째 진리가 심령을 멸망시키는 멸망자란 사실을 알게 되므로 불서의 세 가지의 진리도 모두 다 깨달을 수 있게 되었다. 그리고 각각 다른 종교 다른 민족의 예언서에 동일하게 구세주가 강림한다고 예언한 것은 구세주의 강림이 사실이란 것을 증거 해주기에 충분하다고 할 것이다.

5. 구세주가 지상에 오게 되는 공식(격암유록 편)

이쯤에서 다시 한 번 되풀이하여 강조한다. 인류를 구원할 구세주는 모든 사람 모든 종교의 목적을 실현시키기 위해서 온다. 그래서 지구촌에 있는 옳은 경서들을 모두 수합하여 퍼즐을 맞추어봐야 한다. 퍼즐을 맞추어보므로 구세주의 강림에 대한 더 확실한 공식을 이해할 수 있게 된다. 그리고 자신도 잘 이해하지 못했던 불교, 기독교, 민족종교의 경서에 예언된 어려운 것들을 타산지석으로 이해할 수 있게 된다.

불교인들이 법화경 및 불경에 수많이 등장하는 아뇩다라삼먁삼보리에 대하여 모른다. 기독교인들이 성서에 예언된 해·달·별과 배도 멸망 구원자에 대하여 알지 못한다. 민족 종교인들이 격암유록에 예언된 삼풍지곡에 대하여 정확히 알지 못한다.

그러나 우리는 놀라운 사실을 경험하게 될 것이다. 불교인들의 아뇩다라삼먁삼보리를 성서의 배도자, 멸망자, 구원자와 격암유록의 삼풍지곡을 참고하면, 다 깨달을 수가 있게 된다.

또 기독교인들이 성서의 배도, 멸망, 구원에 대한 것을 불경의 아뇩다라삼먁삼보리와 격암유록의 삼풍지곡을 통하여 깨달을 수가 있다.

마찬가지로 민족 종교인들이 격암유록에 예언된 삼풍지곡에 대하여 불경의 아뇩다라삼먁삼보리와 성서의 배도자 멸망자 구원자를 참고하여 다 이해할 수 있게 된다.

이것은 과연 무엇을 의미하는가? 창조주가 원하는 것은 분리가 아니라, 하나라는 사실이다. 구세주를 만나서 천국이란 놀라운 소망을 얻기 위해서는 자신의 것만을 고집하지 말고 서로를 바라보라는 뜻이 아닌가? 그리고 하나 되란 명령이 아닌가?

자, 그런 차원에서 이제 한민족의 예언서인 격암유록의 삼풍지곡을 통하여 불경의 아뇩다라삼먁삼보리와 성서의 배도자, 멸망자, 구원자를 다시 조명해보자.

격암유록 52장 삼풍론에는 삼풍지곡이란 단어가 출현된다. 삼풍지곡이란 한자로 삼풍지곡(三豊之穀)으로 세 가지의 곡식이란 뜻이다. 곡식의 종류는 세 가지이고, 이때 곡식은 입으로 들어가는 곡식이 아니라, 귀로 들어가는 곡식이다. 앞에서 불로초를 설명할 때도 그렇지만, 경서에는 입으로 먹는 음식뿐 아니라, 귀로 먹는 음식이 많이 소개되어 있다. 삼풍지곡도 귀로 먹는 세 가지 음식을 의미한다.

결론적으로 말하면, 세 가지 귀로 듣는 음식을 통하여 우리가 얻는 수확은 구세주이다. 따라서 세 가지 음식이란 뜻을 지닌 삼풍지곡 역시 구세주를 탄생시키는 공식임을 알 수 있다. 또 그리하여 탄생된 구세주에게는 종교의 목적을 이루는 진리가 있다는 사실이다. 사람들은 그 진리를 들어먹고 깨달아 부처로 신선으로 성령으로 거듭나게 된다. 그런데 그 공식이 세 가지란 사실에 주목을 해주기 바란다.

앞에서 불경의 아뇩다라삼먁삼보리가 삼풍지곡과 같다는 논리는 아뇩다라삼먁삼보리도 구세주를 출현시키는 공식이란 사실 때문이다. 또 성서에 배도, 멸망, 구원의 세 가지의 진리도 그리스도란 구세주를 출현시키는 공식이다.

따라서 격암유록의 삼풍지곡이 곧 불경의 아뇩다라삼먁삼보리이고, 불경의 아뇩다라삼먁삼보리가 곧 성경의 배도자, 멸망자, 구원자인 세 가지이다. 이로써 불경의 아뇩다라삼먁삼보리도 격암유록의 삼풍지곡도 성경의 배도 멸망 구원의 세 가지 진리도 서로 비교하고 통합하여 이해하면, 각 경서에 예언한 그 누구도 알 수 없던 세 종교의 핵심진리를 다 통달하게 되는 행운을 얻게 된다.

6. 격암유록에 예언된 삼풍지곡은 불경의 아뇩다라삼먁삼보리이고, 성경의 배도 멸망 후에 나타난다는 구세주의 강림공식이다

자, 이제 격암유록에 예언된 삼풍지곡에 대하여 살펴보겠다. 이제부터 각각 자신의 종교 경서를 깨닫고자 하는 분들은 격암유록의 삼풍지곡이 곧 불경의 아뇩다라삼먁삼보리를 설명하는 것이고, 성경의 배도 멸망 구원을 설명한다는 사실로 받아들이면 좋을 것이다.

격암유록의 삼풍지곡은 세 가지로 분류되어 있다. 격암유록 제 52장 삼풍론 중 일부를 소개한다.

"無穀大豊豊年豊字 甘露如雨三豊 三旬九食三豊穀 弓乙之中에 찾아보세.

第 一豊에 八人登天 惡化僞善一穀이요, 第二豊에 非雲眞雨 心靈

變化二豐二穀이요, 第三豐에 有露眞露 脫劫重生三穀이라. 三豐三穀世無穀之 十勝中에 出現하니."

"무풍대곡풍년풍자 감로여우삼풍이라 삼순구식삼풍곡을 궁을지중 찾아보세. 무풍대곡풍년풍자 감로여우삼풍이라 삼순구식삼풍곡을 궁을지중에 찾아보세. 제일풍에 팔인등천 악화위선일곡이요, 제이풍에 비운진우 심령변화이풍이요, 제삼풍에 유로진로 탈겁중생삼풍이라. 삼풍삼곡세무곡지 십승중에 출현하니."

먼저 無穀大豐豐年豐字 甘露如雨三豐이라 三旬九食三豐穀을 弓乙之中 찾아보세 까지이다.

흉년으로 곡식이 없던 중에 풍요로운 풍년 풍자로구나. 감로 이슬 비 같은 세 가지 곡식이라. 이 곡식은 한 달에 아홉 번만 먹어도 되는 곡식인데 이 곡식을 궁을지 안에서 찾아보세.

여기서 경서에 곡식이나 음식을 진리로 비유한 것들이 있다는 사실을 엿보고 넘어간다.

구약성서 아모스 8장11~12절에는 진리를 물과 양식으로 비유하였다. "주 여호와께서 가라사대 보라 날이 이를지라. 내가 기근을 땅에 보내리니 양식이 없어 주림이 아니며, 물이 없어 갈함이 아니요, 여호와의 말씀을 듣지 못한 기갈이라. 사람이 이 바다에서 저 바다까지, 북에서 동까지 비틀거리며 여호와의 말씀을 구하려고 달려 왕래하되 얻지 못하리니."

신약성서 요한복음 6장 27절에는 진리를 양식으로 비유하고 있다. "썩는 양식을 위하여 일하지 말고 영생하도록 있는 양식을 위하여 하라. 이 양식은 인자가 너희에게 주리니, 인자는 아버지 하나님의 인치신 자니라." 여기서 썩는 양식은 육적 음식이고, 영생하도록 하는 양식은 영적 양식, 즉 진리를 비유하고 있다.

신약 요한계시록 2장 17절에는 진리를 만나로 비유하고 있다. "귀있는 자는 성령이 교회들에게 하시는 말씀을 들을지어다. 이기는 그에게는 내가 감추었던 만나를 주고 또 흰 돌을 줄 터인데, 그 돌 위에 새 이름을 기록한 것이 있나니, 받는 자 밖에는 그 이름을 알 사람이 없느니라." 여기서 만나도, 돌도 진리를 비유한 것이다.

마태복음 24장 45절에는 그 감추인 양식을 가져다주는 이를 소개하고 있다. "충성되고 지혜 있는 종이 되어 주인에게 그 집 사람들을 맡아 때를 따라 양식을 나눠 줄 자가 누구뇨."

이렇게 경서에는 양식이 진리로 비유하여 그 뜻을 감추어두었음을 알 수 있다. 그래서 격암유록의 삼풍지곡은 진리를 비유한 것이다.

삼풍지곡은 진리 중의 진리인데, 이 곡식은 궁을지에 있다고 한다. 궁을지란 선후천세상을 의미한다. 격암유록에는 선천을 사답칠두, 후천세상을 십승지 또는 신천신지라고 기록되어 있다. 성서에는 선천을 먼저 하늘 먼저 땅인 일곱 금 촛대 교회, 후천을 새 하늘 새 땅으로 기록하고 있다. 불경에는 선천을 계두말성, 후천을 시두말성이라고 기록되어 있다. 이 선후천궁을지에 세 가지 곡식이 있다고 한다.

앞에서 살펴본 바, 이 세 가지진리는 결국 이 세상을 구원할 구세주의 출현을 알리고 있는 공식임을 알 수 있다. 즉 궁을지는 구세주가 이끄는 새로운 세상인데, 그 구세주가 나타나는 경로가 세 가지라는 것이고, 구세주는 세 가지의 단계를 거치면서 세상에 출현한다는 의미이다.

그리고 세상 사람들이 이 삼풍곡식을 찾아 먹으려면, 일곱 금 촛대 교회, 즉 사답칠두가 멸망당한 뒤에 세워지는 '새 하늘 새 땅'을 찾아

가야 비로소 그 곡식을 배부르게 먹을 수 있음을 알 수 있다.

그 첫째 진리를 "第 一豊(제일풍)이라고 했다. 첫째 진리의 내용을 八人登天(팔인등천) 惡化僞善一穀(악화위선일곡)이요."라고 한다. 제일풍의 내용을 팔인 등천 악화위선이라고 한다. 이를 해석하면, 여덟 사람이 등천, 곧 하늘에 오르는데 그들이 악하게 변하여 위선을 행한다는 것이다.

여덟 명이 등천한다는 말은 여덟 명이 하늘의 택함을 받아 성령으로 승급하였음을 말한다. 여덟 사람의 심령이 악령에서 성령으로 되었다는 의미이다. 그런데 그들이 악하게 변하여 위선자 역할을 하게 된다는 의미이다. 무슨 위선일까?

이때 성서의 기록을 빌리면, 위선이란 바로 배도를 의미함을 알 수 있다. 이것이 삼풍지곡 중 첫째 진리이다. 이것이 불경의 세 가지인 아뇩다라삼먁삼보리의 진리 중 하나이다. 이것이 성서에 기록된 배도의 사건이다. 그리고 여기서 성서의 기록을 좀 더 빌리면, 여덟 영과 여덟 육체가 하나 되어 나타난 이곳이 바로 일곱 금 촛대교회이다.

격암유록에는 이 교회를 사답칠두(寺畓七斗)라고 예언하고 있다. 불서에는 계두말성이라고 하였다.

일곱 금 촛대교회에는 신들의 나라에 있던 일곱 영이 임한 나라이다. 그런데 일곱인데 삼풍지곡에서는 왜 팔인등천이라고 했을까? 한 명과 일곱 명을 분리하여 표기했기 때문이다.

신약성서 요한계시록 4장에는 창조주 하나님과 그 앞에 일곱 영이 시위하고 있음을 보여주고 있다. 그래서 창조주 한 영과 일곱 영을 합하면 팔 영이 된다. 여기서 신인합일이 일어난다. 즉 지상의 여덟 사람들과 하늘의 여덟 영들이 서로 영육이 하나 된다는 것이다.

그리고 팔인등천은 팔인의 육체에 하늘의 팔영이 임하였음을 나타내는 단어이다. 이것으로 땅의 여덟 사람은 성령을 덧입을 수 있게 되었고, 하늘의 신들은 육체를 덧입을 수 있었다. 신약성서 요한계시록 1장에는 그 교회를 일곱 금 촛대교회라고 명명하여 두었다. 그곳을 일곱 별이 있는 교회로 비유하면서 일곱 별은 일곱 사자라고 설명을 하고 있다. 일곱 사자는 사람이고 그 사람에게 하늘의 일곱 영이 각각 임하여 영육합일이 된 것이다. 그래서 일곱 금 촛대교회는 하늘의 영들과 땅의 사람이 하나로 합치된 특별한 교회임을 알 수 있다. 이 특별한 땅을 성서에서는 하늘 또는 거룩한 곳이라고 했다11).

그곳은 땅이지만 하늘의 거룩한 영들이 내려온 곳이기 때문이다. 이곳을 잘 기억해두어야 한다. 왜냐하면 이곳이 앞으로 세워질 지상천국, 지상극락과 관계가 있기 때문이다. 또 여기에서 창조주가 택한 나라 사람들과 마귀가 택한 나라 사람들과 선과 악의 전쟁이 일어나는 곳이기 때문이다. 또 여기서 온 인류가 기다려 왔던 구세주가 출현하기 때문이다.

다음은 세 가지 곡식 중 두 번째 곡식이다.

"第二豊(제이풍)에 非雲眞雨(비운진우) 心靈變化二豊二穀(심령변화이풍)이요." 제 이풍은 비운진우 심령변화라고 한다. 비운은 구름이 아니란 말이고, 비진우는 진짜 비가 아니란 의미이다. 경서에는 구름은 신이나 영을 비유한 말이다. 그리고 비는 진리를 비유한 말이다. 그래서 비운이란 영이 아니란 말이고, 영이 아니란 말은 진짜 영인 성령이 아닌 악령이란 것을 암시하고 있다. 그리고 심령변화란 영이 변화하게 되었다는 말이다.

---

11) 요한계시록 13장 6절: 짐승이 입을 벌려 하나님을 향하여 훼방하되 그의 이름과 그의 장막 곧 하늘에 거하는 자들을 훼방하더라. 마태복음 24장 15절: …멸망의 가증한 것이 거룩한 곳에 선 것을 보거든….

다 해석하면, 팔인등천한 성령의 사람들이 배도하므로 말미암아 그 죄 때문에 성령으로 승급된 영이 다시 악령으로 망령되었다는 의미를 말하고 있다. 이는 곧 일곱 사자에게 임하였던 하늘 영들이 떠났음을 의미한다. 여기서 팔인 등천 된 사람들이 다시 악령으로 멸망 받게 되는 흉기는 악령의 사람(뱀)이 주는 가짜 진리 때문이다. 이 장면이 마태복음 24장의 해·달·별의 어두워진다고 한 현장이다.

이것에 성서의 기록을 또 빌리면, 이들이 큰 성 바벨론, 즉 거짓목자의 거짓말에 심령이 멸망당하였다는 의미이다. 그래서 비운의 실체는 마귀이고, 비우의 실체는 거짓진리이다. 즉 하늘에 등천된 일곱 금 촛대교회 성도들이 멸망당한 것은 마귀의 거짓진리에 미혹된 것을 말한다. 또 불경의 기록을 여기서 빌면, 여기서 큰 성 바벨론은 바로 마왕의 나라이고, 마왕은 곧 용왕이다. 용왕이 있는 곳은 용화수의 나라이다. 이들은 용왕에게 심령이 멸망된 것이다.

그리고 세 가지 진리 중 마지막 진리는 "第三豊(제삼풍)으로 有露眞露(유로진로) 脫劫重生三穀(탈겁중생삼풍)이라. 三豊三穀世無穀之(삼풍삼곡세무곡지) 十勝中(십승중)에 出現(출현)하니"로 기록하고 있다.

세 번째 진리인 제삼풍은 구세주를 출현시키는 노정이다. 또 구세주는 진리를 가지고 오므로 비로소 세상에 진리가 있어진다. 세상에 진리가 있어진다는 증거로 나타나는 것은 비밀로 감추어졌던 경서의 비밀이 모두 밝혀진다는 것이다.

이렇게 구세주가 지상에 탄생하기 위해서는 가장 먼저 선행되어야 할 사항이 세상 중에 여덟 사람이 창조주의 택함을 받는 일이 생겨야 한다. 그래야 구세주의 강림 시대가 열린다. 세상 중에 여덟 사람이 택함을 받기 위해서는 하늘에서 여덟 영이 지상으로 내려와야 한다. 여덟 영은 성령들이다. 이 영들은 하늘에서 지상에 오고 지상의 택한 자들 여덟은 여덟 영을 받아드리게 된다. 그리고 그 여덟 영들은 여덟 육체에 임하여 영과 사람의 육체가 하나로 합일이 된다. 이것이 말세에 처음으로 이루어지는 성령을 입은 육체의 출현이다.

그런데 이렇게 택함 받은 사람들이 언약을 지키지 않게 된다. 그것을 성서에서는 배도라고 하고, 배도한 사람을 배도자라고 한다. 격암유록에서는 그것을 위선이라고 하고, 위선한 사람을 위선자라고 했다.

그 결과로 제이풍이 나오게 된다. 그것은 배도한 결과, 심령이 멸망당하는 일이 생기기 때문이다. 여덟은 창조주와의 언약을 지키기로 하고 성령으로 승급하였다. 그런데 언약을 파기하고 말았으니 원점으로 돌아가지 않으면 안 될 것이다. 아담이 그랬듯이 말세에 성령으로 창조된 첫 사람들이 생겨났으나, 그들도 창조주와의 언약을 배신하므로 다시 흙으로 돌아 가버린 것이다.

종교의 목적이 세상 사람들의 영혼을 성령으로 재창조되는 것이라고 할 때, 창조주와 인간에게 있어서는 참으로 귀한 역사가 일곱 촛대교회를 통하여 일어났건만, 또 실패하고 만 사건이다. 창조주의 계획을 이렇게 실패하게 한 원흉은 멸망자이다. 멸망자는 마귀 영을 입은 사람이고 거짓 목자이다.

그것을 성서에서는 멸망의 사건이라고 하고, 멸망시킨 무리를 멸망자라고 명명했던 것이다. 그 멸망자를 은유한 것이 용왕과 뱀이다. 용왕과 뱀은 곧 악령이다. 그런데 창조주께서 창조한 인류 사회가 처음부터 이 모양으로 된 원인은 멸망자들 때문이었다. 멸망자들의 육체에는 창조주의 일을 방해하는 귀신의 영이 들어있다. 이것이 인류사회의 가장 큰 병폐이고, 문제였다. 이것을 해결하기 위하여 구세주가 온다. 이것이 곧 구원이고, 구세(救世)이다. 이것이 곧 종교의 목적이다.

그래서 인류사회의 병폐를 없애고, 종교의 목적을 이루려면, 이 멸망자를 잡아 없애야 했다. 그런데 인류 세상에는 그 사실을 아는 사람이 한 사람도 없었다.

그러나 삼풍지곡 제삼풍을 통하여 그 사실을 아는 자가 등장한다. 그가 구세주가 될 수 있는 이유는 그가 인류세상을 멸망시킨 멸망자의 정체를 처음으로 깨닫는 자가 되기 때문이다. 그가 멸망자의 정체를 알므로 멸망자를 이길 수 있는 첫 사람이 된다. 따라서 격암유록의 삼풍지곡도 불서의 아뇩다라삼먁삼보리도 성서의 배도 멸망 구원이란 세 가지의 진리도, 멸망자를 잡기 위한 계략인 것을 알아야 한다.

그래서 불도인들이 해탈을 하고, 성불을 하기 위해서는 아뇩다라삼먁삼보리의 진리를 깨닫지 못하면 될 수 없는 것이다. 그렇게 되면 중생들 속에 있는 악한 영을 잡지 못하게 되고, 악한 영을 잡지 못하면 중생들의 성불은 영원히 불가능하기 때문이다.

마찬가지로 기독교인들이 세 가지 비밀인 배도 멸망 구원의 진리를 깨닫지 못하면, 성령으로 거듭날 수 없고 천국도 갈 수 없다. 왜냐하면, 그렇게 되면 인간 세상과 자신의 영혼 속에 들어와 있는 마귀영을 잡지 못하게 되기 때문이다. 세상과 자신의 영혼 속에 들어온 마귀를 잡지 못하면 영원히 구원을 받지 못하기 때문이다.

마찬가지로 우리민족 종교인들이나 동양권의 사람들이 삼풍지곡을 깨닫지 못하면 신명과의 신인합일도 될 수 없고, 후천 세상도 맞이할 수 없다. 왜냐하면, 세상과 자신 안에 들어 살고 있는 귀신이 떠나지 않으면, 신명과의 신인합일도 후천 세상도 열릴 수 없기 때문이다.

그래서 일련의 이런 일이 있을 때가 되면, 이 세상에는 세 종류의 사람들이 생기게 된다. 첫째는 처음부터 귀신을 입은 사람들이다. 이들을 멸망자들이라고 한다. 말세가 되면 세상에 배도자들과 구원자가 나타나기 전에는 온 세상에는 멸망자들 밖에 없다. 그런데 일곱 금 촛대교회가 세상에 생기면서 배도자들이 생기게 된다. 배도자들의 성분은 처음은 성령으로 거듭났다가 다시 악령으로 돌아간 자들이다. 나중에는 배도자들도 결국은 멸망자의 무리에 흡수되고 만다.

그리고 세상에 배도자들과 멸망자들이 생겨났을 때, 그 배도자들과 멸망자들을 잡는 사람이 등장한다. 여기서 '잡다'는 의미는 그들의 정체를 모두 파악하여서 '이긴다'는 의미이다.

처음 한 사람이 배도자 멸망자를 잡아 구세주가 된다. 그 다음 구세주에게 가르침을 받은 진리를 가진 사람들이 생겨난다. 세상은 비로소 배도자들과 멸망자들과 구원자들로 세 갈래로 갈라진 세계를 이룬다. 한 동안 이 세계가 서로 대치하면서 공존하게 된다. 여기서 세 갈래라고 하지만, 배도자들은 멸망자들 무리에 흡수되므로 사실 두 갈래로 갈라진 세계가 한 동안 지속된다.

이 두 세계가 서로 진리로 싸우게 되고, 결국은 대부분 구세주에게로 가서 구원을 받게 된다. 최후까지 구세주의 세계로 가지 않고 버티는 자들은 유황불 못에 빠져서 영원한 영벌의 세계로 가게 된다.

이러한 말들이 본 필자의 말이 아니고, 자신들이 신앙하는 경서에 기록되어 있다면, 여러분들은 이 세 갈래 중에 어디에 속한 자인지 생각해봐야 할 것이다. 이것이 참으로 사람을 믿는 신앙이 아니라, 창조주를 믿는 신앙인의 바람직한 자세가 될 것이다.

이렇게 하여 사람이면 다 사람인줄 알았던 세상에서 마귀 영이 들어간 육체를 발각하였으니 그 허물이 다 드러나게 되는 것이다. 이런 일은 멸망자를 증거하여 이기는 자가 세상에 등장하면서 생기게 된다.

그 자가 격암유록 삼풍지곡 제삼풍에서 출현하게 된다. 격암유록에서는 그의 이름을 십승자라고 했다. 십승자란 십자가의 진리, 곧 성서에 기록된 예언을 통하여 멸망자를 잡는 사람이다. 따라서 한민족의 선조가 준 격암유록은 성서의 예언을 뒷받침하고 있다는 사실을 알 수 있다. 그리고 이것은 모든 경서에 기록되어 있지만, 멸망자를 잡은 도구는 성서라는 사실을 만인들에게 알리는 메시지이다.

쉽게 말하면, 불교나 민족종교에서 기록한 예언을 이루게 될 때, 그것이 예언대로 이루어졌다는 증거가 있어야 될 것이다. 예를 든다면, 예언대로 구세주가 등장했다면, 그 구세주의 등장에 관한 여러 가지 예언이 여러 경서에 공통적으로 있다는 사실이다. 불경에도 있고 격암유록에도 있다. 그러나 불경이나 격암유록에 기록된 예언으로 증거 하지 않고, 성서에 기록된 내용을 증거로 채택한다는 의미이다.

왜 그렇게 할까? 그것은 창조주의 계획이라고 밖에 말할 수 없다. 사실 많은 경서들을 훑어보면, 예언에 관하여 시작과 끝을 완벽하게 정리 해둔 것은 성서임이 밝혀진다.

따라서 불서의 아뇩다라삼먁삼보리의 셋째 사건이 마왕을 이기고 등장한다는 미륵부처도 성서의 예언을 통하여 증거를 하여 그것의 진위를 가리게 된다. 그러나 어떤 것으로 증거를 삼든 나타나는 결과는 같다는 사실이다.

그래서 불서에 예언한 미륵부처도 격암유록의 삼풍지곡 제3풍에서 등장하는 십승자임을 알 수 있다. 뿐만 아니라, 신약성서에 예언한 배도 멸망 후에 온다는 구원자 그리스도 역시 격암유록 제3풍 진리로 등장하는 십승자임을 부정할 수 없다. 성서에도 그 진리는 세 번째 진리로 소개되고 있다.

그리고 여기서 세상의 모든 사람들이 간과해서 안 될 사실은 이런 경로로 찾아오는 구원의 혜택을 받기 위해서는 누구든지 성서와 특히 요한계시록을 공부하지 않고는 구원에 이를 수 없다는 사실이다. 이는 민족종교인이든, 불교인이든, 도교인이든 상관없이 구원 받을 사람은 모름지기 요한계시록을 통하지 않고는 이에 이를 수 없다는 말이다.

이리하여 6000년 동안 지속되어 오던 악령에 의하여 구속된 고달픈 인생살이를 끝맺게 되는 것이다. 그리고 인간의 육체에서 악령이 나가고, 비로소 성령이 그 육체에 들어오게 된다.

그래서 격암유록의 삼풍곡식과 불서의 아뇩다라삼먁삼보리와 성서의 배도 멸망 구원의 진리는 종교의 목적을 이루는 최종의 최고의 진리임이 이로써 밝혀지게 된다.

각 경서에는 모든 생명체가 음식을 먹고, 생명을 유지하는 것에 빗대어 인간을 영원한 생명으로 인도하는 진리를 곡식으로 표현되어 있음을 알 수 있다.

성서의 생명실과, 불서의 보리수, 격암유록의 삼풍지곡 등이 그 예이다.

그 영적 음식으로 이제 인류 세상에 들어와 인간들을 미혹하여 사람의 육체를 구속하는 마귀의 정체를 파악하였으니, 그 참 진리가 세상에 널리 널리 전파되게 된다.

"第三豊(제삼풍)에 有露眞露(유로진로) 脫劫重生三穀(탈겁중생삼풍)이라. 三豊三穀世無穀之(삼풍삼곡세무곡지) 十勝中(십승중)에 出現(출현)하니."

제삼풍으로 비로소 참 진리가 세상에 생겨난다는 것이다. 이 참 진리를 구세주가 가지고 온다. 각 경서에는 이 진리를 곡식으로 비유하였다. 이 곡식을 먹으면 탈겁중생이 된다니 해탈이요, 구원이다.

결국은 사람이 해탈되고 구원되는 것은 진리로 말미암고, 진리 중에서도 아뇩다라삼먁삼보리, 삼풍지곡, 배도 멸망 구원이란 세 가지 진리를 통하여 이루어짐을 알 수 있다.

또 이를 통하여 경서가 말하는 완전한 구원과 해탈은 마지막 때, 구세주를 만나야 이루어질 수 있음을 알 수 있다.

그리고 그 삼풍지곡은 이 일이 세상에 생기기까지는 세상에 없던 곡식이라고 한다. 그리고 이 세 가지 진리를 통하여 십승자가 출현한다고 한다. 十勝者(십승자)를 앞장에서도 설명하였지만, 십승자는 결국 성서의 진리로 인간과 인간 세상 안에 있던 악신을 이기는 사람이다.

그래서 구세주는 성서의 진리를 중심으로 탄생된다는 사실을 여기서 다시 한 번 깨달을 수 있다. 그리고 구세주가 어느 나라에서 출현할까라는 의문이 생길 수 있을 것이다. 구세주가 출현하게 되는 나라는 각 경서에 예언된 일곱 금 촛대교회가 어느 나라에 세워지는가에 따라 결정지어진다.

이리하여 격암유록의 삼풍지곡과 불경의 아뇩다라삼먁삼보리와 성경의 배도 멸망 구원의 실체를 다 파악하였으니, 경서의 통일의 위력을 알만하지 아니한가?

7. 성서와 불서와 격암유록의 예언이 이루어지는 현장은 일곱 금 촛대교회이다

이렇게 삼풍지곡을 통하여 구세주가 세상에 임하게 된다면, 그 구세주가 강림하기 위하여 선행되어야 할 사항이 있다. 그것은 팔인 등천할 장소이다. 앞장에서 삼풍지곡 제1풍이 팔인의 사람이 하늘의 택함을 받게 되고, 그곳에 창조주와 일곱 영들이 내려온다면, 그 역사가 일어나는 현장이 있어야 할 것이 아닌가?

사실은 세상에 나와 있는 성서, 불서, 격암유록 등 대부분의 예언서는 거의가 마지막 때를 예언한 예언서이다. 그리고 성서에 기록된 마지막 때의 예언이 시작되는 장소는 일곱 금 촛대교회이다. 그래서 신약성서에 예언된 예언의 대부분은 일곱 금 촛대교회에서 일어나는 스토리이다. 특히 요한계시록의 내용은 대부분 일곱 금 촛대교회에서 발단되는 사건이다. 따라서 요한계시록과 그 맥을 같이 하고 있는 격암유록이나 불교의 법화경의 예언이 실현되는 곳도 일곱 금 촛대교회이다. 그래서 예언서들을 해석함에 있어서 육하원칙 중, '어디'라고 하는 장소를 안다는 것은 예언을 이해하는데 큰 도움이 될 수 있다.

  예를 든다면, 어떤 소설의 주제를 알기 위해서는 그 소설의 스토리가 전개되는 장소를 모르면 주제를 파악하기 쉽지 않을 것이다. 그처럼 신약성서의 예언이 전개되는 장소가 일곱 금 촛대교회란 사실을 모르고선 신약의 예언을 이해하기란 무리일 것이다.

  신약성서의 예언이 이루어지는 장소는 일곱 금 촛대교회이고, 이곳은 하늘에서 내려온 여덟의 영들과 땅에서 택함 받은 여덟 명의 사람이 서로 영육합일 되어 역사가 시작되는 곳이다. 거기서 배도하는 일이 일어나고, 그래서 그곳에 멸망자들이 올라온다. 그리고 일곱 금 촛대교회의 성도들의 심령이 모두 멸망을 받게 된다.

  그리고 그곳에서 심령이 멸망당하지 아니하는 서너 사람이 있어서 그들이 멸망자들과 성서의 예언과 실제로 나타난 일들을 증거하여 이기게 된다.

  그리고 일곱 금 촛대교회는 멸망당하고, 멸망자들과 싸워 이긴 자들이 새 하늘과 새 땅을 세워서 역사를 이어간다. 이렇게 해서 마지막 때를 예언한 마태복음 24장과 요한계시록도 일곱 금 촛대교회에서 시작됨을 알아야 한다.

마찬가지로 격암유록에 예언된 내용들도 거의 사답칠두에서 이루어지는 일들이다. 격암유록에는 일곱 금 촛대교회를 사답칠두(寺畓七斗)라고 예언하였다고 앞에서 말하였다.

일곱 금 촛대교회와 사답칠두는 그 이름의 의미면에서도 똑같다. 일곱 금 촛대교회란 일곱별이 있는 교회라고 설명이 되어 있다. 일곱별은 일곱 영과 일곱 육체가 한 몸이 되어있는 상태를 비유로 표현한 말이다. 또 금은 이곳에 금처럼 가치 있는 진리가 있는 교회란 것을 암시하고 있다. 촛대교회란 그곳에 일곱 영들이 와 있는 교회를 나타낸다. 왜냐하면, 촛대는 영을 비유한 말이기 때문이다.

사답칠두(寺畓七斗)도 해석하면, 사(寺)는 절이란 말로 교회란 말과 통한다. 답은 물이 있는 밭이다. 이때 물은 진리가 있음을 나타내며 금과 같은 의미의 말이다. 그리고 칠(七)은 일곱으로 역시 일곱 영이 임한 곳을 나타냄을 알 수 있다. 그 다음 두(斗)는 별이란 뜻을 가지고 있다. 별은 하늘에 있는 것이고, 사람에게 성령이 임할 때, 성령을 입은 사람을 비유하여 별이라고 한다. 다 해석하면 '일곱 영이 온 곳이라서 진리가 있는 절'이란 의미이다.

의미 면에서 사답칠두(寺畓七斗)는 일곱 금 촛대교회와 동일함을 알 수 있다. 이처럼 이웃의 경서를 이해하므로 창조주의 계획은 똑같다는 사실을 알 수 있게 된다.

그 다음은 불경에는 일곱 금 촛대교회가 다른 말로 예언되어 있다. 그 이름이 계두말성(鷄頭末城)이다. 계두말성이란 닭 계(鷄)자에 머리 두(頭) 자와 끝 말(末) 자와 도읍 성(城) 자로 구성되어 있다. 모두 해석하면, 봉황이 임한 말세에 세워진 성이란 말이다. 이때 봉황은 창조주를 비유한 말이다. 따라서 계두말성에는 창조주가 임하여 있음을 시사한다. 이곳에 일곱 영이 와있는 성이란 사실을 불경에서는 이 성의 길이가 일곱 유순이라고 기록된 것에서 찾을 수 있다.

따라서 계두말성(鷄頭末城)도 불서의 예언이 이루어지는 주 무대임을 알아야 한다. 거기가 용화수이며, 거기서 미륵보살이 마왕을 이기고, 미륵부처로 성불하는 일도 생기게 된다.

　각 경서의 예언이 시작되는 성서의 일곱 금 촛대교회나, 격암유록의 사답칠두나, 불서의 계두말성을 선궁(先宮)이라고 할 수 있다. 각 예언서에는 말세에 두 궁이 세워질 것을 예언하고 있다. 먼저 선궁에서 예언이 실상으로 이루어지기 시작되고, 그 선궁이 배도로 말미암아 멸망당한다. 그 다음 멸망자들을 상대로 이긴 사람에 의하여 새로운 궁이 세워진다. 그 새 궁을 성서에는 새 하늘 새 땅이라고 하였다. 불서에는 시두말성이라고 한다. 격암유록에서는 새 궁을 십승지라고 예언하고 있다.

　이런 새 궁이 세워지기 위해서는 반드시 이 사건의 발단이 되는 계두말성(鷄頭末城)이라 하는 첫 성막(聖幕)이 세워져야 한다. 여기서 다시 계두말성에 대해서 설명하는 이유는 계두말성이란 한자말을 통하여 인도신화를 엿볼 수 있기 때문이다.

　그리고 인도 신화를 통하여 계두말성에서 어떤 일이 일어나게 되는가를 알 수 있으니, 불서를 이해한데 큰 도움이 될 수 있기 때문이다. 계두말성이란 단어는 닭 계(鷄) 자와 머리 두(頭) 자로 이루어져 있다. 계두는 하늘의 왕을 의미한다고 했다. 닭은 새고, 새 중의 왕은 봉황이다. 봉황은 천신, 곧 하느님을 비유한 새이다. 계두는 봉황을 나타내고, 봉황은 하느님을 나타낸다. 따라서 계두성은 하느님이 임한 곳임을 암시하고 있다. 이 계두성에서 어떤 일이 일어나는가를 좀 더 자세히 알기 위하여 위키백과 사전을 통하여 인도신화를 좀 살펴보기로 한다.

　불가에서는 봉황을 가루라 또는 가루다 또는 금시조(金翅鳥)라고 한다.

"가루다(타이어: ครุฑ 크룻)는 인도 신화에 등장하는 신조(神鳥)로, 인간의 몸체에 독수리의 머리와 부리, 날개, 다리, 발톱을 갖고 있는 모습으로 묘사된다." 가루라(迦樓羅) 또는 금시조(金翅鳥)로도 불린다.

가루다의 탄생에 대한 한 전설에 따르면, 현자 카시아파에게는 두 명의 아름다운 부인 카드루와 비나타가 있었다. 카시아파는 두 부인에게 자식을 갖게 해주겠다고 약속했다. 카드루는 천 마리의 뛰어난 뱀을 낳기를 선택했고, 반면 비나타는 아들들의 힘과 용맹이 카드루의 자식보다 뛰어나야 한다고 요구했다.

결국 카드루는 천 개의 알을 낳았고, 비나타는 2개의 알을 낳았다. 500년 후 천 마리의 뱀이 카드루의 알에서 나왔다. 하지만 비나타의 알은 그대로였다. 참다못한 비나타가 알 하나를 깨보니, 상반신만 성장한 태아가 들어 있었다. 태아는 마루나, 즉 새벽의 붉은 빛이 되었다. 마루나는 어머니를 저주하면서 하늘로 날아가 지금도 하늘에 머물러 있다고 한다.

다시 500년이 흐른 후, 마침내 비나타의 또 다른 알이 깨지면서 가루다가 나왔다. 가루다는 가장 위대한 새이며, 신들과 싸울 때, 거의 호각(互角)[12]을 이루었기 때문에 신들의 호감을 얻게 되었다. 이후 가루다는 우주의 수호자 비슈누(창조주)의 신봉자가 되어, 비슈누의 탈것으로 선택되었다.

가루다는 비슈누가 생각하기만 해도 나타났고, 비슈누를 태우고 다니면서 악령 또는 사악한 뱀과 싸웠다. 가루다는 태양신으로도 알려졌는데, 황금 날개에 태양을 싣고 동쪽에서 서쪽으로 운반한다고 한다. 불교에서 가루다는 성스러운 새로 여겨진다.

---

12) 서로 우열을 가릴 수 없을 정도로 역량이 비슷한 것. 쇠뿔의 양쪽이 서로 길이나 크기가 같다는 데에서 유래한다.

가루다의 형상을 국가 문장으로 사용하는 나라는 현재 타이, 인도네시아(가루다 인도네시아 항공이라는 항공사가 있으며, 인도네시아 축구 국가대표팀의 별명도 가루다이다!)이다. 원래는 불교나 힌두교에서 사용되었으나 현재는 그 편견이 없어졌다.

여기서 참고할 사항은 가루라가 신조(神鳥)라는 것이다. 신조란 곧 가루라가 신과 관련이 있음을 알게 한다. 또 가루라는 신들과 싸우는 역할을 하는 육체임을 알 수 있다. 여기서 창조신인 비슈누가 가루라를 타고서 사악한 뱀과 싸우고, 결국은 용을 잡아먹게 된다.

이 부분은 이 신화의 핵심적 의미를 가지고 있다. 여기서 모든 종교의 목적인 창조주와 용과의 전쟁을 거론하고 있기 때문이다. 그리고 비슈누는 창조주이며 신이고, 가루라는 그 창조의 신을 태우고 전쟁을 한다는 사실이다. 여기서 신을 태운다는 것은 무엇을 의미할까? 성서에도 이런 식의 비유가 많이 사용되고 있다. 많은 시인들의 미사여구로 사용되는 숙어인데 '백마 탄 왕자'에 관한 것이다.

이때 백마는 정결한 사람이고, 그 말 위에 탄 자는 신이다. 예를 든다면, 성서에는 창조주의 영을 덧입은 사람을 말로 비유한 경우가 많다. 구약의 예언대로 나타난 예수를 임마누엘이라고 한다고 앞에서 말했다. 이 말은 창조주의 영이 예수의 육체에 와 계심을 의미한다. 그리고 예수는 그 당시 지상권을 가지고 있던 뱀들과 진로로 전쟁을 하였다. 그 전쟁에서 육안으로 보인 것은 예수의 육체였으나 그 육체를 타고 실제 전쟁을 지휘한 자는 창조주의 영이다. 옛날 전쟁에서는 말이 동원된다. 장수들은 말을 타고 전쟁을 지휘하거나 칼을 쓰거나 활을 쓰면서 전쟁을 한다.

그것에 빗대어서 백마 탄 왕자가 전쟁을 한다고 성서는 표현하고 있다. 이때 백마는 예수의 육체이고, 백마를 탄 자는 창조주의 신이다. 그래서 신을 태운 존재는 육체이고, 육체를 타는 존재는 신인 것을 알 수 있다. 인도 신화에는 말 대신 가루라를 신이 임한 육체로 표현했다. 그래서 가루라가 비슈누를 태우고 용과 뱀을 상대로 전쟁을 한다는 것이다.

그래서 가루라는 창조주의 영을 입은 육체로서 창조주의 원수인 마귀 일당과 전쟁을 하게 된다는 것을 신화에서도 말하고 있다는 사실을 알 수 있다.

그래서 가루라가 싸우는 상대 신들은 악령이란 사실이다. 따라서 가루라는 악령이 아니라, 성령의 편이란 것을 알 수 있다. 또 사악한 뱀과 싸운다고 한다. 사악한 뱀은 무엇을 비유한 것일까? 성서에는 뱀은 악령을 덧입은 사람이나 목자를 비유한다고 되어 있다. 이 말에 따르면 가루라는 악령이 든 사람들과도 싸운다는 것을 알 수 있다.

가루라가 악령이 든 사람과 싸운다는 데서 가루라는 성령이 든 사람으로 화신(化身)된 육체임을 알 수 있다. 그 다음은 가루라를 태양신이라고 하는 바, 태양은 하나밖에 없으며, 지구를 밝히는 최고의 것이다. 태양 역시 왕을 상징하는 비유로 표현된 것이다. 이것도 가루라가 왕이란 사실을 부연설명하고 있다. 여기서 왕은 창조주 하느님의 화신체(化身體)임을 알 수 있다. 또 태양은 빛의 본체이니 가루라는 진리의 신을 품은 사람임을 알 수 있다.

하늘의 왕은 해이다. 하늘의 신의 왕은 창조주 하느님이다. 따라서 가루라는 창조주 하느님의 신이 말처럼 타고 다니는 육체임을 알 수 있다. 따라서 가루라는 창조주 하느님을 업고, 용과 뱀들과 싸우게 됨을 알 수 있다. 그래서 가루라는 예로부터 용왕을 잡아먹는 새로 유명했던 것이다. 잡아먹을 수 있게 된 것은 서로 간의 힘 싸움에서 이겼기 때문이다. 미륵경에는 미륵보살이 마왕과 싸워서 이김으로 미륵부처로 성불하게 된다고 했으니, 곧 가루라는 미륵부처의 다른 이름임을 알 수 있다.

또 이 신화의 예언대로 신약성서 요한계시록 12장 7절 이하와 20장 2절에서 실제로 하늘이 택한 한 사람이 용을 잡어서 무저갱으로 가두는 일이 있어진다.

요한계시록 12장 7절 이하에서 용이 잡히는 곳은 일곱 금 촛대교회이고, 이는 불서의 계두말성이다. 성서와 불서를 퍼즐로 맞추어보면, 결국 계두말성에서 가루라가 용을 잡게 됨을 알리고 있다. 그리고 인도 신화에서도 결국 성서나 불서의 예언을 뒷받침 하고 있음을 알 수 있다.

이런 일련의 것들을 보면, 성서와 불서나 각종 신화조차도 논리적으로 정리되며 서로 연결되어 있음을 알 수 있다.

또 한국고전용어사전에는 가루라에 대해서 이렇게 설명하고 있다.

"금시조(金翅鳥)라고 불리는 가루라(迦樓羅)는 인도(印度) 사람이 상징하는 큰 새로 용(龍)을 잡아먹는다고 한다. 노도차가 또 한 용을 만드니 머리가 열이더니, 공중에서 비가 오되 순수한 가지가지의 보배가 떨어지고, 우뢰와 번개가 치니, 사람이 다 놀라더니, 사리불이 한 금시조를 만들어 내니."〈금시조는 가루라이다〉. 그 용을 잡아 찢어 먹으매, 모두 말하되, 사리불이 이겼다.

아래 내용은 위 번역문의 원문으로 국한문 혼용체로 쓰인 석보상절의 원문이다.

"勞度差ㅣ 쏘 한 龍울 지스니 머리 열히러니 虛空애셔 비 오디 고론 種種 보비 듣고 울에 번게 ㅎ니 사ᄅ미 다 놀라더니 舍利弗이 한 金翅鳥ᄅᆯ 지어 내니〈金翅鳥는 迦樓羅ㅣ라〉 그 龍울 자바 ᄲ저 머거늘 모다 닐오디 舍利弗이 이긔여다…"[석보상절 권제6, 32장 앞쪽~뒤쪽](한국고전용어사전, 2001.3.30, 세종대왕기념사업회)

여기서도 가루라가 용을 잡아먹는다고 한다. 그리고 가루라 금시조가 용을 잡아 찢어 먹으매, 모두가 사리불이 이겼다고 하고 있다. 이것으로 보아 사리불을 가루라로 비유한 것임을 알 수 있다. 사리불은 지혜의 왕이다. 그 지혜를 가지고 마왕을 이기는 자를 불서에서 미륵부처하고 했다.

성서에는 "용을 잡으니 옛 뱀이요, 마귀요, 사단이라 일천 년 동안 결박하여… 다시는 만국을 미혹하지 못하게 하였다가…"라는 내용이 있다. 성서에는 용에게 권세를 받은 일곱 머리 열 뿔 가진 짐승과 일곱 금 촛대 교회(계두말성)의 성도들과 전쟁하는 장면이 등장한다. 그런데 석보상절에도 용을 잡으니 머리가 열이라고 한다. 이를 성서에서는 열 뿔이라고 하였으니, 민족의 문학 또한 하늘의 영감으로 쓰였다는 것을 알 수 있다.

이와 같이 성서, 격암유록, 불서에 동일하게 예언된 선궁인 계두말성에서는 용과 뱀이 잡혀죽는 일을 예언하고 있다. 그러나 용이 잡히기 전에 이미 선궁은 멸망당한다. 멸망당하는 이유는 1차 전쟁에서 이미 계두말성이 졌기 때문이다.

그러나 계두말성의 1차전에서 살아남은 몇 명이 있어 이들이 용과 싸워 이기게 된다. 그래서 연이어 세워지는 곳이 용을 상대로 이긴 사람들 중심으로 세워지는 후궁이다. 불교나 인도 신화에서 예언한 금시조 가루라는 결국 이 선궁에서 용을 상대로 진리로 이기는 사람을 상징하고 있음이 이로써 증거가 됨을 알 수 있다.

격암유록 등 정북창의 궁을가에서는 구세주의 강림이 시작되는 궁전을 궁궁을을 또는 쌍궁으로 기록하고 있다. 이는 구세주가 처음 강림하게 되는 곳은 선궁으로 일곱 금 촛대교회, 사답칠두, 계두말성 등이란 것이다. 그러나 이곳에서 구세주가 계속 머무르지는 못한다. 왜냐하면, 이 첫 궁은 배도로 멸망당하여 없어지기 때문이다.

그래서 궁궁 중 첫 궁은 없어지는 궁임을 알 수 있다. 첫 궁이 없어지고 난 후, 용왕을 이긴 사람이 등장한다고 했다. 용왕을 이긴 사람이 새 궁을 만들어 거기에서 영원히 살게 되니 그 궁이 두 번째 궁이다.

그 두 번째 궁은 격암유록에서는 십승지, 신천신지, 무릉도원, 갑을각 등 다양하게 예언하고 있다. 성서에서는 두 번째 궁을 새 하늘 새 땅이라고 소개하고 있다.

또 불경에는 두 번째 궁을 시두말대성이라고 소개하고 있다. 이렇게 세워진 두 번째 궁에는 창조주가 임하고, 따라서 그곳에는 구세주가 있는 곳임을 알 수 있다. 이곳이 지상에 세워진 영원한 나라 천국이다.

제12장
전 쟁

1. 종교경서를 기준으로 볼 때, 우리가 오늘 날까지 살아 왔던 세상이 바로 지옥이었다

이와 같이 이 세상은 한 시대가 가고 새로운 시대가 되게 되는데, 그 중심에는 신들의 역할이 있었다. 즉 이전 시대는 악령이 세상과 인간을 지배하였다. 악령의 대표이름이 용왕이다. 그러나 새로운 시대는 성령이 세상과 인간을 지배하게 된다. 종교 경서에 의하여 엄격히 그 기준에 따라 이름을 지으면 이전 시대는 지옥이었고, 이후시대는 천국이다.

우리 인간들은 오늘날까지 지옥에서 산 것이다. 인생을 흔히 잠시 머물다가 떠나는 소풍에 비하는 바, 우리가 짧은 인생동안 욕심, 죄악, 전쟁을 하며 보낸 것은 다음 세대에 대한 기대가 없었기 때문이고 무지한 탓이었다. 그 행위에 대한 책임은 모두 자신의 영과 자신의 다음 세대의 후손들에게 돌아가서 결과로 돌아옴을 깨달아야 한다.

이렇게 영을 기준으로, 한 시대는 가고 한 시대는 올 때, 지상에는 필연적으로 전쟁이 발생한다. 영은 곧 신이다. 신은 보이지는 않지만 우리 몸속에서 활동을 한다. 보이지 아니하는 신은 우리의 몸속에서

나 세상에서 자신과 세상을 자신의 뜻대로 움직인다. 그런 면에서는 악신이나 성신이나 같다.

예를 든다면, 사람이 하는 악행이나 선행도 자신 안의 영(신)이 결정하는 것이란 것이다. 그러니 우리가 사는 이 세상도 사실은 영(신)들이 움직이고 있기 때문에 여러 가지 일들이 발생을 한다. 그런데 그들 영(신)들은 두 세계로 나누어져 있다.

그런데 만약 이 두 신들이 인간 세상을 놓고 서로 쟁탈전을 벌이고 있다고 할 때, 한쪽이 빼앗으려고 하면, 다른 한 쪽은 빼앗기지 않으려고 할 것이다. 그렇다면 여기서 어떤 일이 발생하게 되겠는가?

당연히 전쟁이 일어날 것이다. 이렇게 일어나는 전쟁이 바로 경서에 예언된 영적 전쟁이다. 그런데 신들은 육체가 없으므로 각자가 택한 사람의 마음에 들어가 자신을 지키기 위하여 전쟁을 하게 된다. 그러나 이 전쟁은 총칼로 치르는 것이 아니라, 진리로 치러진다. 신약성서 에베소서 2장과 6장을 보라.

그 영적 전쟁이 발생하는 이유는 영의 사상이 서로 다르기 때문이다. 같은 사상이 지상에 공존할 때는 서로가 같기 때문에 영적 전쟁이 없다. 그런데 기존 사상이 있는 가운데 새로운 사상이 들어오면 그 차이로 말미암아 영적인 전쟁이 발생하게 된다.

구 시대는 악령이 주관하는 악령의 사상이었고, 새 시대는 성령이 주관하는 성령의 사상이다. 그 사이에는 세계 인류가 있다.

구 시대의 인류 세계는 악령인 기존 사상으로 가득 차 있다. 그런데 새 사상이 조금씩, 조금씩 기존 사상을 파고든다. 점점 새로운 사상으로 늘어난다. 그런 가운데 둘 사이에는 크고 작은 접전이 일어난다. 특히 종교계에서 이 전쟁이 주도적으로 일어난다. 그것은 보통 교리 논쟁으로 나타난다. 그 종교의 내면에는 영적인 두 존재가 대립 대치하기 때문이다.

이 논쟁의 좋은 본보기가 2000년 전에 유대 땅에 온 예수 때의 경우이다. 예수가 오기 전에는 유대제사장들과 신앙세계는 같은 사상이었다. 그것이 율법과 장로들의 유전이었다. 예수가 오기 전까지 유대 사회는 예로부터 내려오던 율법에 의한 사상으로 일관되어 왔다.

그런데 예수는 신약성서에 기록된 것처럼 율법을 이루기 위하여 왔다. 이것은 씨를 심는 일과 추수하는 일처럼 다른 일이었다. 사상이 둘로 갈라졌던 것이다. 하나는 율법이었고, 예언이었고, 또 하나는 율법을 이루는 일이었고, 예언을 이루는 실상이었다.

경서에 기록된 영적 전쟁은 바로 이런 유형이다. 이렇게 영적 전쟁은 기존 사상에 새로운 사상이 들어왔을 때, 생기게 되는 것임을 알 수 있다.

2. 선후천이 뒤바뀔 때, 세상에서 일어나는 사상의 대립 이것이 종교전쟁이고, 교리전쟁이고, 진리의 전쟁이다

후천세상이 열릴 때도 똑 같은 일이 발생한다. 이 시점에서 영적 충돌이 생기게 된다. 즉 기성세대들은 오늘날까지 우리가 지금 보고 듣고 하는 것처럼 종교 생활을 했다. 즉 교회나 절에 가면 복 받는다든지, 믿기만 하면 구원받는다든지, 혹자는 사업을 위하여, 혹자는 마음의 위안을 위하여, 혹자는 심심해서, 혹자는 가족이나 자식의 병을 낫게 하기 위하여, 혹자는 친구의 권유로, 혹자는 사교를 위하여… 등 여러 종류들일 것이다.

또 성직자들이나 스님들도 그냥 신도들의 기복신앙에 비위를 맞추어 주며 직업적으로 세속된 마음으로 신앙에 임할 뿐, 경전 속에 기록된 심오한 내용은 가르치지 못할 뿐 아니라, 가르치고자 하는 의지도 없다.

말세가 되어 기성 종교가 이런 길을 걸을 때, 하늘에서 택한 자가 쥐도 새도 모르게 세상에 등장한다. 동양경서에서는 그를 천택지인(天擇之人)이라고 한다. 천택지인이란 창조주 하나님이 택한 사람이란 의미이다. 천택지인은 하나님의 뜻을 따라서 지구촌을 새롭게 편성할 계획을 실천하기 시작한다. 그 계획들은 종교 경서에 예언된 일들이다. 천택지인을 만난 사람들은 종교 경전에 기록된 비밀을 비롯한 모든 것을 배우게 된다.

그 결과, 이들은 천택지인에게 모든 것을 듣고 깨달았으니 세상 사람들과 지식의 차원이 다르다. 이제 차원이 높은 사람이 차원 낮은 세상 사람들께 가르쳐야 한다. 왜냐하면, 그들에게도 깨닫게 하여 후천세계로 진입하여 정신개벽을 이룰 수 있도록 해야 하기 때문이다. 이것이 법보시요, 전도의 참 길이기 때문이다.

그런데 여기서 충돌이 일어난다. 즉 아직 기성 종교인들은 구태의연한 옛날식 종교가 전부라는 진부한 생각으로 열심을 내고 있기 때문이다. 그런데 천택지인을 만나 진리를 깨달은 사람들은 기성종교가 지금 잘못하고 있다고 말을 한다. 또 자신들은 후천세상이 열리고 있는 사실을 알고 있다고 하면서 자신들이 있는 후천세계로 들어오라고 할 것이고, 그 나라의 지식을 배워보라고 할 것이다. 또 구세주가 세상에 오셨다고 알릴 것이다. 또 경전을 해석함에 앞에서 언급한 대로 후천 세상에는 쇠병사장, 즉 사람이 병들어 죽어서 장사지내는 사람도 없고, 사람의 육체도 죽지 않는다고 자랑 할 것이다.

이런 이야기가 천택지인으로부터 차근차근 차례대로 교육을 받은 사람들은 이해가 되겠지만, 기성종교인들 입장에서는 그런 말을 평소에 들어본 적이 없기 때문에 그 사실을 받아드리기가 상당히 힘들 것이다. 그러니 여기서 서로 간에 시비가 붙거지게 되고, 사상의 괴리가 생기게 된다. 기성 종교인들은 왜 이상한 교리로 가르치느냐고 따질 것이고, 정신개벽에 참여한 후천에 속한 사람들은 이것이 진리이고 참이라고 할 것이다.

이때 기성종교는 오랜 전통을 가진 것을 내세우며, 자신들은 정통이라고 내세우게 된다. 그리고 후천에 속한 사람들을 이단이라고 몰아간다. 기성종교는 오랜 전통을 가졌기 때문에 사회적 국가적 기득권을 가지고 있다. 그러나 신생종교인 후천은 아직 기득권이 없다. 기성교권은 여론몰이로 신생교단인 후천을 이단이란 것을 더욱 더 몰아세우며 공격을 가해온다.

신생교단인 후천은 이렇게 당하면서 내실을 다지며 성장일로로 가게 된다. 왜냐하면, 사람들은 그 곳을 박해하지만, 창조주 하나님은 그들과 함께 하기 때문이다.

그러나 아직 세상의 여론은 후천에 대한 부정적 시각이 지배적이다. 기성교단에서 고의로 만든 각종 유언비어로 인하여 후천에 대한 사회적 평판이 매우 나빠지기 때문이다. 그리고 아직 세상의 권력은 모두 기성교단에 다 집중되어 있기 때문이다. 그러니 당연히 세상 사람들은 후천에 대한 판단이 흐려질 수밖에 없다. 그래서 대중들은 이 새 교단의 이름만 들어도 고개를 절레절레 흔들게 된다. 왜냐하면, 기성교단이 만들어 유포한 유언비어의 내용은 "거기에 가면 감금당하며, 폭행을 일삼고, 재산을 몰수당하고, 심지어는 살인도 불사한다."는 등 경고를 해두었기 때문이다.

이 유언비어는 사람들과 신앙인들의 공포심을 자극하고 후천세상(새 교단)이 매우 잘못된 것으로 인식되어 가는 계기가 된다. 그런데 일반 신앙인들이나 일반대중들이 그 거짓을 곧이듣게 되는 이유는 세상에 이전에 이런 사례들이 매우 많았기 때문이다. 그 전에 자칭 예수, 자칭 미륵, 자칭 정도령이라 사칭하며, 정말 감금 폭행 살인하는 일들이 비일비재하였기 때문에 사람들은 여기도 그런 곳이구나 하며 속단을 해버리게 된다.

그러나 이런 비방의 소문을 듣지 못한 신앙인들이나 호기심이 많거나 한쪽의 말만 믿는 것이 아니라, 양쪽의 말을 다 들어보고 자신이 판단하겠다는 생각을 가진 용기있는 신앙인들은 후천에서 증거하는 내용을 조목조목 듣게 된다. 십중팔구는 들어보면 이것이 진리로구나 하는 판단이 선다. 이리하여 후천으로 들어가는 사람들이 많아지게 된다.

결과적으로 이런 논쟁의 진위를 명확하게 판단하려면, 양쪽의 말을 다 들어보고 확인해야 한다는 것이다. 그러나 많은 사람들이 한쪽의 말만 듣고 판단해버린다. 분명한 것은 두 쪽 중 한 곳은 진실이고, 한 쪽은 거짓인데 말이다.

세상 사람들은 이 가운데서 한 곳을 택할 권한을 가진다. 그리고 택한 결과는 후천세상으로 이동해 가느냐, 아니면 그대로 주저 앉아버리느냐는 것이다. 후천 세상은 곧 기독교의 천국이요, 불교의 극락이라고 한 바, 사람들은 다 죽어서 천국, 극락에 가는 줄만 알았는데, 천택지인에 의하여 봉함된 경전을 열어보니, 이 후천이 바로 천국이요, 극락임을 알 수 있게 된다.

기독교 경전에는 "천국 길이 좁고 협착하다."고 했다. 천국 들어가는 것이 "낙타가 바늘귀로 들어가는 만큼 힘이 든다."고 기록하고 있다. 그런데 그 천국이 오늘 설명하는 후천세계라면 그 길이 좁고 협착하다는 말은 거짓과 참인 양 쪽 중에 참을 찾아 들어가기가 그렇게나 힘들다는 의미가 될 것이다.

결국은 후천세계가 열릴 때, 그 나라로 들어가느냐, 못 들어가느냐는 것은 전적으로 자신의 판단에 의함을 알 수가 있다. 그 선택이 신중해야 하는 이유는 자신에게 주는 정보가 하나는 진짜이고, 하나는 가짜이기 때문이다. 그리고 진짜를 주는 신은 성신이고, 가짜를 주는 신은 악신이다. 그리고 또 그 정보를 주는 매개체는 각각의 신이 선택한 사람들이다. 그래서 결국 천국 문에 들어가려면, 사람을 통하여 들어가게 되는데, 마지막 때가 되면, 온 세상이 시험을 받게 되어 미혹하는 존재가 너무 많다.

그리고 신앙인들이 경서에 기록된 지식이 깊어야 자신이 옳은 길을 택할 수 있는데, 지식이 없으니 잘못된 선택을 하게 된다. 말세에는 지식이나 믿음이 없는 세상이 되므로, 결국 지식과 믿음이 없어서 천국에 들어가기가 쉽지 않게 된다. 자신이 지식이 없으니까 남의 거짓에 흔들리거나 속게 된다.

그러나 이러한 데 관하여 관점을 돌려 표현하면, 이 후천인 천국을 허락하는 신은 창조주 하나님이시다. 이 천국에는 아무나 들어올 수 있는 것이 아니라, 창조주 하나님이 허락하시는 사람만 들어올 수 있다. 따라서 천국을 누구나 들어올 수 있도록 허락은 해놓았지만, 선택은 자신이 하라는 기막힌 모략이 여기에 적용되어 있다. 그리고 그 모략은 창조주 하나님의 섭리로 적용되고 있다.

결국 천국은 자기의 지식이나 믿음이나 행위로 말미암아 자신의 선택으로 결정된다는 놀라운 사실을 여기서 발견할 수가 있게 된다. 따라서 창조주가 인간들에게 제공한다고 한 천국이 가장 합리적인 방법에 의하여 결정된다고 할 수 있다. 천국 문이 좁다는 것은 말세가 되면, 천국에 들어갈 만한 의로운 사람이 그렇게 많지 않다는 말과 같다.

또 천국 문이 이렇게 좁게 되는 것은 지상에선 이 나라를 음해하고, 해치려는 악의 세력이 많이 있기 때문이다. 악의 신과 하나가 된 육체들은 수많은 거짓을 만들어 유포하면서, 이 땅 위에 세워지는 천국을 방해하게 된다. 누가 그런 일을 할까?

후천 천국에 대한 진리를 모르는 사람들이 할 것이다. 천국에 대하여 진리를 모르는 사람은 어떤 사상일까? 마귀의 사상을 가진 사람들이다. 따라서 마귀는 천국에 대하여 음해하고 거짓을 유포하는 대적자이므로, 이 마귀의 말을 듣는 사람들은 이 천국에 대하여 매우 부정적인 시각을 가지지 않을 수 없을 것이다.

그 결과 이들에 의하여 천국에 대한 부정적 시각은 각 가정과 사회나 나라와 세계로 점점 퍼져 나갈 것이다. 그래서 이 악소문은 자신의 형제나 자매나 부모나 친척이나 친구들의 입으로 모든 교회, 모든 사찰, 모든 종교기관에도 전달될 것이다.

그리고 천국에 대한 이런 부정적인 사고가 세상에 팽배해져 있으므로 가정에서 누가 이 천국에 관하여 말을 하거나 가자고 하면, 오히려 모든 가족이 합세를 하여 핍박하고 저주하게 된다. 그래서 마지막 때는 형제와 형제가 부모와 자식이 또 한 방에서 잠을 자는 부부 관계에서도 서로 불신이 생겨 서로 미워하게 된다는 성서의 예언이 이렇게 실제로 실행되어 진다.

이러한 상황을 신약성서에서 미리 예언하여두었다. 이는 한 시대의 종말 경 새로운 사상, 곧 천국 사상이 세상에 퍼지면서 가족 중에도 어떤 구성원이 그 새 진리를 받아들이게 된다. 식구 중 보통 한 식구가 먼저 받아들이게 된다. 그러면 그 식구는 그 사실을 가족에게 알리려고 할 것이다. 그런데 그 가족의 영적 소속과 새 진리를 받아들인 식구의 영적 소속은 이미 서로 다르다. 그래서 가족 간에 진리와 비진리를 사이에 두고 불화가 생기는 것은 당연하다 할 수 있다.

마태복음 10장34절 이하이다. "내가 세상에 화평을 주러 온 줄로 생각지 말라. 화평이 아니요, 검을 주러 왔노라. 내가 온 것은 사람이 그 아비와 딸이, 어미와 며느리가 시어미와 불화하게 하려 함이니, 사람의 원수가 자기 집안 식구리라 아비나 어미를 나보다 더 사랑하는 자는 내게 합당치 아니하고, 아들이나 딸을 나보다 더 사랑하는 자도 내게 합당치 아니하고, 또 자기 십자가를 지고 나를 좇지 않는 자도 내게 합당치 아니하니라. 자기 목숨을 얻는 자는 잃을 것이요, 나를 위하여 자기 목숨을 잃는 자는 얻으리라. 너희를 영접하는 자는 나를 영접하는 것이요, 나를 영접하는 자는 나 보내신 이를 영접하는 것이니라."

여기서 예수께서 세상에 화평을 주러 온 것이 아니라, 검을 주러 왔다는 의미는 이 세상이 마귀의 세상이기 때문이다. 세상 사람들이 누구나 할 것 없이 그 마귀가 치리하는 세상에 만족을 느끼며 사는 것은 하나님의 입장에서는 합당치 않다는 의미이다. 그래서 마귀와 화평치 말고, 진리의 검으로 그들과 싸워 이겨라 라는 뜻이다. 하나님의 입장에서는 한 가정의 아비와 딸, 어미와 며느리, 시어미가 다 마귀에 속한 존재이다.

그런 가운데 어느 한 식구가 하나님의 새 진리를 받아들일 수 있다. 그럴 때 새 진리를 받아들인 사람은 자신의 가족과 진리로 싸워 이기란 것이다. 왜냐하면, 가족들에게 새 진리를 전하게 되면, 예상과 달리 매우 부정적이기 때문이다. 그 진리를 가족들께 전할 때, 그 가족들이 호락호락 듣고 순종하는 것이 아니라, 오히려 적대시 이단시하며 싸움을 걸어올 수가 있다는 것이다. 왜냐하면, 이 새롭게 세워진 이 교단을 이미 세상 교회에서 엄청나게 부정적 시각을 가지게끔 이단으로 정죄를 해놓았기 때문이다.

말세가 되면, 세상 교회는 자신의 교인들을 영적으로 사로잡아 놓고 있다. 그런데 새 교회에서는 성서의 예언대로 산울가 사거리길 장터로 가서 신앙인들께 구세주가 왔다고, 이 새 교회에는 진리가 있다고 강권하여 데리고 오라고 명령하셨다. 이런 상황에서 어떤 사람들이 이 후천 천국으로 들어올 수 있겠는가?

창조주 하나님께서 택정한 사람들만 들어오게 된다. 성서는 이런 때가 되면, 악인 중에 의인을 골라 데리고 온다고 하였다. 또 밭에 매를 가는 두 사람이 있되 하나는 데려감을 입고, 하나는 버려둠을 입게 된다고 이미 예언해두었다. 또 예레미야 선지자는 성읍에서 하나와 족속 중에서 둘을 데리고 온다고 예언하고 있다. 이 모두가 좁은 천국으로 들어온다는 내용들이다.

창조주 하나님은 그러한 가운데 데리고 온, 적은 수의 사람들에게 진리로 가르치게 된다. 가르침을 받은 사람들은 그 새 교회의 진리에 매료될 수밖에 없다. 왜냐하면 그곳에는 진리의 성령을 입은 구세주가 강림하여 가르치고 있기 때문이다. 그 결과 가르침을 받는 자마다 옛 교회를 버리고 진리가 있는 새 교회로 옮겨오게 된다.

이럴 때, 기성교회는 그 새 교회가 구세주가 임한 진리의 교회란 사실을 까마득히 알지도 못할 뿐 아니라, 알려고도 하지 않는다. 그런 가운데 자신의 교인들이 새 교회의 진리를 듣고 하나하나 자신의 교회를 이탈하여 새 교회로 가게 된다. 기성교회는 한 교인이 곧 돈이다. 한 교인이 새 교회로 이탈되어 갈 때마다 교회 재정을 피폐해지고 결국 자신의 교회는 망하게 된다.

이런 이유로 기성교회들은 자신의 교단들끼리 단합하여 새 교회를 향하여 유언비어를 날조하게 된다. 그 결과 유언비어를 들은 교인들은 새 교회가 이단이며, 그곳에 가면 감금 폭행을 당하며, 재산을 모두 빼앗긴다는 등 엄청난 거짓말을 듣게 된다. 결국 세계의 종교계가 새 교회에 대한 오해와 곡해를 하게 된다.

이것이 추수 때, 악인은 단에 묶여 심판 받게 된다는 실체들이다. 이들은 공정한 진리에 순종하는 자들이 아니라, 자신의 이익에 쫓겨 자신의 교회나 자신의 목자만을 의지하는 부류들이다. 이들이 바로 소경의 인도로 구덩이에 빠지는 자들이다. 묶인 자들은 어리석은 신자들이고, 묶은 자들은 목자들이다. 그 목자를 인도하는 신은 무슨 신일까?

그러니 결국 새 교회가 천국으로 인도하는 길이지만, 이 방해로 말미암아 천국문은 좁아질 수밖에 없다. 이런 상황 속에서 가족들도 자신의 교회에서 자신의 목자가 말하는 새 교회에 대한 유언비어를 듣고 있으므로, 자기 가족 중 누가 새 교회 말만해도 정색을 하며, 이단이라고 경계를 하며 입도 못 띠게 하게 된다.

하물며 자신의 아비나, 어미나, 자식이, 딸이, 남편이, 아내가 그 진리를 전한다 하더라도 그것을 들어주지 않게 된다. 들어주기는커녕 자신의 식구가 이단에 빠졌다고 하며, 온 식구가 그를 핍박하게 되는 것이다. 그렇게 되면 곧 집안 끼리 서로 원수가 되고 영적 전쟁이 일어나게 되는 것이다.

신약성서에 천국의 문이 좁다는 예언도 이렇게 이루어진다. 그런데, 이런 가운데 사람들이 잘 모르는 매우 중요한 영적(靈的)인 힘이 작용하고 있다는 사실을 아는 사람은 많지 않다.

많은 사람들 중 거짓을 만들어 후천에 들어가는 길을 막는 사람들의 영은 어떤 영일까? 그리고 후천을 믿고 들어간 사람들의 영은 어떤 영일까?

중요한 것은 둘 사이의 관계는 서로 반대되는 영을 소유하고 있다는 것이다. 후천은 사람의 정신을 개벽시켜 신명(神明)과 신인합일(神人合一)을 이루는 영이라면 이는 분명 성령(聖靈)이다. 그런데 반해서 기존 사람들의 영은 모두 음신(陰神)인 악령이다. 악령을 흔히 마귀신이라고도 한다. 마귀신은 성령과 원수 간인 영이다.

3. 천국 문이 좁고 협착한 이유는 진리를 찾는 사람이 많지 않기 때문이다

마귀 영은 오늘날까지 세상과 사람의 육체 안에 살면서 육체를 주관하여 왔다. 오늘날까지 세상은 마귀 신의 것이었다. 그런데 이제 시운(時運)이 되어 성령이 세상에 임하게 된 것이다.

그러니 마귀신은 자기 곳을 빼앗기게 생겼으니 안 빼앗기려고 몸부림 칠 것이다. 왜냐하면, 앞에서 말한 것처럼 마귀도 신이고, 신은 사람을 움직이게 하는 존재이기 때문이다. 그래서 말세 때, 천국이 지상에 세워지려고 하면, 마귀와 하나 된 육체가 마귀의 조종을 받고 성령이 세상에 임하는 것을 방해하게 되는 것이다. 영은 사람의 육체를 움직이는 원동력이다.

그것을 잘 이해할 수 있는 대표적인 케이스가 2000년 전에 예수가 유대 땅에 왔을 때이다. 그때 최소한 예수가 유대 땅에서 역사를 시작하기 전에는 마귀들은 잠잠했다. 그런데 이스라엘 땅에 성령을 입은 예수가 등장하자 마귀들은 비상이 걸렸다. 그 마귀들은 즉각 성령의 역사를 방해하기 위하여 제자였던 유다와 유대나라 제사장들에게 임하였다. 그리고 성령의 역사를 하려는 예수를 십자가에 못 박았다.

예수는 창조주의 뜻을 위하여 유대 땅에 천국을 세우려고 했다. 그런데 그 천국이 세워지는 것을 반대하는 신이 있었다. 그 신들이 마귀들이다. 결국 그 마귀가 가룟 유다에게 들어갔고, 유다는 동전 몇 푼을 받고, 예수를 제사장들에게 넘겨주었다. 그리고 제사장들이 예수를 고발하여 십자가를 지게 했다. 마귀가 성령의 역사가 진행되지 못하도록 유다와 제사장들을 앞세운 것이다. 이렇게 신은 인간을 들어 역사를 하게 된다.

그러나 많은 사람이 이 사건의 저변에 마귀의 역사가 있었다는 사실을 간과하려고 한다. 그런 가운데 사람들은 마귀의 흉계를 깨닫지 못하고 결국 마귀를 모르다 보니 마귀를 돕게 되는 격이 되고, 결국은 마귀와 하나 되어 간다. 이렇게 신은 사람의 육체를 이용하여 자신이 하고자 하는 일을 해나간다. 그래서 무지하면 악한 신의 도구가 될 수밖에 없는 것이다.

그래서 우리는 그 마귀 영(靈)을 악령이라고 한다. 마귀를 악령이라고 이름한 것은 이 악령이 나쁜 일을 도맡아 하기 때문이다. 나쁜 일 중에 가장 나쁜 일이 성령훼방죄이다. 성령훼방죄는 성령이 하는 일을 방해하는 일이다. 성령이 하는 일은 창조주 하나님의 일이고, 하나님의 일은 이 땅에 천국을 세우는 일이다.

결국은 이 땅에 천국을 못 세우게 하는 존재가 누구겠는가? 그것은 바로 이러한 진리를 깨닫지 못한 어리석은 사람들이다. 사람들 중에서도 신앙인들이다. 신앙인들 중에서도 크리스찬들이다. 이를 두고 자기발등 자기가 찍는 사람들이라고 한다.

이 모든 것은 신앙인들이 경서(성서)를 잘 이해하지 못하기 때문에 일어난다. 신앙인들이 진리를 모르는 가운데 신앙을 하기 때문에 신앙의 목적에 근접한 신앙생활을 하지 못한다. 그 결과 신앙의 목적을 이룰 수 없다. 신앙인의 목적은 자신의 영의 구원이고, 천국과 영생이다.

옛날 이스라엘 땅에 온 예수를 그 당시 신앙인들은 받아들이지 않았다. 받아들이지 않을 뿐 아니라, 그들이 예수를 십자가에 못 박아 죽여 버렸다. 죽인 이유는 구약성서의 예언을 이해하지 못했기 때문이다.

성서의 핵심은 약속이다. 약속은 곧 예언이다. 그들은 구약성서에 약속해준 예언을 깨닫지 못했다. 그들이 구약성서를 이해하지 못한 이유는 그들의 목자에게 진리가 없었기 때문이다. 그들의 목자에게 진리가 없었던 이유는 그들에게 성령이 없었기 때문이다. 그들에게 성령이 없었던 이유는 그들의 행위가 성령과 하나 될 수 없는 신앙을 하였기 때문이다.

그때 유대 목자들은 돈과 권세 명예를 좋아했다. 사람의 육체는 영의 집 곧 신의 집이다. 사람이 신앙을 하지 않으면, 그 육체는 빈 집이다. 그러나 신앙을 하게 되면, 신이 그 육체에 관여하게 된다.

그런데 중요한 것은 그 신앙인이 경서(성서)에 기록된 진리를 지식으로 습득하고, 그 지식의 바탕 위에 믿고, 그 지식대로 행하면 그 사람에게는 진리의 신, 곧 성령이 관여하게 된다.

그런데 과거의 유대 목자들은 돈과 권세, 명예 등 세상에 치우쳐 세상 것을 탐하고 구약성서에 기록된 약속은 깨달으려고도, 가르치려고도 하지 않았다. 신약성서에는 소경이 소경을 이끌면, 둘 다 구덩이에 빠진다는 말이 있다. 이끄는 자는 목자이고, 따르는 자는 신도들이다. 구덩이는 천국이 아니라, 지옥이다.

결국 신앙인들이 구원과 천국과 영생을 얻기 위하여 신앙을 했지만 잘못된 목자를 만나면, 지옥으로 떨어진다는 무서운 교훈을 여기서 얻을 수 있다. 그 당시 유대 지도자들이 소경이었고, 유대 신앙인들이 소경을 따른 대상자들이었다. 그리고 그 둘은 모두 천국 가기 위해서 신앙을 했지만, 잘못된 신앙으로 말미암아 둘 다 지옥으로 떨어져버린 것이다.

오늘날 신앙인들도 이 말에 유의해야 할 것이다. 오늘날도 많은 신앙인들이 기복신앙을 하고 있다. 구약성서에는 자신을 위하여 향을 피우면 죽는다는 말이 있다. 그 때 향은 기도를 상징한다. 즉 사람들이 자신의 영달을 위하여 기도하면 영이 죽는다.

예수께서는 그 이유로 주기도문을 가르쳐주셨다. 모름지기 사람은 무엇을 먹을까 입을까 걱정하지 말고, 오직 그 나라와 의를 구하라고 하셨다. 이때 그 나라는 창세기 때, 뱀에게 넘어간 하나님의 나라를 구하라는 의미이다.

그런데 오늘날 목자들과 신앙인들 대부분은 자신의 재산이나 사업이나 자식의 대학합격 등을 위하여 하나님께 기도한다. 이것이 왜 위험한지를 서술해 보겠다.

첫째로 이런 행위가 바로 경서(성서)의 기록을 정면으로 거스르는 기도이기 때문이다. 둘째로 성서를 거스르는 기도를 하면, 그들에게는 성령이 아닌 마귀를 불러드리게 된다.

그러면 어떻게 잘못된 기도 생활이 마귀를 불러들이는 결과를 초래할까? 기도를 해본 사람은 아는 일이지만, 보통 기도를 하면 응답이란 것이 있다. 그런데 성서에 맞는 기도를 하면, 천사가 그 기도를 듣고 참 하나님께 그 기도를 상달시킨다.

그런데 자신의 이익을 위하여 기도를 하면, 마귀가 그 기도를 응답한다. 왜냐하면, 일반 신앙인들의 생각과 달리 마귀도 하나님 못지않게 큰 능력이 있기 때문이다.

에스겔 28장을 보면, 마귀도 큰 능력을 소유하고 있음을 알 수 있다. 또 데살로니가후서 2장에도 사단은 하나님이나 숭배함을 받는 자 위에 뛰어난 존재로 소개하고 있다. 그리고 그가 하나님의 성전에 앉아 자기를 보여 하나님이라고 하는 존재란다. 그리고 그는 모든 능력과 표적과 거짓 기적과 속임으로 멸망 하는 자들에게 임한다고 한다.

이런 연유로 목자나 신앙인들이 자신을 위한 기도를 하면 그 응답은 사단 마귀가 하게 된다. 그런데 그 기도를 응답받은 목자나 신앙인들은 그 응답이 사단 마귀가 한다는 사실을 꿈에도 생각지 못한다. 이것이 큰 비밀이다. 그래서 몇 천 년의 성서의 역사에서 많은 사람들이 이렇게 마귀에게 넘어갔다. 그러나 무지하고 욕심에 찬 목자나 신도들이 이를 알 방법이 없다.

대부분의 목자들이나 신도들이 자신을 위하여 기도를 했는데, 응답이 되면 좋아 어쩔 줄 모른다. 그리고 그 응답은 창조주 하나님이

하신 것으로 100% 믿게 된다. 이리하여 응답을 받은 목자나 신앙인들은 응답한데 대하여 너무나 기쁜 나머지 더욱 더 열심히 기도하게 된다. 마귀는 그 기도를 더욱 더 잘 응답해준다. 그러면서 그들은 자신과 함께 하는 신이 하나님이라고만 생각을 하고 간 쓸개를 다 빼주게 된다. 그러면서 잘못된 기도를 하는 목자나 신도들은 점점 마귀의 깊은 미혹에 빠져들고 만다. 그러면서 자신이 그렇게 기도를 해도 응답해주니 하나님은 그런 기도를 좋아하며, 그런 기도도 허용하는 하나님으로 인식하며 하나님을 오해하게 되어간다.

그러나 사실은 그들에게 관여한 신은 하나님이 아니라, 마귀고, 사단이다. 문제는 지금부터다. 이때부터 자신들이 불러들인 사단, 마귀는 자신들의 육체에 임하여 살게 된다. 그 육체의 주인은 자기도 모르는 사이 사단, 마귀가 되어 있다. 그러면 그 육체를 주관하는 사단, 마귀는 자신의 의지로 그 육체를 움직이며, 자신이 좋은 짓만 골라서 하게 된다.

사단, 마귀는 진리를 싫어한다. 그리고 성령과는 적이다. 이런 과정을 통하여 과거 유대 목자들과 백성들에게 사단, 마귀가 들어가게 된 것이다. 그런 결과 그 당시 목자들과 신도들은 영적으로 성령으로 오신 예수를 좋아할 수가 없는 구조가 된 것이다. 그래서 결국 그들은 성령으로 오신 예수를 십자가에 못 박기에 이르렀던 것이다.

이렇게 사단, 마귀는 자신이 가진 능력과 표적과 기적을 가지고 목자들과 신도들을 미혹해왔다. 그 결과 결국 구원과 천국과 영생을 목적으로 신앙을 한 사람들이 그 목적은 달성하지도 못하고 사단 마귀에게 모두 다 걸려들고 만 것이다.

사단, 마귀는 이렇게 교활하고 교묘하게 사람의 육체를 미혹하여 세상과 육체들을 자신의 것으로 이용하며 구속하여 왔던 것이다. 여기에 빠지지 않을 방법은 오직 성서에 기록된 진리를 따라 참 신앙을 하는 길뿐이다. 목자나 신앙인들에게 욕심이 좋지 않다는 말을 단순히 들어 넘기지만 그 욕심 때문에 자신의 육체에 사단, 마귀를 불러들이게 된다. 그 결과 구원도, 천국도, 영생도, 도로 아미타불이 된다.

오늘날 세상에서 많은 사람들이 교회나 신앙을 하는 사람을 사기꾼이니, 도둑이라고 하는가 하면, 신앙인들이 비 신앙인들보다 더 도덕적이고 모범적인 것이 아니라. 신앙인들이 더욱 더 부패하고 추한 것은 그들 안에서 역사 하는 신이 사단, 마귀이기 때문이다.

이처럼 과거 유대 목자나 유대 백성들이 자신을 구원하기 위하여 온 메시아를 십자가에 못 박게 한 것은, 바로 그들이 이렇게 사단, 마귀의 조정을 받았기 때문이었다.

따라서 오늘날의 신앙인들에게 결론적으로 말하면, 차라리 신앙을 옳게 하지 못하려면 신앙을 안 하는 것이 낫다는 것이다. 신앙을 안 하면 그 육체는 빈 집이라고 했다. 그러나 신앙을 잘 못하게 되면, 그 육체에는 분명히 사단, 마귀가 임할 수밖에 없다.

결국 유대인들이 그런 결과를 초래한 것은 성서의 말씀을 진리로 깨닫지 못했기 때문이다. 그 결과 그들은 열심히 신앙을 하였으나 신앙의 목적을 달성하지 못했다. 구원도, 천국도, 영생도 그들은 얻지 못했다. 다만 그들이 바라는 몇 푼의 돈과 권세는 누릴 수 있었지만 말이다.

앞에서 잠시 언급한 것에 의하면, 사람의 육체에 성령이 있으면 그 사람은 하나님의 아들이 된다. 예수는 성령으로 잉태하였기 때문에 예수의 영은 성령이었다. 하니 예수는 하나님의 아들이 맞다.

그런데 유대지도자들은 그가 하나님의 아들이라고 한다는 죄명을 씌워 십자가에 예수를 못 박아 죽였다. 진리를 말하는 사람을 죽인 그들의 영은 과연 어떤 영일까?

그러나 이러한 사실을 사단, 마귀를 입은 목자들이나 신도들은 그런 자신의 실체를 정녕 알 수가 없다. 다만 자연스럽게 현실적으로 그런 행위로 나타난다.

그 당시 유대 목자들 입장에서는 유대교에 있던 많은 교인들이 유대교를 나와 예수께로 가니 유대목자들은 재정적으로나 심리적으로 압박을 받게 되었다. 예수의 출현은 자신의 교단과 교회에 위협이 됐다. 그래서 예수를 적대시하고 죽이게 됐다.

지극히 세속적이고, 표면적이고, 현실적인 행위로 연결되어 있음을 느낄 수 있다. 이러한 평범한 대립과 충돌로 십자가 사건까지 갔지만, 그 내면에서는 사단, 마귀의 강한 역할이 작용하였던 것이다.

그리고 예수는 그 당시 변심하고 타락한 기존 지도자들과 같은 사상으로 하나된 것이 아니고, 그들에게 뱀들이라 하는가 하면, 성전에서 비둘기를 놓고 장사를 하는 물건들을 모조리 뒤 엎어버리기도 하였다.

이런 모습이 기성 교회지도자들이었던 그들에게는 눈에 가시가 되었을 것이다. 그 때문에 유대지도자들은 결국 하나님의 아들을 십자가에 올리는 천륜을 짓밟은 자들이 된 것이다.

이 사이에서 그 당시 신앙인들은 예수께로 갈 것인가? 말 것인가를 고민해야 했다. 선택은 각자의 몫이었다. 성서의 기록에 의하면, 예수는 그 당시 진리요, 천국이었다. 왜냐하면, 창조주 하나님의 영이 예수의 몸 안에 계셨기 때문이다.

이 말에 따르면, 그 당시 예수를 택하여 예수께로 갔다면 천국에 간 셈이 된다. 그러나 그 당시 유대지도자들의 말을 듣고 예수께로 가지 않은 신앙인들은 천국이 좁고 협착하여 못 들어간 사람들이 된 것이다. 그러나 둘 중 예수는 진리를 말하였고, 유대지도자들은 거짓을 말하였다.

그러나 백성들이 볼 때는 한쪽은 세상의 모든 권력을 다 가진 제사장들이었고, 다른 한 쪽은 권력도 전통도 없는 초라한 신흥교단의 목수의 아들이었다. 이때 진리를 모르는 백성들은 당연히 권세도 있고, 전통도 있는 제사장 쪽의 말을 들을 수밖에 없었을 것이다.

하나 이때 진리를 택한 사람들은 천국에 간 것이고, 거짓을 택한 사람들은 천국에 들어가지 못한 사람들이었다.

오늘 날에도 그때처럼 천국이 지상에 세워지려 하면, 꼭 같은 일들이 발생하게 된다. 왜냐하면, 오늘날 역시 영적으로는 그때와 같은 상황이기 때문이다. 그럴 때, 오늘날의 신앙인들은 누구를 의지하며 무엇을 의지해야 할까?

오늘날도 그 때처럼 제사장들 말만 믿고 성서에 약속된 참 목자는 믿지 않으면 어떻게 될까?

신앙의 기준은 경서가 되어야 하는 이유는 경서는 창조주의 뜻과 계획을 기록한 설계도이기 때문이다. 경서는 성령의 감동에 의하여 기록한 신서이다. 이때 성령의 감동으로 받은 것은 창조주의 것이다. 그래서 경서는 창조주의 뜻과 계획을 직통으로 받을 수 있는 좋은 수단이 된다. 이것은 순수한 창조주의 뜻이고, 첨가물이 없는 진리 그 자체이다.

옛날 예수를 십자가에 죽일 때도 제사장들이나 신앙인들이 성서를 의지하고 성서를 알았다면, 그런 일들은 결코 저지르지 않았을 것이다. 결과적으로 제사장은 창조주의 직통 말을 오해했고, 그 직통 말을 오해한 제사장들의 말을 믿은 유대백성들은 천국에 들어갈 기회를 놓쳐버렸다.

이것을 영적으로 분석해 보면, 예수는 하나님의 편으로 성령의 본체였다. 그러나 그 당시 유대지도자들은 뱀이라고 일컬음 받은 마귀 편으로 악령의 본체였다. 예수의 육체에는 성령이, 유대지도자의 육체에는 악령이 임하여 있었다. 따라서 이런 일련의 전쟁과 불화와 살인 뒤에는 악령의 힘이 작용했던 것을 알 수 있다.

이렇게 나타나는 전쟁이 또한 말세의 종교 전쟁이다. 선천 세상도 후천 세상도 신이 개입된 상태에서 운영이 된다면, 신은 우리 육체를 움직이게 하고 말하게 하고, 좋은 마음 나쁜 마음을 가지게도 할 수 있는 실체임은 틀림이 없다.

보이는 육체의 주는 신이란 것이다. 그런 신들이 선천을 주관하며 움직여 왔는데, 그 선천을 끝내고 후천의 신들이 지구촌에 임한다면, 선천의 신들이 가만히 있을 수 있겠는가?

선천의 신들은 어떻게든 사람들을 홀려서라도 그것을 막을 것이다. 종교인들이 말하는 미혹(迷惑)이란 말은 바로 이를 두고 한 말이었다. 성신이든 악신이든 신들은 모름지기 육체를 들어 자신의 일을 성취시키게 된다. 악신도 자신과 통하는 육체와 더불어 성신을 대적하고, 성신도 자신과 통하는 육체와 더불어 악신의 공격을 방어하고 공격한다.

이때 예수처럼 육체가 잘 싸워 주면 이는 성신이 이기는 것이고, 아담처럼 못 싸우면 성신이 지는 것이다. 지구촌에서 정신개벽이 일어나려면, 반드시 성신 세력이 지상과 사람의 육체에 임하여 와야 하고, 임하여 계속 주재하려면 사람들이 이겨주어야 한다.

그런데 경전에는 이 전쟁에서 후천 세계의 신이 선천 세계를 주관하던 신을 이기는 것으로 이미 설계되어 있다. 이 말은 곧 후천의 신에 의하여 택함 받은 육체들이 진리의 전쟁에서 이긴다는 의미이다.

그런데 겉으로는 이 전쟁이 신생교단과 기성교단과의 사소한 교리다툼 정도로 보이나, 사실 이것이 3차 종교전쟁이다. 왜냐하면, 이 전쟁의 배후에는 각각의 신이 그 전쟁에 관여되어 있기 때문이다.

즉 앞에서 언급한 것처럼 선천은 음신(陰神)이 주관을 하고, 후천은 양신(陽神)이 주관한다고 하였다. 선천의 사람들은 기성교단의 세력이고, 후천 사람들은 신생교단의 사람들이다. 정리하면, 기성교단의 사람들에게는 음신(陰神)이 함께 하고, 신생교단에게는 양신(陽神)이 함께 하는 것이다.

음신은 마귀신이고, 양신은 성령들이다. 결국 기성교단과 신생교단의 싸움은 곧 마귀신과 성신과의 전쟁이 되는 것이다. 즉 이 전쟁은 사람들이 말다툼하는 것 같은 전쟁이지만 이 전쟁은 마귀의 나라와 하나님의 나라와의 전쟁이다.

이 전쟁의 최초 시작은 일곱 금 촛대교회에서 발단이 된다. 요한계시록과 격암유록에는 두 차례의 전쟁이 발생되는데, 1차 전쟁과 2차 전쟁으로 표현되어 있다. 1차 전쟁은 계시록 13장 4절 이하13)에서 창조주의 나라인 일곱 금 촛대교회가 패배하여 심령들이 멸망을 당하는 전쟁이다. 그 전쟁으로 말미암아 일곱 금 촛대교회는 멸망당한다.

그 다음 일곱 금 촛대교회에서 남은 자 몇 명이 큰 바벨론나라를 상대로 전쟁을 한다. 이 전쟁에서 소수의 무리들은 자신의 목숨을 다 바쳐서 용왕과 그 무리들과 싸워 결국 이긴다. 이 이긴 전쟁의 내용을 기록한 것이 계시록 12장 7절14) 이하에 잘 기록되어 있다.

---

13) 4.용이 짐승에게 권세를 주므로 용에게 경배하며 짐승에게 경배하여 가로되 누가 이 짐승과 같으뇨 누가 능히 이로 더불어 싸우리요 하더라. 5.또 짐승이 큰 말과 참람된 말 하는 입을 받고 또 마흔 두달 일할 권세를 받으니라. 6.짐승이 입을 벌려 하나님을 향하여 훼방하되 그의 이름과 그의 장막 곧 하늘에 거하는 자들을 훼방하더라. 7.또 권세를 받아 성도들과 싸워 이기게 되고 각 족속과 백성과 방언과 나라를 다스리는 권세를 받으니. 8.죽임을 당한 어린 양의 생명책에 창세 이후로 녹명되지 못하고 이 땅에 사는 자들은 다 짐승에게 경배하리라.

14) 7.하늘에 전쟁이 있으니 미가엘과 그의 사자들이 용으로 더불어 싸울쌔 용과 그의 사자들도 싸우나. 8.이기지 못하여 다시 하늘에서 저희의 있을 곳을 얻지 못한지라. 9.큰 용이 내어 쫓기니 옛 뱀 곧 마귀라고도 하고 사단이라고도 하는 온 천하를 꾀는 자라 땅으로 내어 쫓기니 그의 사자들도 저와 함께 내어 쫓기니

이렇게 시작된 전쟁은 나중에 전 세계적으로 확산이 된다. 그러나 이미 원수의 대장 용왕을 잡았으므로 이 전쟁은 창조주의 승리로 끝난다. 창조주는 이 전쟁에서 이기므로 세상에 다시 임하게 된다. 그러나 창조주는 육체가 없으니 사람들은 창조주를 볼 수가 없다. 그러나 창조주는 용왕과 싸워 이긴 자에게 영으로 하나 된다.

이렇게 하여, 새 하늘 새 땅이 지상에 세워지고 이곳의 정보를 듣고 깨달은 사람들은 이곳으로 속속 들어온다. 그러하기를 천 년간 계속된다고 성서는 예언하고 있다. 천 년이 차면 새 하늘 새 땅으로 들어오지 아니한 육체들과 새 하늘 새 땅으로 성령으로 거듭나서 내려오지 못하는 하늘의 영들도 모두 심판 받아 타는 불 못에 떨어져서 끝나게 된다.

라. 10.내가 또 들으니 하늘에 큰 음성이 있어 가로되 이제 우리 하나님의 구원과 능력과 나라와 또 그의 그리스도의 권세가 이루었으니 우리 형제들을 참소하던 자 곧 우리 하나님 앞에서 밤낮 참소하던 자가 쫓겨났고. 11.또 여러 형제가 어린 양의 피와 자기의 증거하는 말을 인하여 저를 이기었으니 그들은 죽기까지 자기 생명을 아끼지 아니하였도다.

제13장

평화의 세계 천국

1. 창조주가 통치는 세상은 평화의 세계이다

십승지는 이긴 땅이다. 이긴 대상은 용왕과 마귀들이다. 신들은 육체 안에서 산다. 신은 두 종류이다. 한 종류는 성령이고 한 종류는 마귀이다. 십승자는 용왕을 상대로 이긴 승자(勝者)이다. 세상 사람들이 십승자에게 진리를 배워 십승지로 들어오면 자신의 영혼에 있던 마귀가 없어진다. 그래서 십승지에는 마귀가 없다. 십승지에도 십승지의 사람들에게도 마귀가 없다.

평화의 나라의 완성은 지구촌 모든 사람들이 이 십승지로 다 들어왔을 때이다. 다 오지 않을 때는 지상에 영적으로 두 나라가 존재하게 된다. 하나는 십승지이고, 또 하나는 기성세계이다. 두 세계가 공존할 때는 전쟁이 끝날 수가 없다. 왜냐하면, 하나는 성령의 세계이고 또 하나는 마귀의 세계이기 때문이다.

그러나 경서에는 전쟁의 기간과 전쟁의 결과를 이미 예언해두고 있다. 전쟁의 결과는 창조주편이 이기게 된다. 따라서 결국은 모두가 십승지에 들어오게 되며, 끝까지 들어오지 않는 사람들은 심판 받아 없어진다.[15] 따라서 후천 세상에는 마귀가 있을 수 없게 된다. 세상

---

15) 요한복음 12장 48절: 나를 저버리고 내 말을 받지 아니하는 자를 심판할 이가 있으니 곧 나의 한 그 말이 마지막 날에 저를 심판하리라. 계시록 22장 11~12

에 마귀가 없으면 전쟁과 다툼이 없어진다. 사람의 육체에 마귀가 없으면, 병도 없고, 고통도 없고, 늙는 것도 없고, 죽는 일도 없다. 그러니 사람들이 서로 사랑하다가 이별할 일도 없다. 욕심도 없고 죄도 없다. 창조주는 그런 세상이 있음을 경서에 기록해둔 것이다.

이제 각종 경서에 기록된 천국과 극락과 평화의 나라에 관한 사항을 찾아 기록해 보는 시간을 가져 보겠다.

2. 각 경서에 예언된 천국과 평화에 대하여…

먼저 우리나라의 예언들을 살펴보자.

단(丹)이란 책으로 유명한 봉우 권태훈 옹은 천부경과 역학 천문 지리학의 대가였다. 옹은 우리나라의 천문 일기를 관측한 결과, 한국의 미래를 다음과 같이 예언하였다.

"우리는 이제 백두산족의 첫 조상이며, 온 인류의 고성인(古聖人)이시며 한배검이신 대황조께서 어두운 머리를 처음으로 밝혀준 개

절: 불의를 하는 자는 그대로 불의를 하고 더러운 자는 그대로 더럽고 의로운 자는 그대로 의를 행하고 거룩한 자는 그대로 거룩되게 하라. 보라 내가 속히 오리니 내가 줄 상이 내게 있어 각 사람에게 그의 일한대로 갚아 주리라. 계시록 21장 7~8절:이기는 자는 이것들을 유업으로 얻으리라 나는 저의 하나님이 되고 그는 내 아들이 되리라. 그러나 두려워하는 자들과 믿지 아니하는 자들과 흉악한 자들과 살인자들과 행음자들과 술객들과 우상 숭배자들과 모든 거짓말 하는 자들은 불과 유황으로 타는 못에 참예하리니 이것이 둘째 사망이라. 계시록 20장 7~8, 9~15절: 천년이 차매 사단이 그 옥에서 놓여 나와서 땅의 사방 백성 곧 곡과 마곡을 미혹하고 모아 싸움을 붙이리니 그 수가 바다 모래 같으리라. 저희가 지면에 널리 퍼져 성도들의 진과 사랑하시는 성을 두르매 하늘에서 불이 내려와 저희를 소멸하고. 또 저희를 미혹하는 마귀가 불과 유황 못에 던지우니 거기는 그 짐승과 거짓 선지자도 있어 세세토록 밤낮 괴로움을 받으리라. 또 내가 크고 흰 보좌와 그 위에 앉으신 자를 보니 땅과 하늘이 그 앞에서 피하여 간데 없더라 또 내가 보니 죽은 자들이 무론 대소하고 그 보좌 앞에 섰는데 책들이 펴 있고 또 다른 책이 펴졌으니 곧 생명책이라 죽은 자들이 자기 행위를 따라 책들에 기록된 대로 심판을 받으니. 바다가 그 가운데서 죽은 자들을 내어 주고 또 사망과 음부도 그 가운데서 죽은 자들을 내어주매 각 사람이 자기의 행위대로 심판을 받고 사망과 음부도 불못에 던지우니 이것은 둘째 사망 곧 불못이라 누구든지 생명책에 기록되지 못한 자는 불못에 던지우더라.

천(開天)의 새벽 이래, 다시금 역사의 어둠을 벗어나 새로운 새벽을 열고 있습니다. 이것이 본시 광명한 간방(艮方=한반도)의 도(道)가 다시 밝아짐이요, 인류사회의 처음과 끝을 이루는 성시성종(成始成終:처음이 이루고 끝맺음함)이며, 백산운화(白山運化:백두산민족의 운이 바뀜)입니다. 물극필반(物極必反)하는 우주의 법칙은 앞으로 다가올 정신문명의 개벽을 예시하고 있습니다. 새로운 정신개벽의 시대에는 홍익인간 이념을 뿌리로 하는 대동장춘(大同長春)의 세계일가(世界一家: 세계 한가족)가 반드시 지상에서 펼쳐질 것입니다." 라고 말이다.

그리고 그 시점을 이렇게 예언하고 있다.

"우리나라는 하원갑(下元甲: 서기 1984년부터 60년간의 기간)에 남북통일 완수, 만주진출, 북방고토 평화적으로 회복, 바이칼호 동쪽 지역과 몽고로 진출하게 된다."고 했다. 또 "황백전환으로 한국, 인도, 중국이 모두 번영을 누리며, 백인 중심의 서구문명에서 황인종 중심의 동양문명권으로 전환되고, 그 주축은 우리나라가 된다."라고 했다.

근세 이후, 우리나라에 있을 일들을 신으로부터 들어 깨달은 수운 최제우도 하원갑(下元甲)의 기간에 있어질 일에 대하여 다음과 같이 기록해두고 있다. 위에서 봉우 선생이 말하고 있는 하원갑은 곧 최제우 선생이 말한 하원갑과 같은 시기를 말하고 있다.

그 하원갑 때, 천지운수가 윤회 시운(時運)으로 돌아온단다. 이재궁궁(利在弓弓)이라고 하며, 이로움에 궁궁에 있어진다고 한다. 이 시대가 되면 지구촌에 양궁(兩弓)이 서게 되는데, 궁(弓)은 화살의 의미로 진리를 비유한 말이다. 그래서 여기서 궁(宮)을 궁(弓)이라고 표현한 이유는 그 두 궁에 진리가 있기 때문이다.

한 궁은 선천의 말세에 세워지는 궁(宮)이고, 또 하나의 궁(宮)은 후천이 시작할 때, 생기는 궁(宮)을 의미한다. 선천이 끝나는 시기에 이 두 궁이 서게 되는데, 선천의 궁은 무너지는 궁이며, 이 궁이 무너져 없어지므로 말미암아 새 궁이 생기게 된다. 이것이 공자가 말한 음(陰)이 가고 양(陽)이 오는 참 현장이고, 결론장이며, 건양다경(建陽多慶)이란 말이 이루어지는 실상의 장소이다.

이 양(陽)의 궁이 후천을 이끌어가는 궁이다. 그러나 선궁(先宮)이 없으면 후궁(後宮)이 세워질 수 없기 때문에 이 두 궁이 세워짐으로 말미암아 이로움이 있다는 것이다. 그것을 표현하고자 하는 숙어가 이재궁궁(利在弓弓)이란 말이다. 각종 경서에는 선궁을 일곱 금 촛대교회, 사답칠두, 계두말성이란 이름으로 예언하였고, 후궁을 새 하늘 새 땅, 십승지, 시두말대성이란 이름으로 기록하고 있다.

그리고 선궁이 없어지는데, 선궁에서 용왕을 이긴 자가 나타나므로 후궁이 시작된다. 그래서 후궁을 이끌어갈 지도자는 구세주이다. 어떤 경서에는 후궁을 이끌어갈 사람의 이름을 '대 선생'이라고 기록되어 있다. 여기서 그를 선생이라고 한 데서 구세주는 사람들을 가르쳐 깨닫게 하는 자임을 느낄 수 있다.

그래서 불교에서는 그의 이름을 미륵부처라고 미리 정해두고, 그는 정법(正法)을 가지고 오는 자로 소개하고 있다. 정법은 바른 진리를 뜻한다. 격암유록 등 민족경서에는 구세주를 정도령 또는 십승자라고 기록해두었다. 정도령의 정도(正道)도 바른 도, 바른 진리라는 뜻을 가지고 있다.

결국 정도령도 미륵처럼 정도를 가지고 하늘의 보냄을 받은 자라는 것을 알 수 있다. 또 그 정도령이 십승자와 이명동인(異名同人)이라는 데서 정도령은 십자가의 진리, 곧 성서의 진리를 가지고 와서 사람들을 구제한다는 것을 알 수 있다.

또 어떤 민족경서에는 대 두목으로 이름을 정해놓았다. 유교경전에는 그를 대성인이라고 기록하고 있다. 성서에서는 그 이름을 메시아, 그리스도, 이스라엘, 이긴 자, 요한 등으로 나열되어 있다. 그리스도의 뜻도 '기름 부음을 받은 자', '말씀 가진 자' 또는 '진리를 가지고 오는 자'로서 역시 같은 것임을 알 수 있다.

따라서 미륵도, 정도령도, 그리스도도 진리를 가져오며, 그 진리의 근본은 성서라는 것을 여기서 깨달을 수가 있다. 그러나 이런 결론을 통하여 불교나 민족 종교에서 반발할 필요는 절대로 없다. 왜냐하면, 불경도, 민족 경서도, 성서도 목적은 하나이고, 다 동일하기 때문이다.

더욱이 성서는 서양의 것이라 하더라도 그 성서의 예언을 동양에서 이루게 되면, 이는 공평한 결과가 아닌가? 이것이야 말로 동서를 화합시킬 수 있는 멋진 분배가 아닌가?

또 어떤 경서로 목적이 성취되든 성취된다는 사실이 중요할 것이다. 각종 경서의 개념은 곧 영어시험을 칠 때, 각자가 어느 참고서를 통하여 시험을 준비하느냐의 차이라고 말할 수 있다. 그러나 수험생은 좋은 점수를 받기 위해서 어느 참고서, 또 몇 가지의 참고서를 택해야 할까 라는 선택의 문제가 따를 것이다.

참고서에 따라 설명이나 예문 등을 잘 조화시켜 잘 정리된 책도 있을 것이고, 그렇지 않은 책도 있을 것이다. 그러나 그 선택은 오직 시험을 잘 치기 위해서이고, 시험에 합격을 하기 위한 수단이 된다. 그렇듯이 종교의 목적이 구원이라고 할 때, 이제 내 경서가 제일이라는 주관적 생각은 버려야 구원이란 목적을 달성할 수 있다는 사실을 명심해야 할 것이다.

또 그것은 전적으로 종교의 주인이신 창조주 하나님의 권한이란 것이다. 창조주가 불서를 통하여 최종적으로 그것을 이룬다면, 모든 인류는 불서에 의지하여 목적을 달성하게 될 것이고, 창조주께서 성서를 통하여 최종 목적을 이루신다면, 모든 인류는 성서를 의지하여 구원을 이루게 될 것이다. 그것이 사람들에게 있어서 중요한 것도 아니고, 가타부타 할 내용도 아니다.

3. 세계 사상통일의 기점은 어딜까?

대한민국의 옛 고서나 선지자들은 세계 사상의 통일의 기점(起點)은 대한민국 한반도라고 주장하여 왔다. 아주 예로부터 그런 주장을 해온 사실들이 확인된다. 먼저 이에 대한 선지자의 글을 들어보자.

태극도 진경에는 후천 개벽에 대하여 자세히 기록되어 있다. 태극도 진경 2장 24에 "선천에는 상극지리가 인간사물을 맡았으므로 모든 인사가 도의에 어그러져서, 원한이 맺히고 쌓여 삼계에 넘쳐 마침내 살기가 터져 나와 세상에 모든 참재(慘災)를 일으켰느니라. 그러므로 이제 천지도수(設計)를 정리하고 신도(神道)를 조화하여 만고의 원을 풀어 상생의 도로써 후천 선경을 열고, 조화정부를 세워 무위이화와 불언지교로 화민정세하리라."

여기서는 후천 세상을 조화정부라고 표현하고 있다. 태극도 진경 2장 36에서는 이 후천을 천지성공(天地成功)시대라고 표현하고 있다.

"이때는 천지성공시대이라. 서신(西神)이 사명하여 만유를 재제(宰制)[16]함으로써 모든 사리를 집대성하느니 소위 개벽이니라. 만물이 가을바람에 조락(早落)도 하고 성숙도 함과 같이 참된 자는 큰 열매를 맺어 창성할 것이요, 거짓된 자는 조락하여 멸망하리라. 그러므로 혹 신위를 떨쳐 불의를 숙청하며 혹 인애를 베풀어 의인을 돕느니 삶을 구하는 자와 복을 구하는 자는 이에 힘쓸지니라." 하시니라.

---

16) 만들어서 다스림.

이 천지성공시대는 서신(西神)이 사명을 한다고 하니, 서신이란 성서에 기록한 하나님의 신이 아니면 누구겠는가? 또 서신이 땅만이 아니라 하늘까지 성공시킨다고 하니, 이는 우리가 말하는 천국에 대한 것이 아닌가?

민족 종교 경서에서 성서를 운운한 장면이며, 이는 성서의 예언이 우리민족을 통하여 이루어지는 것으로 해석된다. 또 이는 서양에서는 예언을 하고, 그 성취는 동양에서 이루어지니 공평하다 할 수 있을 것이다. 그래야만이 동서양이 다 동참하며 하나 될 수 있을 것이다. 그것을 격암유록에서는 서기동래(西起東來)라는 용어로 전하여 왔다. 예언은 서양에서 했지만, 이루어지는 것은 동쪽이란 예언이다.

그리고 그것이 이루어진 후에는 동성서행(東成西行)의 역사가 있어질 것이다. 서쪽에서 예언한 것이 동쪽에서 이루어졌으니, 그 다음은 동쪽에서 이루어진 것을 서쪽으로 전해야 하지 않겠는가?

4. 경서에 기록한 천국은 내세이고, 내세는 시간의 경과로 오는 새 나라이다

이렇게 종교경전을 서로 비교하면, 동서양이 따로 있는 것이 아니란 사실을 알 수 있다. 그리고 성서에 예언한 천국이 곧 개벽이후에 오는 새 세상인 후천임을 알 수가 있다. 그것을 다른 표현으로 하면 내세(來世)가 된다.

또 서신(西神)의 사명이 만유를 다시 재창조하여 다스리는 일이라고 말하고 있다. 재창조하는 이유는 창조한 것이 문제가 있어 다시 뜯어 고침을 말한다. 이것을 성서에서는 만물을 새롭게 한다고 표현하고 있다. 태극도 진경에서는 이 일이 모든 사리를 집대성한다고 하며, 이것이 바로 개벽이라고 한다. 만물 중에 영장은 인간이니 인간을 뜯어고치는 일은 정신혁명이고 정신개벽이다.

또 태극도 진경 2장 38에는 "후천에는 천하일가(天下一家)가 되어 위무와 형벌을 쓰지 아니하고 조화로써 중생을 이화(理化)할지니, 관원은 직품을 따라 화권이 열리므로 분의에 넘치는 폐단이 없고, 백성은 원한과 극학과 탐음진치의 모든 번뇌가 그치므로 성식용모에 화기가 넘치고, 동정어묵이 도덕에 합하며, 쇠병사장(衰病死葬)을 면하여 불로불사(不老不死) 하고, 빈부의 차별이 철폐되어 호의호식(好衣好食)이 소용대로 서랍에 나타나리라. 모든 일은 자유욕구에 응하여 신명(성령,천사)이 수종 들며, 운거를 타고 공중을 날아 먼 데와 험한 데를 다니며, 천문(天門)이 나직하여 승강(昇降)이 자재하고 지견(知見)이 투철하여 과거, 현재, 미래 시방세계의 모든 일을 통달하며, 수화풍 삼재가 없어지고, 상서가 무르녹아 청화명려(淸和明麗)한 낙원으로 화하게 하리라." 하시니라.

윗글을 통하여 후천에는 천하일가(天下一家)가 된다하니 세계의 통일을 의미함이 아닌가? 거기는 인간 정신이 개벽되므로 병들어 죽어 장사하는 일이 없다고 하며, 늙지도 죽지도 않는 곳으로 소개하고 있다. 이곳을 낙원이라 소개하고 있으니, 곧 천국을 의미하는 것이다.

인간 정신(精神)은 영(靈)과 혼(魂)으로 이루어졌다. 영(靈)에는 두 종류가 있다. 한 종류는 성령(聖靈)이고, 다른 한 종류는 악령(惡靈)이다. 우리 민족은 성령을 신명(神明)이라 칭하며, 악령을 귀신(鬼神)이라 칭한다.

그래서 선천의 사람들의 영은 악령(惡靈)이고, 후천은 성령(性靈)이다. 이것이 정신개벽의 참상이고, 후천에서 사람들이 쇠병사장이 없고 불로불사한다는 것은 사람의 육체 안에 있는 영이 신명(神明)으로 교체됨을 말한다.

이것을 경전에는 신인합일(神人合一)이라고 한다. 그렇다면 귀신

(鬼神)도 신일 진대, 그 전에는 신일합일체가 아닌가? 라고 할 것이다. 그전에도 신인합일이 맞으나 그때는 귀신과 신인합일이라는 것이 다른 점이다. 귀신은 유한한 생명력을 가지고 있으나 신명(성령)은 무한한 생명력을 가지고 있다. 따라서 후천세계에서는 사람들이 귀신과 이혼하고 신명과 신인합일을 이루게 됨으로써 쇠병사장, 불로불사를 이룰 수 있음을 알아야 한다.

이와 같은 내용은 태극도 진경에 소개한 서신(西神)의 경서인 성서에도 상세히 잘 소개하고 있다.

신약성서 요한계시록 21장 1~7절이다.

"또 내가 새 하늘과 새 땅을 보니 처음 하늘과 처음 땅이 없어졌고 바다도 다시 있지 않더라. 또 내가 보매, 거룩한 성 새 예루살렘이 하나님께로부터 하늘에서 내려오니, 그 예비한 것이 신부가 남편을 위하여 단장한 것 같더라. 내가 들으니, 보좌에서 큰 음성이 나서 가로되, 보라 하나님의 장막이 사람들과 함께 있으매 하나님이 저희와 함께 거하시리니, 저희는 하나님의 백성이 되고, 하나님은 친히 저희와 함께 계셔서 모든 눈물을 그 눈에서 씻기시매, 다시 사망이 없고 애통하는 것이나, 곡하는 것이나, 아픈 것이 다시 있지 아니하리니, 처음 것들이 다 지나갔음이러라. 보좌에 앉으신 이가 가라사대, 보라 내가 만물을 새롭게 하노라 하시고, 또 가라사대, 이 말은 신실하고 참되니 기록하라 하시고, 또 내게 말씀하시되 이루었도다 나는 알파와 오메가요, 처음과 나중이라. 내가 생명수 샘물로 목마른 자에게 값없이 주리니, 이기는 자는 이것들을 유업으로 얻으리라. 나는 저의 하나님이 되고, 그는 내 아들이 되리라."

여기에 등장하는 '새 하늘과 새 땅'은 후천세상을 순수한 한국어로 풀어 쓴 말이다. 또 '처음 하늘과 처음 땅'은 선천을 의미한다. 그런데 여기서 선천은 없어진다고 하고 있다. 바다란 세상을 비유한 말이고,

바다에는 예로부터 용왕이 산다고 구전되어 왔다.

이 말을 연결하면, 선천의 세상을 주관하는 신은 용왕이란 말이고, 용왕은 마왕(魔王)이라고 전술한 바 있다. 바다가 없어진다는 의미는 마왕의 세상이 사라진다는 의미를 가지고 있다. 마왕의 세상이 사라지면 그때부터 사람 속에 있는 마귀신도 서서히 떠나게 된다.

그리고 난 후, 참신인 창조신이 하늘에서 세상으로 내려오게 된다. 이로서 이때부터 요한계시록 19장 6절처럼 "할렐루야 주 우리 하나님 곧 전능하신 이가 통치하시도다."는 예언이 성취되는 것이다.

그리고 하나님이 내려올 때, 신명의 나라도 함께 강림하게 되는데, 그 나라이름을 '거룩한 성 새 예루살렘'이라고 했다. 이 나라는 하나님께로부터 하늘에서 내려오는데, 이 나라의 백성은 모두 신명(성령)들이다.

그 신명들이 세상에 있는 사람의 육체에 와서 신인합일을 이루게 되는데, 세상 사람들이 장가가고 시집가는 것에 비유하여 하늘의 신명들을 신랑으로 비유하였고, 땅의 육체들을 신부로 비유하여 신랑이 신부의 집으로 장가오는 식으로 경서는 기록하고 있다. 그래서 성서에서도 신부가 남편을 위하여 단장하고 신랑을 맞이하는 것으로 표현하고 있다.

그렇게 세상 사람들이 신인합일(神人合一)을 이루게 되니, 사람 안에 비로소 신명(성령)이 임한 것이다. 비로소 사람 안에 무한한 생명력을 가진 영(靈)이 들어가게 되니, 사람들이 쇠병사장도 없고, 불로불사를 할 수 있게 되는 것이다.

이렇게 열린 후천 세상에는 하나님의 장막이 사람들과 함께 있게 되니 하나님과 사람들의 관계가 개선되어 사람들은 하나님의 아들들이 되고 하나님은 사람들의 아버지가 되게 된다는 것이다. 이렇게 천신과 사람의 관계가 개선되어 비로소 사람들이 하나님의 아들이 되는 것이다. 사람들이 아버지로부터 김이란 씨를 물려받으면 김씨의 아들이 되고, 이라는 씨를 받으면 이씨가 될 것이다.

그런 것처럼 용왕은 악령이고, 하나님은 성령이라면 사람들이 성령의 씨를 받을 때, 비로소 하나님이 사람들의 아버지가 될 수 있을 것이다. 따라서 사람이 하나님의 아들이 되면 사람의 영은 성령으로 교체된다. 성령의 본성은 영원한 생명이다. 영원한 생명의 씨가 사람의 육체 안에 들어가게 되니 사람에게 사망이 없어지게 된다. 땅에 팥 씨를 심으면 팥이 나고, 콩을 심으면 콩이 나듯이 사람의 마음에 진리를 심으면 성령의 사람으로 나고, 사람의 마음에 거짓을 심으면 악령의 사람으로 완성된다.

사람이 성령으로 재창조 되니, 후천 세계에는 사망이 없고, 애통하는 것이나 곡하는 것이나 아픈 것이 다시 있지 아니하게 된다는 것이다. 그리고 선천에 있던 것들은 다 사라지고, 만물이 새롭게 된다는 것이다. 그리고 비로소 창조주 하나님은 '이루었도다'고 하신다. 이룬 것은 후천세계의 창조이다.

후천 세계에 대한 계획이 태극도 경서에도 잘 기록되어 있으니 태극도 진경 2-31에는 "이제 하늘도 뜯어고치고 땅도 뜯어고쳐서 물샐 틈 없이 도수를 짜놓았으니, 제 한도에 돌아 닿는 대로 새 기틀을 열리라. 또 신명(神明)으로 하여금 사람의 뱃속에 출입하게 하여 그 체성을 고쳐 쓰리니, 이는 비록 목석이라도 기운을 붙이면 쓰임이 되는 연고니라. 오직 어리석고 가난하고 천하고 약한 것을 편히 하여 심구의로부터 일어나는 모든 죄를 조심하고 남에게 척을 짓지 말지어다. 부하고 귀하고 지혜롭고 강권을 가진 자는 모두 척에 걸려서 콩나물 뽑히듯 하리라. 묵은 기운이 채워있는 곳에 대운을 감당하지 못함이니라. 부자의 집과 곳간에는 살기와 재앙이 가득히 쌓였느니라." 하면서 하늘도 땅도 고치며 신명을 사람의 뱃속에 넣는다고 한다.

성서에 기록된 이러한 역사를 태극도 진경에도 그대로 예언하고 있으니 동서양이 다른 것이 아니라, 하나란 사실을 알 수 있다. 그러나 이런 세상이 왔지만, 세상 모든 사람들이 저절로 다 그렇게 되는 것은 아니라고 한다. 오직 '이기는 자가 이것들을 유업으로 얻으리라'고 한다.

무엇을 상대로 이겨야 할까? 구세주는 용왕을 이기고, 개인들은 용왕을 이긴 구세주에게서 진리를 배워 자신 안에 있는 악신을 이겨야 한다. 악신을 이길 수 있는 방법은 도(道)밖에 없다. 자신을 이기는 일이 수신(修身)이다. 자신 안에 있는 귀신을 진리로 이길 때, 자신 속에 있던 옛 영(귀신)은 가고, 새 영(신명)이 들어올 수 있는 것이다.

그래야만이 비로소 그런 사람들만이 하나님이 자신의 아버지가 되고, 사람들은 하나님의 아들이 될 수 있는 것이다. 자신의 영혼에는 마귀신이 들어있는데, 창조신을 향하여 '아버지'라 하는 것은 남의 아버지에게 '아버지'라고 부르는 것과 같지 않은가?

5. 신인합일된 사람을 삼위일체라고 하며, 이는 사람의 육체에 신명, 즉 성령이 들어온 상태이다

이제 신인합일에 대하여 좀 더 이해하기 위하여 성서에 기록된 사람의 몸에 영이 임재 하는데 대한 것을 살펴 보고난 후, 불교에서 예언한 후천에 대해서 알아보자.

이사야서 59장 21절; "여호와께서 또 가라사대, 내가 그들과 세운 나의 언약이 이러하니, 곧 네 위에 있는 나의 신(神)과 네 입에 둔 나의 말이 이제부터 영영토록 네 입에서와, 네 후손의 입에서와, 네 후손의 후손의 입에서 떠나지 아니하리라 하시니라. 여호와의 말씀이니라."

구약성경 에스겔서 36장 26절; "또 새 영(靈)을 너희 속에 두고 새 마음을 너희에게 주되 너희 육신에서 굳은 마음을 제하고 부드러운 마음을 줄 것이며."

신약성서 요한복음 3장 5절, 14장 20절, 로마서 8장 11절

"예수께서 대답하시되 진실로 진실로 네게 이르노니 사람이 물과 성령으로 나지 아니하면 하나님 나라에 들어갈 수 없느니라.", "그 날에는 내가 아버지 안에, 너희가 내 안에, 내가 너희 안에 있는 것을 너희가 알리라.", "예수를 죽은 자 가운데서 살리신 이의 영이 너희 안에 거하시면, 그리스도 예수를 죽은 자 가운데서 살리신 이가 너희 안에 거하시는 그의 영으로 말미암아 너희 죽을 몸도 살리시리라."

이 모든 것은 영(신)이 육체에 들어가서 신인합일을 이룰 것에 대한 내용들이다. 이것을 통하여 종교의 목적은 창조주와 같은 형상인 성령과 신인합일을 이루는 것임을 깨달을 수가 있다. 그리고 기독교의 목적이라고 할 수 있는 천국이나 불교의 목적이라고 할 수 있는 극락도, 사실은 사람의 육체에 성령이 들어온 사람들이 살게 되는 나라임을 알 수 있다.

천국은 성령으로 거듭난 사람(부활)으로 이루어진 나라이고, 극락은 부처로 성불한 사람으로 이루어진 나라이다.

그 나라가 이 지구촌에 설 것을 불서에도 예언으로 전해왔던 것이다. 불교는 세계 3대 종교라 할 수 있다.

민족사 미륵경 54쪽에는 시두말이란 성이 있는데 "온 세상이 평화로워 원수나 도둑의 근심이 없고, 도시나 시골이나 문을 잠글 필요가 없으며, 늙고 병드는데 대한 걱정이나 물이나 불의 재앙이 없으며, 전쟁과 굶주림이 없고, 짐승이나 식물의 독해가 없느니라."라고 기록되어 있다. 이 나라에는 늙고 병드는 일이 없게 되는 이유는 성불

한 사람들로 이루어진 나라이기 때문이다. 그래서 극락은, 곧 후천 세상인 것을 알 수 있고, 불서에는 그 후천 세상을 '시두말성'이라고 이름을 붙여두었다.

민족사 정토 삼부경 20쪽에는 "광명은 무량한 불국토를 비추니 일체 세계는 여섯 가지로 진동하였으며, 모든 마군세계의 궁전이 흔들리니 그들의 무리들은 겁내고, 두려워서 항복하여 귀의하지 않을 수 없느니라."고 했다.

여기서는 후천을 불국토(佛國土)라고 하였는데, 불국토란 부처들이 사는 나라라는 의미이다. 그런데 이 나라는 저절로 생기는 것이 아니라, 마군(魔軍)의 세계를 항복받은 후에 생긴다고 한다. 물론 마군에게 항복받고 출현하는 사람은 미륵부처라는 것을 알 수 있다. 이윽고 미륵부처는 사람들 안에 있던 악한 영을 내쫓는 지식을 알려주게 된다. 그 다음 사람들에게 있던 악한 영이 나가면 그 안에는 성령이 들어오게 된다. 이것을 신인합일이라고 한 것이다.

민족사 정토 삼부경 53쪽에는 "중생들이 이러한 광명을 만나면 탐내고, 성내고, 어리석은 마음이 저절로 없어지고, 몸과 마음이 부드럽고 상냥해지며, 기쁨과 환희심이 넘치고, 착한 마음이 저절로 우러나느니라… 무량수불 광명은 찬란하여 시방세계를 비추고, 그 명성이 모든 불국토에 들리지 않는 곳이 없느니라."라고 한다.

이 후천 세계는 모두가 부처로 성불한 사람들만이 함께 살게 되니 그 나라이름이 불국이고, 모든 사람들이 부처로 성불하였으니 모두가 무량수(無量壽)부처가 되어 광명을 낸다고 한다. 여기서 광명은 진리의 빛을 말하고 있다. 후천 세계의 사람들이 모두 부처가 되었으니 부처는 무량수의 생명력을 가지고 있는 존재이다. 그러니 불경에도 역시 사람의 영이 부처의 영으로 신인합일 되면 불로불사(不老不死)를 이룰 수 있음을 나타내고 있는 것이다.

사람의 육체는 물질인데, 사람이 이렇게 살아 움직일 수 있게 하는 원동력은 영이다. 그런데 그 영 중에 수명이 정해져 있는 영이 있고, 무한한 수명을 가진 영도 있다. 부처가 무량수를 할 수 있는 이유는 부처가 된 사람의 육체에는 무한한 신(영)이 들어오기 때문이다.

그래서 이것을 한자로 표현하면, 불인합일(佛人合一)이다. 이때의 영을 부처된 영 또는 성령이라고 한다. 그런데 이렇게 성령의 사람이 창조된 내력은 세 분의 영이 합하여 된 것이다.

첫째는 성부가 있고, 두 번째는 성령이 있고, 세 번째는 성자가 있게 된다. 이 영을 합하면 세 영이 된다. 그래서 사람의 육체와 성령이 하나된 상태를 삼위일체라고 했던 것이다.

앞에서도 설명한 바 있지만, 이렇게 다시 반복을 하는 이유는 이것이 그 만큼 중요한 부분이기 때문이다. 그래서 이것을 불교식으로 바꾸면, 불인합일(佛人合一)이요, 삼불일체(三佛一體)가 된다. 그리고 이것이 불교의 최종 목적이 된다.

6. 단군임금이 주신 홍익인간은 예언이며, 이 예언의 실체는 정신개벽으로 나타난다

윗글 중 우리 민족의 예언들은 우리나라에서부터 정신개벽이 일어난다고 되어 있는 것을 확인할 수 있다. 정신개벽은 곧 단군 임금의 유지인 홍익인간과 자동 연결된다.

그래서 우리가 학교에서 배운 홍익인간에 대한 것은 하나의 예언이었다. 그 예언이 실현되는 것은 말세이고, 우리 민족에게서 후천세상을 열 구세주가 출현하면, 그 소식을 세계로 전하는 것이 사랑이고, 그 사랑으로 말미암아 홍익인간이 될 수 있다는 것이다. 따라서 홍인인간이란, 곧 정신 개벽된 사람임을 알 수 있다. 그래서 깨닫고 보면 불서나 성서를 비롯한 모든 종교 경서가 지향하는 목표는 후천 세상이다.

　이것들은 오늘날까지 인간세계의 미래상을 설계한 설계도로 존재하고 있었다. 설계도란 건축물을 짓기 전에 종이에 그 계획도를 그린 그림이다. 그러나 언젠가 설계도대로 집을 짓게 되면, 그것은 종이나 이론이 아니라, 실체가 된다.

　앞에서 언급한 정신개벽도 하나의 설계도였다. 설계도였을 때는 한낱 종이요, 글자요, 이론에 지나지 아니하는 보잘것없는 것이다. 그러나 그 설계대로 이행되어 나타나면, 그것은 더 이상 종이도, 글자도, 이론이 아닌 실체로 나타난다.

　이 말은 곧 단군임금께서 우리 후손에게 하명을 내리신 홍익인간의 예언이 실행되게 된다는 것이다. 그 예언은 앞에서 언급한 것처럼 우리나라에서 구세주가 출현하면, 그 구세주가 주는 참 진리를 가지고 세계의 사람들을 구제하게 된다. 그 구세주의 이름이 우리 조상들의 입으로 전해진 정도령이란 이름이며, 우리 민족에게 있어서 이 이름은 자연스레 연결 된다. 예로부터 우리나라에서 정도령이 올 것을 예언한 것은 곧 유불선에서 예언한 구세주가 우리나라에 온다는 암시였다. 구세주란 말은 세상을 구원한다는 말이다. 이 말은 곧 구세주가 나타날 때, 세상은 무엇인가 문제가 있다는 말이다. 구세주는 세상 사람들이 영적으로 도탄에 빠졌을 때, 세상을 구제하기 위하여 온다.

　그것이 소위 재세이화(在世理化)이다. 제세이화의 한자음은 문맥상 재세이화(在世理化)가 아니라, 제세이화(濟世理化)가 맞다. 제세이화(濟世理化)는 도탄에 빠진 백성들을 구제한다는 뜻을 가지고 있기 때문이다. 이는 많은 사람들이 말하는 말세라는 말과 상통하는 말이다. 그리고 구세진인 정도령은 말세에 도탄에 빠진 백성들 구제하기 위하여 이 세상에 온다는 말과도 상통한다. 정도령은 이렇게 우리 민족과 세계가 영적으로 도탄에 빠진 말세에 그 세상을 구원하기 위하여 오게 된다.

창조주 하나님이 이 말세에 우리 민족에게 세계를 구하게 하기 위하여 구세주를 보내주실 계획을 하신 것이다. 그 때가 되면 후손들이 그 구세주 정도령에게 진리를 배워 세계로 전파하여 그들의 생명을 구하란 것이 홍익인간하라는 참 실상이다. 그리하여 세계가 모두 이화 되면, 그 때는 세상이 광명하게 밝아지게 된다. 그것이 소위 광명이세(光明理世)이다.

본서를 통하여 우리 인간 역사가 우연이 아니라, 창조주의 계획아래 펼쳐졌다는 사실을 인정한다면, 우리 국조라 일컬은 단군임금께서 내리신 우리 민족의 3대 슬로건인 '홍익인간, 재세이화, 광명이세'하라는 건국이념은 인류 선천의 과도기를 지나서 후천으로 옮겨가는 과정에서 실재로 이루어진다는 것을 깨닫게 될 것이다.

7. 종교 통일과 평화의 세계가 도래하도다

태극도 진경 2~32에는 "선천에는 위무(威武)로써 보배 삼아 복과 영화를 이에서 구하였느니라. 이것이 상극(相剋)의 유전이라. 아무리 좋은 것이라도 쓸모가 없으면 버리고 착한 것이라도 쓸모가 있으면 취하느니라. 이제 서양에서 건너온 무기의 폭위(暴威)에는 대가 되지 않아 겨룰 수 없으니 전쟁은 장차 끝나니라. 그러므로 모든 무술과 병법을 멀리하고 의통을 알아서 사람을 많이 살리면, 보은 줄이 찾아들어 영원한 청복을 누리리라."하고 한다.

여기서는 이전세상은 무기의 힘으로 전쟁을 할 수밖에 없었다고 한다. 그 이유를 상극(相剋)의 유전이라고 한다. 상극은 무엇과 무엇이 서로 적이 되었기 때문이다. 무엇과 무엇이 상극일까? 악령과 성령의 관계가 상극이며, 그에 따라 형성된 인간과 인간의 관계가 상극이었다.

태극도 진경 2~33에 "서양사람 이두마가 동양에 와서 천국을 건설하려 하였으나, 유교의 뿌리가 깊어서 적폐를 쉽게 고쳐 이상을 실현하기 어려우므로 역서를 개제하여 민시를 밝힘에 그치더니, 죽은 후에 동양의 신명들을 거느리고 서양으로 돌아가서 문운을 여니라. 예로부터 천상신과 지하신이 각기 지경을 지켜 서로 상통하지 못하더니, 이두마가 비로소 그 한계를 개방하여 천상 지하의 모든 신명이 서로 내왕하게 되니라. 이로부터 지하신이 천상에 올라가 모든 기묘한 법을 받아 내려 사람에게 혜두를 열어줌으로써 모든 학술을 계발하고 정묘한 기계를 발명하여 천국의 모형을 본뜬 것이 현대의 문명이니라. 그러나 이 문명은 다만 물질과 사리에 정통할 뿐이요, 도리어 인류의 교만과 잔포를 길러 내어 천도에 대항하여 자연을 정복하려는 기세로써 오천만신이 극에 달하니, 신위가 실추되고 삼계가 혼란하여 천도와 인사가 상도를 벗어나, 드디어 진멸지경에 이르렀느니라." 하시느니라.

이는 선천이 망하는 이유에 대하여 기록한 내용이다.

그러나 태극도 진경 2~36에는 이렇게 진멸지경에 빠진 세상을 다시 일으켜 세울 것을 예언하고 있다. "이 시대는 천지성공시대니라. 서신(西神)이 사명하여 만유를 재제함으로써 모든 사리를 집대성하니 소위 개벽이니라. 만물이 가을바람에 조락하고 성숙도 함과 같이 참된 자는 큰 열매를 맺어 창성할 것이요, 거짓된 자는 조락하여 멸망하리라. 그러므로 혹 신위를 떨쳐 불의를 숙청하면, 혹 인내를 베풀어 의인을 돕느니 삶을 구하는 자와 복을 구하는 자는 이에 힘쓸지니라."라고 하여 세상을 구원하게 된다고 한다.

태극도 진경 3~16에는 선천과 후천의 차이점을 피력하였다. 선천은 약육강식과 우열승패와 이해득실의 속임의 세상이었다. 그러나 후천은 모두가 성인이 되어 선으로 살게 되니 가히 천국이 이 시대이다.

"선천 영웅시대에는 죄로써 먹고 살았으나, 후천 성인시대에는 선으로써 먹고 살리니 죄로써 함이 장구하랴, 선으로써 함이 장구하랴? 이제 후천중생(重生)으로 하여금 선으로 먹고 살 도수를 짜 놓았노다." 하시니라.

태극도 진경 3~40에는 자신이 '해마, 곧 마귀에서 해방되는 일'이 있을 것을 예언하고 있다. 민족 종교의 목적 또한 사람 속에 있는 마귀로부터 구원이 목적임을 여기서 엿볼 수가 있다. 그리고 마귀로부터 구원되기 위해서는 복마(伏魔), 곧 마귀를 굴복시켜야 한다고 한다. 그리고 진정한 복은 마귀를 이김으로써 받을 수 있음을 설명하고 있다. 이 어찌 기독교의 성서의 원리와 다르다 하겠는가?

"나는 해마(解魔)를 위주 하는 고로 나를 따르는 자는 먼저 복마(伏魔)가 발동하니라. 복마(伏魔)의 발동을 잘 받아 이겨야 복이 따르노니라." 하시니라.

태극도 진경 3~45에는 모든 신들이 발동하여 착한 자손들을 마귀의 손아귀에서 빼내어 후천 세계로 빼내는 일을 서두르고 있단다. 요한계시록 17장 14절에도 같은 내용이 기록되어 있다. 거기는 말세가 되면, 기성 세계와 종교가 마귀에게 함락된다고 예언하고 있다. 구세주는 이렇게 된 세상에서 착한 자들을 빼내고 불러낸다고 예언되어 있다.

"이제 모든 선령신이 발동하여 그 선자선손을 척신의 손에서 빼내어 새 운수의 길로 인도하려고 바쁘게 서두르느니라." 하시다.

성서에도 "저희가 어린 양으로 더불어 싸우려니와 어린 양은 만주의 주시오, 만왕의 왕이시므로 저희를 이기실터이요, 또 그와 함께 있는 자들 곧 부르심을 입고 빼내심을 얻고 진실한 자들은 이기리로

다."

　이리하여 선천 세상에서 빼냄 받고 부름을 받은 착한 자들은 후천의 백성이 된다. 선천 세상은 나라도 많았고, 종교도 많았다. 하지만 이들이 가야할 곳은 동일한 장소이다. 그것이 후천이고 내세이다. 불교인들도, 기독교인들도, 민족 종교인들도, 기타 사람들도 택함을 받으면, 모두 한 곳으로 간다. 그러니 후천은 유불선 모든 종교가 통일된 나라이다.

　이런 때에 자신을 둘러보아 자신은 이 시대에서 어딘가 선택되어 구출되어 나간 사람인가? 아니면 예부터 있던 그 세상에 여전히 남아 있는 사람인가 자문해 봐야 한다. 아직 어딘가로 옮기지 못하고 있다면, 사방을 둘러보아 찾아봐야 할 것이다. 그리고 찾았다면, 그곳이 경서에 기록된 진짜 구원의 장소인지 경서와 확인하여 봐야 할 것이다.

8. 후천이 세상에 세워지려면 각 경서에 예언된 구세주가 출현해야 한다

　『동양의 성서 격암유록』 제 56장의 도부신인(桃符神人)에는 미륵세존이 헤아릴 수 없는 큰 뜻을 가지고 오는 자이며, 온 우주에서 인정받는 존엄한 미륵 상제님이라고 한다. 그가 온 곳을 도부(桃符)라고 하며, 그곳은 곧 무릉도원, 천국이다. 그곳에는 신선들이 살게 되므로 그들을 신인(神人)이라 한 것이다. 그 신인은 곧 신인합일된 사람이다.

　그는 금면류관을 쓰고, 말머리로 단장하고 날아다닌다고 한다. 미륵을 말이라고 표현한 이유는 미륵은 상제님의 영을 업고 그 일을 하기 때문이다. 미륵을 날아다니는 용마라고 표현한 것은 미륵에게는 창조주의 신이 들어있어 그 움직임이 높고 신속함을 나타낸다.

그리고 미륵을 용마라고 한 이유는, 용을 상대로 전쟁을 하게 된다는 힌트가 들어있는 말이다.

미륵은 육체로 와서 용을 상대로 말처럼 싸워 이기게 된다. 싸워 이긴 결과는 통일이다. 싸움 종류가 진리 싸움이므로 유불선으로 갈라진 종교가 창조주 한 분을 모시는 종교로 통일이 되게 된다. 미륵이 통일의 운으로 오며, 세상의 모든 종교를 하나로 합하게 하는 하늘에서 내려온 신이다.

"彌勒世尊無量之意 宇宙之尊彌天이요, 着金冠의 馬首丹粧飛龍馬의 勒馬로써 儒彿仙運 三合一의 天降神馬彌勒일세."(미륵세존무량지의 우주지미천이요, 착금관의 마수단장비룡마의 륵마로써 유불선운 삼합일의 천강신마미륵일에)

요한계시록 1장 8절에서는 하늘에서 내려오는 분을 하나님이라고 한다. 그가 장차 오리라 약속을 하셨다. "주 하나님이 가라사대, 나는 알파와 오메가라. 이제도 있고, 전에도 있었고, 장차 올 자요, 전능한 자라 하시더라."

그리고는 요한계시록 21장에서는 그 분이 내려오셨다. 그러니 하나님의 장막이 사람들과 함께 거할 수 있게 되는 것이다.

"내가 들으니 보좌에서 큰 음성이 나서 가로되, 보라 하나님의 장막이 사람들과 함께 있으매, 하나님이 저희와 함께 거하시리니, 저희는 하나님의 백성이 되고 하나님은 친히 저희와 함께 계셔서 모든 눈물을 그 눈에서 씻기시매, 다시 사망이 없고 애통하는 것이나 곡하는 것이나 아픈 것이 다시 있지 아니하리니 처음 것들이 다 지나갔음이러라."

이렇게 하나님이 오시니 세상은 천국으로 변하는데, 그 결과 눈물을 그 눈에서 씻겨 주시고, 다시 사망도 없다고 하신다. 뿐만 아니라, 애통하는 것도 사람이 죽어서 곡하는 일도 없다는 것이다.

그렇게 약속한 일을 예언대로 이루었으니 요한계시록 21장 6절에서 이제 '이루었다'고 하신다.

"또 내게 말씀하시되 이루었도다. 나는 알파와 오메가요, 처음과 나중이라. 내가 생명수 샘물로 목마른 자에게 값없이 주리니." 이루었으니 그 사실을 사람들께 알려줘야 사람들을 천국으로 부를 것이 아닌가?

그 진리를 물로 비유하여 생명수라고 하였다. 이 생명수를 마신 사람들은 생명을 찾을 것이고, 못 마신 자들은 생명을 찾지 못할 것이다. 이런 내용과 계획들이 신앙인들께 있는데, 신앙인들이 이것을 외면한다면 왜 종교를 했지? 라고 의문을 가지지 않을 수 없다.

9. 중국의 예언서 추배도에 출현하는 3척의 아이는 세계의 전쟁을 종식시키고 평화의 세상을 만든다고 하는데, 그는 누구인가?

중국에도 유명한 예언서가 있는데, 그 이름이 추배도(推背圖)이다. 그림책으로 설명되어 있는 이 추배도는 두 사람 중 한 사람이 등을 떠미는 형상의 그림과 함께 시작된다. 추배도의 그림 형상은 앞에서 언급한 배도(背道)라는 말을 연상케 한다.

추배도는 당태종 때, 예언가 이순풍과 원천강이 지었다고 전해진다. 이 예언서에 기록된 60가지 예언 중 55가지는 오늘날까지 다 이루어졌다고 한다. 오늘은 60가지 중 아직 이루어지지 않았다고 한 5가지에 대하여 알아본다.

56번째 예언은 이렇다. "날아다니는 것이 새가 아니고, 헤엄치는 것이 물고기가 아니다. 전쟁이 병사들에 의존하지 않는다. 이 전쟁은 기술의 전쟁이다. 끝없는 죽음의 연기와 버섯, 그리고 우물바닥 인간이 상상할 수 있는 것이 아니다. 큰 문제가 해결되지 않았다. 더 큰 문제가 다가온다."

사실 이 예언은 앞에서 언급한 불경, 성경, 격암유록 등에 예언된 내용을 이해 못하면, 그 답을 얻을 수 없다. 이 예언 역시 중국인들에게 한정된 예언이 아니라, 모든 인류에게 계획된 일이기 때문이다. 여기서 전체내용을 종합해보면, 문자대로 해석하면 이 예언은 이치에 맞지 아니한 내용으로 드러난다. 앞에서 이런 방식의 기록이 바로 예언서의 특징이라고 코멘트를 한 바 있다. 추배도는 이 암호를 풀어야 그 의미가 파악된다.

이 예언은 모든 경서에 예언한 말세에 관한 예언으로 봐야 한다. 말세의 전쟁은 앞에서 거론한 성서의 일곱 금 촛대교회, 격암유록의 사답칠두, 불경의 계두말성에서 일어나는 전쟁이다. 따라서 그 전쟁의 전말을 알면 추배도도 해석이 그대로 되게 되어 있다.

본문에서 날아가는 새나 헤엄치는 물고기는 비유적 표현이다. 새는 영을 비유한 것이고, 물고기는 사람을 두고 한 말이다. 그래서 날아다니는 것이 새가 아니라, 영들이란 말이고, 헤엄치는 고기가 물에 사는 그런 물고기가 아니라, 진리에 죽고 사는 사람을 두고 한 말이다.

이 전쟁이 병사들에 의하여 벌어지는 것이 아니라고 한 것은 이것이 바로 영들의 전쟁이란 것을 암시하고 있다. 이 전쟁은 기술 전쟁이란 것은 이 전쟁이 말로 하는 진리의 전쟁임을 나타내고 있다. 그 전쟁에서 영적 죽음이 많이 일어나는데 그래서 사람이 상상할 수 있는 그런 전쟁이 아니란 것이다. 그 전쟁을 통해서 문제가 해결되지 않았다는 말은 전쟁에서 이기지 못하였다는 것을 암시하고 있다. 이 영적 전쟁에서 이기지 못하였다는 의미는 모든 종교의 목적인 창조주의 나라, 평화의 나라, 천국이 아직 세워질 수 없다는 의미이다.

이 전쟁은 격암유록, 불경, 성경에서 일어난다고 예언한 바로 그 전쟁이다. 이 전쟁은 불경에서는 마왕과 미륵보살과의 전쟁이다. 그리고 그 장소는 계두말성이다. 성경에서는 용과 하나님께서 택한 사람, 곧 요한과의 전쟁이다. 전쟁 장소는 일곱 금 촛대교회이다. 격암유록에서는 용과 정도령 간의 싸움이다. 장소는 영적 계룡산인 사답칠두이다.

이 전쟁에 대해서 시작과 끝이 가장 자세하게 묘사된 곳이 성서이다. 요한계시록 13장과 6장과 8장 12장에 자세하게 기록되어 있다. 13장에서의 전쟁에서는 마귀나라와 창조주의 나라 간에 벌어진 전쟁이다. 그 전쟁에서 창조주의 나라가 패배하므로 지상에서 인간세상을 되찾아 오는 것을 실패했다. 그 이유는 일곱 금 촛대교회가 마귀나라와의 전쟁에서 졌기 때문이다. 이 전쟁은 요한계시록에서 치러지는 두 번의 전쟁 중 1차전이다.

요한계시록 12장에서는 창조주 하나님이 택한 요한이 이긴다. 이것이 2차 전쟁이다.

추배도에서 예언한 57번째 예언은 승리하는 2차 전쟁에 대해서이다.

"극악한 사태에서 변화가 온다. 키가 3척인 아이가 모든 외국인들이 절을 하게 만든다. 파란 서양과 빨간 동양이 싸울 때, 신의 아들이 나타난다. 이 신사는 평화를 가져와 전쟁을 멈춘다. 이 믿을 수 없는 천재는 두 나라 사이에 온 사람이며, 서양화된 동양 사람으로 모든 전쟁을 끝낸다."

57번째인 2차전의 예언에서는 전쟁의 상황이 반전된다. 즉 창조주가 세운 일곱 금 촛대교회의 남은 소수의 무리가 용의 무리를 쳐서 역전승을 하게 되기 때문이다. 그래서 극악한 사태에서 창조주의 나라에 변화가 오게 된다. 이 승리에 대한 내용이 요한계시록 12장 7절 이하에서 얻어진다.

그런데 용을 상대로 이기는 사람을 12장 5절에서 아이로 표현했다. 그리고 계시록 2장 27절에서는 이 아이가 철장을 가지고 만국을 다스리게 된다고 예언되어 있다. 그런데 추배도에도 그 사람을 아이라고 표현했으며, 그 아이의 키가 3척이라고 기록하고 있다. 3척이란 말은 키가 매우 작은 체구라는 정도로 이해하면 된다. 이 사람을 아이라고 한 이유는 영적으로 새롭게 태어나기 때문이다.

이 아이가 외국인들을 절을 하게 만든다는 것은 전 세계를 상대로 영적 육적으로 승리하고 세계를 평화로 제패하기 때문이다. 파란 서양과 빨간 동양이 싸울 때, 신의 아들이 나타난다는 것은 동서양으로 나눠진 하나님의 세력과 마귀의 세력 중에 이 아이가 하나님의 편에서 이겨서 하나님의 아들이 된다는 말이다. 이 아이가 이런 역할을 하므로 추배도에서는 신사로 표현했다. 이 신사가 세계 종교를 하나로 통일시키며 세계 곳곳에서 발발하던 전쟁을 멈추게 하고 평화를 가져온단다. 이 신사를 천재(天才)라고 표현한 이유는, 이 신사는 사람의 능력으로 이 일을 하는 것이 아니라, 하늘의 문화(권능)로 이 일들을 해내기 때문이다. 이 신사가 두 나라 사이에 온 사람이란 이유는, 첫째 이 신사도 처음은 이 세상의 보통 사람 신분으로 온 세상 사람이란 의미이다. 둘째는 그러나 한편 이 사람은 하늘의 창조주 하나님의 사신으로 하늘에서 내린 신분이란 것을 나타낸다.

또 이 신사가 서양화된 동양 사람으로 모든 전쟁을 끝낸다는 이유는 이 사람이 태어나기는 동양에서 태어나나 자신이 증거 하는 경서는 서양의 성서를 가지고 승리를 거둔다는 의미이다. 동양 사람이 서양의 경서를 가지고 세계를 화합하고, 전쟁을 끝내고, 평화의 세상 천국을 만들게 되기 때문이다.

그런데 이 추배도뿐만 아니라, 불경에서 예언한 구세주를 미륵동 자라고 표현하는 경우도 같은 표현방식이다. 왜 미륵을 동자(童子= 아이)라고 했을까?

요한계시록 12장 5절 이하를 잠시 보자. 여기에는 추배도에서 예 언한 신이 된 아이가 탄생하는 분만실의 상황을 자세하게 기록하고 있다.

"하늘에 큰 이적이 보이니 해를 입은 한 여자가 있는데, 그 발아래 는 달이 있고, 그 머리에는 열 두 별의 면류관을 썼더라."에서 이곳을 하늘이라고 한 것은 저 공중 하늘이 아니라, 여기에 하늘에 있던 신 들이 온 것임을 암시하는 단어이다. 해는 앞에서 설명한 일곱 금 촛 대교회의 목자이다. 성서나 불서에서는 영적 진리로 신앙의 제자를 양성하는 경우에 그 제자를 영적으로 낳은 자녀로 표현하는 경우가 있다.

예를 든다면, 교회의 어떤 목사가 어떤 남자를 전도하여 말씀의 씨로 교인이 되게 했다고 할 때, 그를 영적으로 낳은 아들로 표현한 다. 그래서 성서에는 바울이란 사도가 자신의 제자인 디모데를 아들 처럼 표현하며, 그를 진리로 낳았다고 표현한 것을 볼 수 있다.

이런 측면에서는 하나님의 아들인 예수도 세상에서는 세례 요한 이란 선지자에게서 영적으로 양육 받고 그에게서 세례를 받았다. 그 런 경우, 예수는 세례 요한에게서 영적으로 난 아이라고 표현할 수 있는 것이다.

그래서 여기서도 해는 일곱 금 촛대교회의 목자이고, 아이는 그에 게 진리의 말씀을 받아 난 사람을 가리킨다. 따라서 아이는 영적인 아이이고, 이 아이가 일곱 금 촛대교회에서 신앙을 시작한 사람임을 나타낸다.

2~3절에서는 이 목자가 영적으로 아이를 낳는 과정에서 어려운 상황에 직면하여 있음을 나타내고 있다. 이 목자는 하나님께서 직접 택한 목자이고, 이 택하여 사역을 하게 한 곳은 일곱 금 촛대교회이다.

그런데 그 아이가 목자에 의해 낳아지려 할 때, 붉은 용이 앞에서 기다리고 있는 장면이다. 이 용을 생각할 때, 이 현장이 일반 아이가 태어나는 장면이 아님을 알 수 있다. 평범한 이웃집에 아이가 태어나는데 용이 앞에서 기다리고 있는 일은 역사 이래로 없던 일이기 때문이다.

경서를 보면, 용은 창조주의 적으로 출현한다. 성서에서도 용을 잡으면 성서의 목적이 끝나는 것으로 되어 있다. 그리고 계시록 12장 뒷 절에서 용은 결국 이 아이에게 잡힌다. 그러니 이 아이가 보통아이가 아니라, 창조주를 대신하여 원수를 이기는 자이다. 고로 이 아이가 하나님의 아들임을 알 수 있다.

그런데 불교 경서인 법화경과 미륵경에는 미륵부처도 용화수 아래에서 태어난다고 한다. 그 용화수가 바로 이 현장이고, 그 이름은 일곱 금 촛대교회(계두말성)임을 직감할 수 있다. 그리고 미륵은 마왕을 잡고 부처로 성불한다고 하였으니, 이 아이도 육적인 실제 아이가 아니라, 영적인 아이인 것을 알 수 있다.

그리고 격암유록에서 십승자라고 예언한 구세주도 승자(勝者)가 될 수 있었던 계기는 바로 이 용을 이겼기 때문이다. 격암유록에서도 십승자를 정도령이라고 하였으니, 중의법으로 도령은 아이라는 뜻도 가지고 있다. 그리고 이 아이는 영적 계룡산에서 계룡 전투에서 승리하면서 출현한다고 한다. 계는 천신을 비유한 것이고, 용은 용왕임을 알 수 있다.

따라서 영적 계룡산은 일곱 금 촛대교회를 비유한 것이고, 그곳을 격암유록에서는 사답칠두라고 예언되어 있다. 그곳에서 한 아이가 태어난다.

　"이 여자가 아이를 배어 해산하게 되매 아파서 애써 부르짖더라. 하늘에 또 다른 이적이 보이니, 보라 한 큰 붉은 용이 있어 머리가 일곱이요, 뿔이 열이라. 그 여러 머리에 일곱 면류관이 있는데."

　그 다음은 4~5절로써 용이 그 아이가 태어나면, 삼키고자 한다고 기록되어 있다. 이 장면을 통하여 이 아이는 창조주께서 아들 삼으려는 것을 알 수 있다. 그래서 5절에서 이 아이가 만국을 다스릴 자라고 소개한 것이다. 용이 이 아이를 삼키려고 하는 이유는, 이 아이가 태어나면 이 아이가 세상을 다스리게 되고, 이 아이는 창조주의 아들이 되기 때문이다. 또 이 아이가 자라면, 이 세상은 창조주의 나라가 되고 말기 때문이다.

　"그 꼬리가 하늘 별 삼분의 일을 끌어다가 땅에 던지더라. 용이 해산하려는 여자 앞에서 그가 해산하면, 그 아이를 삼키고자 하더니 여자가 아들을 낳으니, 이는 장차 철장으로 만국을 다스릴 남자라. 그 아이를 하나님 앞과 그 보좌 앞으로 올려가더라."

　이상을 통하여 이 아이는 문자적인 어린 아이가 아니라, 창조주 곧 하나님의 아들을 표현한 것임을 알 수 있다. 그리고 이 아이는 계시록 12장 7절 이하에서 결국 용과 전쟁을 하여 이기게 된다. 그래서 그가 창조주의 아들 곧 신의 아들이 된다.

　이 아이가 세계를 대표하는 성서에 예언된 창조주의 아들이다. 그러니 추배도에서 이 아이는 외국인들을 절하게 한다는 것이다. 왜 외국인들이 이 아이에게 절을 하게 될까?

　이 아이가 전쟁에서 승리했기 때문이다. 그리고 이 아이가 만국을 다스리는 사람이기 때문이다.

그리고 그 전쟁을 파란 서양과 빨간 동양의 전쟁이라고 표현을 하고 있다. 앞에서 본 바, 성서에는 서양의 종교인 기독교가 말세에 배도하여 귀신의 나라로 전락하여 큰 바벨론나라로 예속 되어 버릴 것을 예언하고 있다. 그런데 앞에서 서기동래란 말처럼 서양에서 세워진 나라가 귀신의 나라, 바벨론이 되었으니, 동양의 한 아이가 용이 이끄는 그 바벨론을 이기고 승리를 하게 된다는 예언이다.

그런데 희한하게 그 전쟁에서 승리한 결과 신의 아들이 나타난다고 한다. 이런 내용을 통하여 이 전쟁이 흔한 세상의 전쟁이 아님을 깨달을 수가 있다. 이 전쟁에서 이긴 자를 십승자라고 앞에서 반복하여 말하여 왔다. 앞에서 십승자는 용왕과 싸워 이기므로 창조주의 신과 신인합일을 이루는 구세주라고 하였다.

지금 추배도의 내용과 성서 요한계시록의 내용은 한 치의 오차도 없이 들어맞는다. 요한복음 10장 35절에서는 "말씀을 받은 자를 신"라고 정의를 내리고 있다. 그리고 마귀와 싸워 이긴 사람은 성령의 사람이 된다고 하였다. 성령의 사람을 여기서는 신의 아들로 표현한 것이다.

그런데 이 아이를 신사로 표현하면서, 세계에 "평화를 가져와 전쟁을 멈춘다"고 하고 있다. 성서에도 이 아이는 전쟁을 끝내고 평화를 이루는 자로 소개하고 있다.

구약성서 이사야서 52장 7절이다. "좋은 소식을 가져오며, 평화를 공포하며, 복된 좋은 소식을 가져오며, 구원을 공포하며, 시온을 향하여 이르기를, 네 하나님이 통치하신다 하는 자의 산을 넘는 발이 어찌 그리 아름다운고." 이 아이가 세상에 오므로 평화가 공포되고, 하나님이 통치하는 세상이 된다는 것이다.

또 누가복음 2장 14절과 19장 38절에서는, 이 아이가 오므로 사람들 중에 평화가 생기고, 이 아이는 주의 이름으로 온다는 것이다.

"지극히 높은 곳에서는 하나님께 영광이요, 땅에서는 기뻐하심을 입은 사람들 중에 평화로다 하니라.", "가로되 찬송하리로다. 주의 이름으로 오시는 왕이여 하늘에는 평화요, 가장 높은 곳에는 영광이로다 하니."

그 다음 추배도 58번째 예언은 세상에 있던 큰 문제가 해결된다고 예언하고 있다. 인류사회에 빈번히 발생하던 전쟁이 없어지게 된 것이다. 모든 외국인들이 포기했다고 한다. 여기서 외국인이란 문자적 의미가 아니라, 십승지 혹은 후천을 한 나라로 보고, 이 십승지와 다른 이방을 외국이라고 표현한 것이다. 따라서 외국이 포기하고 형제가 되었다는 말은, 기성 세상 세력이 십승자(아이)에게 항복을 했음을 말한다. 그리고 한 형제가 되었다는 말은, 그들도 후천으로 들어와 하나 되었다는 의미이다.

"큰 문제가 해결된다. 모든 외국인들이 포기했다 형제가 됐다. 6~7개의 나라들이 수백 만 리 소음이나 파도가 없다. 형제가 됐고, 친구가 됐다. 평화가 왔다."고 한다.

큰 문제는 세상과 사람에게 있던 마귀 신과 전쟁하여 이겼기 때문에 이제 지구촌에는 전쟁이 종식되고 평화가 도래했기 때문이다. 모두가 이제 형제나 친구가 되어 한 가족이 됐다.

그 다음 제 59번째, 60번째 예언은 "평화가 찾아온 뒤, 악을 행하지 않은 자만이 구원을 받을 수 있다."는 말을 남기고 추배도의 예언은 끝난다. 이로써 60가지의 예언이 다 이루어진 것이다.

제14장

예언과 실상의 결론

1. 우리 인간은 가장 똑똑하면서도 가장 어리석은 존재이다

　세상 만물 중에 인간을 능가할 생명체는 아무 것도 없다. 그래서 인간 자신은 거기서 자족하고, 그 이상도 그 이하도 못보고, 안 본다. 그 이하는 자신이 누구며, 어디서 온 바를 말하며, 그 이상은 자신과 인류의 미래에 대한 것이다.

　하나 본 필자가 보고 느끼고 생각할 수 있는 것은, 우리 인간은 우리가 생각하는 것보다 훨씬 아니, 훨씬보다 아주 더 훨씬 위대하고 대단한 존재라는 것이다.

　그 차이는 바로 사람의 생각과 신의 생각 차이만큼 크다. 인간은 과학보다 더 높은 곳에 있다. 과학은 그 위대한 것이 무엇이냐고 규명하는 데 불과하다. 인간은 인간을 모른다. 인간이 짐승을 보면, 말도 못하고, 생각도 없는 것 같고, 자기가 누군지도 모르면서 살아가는 모습을 보고 답답하게 느낀다. 그처럼 인간 위에 존재하는 신도 인간을 보면 답답하게 느껴질 것이다.

　인간이 그나마 인간다워지려면 인간이 누구며, 무엇인지를 먼저 깨달아야 한다. 그래서 철학자 소크라테스는 "너 자신을 알라."라고

한지도 모르겠다. 인간이 가진 영혼은 신이고, 그 신의 본체는 창조
주이다. 인간의 영혼은 창조주에게서 왔다. 창조주는 참으로 대단한
존재이다.

창조주가 만든 세계를 보라. 우주와 해와 달과 별과 산과 바다를
보고 만물을 보라. 이 모든 것 중에 창조주가 만들지 아니한 것은
하나도 없다. 만물은 물이 흐르듯 순리적이고 순조롭게 운행되고 있
다. 어떻게 저렇게 순리적이며 순조로울 수도 있을까? 운행을 맡은
분이 있기 때문이다. 운행을 맡은 분은 창조주이시다.

인간 세계도 순리적이다. 그런데 순리적이지 아니한 부분들도 있
다. 다툼과 죄악과 살인과 전쟁 등이다. 그것은 순전히 인간이 만든
불화이다. 더 구체적으로 말하면, 불화는 인간의 내면에 있는 마음이
만든다. 마음은 곧 영이다. 영은 곧 신이다. 그러니 결국 사람 속에
든 신이 불화를 일으킨다는 것을 깨달을 수 있다. 다툼과 죄악과 살
인과 전쟁은 악신이 가져다 준 것이다. 창조주가 세상을 만들어 직접
운행할 때는 다툼과 죄악과 살인과 전쟁이 없었다.

그런데 종교 경서의 기록처럼 아담은 창조주를 버리고 뱀을 택하
고 말았다. 그 결과, 세상의 주권자는 뱀에게로 돌아갔다. 이러한 기
록들이 우화처럼 들릴지 모르지만, 영적으로 보면 그것은 현실이다.

이에 대한 것을 가르쳐줄 수 있는 것이 세상에는 없다. 그것에 대
하여 알려주는 유일한 것은 종교 경서이다. 종교 경서에는 신의 지난
역사와 미래에 대하여 예언이 되어 있다.

자, 그럼 창조주로부터 시작된 인류의 미래에 대한 예언은 어떻게
실상으로 이루어지게 되는지를 알아보자.

2. 말세의 예언은 이렇게 이루어지게 된다

앞에서 서술한 여러 가지들 중, 우리들이 예언으로 들어왔던 천국,

극락, 낙원은 어떻게 이루어지는가? 또 추배도 등에서 말하는 전쟁을 종식시키고, 평화를 가져올 아이는 이 세상 어디에 어떻게 나타나게 될까? 정말로 궁금하지 않을 수 없다. 그러나 본 필자가 앞에서 줄곧 주장해온 것처럼 그 예언이 이뤄질 때는 공식이 있다고 하였다.

그 공식을 불경에서는 '아뇩다라삼먁삼보리'라고 했다. 격암유록에서는 '삼풍지곡'이라고 했다. 성경에는 '배도 멸망 구원'이라고 했다. 이 세 경서 중 가장 명시적이고, 이해하기 쉽게 공식을 나타내고 있는 것은 성서의 '배도 멸망 구원'이다.

배도는 세상 중에 창조주의 택함을 받는 몇 사람이 생기므로 일어나는 사건이다. 이들은 아담과 같은 배도자의 그룹이다. 배도자는 창조주의 택함을 받고 난 후, 창조주와 언약을 어기는 그룹의 사람들이다. 그리고 이들의 영혼의 정체는 성령으로 거듭났다가 다시 악령으로 망령된 사람들이다.

멸망이란 세상 중에 창조주에게 택함 받은 사람들의 심령을 멸망시키는 일이 생기므로 일어나는 사건이다. 멸망자는 성령의 사람을 미혹하여 악령으로 망하게 하는 집단이다. 멸망자의 영혼의 정체는 그 옛날에 이미 배도하여 악령이 되어버린 그룹이다.

구원이란 세상 중에 멸망자들이 나타날 때, 그들과 진리로 싸워 이기는 집단이다. 멸망자들과 진리로 싸워 이기는 자들은 구원자의 그룹이다. 이들의 영혼의 정체는 처음은 악령이었으나 성령으로 거듭나는 사람들이다.

이 세 가지는 인류의 큰 비밀 세 가지이며, 종교 경서의 세 가지 비밀이다. 또 성서의 세 가지의 비밀이다. 세 가지의 비밀은 인간 세상에 천국이 세워질 때 드러난다. 세 가지의 비밀이 드러나면, 인간 세상은 세 종류의 사람들로 구분된다.

이 비밀은 인간 안에 있는 영의 변화의 과정을 기준으로 나누워진

다

  첫째는 배도자에 속한 무리들이다. 이들은 일곱 금 촛대교회(사답 칠두, 계두말성)에 소속된 지도자들과 성도들이다. 이 숫자는 세상 중에 많지 않다. 오직 지구촌에 일곱 금 촛대교회가 예언대로 세워졌을 때, 그 안에 들어간 사람들 중에 언약을 어긴 배도자들이다. 이들은 창조주의 택함을 받았으나 배신하는 그룹의 사람들이다.

  둘째는 멸망자들이다. 멸망자를 포괄적으로 정의하면, 사람의 육체에 들어있는 영이 창조주의 영인 성령이 아닌 악령이 들어간 모든 사람들의 총칭이라고 할 수 있다. 그러나 그런 사람들 중, 악령에게 선택되어 성령을 가진 사람들의 심령을 미혹하여 악령으로 멸망시키는 자들을 말하며, 이들은 말세에 세상에 세워지는 일곱 금 촛대교회의 성도들의 심령을 멸망시키는 정한 사람들을 지칭하고 있다. 신약성서 요한계시록에는 이 멸망자들의 이름을 일곱 머리 열 뿔 가진 짐승 또는 니골라당 등으로 우회 표현하여 나타내고 있다. 이 표현은 창세기에서 뱀이라고 표현한 것과 같은 표현 방법이고, 예수 초림 때, 서기관과 바리새인들을 뱀으로 표현한 방법과 같은 기법이다.

  셋째는 구원자들이다. 구원자는 멸망자들과 싸워 이기는 자이다. 구원자는 한 사람이다. 그러나 구원자는 세상을 향하여 자신이 구원자란 사실을 알리게 된다. 그 음성을 듣고 배우고 믿는 자들은 구원자에게 속한 자들이다. 이들이 구원자의 그룹이 된다. 따라서 구원자의 그룹은 처음 한 사람에서 점점 많아져 나중에는 많은 사람들이 구원자의 그룹에 속하게 된다. 그러나 이 사실은 듣고도 믿지 못하는 자들은 멸망자로 남아 유황불 못으로 떨어져 심판 받게 된다고 한다.

  이렇게 말세가 되면, 사람들이 세 종류로 나누어지게 된다. 배도자 멸망자 구원자의 그룹을 옛 역사를 통하여 음미를 해본다면, 이해에 도움이 될 것이다. 예를 든다면, 과거 창세기와 2천 년 전의 유대 땅을 예로 들어보겠다.

성서를 자세히 보면, 이 세 가지의 진리는 창세기부터 순환된 원리임이 밝혀진다. 창세기에 아담과 하와는 배도자의 그룹이었고, 뱀들은 멸망자의 그룹이었다. 그리고 노아는 구원자의 그룹이었다.

성서를 통하여 보면, 세례요한이 유대 땅에 오기 전에는 유대인 모두는 마귀(악령)의 사람들이었다. 그런데 세례요한이 창조주의 택함을 받게 된다. 그리고 세례요한이 배도를 하게 된다. 그래서 요한복음 1장에서 세례요한은 천국은 세례요한 때부터 침노당하였다고 한 것이다. 침노당한 것은 뱀들에게 천국을 빼앗겼다는 의미이다. 창조주의 택함을 받은 사람이 뱀에게 멸망당하는 이유는 그가 배도를 했기 때문이다. 따라서 예수 초림 때의 배도자의 그룹은 세례요한과 그의 제자들이다.

그래서 세례요한은 마태복음 23장 2절에서처럼 서기관과 바리새인들에게 예루살렘 성전을 빼앗겼다. 이것은 세례요한의 교권이 뱀에게 빼앗긴 것 것이다. 세례요한에게 교권을 빼앗은 자들은 그 당시 목자들이었던, 서기관 바리새인들이었다. 그래서 세례요한도 예수도 그들에게 '뱀'이라고 하였다. 그래서 초림 때의 멸망자들은 그 당시 서기관 바리새인들과 대제사장들이었다.

이것을 통하여 멸망자가 무엇이고, 뱀이 무엇인지를 깨달을 수가 있다.

이 지식으로 말미암아 말세에 나타난다고 한 멸망자도 능히 가늠할 수 있을 것이다. 그 당시 서기관과 바리새인들은 멸망자의 그룹에 속한 사람들이었다. 서기관 바리새인들은 그 당시 기성교단이던 유대교를 이끌던 목자들이었다. 일반적으로 보기에는 이들은 기성교단의 정통목자였다. 그러나 성서적으로 보면, 그들이 뱀이었고, 멸망자들이었던 것이었다.

그때 예수는 그 멸망자들 가운데 나타나서 구원을 베풀었다. 그리고 예수는 그 멸망자들과 진리로 싸웠다. 그리고 이겼다. 그래서 요한복음 16장 33절에서 예수는 '이겼다'고 외쳤다. 예수와 그의 제자들은 멸망자들을 상대로 이겼던 것이다.

멸망자를 이긴 것은 마귀를 이긴 것이다. 그래서 예수와 및 그의 제자들은 구원자의 그룹에 속하게 된 것이다.

이렇게 매 시대마다 배도자, 멸망자, 구원자의 그룹이 생겨났다가 없어지고, 생겨났다가 없어지고를 반복해온 것이다.

그리고 마지막 때, 다시 한 번 배도자, 멸망자, 구원자가 등장하여 구원자가 배도자들과 멸망자들을 이기고 심판하여 영원한 구원자의 세상을 열게 된다. 이 일이 시작되는 곳이 바로 요한계시록 1장부터 등장하는 일곱 금 촛대교회이다. 여기서 세 가지의 비밀이 나타나고 이루어진다.

그런데 이 세 가지의 비밀이 열리면, 인류사에서 비극이 시작된 원인이 규명된다. 그 비극이 우리 인간 세상에 종교가 필요하게 하였던 것이다. 즉 인간이 구원을 받아야 하는 원인이 된 것이 바로 세 가지의 비밀 속에 담겨져 있다.

그러한 사실을 열거하면 이렇다. 세상에 처음으로 사람을 창조하여 주신 분은 창조주이시다. 창조주는 자신의 형상으로 사람을 창조하셨다. 창조주의 형상은 성령이다. 창조주는 거룩한 영으로 이루어졌다는 말이다. 창조주는 자신의 일부이며, 자신의 형상인 성령을 가지고, 흙을 이용하여 사람을 창조하셨다.

그리고 남자에게서 여자를 창조하고, 남자와 여자가 한 몸이 되게 하여 자식을 낳았다. 그리하여 후손들이 생겨나게 되었다. 그때의 모든 사람들의 영은 창조주의 영과 같은 성령이었다. 이런 인류 세계에 인간을 미혹하는 한 존재가 등장하였다.

이 존재는 하늘의 천사들 중에 변질된 악령들이었다. 이들은 흔히 마귀, 귀신, 사단이라고 일컬음을 받는 존재들이었다. 마귀가 인간 중에 욕심과 허영심이 있는 자들을 택하여서 창조주를 부정하고, 자신의 존재를 인정하도록 미혹을 한 것이다.

이 미혹에 대부분의 사람들은 이겼지만, 일부가 져서 미혹당하였다. 이렇게 하여 마귀에 의하여 성령의 사람들이 미혹당한 일이 있었던 것이다. 그 결과 미혹당한 사람들의 영은 성령에서 마귀의 영으로 변질되고 만 것이다. 이것이 인류 세상에 최초로 생긴 배도의 사건이다.

이 배도의 사건으로 말미암아 세상에는 성령의 사람 외에 마귀영을 입은 악령의 사람들이 생겨나게 된 것이다. 이때부터 지구촌에는 성령의 사람들과 악령의 사람들로 나누어졌던 것이다. 그리고 세월이 더하면서 성령의 사람들과 악령의 사람 간에 서로 사상의 대립이 일어났다.

그리고 시간은 흘러 세상은 선의 권세보다 악의 권세가 더욱 더 세어져서 세상은 완전히 악령의 세상이 되어버렸다.

창세기 1~3장의 내용은 이것을 주제로 기록된 것이다. 아담은 망령된 세상 중에서 창조주께 택함 받아 생령으로 재생된 첫 사람이었다. 그러나 그 아담도 아내 하와의 배도의 사건에 연루되어 그 심령을 멸망을 당하여 버렸다. 그리고 창조주는 배도한 아담의 세계를 버리고 노아를 통하여 다시 구원의 역사를 펼쳤다. 그러나 노아의 세계도 아들 함의 죄로 말미암아 멸망 받아버렸다. 그리고 창조주는 모세를 통하여 다시 구원의 역사를 펼치셨다. 그러나 모세의 세대도 솔로몬 대에 와서 솔로몬이 이방신을 섬기는 죄로 말미암아 배도를 하여 이스라엘 12지파도 멸망을 당하였다.

그래서 다시 창조주는 예수를 통하여 구원의 역사를 이루기 위해 영적 이스라엘을 세우셨다. 그리고 창조주께서는 그 결과를 내기 위하여 이 땅 위에 일곱 촛대 교회를 세우셨다. 그러나 요한계시록 13장을 보니 이들 영적 이스라엘도, 또 배도를 하고 멸망자들에 의하여 멸망당하고 만다.

이렇게 되고 보니 요한계시록 18장처럼 이 세상 교회란 모조리 영적으로 무너져 버렸다. 그러나 여기서 창조주는 그 지루한 전쟁을 끝내신다고 예언하고 있다. 이곳에서 배도 멸망의 사건을 재현시키시고, 6000년 동안 세상을 멸망시키던 배도자와 멸망자의 정체를 드러내고 구원의 일을 성사시키기에 이르게 된다.

알고 보면, 오늘날까지 영적, 육적 전쟁의 기원도 이런 원인에서 발생하게 된 것이다. 그러나 오늘날 많은 종교 경서에서 모든 사람들이 구원을 받아야 할 것을 예언한 것처럼 그 일이 비로소 성공리에 이루어지고 있는 것이다.

그 예언대로 세상에서 구원이 일어날 때가 되면, 일곱 금 촛대교회가 세워진다. 그것은 거기서 옛 적에 있었던 일을 회복하기 위해서이다. 그리고 옛적의 것을 회복하기 위해서는 사람들에게 증거가 있어야 할 것이다. 그 증거를 확보하여 창조주가 처음 사람을 창조한 대로 원상복구하려면, 그때 일어난 대로 한 번 재현하여 사람들로 하여금 증거로 삼게 된다.

그렇게 옛날 역사처럼 재현되게 되면, 그 현장에는 배도자, 멸망자, 구원자가 한 장소에 등장하게 된다. 여기서 구원자는 배도자를 증거하고, 멸망자를 증거하여 진리로 이기게 된다. 그래서 세상에서 구원이 이루어지려면 세상을 불법 점령한 멸망자는 일망타진 된다. 그런데 구원자가 멸망자를 잡으려 한다고 그대로 잡힐 마귀가 아니다.

그래서 이 시점에서 진리의 전쟁이 일어나게 된다. 이 전쟁은 마귀 영과 성령의 전쟁이지만, 각각의 영들은 자신 소속의 육체를 내세워 하게 된다. 그 전쟁에서 최종적으로 구원자가 이기므로 말미암아 세상에 구원자가 집권을 하게 된다.

따라서 일곱 금 촛대교회는 선과 악을 두고 전쟁을 하는 곳이 되며, 결국은 거기서 인류 세계를 멸망시킨 마귀를 잡게 된다. 마귀를 잡고 난 후에, 비로소 인류 세계는 새로운 시작을 하게 된다. 일곱 금 촛대교회에서는 그러한 인류 세계의 영적인 역사를 재현하고 증거 하여 인류 사회를 처음처럼 구원하게 된다.

구원하고 난 후, 다시 인류가 그런 미혹을 받지 않도록 하려면, 사람들에게 모든 증거를 밝히 보여주어야 한다. 그래서 그 목적을 이루기 위하여 지구촌에 한 교회를 세우게 된다.

그 교회 이름을 새 하늘 새 땅(십승지, 시두말성)라고 했던 것이다. 격암유록에서는 그 교회는 여덟 사람이 창조주로부터 택함을 받고 난 후에 세상에 세워지는 교회라고 소개를 하고 있다.

성서와 불서에서는 여덟 사람을 분리하여, 한 사람과 일곱 사람으로 나누어 설명하고 있다. 한 사람은 우두머리이고, 일곱 사람은 그 아래 비서 같은 존재이다.

이들 여덟 사람에게 어떤 일이 일어날까? 이 예언은 언제 어디서 어떻게 누구에 의해서 이루어지는가?

3. 실상

그것은 예언이었다. 그러나 세상에 그 예언이 이루어질 것이라고 기다리는 사람들은 많지 않다. 왜냐하면, 앞에서 설명한 바와 같이 말세라고 일컫는 오늘날에는 모든 사람들이 귀신을 모시고 살고 있기 때문이다. 귀신의 입장에서는 그 예언이 이루어지면, 자신의 있을 곳을 잃어버릴 뿐 좋은 것은 없기 때문이다.

그러나 그 예언이 이루어지지 않으면, 성서도, 불서도, 격암유록도 종이쪽지에 불과할 것이다. 뿐만 아니라, 사람들이 종교를 하고, 천국, 극락이니 하여도 그것은 영원히 이루어지지 않을 허상일 것이다.

그런데 많은 사람들이 그 예언이 이루어진다면, 그 예언이 어디를 기점으로 이루어질까 라는 기대도 해볼 수 있을 것이다. 그 예언은 어디서 이루어질까?

성서의 예언을 좀 아는 사람들은 그곳을 이스라엘이라고 할 것이다. 불교신봉자는 그곳을 인도라고 생각할 사람도 있을 것이다. 격암유록이나 정감록을 믿는 사람들은 그 예언이 대한민국에서 이루어질 것이라고 기대할 것이다.

여러 추측을 할 수 있으나 그 답은 사람의 생각이나 기대와는 관계가 없다는 사실이다. 오직 그것을 계획하고 실행하실 분은 창조주일 뿐이기 때문이다. 하나 말할 수 있는 것은 그것은 이 지구촌 위에서 이루어진다는 사실이다.

그런데 사람들이 지구촌 어느 곳에서 그 예언이 실현된다면 어떻게 알 수 있을까? 그 답은 경서의 예언서를 보고 찾아야 한다. 그 예언서의 답은 바로 앞에서 언급한 아뇩다라삼먁삼보리, 삼풍지곡, 배도, 멸망, 구원의 진리이다.

그러나 이 예언이 이루어지려면, 가장 먼저 세상 중에 여덟 사람이 창조주의 택함을 받는 일이 있어야 한다. 예언서에서 여덟 사람이 창조주의 택함을 받고 세우는 교회의 이름을 일곱 금 촛대교회(사답칠두, 계두말성)라고 예언하였으니, 일곱 금 촛대교회가 세상 중에 세워져야 할 것이다.

그것만으로는 안 된다. 그 여덟 명이 창조주의 택함을 받았다면, 그들이 창조주와 언약하는 일이 있어야 한다. 또 그들이 창조주께 직접 진리를 보급 받아야 한다. 그 다음 그 여덟 명이 세운 곳을 교회라고 하였으니, 그곳에서 전도하여 많은 사람들이 들어오는 일이 있어야 할 것이다. 그리고 그들도 진리로 양육을 받아야 할 것이다.

왜냐하면, 예언서에 일곱 금 촛대교회의 사람들은 진리를 가진 성도들이라고 했고, 그들이 있게 되는 교회를 하늘이라고 했고 거룩한 곳17)이라고 했기 때문이다. 그런 조건들이 다 맞다면, 그 다음은 그들이 나중 변심하여 멸망자들로 말미암아 미혹당하는 일도 있어야 한다. 즉 그들이 배도를 해야 예언서대로 이루어진다고 증거 되기 때문이다.

이 예언이 언제 이루어질까? 어디서 이루어질까? 라는 의문은 지구촌에 일곱 금 촛대교회가 예언대로 세워졌느냐고 찾아보고 물어보는 것이 매우 획기적인 것이 될 것이다.

방송국이나 신문사에 전화를 해서 물어보고, 조사를 시켜볼 수 있을 것이다. 또 사람들께 물어볼 수도 있을 것이다. 아니면 이 시대의 가장 빠른 정보통신 매체인 인터넷 검색을 통해서도 알아볼 수 있을 것이다. 그러나 지구촌에서 경서의 예언을 아는 사람들이 없으니, 이런 노력을 하는 사람은 한 사람도 없다.

행여 그것에 대하여 정보를 접한다고 하더라도 갖은 거짓과 중상모략으로 회칠해진 내용에 현혹되어 바른 영적 눈으로 볼 수 있는 사람이 과연 얼마나 될까? 그 역사는 분명 하늘의 역사이고, 성령의 역사이기 때문에 신과 영에 대하여 상식을 가지고 있는 사람이라면, 이곳을 사람들이 핍박하고 비방할 수밖에 없음을 알 것이다.

---

17) 요한계시록 13장 6절: 짐승이 입을 벌려 하나님을 향하여 훼방하되 그의 이름과 그의 장막 곧 하늘에 거하는 자들을 훼방하더라 ,마태복음 24장15~16절: 그러므로 너희가 선지자 다니엘의 말한바 멸망의 가증한 것이 거룩한 곳에 선 것을 보거든(읽는 자는 깨달을찐저) 그 때에 유대에 있는 자들은 산으로 도망할찌어다.

이런 일련의 사건들 속에서는 모두 신의 섭리가 개입되어 있기 때문이다. 이 사건이 각종 경서에 예언된 진정한 장소라면, 귀신을 입은 멸망자들이 가만 두고 보지는 않을 것이다. 그래서 그것을 진정 바라는 사람들이라면, 다른 사람들의 이야기나 의견들을 무시하고, 그 자체의 진정성만을 따져 진위를 파악할 수 있는 적극적인 자세와 냉철한 판단이 필요할 것이다.

4. 성서와 불서와 격암유록의 예언대로 나타난 신의 역사

거두절미하고 어디서 경서에 예언된 일곱 금 촛대교회(사답칠두, 계두말성)가 세워질까? 언제 일곱 금 촛대교회가 지상에 세워질까? 라는 답은 이미 나와 있다.

그 답은 대한민국에서 예언된 일곱 금 촛대교회가 세워졌다. 이 사실을 뒷 받침 할 수 있는 것은 정감록 및 격암유록을 비롯한 한국 의 수많은 예언서들이다. 그리고 한국의 예언서에서 예언한 일련의 것들은 결국 성서와 불서의 예언과 같은 것이었다는 것을 이를 통하여 알게 된다. 또 정감록 및 격암유록을 비롯한 한국의 수많은 예언서에 예언된 일들은 한 교회가 대한민국 땅에서 세워지는 것으로 시작된다는 것을 알 수 있게 된다.

그런데 놀랍게도 그 교회는 우리나라에서 세워졌다. 그 교회는 우리나라가 일본으로부터 해방 된지 18년 째 되던 1966년도에 분명히 세워졌다. 그 장소는 그 당시 행정상주소지인 경기도 시흥군 과천면 막계리였다. 그 당시 지금의 서울 대공원 동물원 자리에 소위 '장막 성전'이란 교회가 세워졌다.

이 교회는 사람들이 세운 것이 아니라, 성서, 불서, 격암유록에서 예언한 예언대로 세워졌다. 이 교회를 세운 사람의 수는 팔 명이었 다. 그러나 간판은 한 명과 일곱 명으로 구분하여 장막교회에는 일곱

별을 붙여서 이것이 일곱 금 촛대교회(장막교회)임을 나타내었다.

그 당시 장막교회가 세워진 경위는 대강 이러하다. 시작부터 모두 말하려면 글자 수가 매우 많아진다. 그래서 간단히 정리하면, 1966년도에 봉천동의 어느 산자락에 사자암이란 기도원이 있었다. 기도원을 이끈 원장은 매우 영험한 사람이었다. 그래서 그곳의 소문을 듣고 많은 신도들이 모여들었다.

그러나 나중에는 기도원 원장이 타락하여 많은 부조리가 있었다고 한다. 여자관계도 복잡했다고 한다. 나중 팔 명 중의 한 구성원이 되는 소년이 한 명 있었는데, 하루는 그가 밤늦게 까지 기도원에 있을 때, 원장님의 방으로 들어가는 두 여인을 보았단다. 이상하게 생각한 그는 조금 후, 그 방문을 활짝 열었단다. 그리고 보니 원장 양쪽에 옷을 벗고 누운 두 여인이 있었던 것이다. 이 소문은 기도원 신도들에게 전하여 졌다. 급기야 그들 중, 이 사실을 심각하게 생각한 팔 명의 사람이 그 당시 과천면에 있던 청계산 계곡에 모였다. 이곳에 모인 이유는, 이들 중 대부분이 이 동네에 살고 있었기 때문이다. 그리고 그들은 거기서 이 사태를 어떻게 해야 하느냐고 서로 고민하며 상의를 하고 있었단다.

그런 가운데 갑자기 바람소리와 함께 그들 여덟 앞에 너무나 빛이 나서 쳐다볼 수도 없을 정도로 눈부신 신이 나타났다고 한다. 그리고 그 신은 자신이 자신을 소개하기로 "자신은 일반 신이 아니라, 여호와의 성신"이라는 것이었다. 그리고 자신이 너희 여덟을 택하였다고 말씀하셨다. 그리고 그들에게 영명(靈名)을 하사하셨단다. 그래서 그 중 나이가 제일 많은 한 사람을 임마누엘이라고 이름을 주었다. 그 다음 모세, 사무엘, 여호수아, 삼손, 디라 등의 영명을 각각 하사하셨다. 그리고 여호와께서 팔 명 중에 제일 연장자 한 사람을 임마누엘이라 하시고, 그 외 일곱 명을 일곱 종으로 부르셨다. 성서와 격암유록에는 그들을 일곱별이라고 예언하고 있다.

그리고 여호와의 성신이 명하기를 "임마누엘은 나에게 순종하고, 일곱 종은 임마누엘을 순종하라."고 하였다. 또 여호와께서는 그 기간을 정하여 주셨다. 너희가 삼년 반 동안 이렇게 내 말을 지키고 순종하면, 내가 이룰 일들을 너희들을 통하여 이루겠다고 약속하셨다. 이것이 창조주와 팔 명간에 맺은 언약의 내용이었다.

그리고 여호와의 신은 이 팔 명을 청계산 중턱으로 인도하여 백일 동안 성서를 가지고 가르치셨다. 여호와께서는 백일 간 청계산 주위에 경계를 치게 하시고, 그 안으로 아무도 들어오지 못하게 엄히 지키게 하였다. 백일 안에 이 팔 명 중의 아내 되는 한 사람이 음식을 머리에 이고 이 경계를 넘다가 눈과 코와 입에서 피가 마구 터지는 무서운 일도 경험하였다. 그리고 그 중에 나이가 가장 어린 소년은 백일 간을 참지 못하여 몇 번에 걸쳐 도망을 시도하였지만, 그 때마다 실패하고 말았다. 도망 가다가 중간에서 넘어져서 다리가 부러지는 등 기사가 매우 많았다. 모두 여호와의 성신께서 팔 명이 그 경계 밖으로 나가지 못하게 엄격히 경계하였기 때문이다.

이들 팔 명은 이렇게 백일 간, 남들이 들으면 믿지 못할 엄청난 경험을 하였다. 그리고 그들은 여호와의 성신을 직접 보면서 성서의 비밀을 전수받게 되었다.

이윽고, 백일을 양육 받은 그들에게 여호와의 성신은 피로 언약을 할 것을 요구 하셨다. 이것은 구약에서 하나님과 모세가 양의 피를 뿌리면서 피의 언약을 한 것과 같은 의미였다. 언약의 내용은 앞에서 기록한 임마누엘은 여호와께 순종하고, 일곱 종들은 여호와께 순종하라는 것이었다. 그리고 그 기간은 삼년 반이었다. 이들은 이 언약을 지키겠다고 그들의 손가락을 잘랐다. 그리고 그 여덟 명의 피를 링거 병에 담았다. 그리고 그들은 학계서의 예언대로 그 당시 과천

삼거리에 초막을 짓고, 세상 사람들에게 이 사실을 전하였다.

이것이 바로 신약성서에 예언된 일곱 금 촛대 교회였다. 이것이 바로 불경에 예언된 계두말성이었다. 이것이 바로 격암유록에 예언된 사답칠두였다. 이것이 바로 우리 민족이 예로부터 기다렸던 칠성당(七星堂)이었다.

예언대로 교회는 세워졌다. 그 교회의 구성원은 총 팔 명이었다. 설교는 임마누엘이 도맡아 했다. 설교의 내용은 세상에서 들을 수 없는 그야말로 달고 오묘한 말씀이었다. 지금도 우리가 성서를 보면 성서의 내용을 잘 이해할 수 없다. 왜냐하면, 성서의 기록 방법이 비밀이기 때문이다. 그런데 이들은 여호와께 직접 성서를 배웠으니 많은 비밀을 알게 된 것이다. 그러니 그 수준이 어떠했을까 짐작이 간다.

그러다보니 수많은 사람들이 이 진리를 들으려고 모여들었다. 약 1년이 지나자, 청계산 자락에 이주해온 세대수만 육백 집이 넘었다고 한다. 그리고 성도 수는 5~6천 명을 넘기고, 전국에 지 교회 수만 80여개가 되었다고 하니, 1년 만에 교회가 그 정도 성장할 수 있다는 자체가 사람의 능력이 아님을 알 수 있다.

이 교회의 소문이 바다 건너 일본에까지 전하여져서 일본의 유명한 잡지책에도 소개된 바가 있다. 이렇게 경서에 예언된 예언이 이루어졌지만, 그 여덟 명도, 모여들었던 성도들도, 그것이 성서를 비롯한 경서에 예언된 예언이 이루어지고 있다는 사실을 알고 있는 사람은 한 사람도 없었다.

성서를 비롯한 경서를 통하여 이해하여 보면, 이들은 거룩한 사람, 곧 성령으로 거듭난 사람으로 대단한 존재들이었다. 그리고 그들이 있던 장막성전은 요한계시록 13장 6절에서 하늘이라고 한다. 그들이 있던 곳이 바로 창조주 하나님과 예수님이 와 계신 곳이란 것을 알 수 있다.

그런데 계시록 2~3장을 통하여 보면, 창조주와 예수께서 이들에게 회개하라고 외치신다. 왜 회개를 해야 할까? 이들은 앞에서 동맥을 끊고 여호와와 한 언약을 지키기로 약속하였다. 그 언약의 내용은 임마누엘은 창조주를 순종하고, 일곱 종들은 임마누엘께 순종하는 것이었다. 그리고 그 기간은 삼년 반이었다.

그런데 그들에게 물어보라. 장막성전에서 어떤 일이 생겼는가를! 그 일이 1966년도 경의 일이므로 그 일이 있고 난 후, 올해는 49년째의 해이다. 그 당시 그곳에서 신앙을 하던 사람들도 아직 많이 살아 있을 것이다. 그 당시 50세이던 사람은 올해 99세가 될 것이고, 40세되던 사람은 88세가 될 것이다. 30세가 되던 사람은 78세가 될 것이고, 20세이던 사람은 68세가 될 것이다.

그 당시 장막성전의 경과는 대강 이러하다. 일곱 종들은 1년이 경과하면서 임마누엘과 자신들이 비교가 되었다. 다 같은 자리에서 여호와를 만났고, 같은 기도원 출신이었고, 청계산에서 다 같은 신분으로 여호와께 진리를 양육 받았다. 처지도 서로 다 비슷했다. 그런데 임마누엘은 수천 명들이 우르러 보는 큰 목자가 되었으나 자신들은 그 아래에서 빛도 없고 권위도 없이 임마누엘을 수발하는데 그치고 있었다. 이들이 곰곰이 생각해볼 때, 시기심이 발동했다.

그 시기심은 대립으로 발전하였고, 나중은 서로 다툼을 일으키기 시작하였다. 다툼은 잦았다. 그 가운데 장막성전은 성도들이 수천을 넘게 되자 헌금도 많이 들어왔다. 부자교회가 된 것이다. 그럴수록 임마누엘과 일곱 종들의 갈등은 깊어갔다. 이윽고 이들은 성전 안에서 큰 싸움이 벌어졌고, 단상을 뒤엎었다. 어떤 종은 단상에다 오줌을 갈기는 등 그 광기는 이루 말할 수 없었다.

그리고 일곱 종들은 임마누엘을 버리고 인천 송도로 떠나고 한

달간 돌아오지 않았다. 그 후 돌아온 일곱 종들은 임마누엘을 장막성 전에서 쫓아내어 버렸다. 쫓겨난 임마누엘은 정신착란을 일으켰고, 나중 기차 길에서 기차에 치어 죽는 비극의 주인공이 되어버렸다고 한다.

이천 년 만에 창조주가 지상에 와서 이루신 신(창조주)의 역사는 이렇게 장막성전의 일곱 종들의 배도로 말미암아 허무한 종말을 맞 이하고 있었던 것이다.

이 사건이 격암유록에서 예언한 삼풍지곡 제1풍의 사건 팔인 등천 시 악화 위선이다. 이것이 불교의 세 가지 비밀 중 하나인 아뇩다라 삼먁사보리 중, 첫째 예언이 실현된 것이다. 또 이것이 데살로니가후 서 2장의 배도하게 된다는 예언이 이루어진 실상의 사건이었다.

그 후 장막성전은 임마누엘의 아들이었던 어린 종이 단상을 차지 하게 되었다. 그 후 창세기의 예언대로 14년(장막성전 시작부터)을 타락일로를 걸으면서 그 마지막을 향하여 달음박질하고 있었다. 갈 라디아 3장 3절의 말씀처럼 이곳도 역시 성령으로 시작되었으나 육 체로 끝나는 운명을 맞이한 것이다. 이윽고 1980년이 되었다. 이때 장막성전은 창조주로부터도 세상에서도 버림을 받은 채, 이단의 길 을 걷게 된 것이다.

성령으로 시작한 역사였지만, 이들도 언약을 저버리고 말았던 것 이다. 이것은 아담과 하와가 하나님과 한 언약을 어긴 것과 같은 성 서 6000년간 되풀이되어 오던 악순환의 역사였다.

이것이 성서에서 말한 배도의 사건이고, 격암유록에서 예언한 삼 풍지곡 제일풍인 팔인이 등천하였을 때, 위선하고 악화된다는 사건 이다. 그리고 불서에 예언한 아뇩다라삼먁삼보리 중 첫째 진리이다.

따라서 1966년도에 남몰래 세워졌다 없어진 장막성전은 성서, 불 서, 격암유록의 예언으로 나타난 실상이었던 것이다.

이렇게 성서의 세 가지의 비밀 중의 하나인 배도의 사건이 장막성전에서 이렇게 홀연히 이루어졌던 것이다. 또 불서의 세 가지 비밀이었던 아뇩다라삼먁삼보리 중, 첫째 비밀이 이렇게 장막성전이 실상으로 출현하므로 실현되었던 것이다. 또 격암유록의 삼풍지곡 중, 첫째 영적 곡식인 팔인이 등천할 때, 악화 위선한다는 예언이 1966년도에 대한민국에서 세워진 장막성전으로 성취된 것이다.

이렇게 창조주가 세운 장막성전이 배도를 하였으니, 그 다음은 이들이 심판을 받게 되는 것이 경서의 공식이다. 아담과 하와가 창조주와 한 언약을 어기고, 선악과를 먹은 결과는 심판이었다. 심판의 결과는 멸망이다. 멸망되는 것은 배도한 사람들의 영혼이다. 그들이 여호와의 성신께 택함 받아 진리로 깨달은 결과 그들은 성령으로 거듭났다.

그런데 성령으로 거듭난 그들의 영혼이 멸망 받으면 다시 악령으로 되돌아가는 것이다. 그때 성령의 사람들을 멸망시키기 위하여 나타난 존재는 뱀이다. 창세기 때도 뱀이 아담과 하와의 성령을 멸망시켰다. 2000년 전에 세례요한으로부터 성령으로 거듭난 예루살렘 성전의 사람들도 세례요한이 배도함으로 뱀들에게 멸망당하였다. 그런데 6000년간 그 뱀의 정체를 몰랐다.

그런데 마태복음 23장 33절을 보니 그 당시 목자들이었던 서기관과 바리새인들을 뱀이라고 한 것을 보니, 뱀의 실체가 악령이 들어간 거짓목자임이 밝혀진다[18]. 그 때의 뱀의 정체를 밝혀보니 예루살렘 성전을 치리하던 목자들이 바로 뱀이었던 것이다.

---

18) 마태복음 23장 33~34절: 뱀들아 독사의 새끼들아 너희가 어떻게 지옥의 판결을 피하겠느냐 그러므로 내가 너희에게 선지자들과 지혜 있는 자들과 서기관들을 보내매 너희가 그 중에서 더러는 죽이고 십자가에 못 박고 그 중에 더러는 너희 회당에서 채찍질하고 이 동네에서 저 동네로 구박하리라.

경서의 공식은 변괴할 수 없다. 말세의 예언도 예외 없이 같은 공식이 적용된다. 말세에 대한민국에서 창조주와 언약한 택한 선민은 장막성전이었다. 그들이 배도를 하였다. 이들이 앞에서 말한 배도자의 그룹이다. 그 다음은 그들이 멸망당할 차례이다. 멸망당하는 일이 생기려면 멸망시키는 집단이 등장해야 할 것이다. 그래서 경서를 믿는 사람들이 멸망자를 찾으려 하면, 이 장막성전을 누가 멸망시키는지 관찰하고, 장막성전을 멸망시킨 존재들을 찾아낼 수 있다면, 그들이 바로 멸망자들이며, 뱀들이란 사실이 드러난다.

그렇다면 장막성전을 멸망시킨 자들이 누군가? 이 책을 읽는 독자들 중에도 아마 장막성전을 알고 있는 사람들이 많으리라고 생각된다. 왜냐하면, 장막성전은 우리가 사는 이 대한민국 땅에서 분명히 존재하였기 때문이다. 그 장소가 있을 것이고, 그곳에 들어간 성도들도 있을 것이다. 그리고 그곳에 올라가서 성령으로 거듭난 그들을 멸망시킨 자들도 분명 있었다.

분명한 것은 우리 대한민국에서 1966년도에 장막성전에 세워졌다는 것이다. 그곳이 일본에까지 뉴스가 될 정도로 큰 규모로 성장했다. 그런데 지금은 장막성전이 대한민국에 없다는 것이다. 없어졌다면 없어진 이유와 과정이 있었을 것이다.

또 누군가 그곳을 멸망시켰다면, 멸망시킨 당사자들이 있을 것이다. 각 경서들은 그 멸망자들을 예언해놓고 있다.

이제 그 경서의 예언대로 나타난 멸망자를 찾기만 하면, 우리나라에서 성서에서 예언한 세 가지의 비밀 중, 둘째인 멸망자를 증거할 수 있게 된다. 또 불서에서 예언한 세 가지 진리인 아뇩다라삼먁삼보리의 중, 둘째 진리를 증거할 수 있게 된다. 마찬가지로 격암유록에 예언된 삼풍지곡 중, 둘째인 비운진우(非雲眞雨) 심령변화(心靈變化)란 진리를 증거할 수 있게 된다. 또 등천하여 성령으로 거듭난 거룩한 백성들의 심령을 멸망시킨 소두무족(뱀)의 실체로 나타난 자가 누군지 구체적으로 드러날 것이다.

이리하여 각 경서에 예언한 배도자, 멸망자를 찾으면, 인류의 가장 핵심적인 진리인 세 가지의 진리 중, 두 개는 찾은 셈이 된다. 이제 마지막 구원자를 찾으면, 경서에서 말한 세 가지의 진리가 모두 판독이 된다. 구원자는 어떻게 찾을 수 있을까?

배도자, 멸망자를 찾을 수 있다면, 구원자를 찾는 방법은 누워서 떡먹기보다 쉽다. 경서에서 구원자의 출현은 용과 싸워 이긴 자라고 힌트를 내리고 있다. 용은 곧 뱀과이다. 뱀을 찾으면 그 뱀 안에 용이 있다. 뱀은 육체이고, 용은 영이다. 따라서 뱀을 잡으면 용을 잡게 된다. 요한계시록 13장에는 일곱 머리 열 뿔 가진 짐승이 등장한다. 이 짐승이 곧 뱀들이다. 이 짐승이 용에게 권세를 받아 장막천민들과 전쟁을 하게 된다고 예언하고 있다.

이 뱀은 육체라고 하였다. 말세에 나타나는 육체라면, 그리고 그 육체가 대한민국의 사람이라면 이름이 있을 것이고, 직업이 있을 것이고, 출신이나 가족이 있을 것이다. 그 사람이 옛날 유대 땅에서처럼 목자들이라면, 그 목자의 교단과 교회가 있을 것이다.

요한계시록 13장에서는 그 짐승이 바다에서 올라온다고 예언하고 있다. 바다에서 용에게 권세를 받아 장막의 하늘 백성들을 영적으로 죽인다고 예언하고 있다. 용은 실존 동물이 아니라, 상상의 동물이고, 마귀의 왕의 또 다른 이름이다. 바다의 왕은 용왕이다.

아담 이후 세상의 영권(靈權)은 마귀에게로 갔다는 것이 성서의 진리이다. 그 세상을 대표하는 곳이 종교세상이다. 용은 마귀의 왕인데 일반 세상에 있을 리 만무하다. 마귀를 다루는 곳은 종교세상이다. 따라서 바다는 세상 중에서도 종교세상을 비유한 것이다. 성서에서는 그 나라를 바벨론이란 별명으로 표현하고 있다.

자, 그렇다면 이 용의 세력인 뱀이 장막성전에 올라왔음을 알 수 있다. 그리고 그 뱀과 싸우는 존재가 누구인지 확인할 필요가 있을 것이다. 그 짐승과 싸움은 두 차례에 걸쳐 일어난다. 1차는 요한계시록 13장이다. 2차는 12장에서 일어난다. 장수는 12장 다음에 13장이지만, 전쟁은 13장에서 먼저 일어나고, 나중에 12장에서 2차 전쟁이 일어난다.

1차 전쟁에서 장막성전의 목자들과 전도자들과 성도들이 져서 무차별적으로 멸망당한다. 신약 성서에서는 이 목자와 전도자들과 성도들을 해와 달과 별들로 비유하였다. 그래서 복음서에서는 해·달·별이 어두워지고 떨어진 후에 메시아, 곧 구세주가 온다고 예언하고 있다. 이것을 예언한 장이 또 계시록 6장이다.

이리하여 멸망자들에 의하여 배도자들이 멸망을 당한다. 창조주에게 생기를 받았던 장막성전의 목자와 전도자들과 성도들은 멸망자들의 미혹에 스러져갔다. 멸망자들이 미혹하는 말은 장막성전은 이단이니 이제 장막성전의 성도의 신분을 포기하고, 자신의 교단의 세례를 받고 들어와야 한다는 것이다. 그러나 실상은 장막성전은 앞에서 설한 것처럼 창조주가 직접 세운 성령의 나라였다. 그런데 반해서 장막성전 이 외 교단들은 창조주가 주관하는 것이 아니라, 마귀가 주관하는 교단들이었다.

이때 장막성전의 목자나 성도들이 그 장막성전의 실체를 주장하고 상대가 미혹하는 것을 진리로 반박하여 이겨내면 뱀을 이긴 것이 된다. 그러나 상대의 미혹에 장막성전의 진실을 규명하지 못하고, 상대의 주장을 받아들이고, 그들의 교리에 속하게 되면, 진 것이 된다. 이긴 결과는 계시록 2~3장에 기록된 것처럼 창조주의 유업을 물려받을 자가 된다. 지면 신명기 28장처럼 꼬리가 되고 일곱 갈래로 흩어지게 된다.

그런데 요한계시록 13장에서는 이 전쟁에서 장막성전의 대부분의 목자와 전도자들과 성도들이 그들의 미혹에 진다. 그래서 그들의 창조주의 가르침을 통하여 받은 성령은 멸망당하게 된다.

그런데 장막성전에서 이런 영적인 멸망을 당할 때, 살아남은 3~4명이 있었다. 이들은 멸망자들의 미혹에 넘어가지 않고 멸망자들과 진리로 대항하였다. 그들이 대항하는 진리는 장막성전은 성서에서 예언한 창조주가 세우신 성령의 나라라는 것이다. 그리고 너희들은 이렇게 새워진 하늘나라를 멸망시키려는 뱀들이고 멸망자들이라고 성서의 증거를 제시하면서 싸웠다. 성서의 예언과 장막성전에서 일어나는 일들을 비교하여 증거를 한다.

이에 반하여 바다에서 올라온 뱀들은 자신들은 예수를 믿는 오랜 전통을 가진 정통이고, 장막성전은 신생교단으로 이단이란 것이다. 13장에서는 장막성전의 목자와 전도자들과 성도들은 바다에서 올라온 짐승들의 주장에 맞서 싸우지 못하고 그들의 주장을 받아들였다. 그 결과 그들에게 임하였던 성령은 멸망당하였고, 이들의 소속은 다시 세상 종교로 이전되었다.

그러나 12장에서는 장막성전의 대부분의 목자와 전도자들과 성도들이 뱀들에게 미혹당할 때, 몇 명의 용기 있는 자들은 자신들은 신약성서에 약속된 성전인 일곱 금 촛대 교회와 성민들이라는 것을 성서를 통하여 증거하였다. 그리고 저희들은 이 하늘나라를 멸망시키는 멸망자들이라고 기록된 성서를 펴놓고 증거해 주었다. 그들은 성서에 예언과 예언대로 일어난 실상을 조목조목 대조시켜 장막성전과 자신들이 성서에 예언된 하늘 성민들이란 사실을 증명시켰다. 그리고 상대들은 마귀의 영을 입은 뱀들이라고 역시 성서에 기록된 예언과 그들이 행한 일들을 대조시켜 증거하여 이기게 된 것이다.

그래서 예언을 믿는 사람들은 이렇게 된 것이 사실일까 확인하는 노력이 필요하다. 쉽게 믿을 수 없는 이야기들이지만 이것을 확인하지 않고는 누구도 그 진위를 말할 수 없다. 그리고 그것을 확인하는 방법이 그렇게 힘들지 않은 상황이니 그런 과정을 밟는 것이 예언을 기다리는 믿음 가진 사람의 자세라고 할 수 있을 것이다.

그러나 확인하여 그것이 사실로 드러날 경우는 지구촌 모든 사람들이 수천 년에 걸쳐서 신앙을 한 목적을 이룬 주인공이 될 수 있을 것이다. 그렇다면 그들은 지구촌 중에 가장 큰 행운을 가진 사람이 될 것이다.

이렇게 예언을 기다리던 신앙인들이 학수고대하던 큰일은 이렇게 실상으로 이루어진다. 창조주의 역사는 늘 작은 역사에서 시작하여 끝은 창대하다. 결국 세상의 모든 종교 경서에서 예언한 그 사건은 대한민국에서 부지불식간에 세워진 장막성전에서 이루어졌다.

그곳에서 배도자들과 멸망자들이 나타나고, 결국 이곳에서 멸망자를 잡아 이기는 집단이 등장한다. 그러므로 여기서 구원자가 출현하고, 이 구원자는 새롭게 새 나라를 세우니, 그 나라 이름이 요한계시록 15장 5절에 예언된 장막성전을 증거하는 성전이란 의미에서 '증거 장막 성전'이라고 2000년 전에 예언해둔 것이다. 또 요한계시록 21장 1절에 새 하늘과 새 땅으로 예언해두었다.

이곳을 '증거 장막 성전'이라고 한 이유는 이곳이 '장막 성전'에서 일어났던 배도, 멸망의 사건을 증거하고 구원자가 출현하였다는 증거를 가지고 있기 때문이다.

또 이곳을 새 하늘과 새 땅이라고 한 이유는, 이곳에서 용이 통치하던 옛 하늘은 가고, 계시록 19장 6절에서 하나님이 통치하는 새 하늘이기 때문이다. 이곳을 새 하늘이라고 한 이유는 지구촌을 통치하는 영적 지도자가 바뀐 새 하늘나라란 의미이다. 새 땅이라고 한 이유는, 이 새 하늘에 의하여 새롭게 거듭난 새 백성들의 나라라는 의미이다.

이 새 하늘 새 땅을 불서에서는 시두말성이라고 예언하고 있다. 그리고 격암유록에서는 이곳을 십승지라고 예언하고 있다. 십승지는 성서의 진리로 이긴 사람 또는 이긴 사람들이 사는 땅을 의미한다.

이런 일련의 일들이 각각의 경서에 예언되어 있다. 그리고 이렇게 구원자가 세상에 출현하면, 구원자는 자신이 경서의 예언대로 이룬 일들을 사람들에게 알리게 된다. 그것을 성서에서는 나팔을 분다는 표현으로 비유하고 있다. 이 나팔소리는 구원자가 세상에 왔다는 나팔소리이다. 그리고 이 나팔을 모든 경서의 예언이 이루어진 소식이란 의미에서 마지막 나팔소리로 소개를 하고 있다. 이때 일을 예언한 요한계시록에는 총 일곱 개의 나팔이 소개되어 있다. 첫째부터 여섯 번째 나팔소리까지는 앞에서 설명한 배도자와 멸망자를 증거하는 내용으로 이루어져 있다. 그리고 마지막 나팔인 일곱 번째 나팔은 모든 심판을 이루고 구원의 소식을 전하는 내용이다.

그 마지막 나팔소리를 듣고 세상에서 한 사람 한 사람 모이게 되니 이들이 바로 새 하늘 새 땅의 성민이 되게 된다. 처음에 구원자는 12제자를 선택하고, 12지파를 세운다. 이 12지파는 5대양 6대주를 대상으로 세워진다. 그러나 그 본부는 대한민국이 된다. 12지파는 처음 한 지파 당, 일만 이천 명씩을 택하여 진리로 가르쳐 전 세계만민들을 가르칠 왕 같은 제사장으로 삼게 된다. 그 다음 세계 5대양 6대주에서 창조주가 오신 대한민국으로 몰려온다. 각종 경서에 예언된 내용을 먼저 서술해본다.

5. 대한민국으로 몰려오는 세계 만민들

요한계시록 7장 9~11절이다. "이 일 후에 내가 보니, 각 나라와 족속과 백성과 방언에서 아무라도 능히 셀 수 없는 큰 무리가 흰 옷을 입고 손에 종려 가지를 들고 보좌 앞과 어린 양 앞에 서서 큰 소리로 외쳐 가로되, 구원하심이 보좌에 앉으신 우리 하나님과 어린 양에게 있도다 하니 모든 천사가 보좌와 장로들과 네 생물의 주위에 섰다가 보좌 앞에 엎드려 얼굴을 대고 하나님께 경배하여."

스가랴서 8장 20~23절이다. "만군의 여호와가 말하노라. 그 후에 여러 백성과 많은 성읍의 거민이 올 것이라. 이 성읍 거민이 저 성읍에 가서 이르기를 우리가 속히 가서 만군의 여호와를 찾고 여호와께 은혜를 구하자 할 것이면 나도 가겠노라 하겠으며, 많은 백성과 강대한 나라들이 예루살렘(새 하늘 새 땅)으로 와서 만군의 여호와를 찾고 여호와께 은혜를 구하리라. 만군의 여호와가 말하노라. 그 날에는 방언이 다른 열국 백성 열 명이 유다 사람 하나의 옷자락을 잡을 것이라. 곧 잡고 말하기를, 하나님이 너희와 함께하심을 들었나니 우리가 너희와 함께 가려 하노라 하리라 하시니라."

이사야서 60장 1~12절이다. "일어나라 빛을 발하라 이는 네 빛이 이르렀고 여호와의 영광이 네 위에 임하였음이니라. 보라, 어두움이 땅을 덮을 것이며, 캄캄함이 만민을 가리우려니와 오직 여호와께서 네 위에 임하실 것이며, 그 영광이 네 위에 나타나리니, 열방은 네 빛으로, 열왕은 비취는 네 광명으로 나아오리라. 네 눈을 들어 사면을 보라 무리가 다 모여 네게로 오느니라 .네 아들들은 원방에서 오겠고 네 딸들은 안기어 올 것이라. 그 때에 네가 보고 희색을 발하며 네 마음이 놀라고 또 화창하리니 이는 바다의 풍부가 네게로 돌아오며 열방의 재물이 네게로 옴이라. 허다한 약대, 미디안과 에바의 젊은 약대가 네 가운데 편만할 것이며, 스바의 사람들은 다 금과 유향을 가지고 와서 여호와의 찬송을 전파할 것이며, 게달의 양 무리는 다 네게로 모여지고, 느바욧의 수양은 네게 공급되고, 내 단에 올라기꺼이 받음이 되리니, 내가 내 영광의 집을 영화롭게 하리라. 저 구름 같이, 비둘기가 그 보금자리로 날아오는 것 같이 날아오는 자들이 누구뇨. 곧 섬들이 나를 앙망하고 다시스의 배들이 먼저 이르되, 원방에서 네 자손과 그 은금을 아울러 싣고 와서 네 하나님 여호와의 이름에 드리려 하며, 이스라엘의 거룩한 자에게 드리려 하는 자들이라. 이는 내가 너를 영화롭게 하였음이니라. 내가 노하여 너를 쳤으나 이제는 나의 은혜로 너를 긍휼히 여겼은즉, 이방인들이 네 성벽을 쌓을 것이요, 그 왕들이 너를 봉사할 것이며, 네 성문이 항상 열려 주야로 닫히지 아니하리니, 이는 사람들이 네게로 열방의 재물을 가져오며, 그 왕들을 포로로 이끌어 옴이라. 너를 섬기지 아니하는 백성과 나라는 파멸하리니 그 백성들은 반드시 진멸되리라.”

성서에 기록된 이런 예언들이 대한민국에서 이루어진다고 생각한 사람은 한 사람도 없었을 것이다. 그러나 예로부터 우리나라에서 이런 일이 있을 것을 정감록이란 책을 통하여 옛 선조들의 입으로 구전되어 왔다. 그러나 조상들의 그 누구도 서양의 예언서인 성서의 예언이 대한민국에서 이루어질 것을 안 사람은 없었다.

그러나 누구도 몰랐던 그 일이 일곱 금 촛대교회와 ‘증거 장막성전’이 대한민국에서 세워짐으로 결정난 것이다. 이것은 누구의 계획도 아니라, 오직 창조주의 계획이었던 것이다.

이를 뒷받침을 하기 위하여 우리나라 대표적인 예언서 격암유록의 예언을 살펴보자.

『동양의 성서 격암유록』 제 41장 해운개가(海運開歌)이다. 해운개가라는 말은 ‘바다의 운이 열리는 데 대한 노래’란 의미이다. “漸近海運苦盡甘來 海洋豊富近來로다. 千里萬里遠邦船이 夜泊千艘仁富來라.”

"점근해운고진감래 해양풍부근래로다. 천리만리원방선이 야박천소인부래라."

조선 민족이 수많은 고생을 겪었더니, 세계에서 조선을 향한 해운이 열리는 시점이 점점 다가온다. 해양의 풍부함이 다가오고 있다. 천리만리 이국땅에서 배들이 조선으로 몰려온다. 밤에도 낮에도 수천척이 넘는 배들이 인천 부두에 정박한다.

『동양의 성서 격암유록』 제 43장 격암가사 중 일부이다.

"天然仙中無疑言하니 何不東西解聖地 時言時言不差言하니 廣濟蒼生活人符라 一心同力合할合字 銘心不忘 깨달으쇼. 冤痛이도 죽은 靈魂 今日不明解冤世라 西起東來上帝再臨 分明無疑되오리라 道神天主이러하니 英雄國서 다 오리라."

"천연선중무의언하니 하불동서해성지 시언시언불차언하니 광제창생활인부라 일심동력합할합자 명심불망 깨달으쇼. 원통이도 죽은 영혼 금일불명해원세라 서기동래상제재림 분명무의되오리라 도신천주이러하니 영웅국서 다 오리라."

이 말은 하늘의 신선들의 말이니 의심할 것 없다. 어찌 동서양이 정한 성지를 깨닫지 못하느냐. 때에 따라 한 말이 차이가 없으니 창세를 넓게 구원하여 사람을 살리는 예언이다. 한 마음으로 힘을 모아야 한다는 합할 합 자(字)를 명심하거라. 과거부터 원통하게도 죽은 영혼들 금일에 와서 구원을 받게 되네. 서쪽에서 예언한 하느님의 재림이 동쪽에서 이루어지네. 이것은 틀림없이 이루어지리다. 정도를 가진 신, 천주님이 동쪽으로 오게 되니, 서쪽의 영웅국들이 다 오게 되리라.

『동양의 성서 격암유록』 제43장 격암가사 중 일부이다.

"하나므른 조선인아 알아보자. 보아 평안 방이 조선인데 어서 가자 어서 가. 생명선(生命線)이 끊어질나 어서 가세 밧비 가세. 서로서로 손 자바라. 이 소식(消息)이 하소식(何消息)고 압혜가자 뒤에 서라 때가 잇서 오라는가. 천국대연(天國大宴)버려전나. 천하만민(天下(萬民) 다 청(請)하나 참예자(參預者)가 드물구나."

하나를 모르는 조선인들아 알아보자. 평안한 나라가 조선이다. 어서 가자 바쁘게 가자. 생명선이 끊어지려한다. 어서 가세 바삐 가세. 서로 손 잡아라. 이 소식이 무슨 소식이냐 앞 다투어 빨리 가자. 때가 많지 않다. 천국 큰 잔치 벌어졌다. 천하 만민들 다 청하나 참예자가 많지 않구나.

조선에서 생명을 살리는 일이 생기게 되니 조선으로 가자고들 한다. 이 소식이 무슨 소식이냐 하면 천국 큰 잔치란다. 이 말은 모든 종교에서 예언한 천국이 조선에서 이루어진다는 말이다. 그러나 참예자가 많지 않단다.

『동양의 성서 격암유록』 제 26장 극락가이다.

"近來近來極樂勝國 近來極樂 消息 坐廳遠見苦待 極樂消息忽然來 遠理自長奧理國 極樂向遠發程時 一者縱橫出帆 一個信仰指針 元亨利貞 救援船 烈女忠孝乘滿… 克己又世忍祭去 新天日月更見."

"근래근래극락조선 근래극락 소식 좌청원견고대 극락소식홀연래 원리자장이국 극락향원발정시 일자종횡출범 일개신앙지침 원형이전 구원선 열여충효승만… 극기우세인제거 신천일우러갱견."

가까이 오고 있다. 가까이 오고 있다. 이긴 나라 극락이 가까이 오고 있다. 귀신(용)을 이긴 나라가 승국이다. 조선이 극락이 될 날이 가까이 온다. 고대하던 멀리 있던 극락을 가까이에 앉아서 들을 수 있게 됐네. 극락소식이 홀연히 오고 있네. 내게로부터 너무나 멀리 있던 이론으로만 있던 극락이 숨은 원리 속에 있던 극락이었구나. 극락을 향한 먼 법이 발동할 때가 됐구나.

한 선을 가로로, 한 선은 세로로 표시되는 십자가가 출범하네. 이것이 하나로 통합되는 신앙지침이로구나. 하늘의 네 원리로 오는 구원선에 열녀들과 충신과 효성이 지극한 자들이 가득 탔네… 자기를 이기고 또 세상을 인내로 이긴 신과 합한 사람들은 이 구원선으로 들어간다. 새 하늘의 해와 달이 다시 보이도다.

여기선 극락이 또 조선에서 세워진단다. 그리고 극락이란 악한 신과 싸워 이긴 나라라고 한다. 사람 안에는 영혼이 있고, 이 영혼에 있던 귀신의 영을 쫓아내고 성령을 받은 사람들만으로 이루어진 세상이 극락임을 알 수 있다.

6. 대한민국에서 이루어지는 세계의 예언들

먼 원리 속에 있던 극락과 천국이 이렇게 조선에서 이루어진다고 한다. 그럼 이 예언은 언제부터 어떻게 이루어지는가?

성서에는 이 땅 위에 천국이 세워지기 시작하면 한 세대가 다 지나기 전에 이루어진다고 했다. 그러면 년 수를 계산해볼 필요가 있을 것이다. 예언이 처음 이루어진 때는 1966년이었다. 그리고 창세기의 예언을 더하면, 이것이 지지부진한 가운데 14년의 세월을 보내게 된다. 그러면 1980년도이고, 이 해는 경신년(庚申年)이다. 동양의 예언서에는 경신년이 되면, 말세가 된다고 했으며, 그 말세에는 유불선이 모두 종귀자가 된다고 예언하고 있다. 종귀자는 '從鬼者'로 귀신을 따르는 자란 뜻이다.

말세가 되면 모든 유교, 불교, 기독교가 모두 귀신을 따르게 된다는 예언이다. 대표적인 기독교의 예언서인 계시록 17장과 18장은 모든 종단 교단이 귀신의 세계로 타락했음을 분명히 기록하고 있다.

그 예언처럼 1980년에는 창조주께서 세우신 장막성전에 용에게 권세를 받은 일곱 머리 열 뿔 가진 짐승인 뱀들이 올라왔다. 그곳을 짓밟기로 허용된 날 수는 1260일이고, 달수로는 42달이고, 년 수로는 3년 반이라고 성서는 예언하고 있다. 그곳에 올라와서 장막성전을 멸망시키는 집단은 기성교단의 목자들을 양육하는 청지기 교육원이었다.

3년 반 동안에 2차에 걸쳐 세상 종교 세력인 청지기 교육원과 장막성전 간의 교리전쟁이 벌어졌다. 1차(계시록 13장)에서 장막성전의 대부분이 멸망당하였다. 2차(계시록 12장)에서 용을 상대로 이긴 사람이 출현하였다. 이 전쟁에서 장막성전에 올라왔던 청지기 교육원에서 파견된 대표목자들은 자신들이 마태복음 24장과 계시록에 예언된 짐승 곧 뱀으로 드러나게 되어 쫓겨났다. 그들이 성서에 예언한 멸망자들이었다.

이들은 이 전쟁에서 패배하므로 신명기 28장의 예언대로 진자는 일곱 길로 흩어져 없어졌다. 그래서 그 증거로 한때 목자를 양성하던 대표적인 신학 기관이었던 청지기 교육원이 지금은 없다. 이 전쟁이 끝난 상황이 1984년도이다. 1984년은 갑자년이다. 1984년도는 우주가 한 바퀴 돌다가 제 자리에 돌아온 우주 일 주년의 해였다. 3,600년 만에 돌아온 귀한 해였다.

이때부터 구원자가 출현하여 12지파를 창조하여 구원활동이 시작되었다. 이 역사는 시작은 미약하다는 말처럼 한 구원자와 서넛의 가난하고 힘없고 문벌 없고 미약한 자들만으로 시작된다.

이렇게 시작된 역사는 이 세대가 다 지나기 전에 다 이룬다는 예언대로 30년째에 이른다. 1984년에 30년을 더하면 2014년도이다. 2014년은 동양예언서에 청마대운으로 예언한 해이다. 그리고 대한민국이 외국으로 빛을 발하는 원년이 된다. 청마대운의 해는 봉우 권태훈 옹의 예언을 비롯한 우리 민족의 예언에 대한민국이 중국 만주 등을 거쳐 전 세계를 회복한다는 해이다.

7. 2014년에 예언대로 이루어진 세계평화대회와 종교대통합회의

이렇게 지구촌에 경서에서 예언한 구세주가 출현하여 한 세대 동안 이룬 신의 역사를 전 세계에 전하게 된다. 구세주는 전 세계를 돌면서 각국의 왕들과 전, 현직대통령들과 법관들과 전 세계 종교인들에게 이 사실을 전하였다. 타이틀은 세계 평화와 지구촌 전쟁종식과 종교통일이었다. 이 목적을 이루기 위하여서는 국제법이 필요했다.

그리고 세계 각국의 저명인사들을 만나 세계평화와 전쟁종식을 위한 싸인을 받았다. 그리고 전쟁종식을 위하여 종교 통일이 반드시 이루어져야 한다. 왜냐하면, 세계전쟁의 원인 80%이상이 종교로 인한 것이기 때문이다. 이러한 일련의 목적을 위하여 구세주는 전 세계의 종교지도자를 만나 종교통일의 필요성을 전하게 된다.

그 다음 세계의 왕들과 전, 현직 대통령들과 법관들과 세계 종교계 대표들과 세계의 언론들을 한국으로 초청하여 세계평화 대회와 세계 종교통일을 위한 대규모의 행사를 개최하였다. 이 대회는 2014년 9월 서울의 잠실운동장과 6.3빌딩과 올림픽공원에서 이루어졌다. 이 대회의 특징은 사람의 의지로 된 것이 아니라, 성서, 불서, 격암유록 등에 예언된 각본대로 이루어졌다는 사실이다.

이 구세주의 외모는 평범한 범부에 지나지 않지만, 그는 만물을 창조하신 창조주의 사자로서 그 역할을 다 하는 것이다. 이 일은 구세주 자신의 의지로 이루어지는 것이 아니라. 창조주 하나님의 의지로 이루어지는 일이다.

본 회의에서는 세계 종교대표들이 앞으로 창조주 한 분을 모시는 종교로 하나가 될 것을 약속하고 싸인을 하였다. 그리고 세계의 전, 현직대통령과 법조인들은 앞으로 전쟁을 하지 않겠다는 약속을 하고, 싸인을 하였다. 이렇게 각 경서에 예언된 평화와 전쟁 종식과 종교통일의 초석을 대한민국 평화회의를 통하여 성황리에 마쳤다.

이것을 통하여 깨달을 수 있는 사실은 아무리 신의 일이라고 할지라고 이루는 것은 사람이란 사실이다. 그리고 아담과 사람들의 죄로 말미암아 떠나신 창조주의 영이 다시 세상에 돌아오게 하려면, 반드시 돌아오실 조건을 만들어놔야 할 것이다. 그 조건은 사람들의 죄가 없어져야 할 것이며, 사람 간에 전쟁이 없는 모습을 보여드려야 할 것이다. 또 하나로 시작된 종교도 창조주를 모시는 종교로 하나 되어야 할 것이다. 이것이 사람들이 창조주를 모실 수 있는 조건이다.

이런 일은 세계사에 전대미문의 일로서 창조주의 계획 아래 진행되는 것이다. 그리고 세계 평화회의에 참가한 각국 대표들은 각자의 나라로 돌아가서 평화를 위한 국제법과 종교 통일을 위하여 지부 사무실을 개설하고, 그 일을 위하여 열심을 다 하고 있는 실정이다.

그리고 세계 각국은 이 날을 평화의 날로 정하고 그것을 기념하는 날로 정하였다. 또 평화의 나라 건설의 일환으로 이미 하나 큰 결실을 얻은 바 있다. 그것은 40년 간, 내전으로 몸살을 앓아온 필리핀의 민다나오섬의 전쟁종식 소식이다. 민다나오섬은 이슬람과 카톨릭이 넘으로 갈라져 오랫동안 전쟁을 하여 수많은 희생자들 낸 바가 있었다. 이 내전은 그 나라가 정치가들은 물론이고, UN조차도 손 쓸 수 없었던 무서운 종교전쟁이었다.

그러나 하늘이 택한 대한민국이 낳은 거인은 한 순간에 필리핀 민다나오섬을 평화의 지역으로 만들어버렸다. 이는 창조주가 함께 하지 아니하면 이룰 수 없는 귀한 사적이라고 세계인들은 입을 모은다. 앞으로 이런 행보는 더욱 더 확대되어 세계를 놀라게 할 것이다. 이 평화의 역사는 앞에서 다룬 추배도의 예언을 더욱 더 확신케 한다.

이제 이 역사적 큰 흐름은 UN을 통하여 전 세계로 강타하고 있으며, 곧 그 큰 힘은 남북이 분단된 한반도로 돌아와서 남북한 통일을 이룸으로 정점이 된다.

그리고 그 힘은 예언대로 중국, 만주, 아시아, 러시아, 유럽, 아프리카, 남북 아메리카를 아울러 세계가 한 가족으로 하나 되게 할 것이다.

이는 태초에 하나였던 세계가 하나 하나 분리 분국되면서 오늘날 UN가입국만 193개국으로 많아졌다. 그것을 엄격히 말하면, 하나에서 뻗어간 동족이었다. 그런 것이 최초 하나에서 둘이 되고, 둘이 셋이 되어 오늘날에 이른 것이다. 북한은 그 분리 된 최종의 나라이다. 그런데 이제 대동통일의 세계일가의 역사에 즈음하여 최종으로 분리된 북한부터 하나 되기 시작하여 5대양 6대주의 모든 세계가 하나의 사상, 하나의 종교, 하나의 창조주의 민족으로 거듭나게 된다.

그리고 사망도, 슬픔도, 애통,도 애곡도 없는 천국, 극락, 낙원의 역사가 영구히 이 지구촌에 있어지게 된다.

제15장

우리는 어디서 와서 어디로 가는가?

1. 우리 시조가 하늘의 하나님께로부터 왔으니, 우리도 하늘에서 온 것이다

우리는 영과 육체를 가진 사람이다. 우리는 부모에게서 왔고, 부모는 조상에게서 왔다. 조상은 시조에게서 왔다. 시조는 창조주 하나님께로부터 왔다. 그러니 나도 너도 창조주 하나님께로부터 왔다는 것을 알 수 있다.

처음 시조와 조상들의 영은 창조주의 영에서 왔다. 그러나 어느 조상의 때부터, 우리의 영은 성령에서 악령으로 변질되었다. 이것은 마치 부모로부터 건강한 육체를 받은 자식이 자신의 몸을 잘 간수하지 못하여 암이 걸려버린 상황과 비교되는 일일 것이다.

그래서 우리의 영에는 치명적 오류가 왔고, 그러므로 인생에게 죽음이 왔다. 사람의 생명의 근원은 영이다. 그 근원에 문제가 발생되어 인간 세상에 죽음이란 불치의 병이 찾아온 것이다. 그래서 생명을 창조하신 창조주께서 택한 선지자들을 통하여 그 사실을 전하였다. 사람이 신에게 그 내용을 받을 수 있는 조건은 성령이다. 창조주는 성령을 택한 선지자에게 주어 그것을 기록하게 하였다.

그렇게 기록된 책이 성서를 비롯한 종교 경서이다. 종교 경서의 주제는 창조주께서 인류 세상을 만든 내력과 그 과정에서 치명적 오류가 발생한 사연을 기록하였다.

그리고 그 오류는 때를 정하여 치료할 것을 약속으로 남겼다. 그 내용은 인간의 본성을 찾을 날과 찾는 방법이다. 찾을 날은 말세이고, 방법은 진리의 말씀이다.

그 진리의 말씀의 대략은 사람의 본성은 영이고, 영중에도 성령이란 사실이다. 그리고 본성에서 떠난 영은 악령이란 것이다. 사람의 목숨은 영으로 말미암아 유지되는데 성령은 영원한 신이고, 악령은 유한한 신이다. 사람의 몸에서 성령이 떠남으로 사람의 생명은 유한하게 되었다는 사실이다. 따라서 영에 의하여 유지되는 인간의 몸이 다시 무한히 살려고 하면 옛 성령을 되찾아야 됨을 알려주신 것이다.

그리고 이 일이 완성되기까지는 인간 세상과 인간을 지배하는 신이 악령이란 것을 알리고 있다. 그리고 그 기간에도 인간의 육체에는 영혼이란 것이 있는데, 그 육체 속에 악령이 그 생명을 주관하고 있다는 사실이다.

그 동안 창조주의 영과 성령들은 인간 세상에서 떠나 영의 세계에 존재하고 있다. 그리고 인간 세상에 구원과 천국과 영생이 이루어질 때, 다시 내려온다고 약속을 하고 있다.

그 동안 세상에는 사람의 육체는 태어나고 늙고 병들고 죽는 일이 계속 반복 되고 있다. 이 사람들은 온전한 사람이 아니라, 불완전한 사람이라고 한다. 그 이유는 그 육체 안에 있는 영이 온전한 영이 아니어서이다. 이 사람들이 그나마 온전해질 수 있는 방법은 경서 (성서)에 기록해둔 진리를 통하여 깨달을 경우이다. 살 동안에 진리로 깨닫는 사람의 영은 구원되어 성령으로 거듭날 수 있다. 그러나 이 사람들이 성령으로 거듭났다 하더라도 아직 창조주가 정한 때가 되지 않았으므로 이 사람들은 아직 한 번은 죽을 수밖에 없게 된다.

이 기간 동안에 사람이 살 수 있는 수명은 120까지이다. 그러나 사람의 육체가 수명을 다해 죽어도 그 영은 아직 죽는 것이 아니다. 사람의 육체가 수명을 다하면, 영은 영의 세계로 모이게 된다.

사람이 죽었을 때, 영은 두 종류이다. 하나는 살 동안에 진리로 깨달아 성령으로 거듭난 영이다. 이 영을 성령이라고 한다. 또 하나는 살 동안에 진리로 깨닫지 못하여 성령으로 거듭나지 못한 영이다.

사람의 육체가 그 생명을 다하여 죽으면, 성령은 성령의 나라로 간다(요한계시록 4장). 성령의 나라에는 창조주 하나님과 예수님과 순교한 영들과 수많은 천사들이 있는 나라이다. 이 신들이 모두 각각 성령들이다. 이곳에 창조주 하나님의 신도 거하시므로 사람들이 이곳을 천국이라고 불러왔다.

그러나 살 동안에 진리로 깨닫지 못한 악령은 악령의 나라로 간다(베드로전서 3장 19절). 그곳을 옥이라고 한다.

그런데 악령들이 모인 이 옥에서 또 한 번의 구원의 기회가 주어진다. 예수님은 이 옥에 있는 악령들에게 가서 다시 진리로 가르쳐 구원시키는 일을 한다고 한다. 여기서 예수님의 말씀을 순종하여 듣고 깨닫는 영들은 구원되어 성령의 나라로 간다.

그러나 그러한 것도 기간이 있다. 그 기간을 흔히 세상 사람들이 말하는 말세 때이다. 말세란 심판 때이다. 심판 때는 경서에서 예언한 모든 일이 이루어질 때이다. 죽은 영들이 성령으로 구원될 수 있는 시한은 이때까지이다.

이것을 심판 때라고 하지만, 심판을 받는 대상은 구원 받지 못한 영들과 구원 받지 못한 육체 가진 사람들이다.

구원 받은 영들과 구원 받은 육체들은 이때가 오히려 창조주 하나님이 약속하신 복을 받는 축복의 시기이다.

2. 심판 때는 어떤 일이 생기는가?

심판 때는 하늘에서 약속한 구세주가 지상에 내려오는 때이다. 구세주가 내려온다는 의미는 하늘 영계에 있던 창조주 하나님의 영과 예수님의 영과 및 모든 천사(성령)들이 내려온다는 것이다.

그러나 악령들은 내려 올 수가 없고, 거기서 심판을 기다리고 있다. 성령들이 내려와서 제일 먼저 하는 일은 지상에서 알곡으로 거듭난 의인을 찾는 일이다. 의인 중 가장 먼저 가장 큰 의인을 찾는다. 이렇게 지상에서 처음 찾은 제일 큰 의인 알곡이 바로 우리가 말해왔던 구세주이다.

이 구세주는 창조주가 택한 육체로 이때부터 창조주와 함께 동행하는 사람이 된다. 이 구세주는 성령에게 가르침을 받게 된다. 그리고 그는 성령의 가르침을 통하여 천사들과 함께 지상에서 알곡을 찾는다. 그리고 12인을 찾아 12지파를 세우게 된다. 그리고 각 지파 1만 2천명의 의인을 찾는 작업을 하게 된다.

그리고 그는 성령과 하나 되어 12인을 가르치고, 12인은 또 의인들을 찾아 성령으로 받은 것을 다시 가르친다. 그리고 각 지파 1만 2천을 찾아 온전한 사람을 만든다. 이 가르침은 성령의 능력으로 이루어지고, 성서의 예언과 예언대로 일어난 실상을 증거 받게 된다. 여기에 대해서는 예수님 초림 때의 과정을 생각하면 상상이 가능할 것이다.

창조주는 심판을 이 기간까지는 중지하시고 있다. 그리고 각 지파 1만 2천을 완성하면 그 합이 신약성서 요한계시록 7장과 14장에 예언된 십사만 사천 명이란 숫자가 된다. 창조주와 천사들과 구세주는 이들이 정한 숫자가 되기까지 알곡을 골라 이곳으로 데리고 오는 작업을 한다. 그리고 온전한 하늘 사람으로 양육한다. 그리고 이 경영이 끝나면, 이 십사만사천 명은 세계를 다스리는 왕과 같은 제사장으로 세계 중에 우뚝 선다.

그리고 이들은 또 세계의 사람들에게 이 사실을 계속 전한다. 그런데 심판은 이때부터 이루어지기 시작한다. 심판이 이루어지기 직전에 지구촌에 완성된 이 하늘나라에 계시록 21장 2절의 예언대로 계시록 4장에 있던 순교한 거룩한 성령들이 내려온다.

거룩한 순교한 영의 숫자는 지상에 왕 같은 제사장으로 뽑힌 숫자와 동일한 십사만사천의 영들이다. 그리고 지상의 제사장들과 하늘의 거룩한 영들이 서로 각각 1대 1로 영육이 하나 되는 영적 결혼이 이루어진다. 이렇게 하여 이들이 첫 열매라는 이름으로 성령과 거듭난 자들이 되며, 성령과 영육합일이 된 첫 사람들이 된다.

이들의 신분이 비로소 왕 같은 제사장이 된다. 계시록 20장에서는 이들은 1000년 동안 죽지 않고 살아서 지상에서 왕 노릇한다고 예언하고 있다. 그러나 이들의 역할은 제사장이다. 제사장은 진리를 가르치는 역할을 하는 사람들이다. 이들이 세계 70억의 인류를 향하여 구원의 역사를 펼치게 된다. 기간은 1000년간이다. 이때부터 심판이 시작된다. 이 심판은 하늘의 계획대로 인간 알곡을 추수하는 일과 관련이 있다. 이들이 1000년 동안 가르칠 때, 세계 사람들 중에 이 진리에 순응하여 배우고 깨달아서 천국백성이 되는 사람들도 있고, 믿음이 없어 오지 않는 사람, 믿지 않는 사람들도 있다. 이 사람들은 오늘날처럼 수명이 되면 죽게 된다.

이리하여 1000년 동안 이 새 복음이 전파 될 때, 구원되는 사람들은 영육 구원을 얻게 되고, 구원 되지 못한 사람들은 옥으로 가게 된다. 그리고 이윽고 1000년이 차면 마지막 심판이 있어진다. 이때까지 창조주 하나님과 구세주가 이끄는 나라로 들어와 구원 받을 사람들이 있는 곳에 하늘에 있는 거룩한 성령들이 모두 내려온다. 그리고 앞에서 십사만사천 명과 순교한 영들과 영과 육체가 하나로 결혼하듯이 여기서도 이들이 1대 1로 각각 육체와 성령과의 영육 결혼이 이루어진다. 이것이 성서에 예언된 혼인식이고, 혼인 잔치집이다.

이들은 여기서 영생을 하게 되는 복을 가지게 된다. 이들은 이곳에서 창조주 하나님과 천사들과 함께 영원히 살게 된다. 이곳이 많은 사람들이 이구동성으로 말한 천국이다. 이렇게 구원 받을 사람들과 구원받을 영들은 다 구원을 받아 하나님과 영원히 살게 된다.

그러나 하늘의 옥에서 구원받을 기회를 놓쳤거나 믿음이 없어 성령으로 거듭나지 못한 영들과 지상의 육체 가진 사람들 중에서 알곡으로 추수되지 못한 사람들은 유황 불 못에 떨어져 영원히 지옥의 형벌을 받게 된다.

이것이 첫째, 부활과 백보좌 심판과, 둘째, 사망의 심판의 전모이다.

3. 우리는 이렇게 되어 간다

그래서 우리는 어디로 가느냐라는 답이 여기서 결론으로 도출된다. 우리는 창조주와 시조로 말미암아 이 지구촌에 태어나 살고 있었다. 우리는 시조와 조상의 후손들이다. 시조와 조상들은 오늘날의 후손을 낳고, 육신은 죽고, 그 영은 영들의 곳에 오늘날까지 대기하고 있었다.

곡식의 씨가 썩어 새로운 곡식으로 나듯이 우리 인생들도 부모와 조상의 죽음의 끝에 대를 이어 생명줄을 이어왔다. 사람이 먹기 위해서 산 것이 아니라, 한 송이 멋진 알곡을 생산해내기 위하여 수많은 조상들이 죽어갔다. 그 창조주와 시조와 조상의 수확은 자손들의 번영이었다. 그 번영은 물질이나 돈이나 명예 권세가 아니라, 영원한 생명으로 거듭나느냐 심판 받고 연기처럼 지옥으로 사라지느냐였다. 인생과 인류의 큰 의미는 한 생명이 이렇게 말세가 되고 내세가 될 때, 심판 받아 없어지지 말고 의인으로 추수되어 영원한 생명을 가지란 대명제를 가지고 태어났던 것이다.

결국 인과응보 사필귀정이란 말처럼 인생을 사는 동안 거짓을 좋아하고 조상과 자신의 죄업이 많으면, 최후에 조상의 영도 심판 받고, 후손의 영육도 심판 받게 된다.

그러나 사는 동안에 진리를 사모하고 선업을 많이 짓고 착하게 인생을 산 조상들의 영들과 후손의 육체는 이렇게 영원한 생명을 가지고 천국에 들어가 영원히 살게 되는 것이다.

이것으로 오늘날까지 지구촌에 살다간 조상들의 영도 복 받으면, 내세에서 다시 부활하여 후손의 육체와 하나 되어 영원히 살게 되니, 조상과 후손이 함께 복을 받게 된다는 것을 알 수 있다.

그러나 오늘날까지 지구촌에 살다가 간 조상과 그 후손이 함께 지옥으로 떨어져 영원한 벌을 받는 최악의 시나리오도 우리가 인생을 어떻게 사느냐에 따라 갈림길이 됨을 여기서 교훈으로 얻을 수가 있다.

세계인들이여!
우리는 이렇게 와서 이렇게 가게 됩니다. 이제 우리는 어디서 와서 어디로 가고 있다는 것을 알았으니, 우리는 어떤 길을 택하여야 할까요?

저자와의 협의에 의해 인지를 생략합니다

비밀의 세계
우리는 모두
어디서 와서 어디로 가고 있는가?

2016년 3월 15일 초판 인쇄
2016년 3월 31일 초판 발행

지은이 / 김영교
펴낸이 / 연규석
펴낸곳 / 도서출판 고글

서울특별시 용산구 한강로 2가 144-2
등록 / 1990년 11월 7일(제302-000049호)
전화 / (02)794-4490   (031)873-7077

값 19,500원